GOLDMANN

Buch

Julia Dupré, die schöne, behütete junge Frau aus Orleans, unternimmt mit ihrem wohlhabenden Vater eine Reise nach Europa. Auf der Überfahrt nach England stirbt Julias Vater, und plötzlich befindet sie sich einsam und mittellos an Bord des Schiffes. Der Kapitän, Rudyard Thorpe, ein verwegener und mutiger Mann, nimmt Julia in seine Obhut. Aus väterlicher Fürsorge wird bald stürmische Leidenschaft, und Rudyard entschließt sich, die junge Frau zu heiraten. Doch beider Glück ist nicht von Dauer, denn ein Unwetter zerstört das Schiff und trennt die Jungvermählten zunächst für lange Zeit...

Autorin

Jennifer Blake wurde in der Nähe von Goldonna, Louisiana, auf der Farm ihrer Großeltern geboren. Mit fünfzehn heiratete sie, mit zwanzig begann sie, Romane zu schreiben. Seitdem hat sie über dreißig Bücher veröffentlicht und sich kontinuierlich in die Spitzenränge der amerikanischen Unterhaltungsautorinnen emporgeschrieben.

Im Goldmann Verlag ist von Jennifer Blake zuletzt erschienen:

Wie Feuer auf meiner Haut. Roman (41058)
Serenade der Leidenschaft. Roman (9998)
Ein Hauch von Paradies. Roman (9752)
Wie Feuer im Blut. Roman (9830)
Feuerlilien. Roman (9997)
Mitternachtswalzer. Roman (9675)
Nacht über Louisiana. Roman (9684)
Der Kreole. Roman (9463)
Bitteres Paradies. Roman (9812)
Träume des Südens. Roman (9467)
Strom der Sehnsucht. Roman (9814)

JENNIFER BLAKE

Zur Liebe verdammt

ROMAN

Übersetzt aus dem Amerikanischen
von Sabine Ivanovas

GOLDMANN VERLAG

Die Originalausgabe erschien unter dem
Titel »The Storm And The Splendour«, bei
Ballantine Books, New York

Der Goldmann Verlag
ist ein Unternehmen der Verlagsgruppe Bertelsmann

Made in Germany · 11/91 · 1. Auflage

Umschlaggestaltung: Design Team München
Umschlagfoto: Schlück/Daeni, Garbsen
Satz: IBV Satz- und Datentechnik GmbH, Berlin
Druck: Elsnerdruck, Berlin
Verlagsnummer: 41246
Redaktion: Ursula Walther/SD
Herstellung: Peter Papenbrok
ISBN 3-442-41246-3

Für meine Mutter,
die mich gelehrt hat,
das Leben zu lieben,
und für meinen Vater,
der nie Gelegenheit bekam,
Journalist zu werden.

Teil I

KAPITEL 1

Julia Maria Dupré blieb in der Tür stehen und sah zurück. Die Kerzen, die in einem Wandlüster neben der Tür steckten, warfen ihr flackerndes Licht auf sie und verliehen ihr das Aussehen einer vergoldeten Madonna. Ihr hochaufgetürmtes Haar, das mit einer glänzenden Mantilla aus heller Spitze bedeckt war, besaß den dunklen Schimmer alter Goldmünzen. Unter den geschwungenen Brauen leuchteten ihre Augen in der Farbe von rauchigem, geheimnisvollem Bernstein wie das Sonnenlicht in den Tiefen einer Waldquelle. Sie war größer als die meisten französisch-kreolischen Frauen und besaß eine königlich aufrechte Haltung, die gut zu den klassischen Formen ihrer Gesichtszüge paßte. Dennoch war ihr Ausdruck nicht kühl oder streng. Ihre Augen strahlten oft in plötzlicher Lebendigkeit, sei es vor Ärger oder Freude, und der Schwung ihrer Lippen war sowohl empfindsam als auch sinnlich. Es gab Leute in New Orleans, die behaupteten, daß eine Mesalliance wie die zwischen ihrem französisch-kreolischen Vater und ihrer amerikanischen Mutter nur mißratene Kinder hervorbringen könnte, denen der Reiz beider Nationalitäten fehlte. Daß sie derartige Behauptungen niemals in der Gegenwart von Julia Dupré aufstellten, lag nicht an ihrem zugegebenermaßen hitzigen Temperament, sondern daran, daß sie eine solche Behauptung mit einem einzigen bezaubernden Lächeln zunichte machen konnte.

Sie nickte zufrieden. Alles war in Ordnung. Auf dem Podium am Ende des Zimmers spielten die Musiker. Ihre Gäste drehten sich zu den Klängen eines lebhaften *contredanse,* die Damen in leichten Kleidern aus pastellfarbenem Musselin, die Herren in dunklen Abendröcken und in Kniehosen. Musik, das Scharren der tanzenden Füße, das Murmeln der Unterhaltung erfüllte die Luft. Bei einer Anrichte am Ende des Zimmers servierte ein Bediensteter in schwarzgoldener Livree Erfrischungsgetränke aus silbernen Schalen. Für diejenigen, die die feuchte Luft der regnerischen Frühlingsnacht etwas kühl fanden, war in dem Kamin aus Carraramarmor ein kleines Feuer entzündet worden. Die an den Wänden stehenden Stühle waren nur von den älteren Frauen besetzt, die als Anstandsdamen fungierten. Julia hatte dafür gesorgt, daß keines der jungen Mädchen am Rande sitzen und ihrer Stickarbeit nachgehen mußte, während ihre glücklicheren Schwestern sich auf der Tanzfläche drehten. Man würde Julia nicht vermissen, wenn sie für ein Weilchen verschwand.

Wie die meisten Häuser in diesem Teil von New Orleans, der jetzt Vieux Carré genannt wurde, war das Haus der Duprés um einen Hof gebaut. Wegen der Feuchtigkeit und der Überschwemmungsgefahr befanden sich in den unteren Stockwerken keine Wohnräume. Auf der der Straße zugewandten Seite waren Läden und Büros und im Innenhof Ställe, Küchen und Waschküchen. Die Wohnung der Familie lag im ersten Stock, wo breite Galerien die hohen Räume vor der Sonne schützten und der Hof als eine Art Windkanal diente, um im Sommer auch den leisesten Windhauch zur Kühlung durch die Fenstertüren in die Zimmer zu leiten. Im zweiten Stock unter dem Dach lagen die Dienstbotenräume.

Die meisten Zimmer des Wohntraktes waren durch Türen miteinander verbunden, aber es gab auch einzelne Räume, in die man sich zurückziehen konnte. Um die Bibliothek zu erreichen, mußte man auf die dunkle, vom Regen gepeitschte Galerie hinaus und ihr folgen bis ganz ans Ende des Westflügels. Julia raffte ihre weißen, von Goldfäden durchwirkten Röcke und eilte die Galerie entlang. Der Regen trommelte auf das Ziegeldach und klatschte aus den Traufen in den Hof. Die Nachtluft war kühler, als Julia erwartet hatte, und sie schauderte etwas und senkte den Kopf, um dem Sprühregen auszuweichen. Sie hätte eine oder zwei Fackeln im Hof anzünden lassen sollen, dachte sie, obwohl es auch nicht richtig gewesen wäre, darauf aufmerksam zu machen, daß in diesem hinteren Teil des Hauses ebenfalls Licht gebraucht wurde.

Sie passierte gerade die Treppe zum Hof, als ihr plötzlich zwei dunkle Schatten den Weg verstellten. Mit einem kleinen Ausruf versuchte sie auszuweichen und stellte fest, daß die oberste Stufe der Treppe näher lag, als sie erwartet hatte. In ihrem Magen entstand plötzlich ein elendes Gefühl von Leere, als unter ihren Füßen kein Boden mehr war, dann wurde sie von einem eisernen Griff umfaßt. Ein Arm von der Härte eines Stahlbandes drückte ihr die Lungen zusammen, und harte Finger senkten sich in das Fleisch ihres Oberarms. Als ihr nachgiebiger Körper hart gegen eine männliche Brust gedrückt wurde, ertönte ein erstaunter Ausruf von dem Mann, der sie aufgehalten hatte.

Der andere Mann neben ihm lachte leise. »Verzeiht, Kapitän, aber ich glaube, Ihr habt dort meine Tochter Julia. Sie stellt keinerlei Bedrohung dar, zumindest nicht in der Weise, wie Ihr es wohl vermutet habt. Gestattet mir, Euch vorzustellen. Julia, *ma chère,* dies ist unser Gast Kapitän Rudyard Thorpe. Du wirst bemerkt haben, daß sein Schiff, die *Najade,* auf dem Fluß vor Anker liegt.«

In dem Augenblick, als ihre Füße den Boden berührten, stieß Julia gegen die Brust des Mannes. Ihre Haut brannte, wo er sie gehalten hatte. Eigentümlich verwirrt zog sie sich hinter die Reste ihrer in Mitleidenschaft gezogenen Würde zurück. »Kapitän«, sagte sie, in Anerkennung der Vorstellung, aber so kühl wie möglich. »Ich glaube, ich muß mich bei Euch bedanken für Euer schnelles Handeln und Eure Geistesgegenwart.«

»In keinster Weise«, erwiderte er. »Es war nicht mehr als eine Reflexbewegung.«

»Dennoch bin ich Euch dankbar.«

»Es war mir ein Vergnügen.«

Julia hatte noch nie jemanden gehört, der in dieser Weise Höflichkeit nur der Form halber verwendete. Der Mann sprach in der kultivierten Redeweise eines Gentleman. Sein Französisch war ziemlich fließend, doch sein Akzent war unüberhörbar und wies eindeutig darauf hin, daß er von englischer Herkunft war. Und noch etwas anderes entdeckte Julia in seiner tiefen Stimme: den rauhen Klang der Ungeduld. Allem Anschein nach wartete er darauf, daß sie sich entfernte, damit er und ihr Vater mit ihren Gesprächen fortfahren konnten. Es bereitete ihr die größte Freude, als ihr Vater ihre Hand nahm und sie in seine Armbeuge legte, wobei er sie mit sich zog.

»Kapitän Thorpe ist gerade angekommen, und wir wollen die anderen treffen«, erklärte M'sieur Charles Dupré. »Möchtest du nicht mitkommen?«

»Ich würde mich sehr freuen«, erwiderte Julia trocken. Sie hatte keinen Augenblick etwas anderes vorgehabt, was ihr Vater auch sehr wohl wußte.

Ein Paar Bücherschränke, die auf beiden Seiten des Kamins im Hinterzimmer aufgestellt waren, gaben die Berechtigung dafür ab, diesen Raum Bibliothek zu nennen. Es standen sogar auch ein paar Bücher darin, uralte, ledergebundene Bände, die in dem feuchten Klima schimmlig geworden waren, eine Bibel und eine Reihe von Kinderbüchern aus Julias Kindertagen. Es gab auch eine Sammlung vergilbter Zeitungsblätter und landwirtschaftliche Schriften, die nur durch die Glastüren daran gehindert wurden, herunterzurutschen, dazu staubbedeckte Messingfiguren von Soldaten und Staatsmännern, ein Astrolabium, eine zerfallende ausgestopfte Eule und eine Schüssel aus Meißner Porzellan, gefüllt mit Schnur, Angelködern, zerbrochenen Haarnadeln, rostigen Nadeln und Münzen. Die Bücher, die Julia brauchte, um etwas nachzulesen und um sich zu beschäftigen, bewahrte sie in ihrem Zimmer auf, denn ihr Vater hütete sorgfältig die Privatsphäre seiner Bibliothek und erlaubte es nur selten, daß jemand herkam – nicht einmal zum Putzen.

Mit einem bekümmerten Ausdruck bemerkte Julia die Staubschicht, die den Tisch in der Mitte des Zimmers bedeckte, der ihrem Vater als Schreibtisch diente. Die Karaffe mit dem Weinbrand, die darauf gestellt war, hatte auf der schmutzigen Oberfläche einige deutliche Abdrücke hinterlassen, und wenn man die Ringe zählte, konnte man ohne weiteres feststellen, wie oft die Gläser der vier um den Tischen sitzenden Männer schon nachgefüllt worden waren.

Bei ihrem Eintreten standen die Herren auf. Der eine, ein alter Freund ihres Vaters, General Montignac, trat vor, nahm Julias Hand und hob sie an seine Lippen. »Mademoiselle Julia, welche Freude, daß Ihr da seid, wenn auch nicht ganz unerwartet.«

General Montignac, ein Veteran aus Napoleons *grande armée,* war ein grauhaariger alter Herr mit herben Gesichtszügen. Er hatte für seinen Kaiser im Kampf einen Fuß und ein Auge verloren, weswegen er mit Hilfe eines extra für ihn konstruierten Stiefels und eines Stockes durch die Gegend humpelte. Eine finstere, schwarze Augenklappe bot seinem verletzten Auge Schutz. Er war der anerkannte Führer der Bonapartistenbewegung in New Orleans, ein Posten, den er außerordentlich genoß. Seine Freude daran hielt ihn jedoch nicht davon ab, es mit den angestrebten Zielen der Bewegung ausgesprochen ernst zu nehmen.

»Ihr seid allzu freundlich«, murmelte Julia, während sie dem Blick seines einen glänzenden schwarzen Auges standhielt, ohne auszuweichen.

»Nicht so freundlich, wie ich wäre, wenn ich nur zwanzig Jahre jünger wäre«, erwiderte er mit einem tiefen Seufzer und einem Kopfschütteln. »Ich sehe, Ihr habt schon die Bekanntschaft von Kapitän Thorpe gemacht.«

Julia hatte bis zu diesem Augenblick noch keinen Blick auf den Mann geworfen, der neben ihr stand. Er war groß, das war ihr schon klar. Aus irgendeinem Grunde hatte sie erwartet, er würde eine Uniform tragen; statt dessen hatte er einen hervorragend geschnittenen Abendanzug an, der deutlich seine breiten Schultern und die muskulöse Länge seiner Schenkel erkennen ließ. Ein regennasser Umhang hing an seinem Arm, und in der Hand hielt er einen Hut mit geschwungener Krempe. Seine Haut war mahagonifarben gebräunt wie bei jedem Seemann, was einen lebhaften Gegensatz zu dem leuchtenden, dunklen Meeresblau seiner

Augen darstellte. Sein feines Haar war kurz geschnitten und ohne die kunstvoll gelegte Unordnung der Dandys nach hinten gekämmt. Es schimmerte mitternachtsschwarz wie das Fell eines Sumpfpanthers.

Bei dieser schnellen, umfassenden Betrachtung entdeckte sie noch etwas: Sie wurde ebenfalls inspiziert, allerdings schien sich Kapitän Thorpes Aufmerksamkeit auf das Dekolleté ihres Kleides zu konzentrieren, wo die cremefarbenen Rundungen ihrer Brüste nur von einer hauchdünnen Lage Seide bedeckt waren.

»Ja«, sagte sie in schärferem Ton, als sie vorgehabt hatte, »wir sind uns schon begegnet.«

»Dann werde ich Euch, wenn Euer Vater erlaubt, die beiden Herren vorstellen, die mit uns hier zusammengekommen sind, und die Ihr noch nicht kennt – M'sieur Marcel de Gruys, ein großer Bewunderer des Kaisers, der erst vor kurzem in unserer Stadt angekommen ist, und M'sieur Eugène François Robeaud, der früher in den Diensten des Kaisers gestanden hat. M'sieur Fontane kennt Ihr, glaube ich, bereits.«

»Bitte setzt Euch, meine Herren«, sagte Julia und nahm auf dem Stuhl Platz, den ihr Vater ihr hinhielt, nachdem sie die beiden Herren begrüßt hatte. Sie bedachte den vierten Mann, einen alten Bekannten ihres Vaters, der Bankier und Händler in der Stadt war, mit einem Lächeln. M'sieur Fontane, der General und ihr Vater stellten die Führungsspitze der Bonapartistenbewegung in New Orleans dar.

Marcel de Gruys hatte sie in den letzten paar Wochen öfter in der Stadt gesehen. Er schien Zugang zu den sonst geschlossenen Kreisen der französisch-kreolischen Gesellschaft zu haben und war bekannt mit den Damen, die den Ton angaben. Man sagte, er habe sein Geld geerbt, ein Familienvermögen, allerdings schien niemand etwas über seine Familie zu wissen – eine große Unbekannte in New Orleans, wo es sich jeder zur Freizeitbeschäftigung machte, Verwandtschaftsverhältnisse herauszufinden. An ihm waren deutlich die klaren Anzeichen des Lebemannes zu erkennen: die schweren Augenlider und die leicht vorgewölbten Lippen. Er streifte Julia mit einem forschenden Blick, der nur deshalb nicht beleidigend war, weil er es offensichtlich immer so machte. M'sieur Robeaud war völlig anders. Er benahm sich sehr zurückhaltend, war klein und neigte zur Fülle. Seine grauen Augen wirkten immer etwas beunruhigt, und er wich Julias Blick aus. Dennoch fesselte er ihre Aufmerksamkeit. In den gleichmäßigen Zügen des Mannes lag etwas Anziehendes, ein Ausdruck von Standhaftigkeit. Und da war noch etwas anderes an seinem Äußeren, das sie nachdenklich machte, aber sie wußte nicht recht, was es war.

»Weinbrand, Kapitän Thorpe?« M'sieur Dupré, der elegante Gastgeber mit dem silbern glänzenden Haar, winkte den Kapitän zu einem Stuhl. Er goß die feurige Flüssigkeit in einen Schwenker und schob ihn dem anderen Mann zu, dann füllte er sein eigenes Glas noch einmal auf und setzte sich zu den anderen an den Tisch.

General Montignac klopfte mit seinem Stock auf den Boden, um die Aufmerksamkeit der Anwesenden auf sich zu lenken. »Meine Herren, Mademoiselle. Ich glaube, wir wissen alle, warum wir hier versammelt sind. Wir haben auf diesen Tag gewartet, davon geträumt, auf ihn gehofft. Drei lange Jahre haben wir seit jenem Augenblick der Unaufmerksamkeit bei Waterloo bereitgestanden, um dem Kaiser zu Hilfe zu eilen. Jetzt endlich ist es soweit. Napoleon hat seine Pläne vollendet. Und er braucht uns, um sie auszuführen. Bald wird der Adler aus seinem Käfig fliegen. In ferner Zukunft werden wir einmal das Glück haben, unseren Enkeln erzählen zu können, daß wir in New Orleans dazu beigetragen haben, den Schlüssel zu schmieden, der ihn befreit hat! Wir wollen auf den freien Flug des Adlers trinken!«

Damen tranken gewöhnlich nichts Stärkeres als ein oder zwei Gläser Wein zum Essen, aber Julia stimmte in den Trinkspruch ein. Sie spürte eine Enge in der Kehle, teils wegen des enthusiastischen Tons des Generals, teils aber auch wegen ihrer tiefen Sympathie für den Mann, der auf der kahlen Insel St. Helena gefangengehalten wurde. Sie lächelte mit erhobenem Kopf und war stolz, dabeisein zu können. Wer glaubte, er könne sie davon abhalten, an dieser Aufgabe mitzuwirken, sollte nur kommen und das versuchen!

Als der Trinkspruch verhallt war, sprach General Montignac weiter.

»Wie einige von Euch bereits wissen, habe ich in direktem Kontakt mit dem Kaiser gestanden. Ein Brief, der im Gepäck eines jungen Offiziers an Bord eines Schiffes aus dem Hafen von Jamestown geschmuggelt wurde, kam vor weniger als einer Woche bei mir an.«

»Wie geht es ihm?« fragte der ältere Händler, M'sieur Fontane.

»Seine Moral ist gut, geschärft durch seinen ständigen Kleinkrieg mit dem englischen Hund, der ihn bewachen soll – verzeiht, Kapitän Thorpe, aber man kann einen einzelnen Mann als Hund bezeichnen, ohne die ganze Rasse schlecht machen zu wollen, *n'est-ce pas*? Aber um fortzufahren: Die Regierungsbeauftragten, diese *canaillen* aus England, dem bourbonischen Frankreich, Österreich und Rußland, geben sich für kleinliche Tyranneien her. Sie weigern sich, den Kaiser mit seinem korrekten Titel anzusprechen, indem sie ihn einfach nur General Bonaparte nennen – eine Anrede, die er schon nach dem Afrikafeldzug vor zwanzig Jahren hinter sich gelassen hat! Sie zensieren seine Post. Sie suchen in den Körben mit Speisen und Getränken nach Nachrichten von Freunden und Verwandten, und sie vertreiben jeden von der Insel, den sie für zu mitfühlend halten. Aber unser Kaiser ist nicht geschlagen. Er schlägt zurück, indem er dafür sorgt, daß die Nahrungsmittel, die er bekommt, vielfältiger sind als alles, wovon irgendeiner dieser kleinlichen Beamten je auch nur geträumt haben könnte. Er weigert sich, jemanden bei sich zu empfangen, der nicht in der richtigen Form um eine Audienz bei ihm nachsucht. Er verweigert sich den Regierungsvertretern, hält aber hof für jeden anderen Besucher der Insel.«

»Aber sie verschaffen sich nicht gewaltsam Einlaß in seine privaten Gemächer?« fragte M'sieur Fontane stirnrunzelnd.

»Das wagen sie nicht. Napoleon hat sich und sein Gefolge bewaffnet. Sie haben geschworen, die Umgebung seines Hofes in Longwood unter Einsatz ihres Lebens zu verteidigen. Wenn Sir Hudson Lowe den Tod oder körperlichen Schaden des Kaisers verursachen würde, müßte er dem Zorn Europas gegenübertreten, aber auch dem Tadel seiner eigenen Regierung. Die öffentliche Meinung beginnt zugunsten des Kaisers zu schwanken. Der Gedanke, daß ein Mann für den Rest seines Lebens auf einem Felseneiland festgehalten wird wie Prometheus, dem die Vögel seine Leber aushackten, tut dem Gewissen der Weltöffentlichkeit nicht gut. Aber genug. Wir haben wichtige Dinge zu entscheiden.«

Kapitän Thorpe ließ seinen Blick von dem Sprechenden zu Julia hinüberwandern und runzelte leicht die Stirn, während er seinen Schwenker mit dem Weinbrand in der Hand hielt. Als seine Aufmerksamkeit sich auf die goldene Biene konzentrierte, Napoleons königliches Symbol, das an einem schwarzen Samtband um Julias Hals befestigt war, verdunkelte sich das Blau seiner Augen. Abrupt wandte er sich ab.

Julias Finger verkrampften sich um die Armlehne ihres Stuhls. Das Gefühl, nicht erwünscht zu sein, war ihr neu. Die meisten Herren ihrer Bekanntschaft waren sehr erfreut, sie in der Nähe zu haben. Ihr wurde klar, daß sie gegenüber den meisten anderen Frauen das Privileg hatte, bei den Versammlungen ihres übervorsichtigen Vaters und seiner Freunde anwesend sein zu dürfen. Aber sie wußte auch, daß sie um ihrer eigenen Persönlichkeit willen anerkannt wurde und wegen des Beitrags zu ihrem Unternehmen, den sie selbst würde leisten können. Es war außerordentlich verwirrend, von diesem Mann nur aufgrund ihrer äußeren Erscheinung beurteilt und dabei als unzureichend befunden zu werden. Und daß Kapitän Thorpe sich nicht einmal die Mühe machte, seine Meinung zu verbergen, betrachtete sie schon fast als Beleidigung.

Sie wandte sich von dem Kapitän ab und begegnete dem Blick von Marcel de Gruys. Er lächelte, und seine Augen verengten sich zu Schlitzen, als er sein Glas in Verehrung ihrer Schönheit hob. Diese Geste war nichts Ungewöhnliches, aber sie war erstaunt, daß dieses Kompliment sie in keinster Weise zu rühren schien. Was war nur mit ihr los, daß sie weder durch Anerkennung noch durch den Mangel daran zufriedenzustellen war?

Der einäugige General zog seinen Sessel näher an den Tisch heran und senkte die Stimme. »Der Kaiser plant, meine Herren, Mademoiselle, St. Helena spätestens im August dieses Jahres zu verlassen. Im Oktober wird er dann Malta erreicht haben, seine erste Station auf dem Rückweg nach Europa.«

»Bis August!« rief Fontane aus und blinzelte heftig. »Das heißt in weniger als fünf Monaten. Wie sollen wir in so kurzer Zeit eine Rettungsaktion organisieren, Männer rekrutieren, ein Schiff besorgen und dazu Waffen und ähnliche Dinge, wenn sein Gefängnis auf der anderen Seite der Erde liegt? Ich bitte Euch um Vernunft, *mon ami*!«

»Alles ist bereits geplant. All jene Einzelheiten und viele andere, an die Ihr nicht einmal gedacht habt, hat unser Kaiser, der ja ein Meister der Logistik ist, bereits in Betracht gezogen. Zunächst ein Schiff – es ist wirklich eine Notwendigkeit, wie Ihr gesagt habt. Das ist der Grund, warum wir Kapitän Thorpe, der zufällig gerade in unserer Stadt angekommen ist, eingeladen haben, zu uns zu kommen. Männer? Waffen? Wenn Ihr Euch eine Armee vorstellt – die wird nicht nötig sein. Der Kaiser hat nicht die Absicht, zu diesem Zeitpunkt das Leben seiner Anhänger in einem Kampf zu riskieren. Plant er, sich in einem leeren Weinfaß zu verstecken oder sich als gewöhnlicher Stauer oder Seemann zu verkleiden? Eintausendmal nein! Ein solches Verhalten wäre der Würde eines Mannes nicht angemessen, der einen Kaisermantel um die Schultern getragen hat, eines Mannes, der Königreiche gekauft und verkauft hat und Kronen und Adelstitel als Geschenke verteilte!«

Der Händler, ein Mann, der für Redegewandtheit wenig übrig hatte, zog ein säuerliches Gesicht. »Muß er sich also Flügel wachsen lassen?«

»Ihr seid ein Pessimist, mein lieber Fontane«, warf ihm der General vor. »Er schreitet von dannen, *naturellement,* wie ein Kaiser, direkt unter der Nase derer, die glauben, ihn sicher zu haben.«

»Und bucht dann für sich persönlich die Überfahrt auf einem Schiff der Ostindischen Handelsgesellschaft, nehme ich an?«

»*Non, mais non!* Es ist schwieriger, aber dennoch von erstaunlicher Einfachheit. Es ist ein brillanter Plan, wirklich brillant, und ein wesentlicher Teil seines Erfolges hängt, wie ich schon sagte, von den Männern ab, die jetzt bei uns sind, Kapitän Thorpe und auch M'sieur Robeaud.«

»Ich bin davon überzeugt, daß dieser Plan wunderbar ist, General. Wir erwarten nur, daß Ihr ihn uns mitteilt, damit wir ihn auch wirklich beurteilen können.«

General Montignac, der sich schon lange auf diesen Augenblick gefreut hatte, lächelte und schüttelte den Kopf. »Diese Ungeduld! Ich komme schon noch darauf.«

Mit plötzlicher Entschiedenheit lehnte sich Kapitän Thorpe vor und stellte sein leeres Glas auf den Tisch. »Bevor wir anfangen, General Montignac, darf ich fragen, ob jeder der Anwesenden Euch eine Garantie für seine Loyalität gegeben hat? Wir haben es hier mit einer gefährlichen Verschwörung zu tun. Wir wären Narren, wenn wir sie schon am Anfang gefährden würden, indem wir zulassen, daß die Einzelheiten entweder absichtlich preisgegeben oder in achtlosem Geplapper verbreitet werden.«

Während er sprach, spürte Julia seinen Blick noch einmal über sich hinwegstreichen. Es mochte den Anschein haben, daß seine Worte die ganze Gruppe meinten, aber sie war sich des Zentrums seines Interesses durchaus bewußt. Männer betrachteten ihre Unterhaltungen gewöhnlich nicht als Geplapper, dieses Wort war für die Gespräche von Frauen vorbehalten.

»Falls Ihr damit auf mich anspielt, Kapitän Thorpe«, sagte sie und hielt ihre Stimme mit Mühe unter Kontrolle, »kann ich Euch versichern, daß mir die Geheimnisse der Bewegung schon seit längerer Zeit vertraut sind und daß ich sie bisher noch nicht zu Allgemeinwissen gemacht habe.«

Man mußte ihm zugute halten, daß er nicht versuchte, das Offensichtliche abzustreiten. »Ich wollte Euch nicht zu nahe treten, Mademoiselle«, erwiderte er, den Kopf auf eine Seite gelegt. »In England ist es noch nie üblich gewesen, daß Männer Frauen mit Dingen von politischer Relevanz belasten, vor allem wenn sie vielleicht auch Gefahren in sich bergen.«

»Eure Besorgnis ehrt Euch, Kapitän, aber ich muß Euch doch darauf hinweisen, daß wir hier in New Orleans sind – und ich auch wohl kaum der typischen englischen Frau entspreche –«

»Na also!« sagte General Montignac, während ihr Vater und seine Freunde lachten.

Sie lächelte kurz als Erwiderung darauf und fuhr dann fort: »Ich habe nicht die Absicht, eine direkte Rolle in dieser Angelegenheit zu spielen, aber Ihr könnt sicher sein, daß alles, was in dieser Gruppe gesagt wird, bei mir sicher ist.«

M'sieur Fontane unterstützte sie. »Es kann keinen Zweifel an Mademoiselle Julia Dupré geben. Napoleon hat keine sicherere Freundin und Befürworterin. Sie würde in jedem Falle die ganze Angelegenheit in kürzester Zeit von Dupré oder einem von uns erfahren, also kann sie geradesogut bleiben und die korrekte Version hören.«

Der Kapitän betrachtete die amüsierten Gesichter am Tisch mit einem Ausdruck, als habe er fast seine Zweifel daran, sich an einer ernsten Angelegenheit zu beteiligen, wenn sie mit so lockerer Haltung angegangen wurde. »Und die anderen?« fragte er kurz angebunden.

»Mit der Ausnahme der Herren Robeaud und de Gruys kenne ich diese Herren schon, seit ich ein Mann bin«, sagte Julias Vater mit einer Geste seiner weißen Hand, die ebenso gewandt wie ungeduldig wirkte. »M'sieur Robeaud wird derjenige sein, der der größten Gefahr ausgesetzt ist, wenn irgend etwas mißlingt. Man kann keine größere Versicherung für seine Mitarbeit erwarten. De Gruys kenne ich seit einigen Monaten sowohl privat als auch geschäftlich. Er ist bereit, einen größeren Betrag zur Finanzierung dieser Expedition beizusteuern. Es ist offensichtlich, daß man nicht eine Angelegenheit finanziert, die man zu verraten gedenkt. Das würde bedeuten, für nichts und wieder nichts ein Vermögen wegzuwerfen.«

Die Anspannung in der Stimme ihres Vaters, so leicht sie auch sein mochte, entging Kapitän Thorpe nicht. In diesem Land waren Männer schon für geringere Ehrenrührigkeiten gestorben. Der Kapitän war ein offener Mann, und unter den gegebenen Umständen waren die Männer in der Bibliothek bereit, sich ihm unterzuordnen, aber auf den Friedhöfen von New Orleans lagen viele Männer, die es gewagt hatten, ihre Zweifel zu deutlich auszusprechen.

Julia beobachtete den inneren Kampf, den Kapitän Thorpe mit zusammengepreßten Lippen ausfocht. Es ging ihm gegen den Strich, sich dem Willen anderer zu beugen, das war ganz deutlich. Zweifellos hatte er gewöhnlich das Kommando und übernahm die Verantwortung für seine Untergebenen. Es würde ihm ganz gut tun, wenn er feststellte, daß er hier nicht den Oberbefehl hatte und den anderen auch sonst nicht überlegen war.

»Kann ich also davon ausgehen, daß wir fortfahren können?« fragte General Montignac. Nach einem Augenblick nickte Kapitän Thorpe widerstrebend. Noch einmal begann der General zu sprechen. »Die Anweisungen des Kaisers sind so einfach, daß es darüber keine Mißverständnisse geben kann. Ein kleiner Teil seines Vorhabens wurde schon ausgeführt. Ich werde jedoch, wenn Ihr erlaubt, Eurem Erinnerungsvermögen noch einmal etwas nachhelfen. Wir hier in Nouvelle Orléans haben die große Verantwortung übernommen, den Kontakt zu M'sieur Robeaud herzustellen und dafür zu sorgen, daß er auf einem amerikanischen Schiff nach England transportiert wird. Gehe ich recht in der Annahme, daß das kein Problem sein wird, Kapitän Thorpe?«

»Überhaupt nicht, General. Die *Najade* gehörte ursprünglich meinem Vater, der Amerikaner war. Es war sein Wunsch, daß auf ihr niemals der englische Union Jack gehißt wird. Ich bin geborener Brite, und die Familie meiner Mutter lebt immer noch in England, aber ich habe dem Wunsch meines Vaters Rechnung getragen.«

»Sehr gut. Wenn ich so sagen darf, könnte es kaum besser sein. Wenn er dann in England ist, wird M'sieur Robeaud auf einem Schiff der Englischen Ostindischen Handelsgesellschaft mit dem Ziel Rio de Janeiro via St. Helena weiterfahren. Der Kaiser hat dafür gesorgt, daß General Baron Gaspard Gourgaud nach London reisen wird, um sich darum zu kümmern, daß diese Reise gut verläuft.«

»Gourgaud?« fragte M'sieur Fontane. »Ich hatte angenommen, er hätte eine Auseinandersetzung mit Napoleon gehabt und habe in einem Anfall von Theatralik darum gebeten, St. Helena verlassen zu dürfen. Ein unbeständiger Geselle und Nachkomme einer Schauspielerfamilie, glaube ich.«

»Ja, so ist es, genau der richtige Mann, um eine solche List auszuführen. Ausgerechnet darum ging es nämlich bei dieser Auseinandersetzung, versteht Ihr? Es war ein Täuschungsmanöver, um die Regierungsvertreter davon zu überzeugen, daß er mit Napoleon gebrochen hatte. Die ganzen Denunziationen und genauen Einzelheiten und sogenannten Geheiminformationen, die Ihr hören werdet, sind Theater, um seine wahre Absicht zu verschleiern. Ich glaube jedoch, daß wir hier in Louisiana in einer Position sind, in der wir Gourgaud besser helfen können, als wir ursprünglich angenommen haben. Vielleicht würdet Ihr so gut sein, Kapitän Thorpe, und den anderen erklären, was Ihr mir vor einigen Tagen mitgeteilt habt?«

»Sicher«, sagte der Engländer und richtete sich in seinem Sessel gerade auf. »Das Hauptproblem, dem Gourgaud gegenübersteht, ist, daß ein Schiff der Ostindischen Handelsgesellschaft zur rechten Zeit nach St. Helena geschickt wird. Die Schwierigkeit besteht darin, daß, wie Ihr sicher wißt, die Insel der Ostindischen Handelsgesellschaft gehört, die sie der Krone als Aufenthaltsort für Napoleon verpachtet hat. Nur Schiffe der Gesellschaft und englische Schiffe der Linie haben die Erlaubnis, im Hafen von Jamestown auf St. Helena zu ankern. Ich glaube, ich werde an dieser Stelle der Sache sehr dienlich sein können. Der älteste Bruder meiner Mutter ist einer der Direktoren der Gesellschaft. Da er selbst keine Söhne hat, ist es schon seit langem sein Wunsch, daß ich mich niederlasse und mich an dem Handel mit Indien beteilige. Wenn es mir gelingen würde, ihn davon zu überzeugen, daß ich seinen Wunsch erfülle, könnte es mir möglich sein, den Fahrplan der Schiffe der Gesellschaft in Erfahrung zu bringen, die in jene Richtung in See stechen, möglicherweise sogar den Termin von einer ihrer Fahrten zu beeinflussen, falls es sich als nötig erweisen sollte.«

»Ich glaube, das dürfte von größtem Wert sein«, bemerkte Fontane.

»Ja«, stimmte General Montignac trocken zu, »und der Kapitän wird natürlich auch mit der *Najade* von England nach Rio de Janeiro segeln und dort die Ankunft Napoleons erwarten. In dem Augenblick, in dem der Kaiser dort ankommt und an Bord geht, wird er mit ihm in See stechen, Ziel Malta.«

Marcel de Gruys, der bis zu diesem Augenblick nur schweigend zugehört hatte, rutschte in seinem Sessel hin und her. »Man muß sich doch fragen, was Kapitän Thorpe für alles das zu bekommen hofft«, gab er schleppend zu bedenken, und sein zynischer schwarzer Blick maß die breite Gestalt des Engländers.

»Was ich dafür zu bekommen hoffe«, erwiderte Rudyard Thorpe und drehte sich heftig zu de Gruys um, »ist Geld.«

Ein kurzes Schweigen entstand. Die Männer am Tisch sahen einander an.

»Nun?« sagte General Montignac schließlich, und seine Stimme klang ein wenig nach Scham, »was hattet Ihr erwartet? Man kann nicht voraussetzen, daß alle dem Kaiser nur aus Liebe dienen.«

»Das scheint wohl so zu sein«, murmelte M'sieur Fontane unglücklich. Einer oder zwei der anderen taten ihre zweifelnde Zustimmung kund.

Julia richtete sich auf. »Das mag schon sein«, sagte sie mit ernster Stimme, »aber ist es klug, jemandem zu trauen, der dem gleichen Volk angehört, das auch Napoleons unerbitterlichster Feind war und jetzt seine Gefängniswächter stellt?«

»Da hat sie nicht unrecht«, sagte M'sieur Fontane.

»Ja, das stimmt«, meinte auch Marcel de Gruys mit einem zustimmenden Blick in ihre Richtung. »Ich glaube, es wäre angebracht, wenn wir alle einen Beweis seiner Loyalität von diesem englischen Kapitän verlangen würden, der uns belegen könnte, warum er glaubt, daß ihm diese Sache Profit bringt.«

Ein Muskel spannte sich unter der sonnengebräunten Wange des Engländers an, und seine blauen Augen schienen sich zu verdunkeln. »In geschäftlichen Dingen war mein Wort immer gut genug«, entgegnete er langsam und bedächtig, »ich habe nicht darum gebeten, an dieser Sache mitzuwirken; General Montignac und M'sieur Dupré haben mich in Maspero's Kaffeehaus angesprochen, nachdem sie gehört hatten, daß ich die Absicht hätte, in Kürze nach London zurückzukehren. Mir ist es völlig egal, ob Napoleon Bonaparte seine ihm bestimmten

Jahre als der Despot von Longwood beendet oder als der Herrscher Europas. Ich bin niemandem Rechenschaft schuldig und habe kein Idol. Das Meer und die *Najade* sind die Dinge, die mir am meisten bedeuten, und das Wohlergehen meines Schiffes ist meine erste Sorge. Was immer ihm dient, besitzt meine absolute Treue. Mehr als das kann ich nicht sagen. Falls jedoch noch jemand von Euch Zweifel an mir haben sollte, lassen sie sich am besten ausräumen, indem der eine oder andere mit auf die Reise kommt.«

»Ein hervorragender Vorschlag«, sagte M'sieur Dupré mit nachdenklichem Ton.

Marcel de Gruys nickte.

Julia sah von ihrem Vater zu Marcel de Gruys und registrierte, daß der Kapitän sie mit scharfem Blick musterte. In seinem Ausdruck lag deutlich beherrschter Ärger, verbunden mit einer tiefen Abneigung dagegen, daß er gezwungen gewesen war, sich zu verteidigen. Julia wartete darauf, die Befriedigung des Gleichstands in ihrer Auseinandersetzung zu spüren. Ohne es so beabsichtigt zu haben, hatte sie sich gerächt dafür, daß Rudyard Thorpe versucht hatte, sie von der Versammlung auszuschließen. Aber das Gefühl stellte sich nicht ein. Statt dessen spürte sie, wie sich ihr Magen zusammenzog. Trotz der Gegenwart ihres Vaters überlief sie so etwas wie ein angstvoller Schauer. Einen Augenblick später wurde er von einem erleichternden Zorn verdrängt, der es erlaubte, daß sie das Kinn hob und den Blick des Engländers ohne Zaudern erwiderte. Dennoch war sie sich noch nie in ihrem Leben ihrer Verletzlichkeit als Frau so bewußt gewesen.

»Also bitte«, sagte General Montignac und bedachte die Runde um den Tisch mit einem Blick, »wenn alle zufrieden sind, können wir ja weitermachen. Es sind immer noch ein paar Punkte zu besprechen – ich könnte auch hinzufügen, daß sie zu den wichtigeren gehören.«

»Das nehme ich auch an«, schnaubte M'sieur Fontane. »Es ist ja gut und schön, wenn Ihr sagt, wir brauchen keine Waffen und riskieren niemandes Leben, aber was geschieht, wenn die Abwesenheit des Kaisers entdeckt wird? Man wird sofort mit der Verfolgung beginnen und englische Kriegsschiffe mit schweren Kanonen schicken. Man wird das Schiff, auf dem der Kaiser unterwegs ist, aus dem Wasser pusten, sobald es nur in Schußweite kommt. Ein Fluchtversuch – was sonst könnte ihnen einen besseren Grund dafür liefern, sich Napoleons zu entledigen?«

Kapitän Thorpe antwortete darauf. »Ihr habt durchaus recht, Sir. Man hat mir jedoch zu verstehen gegeben, daß das kein Problem werden wird.«

»Kein Problem?« rief der andere Mann aus und starrte Rudyard Thorpe an, als halte er ihn für verrückt.

»So ist es«, bestätigte der General mit gelassenem Humor. »Es gibt keinen Grund anzunehmen, daß man Napoleons Abwesenheit bemerken wird, solange er sich nicht entschließt, diese Tatsache selbst öffentlich bekanntzugeben. Aber um diese Zeit werden die Engländer zu beschäftigt sein damit, sich zu verteidigen, als daß sie sich noch Sorgen darum machen könnten, wie sie ihren Gefangenen zurückbekommen.«

»Bah«, winkte M'sieur Fontane ab, »Ihr sprecht in Rätseln.«

Der General lächelte. »Gar nicht. Man wird die Abwesenheit des Kaisers aus dem einfachen Grunde nicht bemerken, weil M'sieur Robeaud seine Stelle einnehmen wird, wie er es schon oft getan hat.«

Fontane wirbelte in seinem Sessel herum und starrte den untersetzten kleinen Mann an, der so still unter ihnen saß. »Ist das wahr?« fragte der Händler.

Robeaud nickte langsam.

»Warum tut Ihr das?« fragte Marcel de Gruys, und sein schleppender Ton klang scharf vor Mißtrauen. »Für Geld, wie unser guter Kapitän?«

Robeaud runzelte die Stirn, um eine Antwort zu finden. »Das ist keine leichte Frage, M'sieur. Für Geld, ja, aber auch aus vielen anderen Gründen. Ist es erlaubt, daß ich das erkläre?«

»Nicht nur erlaubt, sondern sogar erforderlich, denke ich«, antwortete de Gruys mit einem Blick in die Runde.

»Merci«, erwiderte Robeaud und neigte seinen Kopf noch einmal zu einer seltsam demütigen Verbeugung. »Ich wurde als einfacher Bauer

geboren, M'sieur, in der kleinen Stadt Baleicourt in Frankreich. Als junger Mann wurde ich als *voltigeur* in die Armee aufgenommen zur leichten Infantrie des dritten Regiments. Bald fiel ich einem Geheimdienstoffizier auf, dem Colonel de Rochalve, weil ich dem Kaiser so ähnlich sehe. Eines Nachts wurde ich in sein Quartier gerufen, und man teilte mir mit, man bringe mich zu einer Sonderaufgabe nach Paris. M'sieur Fouché –«

»Der Polizeiminister«, murmelte General Montignac.

»Ja, M'sieur. Man hatte den Polizeiminister aufgefordert, einen Mann zu finden, der dem Kaiser einige seiner beschwerlicheren Pflichten abnehmen könnte, die zum Schicksal eines Regenten gehören, jemanden, der zu Versammlungen und Bällen gehen konnte. Truppen inspizieren, bei den endlosen Zeremonien der Stadtväter erscheinen. Es gab so viele Anforderungen dieser Art, daß dem Kaiser nur wenig Zeit blieb, das Land zu regieren und seine Feldzüge zu planen. Es wäre aber auch nicht gut gewesen, die Öffentlichkeit und die Stadtväter zu enttäuschen, doch der Kaiser konnte diese Einschränkungen nicht hinnehmen. Man betrachtete mich, meine Herren, als denjenigen, der Napoleon in den Zügen und der Hautfarbe am ähnlichsten war, obwohl ich ein wenig kleiner und auch etwas jünger bin. Das erste Problem konnte man lösen, indem ich Spezialstiefel mit erhöhten Sohlen trug, aber auch dadurch, daß ich so oft wie möglich saß – auf einem Podium, in einer Kutsche, zu Pferd. Und was den zweiten Punkt betraf, hatte der Kaiser nichts dagegen, etwas jünger zu erscheinen, als er wirklich war.«

»Erstaunlich«, sagte M'sieur Fontane, eine Empfindung, die die anderen durchaus teilten. General Montignac und M'sieur Dupré, die als einzige die Geschichte schon gehört hatten, lächelten sich zu.

»Mag sein«, stimmte Robeaud mit einem kleinen Schulterzucken zu. »Auf jeden Fall erklärte sich der Kaiser einverstanden mit mir. Ich wurde sofort in den Palast nach Versailles gebracht und im Verborgenen darin unterrichtet, wie ich sprechen, gehen, mich bewegen und anziehen sollte, um Napoleon ähnlich zu sein. In diesem Zusammenhang war General Gourgaud mit seiner Theatererfahrung besonders hilfreich. Man lehrte mich Lesen und Schreiben, dessen ich nicht mächtig war, und auch, die Handschrift des Kaisers zu kopieren, besonders seine Unterschrift: Ich glaube sagen zu können, daß ich meine Arbeit zufriedenstellend erledigt habe. Viereinhalb Jahre lang half ich meinem Kaiser, die Last seines Amtes zu tragen. Dann kam die Niederlage und die Abdankung. Man gab mir Geld und schickte mich fort. Doch nachdem ich das reiche höfische Leben kennengelernt hatte, wie sollte ich da zu einem einfachen Bauernleben zurückkehren? In den Jahren, in denen ich nicht in Baleicourt gewesen war, waren meine Eltern gestorben und hatten meine einzige Schwester allein auf der Welt zurückgelassen. Wir beiden entschlossen uns, ein neues Leben in der Neuen Welt, in Louisiana, anzufangen. Es ging uns nicht allzu schlecht, obwohl das Geld, das man mir gegeben hatte, bald verbraucht war. Und dann bekam ich vor ein paar Monaten zum ersten Mal Schmerzen im Bauch. Der Arzt, zu dem ich ging, sagte mir, ich hätte nur noch wenige Jahre zu leben, zwei, vielleicht drei. Meine Schwester hat niemals – ich meine sie war nicht mit besonderen Fähigkeiten oder Klugheit gesegnet. Ohne mich wird sie ins Armenhaus gehen oder sich ihren Unterhalt erbetteln müssen. In meiner Verzweiflung, wie ich ein kleines Auskommen für sie schaffen könnte, schrieb ich an den Kaiser. Lange Zeit bekam ich keine Antwort, dann erhielt ich einen Brief, den mir ein Seemann von einem fremden Schiff brachte. Wenn ich nach St. Helena käme und meine letzten Tage dort in Komfort und Wohlstand verbringen wolle, würde Napoleon meiner Schwester für den Rest ihres Lebens eine Pension aussetzen. Das war eine Freude, meine Herren! Mein Kaiser brauchte mich, ich könnte wieder etwas Sinnvolles tun, und für meine Schwester wäre gesorgt. Wie konnte ich das ablehnen?«

»Ja, wie hättet ihr das tun können?« sagte General Montignac und streckte die Hand aus, um sie auf Robeauds Schulter zu legen.

»Ihr seid zu freundlich, General«, sagte Robeaud. »Um zum Ende meiner Geschichte zu kommen: Man wies mich an, Kontakt zu General Montignac in Nouvelle Orléans aufzunehmen. Das habe ich getan und erwarte nun weitere Instruktionen.«

»Seht Ihr die erstaunliche Einfachheit der Sache, meine Freunde?« sagte der General und breitete die Hände aus. »M'sieur Robeaud tritt in der Rolle eines Händlers eine Fahrt nach England an, vielleicht auch als Plantagenbesitzer, der eine Reise macht, um etwas von der Welt zu sehen. Seine Rückreise führt ihn über St. Helena und Rio de Janeiro. Wenn er Jamestown auf St. Helena erreicht, sucht er mit vielleicht einem oder zwei Herrschaften in seiner Begleitung um eine Audienz beim Kaiser nach. In Longwood tauschen er und der Kaiser die Plätze, und Napoleon setzt die Reise nach Südamerika fort. Und dann fährt er weiter nach Malta und Europa. Wenn die Engländer nicht bemerken, daß ihr Gefangener entkommen ist, wird es keinen Alarm geben und keine Verfolgung. Und die Maskerade kann immer weitergehen, oder zumindest so lange, bis der Kaiser seine Rückkehr an die Macht organisiert hat.«

Julias Vater räusperte sich. »Es ist schon mehrere Male die Frage nach weiteren Begleitpersonen auf dieser Rundreise nach St. Helena aufgekommen, vor allem um M'sieur Robeaud weniger verdächtig wirken zu lassen, aber auch um – vergebt mir, Kapitän – die Integrität der Mission sicherzustellen. Ich selbst verspüre den großen Wunsch, an diesem Unternehmen teilzuhaben, und bin sicher, daß es uns allen so geht. Da ich es mir erlauben kann, meinen Wünschen nachzugeben, möchte ich meine Tochter und mich als freiwillige Begleiter für M'sieur Robeaud vorschlagen.«

Einen Augenblick sah Julia mit glitzerndem Blick ihrem Vater in die Augen. Es war kein plötzlicher Entschluß, der ihm diesen Vorschlag eingegeben hatte. Schon an diesem Morgen hatte er ihr mitgeteilt, daß sie mit dabeisein würden und daß es einen besonderen Grund für ihre Anwesenheit gäbe. Es war klug eingefädelt, daß er den Vorschlag des Kapitäns als Gelegenheit ergriff, diesen Gedanken allgemein einzubringen, aber schließlich war ihr Vater ein intelligenter Mann, der noch viel würde erreichen können, wenn er unter einem starken und dynamischen Regenten eine verantwortliche Position bekäme. Ohne es zu merken, berührte Julia die goldene Biene an ihrem Hals.

»Ich finde dieses Abenteuer auch aufregend«, sagte Marcel de Gruys, und seine weichen Lippen verzogen sich zu einem ironischen Lächeln. »Vielleicht würden auch drei Passagiere zusätzlich zu M'sieur Robeaud die *Najade* nicht überfordern?«

In dieser Weise angesprochen, warf Kapitän Thorpe de Gruys einen vorwurfsvollen Blick zu. »Es ist genug Platz, ja, aber darf ich Euch daran erinnern, daß es sich hier nicht um eine Vergnügungsfahrt handelt? Die Reihe der Dinge, die mißlingen können, ist endlos lang. Die Existenz von M'sieur Robeaud kann ja kein völliges Geheimnis geblieben sein. Wenn er in England erkannt und von den Behörden gefaßt wird, wird auch jeder andere in seiner Begleitung Gefahr laufen, festgenommen zu werden. Und nehmen wir an, ein Wächter oder sonst jemand in Longwood schöpft Verdacht? Ihr werdet von Glück sagen können, wenn eine Festnahme in diesem Zusammenhang die einzige Gefahr ist. Und was, wenn das Undenkbare geschieht und der Austausch bemerkt wird? Wenn das passiert, solange er noch an Bord des Schiffes der Ostindischen Handelsgesellschaft ist, dann wird das das Ende der Reise sein. Wenn man ihm bis auf die *Najade* folgt, wird es uns vielleicht möglich sein, den englischen Kriegsschiffen zu entkommen, wir werden aber wahrscheinlich daran gehindert, unseren Zielhafen anzulaufen, und müssen vor einer dauernd drohenden Gefahr flüchten.«

»Ihr würdet es also vorziehen, diese Reise allein zu machen, Kapitän?« fragte Julia und hob das Kinn, als sie ihre Herausforderung aussprach.

»Ich würde es ganz sicher vorziehen, sie ohne eine Frau an Bord zu machen«, konterte Kapitän Thorpe, und seine Stimme war so hart wie sein Blick.

Julia öffnete den Mund, um etwas zu erwidern, aber ihr Vater kam ihr zuvor. »Es freut uns, Euren Standpunkt zu hören, Kapitän«, sagte er gelassen. »Ich bin sicher, daß wir Euch, wenn wir uns entscheiden mitzufahren, von jeder Verantwortung für unsere Sicherheit befreien werden.«

»Ich fürchte, das ist nicht möglich«, entgegnete der Kapitän. »Wenn Ihr erst an Bord meines Schiffes seid, bin ich für Euer Wohlergehen verantwortlich, ob Ihr das wollt oder nicht.«

»Es ist gut zu wissen, daß Ihr Eure Pflichten so ernst nehmt«, sagte M'sieur Dupré, obwohl Julia das Gefühl hatte, er sähe überhaupt nicht erfreut aus.

»Ich persönlich habe auf jeden Fall nicht den geringsten Wunsch, mein Wohlbefinden auf dieser Reise zu gefährden«, warf M'sieur Fontane ein. »Andererseits kann ich mir aber auch nicht vorstellen, wieso die Anwesenheit von M'sieur Dupré und seiner Tochter oder auch von M'sieur de Gruys das Ergebnis der Reise in irgendeiner Weise beeinträchtigen könnte. *Le bon Dieu* weiß, daß der Preis für die Überfahrt hoch genug ist.«

Man hätte meinen können, der Händler beziehe sich auf die Kosten, aus Sorge und in Unruhe wegen des Erfolgs der Mission. Doch die um den Tisch Versammelten machten sich keine derartigen Illusionen. Sie alle wußten, daß M'sieur Charles Dupré, der den großen Wohlstand einsetzte, den er aus seiner Zuckerplantage, Beau Bocage, gewonnen hatte, am meisten in dieses Unternehmen investierte, direkt gefolgt von Marcel de Gruys.

Der Kapitän lehnte sich zurück und zog ein finsteres Gesicht. Er hatte den Händler ganz gut verstanden. Wenn ihm bisher noch nicht klar gewesen war, wer das Geld gab, dann wurde es ihm doch jetzt deutlich. Daß es ihm gegen den Strich ging, Geldangelegenheiten über seine sonstigen Vorgehensweisen zu stellen, war offensichtlich, doch nach einem Augenblick nickte er.

»Also gut. Vergeßt nicht, daß ich Euch gewarnt habe. Wir brechen noch diese Woche nach England auf. Jeder, der nicht an Bord der *Najade* ist, wenn wir den Anker lichten, wird hierbleiben.«

Julia wollte protestieren. So gern sie auch mitfahren wollte, hatte sie sich doch nicht träumen lassen, daß sie schon so bald aufbrechen würden. Die Zeit war zu kurz. Sie würde nicht nur Kleider und andere Dinge für die monatelange Seereise zusammenstellen, sondern sich auch auf ein Klima vorbereiten müssen, das völlig anders war als im Süden Louisianas. Darüber hinaus mußte sie sich auch um die Garderobe ihres Vaters kümmern, die restlichen Verabredungen dieser Saison absagen, das Haus in der Stadt schließen und dafür sorgen, daß das Haus in Beau Bocage nicht unter ihrer Abwesenheit leiden würde. Es war einfach nicht möglich, dachte sie, bis sie den höhnischen Ausdruck in Rudyard Thorpes Augen sah. Sie zwang sich zu lächeln. Sie würde es schaffen, schwor sie sich. Sie würde alle Vorbereitungen treffen und innerhalb der vorgegebenen Zeit an Bord des Schiffes sein, und wenn es sie umbrachte!

General Montignac war aufgestanden. »Auf den Kaiser!« rief er. »Und auf jene, die es unternehmen, ihn zu befreien!«

Als die Stimmen verklungen waren, schob Julia ihren Stuhl zurück, erhob sich und stellte sich neben die Männer. »Vergebt mir, meine Herren«, sagte sie, »aber ich muß zu meinen Gästen zurück, sonst glauben sie noch, ich hätte sie verlassen. Gehe ich recht in der Annahme, daß Ihr bald folgen werdet?«

»Ja, sicher, *ma chère*«, antwortete ihr Vater. Der General und M'sieur Fontane stimmten ihm mit einem Lächeln zu. De Gruys hob sein Glas, als sie sich abwandte.

»Meine Herren, ich bringe einen Toast aus auf die schönste Bonapartistin in New Orleans!« rief er.

Julia lachte, drehte sich noch einmal um, um einen Knicks zu machen, während die Gläser erhoben wurden, erfreute sich an der Wärme der Bewunderung und Anerkennung, die ihr entgegengebracht wurden. Doch als sie die Runde verließ und sich auf den Rückweg über die regengepeitschte Galerie machte, blieb ihr der leuchtendblaue Blick von Kapitän Rudyard Thorpe am deutlichsten vor Augen. Es mochte vielleicht auch Bewunderung darin gelegen haben, aber wenn es so war, dann war sie weder mit Wärme noch mit Anerkennung gepaart. Sein Blick wirkte eher kühl in dem bewußten Bemühen um die richtige Einschätzung.

KAPITEL 2

Die Sänfte schwankte über die schlammige Straße. Regen schlug in vom Wind getriebenen Schwaden gegen die Glasfenster und trübte den Ausblick auf die Straßenverkäufer und Fußgänger, die sich unter den vorspringenden Galerien zusammendrängten. Obwohl es noch früh am Abend war, fiel aus den Kaffeehäusern und Wirtschaften schon Licht auf die Straße, helle warme Leuchtfeuer für die durchgefrorenen, feuchten Unglücklichen, die bei diesem üblen Wetter noch auf der Straße sein mußten.

In der Sänfte klammerte sich Julia an den samtbezogenen Griff, die Lippen zu einer schmalen Linie zusammengepreßt, während sie durch das beschlagene Glas hinauszusehen versuchte. Ihr Vater hatte gesagt, er würde sie in ihrem Haus in der Royal Street treffen, bevor er an Bord der *Najade* ging. Er war noch ins Café des Ameliorations gegangen, um seinen Freunden bei einem *apéritif* in aller Ruhe *au revoir* zu sagen. Julia hatte fast drei Stunden auf seine Rückkehr gewartet, doch als er dann immer noch nicht gekommen war, hatte sie sich entschlossen, ohne ihn zum Hafen hinunterzugehen. Sie wollte Kapitän Thorpe keine Möglichkeit geben, ohne sie abzufahren. Es stimmte schon, der Schnellsegler sollte eigentlich erst am kommenden Morgen in See stechen, aber der Engländer, der sie sowieso nur mit größtem Widerwillen an Bord nahm, würde vielleicht jede Gelegenheit ergreifen, sie an der Mitfahrt zu hindern.

Charles Dupré war nie besonders pünktlich. Zeit bedeutete ihm nur wenig. Dennoch war es eigentlich nicht seine Art, sein Erscheinen so lange zu verzögern. Er behandelte seine Tochter wie jede andere wohlerzogene Frau – mit einer gewissen Verehrung und einer übertriebenen Besorgnis um ihre Nerven. Es mußte schon etwas Ungewöhnliches geschehen sein, um ihn davon abzuhalten, wenigstens eine Nachricht zu schicken, die seine Verspätung erklärte.

Während Julia den Hals reckte, um die Straße hinauf und hinunter sehen zu können, rutschte der vordere Sänftenträger auf der schlammigen Straße aus. Die Sänfte machte einen Ruck nach vorn, und Julia wurde aus ihrem gepolsterten Sitz gegen das Glas geschleudert. Mit einem wenig damenhaften Ausruf des Zorns kam sie wieder auf die Beine und warf sich auf den Sitz. Infolge der ungewohnt harten Arbeit der vergangenen Tage tat ihr jeder Muskel weh. Ihre Augen brannten, weil sie zu wenig geschlafen und bis Mitternacht bei Kerzenlicht gearbeitet hatte. Die letzten Tage waren ein Alptraum gewesen. Obwohl sie befürchtete, daß ihre Finger für alle Zeiten die Flecken der Tinte behalten würden, mit deren Hilfe sie Hunderte von Nachrichten geschrieben und mit Boten in die ganze Stadt geschickt hatte, war sie doch nicht sicher, ob sie wirklich an alle ihre Verpflichtungen gedacht hatte. Die gepackten Kisten und Koffer folgten der Sänfte in einem Wagen, aber sie konnte nicht mit Sicherheit sagen, was sie eigentlich alles enthielten. Die Zofe, die sie seit fünfzehn Jahren hatte, Minna, eine treue und verläßliche Helferin, war abgelenkt gewesen, weil sie jetzt, nachdem sie seit sieben Jahren mit dem Butler der Duprés verheiratet war, zum ersten Mal Mutter werden würde. Die Frau war wie in Trance gewesen, und ihre Gedanken hatten sich mehr mit der Vorstellung von kleinen weißen Kleidungsstücken beschäftigt als mit der Kleidung ihrer Herrschaft. Es war offensichtlich nicht sehr praktisch für eine werdende Mutter, eine mehrere Monate dauernde Seereise anzutreten – das war eine weitere Schwierigkeit. Doch statt sich mit der unangenehmen Aufgabe zu belasten, eine neue Zofe anzulernen, irgendein junges Mädchen, das zweifellos seekrank und in dem kühlen Klima Englands ziemlich unglücklich werden würde, hatte Julia beschlossen, allein zurechtzukommen. Natürlich würde sie ihre Zofe vermissen, aber sie hatte sich schon oft das Haar selbst hochgesteckt und sich allein angezogen. Das Hauptproblem würde sein, daß sie für ihre Wäsche sorgen mußte. Aber zweifellos konnte sie auch das auf die eine oder andere Art bewältigen.

Tischtücher, Besteck, Bettzeug, Toilettenartikel, eine vollständig ausgestattete Schreibschatulle, Spielkarten, Visitenkarten – diese und ein Dutzend anderer Dinge waren gekauft und eingepackt worden, und doch nagte an Julias Gedanken das Gefühl, daß sie irgend etwas vergessen hatte. Es war feucht und kalt geworden, während sie im Hof gestanden und darauf gewartet hatte, daß die Sänfte kam. Wenn ihr Vater noch eingetroffen wäre, hätte man ihre Kutsche für die kurze Fahrt zum Deich angespannt, aber unter den gegebenen Umständen mußte sie zurückbleiben, falls ihr Vater noch kam, wenn sie schon unterwegs war.

Die Sänfte hielt an. Julia nahm ihr Täschchen und ihren Pomander und zog ihren blausamtenen Umhang fester zusammen, dann sah sie hinaus. Direkt vor ihr erhob sich massig ein Schiff. Sein glänzender Rumpf war schwarz gestrichen und von einem weißen, scharlachrot gesäumten Streifen oberhalb der Wasserlinie geziert. Auf diesem Streifen stand der Name des Schiffes. Unter dem Bugspriet, der über den Deich herüberstand, hing die Galeonsfigur. Es war eine erstaunlich fein gearbeitete Holzskulptur, der Torso einer Frau, deren fliegendes Haar die vollen Rundungen ihrer Nacktheit überdeckte. Das Gesicht war fein gezeichnet, ihre Lippen lächelten, die Augen strahlten einladend, und doch war in ihrem Gesichtsausdruck eine gewisse Kälte, als wäre das Versprechen, das hinter ihrem einladenden Blick lag, falsch.

Julia wandte das Gesicht ab und richtete ihre Aufmerksamkeit auf die Reling des Schiffes. Von ihrem Vater war nichts zu sehen, auch sonst entdeckte sie keine wesentlichen Aktivitäten außer drei Seeleuten ohne Rock, die den Deckel einer Ladeluke zu sichern schienen. Eine Laufplanke erstreckte sich in steilem Winkel vom Schiff zum Kai herunter.

Sie raffte ihre Röcke, schob ihre mit weichen Stoffschuhen gekleideten Füße in Überschuhe und stieg dann zögernd in den Schlamm. Der Regen hatte etwas nachgelassen, aber sie konnte nicht sicher sein, ob er nicht im nächsten Moment wieder anfangen würde. Mit gesenktem Kopf hastete sie auf die Laufplanke zu. Als ihre Überschuhe klappernd auf die feuchten, glatten Holzbretter trafen, begann der Steg zu schwanken. Sie griff nach dem Geländer, das durch ein Seil gebildet wurde, und sah auf. Kapitän Thorpe, in eine Kniehose und ein am Hals offenes Hemd gekleidet, sein unbedeckter Kopf naß vom Regen, kam auf sie zu. Mit der Selbstverständlichkeit langer Übung brachte er die Bewegung der Laufplanke zum Stillstand, während er darüber hinwegschritt, als träte er auf festen Boden. Als er sie erreicht hatte, nahm er wortlos ihren Arm und half ihr die steile Neigung der Planke hinauf.

Die höfliche Geste kam unerwartet, war ihr jedoch willkommen. Die schlammbedeckten Überschuhe waren nicht die beste Bekleidung für eine solche Kletterpartie. In dem Augenblick, als sie das Deck erreichte, schleuderte sie sie von den Füßen, sowohl um das weiße, sauber gescheuerte Deck nicht zu verschmutzen, als auch um sich ihres Gewichts zu entledigen.

»Vielen Dank, Kapitän«, sagte sie, als sie im Schutz des Eingangs zur Kajütentreppe standen. Ihr Lächeln war aufrichtig, und ihr bernsteinfarbener Blick leuchtete warm unter ihren von Regentropfen benetzten Wimpern.

»Keine Ursache. Eure Kabine ist die zweite links. Gebt auf die steilen Stufen der Kajütentreppe acht.« Mit einer kurzen Verbeugung wandte er sich ab.

»Kapitän?« sagte sie, und ihre Stimme klang schärfer, als sie beabsichtigt hatte.

»Ja, Mademoiselle?« fragte er. Seine Stirn war gerunzelt, als er sich ihr wieder zuwandte.

»Ist mein Vater an Bord?«

»Nein, noch nicht.«

»Wäre es möglich, daß man es mir mitteilt, wenn er ankommt? Unser Gepäck ist mit mir gekommen.«

Rudyard Thorpe sah an ihr vorbei auf einen Mann in der Uniform eines Schiffsoffiziers. »Hier ist der richtige Mann, der Eure Probleme meistern kann, Mademoiselle. Darf ich Euch den ersten Maat Jeremy Free aus der Hafenstadt Baltimore vorstellen? Jeremy, dies ist Mademoiselle Dupré, die mit uns reisen wird. Ich überlasse es dir, dich darum zu kümmern, daß sie alles hat, was sie braucht.«

Auf dem Gesicht des ersten Maats erschien einen kurzen Moment

Überraschung, als Kapitän Thorpe fortging. Dann lächelte er Julia an: »Willkommen an Bord der *Najade*«, sagte er in einem wohlklingenden Bariton. »In welcher Weise kann ich Euch zu Diensten sein?«

Mit Mühe gelang es Jeremy Free, Julias durcheinandergeratene Empfindungen wieder etwas ins Lot zu bringen. Er war durchschnittlich groß, und sein sandfarbenes Haar und die nußbraunen Augen paßten sehr gut zu seiner braunblauen Uniform. Auf seiner gebräunten Haut waren einige Sommersprossen verstreut. Sein Kinn war fest und sein Mund kräftig, und er lächelte oft vergnügt.

Mit dem Versprechen, ihr sofort Bescheid zu geben und sich um die Unterbringung ihres Gepäcks zu kümmern, geleitete er sie zu ihrer Kajüte. Er stieß die Tür auf und trat zur Seite, damit sie hineingehen konnte.

Die Kajüte war unglaublich winzig, kaum größer als eine Kammer. Die niedrige Decke schien nach unten zu drücken und den kleinen Raum noch weiter einzuengen. An der einen Wand stand eine einzelne Koje, dann gab es noch einen Waschtisch mit einer Schüssel und einer zugestöpselten Wasserkaraffe, darunter ein geschlossenes Fach für den unentbehrlichen Nachttopf, dazu ein kleiner, am Fußboden befestigter Tisch und ein Stuhl davor. In einer Ecke konnten einige Kleidungsstücke aufgehängt werden, und unter dem Bullauge mochte vielleicht gerade genug Platz sein, um einen kleinen Koffer aufzustellen. Wenn Julia ihre Zofe mitgebracht hätte, hätte die arme Minna mit einer Matrosenhängematte zufrieden sein oder auf einer Matratze auf dem Fußboden schlafen müssen.

Als Julia sich umsah, drängte sich ihr das Gefühl auf, daß die Kajüte eine irgendwie männliche Ausstrahlung hatte. Vielleicht war das auf einem großen Schiff nichts Ungewöhnliches, wo die Unterbringung in jedem Falle auf das Notwendigste beschränkt sein mußte, aber der Mangel an jedem auch nur noch so kleinen Zugeständnis an einen weiblichen Passagier beunruhigte sie. »Ich hoffe, Mr. Free«, sagte sie langsam, »daß ich niemandem Unannehmlichkeiten dadurch bereite, daß ich an dieser Reise teilnehme.«

»Aber nein, Madam – auf jeden Fall nicht wesentlich.«

Sie legte die Kapuze ihres Umhangs zurück und sagte mit einem etwas gezwungenen Lächeln: »Ich verstehe die Antwort so, daß es doch der Fall ist. Auf den wenigen Fahrten nach Europa, die ich als Mädchen gemacht habe, ist mir aufgefallen, daß die zweite Kajüte neben dem Kapitän gewöhnlich dem ersten Offizier gehört. Sagt mir, Mr. Free, dies ist nicht zufällig Eure Kajüte?«

Der erste Maat wurde ein wenig rot. »Ein Klipper ist nicht für den Transport vieler Passagiere gedacht, Mademoiselle. Es macht mir nichts aus, für eine Weile die Kajüte mit dem zweiten Maat zu teilen. Es ist mir eine Freude, mir vorzustellen, daß Ihr hier wohnt. Ich meine –«

»Keine Sorge. Ich weiß Eure Geste zu schätzen«, sagte Julia und lächelte ihn mit jenem Lächeln an, das auch bei den ausgesprochenen *beaux sabres* von New Orleans als bezaubernd gehandelt wurde. »Und ich danke Euch dafür.«

»Das war Kapitän Thorpes Idee, Madam. Euer Vater wird am anderen Ende des Flurs mit Monsieur Robeaud nächtigen und der andere Passagier in einer Kajüte mit dem Schiffsarzt.«

»Ich wußte nicht, daß es so eng sein würde.«

»Die *Najade* ist ein Transportschiff für Waren. Und das ist auch das einzige, was sie transportiert hat, seit sie vom Stapel gelaufen ist, Mademoiselle.«

»Ich verstehe.«

Ein Geräusch über ihnen lenkte die Aufmerksamkeit des ersten Offiziers ab. »Das wird wohl Euer Gepäck sein, nehme ich an. Gibt es etwas, das Ihr direkt hierhergebracht haben möchtet?«

Nachdem er sich sorgfältig die Beschreibung von einem kleinen Lederkoffer und ein paar Schachteln eingeprägt hatte, entfernte er sich.

Glücklicherweise kam Julias Vater direkt nach dem Gepäckwagen an. »Schimpfe nicht, *ma chère*«, bat er, als er seine Tochter vor ihrer Kajüte traf. »Es ging nicht anders. Wir mußten angesichts einer neuen Entwicklung eine kurzfristige Versammlung abhalten. Ich werde dir darüber berichten, sobald wir untergebracht sind.«

Es war keine Zeit für weitere Gespräche. Der enge Flur füllte sich mit Matrosen, die Koffer auf dem Rücken oder die Hände voller Schachteln und Körbe hatten. Von allen Seiten ertönten die Fragen, was wohin gebracht werden sollte, und nur Julia konnte das Durcheinander ordnen.

Es war vielleicht eine Stunde später, als Julia in einem einfachen weißen Musselinkleid mit Umschlagtuch in rotgoldenem Paisleymuster gegen die feuchte Kühle, die der Regen hinterlassen hatte, den Flur entlang in den Eßraum ging. Sie erwartete, dort ihren Vater mit einem Aperitif in der Hand zu finden. Statt dessen war der Raum leer und still, nur schwach erleuchtet durch eine Laterne, die an einem Haken über dem mit grünem Tuch belegten Tisch hing. Einen Augenblick später trat Kapitän Thorpe aus dem Schatten am Ende des Zimmers. Hinter ihm waren durch das Bullauge die Lichter der Stadt zu erkennen, die wie Feuerblumen in der sinkenden Dämmerung zu erblühen schienen.

»Guten Abend, Mademoiselle Dupré«, sagte er förmlich. »Möchtet Ihr Euch nicht setzen?«

Julia nahm auf dem Stuhl, den er für sie zurechtrückte, Platz. Während sie ihre Röcke und die Fransen des Umschlagtuches in Ordnung brachte, berührte sie die goldene Biene, die das gemusterte Dreieckstuch hielt, eine Gewohnheit, mit der sie sich versicherte, daß sie fest angebracht war. In dem unbehaglichen Schweigen, das folgte, dachte sie einen flüchtigen Moment an den guten Ton. In den zwanzig Jahren ihres Lebens war sie nur selten mit einem Mann allein gewesen, mit dem sie nicht blutsverwandt war. Da sie jetzt monatelang von Männern umgeben sein würde, mußte sie sich jedoch solche Überlegungen aus dem Kopf schlagen. Sie war kein unreifes Mädchen mehr. In ihrem Alter waren die meisten jungen Frauen nicht nur verheiratet, sondern schon Mütter. In ihrer Bekanntschaft gab es eine ganze Menge Leute, die – wenn sie nicht so offensichtlich von vielen Verehrern umgeben gewesen wäre – sie ohne weiteres als alte Jungfer bezeichnet hätten, die nicht mehr des Schutzes einer Anstandsdame bedurfte. Das sollte nicht heißen, daß sie vielleicht glaubte, man müsse sie in irgendeiner Form vor Kapitän Rudyard Thorpe beschützen. Was seine Haltung betraf, hätten sie sich genausogut mitten in einer Menge befinden können – eine verwirrende Beobachtung, da sie sich der Gegenwart seiner großen Gestalt im Zimmer sehr intensiv bewußt war. Er hatte sich umgezogen und seine nassen Kleider durch eine Uniform ersetzt, die der seines ersten Offiziers ähnelte, allerdings geschmückt von ein paar zusätzlichen Goldbesätzen. Julia fragte sich, ob sie sich wohl schmeicheln könnte, daß er das ihretwegen getan hatte, aber sie ließ den Gedanken mangels jedes weiteren Anzeichens, das dafür sprechen könnte, wieder fallen.

»Hat es aufgehört zu regnen?« fragte sie, als er sich ans gegenüberliegende Ende des Tisches setzte.

»Ja, es klart zusehends auf.«

»Dann wird es also keine Schwierigkeiten geben, morgen früh aufzubrechen?«

»Nicht die geringste. Gehe ich recht in der Annahme, daß Euer Vater doch noch sicher an Bord gekommen ist?«

Sie ignorierte die Spitze, daß sie sich vielleicht unnötigerweise Sorgen gemacht hatte, und stimmte ihm zu. »Er ist bei einer Sonderversammlung aufgehalten worden. Irgendein Notfall, ich weiß allerdings nicht, worum es sich handelte.«

Ein Ausdruck von Interesse verengte seine Augen, so daß seine Wimpern seinen Blick verdeckten, aber er sagte nichts mehr.

Sie suchte verzweifelt nach einem Thema, das einen Seefahrer interessieren könnte, und fragte schließlich: »Ich vermute, daß Ihr gern wieder in See stecht.«

Er lehnte sich zurück, während sein Arm an der Tischkante lag. »Es hat einige Vorzüge.«

»Ach ja?« sagte sie ermutigend.

»Auf See bin ich der Herr meines Schiffes und all derer, die sich darauf befinden.«

»Aber doch vermutlich nur theoretisch, Kapitän, oder?« erwiderte sie und unterdrückte ein Lächeln. Es bereitete Kapitän Thorpe also immer noch Schwierigkeiten, daß sie und ihr Vater darauf bestanden hatten, mitfahren zu dürfen.

»Nein, überhaupt nicht«, korrigierte er sie. »Sobald kein Land mehr in Sicht ist, ist mein Wort Gesetz.«

Julia starrte ihn an und vermutete eine verborgene Bedeutung seiner Worte, sie konnte sich aber nicht vorstellen, worin sie bestand. Sie hob ein wenig das Kinn, aber bevor sie eine Erklärung verlangen konnte, öffnete sich die Tür und Marcel de Gruys kam herein.

Er trat ein paar Schritte vor und blieb dann stehen. »Störe ich?« fragte er mit einem fast schon beleidigenden Lächeln auf dem Gesicht, während er abwechselnd den Kapitän und Julia betrachtete.

»Ja, erfreulicherweise«, erwiderte Kapitän Thorpe mit einem Ausdruck sardonischen Vergnügens, während sein strahlendblauer Blick auf Julias Wangen ruhte, die sich allmählich röteten.

De Gruys' schwarze Augen wirkten nachdenklich, bevor er seine schweren Lider senkte, um seine Gedanken zu verbergen. Er ging weiter und setzte sich in den Stuhl neben Julia. »Ihr seht reizend aus heute abend, Mademoiselle«, stellte der Franzose fest.

Julia murmelte eine passende Bemerkung. De Gruys war dem Anlaß entsprechend gekleidet. In seinem dunklen Rock mit Satinaufschlägen in der Farbe von poliertem Stahl, dem steif gestärkten Leinen und seinen weißen Kniehosen wirkte er allerdings ein wenig zu prächtig für ein Abendessen an Bord eines Schiffes. Neben Kapitän Thorpe erschien er eher wie ein Dandy in Trauer. Als Vergeltung für den peinlichen Augenblick von vorher ließ sie ihren Blick über seine dunkle Kleidung wandern und fragte: »Darf ich Ihnen kondolieren, M'sieur?«

»Was? O nein, nein, Mademoiselle, das ist absolut nicht nötig. Meine Freunde sind alle bei bester Gesundheit. Und auch in meiner Familie betrauere ich niemanden.«

»Vergebt mir den Irrtum«, sagte sie und senkte ihre Wimpern, nachdem sie das leichte Zucken um Kapitän Thorpes Lippen gesehen hatte.

»Euch würde ich alles vergeben«, erwiderte de Gruys sofort.

Mit zwei Männern fand Julia die Konversation etwas mühsam. Es war eine ausgesprochene Erleichterung, als Jeremy Free, M'sieur Robeaud und ihr Vater sich zu ihnen gesellten.

Die anderen Schiffsoffiziere wurden nicht erwartet, da sie in der Stadt waren, um das Beste aus ihrem letzten Abend an Land zu machen.

Den Neuangekommenen folgte ein Steward mit einem Tablett, auf dem Gläser und eine Flasche Sherry standen. Als allen serviert worden war und der Steward sich entfernt hatte, sagte Kapitän Thorpe: »Es gibt Neuigkeiten, habe ich gehört, M'sieur Dupré?«

»Ach, wirklich?« sagte der ältere Mann, und sein Blick wanderte vielsagend zu dem ersten Offizier.

»Ihr könnt unbesorgt vor Jeremy sprechen. Als erster Offizier dieses Schiffes muß er natürlich erfahren, wohin es fährt und aus welchem Grund. Er ist auch ein Freund, der mein ganzes Vertrauen besitzt.«

Julias Vater zögerte einen Augenblick, neigte dann den Kopf und sagte: »Da ich Eure Besorgnis um die Geheimhaltung dieser Mission kenne, werde ich mich Eurem Urteil unterordnen. Heute nachmittag kam eine Nachricht aus St. Helena an. Cipriani Franceschi, der *maître d'hôtel* des Kaisers und ein Mann von bedeutendem Nutzen als Spion und Gleichgesinnter, ist vergiftet worden. Es ist nicht bekannt, ob er wegen seiner Aufgabe als Organisator der Informanten und Agenten gegen die Engländer getötet wurde oder ob er von einer Speise gegessen hat, die für Napoleon selbst gedacht war. An dem Abend, als es ihn traf, servierte Franceschi das Essen. Er wurde sofort krank und starb eine Woche später, nachdem er tagelang furchtbare Schmerzen hatte.«

»Geht der Kaiser davon aus, daß man versucht hat, einen Anschlag auf sein Leben zu verüben?« fragte Robeaud.

»Der Kaiser hat seine Gedanken dazu nicht verlauten lassen. Nichtsdestotrotz erscheint es jetzt von um so größerer Dringlichkeit, ihn aus einer so – ungesunden Atmosphäre zu entfernen.«

»Auf jeden Fall«, stimmte ihm Robeaud mit sanftem Ausdruck in den grauen Augen zu. »Ich hätte auch nichts anderes erwartet.«

Das erinnerte sie sofort daran, daß Robeaud der Gefahr ausgesetzt werden würde, wenn Napoleon die Insel verlassen hatte. Daß der stille, unauffällige Mann vor dieser Möglichkeit nicht zurückschreckte, schien die Situation eher schlimmer als besser zu machen.

»Vergebt mir, mein Freund«, sagte M'sieur Dupré mit einem Stirnrunzeln. »Ein solcher Tod – man könnte niemandem einen Vorwurf machen, wenn er davor zurückschrecken würde.«

Robeaud sah auf das schwankende Schattenmuster, das die Lampe auf dem Tisch erzeugte. »Das ist egal. Verglichen mit anderen Todesarten wäre das noch relativ willkommen.«

Kapitän Thorpe machte dieser Gedankenrichtung gnädig ein Ende. »Wird diese Entwicklung den Plan des Kaisers beeinträchtigen?«

»In der Nachricht deutete nichts darauf hin, daß es der Fall sein könnte. Dennoch sagt uns der gesunde Menschenverstand, daß die Zeit unser Feind geworden ist, den wir wie die Gefängniswärter des Kaisers mit allen zur Verfügung stehenden Mitteln bekämpfen müssen.«

Die *Najade* kappte im grauen Morgenlicht die Taue und wandte ihre sirenenäugige Galeonsfigur auf der Strömung des Flusses dem türkisfarbenen Wasser des Golfs zu. Julia, die schlaflos in ihrer Koje lag, hörte die laut gerufenen Befehle. Das Gefühl des frei auf dem Wasser liegenden Schiffes verursachte ein eigentümliches Empfinden in ihr, so als werde sie vom Ufer losgerissen und ohne Sinn und Ziel dem Strom des Wassers überlassen. Versuchsweise streckte sie die Hand aus und berührte die Spanten. Sie vibrierten mit einer Spannung, als wäre das Schiff ein lebendes Wesen. Der Klang der Wellen gegen den Rumpf ertönte regelmäßig wie ein Herzschlag, beunruhigend nah und auf unvernünftige Art bedrohlich.

In der Hoffnung, diesen Phantasien entkommen zu können, warf Julia ihre Decke zurück und stieg aus der Koje. Sie machte sich nicht die Mühe, eine Lampe zu entzünden, sondern zog sich im Dunkeln an, wobei sie das erste Kleid – eines aus rosa Batist – nahm, das ihr in die Hände fiel. Mit Napoleons Biene am Hals und einem Kaschmirschal um die Schultern war sie bereit.

Eine dünne Schicht Nebel lag über dem Fluß, und die Bäume am Ufer schienen aus einer Wolke zu wachsen. New Orleans war schon außer Sichtweite. Das einzige Zeichen der Zivilisation waren die schwankenden Zuckerrohrfelder, die die Lücken zwischen den Bäumen füllten.

Die Reling aus Mahagoniholz fühlte sich feucht an. Julia schob ihre klammen Finger unter die gekreuzten Arme und hob das Gesicht der feuchten Brise entgegen. Der naßkalte Geruch des Wassers, gemischt mit Hanf, frischer Farbe und Teer, drang ihr in die Nase. Die Aktivitäten an Deck waren ruhiger geworden, nachdem die Segel gesetzt waren. Einer oder zwei der Männer aus der Mannschaft schauten interessiert in ihre Richtung, wo sie so allein stand, wandten aber schnell den Blick ab, wenn sie zu ihnen hinübersah.

»Ihr seid schon früh auf, Mademoiselle«, begrüßte sie Rudyard Thorpe.

»Ich bin von der Bewegung des Schiffes wach geworden«, erwiderte sie. Sie hatte gar nicht bemerkt, wie kühl der Wind war, bis sie im Windschatten seines Körpers stand. Die Wärme, die er ausstrahlte, wirkte seltsam beruhigend auf sie, als habe sie eine magnetische Wirkung, der sie bewußt widerstehen mußte. Es erforderte einen starken Willensaufwand, nicht zusammenzuzucken, als er ihren Arm nahm und sie zum Bug führte, außer Hörweite der Mannschaft.

»Und Ihr bedauert es nicht, die Stadt zu verlassen?« fragte er und wandte sich ihr zu, als er stehenblieb.

Sie schüttelte den Kopf, und es gelang ihr, trotz ihrer vorherigen Schwierigkeiten zu lächeln.

»Sicher nicht? Überlegt es Euch gut, solange noch Zeit ist, umzukehren.«

Sie wandte den Kopf und sah ihn streng an. »Würdet Ihr das wirklich tun?«

»Ja«, antwortete er und sah ihr ohne auszuweichen in die Augen.

»Ich hätte nicht gedacht, daß Ihr mich so gern loswerden würdet, Kapitän! Aber es tut mir leid, ich fürchte, Ihr werdet lernen müssen, mit mir zu leben.«

Ein Lächeln erschien langsam auf seinen Lippen. »Das ist wirklich eine Idee«, erklärte er und sah zu, wie ihr die Röte ins Gesicht stieg.

»Ich kann das nicht komisch finden«, fuhr sie ihn an.

»Nein? Vielleicht fehlt Euch einfach der Sinn für Humor?« schlug er vor. »Oder vielleicht seid Ihr es auch einfach nicht gewöhnt, daß jemand über Euch lacht.« Als sie den Mund öffnete, um beide Behauptungen von sich zu weisen, hielt er die Hand hoch. »Oh, ich weiß alles über Euch; ich habe es mir zur Aufgabe gemacht, möglichst viel zu erfahren. Eure Mutter starb, als Ihr dreizehn wart, Euer Vater holte Euch aus der langweiligen Klosterschule und machte Euch zur Vorsteherin seines Haushalts und zu seiner Gesellschafterin. Eure Fähigkeiten sind Legion, von den weiblichen und gesellschaftlichen Künsten bis hin zu eher männlichen Kenntnissen wie das Durchlöchern von Waffeln mit einer Pistole, Wagenlenken, Reiten, Faro-, Poker- und Schachspielen – wobei Ihr auch gewinnt. Schön, anmutig, klug, zweisprachig, wenn nicht gar dreisprachig, mit Grundwissen in den humanistischen Fächern und den Naturwissenschaften – es gibt nur wenig, was in irgendeiner Weise lächerlich sein könnte an Euch, und doch haben wir alle unsere kleinen Fehler.«

»Immerhin zählt Ihr Euch selbst auch zu den Unvollständigen.«

»Temperament verborgen unter Scharfsinn und Schlagfertigkeit, das ist Euer erster Fehler. Ich persönlich habe Frauen ohne Temperament immer als mitleiderregende Wesen empfunden, aber andere Leute betrachten das als Charakterfehler.«

Sie hätte ihm gern eine Ohrfeige in dieses herablassend lächelnde Gesicht verpaßt, aber genau damit würde sie ja das Temperament beweisen, das er gerade tadelte. »Vielleicht sollte ich mich durch Euer Interesse geschmeichelt fühlen«, meinte sie nur.

»Von Männern verwöhnt. Zweifellos ist das die Schuld Eures Vaters und der anderen im Alter schon etwas fortgeschrittenen Herren. Ist Euch aufgefallen, daß Ihr es versäumt habt, als ich gerade Eure Vorzüge aufgezählt habe, das mit auch nur einem Wort anzuerkennen?«

»Ich war mir der Tatsache nicht bewußt, daß Ihr mir ein Kompliment zu machen versuchtet. Und was mein Verwöhntsein betrifft, kennt Ihr mich noch nicht lange genug, um das beurteilen zu können.«

Sein Mundwinkel verzog sich zu einem Lächeln. »Ich bin sicher, daß Ihr achtsam, wohlüberlegt und selbstlos handelt, aber ich bin auch sicher, daß Ihr eine angemessene Menge Huldigung dadurch erfahrt. Und wenn es nicht so sein sollte, warum seid Ihr dann noch nicht verheiratet? Liegt es nicht daran, daß kein einzelner Mann Eurer Eitelkeit genügt?«

Sie wandte ihm das Gesicht zu, und goldene Flecke der Wut leuchteten in ihren bernsteinbraunen Augen. »Seid Ihr sicher, daß wir von mir sprechen, Kapitän, oder sprechen wir vielleicht von einer anderen Frau, die Euch enttäuscht hat? Ich habe nicht geheiratet, weil ich noch keinen Mann getroffen habe, ohne den ich nicht hätte leben können. Wenn es bedeutet, daß ich verwöhnt bin, weil ich einen Vater habe, der es mir erlaubt, diese Entscheidung selbst zu treffen, statt sie mir einfach aus der Hand zu nehmen, dann fürchte ich, muß ich mich schuldig bekennen. Und was meine Eitelkeit betrifft, ist sie doch nicht so groß, daß ich glaube, ich könnte einen Mitmenschen schon nach wenigen Stunden Bekanntschaft beurteilen!«

Falls er den Stachel in ihrer Erwiderung bemerkte, ließ er es sich nicht anmerken. »Bravo«, sagte er weich und mit einem widerstrebenden Glitzern der Anerkennung in den Augen. »Ich beginne die Hoffnung zu hegen, daß Ihr auf der kommenden Reise doch nicht eine solche Behinderung sein werdet, wie ich befürchtet hatte.«

»Ihr – wollt damit andeuten, daß Ihr diese Dinge nur gesagt habt, um mich zu reizen und festzustellen, wie ich reagiere? Das ist der mieseste Trick, der mir je begegnet ist!«

»Ja wirklich? Dann spricht das nicht sehr für Eure Erfahrung. Bei einem Unternehmen wie diesem sind wir so schwach wie der schwächste von uns. Es ist richtig, wenn man die Kraft der Verbündeten ebenso prüft wie die der Feinde.«

»Schwach? Dies ist eine starke Expedition, gut finanziert, organisiert von Napoleon selbst und unterstützt von seinen Anhängern auf zwei Kontinenten, ganz zu schweigen von denen auf St. Helena!«

»Von meinem Standpunkt aus, Mademoiselle, stellt sich das so dar, daß ich versuchen werde, einen Mann zu befreien, der von der stärksten seefahrenden Nation der Welt bewacht wird. Und das alles mit der Hilfe eines älteren Herrn, eines Gecken, einer jungen Frau und eines Sterbenden. Könnt Ihr mir da wirklich einen Vorwurf machen, wenn ich vorsichtig bin?«

»Ich bitte Euch, Kapitän«, sagte sie mit süßem Ton, »Ihr solltet Eure eigenen Kräfte nicht unterschätzen.«

»Und Eure auch nicht«, sagte er, stieß sich von der Reling ab und ging fort.

In den folgenden Tagen entwickelte sich kaum spürbar eine gewisse Routine. M'sieur Robeaud und Marcel de Gruys kamen selten zum Frühstück. Julias Vater, der sonst eher ein gemächlicher Mann war und spät zu Bett ging und demzufolge spät aufstand, schien sich durch die Seeluft und die Erregung ihres Vorhabens zu beleben. Er machte es sich zur Gewohnheit, mit den Schiffsoffizieren zu essen und bestand darauf, daß Julia sich ebenfalls dazugesellte. Und sie tat es gern. Die kameradschaftliche Atmosphäre in den frühen Morgenstunden war ein ausgesprochenes Vergnügen, und Julia erfuhr von Jeremy Free und dem Zweiten Maat, einem Iren namens O'Toole, eine Menge Einzelheiten über den Umgang mit einem Schiff. Was dem Iren an männlicher Schönheit fehlte – er hatte flammendrotes Haar, das die feuchte Salzluft zu Berge stehen ließ wie eine Drahtbürste, eine breite Lücke zwischen den Zähnen und ein gefurchtes Gesicht, in dem jedes seiner vierzig Jahre zu erkennen war –, machte er mit Frechheit wieder wett. Noch bevor sie das schlammige Braun des Mississippi verlassen hatten, war Julia nicht mehr Mademoiselle Dupré, sondern »Julie, liebes Mädchen« geworden. Sie konnte so viel die Stirn runzeln, ihn korrigieren, es ihm verbieten, wie sie wollte, nichts außer direktem, gemeinem Rückzug schien ihn daran hindern zu können, daß er sich diese Freiheit mit ihrem Namen nahm, aber seine Gesellschaft war viel zu unterhaltsam, als daß sie sich ihr entzogen hätte, nur um auf ihrer Würde zu beharren.

Sie verbrachte den Morgen damit, an Deck spazierenzugehen, mit einem Buch unter einem leinenen Sonnensegel zu sitzen, ein paar Kleidungsstücke zu waschen und zum Trocknen vor das Bullauge zu hängen. Außer wenn es ihr gelang, ihm auszuweichen, indem sie in ihrer Kajüte blieb mit einer Näharbeit oder ein Nickerchen machte, belegte gewöhnlich Marcel ihre Nachmittage mit Beschlag. Nicht, daß ihr seine Gesellschaft unangenehm gewesen wäre. Er war ein äußerst dankbarer Begleiter und großzügig mit dem Lob ihrer hervorragenden Eigenschaften. Zuerst schien es ihr natürlich, daß er sie, ihren Vater und sich selbst irgendwie für überlegen hielt, doch bald wurde sie seine dauernden Beschwerden leid, und die Art und Weise, wie er auf den Mängeln des Schiffes herumhackte und versuchte, seine Offiziere schlecht zu machen, stieß sie ab. Er landete so sicher an ihrer Seite, daß sie langsam den Verdacht bekam, es sei ihr Status als einzige Frau an Bord und nicht ihre speziellen Qualitäten, die ihn anzogen.

Außerdem begann sich auch langsam eine gewisse Vertrautheit in sein Benehmen ihr gegenüber einzuschleichen. Einmal, als er sie aufgespürt hatte, als sie sich allein ins Eßzimmer gesetzt hatte, bot sie ihm die Hand zum Gruß. Anstatt sich in der üblichen Weise darüberzubeugen, hob er sie mit der Handfläche nach oben an seine Lippen. Sein Griff war fest und ein wenig feucht. Seine glatten Lippen berührten ihre Handfläche, dann spürte sie seine warme, nasse Zunge auf ihrer empfindlichen Haut.

Der Schreck dieser Berührung zuckte durch ihren Arm. Sie entriß ihm ihre Hand und schlug sie einen Augenblick später mit lautem Klatschen gegen seine Wange.

Einen kurzen Augenblick lang flackerte Zorn in seinen Augen auf, dann unterdrückte er ihn. Ein Ausdruck von Verletztheit huschte über seine Züge. »Aber warum, Mademoiselle Dupré, was habe ich getan, womit ich Euch beleidigt habe?«

»Das wißt Ihr sehr gut«, versetzte Julia. Unglauben rang in ihren Gedanken mit Wut, und ohne es zu bemerken wischte sie sich die Handfläche an ihrem Rock ab.

»Ich protestiere. Ich habe nicht die leiseste Ahnung.«

Goldene Pünktchen schimmerten in ihren Augen angesichts seiner

Dreistigkeit, und dann ließ sie die Schwierigkeit, sein Vergehen genau in Worte zu fassen, verstummen.

»Ihr könnt es nicht erklären? Dann versucht es auch nicht. Als Mann mit einiger Erfahrung verstehe ich die seltsamen Anwandlungen junger Damen sehr gut. Ich versichere Euch, daß ich Euch Euren Temperamentsausbruch nicht übelnehme. Nein, ich bitte Euch sogar in allem Ernst um Vergebung, falls ich einen kleinen Fehler gemacht haben sollte, der Euren Zorn geweckt hat.«

Einer jungen Frau mit weniger Selbstsicherheit hätte man es vergeben können, wenn sie angesichts seines geschickten Abstreitens und seiner Entschuldigung begonnen hätte, an ihren Empfindungen zu zweifeln. Julia ließ sich nicht täuschen, doch außer ihm ihre Anschuldigung ins Gesicht zu schleudern wie ein Fischweib, konnte sie nichts tun. Mit hocherhobenem Kopf zog sie sich in eine kühle Mißachtung zurück, die zwar nur unbefriedigend ihren Ärger stillte, aber doch das erwünschte Ergebnis erzielte. Obwohl er weiterhin vorgab, nicht zu wissen, womit er ihr zu nahe getreten war, bat er sie mit ganz offensichtlichem Ernst um Entschuldigung. Nachdem sie ihm vergeben hatte, benahm er sich zwar mit äußerster Korrektheit, doch gelegentlich ertappte Julia ihn dabei, wie er sie ansah, als wolle er ihr im Geiste den zarten Musselin ausziehen, der sie bedeckte.

Sie war sich nicht schlüssig, ob sie mit ihrem Vater über Marcel reden sollte. Er hatte so viele Dinge im Kopf, war so beschäftigt in Besprechungen mit Kapitän Thorpe und M'sieur Robeaud, daß sie zögerte, ihn noch mehr zu belasten. Man konnte behaupten, sie sei selbst schuld an ihren Schwierigkeiten, denn sie hatte darauf bestanden, diese Reise ohne eine Zofe oder andere, passende weibliche Begleitung zu machen. Außerdem bestand die Möglichkeit, daß ihr Vater sich dazu aufgerufen fühlte, Marcel zu maßregeln. Wenn er dabei blieb, seine Unschuld zu beteuern, würde es zweifellos eine Auseinandersetzung geben, die unter so beengten Bedingungen sehr viel Unbehagen bewirken könnte. Marcel war für seine Geschicklichkeit im Umgang mit dem Degen bekannt; es gab sogar das Gerücht, er habe jemanden getötet und wäre auf der Flucht aus Frankreich nach Louisiana gekommen. Wenn das richtig war, wollte sie ganz bestimmt keine Begegnung zwischen ihm und ihrem Vater riskieren. Auch wenn M'sieur Dupré in seiner Jugend eine gewisse Geschicklichkeit mit der Waffe gehabt haben mußte, besaß er jetzt doch nicht mehr die Ausdauer zu einem Kampf, in dem es hart auf hart ging.

Das Klirren von Waffen brachte sie eines Nachmittags dazu, so hastig an Deck zu eilen, daß sie atemlos dort ankam. Aus weit aufgerissenen Augen starrte sie die Männer an, die einander ohne Rock und auf Strümpfen auf dem Vordeck umrundeten. Einen Augenblick später sank sie erleichtert gegen die Tür zur Kajütentreppe. Der eine der Männer war Marcel de Gruys, der andere Kapitän Thorpe. Julias Vater stand mit vor Interesse glänzenden Augen neben M'sieur Robeaud und der Mehrheit der Mannschaft an einer Seite. Zwischen den versammelten Männern herrschte eine lärmende Unruhe, als Wetten abgeschlossen und die Vorzüge jedes der beiden im einzelnen diskutiert wurden. Soweit Julia verstehen konnte, gaben die einen dem Kapitän den Vorzug, weil er die längeren Arme und mehr Kraft hatte, während eine andere Gruppe dem Franzosen mehr Chancen einräumte, weil er flink auf den Beinen war und mit einer Gewandtheit seine Waffe gebrauchte, die man außerhalb der *salles des armes,* der Fechtschulen für junge Männer, selten sah.

Die Männer umkreisten einander mit Finten und Paraden, und ihre Klingen schlugen mit dem singenden Knirschen dünnen Stahls aufeinander. Das Gesicht des Kapitäns wirkte wie eine Maske, seine Augen waren voller Konzentration zu schmalen Schlitzen verengt, während sich de Gruys ein selbstbewußtes Lächeln erlaubte. Ein- oder zweimal sah es so aus, als wäre sein Degen unter die Deckung seines Gegners gelangt, aber Thorpe parierte immer wieder. De Gruys verdoppelte seine Anstrengungen und schien eines schnellen Sieges sicher. Langsam bewegten sie sich über das Deck, wobei sich der Kapitän vor der glitzernden Brillanz der Geschicklichkeit des anderen mit dem Degen zurückzog. Doch als es de Gruys nicht gelang, seinen Gegner zu touchieren, stieg Zornesröte in sein Gesicht. Sein Lächeln verschwand und wurde durch eine entschlossene Grimasse ersetzt. Schweißtropfen sammelten sich auf seiner Stirn und rannen über seine Schläfen, während Kapitän Thorpe von der Anstrengung unbeeinträchtigt wirkte.

Als sich die Matrosen weiterbewegten, um die Kämpfer im Auge zu behalten, ging Julia zu ihrem Vater. »Was ist los, Papa? Warum kämpfen sie?« fragte sie beunruhigt.

»Wer weiß? Vielleicht ein Sport oder aus Langeweile.«

»Also – ist es kein Duell?«

Ihr Vater runzelte die Stirn, ohne den Blick von den beiden Männern abzuwenden. »Es hat nicht als solches angefangen, aber ich glaube, es kann jetzt nicht mehr enden, ohne daß einer von ihnen dabei seinen Stolz einbüßt.«

Hatte sich Kapitän Thorpe vorgenommen, de Gruys auf dieselbe Art zu testen wie sie? Wenn es so war, sah es so aus, als hätte er mehr bekommen, als er erwartet hatte. De Gruys war ein exzellenter Gegner. Sie wäre gern froh darüber gewesen, doch statt dessen spürte sie Ärger und so etwas wie Hilflosigkeit. Ihre Mission war zu wichtig, als daß sie sie durch solche Dinge aufs Spiel setzen durften. So wütend und überheblich Kapitän Thorpe auch sein mochte, war er doch unersetzlich für den Erfolg ihrer Mission. De Gruys jedoch nicht.

Während ihre Blicke dem blinkenden Stahl der beiden Degen folgte, überlegte und verwarf sie Möglichkeiten, wie sie dem Kampf ein Ende bereiten konnte. Es schien keine Möglichkeit zu geben, außer sich direkt zwischen sie zu stellen. Aber noch bevor sie irgendwie ihre Stellung verändern konnte, gab es eine plötzliche Änderung in der Offensive. Kapitän Thorpe zog sich nicht weiter zurück, sondern drängte nach vorn gegen die geschwächte Verteidigung des Franzosen. Man sah auf einmal nur noch wirbelnden Stahl, und der leichte Degen flog aus de Gruys Hand und landete klirrend auf dem Deck.

Ruhe hüllte sie ein – eine Ruhe, die nur durch das Knarren der Taue über ihnen gestört wurde. Kapitän Thorpe senkte den Degen. Und dann erhob sich ein lautes Jubeln von den Matrosen.

De Gruys verneigte mit einem weißen Ring um den Mund den Oberkörper in einer steifen Verbeugung. »Meine Gratulation zu Eurem Geschick, Kapitän, und zu Eurer Strategie.«

Julia hielt den Atem an und erwartete, Thorpe werde ihn für diese kaum verhohlene Anschuldigung, er habe durch einen Trick gewonnen, zur Rechenschaft ziehen. Er tat nichts Derartiges. Er klemmte sich den Degen unter den Arm, bückte sich, hob de Gruys Waffe auf und reichte sie ihm über seinen Arm hinweg. »Das eine ist selten ohne das andere von Nutzen«, sagte er locker. »Kommt mit, wir wollen zusammen etwas trinken.«

»Erlaubt mir, ein wenig später zu Euch zu kommen, wenn ich meine Erscheinung in der Kajüte wieder etwas hergestellt habe«, erwiderte de Gruys.

»Wie Ihr wünscht«, sagte Thorpe und befahl, Rum für die Matrosen zu holen. Er selbst ging mit den anderen die Kajütentreppe hinunter, um ein Glas Wein zu trinken. Wenn er zurückgesehen hätte, wie Julia das tat, hätte er vielleicht bemerkt, wie de Gruys mit zu einer Grimasse zurückgezogenen Lippen und den schwarzen Blick glitzernd vor Haß hinter ihm herstarrte.

Vier Tage später erreichten sie den Hafen von Havanna auf der Insel Kuba. Sie warfen am späten Nachmittag Anker. Kapitän Thorpe ging sofort an Land, um mit den Hafenbehörden zu verhandeln und dafür zu sorgen, daß frisches Wasser und Lebensmittel zum Schiff gebracht wurden. Julias Vater begleitete ihn. Er sagte, es gebe Bonapartisten in der Stadt, aber Julia glaubte, daß ihm die Enge des Schiffes zu schaffen machte und es ihm verlockend erschien, sie gegen die weinselige Atmosphäre und Geselligkeit in einer Bar oder einem Café auszutauschen.

Als die Dämmerung hereinbrach und er noch nicht zurück war, machte sie sich nicht allzu große Sorgen. De Gruys und der Schiffsarzt, ein schmalgesichtiger kleiner Mann namens Hastings mit einer fliehenden Stirn und gelber Haut, waren ebenfalls im Laufe des Abends an Land gegangen und noch nicht zurückgekehrt. Kapitän Thorpe kam rechtzeitig zum Abendessen zurück. Er sagte, er habe Julias Vater vor ein paar Stunden bei einer Bar nicht weit vom Hafen verlassen. Zweifellos hatte Dupré den Sinn für die Zeit verloren und würde kommen, sobald ihm klar wurde, daß sich seine Tochter Sorgen machen würde. Julia nahm das mit einem steifen Nicken zur Kenntnis, war jedoch dankbar für den Vorschlag, den Jeremy Free etwas später machte, einen kleinen Spaziergang auf Deck zu unternehmen. Es war angenehm, in der unbeschwerten Gesellschaft des ersten Offiziers dahinzuwandern, und außerdem bestand ja die Möglichkeit, daß sie ihren Vater entdeckte, wenn er zurück zur *Najade* ging.

Der Anblick Havannas vom Schiff aus gefiel ihr nicht besonders, der Hafen war ein Platz, auf dem ungestrichene Häuser im Schlamm hockten und sich wie betrunken aneinanderlehnten, als wollten sie sich gegenseitig stützen. Hier und da leuchtete eine helle Lampe, und überall herrschte laute Musik und schallendes Gelächter. Das Licht schien die Dirnen anzulocken wie die Motten, denn sie gingen am Rand der Lichtflecken auf und ab. Ihre Brüste, die in tiefausgeschnittenen Kleidern deutlich zu erkennen waren, leuchteten bleich, und ihre Hüften schwangen unter langen, bis zu den Oberschenkeln geschlitzten Röcken hin und her. Einmal zog ein Matrose, als Julia gerade hinübersah, eine der Dirnen in eine Gasse, drückte sie an die Wand und begann im Halbdunkel den Zweck der geschlitzten Röcke zu demonstrieren. Schnell führte Jeremy Julia an eine andere Seite des Schiffes und blieb dort mit ihr, zeigte ihr interessante Gebäude der Stadt, die vor ihnen lag, bis es wieder sicher war, den Rundgang mit ihr fortzusetzen.

Sie waren etwa eine Stunde an Deck, als Julia einen Mann entdeckte, der eine schlecht beleuchtete Straße entlang auf sie zukam. Die schlanke Gestalt, die aufrechte, beinahe arrogante Haltung machte ihn sofort als ihren Vater erkennbar. Obwohl er immer noch zu weit entfernt war, als daß sie seine Züge hätte erkennen können, schwang er seinen Stock in einer Weise, in der er es tat, wenn er mit sich zufrieden war. Kapitän Thorpe hatte recht, sie hatte sich unnötigerweise Sorgen gemacht, sagte sie sich, während sie dem Marsch ihres Vaters mit Blicken folgte.

Sie wollte gerade Jeremy auf ihren Vater aufmerksam machen, als zwei Männer aus einer Gasse hinter dem älteren Herrn hervorstürmten. Sie überwältigten ihn, bevor er sich noch umdrehen oder schreien konnte. Ein Messer blitzte auf und stach einmal und ein zweites Mal zu. Die Knie ihres Vaters knickten ein, und er sank zu Boden. Die beiden Männer knieten sich an seine Seite und durchsuchten seine Kleider. Einen Augenblick später standen sie schon wieder, seine Börse, seine Uhr und Uhrkette in ihren Händen. Noch bevor Julia Luft holen konnte, um zu schreien, waren sie geflüchtet, und ihre Schatten verloren sich zwischen den dunklen Öffnungen der Gassen.

Jeremy ließ nicht zu, daß Julia zu ihrem Vater ging. Er wurde auf einer Bahre an Bord gebracht, und man entdeckte, daß er noch am Leben war. Der Schiffsarzt war noch in der Stadt. Kapitän Thorpe stillte die Blutung, versorgte die Wunden und kümmerte sich darum, daß M'sieur Dupré bequem in seine Koje gelegt wurde. Julia half ihm – nichts, was der Kapitän sagte, konnte sie daran hindern; als sie ihn rundheraus darüber in Kenntnis setzte, daß ihr der Anblick von Blut nicht unbekannt war, da sie als Herrin des Haushalts ihres Vaters auch die Versorgung der Wunden bei seinen Sklaven und die Geburten ihrer Kinder betreut hatte, versuchte er nicht mehr, sie daran zu hindern.

Glücklicherweise war ihr Vater während der Wundversorgung bewußtlos geblieben. Seine Haut bekam einen grauen Schimmer, und seine Atmung ging ungleichmäßig, so als schmerze ihn das Heben und Senken der Brust. Es schien ein wenig zu helfen, als sie ihn mit Kissen unterstützten, aber es gab lange Augenblicke wie in einem Alptraum, in denen seine Brust ganz aufhörte, sich zu bewegen. Julia tauschte die Kajüte mit M'sieur Robeaud, so daß sie bei ihrem Vater bleiben konnte, und lag viele Stunden wach, während sie zuhörte, wie er um Atem rang. Ihre eigene Brust schmerzte vor Bedürfnis, ihm zu helfen.

Gegen Morgen kam er zu Bewußtsein. Er war schwach und bleich, aber ansprechbar. Er rief nach dem Kapitän und gab zu verstehen, daß die Reise wegen seiner Verletzungen nicht unterbrochen werden sollte. Er wollte nicht in Havanna zurückgelassen werden, aber auch keine

Schiffspassage zurück nach New Orleans buchen. Er weigerte sich, sich durch sein Pech daran hindern zu lassen, an einem so bedeutsamen Ereignis teilzunehmen. Er habe ja schließlich seine Tochter, die für ihn sorgen konnte, und wenn es zum Schlimmsten kommen würde, dann wenigstens während einer wichtigen Mission.

Kapitän Thorpe sah Julia an, die mit der Hand auf der Schulter ihres Vaters neben ihm stand. »Seid Ihr einverstanden?« fragte er knapp.

Was konnte sie anderes tun? Die Bemühung, ihnen seinen Willen aufzuzwingen, kostete ihren Vater seine wertvolle Kraft, sie spürte, wie er unter ihrer Hand zitterte. »Es wird so geschehen, wie mein Vater es wünscht«, antwortete sie, und ihre Augen waren dunkel vor Schmerz.

»Selbst wenn es nicht zu Eurem eigenen Besten ist?«

»Das ist nicht von Belang.«

»Das denkt Ihr jetzt«, sagte er, und sein Mund war zu einer schmalen Linie zusammengepreßt. »Wenn es zum Umkehren zu spät ist, werdet Ihr es vielleicht bereuen.«

Was wollte er damit andeuten? Daß es wahrscheinlich war, daß ihr Vater starb, wenn sie weiterfuhren? Daß es nach einer gewissen Zeit unmöglich sein würde, wieder umzukehren, selbst wenn sie es wollten?

Sie hob den Kopf und sagte: »Weder mein Vater noch ich würden auch nur im Traum daran denken, diese Fahrt zu gefährden.«

»Zweifellos, aber das habe ich nicht gemeint.«

Sein Blick ruhte mit eigentümlicher Intensität auf ihr, als versuche er, ihr etwas mitzuteilen, ohne es in Worte zu fassen, die den Verletzten beunruhigen könnten.

Plötzlich wurde ihr klar, was er meinte. Falls ihr Vater sterben würde, wäre sie allein auf dem Schiff, ohne Bewachung oder Schutz. Der Gedanke war alles andere als angenehm, aber sie schob ihn beiseite. Ihr Vater mußte am Leben bleiben. Sie befeuchtete ihre Lippen und sagte: »Wir wissen Eure Besorgnis zu schätzen, Kapitän. Dennoch bitten wir Euch, die Reise fortzusetzen, als wären wir nicht an Bord der *Najade*. Nichts darf den Plan der Rettung Napoleons gefährden.«

»Also gut«, stimmte er zu und verließ sie mit einer Verbeugung.

Als die Schritte des Kapitäns verklungen waren, drehte ihr Vater ihr den Kopf auf dem Kissen zu. »Meine Tochter –« begann er und verstummte dann.

Julia stellte sich so neben ihn, daß er ihr Gesicht sehen konnte. »Ja, Papa?«

Er sah sie eine ganze Weile eindringlich an, die Stirn in Falten gelegt, die nicht nur eine Folge seiner Schmerzen waren. Schließlich schüttelte er den Kopf. »Nichts«, sagte er. »Es war gar nichts.«

Sie stachen bei Morgengrauen in See. Fünf Tage später kamen sie in eine Zone mit rauhem Wetter. Das Schwanken des Schiffes ließ die Wunden von M'sieur Dupré wieder aufbrechen. Fiebrig, im Delirium, begann er Blut zu husten. Neun Tage nach dem Überfall starb er und wurde auf See bestattet.

KAPITEL 3

Ein Todesfall an Bord eines Schiffes hatte etwas so Endgültiges. In einem Augenblick war ihr Vater noch da, im nächsten war er fort – über Bord, wo er, ohne eine Spur zu hinterlassen, in den Wellen verschwinden würde. Wenn sie nach New Orleans zurückkehrte, würde sie ein Requiem für seinen Seelenfrieden singen und einen Grabstein errichten lassen, aber im Augenblick erfüllte sie nur eine große Leere.

Das letzte, woran sie gedacht hatte, als sie die Koffer für ihr Abenteuer packte, waren Trauerkleider gewesen. Das würde warten müssen, bis sie London erreichten. Im Augenblick mußte sie sich mit einem schwarzen Samtband um den Hals zufriedengeben, das sie zu dem dunkelsten Kleid trug, das sie besaß. Sie hatte eigentlich kein wirklich dunkles Kleid, aber in ihrem Gepäck war eines aus lavendelblauem Musselin und eines aus braunem Batist.

Kleidung. Sich darüber Gedanken zu machen, lenkte sie von den letzten, schmerzlichen Stunden im Leben ihres Vaters ab – Stunden, in denen er immer wieder versuchte hatte, ihr etwas Wichtiges mitzuteilen. Was hatte er durch das in seiner Kehle schäumende Blut sagen und mit seinem starren Blick zum Ausdruck bringen wollen?

Heute abend würde sie das braune Batistkleid tragen. Das würde das erste Mal sein, daß sie wieder eine Mahlzeit im Eßraum einnahm, seit ihr Vater angegriffen worden war. Sie konnte es nicht ertragen, allein in ihrer Kajüte zu sitzen, gnadenlos dem unendlichen Rundlauf ihrer Gedanken ausgesetzt. Es ging auch nicht an, daß die Herren, mit denen sie reiste, das Gefühl bekamen, sie könnte vor ihnen Angst haben.

Sie hatten den Sturm hinter sich gebracht, aber der Seegang war immer noch sehr bewegt. Julia ging vorsichtig in den Salon und hielt sich an dem Seil fest, das an den Spanten als Geländer befestigt war. Sie kam zu früh zum Essen, hatte sich jedoch ihren kleinen geflochtenen Nähkorb mitgebracht, in dem ihre Stickerei lag. Damit würde sie ihre Hände beschäftigen und sich gleichzeitig etwas aus der Konversation der Männer zurückhalten können. Es hatte eine Zeit gegeben, in der es ihr Spaß gemacht hatte, Stich neben Stich zu setzen und zuzusehen, wie unter ihren Händen schöne Muster zu buntem Leben erwachten. In den vergangenen Jahren hatte sie nur wenig Zeit gehabt, sich solchen einsamen Beschäftigungen zu widmen, aber sie hatte den Korb beim Packen in eine der Kisten geworfen, falls es nötig werden sollte, sich während der langen Reise die Zeit zu vertreiben. Und er hatte seinen Zweck bewiesen während der vielen Stunden, die sie am Bett ihres Vaters gesessen hatte.

Ihre Gedanken umwölkten sich bei der Erinnerung an jene hilflosen Stunden. Julia hatte den Salon schon fast erreicht, bevor sie bemerkte, daß aus der offenen Tür Stimmen zu hören waren. Angesichts eines zornigen Tons in den Stimmen blieb sie stehen, weil sie nicht stören und möglichst auch nicht in eine Angelegenheit der Schiffsdiziplin oder einen Streit zwischen den Offizieren geraten wollte. Als ihr Name genannt wurde, blieb sie bewegungslos stehen.

»Das könnt Ihr nicht mit dem Mädchen machen«, protestierte der zweite Offizier O'Toole. »Das ist unmenschlich.«

»Was würdet Ihr sonst vorschlagen? Ihre Sicherheit muß gewährleistet sein, aber gleichzeitig müssen wir für die Geheimhaltung dieser Mission sorgen.« Anspannung klang aus der Stimme Kapitän Thorpes, und seine Schritte hallten gemessen über die harten Fußbodendielen. Julia hatte nicht gewußt, daß O'Toole mit den Einzelheiten dieser Mission vertraut war. Es hatte den Anschein, als setze Kapitän Thorpe ungewöhnlich hohes Vertrauen in seine Offiziere. Das konnte natürlich auch nützlich sein, denn irgendwann würden sie ja mit dem Kaiser verkehren müssen.

»Aber sie so förmlich anzuketten!« protestierte O'Toole.

»Ich würde ihre Beschränkung auf die *Najade* während unseres Aufenthalts in England nicht ›anketten‹ nennen. Sie wird sich völlig frei bewegen können.«

»Aber ich bitte Euch, Sir. Wenn man einen Ort nicht verlassen kann, ist das wie in einem Gefängnis, wie auch immer Ihr es beschreiben wollt.«

»O'Toole hat recht, Kapitän«, ertönte die Stimme von Marcel de Gruys. »Ich weiß, daß Ihr ihrem Vater Euer Wort gegeben habt, Euch um Mademoiselle Dupré zu kümmern, aber ich kann mir kaum vorstellen, daß er damit so drastische Maßnahmen gemeint haben könnte.«

»Zweifellos, aber ihrem Vater war es möglich, ihre Bewegungen und die Personen, mit denen sie zusammenkam, genauer zu beobachten, als ich es werde tun können.«

»Ich denke, der alte Mann hat es im allgemeinen nicht allzu genau damit genommen, sie zu bewachen«, meinte O'Toole.

»Um so eher muß man ihn als Narren bezeichnen«, sagte der Kapitän kurz.

»Sachte«, rief ihn jetzt der zweite Offizier zur Ordnung, »der Mann ist tot.« Kapitän Thorpe gab keine Antwort.

Nach einem Moment sprach Jeremy Free und gab damit zum ersten Mal zu erkennen, daß er ebenfalls anwesend war. »Vielleicht wäre es das beste, Mademoiselle Dupré dazu selbst zu befragen. Sie will vielleicht nach New Orleans zurückkehren, sobald wir in den Hafen einlaufen.«

»Das würde die Sache wesentlich vereinfachen«, sagte de Gruys, »aber darauf würde ich keine Hoffnung setzen. Soweit ich die Dame kenne, würde ich sagen, daß es höchst unwahrscheinlich ist, daß sie diese Sache aufgibt, besonders jetzt, da ihr Vater es gezwungenermaßen getan hat.«

»Mir gefällt der Gedanke nicht, daß sie allein reist«, sagte O'Toole zweifelnd. »Eine so attraktive Frau –«

»Man könnte vielleicht eine Gesellschafterin für sie anstellen, eine nette Witwe«, schlug Jeremy vor.

»Wenn die Dame eine Gesellschafterin hätte, die Tag und Nacht bei ihr bleiben würde, könnte der Kapitän vielleicht sogar in Betracht ziehen, die Sache wie geplant weiterzuführen«, schlug O'Toole vorsichtig vor.

Falls er erwartet hatte, Kapitän Thorpe würde darauf antworten, wurde er enttäuscht. Das Geräusch der Schritte des Kapitäns verstummte.

»Dann würde das nächste Problem folgen, eine Gesellschafterin zu finden, der man trauen kann«, sagte de Gruys. »Wir können uns nicht erlauben, noch mehr Leute in unseren Kreis aufzunehmen, sonst wird bald ganz Europa wissen, was wir vorhaben!«

Immer noch schwieg Kapitän Thorpe.

Jetzt sagte Jeremy mit nachdenklicher Stimme: »Und wenn sie an Bord des Schiffes bleiben würde, was dann? Von England aus segelt die *Najade* direkt nach Rio. Bleibt sie dann an Bord?«

»Was?« brummte der Kapitän. »Ja, ich nehme es an. Es wird vielleicht lange dauern, bis Napoleon an Bord des Schiffes der Ostindischen Handelsgesellschaft diesen Hafen erreicht. Aber sie wird ihren Helden treffen und sich mit ihm auf der Reise nach Malta unterhalten können. Danach wird die *Najade* zu ihrer Verfügung stehen, wenn sie nach Hause zurückzukehren wünscht.«

Man hörte das Geräusch eines kräftigen Schlages auf einen Rücken. »Jeremy, Junge, denkst du etwa daran, dich für den Posten des Gesellschafters vorzuschlagen?« fragte O'Toole, und in seiner Stimme klang eine gewisse Doppeldeutigkeit mit.

»Nein, ganz bestimmt nicht«, protestierte Jeremy, aber alle lachten auf Kosten des ersten Offiziers.

»Dieser Vorschlag hat etwas für sich«, warf Marcel de Gruys nachdenklich ein und fuhr dann aufs Geratewohl fort: »Gehe ich recht in der Annahme, daß Mademoiselle die Alleinerbin ihres Vaters ist?«

»Soweit ich weiß, ja«, antwortete Thorpe mit kühler Stimme.

De Gruys machte noch eine Bemerkung, aber Julia verstand sie nicht ganz. Hinter ihr kam jemand die Treppe herunter. Sie durfte nicht gesehen werden, während sie hier lauschte. Angesichts der gegenwärtigen Stimmung der Männer an Bord des Schiffes wäre es gut möglich, daß man sie als Spionin an der Rahnock aufhängen würde, wenn sie erfuhren, daß sie etwas von ihrer Unterhaltung mit angehört hatte, sagte sich Julia mit finsterem Zynismus. Eine so passende Entschuldigung dafür, sie einfach loszuwerden, durfte sie ihnen nicht in die Hand geben. Schnell und leise ging sie zurück zu ihrer Kajüte und machte die Tür auf, während gerade der Schiffsarzt auf dem Gang erschien.

»Guten Abend, Dr. Hastings«, sagte sie, als er näher kam.

Er sah sie überrascht an. Sie hatte ihn während der Krankheit ihres Vaters als sozusagen nutzlos kennengelernt und ihn schließlich gewaltsam aus der Kajüte geschoben. Sein gelbes Gesicht mit dem leidenden Ausdruck eines kranken Affen hatte sie ziemlich unangenehm berührt, und ihre Gefühle waren ausgesprochen vorwurfsvoll gegen seinen immer wieder gemachten Vorschlag, einen Mann zur Ader zu lassen, der an inneren Blutungen litt.

»Guten Abend, Mademoiselle Dupré.«

»Bilde ich mir das ein, Sir, oder wird es tatsächlich kälter?«

Er blinzelte hastig. »Ja, Mademoiselle, es wird tatsächlich kühler. Der Kapitän hat den Sturm gut genutzt, und wir lassen bereits das milde Klima hinter uns.«

»Dann sollte ich vielleicht besser meine Pelerine mitnehmen«, sagte sie und deutete auf das Kleidungsstück über ihrem Arm. »Geht Ihr zu den anderen?«

Er nickte.

»Würdet Ihr dann vielleicht so gut sein und mir Euren Arm geben angesichts des hohen Seegangs?« sagte sie und lächelte etwas müde.

Wortlos folgte er ihrem Wunsch. Sie hielt ihren Nähkorb vor sich wie einen Schild und ging neben dem Schiffsarzt zum Salon.

Indem sie jedes bißchen Selbstkontrolle einsetzte, das sie besaß, und ihre Fähigkeiten als Tischdame aufs äußerste strapazierte, gelang es ihr, den Abend irgendwie hinter sich zu bringen. Zwischen den Männern herrschte eine unangenehm angespannte Stimmung, die es ihr unmöglich machte, sich gelöst zu verhalten. Kapitän Thorpe zog sich hinter brütendes Schweigen zurück. Jeremy Free war offensichtlich zu mitfühlend in seiner Haltung und O'Toole zu herzlich. M'sieur Robeaud schien es schwerzufallen, ihr in die Augen zu sehen, und er konzentrierte sich auf sein Essen. Und was Marcel de Gruys betraf, benahm er sich erdrückend aufmerksam. Seltsam, vor nicht allzu langer Zeit hätte sie seine Haltung völlig normal gefunden. Jetzt fühlte sie sich bedrängt von seiner Nähe, als er sich über ihren Stuhl beugte, in dem Versuch, jedem ihrer Wünsche zuvorzukommen. Die Art und Weise, in der er von ihrem Vater sprach, so einschmeichelnd, ließ sie die Zähne zusammenbeißen.

Sie führte bedeutungslose Gespräche, versuchte, die Atmosphäre zu entspannen, und lächelte, bis ihre Gesichtsmuskeln zu zittern begannen. Als sie es nicht mehr länger ertragen konnte, entschuldigte sie sich und entkam, wobei sie sich jede Begleitung verbat.

Als sie in ihrer Kajüte war, zog sie die Pelerine aus und hängte sie an einen Haken an der Wand, dann setzte sie sich auf ihre Koje. Erst jetzt erlaubte sie sich, nachzudenken. Diese Arroganz, diese unglaubliche Arroganz! Über sie zu diskutieren, ihre Zukunft für sie zu regeln, Pläne zu machen, um ihre Freiheit einzuschränken – das war wirklich unerhört! Es war nicht das erste Mal, daß jemand angedeutet hatte, ihr fehle als weiblichem Wesen die nötige Menge an Diskretion. Diese Beleidigung, während sogar O'Toole, der denkbar redseligste aller Männer, auch ins Vertrauen gezogen worden war! Als nächstes würden sie noch den wieselgesichtigen Schiffsarzt zu einem von ihnen machen, obwohl er ihrer Meinung nach genau aussah wie jemand, der sich sofort einer eventuellen Drohung oder Bestechung beugen würde.

Was sollte sie tun? Es war kaum vorstellbar, daß Kapitän Thorpe sie tatsächlich als Gefangene auf der *Najade* behielt, und doch erinnerte sie sich nur zu gut daran, wie er ihr erklärt hatte, außerhalb der Zone, in der sie Landsicht hatten, sei er der Herr seines Schiffes und aller darauf befindlichen Personen.

Ein leises Klopfen an der Tür ließ ihren Kopf hochschnellen. Sie zögerte einen Augenblick und ging dann zur Tür. »Wer ist da?«

»Ich bin es, Marcel«, ertönte die leise Stimme des Franzosen fast wie ein Flüstern. »Kann ich einen Augenblick mit Euch sprechen?«

»Ich – ich wollte gerade zu Bett gehen«, erklärte sie ihm durch die Tür.

»Ich werde Euch nicht lange aufhalten.«

Widerwillig schob sie den Riegel zurück und zog die Tür auf. Marcel de Gruys drängte sich herein. Noch bevor er die Tür hinter sich schloß, hörte sie O'Tooles Schifferklavier aus dem Salon erklingen. Dazu ertönte sein voller Tenor mit den Worten einer schlüpfrigen Seefahrerballade.

Julia machte ein paar Schritte zurück ins Innere der Kajüte und wandte sich dann Marcel zu. »Nun?« fragte sie und hob die geschwungenen Brauen über ihren bernsteinfarbenen Augen.

»Ich fürchte, Julia, *ma chère,* daß Ihr versucht habt, mich zu hintergehen«, sagte er und lächelte, während er mit dem Rücken an die Tür gelehnt dastand. »Ihr scheint nicht dazu bereit zu sein, ins Bett zu gehen.«

»Nein, sonst hätte ich Euch auch nicht hereingelassen«, sagte sie mit kühler Stimme. »Kann ich erfahren, was Euch hierhergeführt hat, das nicht bis zum Morgen hätte warten können?«

»Wie ungeduldig«, murmelte er und kam auf sie zu. »Ich frage mich, wie Ihr es überleben werdet, eingesperrt zu sein.«

»Eingesperrt?« fragte sie schnell, und die Bedeutung dessen, was er sagte, machte ihre augenblickliche Vorsicht zunichte.

»Aber ja, hat Kapitän Thorpe es Euch noch nicht gesagt? Ihr werdet gezwungen sein, an Bord der *Najade* zu bleiben. Während sie in London im Hafen liegt, werdet Ihr hier in Eurer Kajüte bleiben müssen.«

»Das glaube ich Euch nicht«, sagte sie und ließ eine Spur von Verachtung in ihrer Stimme hörbar werden.

»Nein? Ich habe es vom Kapitän persönlich erfahren. Ihr werdet niemals den Fuß auf englischen Boden setzen. Und ich wette, bis der gute Kapitän seine Geschäfte in England erledigt hat, werdet Ihr nicht mehr so ruhig davon sprechen, Euch auf das Ins-Bett-Gehen vorzubereiten.«

Julia wandte sich von ihm ab. »Ihr nehmt Euch einiges heraus heute abend.«

»Ich versuche nur, Euch die Gefahr deutlich zu machen, in der Ihr Euch befindet.«

»Zu welchem Zweck?«

Der Unglauben in ihrer Stimme ließ sein Gesicht erröten. »Natürlich. Ich bin gekommen, um Euch meinen Schutz anzubieten – und meinen Namen. Da der Grund, Euch nicht in Freiheit zu lassen, das Fehlen einer Person in Eurer Gesellschaft ist, die Euch daran hindert, unsere Sache irrtümlich zu verraten oder jenen zum Opfer zu fallen, die sich Euch vielleicht nähern wollen, um herauszufinden, was Ihr wißt, werde ich mich Euch sozusagen anbieten.«

»Ihr wünscht, mir Gesellschaft zu leisten?« Sie ließ mit etwas Mühe ein kleines Lächeln auf ihren Lippen erscheinen.

»Wenn Ihr es gestattet. Ich nahm an, daß Ihr es möglicherweise vorziehen würdet, meine Frau zu werden, statt eingesperrt zu sein.«

»Ich verstehe«, murmelte sie. »Ich soll glauben, daß Ihr den Vorschlag aus Mitleid macht – nur um zu verhindern, daß ich an Bord dieses Schiffes eingesperrt werde?«

»Nicht ganz«, erwiderte er und kam etwas näher. »Ihr seid eine schöne Frau, schön genug, um das Blut eines jeden Mannes in Wallung zu bringen. Ich hatte nicht die Absicht, meine Werbung schon so früh anzubringen, aber ich glaube, es wäre in jedem Fall dazu gekommen.«

»Das glaubt Ihr? Seid Ihr denn nicht sicher?«

»Ich bin mir meines eigenen Herzens sicher. Wenn ich Zeit gehabt hätte, hätte ich gewartet, bis ich ein Anzeichen Eurer Gefühle bemerke, eine Ermutigung, bevor ich damit fortgefahren wäre.«

Sie drehte sich um und warf ihm einen verächtlichen Blick zu. »Und Ihr hättet zweifellos auch noch gewartet, bis der Umfang meines Erbes genauer festgestanden hätte!«

»Ich protestiere; was habe ich getan, daß Ihr eine so üble Meinung von mir habt?«

Er war sich seiner selbst so sicher, daß ihre Worte kaum die Oberfläche seiner Selbstsicherheit ankratzten. Seine etwas vorstehenden Augen wurden dunkler, als sein Blick auf dem schnellen Heben und Senken ihrer Brüste ruhte. Er war ihr viel zu nah in der Enge der Kajüte, aber sich weiter zurückzuziehen würde bedeuten, zuzulassen, daß er sich zwischen sie und die Tür stellen konnte.

»Es soll Euch genügen, wenn ich sage, daß es so ist«, sagte sie, und die Nervosität gab ihrer Stimme einen scharfen Klang. »Es ist unmöglich, daß etwas zwischen uns sein könnte.«

»Unmöglich? Das solltet Ihr nicht sagen. Ich kann eine so endgültige Antwort nicht annehmen ohne einen guten Grund.« Er streckte die Hand aus, griff vorsichtig nach ihrem Arm und rieb mit seinem Daumen über ihre seidige Haut.

»Nicht!« rief sie aus, entriß ihm heftig ihren Arm und wich sofort vor ihm zurück, bis sie die Kante ihrer Koje berührte.

Eine Spur von Ärger ließ sein Lächeln angespannt wirken, als er ihr folgte. »Sachte, meine liebste Julia. Schreckt nicht zurück wie ein scheues Reh. Vielleicht könntet Ihr feststellen, daß Ihr die Nähe eines Mannes gern habt.«

Seine glatten Finger berührten ihr Kinn und bewegten sich langsam abwärts, um auf den Puls zu drücken, der an ihrer Kehle schlug. Sie schluckte und war sich mit jeder Faser ihres Körpers der Tatsache bewußt, daß sie vielleicht eine besonders gewalttätige Reaktion bei ihm bewirken würde, wenn sie ihn abrupt abwies, dennoch konnte sie nicht einfach tatenlos bleiben. Seine Zärtlichkeit war eine ebenso große Gefahr.

Er lachte leise. »Ihr zittert, meine süße Julia, und Eure Augen werden unglaublich groß.«

Mit leiser Stimme sagte sie: »Wenn Ihr nicht jetzt, genau in diesem Augenblick meine Kajüte verlaßt, werde ich schreien.«

»Ich glaube kaum. Bedenkt doch, wie peinlich das für uns beide wäre, diese Fragen und anzüglichen Bemerkungen. Das würde Euch sicher nicht gefallen. Seeleute sind ein wildes Volk. Vielleicht werden sie mir keine Schuld geben, sondern sich laut fragen, was mich dazu gebracht haben könnte, mir diese Freiheiten herauszunehmen?« Seine Finger rutschten noch weiter nach unten, zu den weichen Rundungen am Ausschnitt ihres Kleides.

Plötzlich schlug sie seine Hand zur Seite und stürzte sich unter seinem Arm hinweg zur Tür. Sie drehte den Knauf und öffnete die Tür ein kleines Stück, bevor er sie erreicht hatte und sie wieder zuschlug.

»Laßt mich los!« sagte sie schwer atmend und wehrte sich gegen seine Arme, die ihre Ellenbogen an ihre Seiten drückten. Sie wurde herumgezerrt und stand ihm jetzt gegenüber, ihre Handgelenke in seinem eisernen Griff.

»Noch nicht«, erklärte er ihr, und ein wildes Lächeln zog seine Lippen von seinen Zähnen zurück.

Einen Augenblick später klopfte es an der Tür. »Mademoiselle Dupré?«

Das war die Stimme von Jeremy Free. Marcel ließ sie los und trat einen Schritt zurück, glättete sorgfältig seine Kleidung. Automatisch tat Julia dasselbe und legte sogar ihre Hand an ihr Haar.

»Ja?«

Ein kurzes Schweigen entstand auf der anderen Seite der Tür, als vermute der erste Offizier, daß etwas nicht in Ordnung war. Schließlich sagte er: »Kapitän Thorpe bittet Euch um Entschuldigung, Mademoiselle. Es tut ihm leid, wenn er Euch stört, aber er würde gern ein paar Worte mit Euch in seiner Kajüte reden, sobald es Euch möglich ist.«

»Danke, ich werde sofort kommen«, erwiderte sie.

»Ich danke Euch.«

Marcel wartete, bis die Schritte des ersten Offiziers verklungen waren, dann trat er vor, und ein beinahe triumphierender Ausdruck erleuchtete seine dunklen Augen. »Ihr habt mich nicht verraten«, murmelte er. »Ihr solltet Euch genau überlegen, warum Ihr geschwiegen habt und auch was Ihr zu meinem Vorschlag denkt. Wir werden uns noch einmal unterhalten – und zwar schon bald.«

»Ich habe Euch nicht verraten, weil ich keine Unruhe hervorrufen wollte«, erklärte sie mit vor Ärger gerötetem Gesicht. »Aber wenn Ihr noch einmal in meine Kajüte kommt, werde ich Euch töten.«

»Eine solche Leidenschaft«, stellte er fest, »kann nur einen Grund haben.«

»Ihr seid verrückt!« rief sie, aber er war schon aus der Tür geschlüpft.

Als sie schließlich die goldene Biene an ihrem Hals wieder zurechtgerückt und ein paar lose Haarsträhnen in den Knoten zurückgesteckt hatte, der tief in ihrem Nacken saß, war die Farbe aus ihrem Gesicht gewichen. Entschlossen verbannte sie die Angelegenheit mit Marcel aus ihren Gedanken und ging die wenigen Schritte zur Kajüte Kapitän Thorpes.

»Herein«, rief er als Antwort auf ihr Klopfen. Als sie eintrat, stand er auf und kam hinter einem mittelgroßen Eichenschreibtisch hervor, um sie zu einem Stuhl zu geleiten.

Als er sich wieder gesetzt hatte, befeuchtete sie ihre Lippen. »Ihr habt nach mir geschickt, Kapitän?«

»Ja«, sagte er und nahm eine Schreibfeder in die Hand, um sie durch seine Finger zu ziehen. »Die Spanten dieses Schiffes lassen eine gewisse Menge an Geräuschen durchdringen. Ich habe also notgedrungen gehört, daß Ihr gerade Besuch hattet. Gehe ich recht in der Annahme, daß mein Einschreiten zur rechten Zeit kam?«

Julia warf einen Blick auf sein unbewegtes Gesicht, und ihre Finger schlossen sich in ihrem Schoß fest umeinander. Nach einem Augenblick antwortete sie einfach: »Ja.«

»Gut«, sagte er und warf die Feder zur Seite. »Ich wußte seit dem Tode Eures Vaters, daß ich einmal privat mit Euch sprechen muß. Der heutige Abend schien dafür ebenso gut geeignet wie jeder andere.«

Sie murmelte eine Zustimmung. Jetzt spürte sie erst, wie verstört sie war. Nie in ihrem Leben hatte ein Mann gewaltsam Hand an sie gelegt. Sie durfte jedoch nicht darüber nachdenken – nicht jetzt.

»Mir ist durchaus bewußt, was der Verlust Eures Vaters für Euch persönlich bedeuten muß, und wir alle respektieren Eure Trauer. Aber ich frage mich, ob Ihr Euch über die Wirkung im klaren seid, die sein Tod auf unsere Mission hat.«

Wenn sie gewollt hätte, hätte sie ihm eine Menge Schwierigkeiten ersparen können, indem sie ihm seine Pläne für sie direkt ins Gesicht sagte. Aber sie wollte nicht. »Ich sehe nichts, was sich geändert haben könnte«, sagte sie.

»Ihr seid Euch aber darüber im klaren, daß wir schon zu lange unterwegs sind, um Euch nach New Orleans zurückzubringen?« Als sie nickte, fuhr er fort: »Nun müßt Ihr weiterfahren nach England, ob Ihr wollt oder nicht. Wenn Ihr dort angekommen seid, werdet Ihr allein sein – für mehrere Wochen auf Euch selbst gestellt –, bis das Schiff der Ostindischen Handelsgesellschaft bereit ist, M'sieur Robeaud nach St. Helena zu bringen. Das ist, da will ich offen sein, eine recht gefährliche Situation für eine attraktive junge Frau.«

Sie atmete tief ein. »Eure Besorgnis ehrt Euch, Kapitän. Ich glaube jedoch, daß ich ganz gut allein zurechtkommen werde.«

»Die Bordelle Londons und Stundenhäuser sind voller Frauen, die auch geglaubt haben, sie würden allein zurechtkommen.«

»Aber ich bitte Euch, Kapitän, es muß doch ein respektables Hotel geben, das mich aufnehmen wird, und eine Agentur, die mich mit einer Zofe versorgt und mir dadurch eine angemessene gesellschaftliche Form ermöglicht.«

»Eine solche Sache wäre durchaus zu arrangieren, wenn Ihr das Geld dazu hättet«, stimmte er ihr zu.

»Ja und?«

Kapitän Thorpe stand auf, ging um den Schreibtisch herum und setzte sich auf die Kante. Im Licht der schwankenden Laterne wirkten die mahagonibraunen Flächen seines Gesichts kantig, als hätte man sie aus irgendeinem exotischen Holz geschnitzt. Er ragte hoch über ihr auf, was bewirkte, daß sie sich plötzlich unbehaglich fühlte.

»Mademoiselle Dupré, habt Ihr Euch je gefragt, woher Euer Vater das Geld genommen hat, um diese Expedition zu finanzieren?«

»Er – er hat solche Angelegenheiten nie mit mir besprochen, aber er war kein armer Mann. Und natürlich haben auch noch einige andere dazu beigetragen.«

»Niemand hat so viel dazu beigetragen wie Charles Dupré. Die Beträge der anderen ergeben zusammengenommen nicht einmal die Hälfte seiner Investition. Um die notwendige Summe aufzubringen, hat Euer Vater seine Liegenschaften belastet – seinen gesamten Besitz.«

»Ich – verstehe«, sagte sie langsam. Sie hätte es erraten können, wenn sie an die Geschäfte dachte, die ihr Vater in den letzten Tagen vor ihrer Abreise getätigt hatte. Plantagenbesitzer, so wertvoll ihre Liegenschaften auch sein mochten, verfügten nur selten über größere Summen von Bargeld. Die notwendigen Beträge für ihre Geschäfte wurden durch Kredite getragen.

Kapitän Thorpe fuhr fort: »Ich bin sicher, Euer Vater erwartete, das Geld zurückzubekommen, wenn Napoleon wieder an der Macht ist, aber in der Zwischenzeit seid Ihr in einer schwierigen Situation. Unter den gegebenen Umständen ist es ziemlich unwahrscheinlich, daß seine Bank noch weitere Beträge auf seinen Besitz verleiht. Wenn man das Risiko bedenkt, das in der Rückzahlung der Anleihe steckt, die Euer Vater aufgenommen hat, werdet Ihr wahrscheinlich feststellen, daß seine Banken nichts weiter in dieser Richtung tun, um sich vor Verlusten zu schützen, wenn die Nachricht von M'sieur Duprés Tod New Orleans erreicht.«

»Ihr versucht mir also zu sagen, daß ich im Augenblick nicht nur völlig allein bin, sondern auch ohne jedes Geld dastehe.«

»Ich bin natürlich nicht über den genauen Stand der Finanzen Eures Vater informiert –«

»Die Börse, die ihm die Diebe abgenommen haben, enthielt jeden Pfennig, absolut alles, was er mitgenommen hatte. Abgesehen von einigen Münzen, die ich damals bei mir hatte, bin ich also wirklich mittellos.« Schon in dem Augenblick, als sie die Worte ausgesprochen hatte, bereute Julia sie. Er hätte vielleicht vermuten können, daß sie kein Geld hatte, aber sicher wäre er nicht gewesen, wenn sie es ihm nicht selbst gesagt hätte. Aber der Schreck über ihre Situation war einfach zu groß. Sie hatte kein Geld. Sie war arm.

»Kann ich Euch etwas anbieten?« fragte Kapitän Thorpe. »Ein Glas Wein? Etwas Wasser?«

Julia schüttelte den Kopf. Der arme Papa. Das war es wohl gewesen, was er ihr hatte sagen wollen, bevor er starb. Wie verzweifelt er gewesen sein mußte, zu wissen, daß er sie solchen Schwierigkeiten überließ. Tränen drückten schmerzlich gegen ihre Kehle, aber sie schluckte sie gewaltsam hinunter.

Der Kapitän verließ den Schreibtisch, ging zum Bullauge und starrte auf das wogende schwarze Meer. Julia beobachtete ihn aus dem Augenwinkel, bemerkte die Locken, die in seinem Nacken wuchsen, und die harten Muskeln auf der Breite seiner Schultern unter der Uniformjacke. Die Dinge, die Marcel angedeutet hatte, kamen ihr wieder in den Sinn. Es war unmöglich, sagte sie sich. Der selbstbewußte Kapitän der *Najade* hatte kein Interesse an ihr, keine mehrdeutigen Gründe, sie als Gefangene an Bord seines Schiffes zu behalten.

Er drehte sich ihr wieder zu und lehnte seine Schultern gegen die Wand, als wolle er so viel Abstand wie möglich zwischen sie legen. »Die Frage ist, was werdet Ihr tun? Was möchtet Ihr gern tun?«

»Ich gehe doch recht in der Annahme, daß in dem Arrangement, das mein Vater getroffen hat, unsere Überfahrt nach St. Helena zusammen mit M'sieur Robeaud eingeschlossen war?«

Er nickte zustimmend.

»Dann sehe ich keine andere Möglichkeit, als weiterzufahren. Wenn mein Vater erwartete, er könne seine Verluste wieder ausgleichen, wenn er sich an den Kaiser wenden würde, dann muß er wohl seine Gründe dafür gehabt haben. Ich kann nur dasselbe tun.«

»Und wenn der Versuch fehlschlägt, den Kaiser zu befreien?«

»Dann werden meine Verluste fast genauso groß sein wie die Napoleons, nicht wahr?« sagte sie mit einem Lächeln angesichts dieser unwahrscheinlichen Theorie.

»Habt Ihr Verwandte in New Orleans, jemanden, an den Ihr Euch wendet könntet, wenn das Schlimmste geschieht?« fragte er mit einem Stirnrunzeln.

»Nein«, antwortete sie und hob mit einer stolzen Geste das Kinn. »Meine Mutter war eine Waise, das Kind von Einwanderern, die wenige Monate nach ihrer Ankunft in Louisiana an einem Fieber starben. Die Familie meines Vaters billigte seine Heirat mit einer Frau, die sie *américaine* nannten, nicht, und er wurde verstoßen. Sie wollten mich nicht einmal zu Zeiten anerkennen, als ich wohlhabend war; sie werden es ganz sicher auch jetzt nicht tun, wenn ich ohne alles vor ihrer Tür erscheine. Einer oder zwei der Freunde meines Vaters würden mir vielleicht helfen, wie zum Beispiel General Montignac, aber die meisten haben entweder nur Jungesellenwohnungen oder leben bei ihren verheirateten Kindern. Ich könnte sie nicht mit meinen Problemen belasten.«

»Aus Stolz oder wegen der zusätzlichen Ausgaben, die dadurch auf sie zukämen?« fragte er.

Obwohl sie nicht verstand, warum er sie so etwas fragte, antwortete sie ihm bereitwillig: »Beides, vermutlich.«

Er nickte, als hätte sich dadurch für ihn etwas bestätigt. Als er wieder sprach, ging es um etwas anderes. »Wißt Ihr, daß der Platz, den Euer Vater auf dem Schiff der Ostindischen Handelsgesellschaft gebucht hat, jetzt freibleiben wird? Je länger ich darüber nachdenke, desto notwendiger erscheint es mir, daß Robeaud auf seiner Reise eine Begleitung hat. Er ist ein kranker Mann. Was wäre, wenn seine Krankheit einer Behandlung bedürfte? Was würde er nicht vielleicht alles verraten, wenn er Fieber bekommt oder gar ins Delirium gerät? Und selbst wenn es arrangiert werden könnte, daß Ihr allein reist, wäret Ihr doch nicht in der Lage, für ihn zu sorgen. De Gruys ist nicht gerade zuverlässig.«

»Was schlagt Ihr also vor?«

Während er sie ansah, hatte Julia das Gefühl, als sehe sie so etwas wie ein Flackern der Unentschlossenheit in seinem tiefblauen Blick. Einen Augenblick später war es vorüber. »Ich schlage vor, daß ich den Platz Eures Vaters übernehme. Jeremy kann die *Najade* auf der Fahrt nach Rio übernehmen, wo wir uns treffen werden, um dann wieder auf diesem Schiff weiterzufahren.«

»Ja, das hätte gewisse Vorzüge«, stimmte sie zu, nachdem sie kurz überlegt hatte.

»Gut. Könnt Ihr auch nachvollziehen, daß eine Notwendigkeit besteht für eine gewisse – Nähe zwischen den Mitgliedern unserer Gruppe, eine Nähe, die in meinem Falle, da ich weder Amerikaner noch französischer Herkunft bin, nur durch eine enge Verbindung mit einem von Euch erklärt werden kann?«

»Eine – enge Verbindung, Kapitän?«

»Wie zum Beispiel eine Ehe, Mademoiselle Dupré.«

Eine halbe Minute lang konnte sie nicht sprechen. »Wollt Ihr damit etwa vorschlagen –? Ihr müßt verrückt sein!«

»Nein, gar nicht. Ich habe die Angelegenheit sehr sorgfältig durchdacht, und ich versichere Euch, daß ich diesen Antrag nicht nur leichthin ausgesprochen habe.«

»Aber – aber sicher würde etwas weniger Drastisches den gleichen Zweck erfüllen!«

»Ihr meint die Rolle eines verliebten Verehrers oder eines Verlobten?« fragte er, und ein finsteres Lächeln zuckte um seine Mundwinkel. »Das glaube ich nicht. So etwas fällt auf und bewirkt Spekulationen bei den anderen Passagieren, außerdem begrenzt es die Zeit, während der wir miteinander reden können, auf die Stunden des Tages. Darüber hinaus würdet Ihr sicher auf dem Schiff der Ostindischen Handelsgesellschaft die Kabine mit einer anderen Frau teilen müssen. Das könnte es Euch unmöglich machen, Euch zu bewegen, ohne daß es irgendein aufdringlicher Mensch erfährt. Außerdem ist da die Sache mit Robeaud. Eine verheiratete Frau könnte sich, mit der Erlaubnis und in Gegenwart ihres Ehemannes, am Bett eines Kranken aufhalten, um ihm zu helfen. Eine junge, unverheiratete Frau kann das nicht.«

»Ihr scheint ja wirklich an alles gedacht zu haben«, sagte sie. »Aber seid Ihr sicher, daß da nicht noch etwas anderes ist, das Ihr zu erwähnen vergessen habt? Seid Ihr sicher, daß Ihr nicht auch fürchtet, ich könnte vielleicht das Bedürfnis empfinden, die Last in meiner Mädchenbrust zu erleichtern, indem ich mich jener Frau anvertraue, die meine Kajüte teilen würde? Seid Ihr ganz sicher, daß Ihr es nicht tun wollt, weil Ihr immer noch fürchtet, ich könnte Euch verraten?«

Er richtete sich ganz auf, und eine kleine Falte stand zwischen seinen Augen, als er ihr gerötetes Gesicht betrachtete. »Diese Dinge müssen ebenfalls berücksichtigt werden«, gestand er schließlich.

»Also wollt Ihr das nicht bestreiten?« fragte sie fordernd.

»Nein.«

Sie hätte ihm nie geglaubt, wenn er es galant geleugnet hätte, also konnte sie eigentlich nicht verstehen, wieso seine Antwort sie so rasend machte. Vielleicht hatte sie auf eine Erklärung gehofft, die seine Haltung eher verständlich machen würde. Offensichtlich bot er ihr aber nichts Derartiges an. Es war beunruhigend, als sie spürte, wie ihr Ärger von Enttäuschung überlagert wurden.

Sie sprach langsam und gemessen, als sie fragte: »Gibt es keine Möglichkeit, wie ich Euch davon überzeugen könnte, daß man mir trauen kann?«

»Das ist keine Frage des Vertrauens«, erwiderte er und machte eine ungeduldige Handbewegung. »Es ist einfach nur so, daß Ihr vielleicht, ohne es zu wollen, mehr verratet, als Ihr bemerkt.«

»Es ist also eher eine Frage der Intelligenz, wenn ich das richtig verstehe!«

»Versteht es, wie Ihr wollt«, entgegnete er scharf. Er ging wieder zum Schreibtisch, warf sich auf den Stuhl und sah sie an. »Ihr habt in dieser Lage zwei Möglichkeiten zur Auswahl. Die eine, die wir gerade besprochen haben, und noch eine zweite. Diese zweite würde bedeuten, daß Ihr an Bord der *Najade* bleibt, solange sie in London vor Anker liegt. Ich gebe Euch mein Wort, daß Ihr hier völlig sicher und bequem untergebracht seid. Wenn sie dann nach Rio de Janeiro aufbricht, könnt Ihr an Bord bleiben, bis Napoleon kommt.«

»Während Ihr meines Vaters Platz einnehmt und Euch um M'sieur Robeaud kümmert?«

»Genau.«

»Habt Ihr daran gedacht, daß Ihr von monatelanger Beschränkung auf meine Kajüte in diesem Schiff sprecht, ohne Freunde und mit nur sehr wenigen Dingen, mit denen ich meine Zeit verbringen könnte?«

»Ihr werdet gut zu essen haben und einen warmen, bequemen Platz zum Schlafen, was mehr ist, als viele in Eurer Lage von sich sagen können.«

Goldene Zornesflecken glitzerten in ihren Augen. »Ich stelle fest, daß ich nicht die richtige Dankbarkeit aufbringen kann für Nahrung und Bequemlichkeit bei dem Geld, das mein Vater bezahlt hat, um Euer Schiff für dieses Unternehmen bereitzustellen!«

»Das mag schon sein«, sagte er finster, und sein Gesicht wurde hart angesichts ihrer Unterstellung, daß er sich mit dem Geld, das ihr Vater sich geliehen hatte, bereichere. »Nichtsdestotrotz sind das genau die beiden Möglichkeiten, die Ihr habt.«

»Euch zu heiraten oder der Gnade Eurer Männer an Bord dieses Schiffes ausgesetzt zu sein?«

»Ich werde für Eure Sicherheit garantieren.«

»Ach ja? Und was schlagt Ihr vor, wie Ihr das tun wollt, wenn Ihr Tausende von Meilen von mir entfernt seid?«

»Wenn Euch das so beunruhigt, solltet Ihr wohl besser die Ehe wählen!« sagte er, und seine Stimme erhob sich ebenso wie die ihre.

»Das glaube ich nicht!« Noch während sie ihm ihren Widerspruch ins Gesicht sagte, hatte sie das Gefühl, daß es sinnlos war. Was konnte sie sonst schon tun? Sie konnte nicht nach New Orleans zurück und damit jede Möglichkeit aufgeben, dem Kaiser ihre Probleme zu unterbreiten. Sie konnte auch nicht hoffen, in London allein und ohne Geld zurechtzukommen während all der Wochen, die vergehen würden, bis das Schiff der Ostindischen Handelsgesellschaft in See stach.

Sie hielt den Kopf hoch. »Es gibt noch eine andere Möglichkeit«, eröffnete sie ihm langsam.

»Ich würde gern davon hören«, sagte er, als sie nicht weitersprach.

»Ich könnte Marcel de Gruys heiraten.« In dem Augenblick, als sie die Worte ausgesprochen hatte, bedauerte sie sie auch schon. Es war, als hätte sie damit ein gefährliches Zugeständnis gemacht.

Der Stuhl quietschte, als Kapitän Thorpe sich zurücklehnte. »Ich nehme an, er hat Euch einen Antrag gemacht.«

»Wir haben – die Angelegenheit gerade besprochen, als Ihr Jeremy nach mir geschickt habt.«

»Und doch meine ich mich daran zu erinnern, daß Ihr sagtet, es hätte Euch nichts ausgemacht, unterbrochen zu werden.«

Julia spürte, wie noch einmal die Zornesröte in ihrem Gesicht aufstieg. Sie verkrampfte die Hände, damit sie nicht so zitterten. »Ich war mir nicht bewußt, daß es nötig sein könnte, mich mit der Antwort zu beeilen.«

»Ihr meint, wegen Eurer finanziellen Schwierigkeiten? Ich frage mich, ob de Gruys sich wohl der Tatsache bewußt ist, daß Ihr voraussichtlich als Braut ohne Mitgift zu ihm kommen würdet.«

Sie wünschte, es gäbe eine Möglichkeit, dieses höhnische Lächeln von seinem Gesicht zu wischen. »Ich glaube nicht, daß Euch das zu interessieren braucht«, schaffte sie zu sagen.

»Ihr täuscht Euch. Euer Vater hat, bevor er starb, die Schwierigkeiten vorausgesehen, in die Ihr bald kommen würdet. Er hat mich gebeten, mich um Euch zu kümmern, und ich habe diese Verantwortung übernommen. Ich glaube nicht, daß er Marcel de Gruys als Ehemann für Euch gutgeheißen hätte, deshalb kann ich nicht zulassen, daß Ihr ihn heiratet.«

»Das – das könnt Ihr doch nicht machen!« rief sie ungläubig aus.

»Ich glaube, Ihr werdet feststellen, daß ich das kann. Ich habe es Euch schon einmal gesagt – an Bord dieses Schiffes ist mein Wort Gesetz. Wenn Ihr klug seid, werdet Ihr de Gruys vergessen und Euch darauf beschränken, eine der beiden Möglichkeiten zu wählen, die ich Euch eben dargelegt habe.«

»Ihr seid unerträglich! Ihr wißt genau, daß es niemand ertragen könnte, monatelang auf diesem Schiff eingesperrt zu sein!«

»Dann sieht es wohl so aus, als ob Ihr mich heiraten müßt, nicht wahr?« sagte er leise, aber ohne Freude.

In ihrer Kajüte riß Julia ihr Nachthemd aus dem Koffer, warf den Dekkel fest zu und legte das Hemd achtlos auf ihre Koje. Sie zerrte sich die Nadeln aus dem Haar und schleuderte sie auf den Waschtisch. Dann nahm sie ihre silberne Haarbürste und begann mit kräftigen Bewegungen ihr Haar zu bürsten, wobei ein zorniges Stirnrunzeln ihre Augenbrauen zusammenzog, als sie an die Dinge dachte, die Rudyard Thorpe zu ihr gesagt hatte. Sie wollte ihn nicht heiraten. Sie würde es nicht tun! Sie konnte nicht einfach klein beigeben und seine Lösung annehmen, was auch immer er sagen mochte. Es mußte noch einen anderen Weg geben. Ach, sie wünschte sich so sehr, ein Mann zu sein!

Marcel. Er war ihre beste Möglichkeit zu entkommen. Sie konnte sich nicht vorstellen, mit ihm verheiratet zu sein, und wollte nicht darüber nachdenken, was für ein Ehemann er sein würde, aber alles war besser als diesen harten, hochmütigen Kapitän der *Najade* zu heiraten.

Warum war er so entschlossen, ihr Ehemann zu werden? Sie konnte sich nicht vorstellen, daß er nicht doch mehr Gründe hatte, als er ihr in seiner Herablassung preisgegeben hatte, aber ihr fiel keiner ein. Sie konnte sich nicht schmeicheln, daß er nicht ohne sie leben konnte. Denn sicherlich hätte er, wenn es so gewesen wäre, eine überzeugendere Möglichkeit gefunden, seinen Antrag zu formulieren. Überredung, Werbung wären doch wahrscheinlichere Wege gewesen, eine solche Angelegenheit voranzutreiben. Sie versuchte, sich den Kapitän in einer so zartfühlenden Pose vorzustellen, und es gelang ihr absolut nicht. Sie wußte sehr gut, daß auch die stärkere Empfindung der Lust unter einer sanften Werbung verborgen werden konnte, aber sie hatte auch wenig Anzeichen einer überwältigenden Leidenschaft an ihm bemerkt. Er hatte sie angesehen, als würde er ihr lieber den Hals umdrehen, als sie in sein Ehebett zu legen. Sie hatte den Verdacht, daß er sich nicht viel aus Frauen machte.

Julia, die jetzt länger als sechs Jahre in New Orleans und Beau Bocage Herrin von mehreren hundert Sklaven gewesen war, waren die Abläufe der menschlichen Fortpflanzung nicht unbekannt. Sie hatte Schnitte und Prellungen behandeln, Medizin verteilen und Familienstreitigkeiten schlichten müssen, bei denen es auch um Untreue, Ehebruch und sogar Bigamie gegangen war. Und nachdem sie den Hebammen bei Entbindungen geholfen und die Augen der Toten geschlossen hatte, waren ihr die Schwächen von Männern und Frauen nicht unbekannt. Sie war sich der Freuden bewußt, die eine Frau durch die Ehe erfahren konnte, und auch der Schmerzen. Und sie konnte den Gedanken nicht ertragen, sich des einen oder anderen unterziehen zu müssen bei einem Mann, der sich nicht nur nichts aus ihr machte, sondern sogar etwas gegen sie hatte.

Aber angenommen, sie hatte Kapitän Thorpes Vorstellung falsch verstanden? Wenn er ihr nun eine Vernunftehe angeboten hatte, die man leicht wieder lösen konnte, wenn sie ihren Zweck erfüllt hatte? Wenn das der Fall war, machte es sein Verhalten wesentlich verständlicher. Es war möglich, daß sie zu voreilig gewesen war. Sie hätte ihn nach mehr Einzelheiten fragen sollen. Oder vielleicht nicht? Wenn er so etwas im Sinn gehabt hatte, hätte er es doch sagen können. Sobald Napoleon an der Macht war und sie das Geld zurückbekommen hatte, das ihr Vater vorgestreckt hatte, würde die Verantwortung, die Kapitän Thorpe so ernst nahm, zu Ende gehen. Wenn sie ihr Vermögen wiederhatte, konnte sie nach New Orleans zurück – oder sich vielleicht ein Haus in Paris kaufen, wo sie sich in aller Ruhe und mit einer respektablen Mitgift einen Mann auswählen konnte, der ihr gefiel. Sie konnte eine Ehe voller Zuneigung, Vertrauen und Genuß führen. Sie würde geliebt und verehrt und nicht mit Mißtrauen behandelt und mit Drohungen zum Gehorsam gezwungen werden.

Sie würde nicht gehorchen. Es war ganz egal, welche Art von Ehe Kapitän Thorpe sich vorgestellt hatte, sie wollte dabei nicht mitmachen. Egal was sie tun mußte, sie würde nicht seine Frau werden.

Vorsichtig legte sie die Bürste hin. Sie streckte sich und löste die kleinen Knöpfe ihres Kleides und zog es sich über den Kopf. Sie zog Hemd und Unterrock aus und schlüpfte dann in ihr Nachthemd. Sie löschte die Kerze, die auf dem Waschtisch brannte, und ihr Nachglühen dauerte lange genug, daß Julia in die Koje steigen, sich hinlegen und zudekken konnte. Sie lag noch lange mit brennenden Augen wach und starrte in die Dunkelheit. Das Schiff hob und senkte sich, hob und senkte sich. Sie hörte die Wellen an den Rumpf klatschen, ein Geräusch wie ein Seufzen. Sie dachte an ihren Vater, der sich in seinem kalten, nassen Grab herumdrehte, niemals mehr ruhig, niemals mehr warm. Langsam fielen ihre Lider zu, und unter ihrem schmerzenden Gewicht drangen heiße, salzige Tränen hervor.

KAPITEL 4

»Sagt mir doch, Mr. Free, warum hat Euer Kapitän eine solche Abneigung gegen Frauen?«

Julia ging an Deck spazieren, ihre Hand in die Armbeuge des ersten Offiziers gelegt. Ein frischer Wind ließ ihre Pelerine um sie herflattern und füllte die weißen Segel über ihren Köpfen. Das Sonnenlicht glitzerte auf dem tiefblauen Wasser, das silberne Streifen bekam durch die kleinen fliegenden Fische, die um das Schiff herum aus dem Wasser sprangen.

»Abneigung, Madam? Wie seid Ihr denn auf die Idee gekommen?« Er grinste zu ihr herab und zeigte, daß er durchaus zu einem Scherz bereit wäre.

»Das ist nicht nur eine Idee von mir. Ich fühle eine deutliche Kälte, wenn er mit mir spricht. Wenn ich ihm nicht eine Abneigung gegen Frauen im allgemeinen nachsagen kann, werde ich wohl zugeben müssen, daß er nur mich nicht ertragen kann.«

»Ich bin sicher, daß Ihr Euch da irrt.«

»Und ich bin sicher, daß ich es nicht tue.«

»Rud – also ich meine Kapitän Thorpe – strahlt eine gewisse Zurückhaltung aus. Es ist nicht für jeden leicht, ihn kennenzulernen.«

»Und doch seid Ihr ja wohl miteinander befreundet«, stellte sie fest.

»Ja, aber ich kenne ihn schon seit Jahren. Als kleine Jungen haben wir schon miteinander gespielt, auch wenn er um einiges älter ist als ich – genaugenommen sechs Jahre.«

Sie sah verwundert zu ihm auf. »Wie kann das sein? Ich hatte gedacht, Kapitän Thorpe sei Engländer.«

»Ich glaube, er hat wohl zwei Staatsangehörigkeiten. Sein Vater war Amerikaner, aber er wurde in England geboren. Die Eltern seines Vaters waren frühe Siedler in Baltimore gewesen. Während der Revolution blieben sie streng konservativ und verloren deshalb ein Großteil ihres Vermögens. Als der Konflikt vorüber war, schickten sie ihren Sohn, Ruds Vater, nach England, um seine Bildung zu ergänzen. Was ihnen allerdings nicht klar war: Ihr Sohn hatte nicht die gleiche politische Neigung wie sie. Er war in erster Linie Amerikaner, und die Behandlung, die man ihm als Kolonisten angedeihen ließ, änderte daran natürlich nichts. Während er bei Freunden zu Besuch war, begegnete er einer jungen Engländerin und heiratete sie. Sie weigerte sich, ihre Eltern oder ihr Land zu verlassen, und eine Weile war es ihr Mann zufrieden, mit ihrem Bruder in den Büros der Ostindischen Handelsgesellschaft zu arbeiten. Ein Kind wurde geboren, Rud. Als der Junge zehn Jahre alt war, verließ sein Vater England und fuhr nach Amerika, begann ein Schiffsbauunternehmen und trat mit der Ostindischen Handelsgesellschaft in Konkurrenz beim Teehandel. 1811 lief die *Najade* vom Stapel, die damals allerdings noch *Felicity*, die Glückliche, hieß. Sie wurde genau rechtzeitig fertiggestellt, bevor im kommenden Jahr die Feindseligkeiten zwischen England und Amerika ausbrachen und sie mit Ruds Vater als Kapitän eine Karriere als Freibeuterschiff begann.«

»Und während all der Zeit waren seine Frau und sein Sohn in England?«

»Seine Frau weigerte sich immer noch, zu ihm zu kommen, aber sie erlaubte Rud, mehrere Monate im Jahr bei seinem Vater zu verbringen. Damals lernte ich ihn kennen, während der Sommer, wenn er bei seinem Vater und seinen Großeltern in Baltimore wohnte. Dann, als er älter wurde, kam er nicht mehr ganz so oft. Er war in Oxford, und wir hörten, daß er zur Armee, in ein Dragonerregiment, gegangen war. Eine seltsame Vorstellung, aber noch vor ein paar Jahren muß er gegen den Kaiser gekämpft haben.«

»Ja, wirklich seltsam«, wiederholte sie und runzelte die Stirn. Sie konnte sich nicht vorstellen, warum sie bisher noch nichts davon gehört hatte.

»Es geschah im Winter 1814, Rud war auf Urlaub in London, als sein Vater im Verlauf der Blockade mit der *Felicity* im irischen Kanal patrouillierte und dabei sehr erfolgreich war. Die Freibeuter hätten es beinahe geschafft, die englische Seefahrt zum Erliegen zu bringen. Manche waren mutiger als andere. Ruds Vater landete tatsächlich an der englischen Küste und machte sich gelegentlich heimlich auf den Weg nach London, um seine Frau und seinen Sohn zu besuchen. Als er nach einem dieser Besuche auf dem Rückweg zu seinem Schiff war, geriet er in einen Hinterhalt und wurde getötet.«

Die tonlose Art, in der Jeremy das sagte, ließ Julia hastig den Kopf drehen, um ihn genau anzusehen. »Er wurde von einer Marinepatrouille entdeckt?«

»Es gab natürlich keinen offiziellen Bericht von dem Ereignis. Rud hat immer geglaubt, daß er verraten worden ist. Ihr müßt wissen, daß Ruds Mutter ein Verhältnis mit einem gewissen Herrn hatte – manche sagen mit einem engen Freund des Prinzregenten – und daß es ihr immer etwas ungelegen kam, wenn ihr Ehemann sie unerwartet besuchte.«

»Ihr meint, sie hat ihn verraten?« rief Julia aus.

»Das glaubt Rud. Nach Waterloo verließ er die Armee und kam in die Vereinigten Staaten, wo er schließlich in die Fußstapfen seines Vaters trat. Die *Felicity* hatte vor der Küste gelegen, als Ruds Vater überfallen wurde, und hatte ohne Behinderung entkommen können. Rud taufte sie um und unternahm ein paar Fahrten zu den westindischen Inseln. Er hatte gerade vor, eine Ladung Baumwolle nach Liverpool zu bringen und dann Richtung China zu segeln, als Euer Vater ihn ansprach.«

»Ich glaube, jetzt verstehe ich langsam«, murmelte Julia. »Und ich verstehe es wohl auch richtig, daß der Name dieses Schiffes nicht eine verspielte Meerjungfrau meint?«

»Da habt Ihr recht. Eine *Najade* ist auch ein treuloses, verführerisches Weib aus dem Meer, das alle Seefahrer als weiblich betrachten.«

»Und Ihr wollt immer noch behaupten, daß Euer Kapitän keinen Groll gegen Frauen hegt?«

Er schüttelte den Kopf. »Er hat nie viel zu schaffen mit den Hafenfrauen, wenn wir vor Anker liegen, aber ich glaube schon lange, daß er Wert auf Qualität legt, wenn Ihr mich richtig versteht, Mademoiselle, ohne Euch zu nahe treten zu wollen. Es gibt eine ganze Menge Männer, die so sind wie wir.«

Julia warf ihm einen verstohlenen Blick zu. Es war gut zu wissen, daß Jeremy Free den Wunsch hatte, daß sie nur das Beste von seinem Freund dachte – und ebenso von ihm, aber das beruhigte sie nur wenig. Sie nahm an, sie würde wohl mit diesen Informationen zufrieden sein müssen, die sie dem ersten Offizier entlockt hatte.

»Ihr – Ihr werdet doch Rud nicht sagen, daß ich Euch von seiner Mutter erzählt habe, nicht wahr? Er ist etwas empfindlich, was dieses Thema betrifft. Ich hätte es eigentlich auch nicht erwähnen sollen, aber ich habe eben, nun ja, ich habe einfach laut gedacht.«

»Oh, keine Sorge«, antwortete sie mit klarer Sicherheit. »Das würde ich nie erwähnen, das würde ich nicht wagen!«

»Ihr würdet was nicht wagen?«

Julia wirbelte herum. Jeremy sah mit einem unsicheren Lächeln über seine Schulter zurück, und eine Spur von Röte zeigte sich unter den Sommersprossen, als er Kapitän Thorpe sah.

»Nichts Wichtiges«, erwiderte Julia, und ihre Stimme klang selbst in ihren eigenen Ohren etwas wackelig. Sie hatte Rudyard Thorpe seit ihrem Gespräch in seiner Kajüte nicht mehr gesehen. Was zwischen ihnen stattgefunden hatte, hinderte sie daran, jene lächelnde Bemerkung zu machen, mit der sie sonst geschickt das Schweigen überbrückt hätte.

»Da Ihr meine Verlobte seid, ist alles, was Ihr tut oder sagt, für mich wichtig«, erwiderte Kapitän Thorpe, wobei er ihre Hand zu seinen Lippen hob. Sie spürte die Wärme seines festen Mundes durch ihren Handschuh aus weichem Wildleder. Die Festigkeit seines Griffes machte ihr klar, daß es sinnlos wäre, ihm Widerstand entgegensetzen zu wollen. Sie ließ ihre Hand liegen, wo er sie auf seinen Arm legte, bedeckt von der anderen Hand.

»Eure Verlobte?« wiederholte Jeremy Free.

»Wir sind gestern abend zu dieser Übereinkunft gelangt«, erklärte Kapitän Thorpe und lächelte zu ihr herab mit einem Blick, dessentwegen sie ihm am liebsten die Augen ausgekratzt hätte.

»Ich verstehe«, sagte Jeremy, obwohl sein Gesichtsausdruck, als er Julia ansah, verwirrt und ein wenig verletzt wirkte. »Darf ich Euch beiden gratulieren?«

»Danke sehr. Und jetzt, auch wenn ich es hasse, ein Wort wie Pflicht zu gebrauchen –«

»Ja, natürlich«, sagte Jeremy, und seine Röte wurde tiefer. Er neigte den Kopf und ging fort.

»Ich werde Euch nicht heiraten!« zischte Julia wütend. Sie versuchte, ihre Hand von seinem Arm zu ziehen, aber er ließ sie nicht los. Mit ausdrucksloser Miene ging er mit ihr in die entgegengesetzte Richtung. Sie mußte mit ihm kommen, ob sie wollte oder nicht.

»Warum habt Ihr das nicht Jeremy gesagt?«

»Ich war zu überrascht, aber es wird sowieso viel unterhaltsamer sein zu sehen, was Ihr tut und wie Ihr es erklärt, wenn ich nicht Eure Frau werde.«

»Eine Schande, daß Ihr es nicht sehen werdet, denn es würde Euch bestimmt großes Vergnügen bereiten.«

Julia mißtraute seiner Leutseligkeit. Sie sah ihn an, ohne zu antworten.

»Da ist jedoch eine andere Sache, die ich noch gern erwähnen würde. So viel Vergnügen es Euch auch bereiten mag, mir aus dem Wege zu gehen, würde ich Euch doch raten, Jeremy Free dabei nicht mit in Eure Pläne einzubeziehen.«

»Ich verstehe Euch nicht«, sagte sie und starrte über die Reling auf das Spiel der fliegenden Fische.

»Ich glaube doch, aber ich werde mich gern noch deutlicher ausdrükken. Er ist die Art junger Mann, der alle Dinge sehr ernst nimmt. Er ist zu ernsthaft, zu nett, als daß es gut für ihn sein könnte, und er ist zu wertvoll für mich, als daß ich mich wegen einer Frau mit ihm schlagen wollte.«

»Solltet Ihr unter diesen Umständen dann nicht einfach einmal Euer eigenes Verhalten genauer unter die Lupe nehmen?« schlug sie vor.

»Das würde ich tun, wenn ich das Gefühl hätte, daß es einen Sinn haben könnte. Unglücklicherweise könnte er es aber falsch verstehen, da bin ich sicher, wenn ich Euch jetzt verstoßen würde. Er ist nämlich auch ein Romantiker.«

»Das ist eine Haltung, die man Euch wohl nie unterstellen kann, Kapitän.«

»Das glaube ich auch«, antwortete er, und eine erhobene Augenbraue gab seinen Worten einen ironischen Unterton. Er ließ ein paar Minuten des Schweigens vergehen, während sie über das Deck wanderten. An der Tür zur Kajütentreppe blieb er stehen. »Da Ihr meine Braut seid, wäre es vielleicht besser, wenn Ihr mich mit meinem Vornamen ansprechen würdet, findet Ihr nicht auch?«

Der Ärger angesichts seiner Fähigkeit, immer das letzte Wort zu haben, machte sie unachtsam. Sie wandte sich ihm zu, ihre Augen funkelten und ihre Stimme hob sich. »Ich bin nicht Eure –«

Sie kam nicht weiter. Er griff nach ihr und zog sie kraftvoll an seine Brust. Die Luft wurde mit einem leisen Ächzen aus ihrer Lunge gedrückt. Seine Lippen brachten sie zum Schweigen, bevor sie weitersprechen konnte. Fest und brennend ergriff sein Mund von dem ihren Besitz und vertrieb sämtliche Gedanken aus ihrem Gehirn, während sie sich erschreckt und verwirrt an ihn klammerte.

Ein wildes Geschrei und Gepfeife deuteten auf das Interesse der Mannschaft an dem Schauspiel hin. Julia erstarrte und versuchte den Armen zu entkommen, die sie umfangen hielten. Langsam und fast widerstrebend hob Rud den Kopf. Ohne in irgendeiner Weise ihr Publikum zur Kenntnis zu nehmen, stieß er die Tür zur Kajütentreppe auf und schob sie hindurch.

Als sie die Treppe hinuntergegangen war, schaute sie zurück, und wachsender Zorn verdunkelte ihren bernsteinfarbenen Blick. Er war stehengeblieben, eine Hand immer noch an der Tür, die andere am Türrahmen aufgesetzt. Er strahlte eine seltsame Anspannung aus, und ein freudloses Lächeln lag auf seinem Mund. Er neigte den Kopf. »Ich werde Euch später treffen«, sagte er und machte die Tür zu.

Julia holte tief Luft und atmete langsam wieder aus. Sie durfte jetzt keine Szene machen. Das letzte, was sie im Augenblick wollte, war, den Matrosen auf Deck noch einmal unter die Augen zu kommen. Sie war sich nicht einmal sicher, ob sie Rudyard Thorpes Gegenwart noch ertragen konnte, aber sie schwor sich, daß sie diese herablassende Behandlung ihrer Person nicht einfach vergessen würde.

Sie glättete ihre Pelerine und wandte sich ihrer Kajüte zu. Sie zögerte und hob eine Hand zu ihrem Haar, als sie einen Mann an der Tür zum Salon stehen sah. Sie bemühte sich um Gelassenheit und ging schließlich weiter auf Marcel zu.

»Bei dem Lärm an Deck habe ich zuerst gedacht, wir würden mindestens von Piraten angegriffen«, begann er gedehnt.

»Nichts derart Schlimmes«, antwortete sie mit angespannter Stimme. »Die Männer haben nur die Verlobung ihres Kapitäns gefeiert.«

»Die Verlobung? Ihr meint doch wohl nicht –« fuhr er auf.

»Meine ich nicht? Ich versichere Euch, daß jeder Mann an Bord der *Najade* jetzt davon ausgeht, daß der Kapitän mich heiratet und mit in sein Bett nimmt, hoffentlich in dieser Reihenfolge!«

»Vielleicht solltet Ihr mir besser erzählen, was geschehen ist«, sagte er und trat zur Seite, damit sie in den Salon gehen konnte.

Der Raum war leer. Julia setzte sich auf einen Stuhl, knöpfte ihre Pelerine auf und streifte sie ab. Marcel nahm neben ihr Platz. Mit einer Hand auf der Rückenlehne ihres Stuhls beugte er sich zu ihr. »Wie ist es dazu gekommen?«

Sein Mitgefühl und sein Interesse taten ihrer angeschlagenen Würde gut. Das einzig Beunruhigende war die etwas problematische Erinnerung daran, daß er erst gestern abend bereit gewesen war, dasselbe zu tun wie Rudyard Thorpe. Sie schauderte, als ihr klar wurde, wie allein und schutzlos sie in dieser Männergesellschaft war. Es hatte den Anschein, als falle New Orleans und alles, was ihr vertraut war, hinter ihnen in graue Ferne zurück, und je weiter sie sich entfernte, desto weniger schienen die Konventionen noch zu zählen, die dort galten. Bald hatten sie vermutlich überhaupt keinen Wert mehr, und sie hatte nur noch ihre eigene Kraft und Denkfähigkeit, die sie beschützen konnten.

Sie schob solche mutlosen Phantasien weit von sich und gab Marcel die gewünschte Antwort. Als sie fertig war, saß er mit gerunzelter Stirn da, bis er schließlich mit einer plötzlichen Bewegung eine Faust ballte und sie krachend auf den Tisch schlug.

»Hundesohn!« schnaubte er. »Glaubt Ihr immer noch, Ihr hättet keinen Reiz für ihn? Es ist genau, wie ich gesagt habe, er will Euch hier auf seinem Schiff zur Gefangenen machen, damit Ihr immer für ihn bereit seid.«

»Er hat mir immerhin eine Alternative angeboten«, rief sie Marcel in Erinnerung.

»Eine, bei der er sicher ist, daß Ihr sie ablehnen werdet! Nicht einmal ein Kind würde sich von seiner Erklärung mit seiner Pflichterfüllung und Menschenliebe hereinlegen lassen. Warum sollte es ihn interessieren, ob Robeaud St. Helena bei guter Gesundheit erreicht? Man hat ihn dafür bezahlt, sich darum zu kümmern, daß Robeaud England erreicht und daß er auf das Schiff der Ostindischen Handelsgesellschaft kommt, und dafür, daß er zur festgesetzten Zeit mit der *Najade* in Rio ist. Alles, was darüber hinausgeht, bringt ihm nicht einen Centime mehr. Und Geld, so hat uns der gute Kapitän Thorpe in New Orleans versichert, ist das einzige, was ihn interessiert. Warum sollte er seine Dienste freiwillig für weniger zur Verfügung stellen?«

»Vielleicht hat ihn dieses Unternehmen gefesselt, und er möchte nicht, daß es mißlingt?«

»Ist unser Erfolg oder Mißerfolg von ihm abhängig? Bah! Das ist alles ein Vorwand, um Euch davon zu überzeugen, daß Ihr keine andere Wahl habt, als auf seinem Schiff zu bleiben.«

Sie schüttelte den Kopf. »Das kann ich nicht glauben. Gestern abend, als er mir den Antrag machte, war nicht das geringste von überwältigender Anziehung zu erkennen.«

»Nein, vielleicht nicht. Die Engländer sind berühmt für ihre Zurückhaltung. Aber heute morgen? Wie erklärt Ihr, was heute morgen geschehen ist?«

»Das möchte ich weder erklären noch möchte ich darüber nachdenken! Und ich will ganz bestimmt nicht verheiratet werden – mit niemandem! Das einzige, was mir erstrebenswert erscheint, ist, dieses Schiff zu verlassen, wenn wir London erreichen, und, bis die Vorbereitungen für die Weiterfahrt nach St. Helena beendet sind, Ruhe zu haben.«

»Also werde ich Euch, liebste Julia, in diesem Augenblick nicht zu einer Antwort auf meinen Antrag drängen. Ich kann warten. Bis dahin stehe ich zu Euren Diensten, wie Ihr sicher wißt. Ich sehe keine Schwierigkeit darin, Eure Befreiung auf die eine oder andere Art sicherzustellen. Und wenn Ihr erst einmal frei seid, dürfte es für jemanden mit Euren Mitteln ja kein Problem sein, Euch so lange irgendwo unterzubringen, wie es nötig ist.«

Mit schuldbewußtem Erschrecken wurde Julia klar, daß Marcel ihre schwierigen finanziellen Verhältnisse nicht bekannt waren. Aber warum sollte er davon erfahren? Wenn sie ihn nicht heiratete – und diese Absicht hatte sie gewiß nicht –, war die Frage nach der Mitgift nicht interessant. Soweit sie wußte, war er selbst recht wohlhabend. Er würde also voraussichtlich nicht erwarten, daß sie ihn für irgendwelche Dienste, die er ihr vielleicht leistete, bezahlte.

»Nein«, antwortete sie, und es gelang ihr ein Lächeln, als er sich umdrehte und sie ansah.

Später, als sie allein in ihrer Kajüte war, bekam sie plötzlich Zweifel. Ein zynischer Teil ihres Gehirns fragte sich, ob Marcel, wenn er feststellte, daß sie von seiner Großzügigkeit abhängig war, wohl weniger dafür von ihr verlangen würde als Rudyard Thorpe. Wahrscheinlich nicht. Aber trotzdem – warum sollte sie sich darüber Sorgen machen? Wenn sie nicht bleiben konnte, ohne sich dem Diktat des Kapitäns der *Najade* unterwerfen zu müssen, dann mußte sie eben gehen und alle Mittel nutzen, die ihr zur Verfügung standen.

Den Rest des Tages blieb sie in ihrer Kajüte, sah ihre Schmuckschachteln und Koffer durch und stellte jene Dinge zusammen, von denen sie glaubte, daß sie sie vielleicht verkaufen konnte. Es war eine schmerzliche Angelegenheit, von der sie nicht allzuviel erwartete. Sie besaß die üblichen Zuchtperlen, die den Mädchen geschenkt wurden, die das Kloster verließen; sie hatte ein Topashalsband und einen Anhänger mit passenden Ohrringen aus barocken Perlen, aber sie hatte Edelsteine niemals nur ihres Werts wegen anziehend gefunden. Es war zweifelhaft, ob sie auch nur einen Monat von dem Erlös leben konnte. Die goldene Biene konnte sie natürlich nicht verkaufen. Ihr Wert war nicht umzurechnen in die englische Währung.

Der Tag verging, und sie dachte schon daran, ob sie jetzt nicht langsam die Zunderschachtel nehmen und ihre Laterne entzünden sollte, als es an der Tür klopfte. Sie schloß die Klappe ihres Schreibtisches und hob die Füße von der Koje. Ihr Kleid war etwas verknittert, aber das machte wohl kaum etwas. Sie ging zur Tür und öffnete sie.

Die mächtige Gestalt des Kapitäns füllte den Türrahmen. Während er dastand und sie ohne ein Wort betrachtete, hob sie das Kinn.

»Schlecht gelaunt?« fragte er schließlich.

»Natürlich nicht.«

»Wir haben Euch mittags vermißt, und ich dachte, ich sollte besser einmal nachsehen, ob Ihr vielleicht krank seid.«

»Ich hatte einfach keine Lust auf Gesellschaft«, erklärte sie knapp.

»Ihr bringt Eure Korrespondenz auf den neuesten Stand, wie ich sehe?« Er nahm ihre Hand und betrachtete die Tintenflecken an ihren Fingern. Von da aus wanderte sein Blick zu den zerknüllten Blättern, die auf der Koje lagen.

»Nein, nichts dergleichen«, widersprach sie ihm.

»Also wißt Ihr nicht, was Ihr wegen heute morgen in Euer Tagebuch schreiben sollt«, mutmaßte er. Ohne auf ihre Erlaubnis zu warten, trat er über die Schwelle und ging zur Koje, wo er eines der Papiere nahm. Er breitete es mit starken, geschickten Fingern auseinander. Dann sah er auf und sagte: »Nicht sehr eindrucksvoll.«

Julia trat einen Schritt vor und riß ihm mit vor Ärger angespanntem Gesicht das Papier aus der Hand. »Hätte es auch nicht werden sollen.«

Er beobachtete, wie sie die anderen Papiere zusammensammelte und sie aus seiner Reichweite in die Schreibtischklappe legte. Als sie nach einem etwas entfernter liegenden Stück griff, streifte sie seine Uniformjacke und riß sofort die Hand zurück, als hätte sie sich verbrannt.

»Ich frage mich«, sagte er, und seine Stimme bekam einen härteren Klang, »ob Ihr wohl einen Rat von mir annehmen könnt?«

»Vermutlich nur zu meinem Besten?«

»Ja, ob Ihr es nun glaubt oder nicht. Versucht nicht, etwas Unsinniges zu tun, wie zum Beispiel ohne Begleitung das Schiff zu verlassen.«

»Das Schiff nicht verlassen? Das hört sich ja so an, als ob ich Eure Gefangene wäre, Kapitän. Wollt Ihr mich davon abhalten zu gehen?« Sie stand ganz gerade, die Hände fest vor sich verschränkt.

»Das werde ich tun, wenn es die einzige Möglichkeit ist, Eure Sicherheit zu garantieren.«

Es war unerträglich. Was für ein Recht hatte dieser Mann, sich in ihr Leben einzumischen? »Ihr werdet mir vergeben, wenn ich bezweifle, daß Eure Sorge meiner Sicherheit dient und nicht ebenso Eurer Bequemlichkeit!«

Seine Augen verengten sich, und einen Moment lang glaubte sie, er könnte sie auffordern, zu erklären, was sie damit gemeint habe. Und das wäre unmöglich gewesen. Nichts konnte sie dazu bringen, Marcels Verdacht in klarere Worte zu fassen. Aber es war auch nicht nötig. Mit einer ungeduldigen Bewegung seiner Schultern schob er ihren Einwurf und ihren Zorn beiseite und wandte sich der Tür zu. »Wie auch immer«, sagte er ruhig, »die Mittel, um sicherzugehen, sind dieselben. Wir erwarten Euch in zehn Minuten im Salon.«

Noch lange nachdem sich die Tür hinter ihm geschlossen hatte, stand Julia da und starrte auf den Schreibtisch. Mit plötzlicher Leidenschaft wünschte sie, sie hätte gewußt, ob er verstanden hatte, was sie meinte. Es schien denkbar, er war nicht dumm.

Sie ging zum Waschtisch, hob den Krug und goß Wasser in die Schüssel. Dann nahm sie ein Tuch, machte es naß und wusch sich das Gesicht, um sich auf das Abendessen mit den Herren vorzubereiten.

Die letzten Tage der Reise verliefen ereignislos. Siebenunddreißig Tage nachdem sie New Orleans verlassen hatten, legten sie im Londoner Hafen an. Kühler Regen fiel von einem bleiernen Himmel, so daß der Tag schon weiter fortgeschritten zu sein schien, als es wirklich der Fall war. Obwohl es erst Nachmittag war, erleuchteten schon hier und da Lampen die Eingänge der Hafenbüros und die Fenster der Bierstuben. Fuhrwerke fuhren die Mole hinauf und hinunter, Männer riefen durcheinander, und es gab ein großes Kommen und Gehen von den anderen Schiffen, die in ihrer Nähe vertäut waren. Doch trotz der Geschäftigkeit lag die Stadt London ein ganzes Stück vom Hafen entfernt.

Gegen Abend kamen zwei Männer in nüchterner Geschäftskleidung an Bord der *Najade*. Kurze Zeit später ging Kapitän Thorpe mit ihnen fort. Sie stiegen in eine Kutsche, die in Richtung London davonfuhr.

Noch bevor er außer Sicht war, ging Marcel de Gruys die Laufplanke hinab und machte sich mit einem kleinen Handkoffer auf den Weg in die regengepeitschte Dunkelheit.

Eine halbe Stunde verging, eine Stunde. Noch mehr Lampen leuchteten in der schnell zunehmenden Dunkelheit auf. Im Schutz der Kajütentreppe wartete Julia auf Marcels Rückkehr. Die kalte, feuchte Luft fühlte sich für sie eher nach Winter als nach Frühling an, und sie hüllte sich, zitternd vor Kälte und Aufregung, ganz eng in ihren schwersten Umhang. Das Schiffsdeck war verlassen, weil es sich die Matrosen unter dem Vorderdeck bequem gemacht hatten, während sie auf die Rückkehr ihres Kapitäns warteten. Eine Wache war aufgestellt worden, aber die beiden Männer hatten sich wegen des Regens auf der Leeseite des Schiffes untergestellt. Jetzt, rief ihr Instinkt, jetzt war der richtige Augenblick gekommen.

Dennoch sah sie kein Anzeichen von Marcel, der mit einer Kutsche hätte zurückkommen sollen.

Schließlich tauchte die dunkle Kontur einer Mietdroschke aus der Dunkelheit auf. Sie blieb vor der Laufplanke stehen, wobei das Wasser aus den Pfützen aufspritzte. In dem Augenblick, als sie erschien, nahm Julia ihre Hutschachtel, die unter ihrem Umhang verborgen gewesen war, prüfte, ob ihre Haube richtig saß, und stürmte auf die Laufplanke zu. Die rauhen Bretter schwankten unter ihrem hastigen Schritt. Hinter sich glaubte sie einen Ruf gehört zu haben, aber sie sah nicht zurück. Marcel war ausgestiegen und wartete, um ihr in die Droschke zu helfen.

Das Innere des alten Gefährts roch nach Staub, abgestandenem Schweiß und dem vermodernden Stroh, das den Fußboden bedeckte. Julia bemerkte es kaum. Sie sank auf den morschen Ledersitz und lachte, als sie sich aufrichtete, dann hob sie die Schachtel vom Sitz, so daß Marcel sich setzen konnte. Er rief dem Fahrer etwas zu, was sie nicht verstand, und schwang sich in den Wagen neben sie, während die Droschke mit einem Ruck losfuhr. Julia reckte den Hals, um aus dem Fenster sehen zu können, ob sie verfolgt wurden, es war aber nichts zu erkennen.

»Wir haben es geschafft, wir sind entkommen!« rief sie und legte ihre behandschuhten Finger auf den Arm des Mannes neben sich.

Er nahm schnell ihre Hand und legte sie sich in seine Ellenbeuge, so daß er Julia an sich drücken konnte. Sein Schenkel drängte sich auf dem Sitz an ihren, ihre Schulter berührte die seine. »Ja«, sagte er, und in seiner Stimme schwang deutliche Befriedigung. »Wir sind entkommen.«

Die Kutschenlaterne beleuchtete schwach das Innere der Droschke. Julia sah den Ausdruck auf Marcels Gesicht nicht, aber sie wußte, daß er sie betrachtete und vielleicht auf eine Erwiderung wartete. Sie verdrängte das Unbehagen und versuchte, nicht mehr als ein achtloses Vergnügen zu zeigen. »Ich frage mich, was wohl Kapitän Thorpe sagen wird, wenn er feststellt, daß seine Gefangene fort ist.«

»Wir wollen nicht an den guten Kapitän denken. Jetzt braucht uns nichts mehr zu beschäftigen außer uns selbst.«

»Ja, natürlich. Es wird sicher aufregend sein, London kennenzulernen. Ich war noch nie hier. Kennt Ihr es?« Sie rückte von ihm ab, um aus dem Fenster zu sehen. Als sie sich wieder etwas zurücklehnte, drängte er sich wieder an sie und hielt ihre Hand fest.

»Es ist schon einige Zeit vergangen, seit ich das letzte Mal hier war«, antwortete er. Er schien einfach so dahinzusprechen, als wären seine Gedanken bei etwas anderem.

»Ihr – Ihr habt doch die Adresse der Bonapartisten hier in London. Wir müssen in Kontakt bleiben.«

Der Satz war unglücklich formuliert. Er lachte leise, streckte seine Hand unter ihren Umhang und ließ sie über ihre Taille aufwärts bis zu ihrer Brust wandern. »Das tue ich«, murmelte er heiser.

Sie hätte ein finsteres Gesicht machen und ihn auffordern können, sich nicht solche Freiheiten herauszunehmen, aber sie spürte, daß sich an seinem Verhalten etwas geändert hatte. Er hatte plötzlich einen Ausdruck von Rücksichtslosigkeit an sich, eine aggressive Kraft, die sie bisher noch nicht an ihm bemerkt hatte, obwohl sie in der Nacht seines Antrags schon eine Kostprobe davon bekommen hatte. Wenn er sich entschloß, ihre Forderung zu ignorieren, was konnte sie dann schon tun? Schreien? Sich wehren? Das wäre sicher beides vergebliche Mühe. Mit Worten konnte sie sich vielleicht wirkungsvoller verteidigen. »Es – es wäre wirklich eine Enttäuschung, wenn wir die Abfahrt des Schiffs der Ostindischen Handelsgesellschaft nach St. Helena versäumen würden«, sagte Julia und legte hastig ihre Hände auf seine, um sie an jeder weiteren Bewegung zu hindern.

»Ihr braucht keine Angst zu haben.«

»Aber ich würde es mir nie vergeben, wenn das geschähe«, fuhr sie heftig fort, als er mit einer Drehung seine Hand befreite und seine Finger unter die Spitzen an ihrem Ausschnitt schob.

»Faßt Euch, meine Liebste«, flüsterte er und drückte seine Lippen an die zarte Haut ihrer Schläfe.

Julia erkannte, daß sie ihm nur noch mehr Vorwände gab, sie weiter einzuschränken, wenn sie jetzt hysterisch reagieren würde, und zwang sich, sich zu entspannen. »Ja, zweifellos habt Ihr recht. Ich bin sicher, alles wird sich zum Besten wenden. Nun erzählt mir. Wo werden wir wohnen? Habt Ihr eine respektable Unterkunft für mich gefunden?«

»Es gibt da ein Gasthaus, das ich früher gekannt habe – es heißt ›Hund und Rebhuhn‹ –, gleich außerhalb der Stadt«, sagte er und verteilte eine Reihe von Küssen über ihren Unterkiefer. »Dort werden wir hinfahren, wenn Ihr nichts dagegen habt.«

Sie brachte ein kleines Lachen zustande. »Nein, gar nichts. Für mich ist das eine so gut wie das andere.«

»Und für mich auch«, sagte er, und seine Stimme wurde noch leiser. »So lange nur Ihr dort seid.«

Er wartete auf irgendeine Reaktion, eine Antwort auf seinen Antrag. Sie zögerte und war unsicher, was sie sagen sollte. War es möglich, daß Offenheit die Schwierigkeiten lösen würde? Der Versuch lohnte sich. »Bitte, Marcel«, sagte sie schließlich. »Ich habe Euch doch schon gesagt, daß ich kein Interesse daran habe, mich zu verheiraten.«

»Ich erinnere mich sehr gut daran, meine liebste Julia, aber ich glaube, Ihr solltet Euch darüber klarwerden, wie verrückt solche Vorstellungen von Freiheit und Unabhängigkeit sind, wenn man so hübsch ist wie Ihr. Ihr seid eine beständige Versuchung, und irgend jemand muß Euch vor den Nachstellungen all jener beschützen, die es nicht schaffen, ihr zu widerstehen.«

»Na, das ist ja hübsch«, sagte sie spöttisch, »aber ich habe nicht das geringste Interesse, einen Gefängniswärter durch einen anderen zu ersetzen...«

»Gefängniswärter? Nein, ich doch nicht. Ihr werdet feststellen, daß ich ein höchst angenehmer Ehemann sein werde. Wir werden sehr gut zurechtkommen, wenn wir sowohl Euer als auch mein Vermögen zur Verfügung haben. Wir können uns in der *beau monde* bewegen, ein Stadthaus in Paris haben und vielleicht ein kleines Landhaus außerhalb. Ich bin absolut nicht eifersüchtig, und wenn Ihr nichts gegen meine kleinen Abenteuer habt, werde ich meine Augen verschließen, während Ihr Euch vergnügt.«

Er drückte und streichelte ihre Brust, und Julias Ärger wuchs. Das Bedürfnis, seine Hand wegzustoßen, war fast überwältigend. Sie konnte es nicht mehr länger ertragen. Sie mußte etwas tun. »Vermögen?« rief sie aus. »Wie seid Ihr denn nur auf die absurde Idee gekommen, daß ich ein Vermögen besitze? Also, fast alles, was ich auf dieser Welt mein eigen nenne, ist hier mit mir in dieser Kutsche.«

Diese Erklärung hatte den erwünschten Effekt. Marcel zog sich zurück und starrte sie im Dunkeln an.

»Was sagt Ihr da? Euer Vater war einer der wohlhabendsten Männer in New Orleans.«

»›War‹ ist der richtige Ausdruck. Seine Besitzungen und sein Haus in der Stadt wurden mit Hypotheken belastet, um diese Expedition zu finanzieren. Ihr seid doch dabeigewesen, als die Angelegenheit diskutiert wurde, Ihr habt selbst zu dem finanziellen Hintergrund beigetragen. Ihr müßtet es doch wissen.«

»Wohl kaum. Euer Vater hat mir das nicht anvertraut«, erwiderte er rauh. »Man erlaubte mir, mein Geld beizusteuern und auf dieser Fahrt dabeizusein, weiter nichts. Ich war zu sehr ein Fremder, um mit den Einzelheiten vertraut gemacht zu werden, obwohl Thorpe, der nicht einmal dieselbe Staatsangehörigkeit besitzt, ohne den kleinsten Widerstand in die Einzelheiten eingeweiht wurde.«

Julias Vater war ein guter Menschenkenner gewesen. Er hätte sicher Marcel nicht ohne Grund so beschränkt. Doch jetzt war nicht der richtige Augenblick, um sich Gedanken über die Motive ihres Vaters zu machen. »Ich – es tut mir leid, wenn das Eure Pläne durcheinanderbringt.«

»Meine Pläne? Ich habe keine.«

»Das soll also bedeuten, es wird keinen Landbesitz und kein Stadthaus in Paris geben?«

Er lachte bitter. »Hattet Ihr die Absicht, Euch auf meinen Wohlstand zu verlassen? Es tut mir leid, eine Dame zu enttäuschen, aber mein Vermögen ist ebenfalls – investiert. Wir sind ein schönes Paar von Narren, nicht wahr?«

»Ich habe nie vorgegeben, mehr von Euch zu wollen als Eure Hilfe bei meiner Flucht vor Kapitän Thorpe«, versetzte Julia und warf ihm einen kalten Blick zu. »Wenn Ihr mich bei einem Gasthaus absetzt, werde ich mich gern selbst um alles kümmern.«

»Nein, nein, kein Gedanke«, erwiderte er, und seine Stimme wurde hart. »Wir müssen vielleicht unsere Pläne neu überdenken, aber vielleicht ist aus diesem Abenteuer doch noch etwas herauszuholen.«

»Ich glaube, ich verstehe nicht ganz, was Ihr meint.«

In seinen übergroßen, etwas hervortretenden Augen lag ein starrer Ausdruck. Er antwortete nicht.

Das »Hund und Rebhuhn« war kein besonders großes Gasthaus. Es mochte irgendwann in seiner langen Geschichte auch einmal für Jagdgesellschaften gedient haben, wie sein Name andeutete, aber nach seinem äußeren und inneren Erscheinungsbild zu schließen, waren die Gäste jetzt hauptsächlich Matrosen und Karrenlenker, und es ähnelte eher einer Bierkneipe als einem Gasthaus. In dem raucherfüllten Schankzimmer erklangen ein halbes Dutzend unterschiedlicher Sprachen. Seeleute mit geteerten Haarschwänzen und wettergegerbten Gesichtern drängten sich an den zerkratzten, fleckigen Tischen. Der saure

Geruch von Bier erfüllte das ganze Haus und überdeckte den billigen Duft der Bardamen, die ihren gefährlichen Weg zwischen den Tischen und den zupackenden Händen finden mußten.

Das Haus besaß einen schmuddeligen privaten Gastraum, der dem muffigen Geruch nach schon seit vielen Tagen nicht mehr in Gebrauch gewesen war. Das geschwärzte Kaminloch enthielt nur zusammengebackene Asche, in der nicht das kleinste Stückchen Kohle mehr übrig war. Eine Staubschicht bedeckte den Tisch und den Kaminsims, und eine Spinne hatte durch ihr Netz die einzige Kerze des Zimmers fest mit der Wand hinter ihrem Leuchter aus rostigem Blech verbunden.

Die bucklige Schlampe, die die Frau des Gastwirts war, führte Julia in diese bedrückende Kammer. Sie zündete mit der schmierigen Funzel in ihrer Hand die Kerze an und ging dann hinaus, wobei sie die Tür hinter sich schloß, ohne Julia auch nur nach ihren Wünschen zu fragen.

Marcel, der leise mit dem Gastwirt diskutierte, kam nicht sofort zu ihr. Dafür war Julia dankbar. Sie mußte sich etwas sammeln. Marcels große Leidenschaft für sie hatte eine deutlichere Wendung genommen, als sie erwartet hatte. Sie war froh darüber und sagte sich, daß jedes seiner Worte eine Lüge gewesen war. War es möglich, daß das Geld das einzige gewesen war, was ihn an ihr interessiert hatte? Warum sollte das der Fall sein, wenn er, wie das Gerücht behauptete, mehr als ausreichende Mittel besaß? Er hatte behauptet, sein Vermögen wäre ebenfalls investiert, aber seine Worte hatten wenig überzeugend geklungen. Die Antwort auf die Frage, die sie ihm gestellt hatte, könnte ihr vielleicht den Schlüssel zu der Möglichkeit geben, wie sie ihn endgültig loswerden konnte.

Es war so unangenehm kalt in dem Zimmer, daß Julia ihre Haube, die Handschuhe und den goldbraunen Samtumhang anbehielt. Sie stand mitten im Zimmer, die Arme unter dem Umhang eng um ihren Körper gelegt, als Marcel eintrat. Hinter ihm kam ein schlaksiger Kerl von vielleicht sechzehn oder siebzehn Jahren herein, der eine Kohlenschaufel trug. Aus den Flecken auf seiner Schürze zu schließen, arbeitete er nicht nur als Zimmermädchen, sondern auch als Küchenjunge und Kellner im großen Schankraum. Er hatte einen dümmlichen Gesichtsausdruck, der durch den halb offenen Mund noch verstärkt wurde, aber er beschäftigte sich mit recht geschickter Entschlossenheit damit, ein Feuer zu machen.

Durch die offene Tür kam auch die Frau des Gastwirts mit einem Tablett, auf dem eine Karaffe und zwei Gläser standen. Sie stellte es auf einen Seitentisch, deutete die Spur eines Knickses an und verschwand wieder. Als der Junge ebenfalls gegangen war, schloß Marcel die Tür und kam auf sie zu, wobei er sich die Hände rieb.

»Na, so ist es schon besser, nicht wahr?« fragte er. »Ich habe befohlen, daß uns das Abendessen hier serviert wird. Wenn wir erst einmal etwas getrunken haben, fühlen wir uns bestimmt wohler.«

Er nahm den Stöpsel aus der Karaffe und füllte die Gläser bis zum Rand. Aus dem Aussehen der Flüssigkeit und dem Geruch, der das Zimmer durchdrang, konnte Julia schließen, daß es Weinbrand war. Sie hätte gern abgelehnt, davon zu trinken, aber sie brauchte jetzt etwas, das ihre Moral hob.

Mit leicht zitternden Fingern nahm sie das Glas, das Marcel ihr anbot. Die Muskeln in ihrer Kehle zogen sich zusammen, als das scharfe Getränk sich seinen Weg in ihren Magen brannte. Sie sah beunruhigt zu, als Marcel den Inhalt seines Glases hinunterkippte und es dann wieder füllte, bevor er sich auf einen Stuhl vor dem Kamin warf. Nach einer kleinen Pause folgte sie seinem Beispiel und hockte sich auf die Kante einer altersgeschwärzten Holzbank ihm gegenüber.

Sie räusperte sich und drehte ihr Glas in den Fingern. Während sie der wirbelnden Flüssigkeit zusah, sagte sie. »Es ist schon in Ordnung, wenn wir hier etwas essen, aber ich glaube, dies ist kein Ort, an dem ich gern längere Zeit bleiben würde.«

»Nein? Und ich war eigentlich sicher, daß es genau Euren Vermögensverhältnissen entsprechen würde.«

»Es muß doch irgendwo noch ein anderes Gasthaus geben, das vernünftige Preise hat. Vielleicht eines, dessen Kundschaft vom Lande kommt.«

»Zweifellos eine hervorragende Idee, aber ich verspüre nicht das geringste Bedürfnis, noch einmal in die Nacht hinauszugehen. Draußen ist es höllisch kalt, und von der Themse rollt ein Nebel herauf, der so dick wie Watte ist.«

»Kann ich das so verstehen, daß Ihr hier die Zimmer für uns bestellt habt?«

Er nahm einen kräftigen Schluck von seinem Weinbrand, bevor er ihr antwortete. »Das Zimmer. Ein einzelnes Zimmer.«

»Was meint Ihr damit?« fragte sie alarmiert.

»Genau das, was Ihr denkt«, erwiderte er. »Warum sollten wir Geld für zwei Zimmer ausgeben, wenn auch eines genügt? Ich habe über unser Problem nachgedacht und bin zu dem Entschluß gekommen, daß wir unsere Besitztümer zusammenlegen sollten – ich gehe doch recht in der Annahme, daß Ihr auch etwas dazu beizutragen habt, einen kleinen Betrag, mit dem Ihr vorhattet, Euch für eine Weile zu versorgen.«

Julia schüttelte den Kopf. »Mein Beitrag wird nicht sehr groß sein. Ich habe nur sehr wenig Bargeld und meinen Schmuck, den ich verkaufen wollte.«

»Schmuck?« fragte er, und sein Blick glitt über sie hinweg, als erwarte er, daß sie ihn trage. »Laßt mich sehen.«

»Die Stücke sind nicht besonders wertvoll«, sagte sie hastig. Die Hutschachtel mit ihrem Schmuckkästchen darin stand auf dem Tisch. Angestrengt schaute sie nicht in diese Richtung, sondern starrte ins Feuer. Aber diese Taktik war sinnlos.

Marcel stellte sein Glas weg, stand auf und ging zu der Hutschachtel. »Ist er hier drin?« fragte er und schüttelte die mit Seide überzogene Schachtel. Er stellte sie wieder ab und zerrte die Bänder herunter, die die Schachtel zusammenhielten. »Ah ja, wir wollen einmal sehen, was wir da haben.«

»Ihr habt kein Recht dazu«, rief Julia aus, sprang auf und trat schnell an seine Seite.

Mit einer Hand hielt er sie zurück, während er den Inhalt des silberbeschlagenen Schmuckkästchens auskippte. Plötzlich ließ er sie wieder los. »Spielzeug!« höhnte er. »Nichts als Kleinkram. Wir könnten nicht einmal zwei Wochen von dem leben, was uns das einbringt. Hattet Ihr tatsächlich gehofft, damit Euren Unterhalt bis zum August bezahlen zu können?«

»Ich habe Euch doch gesagt, daß sie nicht wertvoll sind«, meinte sie und stieß ihn zur Seite, um ihre Schätze wieder einzuräumen.

»Ja, das habt Ihr«, stimmte er ihr zu, und seine Stimme klang gemein, als er sein Glas nahm und noch einmal lcerte. »Sagt mir nur eines: Was wolltet Ihr tun, wenn Ihr kein Geld mehr gehabt hättet?«

»Ich weiß es nicht. Ich hatte mir gedacht, daß mir vielleicht die Bonapartisten in London etwas geben könnten angesichts der großen Summe, die mein Vater investiert hat. Ich hätte es ihnen natürlich zurückgezahlt, sobald Napoleon an die Macht kommt.«

Marcel lachte. »Meine süße kleine Unschuld, glaubt Ihr wirklich, der Kaiser würde Euch irgend etwas zurückbezahlen? Der Mann wird jeden Pfennig, den er zur Verfügung hat, brauchen, um eine Armee aufzustellen, wenn er seine Krone zurückhaben will. Warum sollte er sich den Kopf über die Schwierigkeiten einer jungen Frau zerbrechen, so schön sie auch immer sein mag?«

Julia berührte mit einer Hand die goldene Biene, die ihren Umhang an ihrem Hals zusammenhielt, und sah keinen Grund, ihm das genauer zu erklären. »Er wird es tun«, behauptete sie. »Er – er muß es.«

»Man sollte nie mit einem Narren oder einer Frau streiten«, zitierte er und griff noch einmal nach der Weinbrandkaraffe.

Jede Antwort, die Julia ihm darauf hätte geben mögen, wurde unmöglich gemacht durch die Ankunft des dümmlichen Kellners mit ihrem Abendessen. Er legte zwei matte Zinnteller und ein Paar doppelzinkiger Gabeln an die beiden Ende des Tisches. Dazwischen stellte er ein geschwärztes Gefäß mit Nierenauflauf, dessen Teig von einem schmutzigen Grau war. Das Aroma von gekochtem Kohl erhob sich in Wolken aus einer Schüssel, die vor Fett glänzte. Dicke Schinkenscheiben mit fettem Speck lagen auf einer Seite. Auf der anderen befand sich ein Laib Brot mit einer geschwärzten Rinde.

Julias ohnehin geringer Appetit verschwand völlig. Sie zog zwar die Handschuhe aus und nahm eine Gabel, aber sie brachte keinen Bissen hinunter. Unauffällig schielte sie zu Marcel hinüber. Er hatte davon gesprochen, ein Zimmer mit ihr teilen zu wollen, als wäre das die natürlichste Sache der Welt. Es konnte nur wenige Zweifel geben, daß er auch erwartete, sie würde das Bett mit ihm teilen. Bei diesem Gedanken schauderte Julia, und ihr Griff um die Gabel verkrampfte sich, bis ihre Knöchel weiß wurden.

Der Drang aufzuspringen und zur Tür zu rennen war beinahe überwältigend. Doch sie hatte das bei Marcel schon einmal vergeblich versucht. Er war erstaunlich schnell und stark. Und dazu kam seine im Augenblick unsichere Stimmung. Zwischen den Wirkungen der Enttäuschung und des Weinbrandes war ihm jeder städtische Schliff verlorengegangen, und er hatte einen häßlichen Zug um den Mund, als er Julia über die von Fett triefenden Überreste seiner Mahlzeit hinweg anstarrte.

Und wenn es ihr gelang zu entkommen? Wohin sollte sie gehen? In den dunklen, kalten, nebeligen Straßen war die Gefahr ebenso groß wie in dem Gasthaus. Wenn sie zur *Najade* zurückkehrte, würde sie dem Zorn von Kapitän Thorpe entgegentreten müssen.

Aus irgendeinem Grunde ängstigte sie diese letztere Möglichkeit mehr als der Umgang mit Marcel.

Plötzlich schob der Mann am anderen Ende des Tisches seinen Stuhl zurück und stand auf. »Sollen wir hinaufgehen und uns ansehen, was für ein Schlafzimmer man uns gegeben hat?«

Julia sah ihn an und bemerkte das Fett auf seinen überroten Lippen, aber auch das Schwanken in seiner Haltung. »Nein, Marcel«, sagte sie mit plötzlicher Entschlossenheit. »Ich glaube, ich werde hierbleiben. Die Bank am Feuer ist bequem genug für mich.«

»Was sagt Ihr da?« fragte er fordernd und stützte sich mit den Händen auf den Tisch.

»Ich sage, ich werde nicht das Zimmer mit Euch teilen.« Ihre Stimme zitterte, aber ihre Worte waren klar genug zu verstehen.

»Ja, meinst du, du kleine –« Er hielt mit aufmerksamen Sinnen inne trotz des Weinbrands, den er getrunken hatte, als ein schlurfendes Geräusch vor der Tür ertönte. Noch während sie in die Richtung sahen, wurde ein Blatt Papier unter der Tür hindurchgeschoben. Marcel machte ein finsteres Gesicht, stieß seinen Stuhl zur Seite und ging zur Tür, um den Zettel aufzuheben.

Der Inhalt der Nachricht schien ihm nicht zu gefallen, denn sein Stirnrunzeln wurde noch finsterer, und er zerknüllte das Papier zu einer kleinen Kugel, bevor er zum Feuer ging und sie hineinwarf. Er blieb stehen und sah zu, wie das Papier aufflammte, dann wandte er sich mit einem Fluch ab und suchte nach Hut und Mantel. Er hängte sich den Umhang um die Schultern und zog sich den hohen Hut über die pomadeglänzenden Locken. An der Tür blieb er noch einmal stehen und sah zurück. »Ich muß noch einmal ausgehen«, erklärte er mit so finsterer Miene, daß man deutlich erkannte, daß er das Gefühl hatte, betrogen zu werden. »Ich werde bald zurück sein, und wenn ich wieder hier bin, will ich dich ordentlich oben im Bett vorfinden!«

Als er fort war, seufzte Julia vor Erleichterung. Einen Augenblick später lachte sie düster. Warum sollte sie erleichtert sein? Er würde bald zurückkehren. Und nichts hatte sich bis dahin geändert. Niemand konnte sie verteidigen außer ihr selbst.

Ihr Blick wanderte durch das Zimmer und kehrte dann wieder zu dem Tisch vor ihr zurück. Auf der Platte mit den Schinkenscheiben lag ein Messer, ein scharfes Messer mit einer langen, matten Stahlklinge und einem dicken, hölzernen Griff. Sie streckte die Hand aus und wischte das Fett mit einem Stück Brot von der Schneide. Mit ausdruckslosem Gesicht steckte sie das Messer in die Tasche ihres Umhangs und setzte sich auf die Bank.

Eine ganze Weile saß sie da und starrte in die verlöschende Glut. Sie spürte, wie die Kälte wieder ins Zimmer kroch. Schließlich seufzte sie, hob die Hand und löste ihre Haube. Sie nahm sie ab, legte sie zur Seite und lehnte den Kopf an die Kante der hohen, hölzernen Rückenlehne.

Einige Zeit später wurde sie wach gerüttelt. Ihr Kopf schlug gegen das

Holz der Lehne. Julia erwachte mit dem roten Nebel des Schmerzes vor den Augen, verbunden mit einem ausgeprägten Zorn. Ohne auch nur einen Augenblick nachzudenken, schlug sie mit der geballten Faust zu.

Wütend riß er sie auf die Beine und hieb ihr mit der flachen Hand ins Gesicht. Als sie vor Schmerz nach Luft schnappte, drehte er ihr den Arm hinter den Rücken und zischte durch die Zähne: »Was du brauchst, *ma chère*, ist Zähmung, angefangen mit einer Lektion in Gehorsam. Und wenn du das schöne bequeme Bett nicht willst, dann wird es eben diese Bank sein!«

Er drängte sie wieder auf die harte Holzbank und zerrte mit einer Hand an dem Verschluß ihres Umhangs. Sie wehrte sich unter seinem Griff und trat nach ihm. Als ihr Schuh sein Schienbein berührte, grunzte er und riß kräftig an der Brosche an ihrer Kehle. Der Verschluß der goldenen Biene gab schließlich nach. Julia schrie auf und versuchte, sie zu retten, aber er warf den Mantel und die Brosche beiseite. Seine Finger gruben sich in die weiche Vertiefung zwischen ihren Brüsten und rissen an dem zarten Seidenstoff. Sie spürte, wie die Kälte ihre bloße Haut berührte, als ihr Mieder und ihr Hemd bis zur Taille aufgerissen wurden. Und dann drückte er ihren Rücken in voller Länge auf die Bank. Ihre Röcke lagen schon über ihren Knien, und er schob sie weiter hinauf, wobei seine Finger rauh über ihre Schenkel rieben. Sie bäumte sich unter ihm auf und riß eine Hand los, um sein Gesicht zu zerkratzen, wobei sie rote Striemen von der Wange bis zum Hals hinterließ. Er hob eine Hand und schlug sie einmal und noch einmal. Sie spürte, wie unter der Kraft des zweiten Schlages ihre Zähne in ihre Wange schnitten und verlor vollends die Kontrolle über sich.

»Los, runter!« schrie sie und wand sich, so daß sie beide über die Kante der Bank und auf den Boden rutschten. Ihr Mantel glitt mit ihnen herunter, und durch den Nebel aus Schmerz und Angst und Wut hörte sie, wie das Messer auf dem Boden auftraf. Sie rollte zur Seite, spürte es unter sich und glaubte einen Augenblick, es wäre zu sehr in die Falten des Umhangs gewickelt, als daß sie es herausholen könnte. Doch dann lag plötzlich der hölzerne Griff in ihrer Hand.

Marcels Gewicht drängte die Luft aus ihren Lungen. Sein heißer, nach Weinbrand stinkender Atem traf ihr Gesicht, als sein Mund sich über ihren legte. Sie spürte das nasse Drängen seiner Zunge an ihren zusammengebissenen Zähnen, und ihre Brüste schmerzten unter seinem gnadenlosen Griff. Sein Knie drängte sich zwischen ihre Beine, und er stieß die Härte an seinen Lenden gegen ihren Bauch. Das Messer lag wie ein Degen in ihrer Hand. Sie knirschte mit den Zähnen, holte schluchzend Atem und stieß es in Marcels Seite. Mit jedem Nerv und jeder Sehne ihres Körpers spürte sie, wie die Klinge auf Knochen traf und durch die dünne Haut in die Muskeln seines Rückens drang.

Er schrie auf und wand sich. Er rollte von ihr herunter auf die Seite, faßte nach hinten, um das Messer zu erreichen. In wilder Hast kam sie auf die Beine. Aber die wollten sie nicht tragen. Sie sank auf die Knie, griff nach der Tischkante. Im Licht der einen flackernden Kerze in dem Wandleuchter beobachtete sie, wie Marcel wie ein Fisch im Netz zappelte, während das Blut aus seiner Wunde seinen Rock tränkte und eine rote Lache auf dem Boden bildete.

Weit entfernt, hinter den Wänden zum Gastraum, hörte sie jetzt Lärm, Rufe und ein hallendes Geräusch, das kaum in ihr Bewußtsein drang. Sie achtete nicht darauf. Ihr Blick wandte sich nicht von Marcel ab. Er lag jetzt halb auf der Seite, und sein japsender Atem tönte laut durchs Zimmer. Es war ihm nicht gelungen, das Messer zu ergreifen, das schräg in seinem Rücken steckte, obwohl er einen Arm ganz nach hinten gereckt hatte. Die Finger der anderen Hand zuckten, und sein Mund stand offen.

Vorsichtig zog sich Julia auf die Beine. Sie trat zögernd einen Schritt auf ihn zu und wandte sich langsam seiner verletzten Seite zu. Mit einem schnellen Sprung nach vorn packte sie den Griff des Messers und zog es heraus. Sie wich zurück, bevor er sich bewegen konnte, das Messer fest in der Faust. Er ächzte und ließ sich auf den Rücken sinken. Mit schleppenden Schritten kam sie wieder näher und sah in sein Gesicht.

Als die Tür hinter ihr mit einem Krachen aufflog, wirbelte sie herum, und ihre freie Hand griff nach ihrem zerrissenen Mieder. Die große Gestalt von Rudyard Thorpe füllte die Tür, und der Gastwirt und die Matrosen von der *Najade* standen direkt hinter ihm. Der Kapitän erkannte sofort, was vorgefallen war, und sein Blick blieb an dem blutbefleckten Messer in Julias Hand und dem hingestreckten Mann zu ihren Füßen hängen.

»Vergebt, wenn ich unangemeldet komme«, sagte Thorpe schleppend.

KAPITEL 5

Die Hochzeitszeremonie ging in einem grauen, unwirklichen Dunst an ihr vorüber. Der Priester stand vor ihnen, und seine Lippen bewegten sich, aber es hätte genausogut eine fremde Sprache sein können, die er sprach. Das Altartuch hinter ihm, erleuchtet von Kerzen, was mitten am Tage seltsam wirkte, war von wundervoller Spitze gesäumt. Julia stand auf dem Ehrenplatz, ohne eigentlich so recht zu wissen, wie sie dorthin gekommen war. Jemand erwähnte eine besondere Erlaubnis, und sie erinnerte sich undeutlich an eine lange Fahrt in einer Kutsche, aber der Name der Kirche und die Leute um sie her waren ihr unbekannt.

An die vergangene Nacht konnte sie sich sogar noch weniger erinnern. Sie wußte nicht, wie sie das »Hund und Rebhuhn« verlassen hatte, und auch nicht, wie sie wieder auf der *Najade* angekommen war. Ihre erste Erinnerung bestand darin, wie sie im bleichen Licht des Morgengrauens nackt in ihrer Koje lag und interesselos zusah, wie Kapitän Thorpe das weiße, mit Goldfäden durchwirkte Seidenkleid aus ihrer Truhe zog, das sie an jenem Abend getragen hatte, an dem sie sich vor so langer Zeit zum ersten Mal begegnet waren.

»Zieh es an«, hatte er befohlen, und als habe sie keinen eigenen Willen, war sie der Anordnung gefolgt. Und nachdem sie erst einmal angefangen hatte, hatte sie natürlich auch den Rest ihrer Toilette beendet. Sie hatte ihr Haar zu einem Krönchen aus Locken hochgesteckt, eine rosagetönte Creme auf ihre Lippen aufgetragen und ihr bleiches Gesicht mit Reispuderpapier getönt, um den blauen Fleck zu verbergen, der ihre Wange verunstaltete.

Sie wurde für einen Augenblick aus ihrer Erstarrung gerissen, als sie entdeckte, daß ihre goldene Biene an einem Faden ihres Umhangs hing, als sie ihn umlegte. Und obwohl der Ausdruck von Lebendigkeit bald wieder aus ihrem Gesicht verschwand, hatte sie sich geweigert, die Nadel wegzulegen, bis Rudyard sie genommen und an ein Stück Samtband um ihren Hals gesteckt hatte.

Worte, ernst und fragend. Die Gesichter von Jeremy Free und dem zweiten Offizier O'Toole. Rudyard Thorpes warme, braune Hände, die die ihren hielten. Ein kalter Goldring. Als Rud sie zum Brautkuß an sich zog, erstarrte sie, ihre Augen weiteten sich und wurden unter dem plötzlichen Eindruck von Angst klar. Doch seine Berührung war sanft, der Kuß, den er neben ihren Mund drückte, ohne Feuer.

Er ließ sie los, und Jeremy Free küßte ihre Wange mit einem Blick, der zu zaghaft war, um ihr angst machen zu können, und räusperte sich, bevor er ihr gratulierte. O'Toole drückte sie herzlich und sagte: »Gott segne Euch, mein tapferes Kind!« Dann war M'sieur Robeaud da, nahm ihre Hand und hob sie zu seinen trockenen Lippen, der angemessene Gruß für eine verheiratete Frau.

Noch die Unterschrift unter einem Schriftstück, und sie verließ die Kirche an Ruds Arm. Der Ärmel seiner Uniformjacke fühlte sich unter ihren Fingern rauh an, doch darunter spürte sie seine Kraft. Ein frischer, kalter Wind ließ ihren Umhang flattern, rötete ihre Wangen und trieb Tränen in ihre Augen. Eine wechselhafte Sonne beleuchtete die Straße und die vorgefahrene Kutsche.

Zum ersten Mal nahm Julia diese Kutsche wahr, die sie erwartete, obwohl ihr klar wurde, daß sie auch auf dem Weg zur Kirche darin gefahren sein mußte. Es war ein Landauer, dessen schwarze Seiten glänzten und dessen Silberbeschläge das Licht reflektierten wie Spiegel. Der Kutscher in weinroter Livree saß auf dem Bock, und ein Lakai, ebenfalls in Livree und gepuderter Perücke, stand neben den zusammenklappbaren Stufen bereit, um die Tür zu öffnen, damit sie einsteigen konnten. Vier schwarze Pferde standen im Geschirr und stampften ungeduldig mit den Hufen. Ihr ledernes Zaumzeug glänzte gepflegt, und die Silberbeschläge glitzerten. Über den Köpfen der Tiere nickte bei jedem eine weinrot gefärbte Feder.

»Das Eigentum meines Onkels Thaddeus Baxter«, erklärte Rud leise. Julia nickte und ließ sich beim Einsteigen helfen.

Im Innern entdeckte sie bequeme, weinrote Samtsitze und -kissen, Fußstützen, die man ausklappen konnte, und kleine silberne Blumenvasen. Zu dieser Gelegenheit enthielten die Vasen eine einzelne weiße Rose, eine Zierde, die ihr wesentlich mehr gefiel, als sie es in dieser Lage erwartet hätte.

Der Kutscher trieb die Pferde an. Durch das Fenster entdeckte Julia gerade noch Jeremy und die anderen und lehnte sich schnell vor, um zu winken. Dann fuhren sie vorüber und zur Mitte der Straße.

Julia lehnte sich zurück. Ihre Hände fielen in ihren Schoß, und ohne es so recht zu bemerken, begann sie, den Ring an ihrer linken Hand zu drehen. Sie war verheiratet. Der Mann neben ihr war Kapitän Rudyard Thorpe, und er war ihr Ehemann.

»Ist es dir warm genug?« fragte Rud.

Sie sah ihn schnell an. »Ja, ich – es geht mir gut.«

Der Lärm und die Hast der Stadt schlossen sich um sie. Sie fuhren durch schmale Straßen und ließen sie dann hinter sich, als sie auf eine offene Allee kamen.

»Falls es dich interessiert, wo wir hinfahren: in das Haus meines Onkels am Berkeley Square. Meine Tante Lucinda hat ein Essen für uns vorbereitet. Ich hoffe, du bist für ein einfaches, normales Gespräch bereit, denn ich bin sicher, sie wird alles über dich erfahren wollen. Sie hat viel zu meiner Erziehung beigetragen und entsprechend groß ist ihr Interesse an mir und meinen Angelegenheiten.«

»Ich verstehe«, gelang es Julia zu sagen. Sie wurde ermahnt, falls das nicht ein zu kräftiger Ausdruck war, nett zu seinen Verwandten zu sein.

»Mein Onkel und meine Tante haben uns für die Zeit unseres Aufenthaltes in London die Gastfreundschaft ihres Hauses angeboten. Angesichts der Beteiligung meines Onkels an der Ostindischen Handelsgesellschaft halte ich es für diplomatisch, anzunehmen.«

»Ja, ich verstehe.« Es würde zweifellos sehr nützlich sein, wenn der Kapitän seinen Onkel dazu überreden konnte, zum richtigen Zeitpunkt ein Schiff der Ostindischen Handelsgesellschaft nach St. Helena zu schicken.

»Natürlich werden sie sich wundern, daß wir so überstürzt geheiratet haben. Ich würde empfehlen, daß du als Entschuldigung den Tod deines Vaters nennst. Du könntest schließlich nicht ohne Schutz in London bleiben. Wenn du es schaffst, anzudeuten, daß unsere Ehe eine Liebesheirat von ausgesprochener Leidenschaft ist, wäre alles gut. Deiner Trauer wegen haben wir in aller Stille geheiratet.«

»Natürlich«, wiederholte sie, und ein hohles Gefühl machte sich in ihrem Magen breit.

»Du brauchst dir nicht allzu viele Sorgen zu machen. Ich werde dich nicht längere Zeit allein lassen.«

Erwartete er, daß sie ihm dankbar war für diese Rücksichtnahme? Aber soviel Mühe sie sich auch geben mochte, sie fand in ihrem Innern einfach keine Spur von Dankbarkeit. Sie warf dem Mann neben sich einen Blick aus dem Augenwinkel zu. Sein Gesicht hatte einen maskenhaften Ausdruck, seine blauen Augen starrten nach vorn, ohne daß er etwas sah. Er rieb nachdenklich mit dem Daumen über sein Kinn. Die andere Hand lag auf seinem muskulösen, mit Rindsleder bekleideten Schenkel. Zwischen ihnen auf dem Sitz lag sein Dreispitz mit der matten Goldpaspelierung.

Die Kutschfahrt war ein solcher Gegensatz zu der am Tag vorher mit Marcel, daß Julia ein wenig schauderte. Diese Bewegung, so klein sie auch sein mochte, weckte Ruds Aufmerksamkeit.

»Geht's dir gut?« fragte er.

Ohne es zu bemerken, zog sie sich ganz in die Ecke der Kutsche zurück. »Ja. Ja, es geht mir gut. Ich scheine mich nur absolut nicht erinnern zu können, Kapitän Thorpe, wie es kam, daß ich jetzt hier bin. Oh, daß gerade unsere Trauung war, habe ich verstanden, aber es sieht so aus, als könnte ich mich nicht daran erinnern, daß ich der Ehe mit Euch zugestimmt habe.«

»Nein?« fragte er, und seine Stimme klang ruhig und leise.

Einen Augenblick lang dachte Julia, sie sähe einen Schatten von Mitgefühl auf seinem Gesicht, doch bevor sie sich noch ganz sicher war, verschwand es und wurde durch leicht ironisches Interesse ersetzt.

»Nein«, antwortete sie mutig. »Ich verstehe nicht, wie es dazu gekommen ist, aber ich scheine mich überhaupt nur an sehr wenig erinnern zu können, was geschehen ist, nachdem –«

Als sie nicht weitersprach, fragte er: »Nachdem – was?«

Sie schloß die Augen, ohne zu antworten, und ihr Gesicht wurde bleich, als die Erinnerung an Marcel, der sich mit dem Messer im Rükken auf dem Boden wand, zurückkehrte.

»Julia?« sagte er und streckte den Arm aus, um ihre verkrampften Hände zu berühren.

Sofort riß sie ihre Augen wieder auf. »Marcel«, sagte sie atemlos und hob die Hände, um die Biene an ihrem Hals zu berühren. »Ist er – ist er tot?«

»Er war es nicht, als ich ihn zuletzt sah«, antwortete Rud. »Er wird weiterleben und auch noch andere verrückte junge Frauen betrügen.«

»Ihr wart da. Ihr habt geglaubt, ich würde noch einmal auf ihn einstechen, ich erinnere mich.«

»Ja, so war es. Du mußt mir vergeben, daß ich in diesem unglücklichen Augenblick gekommen bin. Ein paar Sekunden später hätte eigentlich auch noch genügt.«

»Woher wußtet Ihr, daß ich ausgerechnet in diesem Gasthaus sein würde?«

»Ich fürchte, daß ich zugeben muß, daß ich jemanden beauftragt hatte, dich zu beobachten. Einer meiner Männer ist dir gefolgt, als du das Schiff verlassen hast. Er hatte keine weiteren Instruktionen, außer herauszufinden, wohin du fährst. Als er sah, daß du für die Nacht im ›Hund und Rebhuhn‹ abgestiegen warst, kehrte er zum Schiff zurück, um mir Bericht zu erstatten. Ich war in der Stadt, deshalb dauerte es eine Weile, bis ich zum Gasthaus kommen konnte. Offenbar kam ich zu spät.«

»Nicht zu spät, um mich wieder zum Schiff zu bringen, wenn das Eure Absicht war.«

»Es wäre mir lieber gewesen, wenn ich dir die unangenehme Erfahrung hätte ersparen können.«

Sein kurzer, sachlicher Ton bewirkte, daß sie ihm glaubte. Sie fühlte sich zur Ehrlichkeit verpflichtet. »Ich war selbst schuld. Nichts wäre geschehen, wenn ich nicht die *Najade* verlassen hätte. Aber Ihr solltet an den Grund meiner Flucht denken. Mich hat der Gedanke, gegen meinen Willen verheiratet zu werden, erschreckt, und doch befinde ich mich jetzt genau in dieser Lage. Ich frage Euch noch einmal, Kapitän Thorpe: Wie ist es dazu gekommen?«

»Wirfst du mir vor, ich hätte deine Schwäche ausgenutzt?« fragte er. »Wenn das so sein sollte, kann ich nur beteuern, daß du letzte Nacht nicht abgeneigt warst.«

»Als nächstes werdet Ihr sagen, ich hätte mich darum bemüht!« rief sie aus, und Ärger entzündete sich in den Tiefen ihrer goldenen Augen. »Also, ich weigere mich, das zu glauben.«

»Dann wirst du wohl auch bestreiten, daß du mich gebeten hast, die Nacht in deiner Kajüte zu verbringen«, sagte er langsam, und seine Augen ruhten seltsam eindringlich auf ihrem Gesicht.

Das hätte sie gern getan. Statt dessen kehrte ein Fetzen von Erinnerung daran zurück, wie sie unbekleidet unter der Decke in ihrer Koje lag, während Rud sich ungehindert in ihrer Kajüte bewegte und in ihrem Koffer nach einem Kleid suchte. Das war im klaren Licht des Morgens gewesen. Was mochte wohl im Laufe der Nacht geschehen sein?

»Was sagt Ihr?« fragte sie und gab sich Mühe, ihre Stimme ruhig zu halten.

Sie sollte keine Antwort bekommen. Noch bevor er etwas erwidern konnte, fuhr die Kutsche vor einem Herrenhaus vor. Als die Räder stillstanden, erschien sofort der Lakai, öffnete die Tür und klappte die Stufen herunter.

Wenn Rud die Erlaubnis hatte, die Kutsche seines Onkels zu verwenden, war daraus zu schließen, daß er dem Haus der Baxters bereits einen Besuch abgestattet hatte. Entsprechend war es auch nicht überraschend, daß der Butler, der ihnen die Tür öffnete, sie mit vollendeter Höflichkeit empfing.

»Guten Morgen, Kapitän, Madam«, sagte er und nahm Ruds Hut. »Im Namen des Personals und in meinem eigenen möchte ich Euch zur Eheschließung gratulieren.«

»Danke sehr, Masters. Ihr braucht uns nicht anzumelden. Ich finde mich selbst zurecht.« Rud klopfte dem Butler auf die Schulter, und nachdem der Mann einen Pagen herbeigewinkt hatte, damit er das Gepäck aus der Kutsche holte, berührte er Julias Arm und deutete auf eine Flügeltür, die sich aus der großen Eingangshalle nach links öffnete.

Er öffnete schwungvoll die beiden Flügel der Tür und ließ sie in ein Wohnzimmer treten, das in verschiedenen hellen Gelb- und Grüntönen gehalten war. Julia registrierte die kühle Eleganz polierter Möbel und glänzenden Kristalls, aufgelockert mit Sträußen bunter Frühlingsblumen. Einen Augenblick später wurde ihre Aufmerksamkeit von einem Mann und einer Frau gefesselt, die herbeikamen, um sie zu begrüßen.

Thaddeus Baxter war ein großer, breiter Mann mit einer hohen Stirn, die unter sandgrauem schütteren Haar erkennbar wurde. Seine Augen funkelten fröhlich. Man konnte in seinen Zügen eine gewisse Ähnlichkeit mit seinem Neffen erkennen, und in seinem Gesichtsausdruck lag eine Offenheit, die gut zu seiner rötlichen Hauttönung und seinem herzlichen Benehmen paßte. Seine Gattin war eine zarte Frau, die, als sie aufstand, um zu ihnen zu kommen, das Buch von ihrem Schoß fallen ließ, in dem sie gerade las, einen der Romane von Jane Austen. Ein lavendelfarbenes Tageskleid mit weiten Ärmeln ließ sie noch zierlicher erscheinen. Trotz dieses ersten Eindrucks war Julia schon nach weniger als einer Viertelstunde in der Gesellschaft der Dame sicher, daß Ruds Tante entschiedener war, als sie wirkte.

Mr. Baxter öffnete eine Flasche Sekt zur Feier des Tages. Rud, der mit dem Rücken zum Kamin stand, das Sektglas in der Hand, gab eine für Julia glaubhaft klingende Erklärung über ihre Romanze auf See ab. Wenn man ihn so hörte, hätte man glauben können, er würde ihre Familie in New Orleans schon seit Monaten kennen, so daß nichts natürlicher zu sein schien, als daß ihr sterbender Vater ihnen seinen Segen gegeben hatte. Die Art, wie er ihr zulächelte, während sie neben seiner Tante saß, und seine kleine, stille Geste mit dem Glas auf ihre Gesundheit mit dem liebevollen Blick dazu, hätten jeden davon überzeugt, daß er wirklich so hingerissen von ihr war, wie er vorgab. Genaugenommen fand Julia es wirklich erhellend, ihn auf diese warme, ernste Art lächeln zu sehen. Es machte die kantigen Flächen seines Gesichts weicher und ließ einen sanften, beinahe sinnlichen Ausdruck in seinen Augen entstehen. Einmal sprach er sie in einem so intimen Ton als seine geliebte Julia an, daß sie plötzlich errötete wie eine Klosterschülerin. Unter den nachsichtigen Blicken seines Onkels und seiner Tante war es unmöglich, ihm das offen zu vergelten. Das Beste, was sie tun konnte, war, ihm einen so bewundernden Blick zuzuwerfen, daß er sie verblüfft anstarrte und vorübergehend beim Sprechen den Faden verlor.

Einige Zeit später bot ihre Gastgeberin an, ihr die Zimmer zu zeigen, die für Rud und sie bereitstanden. Sie ließen die Männer zurück und gingen ins obere Stockwerk.

Die Zimmer, die für sie vorbereitet worden waren, bestanden aus einem Schlafzimmer, einem Ankleidezimmer und einem Wohnzimmer. Die Suite war exquisit eingerichtet. Die Wände waren mit cremefarbenem Damast bespannt, und an den Fenstern hingen samtene Vorhänge in tiefem Azurblau. Teppiche mit orientalischen Mustern in Cremeweiß, Blau und Schwarz bedeckten hier und da den glänzend polierten Fußboden. Man hatte nichts vergessen, was ihrem Komfort dienlich sein konnte. In dem Wohnzimmer standen nicht nur ein Sofa und Sessel, sondern es gab auch eine Schale mit frischen Früchten auf einem kleinen Tisch, der die richtige Größe hatte, um daran zu zweit zu essen, und in einem Bücherschrank standen einige ausgewählte Bücher. Das Ankleidezimmer war geräumig und bot genügend Platz für eine Sitzbadewanne, einen Wandschirm mit Watteaubildern darauf, einen Handtuchständer und einen Rasiertisch neben der Frisierkommode.

Doch das mit einem riesigen elisabethanischen Himmelbett ausgestattete Schlafzimmer, dessen Wandbehänge Schäfer und Schäferinnen beim Tändeln zeigten, beeindruckte Julia am meisten. Sie starrte es entsetzt an. Durch ihre seltsame Gemütsverwirrung war ihr bisher noch nicht ganz klar gewesen, was ihre Trauung am frühen Morgen bedeutete. Jetzt traf sie die Erkenntnis wie ein Schlag.

»Fühlst du dich nicht wohl, meine Liebe?« fragte die ältere Frau und ging zum Fenster, um die Vorhänge aufzuziehen, so daß das Sonnenlicht hereinströmte.

Julia wich dem suchenden Blick der anderen Frau aus. »Ich habe leichte Kopfschmerzen. Nichts Ernstes.«

»Aber warum hast du denn nichts gesagt? Du solltest dich ein wenig hinlegen, und ich lasse dir ein Glas mit Hirschhornsalz und Wasser holen.«

»Nein, bitte«, widersprach Julia. Obwohl sie tatsächlich Kopfschmerzen hatte, wollte sie keine Umstände machen. Das, was ihr jetzt am ehesten fehlte, war etwas, das sie wohl kaum bekommen würde – ein paar Minuten allein zu sein.

Die andere Frau zögerte. »Ich möchte ja nicht indiskret sein, meine Liebe, aber ich kann unmöglich die körperlichen Schwierigkeiten meiner Gäste einfach übersehen, ganz besonders, wenn es sich dabei um die Braut meines lieben Neffen handelt. Ich habe in der vergangenen Stunde die blauen Flecken betrachtet, die deine schöne Haut verunstalten, und obwohl ich weiß, daß auch die besten Männer unvorhersehbare Anwandlungen haben, kann ich mir doch nicht vorstellen, daß Rud sie dir beigebracht haben sollte.«

»O nein, das dürft Ihr nicht glauben!« versicherte Julia und war wirklich betroffen, daß Rud fälschlicherweise in Verdacht geraten könnte. »Ich – wir sind auf dem Meer in einen Sturm geraten, und ich bin über meine eigenen Füße gestolpert.«

»Das erklärt die Schwellungen an deinen Handgelenken nicht. Trotzdem, ich möchte nicht in dich dringen. Wir kennen uns erst seit kurzer Zeit, aber ich habe dich gern, Julia, und ich möchte dir sagen, daß du mir vertrauen kannst. Ich würde mich sehr geehrt fühlen. Und jetzt, da ich das ausgesprochen habe, möchte ich auch noch hinzufügen, daß du nicht zögern darfst, mich um Hilfe zu bitten, wenn du etwas brauchst. Meine Kutsche steht für alle kleinen Besorgungen zu deiner Verfügung. Wenn du eine Zofe benötigen solltest – es gibt mehrere junge Mädchen im Haus, die dir gern dienen würden, solange du hier bist. Wenn du noch irgend etwas anderes zu deiner Bequemlichkeit brauchst, sag es ruhig. Du kannst mir all deine Wünsche mitteilen.«

Aus irgendeinem unerklärlichen Grunde spürte Julia Tränen in ihre Augen steigen. Sie blinzelte sie angestrengt fort, fühlte aber immer noch die Enge in der Kehle, als sie ihre Dankbarkeit zum Ausdruck brachte. »Es gibt da allerdings eines«, brachte sie stockend hervor. »Ich sollte meines Vaters wegen Schwarz tragen, bin aber nicht darauf vorbereitet gewesen.«

»Natürlich nicht«, antwortete die andere Frau verständnisvoll. »Es war ein trauriger Verlust, und er kam so unerwartet. Wir müssen einmal sehen, was wir da machen können. Vielleicht hat meine Modistin etwas Brauchbares. Solche Tragödien treffen einen immer unerwartet, nicht wahr?«

Aus dem Stil des Kleides, das Lucinda Baxter trug, konnte Julia erkennen, daß die Modistin, die für Ruds Tante arbeitete, nicht billig war. »Ich möchte Euch vorwarnen, ich kann keine allzu großen Summen für Kleidung ausgeben.«

»Sei doch nicht so förmlich, meine Liebe. Nenne mich Tante Lucinda, wie Rud es auch tut, wenn du möchtest. Und was die Ausgaben betrifft, bin ich sicher, daß mein Neffe ein paar Kleider nicht übelnehmen wird, selbst wenn es Trauerkleider sind. Schwarz schmeichelt bekannterweise Frauen, die so blond sind wie du. Es ist bedauerlich, daß du während der Trauerzeit nicht viel ausgehen kannst, aber ich glaube, ein oder zwei Abendeinladungen zum Essen, um dich meinen engsten Freunden vorzustellen, dürften nicht allzu problematisch sein.«

Julia lächelte, ohne zu widersprechen. Rud mußte seiner Tante die Illusionen nehmen, sie konnte es einfach nicht. Sie machte ein erfreutes Gesicht in Erwartung der Abendeinladungen. In Wahrheit war ihr der Gedanke äußerst unangenehm. Sie hatte das Bedürfnis, möglichst niemandem zu begegnen, nichts zu tun, sich nur irgendwo einzuschließen, wo niemand sie stören konnte. Aber das würde auf keinen Fall möglich sein. Sie mußte solche Bedürfnisse unterdrücken. Zu ihrem eigenen Besten mußte sie alles, was geschehen war – den Tod ihres Vaters und Marcels brutalen Verrat – hinter sich lassen. Aber dennoch blieb die Frage: Wie sollte sie das tun? Sie war gefangen in einer Ehe ohne Liebe, die eine direkte Folge dieser Ereignisse war.

Als der Gong zum Mittagessen ertönte, spritzte sich Julia etwas Wasser ins Gesicht, puderte sich erneut und ging die Treppe hinunter.

Das Essen verging ohne weitere Ereignisse. Rud und sein Onkel bestritten den Hauptteil der Unterhaltung, indem sie versuchten, die Vorkommnisse der vergangenen drei Jahre zu besprechen. Dann und wann hielt einer von ihnen inne, um Julia ins Gespräch mit einzubeziehen oder sich dafür zu entschuldigen, daß von Personen gesprochen wurde, die sie nicht kannte. Julia machte das überhaupt nichts aus. Die Kopfschmerzen, von denen sie vorher gesprochen hatte, wurden immer schlimmer. Die köstlichen Speisen reizten ihren Appetit nicht. Sie schob sie in einem halbherzigen Versuch zu essen auf ihrem Teller hin und her, obwohl ihr jeder Bissen, den sie in den Mund nahm, in der Kehle steckenzubleiben drohte. Sie war sehr erleichtert, als Tante Lucinda, nachdem sie Julia einen bedeutsamen Blick zugeworfen hatte, ihre Serviette neben ihren Teller legte und verkündete, sie habe sich in letzter Zeit angewöhnt, nach dem Mittagessen etwas zu schlafen, um ihre Kräfte für den Abend ein wenig zu sammeln. Als ihr Mann sie erstaunt ansah, erwiderte sie den Blick und schob Julia aus dem Zimmer.

In ihrem Schlafzimmer nahm Julia die Nadeln aus dem Haar und bürstete die glänzenden goldbraunen Strähnen glatt. Sie zog ihr Kleid aus und schlüpfte, nur noch mit ihrem Hemd bekleidet, zwischen die nach Lavendel duftenden Laken. Ihre Gastgeberin hatte ihr ein in Kölnisch Wasser getränktes Tuch für die Stirn empfohlen, und da Ruds Tante so nett gewesen war, ihr eine Zofe mit der Kompresse zu schikken, legte sie sie auf ihre Stirn. Tante Lucinda hatte ihr dann noch angeboten, ein Feuer im Kamin anzünden zu lassen, doch Julia hatte abgelehnt. Jetzt wünschte sie, sie wäre nicht so voreilig gewesen. Ihre Füße waren kalt wie Eis. Trotz des bleichen Frühlingssonnenscheins draußen ging eine deutliche Kühle von den dicken Wänden des Hauses aus.

Sie lag flach auf dem Rücken, betrachtete das geschnitzte Kopfende und die gedrehten Pfosten des elisabethanischen Bettes, was ihr verwirrtes Gemüt auch nicht gerade beruhigte. Es lag eine Sinnlichkeit in den Abbildungen von Schäfern und Schäferinnen, die sie beunruhigte. Langsam änderten sich die Bilder in ihrer Phantasie, und sie sah sich mit Rud zwischen den Laken. Entschieden wies sie solche erschreckenden Gedanken von sich. Sie durfte nicht diesem Zustand verfallen, der zweifellos eine *crise des nerfs* war. Sie durchsuchte ihr Gehirn und fand den wahrscheinlichen Grund dafür, daß ihr ihre Gedanken einen solchen Streich spielten – die Andeutung, daß sie Rud gebeten habe, mit ihr in ihrer Kajüte zu bleiben. Es gab da noch einige Fragen, was die vergangene Nacht betraf, die nach Antworten verlangten. Sie mußte sich ihnen stellen. Ihnen aus dem Weg zu gehen war keine Lösung.

War es möglich, daß sie den Mann mit in ihr Bett genommen hatte? Sie hatte nicht das Gefühl, als könnte das möglich sein; trotzdem empfand sie eine gewisse Empfindlichkeit zwischen den Schenkeln. Eine mögliche Erklärung dafür war ihr Kampf mit Marcel, die Art, wie er versucht hatte, ihr sein Knie zwischen die Beine zu drängen, als er sie unter sich gezwungen hatte. Sie konnte sich nicht vorstellen, daß sie nach einem so verzweifelten Kampf um ihre Jungfräulichkeit gegen den einen Mann widerstandslos vor einem anderen Mann die Waffen gestreckt hatte – zumindest mußte sie sich daran erinnern!

Aber genaugenommen hatte Rud auch nicht davon gesprochen, daß sie sich geliebt hätten. Er hatte nur gesagt, sie hätte ihn gebeten, bei ihr in ihrer Kajüte zu bleiben. Aber wenn die Tatsache, daß er es nicht ausgesprochen hatte, reine Höflichkeit gewesen war? Eine solche Möglichkeit mußte ein ganz neues Licht auf ihre Beziehung werfen. Was war mit jener Zweckehe geschehen, von der er erst vor so kurzer Zeit gesprochen hatte? Hatte er sie als anziehender empfunden, als sie geahnt hatte?

Nein. Nein, sie würde diese Aussicht nicht einmal einen Augenblick lang ernsthaft ins Auge fassen. Jeder Instinkt wehrte sich dagegen. Sie konnte und würde nicht die Frau von Rudyard Thorpe sein, außer dem Namen nach. Ihre Vernunft mußte wirklich abgelenkt gewesen sein, daß sie diesem lächerlichen Arrangement eines gemeinsamen Schlafzimmers für sie beide zugestimmt hatte. Was interessierte es sie, was seine Tante über ihre Ehe dachte? Viele Männer und Frauen hatten getrennte Schlafzimmer. Sie würde verlangen, daß man ihr ein eigenes Zimmer gab. Sollte ihr Mann das doch erklären, wie er wollte!

Es war erstaunlich, wieviel besser sie sich nach dieser Entscheidung fühlte. Der Aufruhr in ihrem Inneren legte sich langsam. Selbst die Kopfschmerzen ließen etwas nach. Sie döste, als sich die Tür des Schlafzimmers öffnete. Zwischen den beinahe geschlossenen Lidern hindurch sah sie Rud, der die Tür leise hinter sich schloß. Sie blieb still liegen.

Er kam näher, bewegte sich ganz leise, nur seine Kleidung raschelte im stillen Zimmer. Die Bettkante gab nach, als er sich setzte. »Julia?« fragte er leise.

Eine ganze Weile lang bewegte sie sich nicht, dann, von der Feigheit ihres Handelns entsetzt, öffnete sie die Augen, griff mit der Hand an die Stirn und hob das Tuch mit dem Kölnisch Wasser hoch. »Ja? Ich schlafe nicht.«

»Wie geht es deinem Kopf?«

»Es geht schon«, antwortete sie, und die Schwierigkeit, sich darauf zu konzentrieren, was sie sagen wollte, ließ ihre Stimme hart klingen.

Um das wieder auszugleichen, lächelte sie ihn höflich an. So flach im Bett zu liegen, während er sich über sie beugte, gab ihr das Gefühl, im Nachteil zu sein. Sie richtete sich auf, hielt das Laken und die Decke ganz fest und lehnte sich gegen das Kopfende des Bettes. Es war auch ein gewisser Nachteil, ihm in unbekleidetem Zustand gegenüberzusitzen, den sie ganz deutlich spürte, als Ruds Blick über ihre nackten Schultern wanderte.

»Wenn du irgend etwas möchtest – ein Glas Wasser oder eine Tasse Tee –, brauchst du nur danach zu klingeln.«

Sie nickte. »Ich – ich bin froh, daß du hereingekommen bist. Da ist etwas, was wir besprechen müssen.«

»Natürlich«, erwiderte er.

Sie sah ihn verstohlen an und wünschte, er wäre nicht so nah. »Kennst du diese Zimmer, die uns deine Tante zugewiesen hat? Wenn ja, solltest du wissen, daß es hier nur ein Schlafzimmer gibt. Wenn wir uns gemeinsam etwas ausdenken, werden wir sicher einen Vorwand finden, warum wir um getrennte Schlafmöglichkeiten bitten.«

»Das könnten wir vielleicht«, stimmte er ihr zu. »Wenn es einen Grund für eine solche Mühe gäbe.«

»Du mußt doch wissen, daß es einen gibt. Was auch immer wir deinem Onkel und deiner Tante vorspielen, wir sind kein Liebespaar. Warum müssen wir diese Farce sogar bis in unser Privatleben hinein weiterspielen?«

»Weil dieses Privatleben, wie du es nennst, mit zu den erfreulichsten Dingen der Ehe gehört – mit oder ohne jene Gefühlsbindung, die die meisten Frauen Liebe nennen. Nein, mein Mädchen. So leicht wirst du mich nicht los.«

»Ich verstehe dich nicht«, sagte sie und sah ihn mit gerunzelter Stirn an. »Du hast doch selbst vorgeschlagen, daß wir gar keine richtige Ehe führen würden.«

»Wirklich?« murmelte er. »Dumm von mir – falls ich es wirklich gesagt haben sollte. Bist du sicher, daß du mich richtig verstanden hast, oder ist bei dir nur angekommen, was du gerne glauben wolltest?«

»Willst du etwa damit sagen, daß du immer die Absicht hattest –«

»Die Ehe zu vollziehen. Ja, in diesem Punkt bekenne ich mich schuldig.«

»Aber du hast mich doch nicht einmal besonders gern«, protestierte sie.

»Das stimmt nicht. Aber was macht das schon? Gernhaben ist ein schwaches Gefühl im Vergleich zu anderen, die ein Mann noch empfinden kann.«

»Ich muß sagen, daß ich bisher nur wenige Anzeichen für eine derartige Empfindung bei dir bemerkt habe«, erwiderte sie unsicher.

»Wirklich nicht?« fragte er so leise, daß sie gegen ihren Willen an jenen Nachmittag an Deck seines Schiffes erinnert wurde, wo er sie zu seiner Verlobten erklärt und vor allen seinen Männern in seine Arme gerissen hatte.

»Ich hatte den Eindruck«, sprach er weiter, »daß meine Annäherung nicht willkommen war. Wenn diese Diskussion einen Hinweis darauf geben soll, daß du dich darüber beschweren willst, werde ich mein Bestes tun, meine Verfehlung wiedergutzumachen.« Er kam noch näher und beugte sich vor, so daß sein Gewicht auf seinen beiden Händen rechts und links ihres Körpers ruhte.

Sie sah fest in seine strahlenden Augen und hatte den Eindruck, als sähe sie eine Spur von Übermut in ihren Tiefen. Es war bitter, daß er ihren Versuch, die Situation zu ändern, amüsant fand, aber sie konnte ihre erschreckte Reaktion nicht verhindern, als er noch näher kam. »Nein!« protestierte sie scharf. »Ich meinte nichts Derartiges.«

»Bist du da ganz sicher?« fragte er und verlagerte sein Gewicht, um eine honigbraune Strähne ihres Haars zu nehmen und sie über ihren Brustansatz zu legen, wo das Laken etwas heruntergerutscht war.

Als sein Finger die weiche Rundung berührte, zog sich jede Faser ihres Körpers zusammen. Ohne darüber nachzudenken, hob sie die Hände und stieß mit aller Kraft gegen seine Brust. Er kippte nach hinten, aber noch im Fallen ergriffen seine starken Hände ihre Unterarme und zogen sie mit sich. Die Matratze fing ihren Fall auf. Einen Augenblick lang lag sie mit vor Zorn gerötetem Gesicht auf seiner Brust, dann wurde sie, noch bevor sie zu Atem kam, hochgehoben und auf den Rücken gedreht.

Sie hatte sich im Bettzeug verfangen, und sein Gewicht drückte sie auf die Matratze. Sie öffnete den Mund, und seine Lippen senkten sich warm und bebend auf die ihren, so daß der Schrei unterdrückt wurde, den sie ausstoßen wollte. Es war ein Sturm auf ihre Sinne, wie sie ihn in dieser Form noch nicht erlebt hatte. Ihr Herz klopfte rasend, und sie empfand eine seltsame Mischung aus Zorn, Angst und Hilflosigkeit. Sie spürte das Kratzen seines Bartes an ihrem Kinn, den Druck der Knöpfe und Tressen an seinem Rock in ihre Seite. Plötzlich geriet sie in Panik. Ein Schauder überlief ihren Körper, und dann begann sie zu zittern wie bei einem Schüttelfrost. Tränen strömten über ihre Wangen. Sie wollte nicht weinen, sie haßte diese Form der Schwäche. Aber vor ihrem inneren Auge spürte sie Marcels Hände wieder in betrunkener Lust über ihren Körper wandern.

Plötzlich hob Rud den Kopf. Als sie die Augen öffnete, sah er sie an. Das Lachen war aus seinem Gesicht verschwunden, so daß es jetzt dunkel und unbewegt wirkte, als er ihr geprelltes, tränenfeuchtes Gesicht betrachtete. Mit einem leisen Fluch stand er auf. Er wandte ihr den Rücken zu, rückte seinen Rock zurecht und strich sich mit der Hand durchs Haar. Er stand einen Augenblick lang still, die Finger um seinen Nacken gelegt, dann ging er zur Tür.

Mit der Hand am Knauf drehte er sich noch einmal um. »Ich würde dir empfehlen, meine Tante nicht mit deinem Wunsch nach getrennten Zimmern zu belästigen«, sagte er. »Von jetzt an ist dein Platz bei mir.«

Als sich die Tür hinter ihm geschlossen hatte, setzte Julia sich wieder hin. Sie wischte sich die Augen mit einem Zipfel des Lakens trocken, holte tief und bebend Atem und saß dann da, ihre Fäuste um das Laken geschlossen. Arroganter, unerträglicher Mann. Ich hasse ihn, sagte sie sich. Er war sich seiner selbst so sicher, glaubte so genau zu wissen, was das Beste für sie war. Wenn er von ihr Dankbarkeit erwartete für das, was er tat, würde er schwer enttäuscht werden. Sie hatte den Verdacht, daß er ihre Gemütsschwäche nach Marcels Angriff ausgenutzt hatte. Sie war von Natur aus keine rachsüchtige Person, aber wenn sich ihr Verdacht als richtig bestätigen sollte, würde ein gewisser Kapitän Thorpe das sein Leben lang bereuen. Es war egal, daß sie keine Möglichkeit hatte, anders zu leben. Wenn sie ihre Zuneigung für finanzielle Vorteile hätte verkaufen wollen, hätte sie sich in den vergangenen fünf Jahren zahlreiche Male verheiraten können. Sie hatte damals diese entwürdigende Richtung nicht eingeschlagen, und sie hatte auch jetzt nicht die Absicht, das zu ändern.

Da die Wirkung ihres Zorns immer noch in ihren Adern tobte, war es ihr unmöglich geworden, noch einmal zu schlafen. Voller Trotz stand sie auf und zog heftig an der Klingelschnur. Als sie ihren Morgenrock aus dem Schrank geholt hatte, klopfte schon eine junge Zofe an ihre Tür.

Julia begrüßte das junge Mädchen mit einem freundlichen Lächeln. »Ich hätte gern Feuer im Kamin und dann ein Bad, bitte.«

»Ja, Madam«, erwiderte das Mädchen, als wäre es eine ganz gewöhnliche Beschäftigung, mitten am Nachmittag Wasser für ein Bad die Dienstbotentreppe hinaufzutragen. »Ist das alles, Madam?«

»Ein wenig zusätzliches heißes Wasser wäre noch ganz angenehm. Ich möchte mir gern das Salzwasser aus den Haaren wachsen.«

»Natürlich, Madam«, antwortete die Zofe und ging fort, um ihre Wünsche zu erfüllen.

Bis sie in die heiße, dampfende Wanne gestiegen war, hatte sich Julia noch gar nicht recht bewußt gemacht, wie sehr sie sich danach gesehnt hatte. Das Süßwasser auf dem Schiff war ausschließlich zum Trinken bestimmt gewesen. Die Passagiere hatten sich mit Meerwasser waschen müssen. Sie seufzte, griff nach der mit Rosenöl parfümierten Seife und ließ sich tiefer in die Wanne sinken.

Die Zofe brachte frische Kleider und nahm das lavendelfarbene Musselinkleid mit nach unten, um es zu bügeln, weil Julia es zum Abendessen anziehen wollte. Julia, die hinter dem Wandschirm saß, der die Wärme des Feuers einfangen und verhindern sollte, daß sie dem kühlen

Luftzug ausgesetzt war, konnte sie im Zimmer herumgehen hören. Als die Zofe verkündete, sie werde in wenigen Minuten zurück sein, um Julia beim Ausspülen ihres Haars zu helfen, erklärte Julia sich träge einverstanden.

Schließlich weckte das langsam abkühlende seidige Wasser ihre Lebensgeister. Sie machte die Augen fest zu und tauchte den Kopf unter, um die Haare naß zu machen. Dann massierte sie nach Rosen duftenden Schaum in die langen honigbraunen Strähnen. Sie spülte ihn aus, indem sie untertauchte und seifte ihr Haar ein zweites Mal ein. Als sie hörte, wie sich die Tür öffnete und wieder schloß, rief sie der Zofe zu: »Ich bin fertig zum Abspülen.«

Das Mädchen antwortete nicht, aber Julia hörte Schritte näher kommen. Ein metallisches Klingen ertönte, als die Blechkanne mit dem Spülwasser aufgehoben wurde. Das Wasser ergoß sich in einem stetigen Strahl über Julias Kopf, so daß sie auch den letzten Schaum ausspülen konnte, bevor die Kanne leer war. Mit geschlossenen Augen griff sie nach einem Handtuch, um sich das Gesicht abzutrocknen, und jemand legte es in ihre Hand. Sie öffnete die Augen und lächelte, während sie sich umdrehte, um die Zofe zu loben.

Plötzlich erstarb ihr Lächeln. Rud stand da, die Kanne in seiner Hand. Sie kreuzte die Arme über der Brust. »Was tust du hier?« fragte sie streng.

»Mir ist die Geschäftigkeit der Zofe aufgefallen, und da beschloß ich, nach dem Grund der Unruhe zu sehen. Und als ich ihn sah, beschloß ich, den Augenblick zu genießen –«

»Du –« sie hielt inne, weil sie keine Worte fand, um ihren Zorn zum Ausdruck zu bringen. Langsam stieg die Röte aufwärts und legte sich über ihre Wangen. »Hinaus«, flüsterte sie, dann rief sie lauter: »Hinaus!«

Die Zofe, die genau in diesem Augenblick eintrat, drehte sich schnell um und verließ das Zimmer. Sie schloß hastig die Tür hinter sich.

»Wie launenhaft«, sagte Rud und schüttelte den Kopf. »Du solltest nicht das Personal anschreien.«

»Ich habe nicht das Personal angeschrien«, brachte sie mühsam hervor.

»Ich bin froh, daß es dir endlich klargeworden ist«, antwortete er. »Du wirst wahrscheinlich auch nicht allzu überrascht sein, wenn ich Anordnungen nicht sehr genau befolge.«

Er stellte die Wasserkanne ab und wandte seine Aufmerksamkeit dem Wandschirm zu. »Ich werde den Schirm schnell aus dem Weg räumen«, murmelte er höflich. Er klappte ihn zu und stellte ihn in das Ankleidezimmer. Danach kam er ins Schlafzimmer zurück und setzte sich auf einen samtbezogenen Sessel, wobei er seine langen Beine vor sich ausstreckte.

Ohne den Schutz des Wandschirms empfand Julia die Luft des Zimmers als kalt an ihren feuchten Schultern. Sie schauderte etwas, als kaltes Wasser aus ihrem Haar über ihren nackten Rücken lief. »Ich würde gern aus der Wanne steigen – wenn du aus dem Zimmer gehen würdest. Bitte«, fügte sie hinzu, als sein Gesicht einen verschlossenen Ausdruck bekam.

Er starrte sie an. Ihre perlweiße Haut schimmerte im Licht des Feuers, was die Rundungen ihrer Brüste betonte. Sie sah, wie sich sein Hals bewegte, als er schluckte. »Ich ziehe es vor, genau da zu bleiben, wo ich jetzt bin.«

Die Spannung zwischen ihnen schien in der Luft zu vibrieren. Julia biß die Zähne zusammen und klammerte sich an ihren Ärger wie an ein Schutzschild. »Ich kann nicht herauskommen, wenn du im Zimmer bist.«

»Hast du vergessen, daß ich dein Ehemann bin?«

»Wie könnte ich das vergessen?« fragte sie und war sich bitter der Tatsache bewußt, wie schnell das Wasser um sie herum kälter wurde.

»Ich gebe zu, daß das unter den gegebenen Umständen wirklich schwierig erscheint. Ist das vielleicht das Problem?« fragte er nachdenklich. »Vielleicht hast du ja irgendeinen Makel, den du vor mir verstecken möchtest, X-Beine oder sechs Zehen an jedem Fuß?«

Sie warf ihm einen vernichtenden Blick zu. »Ich habe keine Mängel«, teilte sie ihm mit, ohne auch nur die geringste Neigung, es ihm beweisen zu wollen.

»Nein, das habe ich eigentlich auch nicht angenommen – nach allem, was ich gestern nacht gesehen habe.« Er zuckte mit den Schultern. »Allerdings war das Licht nicht besonders gut.«

»Gestern nacht?« wiederholte sie besorgt und starrte ihn aus weit aufgerissenen Augen an.

»Als ich dich ins Bett gebracht habe«, erklärte er mit sachlicher Stimme, die dem intensiven Blick widersprach, mit dem er ihr Gesicht betrachtete. »Wäre es möglich«, fuhr er fort, bevor sie den Mund aufmachen und etwas sagen konnte, »daß ich etwas schwer von Begriff bin? Wäre es möglich, daß du darauf wartest, daß ich dir beim Aussteigen aus der Badewanne helfe? Derartige Galanterien liegen einem einfachen Kapitän zur See leider fern. Ich fürchte, du wirst Nachsicht haben müssen, wenn ich in solchen Angelegenheiten ein wenig langsam bin.«

Als er sich in Richtung Badewanne in Bewegung setzte, weiteten sich Julias Augen vor Schreck. »Nein«, rief sie und streckte eine Hand aus, als wolle sie ihn abwehren. »Ich habe auf nichts Derartiges gewartet. Ich – ich kann allein aufstehen.«

Ihre Worte hatten keine Wirkung. Er kam näher. Julia richtete sich hastig auf, so daß Wasser über den Rand der Badewanne schwappte. Das Handtuch, das sie in der Hand hielt, war zu klein für die Aufgabe, die sie ihm zugedacht hatte, dennoch tat sie ihr Bestes, um ihre Blöße damit zu bedecken. Den Blick auf Rud gerichtet, stieg sie an der ihrem Mann gegenüberliegenden Seite aus der Wanne, wodurch sie die Breite der Wanne zwischen sich und ihn bringen wollte. Sie hatte das Stück Seife vergessen. Als ihre Fußsohle sie berührte, rutschte sie aus. Sie warf die Arme hoch, um das Gleichgewicht zu halten, und ließ dabei das Handtuch fallen. Ihr verzweifelter Ausruf wurde unterbrochen, als Rud einen Satz nach vorn machte und einen festen, sehnigen Unterarm um ihren Brustkorb legte. Einen Augenblick später spürte sie seinen anderen Arm unter ihren Knien. Sie wurde hochgehoben und naß und tropfend an seine Brust gedrückt.

Eine ganze Weile hielt sie die Augen geschlossen, während die Hitze einer verärgerten Röte ihren Körper überzog. Sie schämte sich so sehr, daß sie sich nicht bewegen konnte. Sie kam sich mit dem nassen Haar, dessen Strähnen sich wie Schlangen um ihre Schultern legten, lächerlich vor. Wenn sie sich hätte in Luft auflösen können, hätte sie das sofort getan.

Schließlich öffnete sie ihre Augen so weit, daß sie den nassen Fleck auf seiner Brust sehen konnte. »Du wirst naß«, sagte sie leise und berührte mit den Fingern seine Jacke, als wolle sie die Richtigkeit ihrer Feststellung überprüfen.

»Stimmt.« In seiner Stimme lag ein seltsam gepreßter Ton, der nicht dadurch bewirkt wurde, daß sie schwer zu tragen war.

»Du brauchst mich nicht zu tragen.«

»Meinst du wirklich?«

Die Muskeln seines Armes waren fest wie Stahlbänder. Sie spürte den harten, stetigen Schlag seines Herzens. Sein Atem ging tief und nicht ganz gleichmäßig.

Fast gegen ihren Willen hob sie den Blick höher bis zu der Stelle, wo sie den Puls an seinem kräftigen Hals sehen konnte. Die Muskeln in seinem Unterkiefer waren angespannt. Unter seinen Wimpern wirkte das Blau seiner Augen durchdringend und brennend. Sein Blick streifte sie, und Julia bekam eine Gänsehaut. Trotz der Wärme seines Körpers fror Julia. Ihre Augen erweiterten sich zu bernsteinfarbenen Seen, und ihre Nerven spannten sich auf unerträgliche Weise.

Weich und warm strömte die Luft über sie hinweg, als er den angehaltenen Atem entweichen ließ. Er stellte ihre Füße auf den Boden, griff nach einem türkischen Badetuch, das neben dem Feuer hing, und wikkelte es um sie herum. Seine Hände bewegten sich über sie hinweg, fest und entschieden, so daß ihre kalte Haut von einer angenehmen Wärme durchflutet wurde. Einen Augenblick bevor es unerträglich geworden wäre, zog er sich zurück. Er trat zur Klingelschnur und zog kräftig daran.

Es war offensichtlich, daß die Zofe vor der Tür im Flur gewartet hatte, da sie so schnell hereinkam. Ihr Gesicht war ausdruckslos, und über dem Arm hatte sie Julias frisch gebügeltes Musselinkleid.

Rud, der ans Fenster getreten war, drehte sich um, als sie hereinkam. Er betrachtete das Kleid mit finsterem Mißvergnügen. »Madame wird sich zum Essen nicht anziehen«, sagte er. »Bitte teilt meiner Tante unser Bedauern mit und sagt ihr, daß wir gern unsere Mahlzeit – ein Imbiß wird reichen – in unserem Zimmer einnehmen würden. Und bittet einen Lakaien, das kalte Wasser wegzubringen und ein heißes Bad für mich zu bereiten.«

Die Zofe machte eine ganze Reihe von Knicksen, um zum Ausdruck zu bringen, daß sie seine Anordnungen verstanden hatte. Sie war schon an der Tür, als Rud sie zurückrief.

»Bevor Ihr geht, braucht meine Frau noch ihren Morgenrock.«

»Ja, Sir.«

Mit entschiedenen Handbewegungen suchte die Zofe das gewünschte Kleidungsstück heraus, stellte sich als Sichtschutz vor Julia und half ihr in den granatroten Samtmorgenrock mit den langen, mit Manschetten versehenen Ärmeln. Dann reichte sie Julia noch die silberne Bürste und den Kamm.

Als das Mädchen gegangen war, knöpfte Rud seine Jacke auf, zog sie aus und warf sie auf einen Stuhl. Er begann, die Kragenknöpfe aus seinem Hemd zu entfernen, und sah Julia an.

»Ich würde dir empfehlen, dir die Wärme des Feuers zum Trocknen deiner Haare zunutze zu machen«, riet er und zog sein Hemd aus der Hose. »Natürlich nur, wenn du es vorziehst, dich nicht auf den Rand der Badewanne zu setzen, wenn ich bade. Nein, das willst du nicht? Ich hatte schon befürchtet, daß du diesen Vorschlag nicht besonders reizvoll finden würdest!«

KAPITEL 6

Das Fenster des Zimmers, das dem jungverheirateten Paar überlassen worden war, bot Ausblick auf einen kleinen Park. Das weiche Grün junger Blätter leuchtete wie Edelsteine an den grauen Zweigen der Bäume. Näher beim Haus stand ein einzelner Apfelbaum, der von weißen Blüten bedeckt war. Gelbe Narzissen blühten an den Rändern der ziegelgepflasterten Wege, ihre Blütenköpfe schwer vor Regen. Ein feiner Nieselregen glitzerte an den Baumstämmen und verursachte kleine Wellen auf den Pfützen der Wege. Die Wolken schienen sich schwer auf das Haus zu legen, so daß es schon früh dunkel wurde. Die wachsende Düsternis, der Regen und das warme Zimmer bargen eine eigentümliche Atmosphäre der Intimität, die Julia beunruhigend fand.

Der Lakai, der das Wasser für Ruds Bad gebracht hatte, brachte auch einen Leuchter mit brennenden Kerzen. Während Julia am Fenster stand und hinaussah, entdeckte sie, daß die Glasscheiben mit der zunehmenden Dunkelheit dahinter einen Spiegel bildeten. In der Oberfläche sah sie Rud, der mit angezogenen Beinen in der Wanne saß und seine Arme und Schultern mit dem dampfend heißen Wasser übergoß. Es war faszinierend zu sehen, wie die Muskeln seines Rückens unter seiner Haut spielten, als er sich vorbeugte, um nach dem Waschlappen zu greifen. Die breite Fläche seiner Schultern war gebräunt, als sei er daran gewöhnt, in sonnigem Klima ohne Hemd im Freien zu sein. Das rote Glühen der Kohlen im Kamin verlieh seiner Haut einen Kupferschimmer, so daß er mit dem halblangen Haar, das bis in seinen Nacken reichte, aussah wie ein Indianer.

Dieser Eindruck verschwand in dem Augenblick, als er aufstand. Unterhalb seiner Taille war seine Haut bleich, und eine scharfe Trennungslinie zwischen den Farben verlief über seinem flachen Bauch. Breite Brust und schmale Hüften, dazu muskulöse Schenkel, die Flächen und Vertiefungen wie von einem Bildhauer geschaffen – einen Augenblick lang wurde sich Julia der Kraft und Symmetrie seiner männlichen Schönheit bewußt. Als Rud dann in ihre Richtung sah, sein Blick ihren unbeweglichen, hochaufgerichteten Rücken traf, konzentrierte sie sich auf das Lilienmuster in dem eisernen Zaun vor dem Fenster.

Trotzdem spürte sie deutlich, daß Rud sich hinter ihr bewegte und fast bedächtig nach einem Handtuch griff, um es sich um die Taille zu wickeln. Julia war erleichtert, als er das Handtuch zur Seite legte und zum Bett ging, um den Morgenrock aus tabakbraunem Samt anzuziehen, der für ihn dort hingelegt worden war. Als schließlich die Hitze aus ihrem Gesicht verschwunden war und sie sich wieder gefaßt hatte, war der Imbiß, den Rud bestellt hatte, auch gebracht worden.

Sie setzten sich an einen kleinen Tisch vor dem Kamin. Das Zimmer war aufgeräumt und alle Badeutensilien beseitigt worden. Nur der feuchte Fleck auf dem Teppich unter ihren Füßen erinnerte noch daran. Der heiße Tee war köstlich, und da Julia nur wenig zu Mittag gegessen hatte, genoß sie jetzt den geräucherten Schinken, die mit Butter bestrichenen Hörnchen und den dunklen Früchtekuchen. Die eiserne Zurückhaltung, die Rud sich auferlegt hatte, mochte auch etwas zur Wiederherstellung ihres Appetits beigetragen haben. Zweimal hatte er ihre Verteidigungslinien durchbrochen und sich zweimal wieder zurückgezogen. Sollte sie ihm vielleicht doch die Instinkte eines Gentleman zugestehen, oder hatte er nur ein anderes Spiel mit ihr vor? Sie betrachtete ihn. Die dichten Locken fielen in seine Stirn, und der Morgenrock stand bis zur Taille offen.

Julia hob die silberne Teekanne und sah fragend auf seine Tasse. Er hielt sie ihr entgegen, und sie füllte sie, bevor sie sich selbst Tee nahm. Dann stellte sie die Kanne ab und lehnte sich mit der Tasse in der Hand zurück. Das Zimmer war jetzt angenehm warm geworden. Das Feuer zischte und knackte, obwohl kaum mehr als eine Schicht von Glut übriggeblieben war. Besorgt stellte Julia fest, daß so etwas wie ein Gefühl der Nähe zwischen ihr und dem Mann auf der anderen Seite des Tisches aufgekommen war, während der Regen vor sich hin plätscherte und die Nacht hereinbrach. Jetzt stand ein finsteres Schwarz vor dem Fenster, und tiefe Schatten lagen in den Ecken des Zimmers. Das Himmelbett schien noch höher zu werden, während die Kerzen langsam herunterbrannten.

Als sie wieder zu Rud hinübersah, bemerkte sie, daß er sie mit nachdenklichem Ernst betrachtete.

»Hast – hast du mit deinem Onkel über das Schiff gesprochen?« fragte sie. Es fiel ihr schwer, die Worte durch ihre angespannte Kehle zu zwingen, aber sie mußte irgend etwas tun, um ihre Beziehung wieder auf ihre eigentliche Grundlage zurückzubringen.

»Ein Schiff der Ostindischen Handelsgesellschaft, die *David,* wird in ein paar Wochen hier einlaufen. Es ist gut möglich, daß sie nach St. Helena geschickt werden könnte. Sie ist schon einmal dort gewesen.«

»Fand dein Onkel dein Interesse an den Schiffen der Ostindischen Handelsgesellschaft nicht ungewöhnlich?«

»Vielleicht, aber ich vermute, er bringt das in Zusammenhang mit meiner Verantwortung als verheirateter Mann.«

Ein ironisches Lächeln erschien flüchtig an seinen Mundwinkeln. Julia konnte das absolut nicht komisch finden. »Wie wirst du dein plötzliches Bedürfnis erklären, die *Najade* zu verlassen und mit der *David* zu segeln, wenn es soweit ist?«

»Ich weiß es noch nicht genau«, gestand er. »Wie wäre es, wenn ich behaupte, es sei eine Laune meiner lieben Gattin?«

»Ich kann mir kaum vorstellen, daß dein Onkel so etwas glauben könnte.«

»Warum nicht?«

»Das dürfte ganz offensichtlich sein«, sagte sie beißend und konnte nicht genauer zum Ausdruck bringen, was sie meinte.

»Für mich nicht. Du bist eine schöne Frau. Ich muß doch völlig hingerissen von dir sein, nicht wahr? Sonst hätte ich dich ja nicht sofort geheiratet, nachdem mein Schiff den Hafen erreicht hatte. Vielleicht denkst du, daß mein Onkel und meine Tante kaum Anzeichen der Zuneigung zwischen uns gesehen haben. Aber das kann leicht behoben werden, meine liebe Julia.«

In seinen Augen lag ein teuflisches Leuchten, das ihr nicht sehr gefiel. Sie hatte das deutliche Gefühl, daß er sie zu provozieren versuchte. Deswegen meinte sie, es wäre wohl das beste, die Herausforderung nicht anzunehmen. »Es müßte doch eigentlich noch eine andere Ausrede geben, die du gebrauchen könntest – Geschäfte in Rio de Janeiro zum Beispiel.«

»Das wäre eine Möglichkeit, obwohl in diesem Fall natürlich schon die Frage auftauchen könnte, warum ich nicht mit der *Najade* aufbreche. Da wir jedoch mein Schiff dort wiedertreffen werden, können wir immer noch sagen, daß du es vorgezogen hättest, auf dem größeren, bequemeren Schiff der Ostindischen Handelsgesellschaft zu reisen und daß ich mich, wie ein verliebter Mann das tut, entschlossen habe, dir nachzugeben.«

»Hingerissen und verliebt«, sagte sie und schloß sich seinem zynischen Tonfall an. »Ich wünschte, ich könnte so lange leben, daß ich das noch sehe!«

Er legte den Kopf auf eine Seite und fragte: »Möchtest du das wirklich?«

Sie wollte sich nicht provozieren lassen. »Also gut, mache ruhig den weiblichen Bösewicht des Stückes aus mir. Ich vermute, wenn du es fertigbringst, in einem so lächerlichen Licht zu erscheinen, werde ich es auch ertragen können, die verwöhnte und gehätschelte Braut zu spielen.«

»Ich bin sicher, daß das nicht allzu schwierig wird«, sagte er, und das Lächeln, das er ihr dabei zuwarf, jagte ihr einen Schrecken durch die Glieder.

Als ihre Mahlzeit beendet war, klingelte Rud nach einem Lakaien, der den Tisch abräumen sollte. Als sich die Tür hinter dem schweigenden Diener geschlossen hatte, ging Rud zum Feuer und drehte der Glut den Rücken zu.

»Sollen wir das Feuer noch einmal nachlegen lassen, oder möchtest du lieber früh zu Bett gehen?« fragte er.

»Wie du es wünschst«, erwiderte sie, »obwohl ich vorschlagen würde, daß du dir zuerst einmal einen Platz zum Schlafen zurechtmachst.«

Sie hatte schon eine Weile auf den richtigen Augenblick gewartet, um diesen Vorschlag zu machen. Sie war erleichtert, als sie es schließlich hinter sich gebracht hatte.

Er hob eine Augenbraue. »Willst du damit sagen, daß du dich im Schlaf dauernd im Bett herumwälzt? Oder daß du schnarchst? Das macht nichts, ich bin sicher, daß ich dich beruhigen könnte.«

»Du weißt ganz genau, daß ich das nicht damit gemeint habe«, entgegnete sie verärgert. Er war so selbstsicher, daß sie fast die Fassung verlor.

»Also findest du dieses alte Bett so unerträglich unbequem? Es ist nett von dir, wenn du mir die Unbequemlichkeit ersparen willst, aber ich versichere dir, daß ich daran gewöhnt bin, abgesehen davon, daß ich auf keinen Fall meine Tante beleidigen möchte, indem ich es nicht in Anspruch nehme. Sie glaubt nämlich, daß sie uns eine Ehre erwiesen hat, weil sie es uns zur Verfügung gestellt hat. Die gute Queen Bess hat schon darin geschlafen, mußt du wissen.«

Entnervt von Erschöpfung und Scham sagte Julia schließlich rundheraus: »Es ist mir egal, wer darin schon geschlafen hat, auf jeden Fall habe ich nicht die Absicht, mit dir darin zu schlafen!«

»Nein?« fragte er plötzlich ohne spöttischen Unterton.

»Nein!«

»Wäre es vielleicht möglich«, fuhr er fort, »daß du Angst vor mir hast?«

Mit einem Mal wurde ihr klar, daß – so ärgerlich seine spöttische Art auch gewesen sein mochte – sie ihr doch noch wesentlich lieber war als dieser direkte Angriff. Seine dunkelblauen Augen waren unausweichlich auf die ihren gerichtet und forderten eine Erklärung. Ihr Stolz und die Kraft ihres Geistes ließen nur eine Antwort zu. »Nein«, sagte sie.

Für einen kurzen Augenblick war eine gewisse Befriedigung in seinem Blick zu erkennen, die jedoch sofort wieder verschwand. »Das hatte ich auch angenommen.«

»Ich habe keine Angst vor dir, aber ich traue dir nicht.«

Er starrte auf sie herab, sein Blick wanderte über die entschlossene Haltung ihres Kinns und die festen Linien ihres weichen Mundes. Seine Stimme klang heftig, als er sagte: »Du läufst nicht Gefahr, von mir vergewaltigt zu werden.«

Das war deutlich. Und wenn er diese Art der Aussprache wollte, konnte sie durchaus mithalten. »Ich wäre allerdings noch etwas überzeugter davon, wenn die Sache heute nachmittag nicht gewesen wäre.«

»Ein Punkt für dich«, gab er einen Augenblick später zu, »obwohl ich glaube, ich kann auch ein wenig auf Provokation plädieren.«

»Provokation! Ich bestreite das in jeder Weise!«

»Vielleicht war es ja keine Absicht.«

»Wie nett von dir, das zu sagen«, versetzte sie giftig. »Aber ich weigere mich, für deine Reaktionen die Verantwortung zu übernehmen!«

»Das mußt du auch nicht«, stimmte er ihr unerwarteterweise zu, »was mich eher beunruhigt, ist, ob du wohl für deine eigenen verantwortlich zu machen bist.«

Sie verstand nicht so recht, was er meinte. Sollte das ein Hinweis auf ihre instinktive Ablehnung gegenüber der Nähe zu einem Mann sein, auf ihr Grauen davor, überwältigt zu werden? Oder bezog er sich damit auf die vorangegangene Nacht, in der er sie zum Schiff zurückgebracht hatte und sie, wie er angedeutet hatte, ganz anders auf ihn reagiert hatte?

»Ich verstehe dich nicht«, murmelte sie schließlich.

»Das ist wahrscheinlich sowieso egal«, sagte er und lächelte etwas schief, als hätte er sich diesmal über sich selbst lustig gemacht. »Das Problem, das wir im Augenblick lösen müssen, ist, wo wir schlafen werden. Wenn du keine Angst vor mir hast und mein Wort akzeptierst, daß ich mich dir nicht gewaltsam aufdrängen werde, warum können wir dann nicht beide bequem in diesem Bett schlafen?«

»Ich könnte einfach keine Ruhe finden.«

»Vermutlich schläfst du dort besser als irgendwo sonst. Ja, du hast mich ganz richtig verstanden. Da ich nichts dagegen habe, das Bett mit dir zu teilen, wirst du wohl diejenige sein müssen, die sich etwas anderes sucht. Wenn du keinen Verdacht aufkommen lassen willst, solltest du dir besser keine Zofe zu Hilfe rufen. Meine Tante würde es sicher erfahren, und sie ist eine neugierige Frau. Je weniger jemand auf die Umstände unserer Fahrt von New Orleans hierher aufmerksam wird, desto besser, glaubst du nicht? Vielleicht gibt es noch eine zusätzliche Decke, die du nehmen kannst, wenn du unbedingt darauf bestehst, eine Märtyrerin zu sein.«

Julia biß sich auf die Lippen. War es möglich, daß irgendwelche Fragen über den Hintergrund ihrer Ehe zur Enthüllung der eigentlichen Absicht ihres Unternehmens führen könnten? In diesem Licht hatte sie die Angelegenheit noch nicht betrachtet.

Rud, der sich völlig desinteressiert daran zeigte, wie sie sich entscheiden würde, streckte sich und unterdrückte ein Gähnen. Er schob eine Hand in die Tasche seines Morgenrocks, ging zum Bett und schlug die Decke zurück. Unter dem Daunenfederbett lag eine weiche, leichte Decke. Er zog sie heraus, hielt sie ihr hin und sah sie spöttisch an.

Julia stand auf, um die Decke entgegenzunehmen. In dem kleinen Wohnzimmer war ein Sofa, auf das sie sich legen konnte, obwohl bei dem Regenwetter der Raum kühl und etwas feucht war. Ein Armsessel am Kamin wäre vielleicht die beste Lösung. Sie hatte sich so sehr nach einer Nacht in einem weichen breiten Bett gesehnt – nun ja, es war nicht zu ändern.

Natürlich entsprach es nicht ausdrücklich dem Verhalten eines Gentleman, das Bett mit Beschlag zu belegen, dennoch war es, wie er schon festgestellt hatte, nicht seine Entscheidung gewesen, daß Julia nicht zu zweit darin schlafen wollte. Sie konnte die Berechtigung dessen zwar zugeben, dadurch fiel es ihr aber nicht leichter, es zu akzeptieren. Sie wandte ihm den Rücken zu, schüttelte mit einer heftigen Bewegung die Decke aus und schwang sie sich um die Schultern. Dann schob sie den Lehnsessel näher an den Kamin, setzte sich und zog die Füße unter sich.

Obwohl sie ihm den Rücken zukehrte, wußte sie, wann Rud die Kerzen löschte, den Morgenmantel beiseite legte und ins Bett stieg. Schon nach einem Augenblick war ihr klar, daß er auf das Nachthemd verzichtete, das die meisten Männer im Bett trugen. Für sie war das natürlich gleichgültig. Es erinnerte sie nur daran, daß sie bisher auch nicht die Gelegenheit gehabt hatte, ihr eigenes Nachthemd anzuziehen. Seine zusätzliche Wärme wäre ihr angenehm gewesen.

In dem Versuch, keinen Lärm zu machen, zog sie die Decke am Hals fester zusammen und steckte das lange Ende unter ihren Knien fest. Es wäre günstiger gewesen, wenn der Sessel größer gewesen wäre. Wenn sie sich jetzt schon nach wenigen Minuten so steif fühlte, wie würde es erst am Ende der Nacht sein?

Der Regen ließ nach, und tiefe Stille senkte sich über das Haus. Gelegentlich hörte sie vor der Tür jemanden vorübergehen, dessen Schritte durch den Teppich im Flur gedämpft klangen, aber auch diese Geräusche verstummten schließlich ganz. Die Kohlen zerfielen zu grauschwarzer Asche. Jede kleine Bewegung ließ einen Strom kühler Luft durch ihre Decke ziehen. Einmal schlummerte sie kurz ein, wurde aber bald darauf durch einen Krampf in der Wade wieder geweckt. Um ihn zu lösen, mußte sie die Beine ganz ausstrecken. Ihre Müdigkeit war so überwältigend und ihr Bedürfnis nach Schlaf so groß, daß sie die Augen schloß, während sie noch völlig aufrecht saß, und sofort eingeschlafen war. Als sie zur Seite kippte und ihr Kopf auf die geschnitzte Rückenlehne des Sessels schlug, gab sie ein kleines Geräusch des Schmerzes von sich, öffnete die Augen aber nicht.

Das Gefühl einer schaukelnden Bewegung drängte sich in ihre Träume. Einen Augenblick glaubte sie, auf der *Najade* in ihrer Koje zu sein, obwohl ein eisernes Band ihre Schultern und Knie zu umfassen schien. Dann spürte sie die nachgiebige Weiche eines Bettes unter sich und den kalten Strom der Nachtluft, als ihr Morgenrock mit kurzem Ruck aufgerissen wurde.

Mit einer heftigen Bewegung richtete sie sich auf und machte einen Satz zur Seite, weg von der dunklen Gestalt, die sie mehr spürte als sah. Ihre Arme waren immer noch in dem Morgenrock gefangen, doch sie riß sich nach einem kurzen Zerren los und rollte über die Matratze.

Die Bettfedern quietschten, als Rud einen Satz machte und sie auf die Matratze drückte.

»Halt jetzt still, verdammt!« zischte er durch die zusammengebissenen Zähne.

Sie schlug kräftig nach ihm und traf ihn hart auf den Nasenrücken. Er fluchte noch einmal und verlagerte sein Gewicht so zur Seite, daß er direkt über ihr war. Er wich dem nächsten Schlag aus, packte ihre Handgelenke und drückte sie langsam herab, bis sie über Kreuz zwischen ihren Brüsten lagen. Schwer atmend versuchte sie, ihm zu entkommen. Sie war sich erdrückend deutlich der Reibung seines harten Schenkels an ihrem und des Drucks seiner Brust auf ihrem Busen bewußt.

Seine Brust weitete sich, als er einen tiefen Atemzug nahm, um sich zu fassen. »Lieg still«, flüsterte er, und sein warmer Atem streifte ihre Wange. »Ich wollte nur dafür sorgen, daß du besser schläfst. Deine Hände und Füße sind wie Eis, und es wäre lächerlich, wenn du dich zu Tode frierst, solange ich hier bin und dich wärmen kann. Abgesehen davon hat mich deine ständige Unruhe wach gehalten.«

Der Ton der Verzweiflung in seiner Stimme brachte sie zur Vernunft. Langsam ließ die Spannung in ihren Muskeln nach. Sein Griff um ihre Handgelenke wurde lockerer, und Stück für Stück befreite er sie von seinem Gewicht. Als er sicher war, daß sie keinen Ausbruch mehr wagen würde, ließ er sie los, griff nach dem Laken und dem Federbett und deckte sie damit zu. Sie zuckte zusammen, als sein Arm sich unter der Decke noch einmal um ihre Taille legte, aber er zog sie nur näher zu sich heran.

Die Hitze seines Körpers berührte sie wie ein zärtliches Streicheln, und der große Unterschied machte ihr bewußt, wie kalt ihr wirklich gewesen war. Sie lag still und starrte mit weit aufgerissenen Augen in die Dunkelheit, während sie von einer unfreiwilligen Welle von Dankbarkeit überströmt wurde. Ein nicht unbeträchtlicher Teil ihrer Dankbarkeit galt auch der Tatsache, daß seine Atmung langsamer wurde und schließlich ruhig und gleichmäßig war. Nach kurzer Zeit wurden auch ihre Lider schwer, und sie schliefen ein.

Julia ging mit Tante Lucinda die Treppe hinunter. Die ältere Dame hielt ein perlenbesticktes Täschchen im einen und einen Sonnenschirm unter dem anderen Arm, gleichzeitig streifte sie Handschuhe aus himmelblauem Wildleder über ihre Hände.

»Glaube mir, in den nächsten Monaten wird es eine Veränderung in der Damenmode geben, und zwar eine, die ich mit großer Freude begrüßen werden. Ist dir klar, daß es jetzt schon beinahe dreißig Jahre her ist, seit die Frauen eine normale Taillenform zeigen durften? Zumindest in der Öffentlichkeit, Liebes!« Ruds Tante lachte leise und fuhr dann fort: »Der klassische Stil sieht ungeheuer gut an einem hübschen Busen aus und hat große Vorteile für Frauen, die an Umfang zunehmen, doch da ich zu keiner der beiden Kategorien gehöre, bin ich kein ausgesprochener Anhänger unserer augenblicklichen Mode!«

Je besser Julia Lucinda Baxter kennenlernte, desto lieber wurde sie ihr. Ruds Tante war völlig unprätentiös, und sie besaß einen ausgesprochenen Humor, der es unmöglich machte, nicht mit ihr zu lachen. Julia freute sich auf die kommende Einkaufsfahrt.

Ihre Aufmerksamkeit wurde plötzlich geweckt, als die Haustür sich öffnete, während sie sich dem Fuß der Treppe näherten. Obwohl kein Klingeln zu hören gewesen war, eilte der Butler hastig zur Tür, um den Herrn des Hauses und Rud hereinzulassen. Sie brachten den frischen Duft des Frühlingsmorgens mit sich herein.

»Da seid ihr ja«, begrüßte Tante Lucinda sie. »Als sie mir sagten, ihr beide hättet schon gefrühstückt und wäret ausgegangen, wollte ich es zuerst nicht glauben. Gehe ich recht in der Annahme, daß das Wetter sich aufgeklart hat?«

»Es ist ein wunderschöner Morgen und herrlich warm«, erklärte ihr Mann und küßte sie leicht auf die Wange, die sie ihm hinhielt.

Als wäre er dadurch auf seine Rolle als verliebter Bräutigam hingewiesen worden, nahm Rud Julias Hand und zog sie zu sich heran. In seinen Augen stand eine deutliche Warnung, als er seine Lippen auf die ihren senkte. Der Druck seines Mundes war fest, aber kurz. Warum Julia dadurch so verwirrt war, wußte sie nicht – vielleicht, weil dadurch ihre

Trauung ein Siegel aufgedrückt bekam, so daß sie wirklicher zu sein schien. Der Kuß erinnerte sie an die Nähe der vergangenen Nacht, die sie versucht hatte zu vergessen. Das war ihr nicht allzu schwergefallen. Als sie im hellen Licht des Morgens erwacht war, hatte sie allein in dem großen Bett gelegen. Rud hatte sich schon angezogen und war fort.

Tante Lucinda betrachtete Julias intensive Röte mit wohlwollendem Vergnügen. »Charmant«, sagte sie. »So, und jetzt könntest du vielleicht noch ein paar Worte sagen, mein lieber Neffe, um Julia davon zu überzeugen, daß sie heute morgen bei ihren Einkäufen nicht auf den Pfennig zu achten braucht. Ich habe mir schon die größte Mühe gegeben, sie davon zu überzeugen, daß du kein armer Schlucker bist.«

Ruds Unwillen war deutlich aus dem Stirnrunzeln zu erkennen, das seine Augenbrauen zusammenzog. »Ja wirklich?« fragte er streng.

»Du brauchst gar nicht in einem solchen Ton mit mir zu sprechen, mein lieber Rud«, setzte ihn seine Tante in Kenntnis. »Ich habe keine Geduld mit Männern, die ihr Frauen im finanziellen Bereich im dunkeln lassen. Sie sind ausschließlich selbst dafür verantwortlich, wenn sie feststellen, daß sie mit einer grauen Maus oder einem extravaganten Huhn verheiratet sind.«

»Und wenn ich dich richtig verstehe, befürchtest du, daß Julia in die erste Kategorie gehören wird?«

»Wohl kaum«, sagte seine Tante mit beißendem Ton. »Dennoch mußt du zugeben, daß es für sie schon schlimm genug ist, wenn sie am Tag nach ihrer Hochzeit Trauerkleidung tragen soll, auch wenn sie sich nicht mit Kleidern zufriedengeben muß, die weniger attraktiv sind, als sie unbedingt sein müssen!«

»Mir wäre es lieber, wenn sie überhaupt kein Schwarz tragen würde. Aber ich vermute, daß das wohl zuviel verlangt ist, nicht wahr?«

»Natürlich ist es das«, antwortete seine Tante für Julia. »Es würde wirklich seltsam aussehen, wenn sie nach dem Tod ihres Vaters etwas anderes als Schwarz tragen würde.«

»Dann bleibt mir nichts anderes, als zu sagen: Kauf dir, was du möchtest, meine Liebe, und laß mir die Rechnungen schicken.«

»Sehr anständig«, lobte Tante Lucinda.

»Vielen Dank«, sagte Julia, als sie Tante Lucindas Blick bemerkte.

»Du brauchst nicht von mir zu erwarten, daß ich etwas dazu sage«, meinte Onkel Thaddeus jovial. »Du weißt bis zum letzten Penny, wieviel ich besitze, und ich erwarte von dir, daß du auch daran denkst.«

»Das werde ich, bis zum letzten Penny«, lachte Tante Lucinda, dann zog sie die Schnüre ihres Täschchens über ihr Handgelenk und rauschte zur Tür. Julia wäre ihr auf dem Fuße gefolgt, wenn Rud sie nicht mit einer Hand zurückgehalten hätte. Er hob ihr Kinn mit einem Finger und hauchte einen Kuß auf ihre Lippen. Diese bebende Berührung und das seltsame, langsame Lächeln, das dabei auf seinem Gesicht lag, blieb ihr noch lange vor Augen, nachdem die schwarzsilberne Kutsche, die die beiden Frauen erwartet hatte, losgefahren war.

Warum hatte sie sich so getäuscht, was sein Vermögen betraf? Warum hatten sie alle sich getäuscht? Rud hatte bei ihrer ersten Begegnung im Hause ihres Vaters in New Orleans den Eindruck erweckt, als sei er ein Mann, der Geld brauchte. Er hatte gesagt, das Geld sei der einzige Grund, warum er an ihrer Mission teilnehme. Hatte er nur versucht sicherzugehen, daß er für seine Ausgaben bezahlt wurde? Oder hatte er absichtlich versucht, sich als Abenteurer darzustellen, der sich für nichts anderes als den zu erwartenden Gewinn interessierte? Warum sollte er das tun? Es würde ihn doch bestimmt nicht in den Augen der Bonapartisten von New Orleans besser dastehen lassen. Oder vielleicht doch? War vielleicht ein hartgesottener Abenteurer, dessen Treue vor allem dem Gold galt, ein besserer Verbündeter als ein Engländer, der trotz seines amerikanischen Vaters noch vor nicht allzu langer Zeit Soldat seiner Majestät des Königs gewesen war und Napoleon auf belgischem Boden bekämpft hatte?

Ihr wurde vorübergehend übel, und sie krampfte die Hände im Schoß zusammen, bis sie sich beruhigt hatte. Ihr Vater konnte nicht einen solchen Fehler gemacht haben. Abgesehen davon hatten General Montignac und ihr Vater auf Anweisung Napoleons gehandelt, die sie erst wenige Tage vor ihrem Treffen bekommen hatten. Die Ankunft eines englischen Spions gerade im richtigen Augenblick würde bedeuten, daß man Napoleons Korrespondenz an irgendeiner Stelle abgefangen hatte, bevor sie nach St. Helena geschmuggelt wurde. Daß der Kaiser einen solchen Zustand dulden konnte, wollte Julia einfach nicht glauben.

Die Schönheiten Londons rollten vor dem Kutschenfenster vorüber – herrliche Häuser, Parks und alle Arten von Kutschen, die man sich vorstellen konnte. Manche der Equipagen wurden von ihren Besitzern gelenkt, während andere wiederum von herablassend wirkenden Bediensteten gefahren wurden, die alle die gleichen weißen Perücken trugen. Als sie die vornehmeren Viertel hinter sich ließen, füllten Fußgänger die Straßen, nüchtern gekleidete Händler und Angestellte, die sich neben Straßenverkäufern von heißen Teigtaschen und Blumen, Bonbons und Handpuppen, Bändern und Glasperlen drängten. Dazwischen waren auch ein Scherenschleifer und ein Kesselflicker, ein Lumpensammler und eine Dreiergruppe von Jongleuren, die den herrlichen Tag genossen, während die Sonne noch auf dem Weg zum Zenit war.

Julia sah sich um und wechselte sogar hier und da ein Wort mit ihrer Gastgeberin, aber sie nahm kaum wahr, was vor ihren Augen stattfand. Wenn Rud wohlhabend war, hätte er ihr einen Betrag leihen können, der ausgereicht hätte, um sich in einem respektablen Gasthaus mit einer Gesellschafterin einzuquartieren. Daß er ihr dieses Angebot nicht gemacht hatte, konnte zwei Gründe haben: Entweder erwartete er nicht, daß Napoleon ihr das Geld wiedergeben würde, so daß es ihr unmöglich sein würde, ihren Kredit zurückzuzahlen, oder er hatte geplant, sie von sich abhängig zu machen, weil er eine andere Art von Bezahlung von ihr erwartete. Was für die letztere Theorie sprach, war, daß er sie sogar geheiratet hatte.

Nein, das paßte irgendwie nicht so recht zusammen. Unter den gegebenen Umständen hätte er sie eigentlich überhaupt nicht zu heiraten brauchen. Er hätte sie genauso leicht zu seiner Geliebten machen und sich mit Gewalt holen können, was er von ihr wollte. Doch das hatte er nicht getan. Statt dessen hatte er sie zu seiner Frau gemacht, seinen Verwandten vorgestellt und sie mit sehr viel Respekt und Rücksicht behandelt. Falls er sie wirklich begehrte, war das zumindest keine überwältigende Empfindung. Er bestand darauf, eine gewisse Nähe zwischen ihnen beiden zu demonstrieren, dennoch konnte sie seine Haltung ihr gegenüber nur als eine seltsame Mischung aus Mitgefühl und Erbitterung bezeichnen.

Mitgefühl war ein anderes Wort für Mitleid, und das brauchte sie wirklich nicht. Marcel war nicht tot. Sie hatte durch seine Hände keine ernsthafte Verletzung erfahren. Was immer auch Ruds Gründe gewesen sein mochten, er würde vielleicht, noch bevor das letzte Wort dazu gesprochen war, feststellen, daß er mehr bekommen hatte, als er glaubte.

Der Vormittag verging schnell. Julia wählte drei Tageskleider aus, ein paar Kleider für den Abend, ein Reisekostüm und die passende Unterwäsche. Die zusätzlichen zwölf Paar schwarzen Seidenstrümpfe, mehrere Paar Handschuhe, zwei Hauben – eine mit Federn, die zweite mit Schleifchen aus Glanztaft –, ein Nachthemd und ein feines wollenes Umschlagtuch in verschiedenen Weiß-, Grau- und Schwarztönen würden – da war sie sicher – nicht nur ihre Garderobe vervollständigen, sondern auch Rud eine unangenehme Überraschung bereiten, wenn er die Rechnungen bezahlen mußte. Als sie das Geschäft der Modistin verlassen hatten, bestellten sie bei einem Schuster schwarze Wildlederschuhe und wanderten durch ein Warenhaus, in dem sich ihnen unwiderstehlich günstige Angebote an Bändern, Mantillas, Spitzenkragen, Taschentüchern und einer Vielzahl anderer Kleinigkeiten in den Weg stellten.

Es war schon Nachmittag, als sie nach Hause zurückkehrten. Julia, die froh war, eine unangenehme Aufgabe hinter sich gebracht zu haben, war müde und hungrig. Sie lehnte mit einem Seufzer ihren Kopf an die Polsterung der Kutsche.

»Ja, ich weiß«, sagte Tante Lucinda mitfühlend. »So etwas ist sehr erschöpfend. Trotzdem glaube ich, daß die Kleider, die du bestellt hast, besonders das eine aus dem französischen Seidentwill, sich als sehr kleidsam herausstellen werden. Wenn man schon Schwarz tragen muß, ist es doch ein kleiner Trost, wenigstens mit der neuesten Mode zu gehen. Ich halte nichts davon, wenn jemand meint, man müßte in Trübsinn und Melancholie verfallen. Wozu soll das nützen? Der Sinn der Mode ist, daß die Frau sich dadurch besser fühlt, und wann braucht sie das mehr als in Trauerzeiten?«

Julia lächelte als höfliche Zustimmung, obwohl sie nicht so sicher war, ob sie ihre Meinung wirklich teilte. Ihr wäre nichts lieber gewesen, als in aller Stille ihrem Kummer überlassen zu sein. Unglücklicherweise ließen die Umstände das nicht zu.

»Ich mache mir ein wenig Sorgen wegen des Nachthemdes, das du dir ausgesucht hast«, plapperte die ältere Frau weiter. »Meinst du wirklich, daß es nötig war, so weit zu gehen? Schließlich bist du doch eine jungverheiratete Frau. Man könnte es Rud nicht übelnehmen, wenn er etwas dagegen hätte, die Regeln der Konvention bis ins Schlafzimmer fortzusetzen.«

Julia hatte diese Möglichkeit nicht bedacht. Nach einem Augenblick schüttelte sie den Kopf. »Ich glaube kaum, daß es ihm etwas ausmachen wird.«

»Vielleicht hast du recht«, stimmte Tante Lucinda zu, allerdings ohne sehr überzeugt zu klingen. »Ich weiß, daß ich eine aufdringliche alte Närrin bin, aber ich habe nur versucht, mir vorzustellen, was mein Thaddeus sagen würde, wenn ich etwas Derartiges wagen würde!«

Julia lächelte über Tante Lucindas komische Verzweiflung. »Ich denke, ich werde es wohl einfach abwarten müssen«, sagte sie.

Während sie sprach, schaute sie aus dem Fenster auf eine Kutsche, die ausscherte, um sie zu überholen. Es war ein wenig bemerkenswertes Fahrzeug, an dem nichts Besonderes war. Schlammspritzer waren über die Karosserie verteilt und klebten auf der rissigen Farbe, und obwohl die Pferde stark und schnell waren, wirkten sie nicht besonders edel. Es war der Passagier, der sich aus dem Fenster lehnte, um in ihre Kutsche zu schauen, der ihre Aufmerksamkeit erregte. Er war ein bulliger Mann mit breiter Brust und einem massigen, flachen Gesicht, das von einem schütteren Bart umgeben war. Ein dunkler Hut war tief in die flache Stirn gezogen und warf Schatten auf seine kleinen, schwarzen Augen, die zu Schlitzen verengt waren.

Unabsichtlich zog Julia sich zurück. Tante Lucinda drehte ihr den Kopf zu, weil sie sich so plötzlich bewegt hatte.

»Mein Gott«, sagte die ältere Frau. »Der ist ja wirklich furchterregend. Bediensteter, aus dem Schnitt seiner Kleidung zu schließen. Ich frage mich, was er wohl tut und warum er so durch die Straßen rasen muß. Nichts Gutes, da bin ich sicher.«

Mit einem kleinen Schnauben distanzierte sie sich von dem Mann, doch Julia stellte fest, daß sie selbst es nicht konnte. Dieser suchende, bösartig scharfe Blick blieb ihr noch lange vor Augen, als sie sicher das Haus am Berkeley Square erreicht hatten.

Rud war nicht da, als sie nach Hause kamen. Er hatte im Laufe des Morgens eine Nachricht bekommen und war direkt danach ausgegangen. »Geschäfte mit seinem Schiff, nehme ich an«, vermutete Tante Lucinda, und Julia widersprach ihr nicht. Aber sie war sicher, daß eine Nachricht von den englischen Bonapartisten gekommen war. Der nächste Schritt des großen Abenteuers hatte begonnen.

Julia saß vor dem Ankleidetisch, und Rose, die Zofe, steckte ihr Haar auf, als Rud zurückkam. Eines der Kleider, das sie bestellt hatte, ein Abendkleid aus Armesintaft, war zur Teestunde geliefert worden. Dieses, zusammen mit einem Tageskleid aus Tussahseide, war genau für einen solchen Notfall, in dem sich Julia jetzt befand, geeignet. Es war nur noch nötig gewesen, ein paar Nähte zusammenzunähen, und schon waren sie fertig gewesen. Julia hatte den Nachmittag damit verbracht, die beiden Kleider anzuprobieren, und dann, als die Zeit zum Abendessen näherkam, hatte sie gebadet und sich zum Hinuntergehen bereitgemacht. Als Tante Lucinda die Dienste der Zofe angeboten hatte, um ihr Haar in Ordnung zu bringen, hatte sie dankbar angenommen, denn eine Frisur, die nicht ganz so ernst war wie ein Knoten tief im Nacken, war ihr sinnvoll erschienen. Sie hätte vielleicht auch ohne Hilfe etwas Vernünftiges zustande gebracht, denn sie war ohne weiteres in der

Lage, ihr Haar selbst zu frisieren, aber es war natürlich einfacher, die Zofe mit dieser Aufgabe zu betrauen.

Rud runzelte die Stirn, als er das schwarze Unterkleid sah, das sie trug, dann kam er auf sie zu. Die Zofe trat zur Seite, als er sich näherte und beschäftigte sich mit Haarnadeln und der Kammschachtel.

Rud trat hinter Julia und umfaßte ihre bloßen Schultern. Als ihr überraschter Blick dem seinen im Spiegel begegnete, lächelte er und beugte sich vor, um seine Lippen auf ihren Hals zu drücken. Obwohl die Stelle zu brennen schien, an der seine Lippen sie berührt hatten, gelang es Julia, sich nicht zu bewegen. Sie konnte jedoch nicht verhindern, daß eine deutliche Röte in ihre Wangen stieg.

»Wo warst du?« fragte sie, als er den Kopf hob.

Sein Blick ging kurz zu der Zofe hinüber, dann kehrte er zu ihr zurück. »Das erzähle ich dir später.«

Sie nickte, und ihr war klar, daß sein Zögern ihre Vermutungen bestätigte.

Rud verließ sie, klingelte nach einem Bad und warf sich dann auf einen Sessel. Mit vor sich ausgestreckten Füßen sah er zu, wie die letzten Feinheiten an ihrer Frisur vollendet wurden.

»Mir scheint, du hast einen produktiven Tag verbracht«, lautete sein Kommentar, wobei er mit einer kurzen Geste auf ihr Unterkleid deutete.

»Ja, ich habe alles gefunden, was ich brauchte.«

»Mir war nicht klar, daß du dich sofort auf die Einkäufe stürzen würdest.«

Mit ausdrucksloser Stimme erklärte Julia, wie es dazu gekommen war, und setzte noch hinzu: »Natürlich muß ich so bald wie möglich anfangen, Schwarz zu tragen. Ich hatte in den vergangenen Wochen seit dem Tod meines Vaters schon genug Schuldgefühle, weil ich immer noch bunte Kleider getragen habe.«

Als er nichts darauf erwiderte, nutzte die Zofe die Gelegenheit, zu sagen: »So, Madam, jetzt bin ich fertig. Soll ich Euch jetzt noch in das Kleid helfen?«

»Das wird nicht nötig sein«, antwortete Rud anstelle von Julia. »Ich werde meiner Frau selbst helfen.«

Julia warf ihm einen schnellen Blick zu, aber sein Gesicht war ausdruckslos. Sie konnte kaum in Anwesenheit einer Dienerin mit ihm streiten. Mit einem Nicken und einem Lächeln entließ sie die Zofe. In dem Augenblick, als sich die Tür hinter ihr schloß, stand Julia auf. Mit sehr geradem Rücken trat sie aus dem Ankleide- ins Schlafzimmer.

Rud folgte ihr, blieb in der Tür stehen und lehnte sich mit einer Schulter an den Türrahmen. »Ich dachte, du wärest daran interessiert, wo ich heute gewesen bin«, sagte er, und der Klang seiner Stimme spottete über ihren Rückzug.

Julia drehte sich zu ihm um. »Du hast dich mit den Bonapartisten getroffen, stimmt's?«

»Genau. Man nannte mir die Adresse einer Pension und einen Zeitpunkt. Wenn du hier gewesen wärest, hätten wir zusammen gehen können. Aber unter den gegebenen Umständen –«

»Ich verstehe«, sagte sie, obwohl sie ihre Enttäuschung nicht verbergen konnte. »Wer war dort? Was ist los?«

»Es war eine ganze Reihe von Leuten dort, die ich nicht alle kannte. Unser Gastgeber war General Baron Gaspard Gourgaud. Robeaud war ebenfalls anwesend, auch Marcel de Gruys, obwohl er eine etwas steife Haltung hatte und seinen Rücken schonte. Es scheint, daß er immer noch interessiert ist. Ich vermute, die Größe seiner Investition hatte einen bedeutenden Einfluß darauf, daß er eine so lockere Einstellung vorgab.« Er achtete nicht weiter auf ihren indignierten Blick und fuhr fort: »Er war nicht sehr erfreut, mich zu sehen. Unsere Heiratsanzeige, die heute in der *Times* stand, machte meine Gegenwart wohl etwas unangenehm für ihn.«

»Heiratsanzeige? Die habe ich nicht gesehen«, sagte sie und runzelte die Stirn. »Bist du sicher, daß das eine gute Idee war?«

Mit ausdrucksloser Miene sagte er: »Ich weiß nicht, was du meinst.«

»Ich meine«, erklärte sie vorsichtig, »daß eine öffentliche Heiratsanzeige später Schwierigkeiten machen könnte.«

»Schwierigkeiten? Welcher Art?« fragte er und verschränkte die Arme.

»Bei einer Annullierung«, rief sie hilflos.

»Es wird keine Annullierung geben.«

Seine Stimme hatte einen endgültigen Klang. Julia starrte ihn an und versuchte vergeblich, irgendeine Zweideutigkeit in seinen Worten zu entdecken. Es gab keine.

»Ich verstehe dich nicht«, seufzte sie schließlich. »Du kannst doch nicht wirklich das Bedürfnis haben, den Rest deines Lebens an eine Frau gebunden zu sein, die du kaum kennst.«

»Ich kenne dich schon seit ein paar Wochen. Wenn diese Sache vorbei ist, werde ich dich noch besser kennenlernen.«

War das eine verborgene Drohung? »Vielleicht wird dir nicht gefallen, was du dann erfährst«, sagte sie bissig.

»Das Risiko gehe ich ein.«

Sie wollte sich nicht unterkriegen lassen. »Sag dann aber nicht, ich hätte dich nicht gewarnt.«

»Das weiß ich durchaus zu schätzen«, erwiderte er, und ein Lächeln erhellte seine Augen. »Ich sollte daran denken, immer genau auf die Tranchiermesser zu achten.«

Das spöttische Licht in seinen meerblauen Augen gab ihm eine gefährliche Anziehungskraft. Einen flüchtigen Augenblick spürte Julia eine unvermutete Gefahr.

Sie wandte sich rasch ab und sagte über ihre Schulter hinweg: »Wie geht es M'sieur Robeaud?«

»Ganz gut. Er hat sich in einer Pension eingemietet, in der Nähe von Gourgauds Wohnung, und hat mir versichert, daß er es dort recht bequem habe.«

»Diese Versammlung heute – was war der Anlaß dafür?«

»Hauptsächlich, um de Gruys, Robeaud und mich mit den anderen bekannt zu machen. Baron Gourgaud hat geschildert, wie er bei seinem Versuch vorankommt, die Briten davon zu überzeugen, daß er wirklich mit Napoleon gebrochen hat. Er las uns die Entwürfe einiger Artikel vor, die in verschiedenen Zeitungen erscheinen werden, Artikel, in denen er seinen ehemaligen Herrn denunziert. Er erzählte uns auch von einer Befragung, die Lord Bathurst vom Kolonialamt durchführen möchte, und von den sorgfältig zusammengestellten Informationen, die er dem Herrn geben sollte, Dinge, die nur wenig Wert haben oder die er auch schon kannte.«

»Der arme Gourgaud, es muß doch furchtbar sein, von fast allen für ein Verräter gehalten zu werden«, sagte Julia.

Rud stimmte ihr mit einem Nicken zu. »Ich weiß, daß er die Auswirkung dieses scheinbaren Schandflecks sehr intensiv zu spüren bekommt, denn er hat gesagt, daß selbst die Briten, die versuchen, ihn auszunutzen, sich nicht die Mühe machen, ihre Mißbilligung zu verbergen.«

»Es wird nur ein paar Monate so bleiben. Ende August kann er die Wahrheit sagen und seinen rechtmäßigen Platz neben dem Kaiser einnehmen.«

»Und seine Belohnung beanspruchen?«

»Dem Kaiser dienen zu können, ist für manche Leute schon genug Belohnung«, sagte sie und hob das Kinn.

»Mag sein, daß das auch alles bleiben wird«, erwiderte Rud und ging, um die Tür zu öffnen, wo ein Klopfen die Ankunft seines Badewassers ankündigte.

Die heftige Scham, die sie am vergangenen Tag empfunden hatte, als Rud in ihrer Anwesenheit gebadet hatte, war vergangen, aber dennoch zog Julia sich ins Ankleidezimmer zurück. Dort beschäftigte sie sich mit dem Reispuderpapier, dem Rougetöpfchen und der Hasenpfote, während er seinem täglichen Reinigungsritual nachging.

Es war doch recht ungewöhnlich, daß ein Mann solche Gewohnheiten hatte. Selbst ihr Vater hatte sich, sogar in den drückend heißen Monaten des Sommers in New Orleans, selten die Mühe gemacht, öfter als zweimal in der Woche zu baden. Er hatte es amüsant gefunden, daß der Kapitän an Bord der *Najade* so viel Zeit und Mühe für ein derartiges Unternehmen aufbrachte. Julia, die in jeder Beziehung ebenso heikel wie der Kapitän war, hatte einen gewissen Neid darüber empfunden, mit welcher Leichtigkeit er sich Meerwasser für seine Badewanne erwärmen lassen konnte. Es hatte ihr nicht sehr behagt, den Mann, der als Ruds Diener fungierte, zu bitten, daß er dasselbe für sie tun möge, aber da sie keine Zofe gehabt hatte, hatte sie ihn darum bitten müssen. Schließlich hatte Rud, der die Schwierigkeit bemerkte, den Befehl gegeben, daß jeden Tag zusammen mit seinem Wasser auch eine Badewanne voll für sie erwärmt wurde.

Das war ja alles gut und schön, als sie sich noch in verschiedene Kajüten zurückziehen konnten, doch ihre Gewohnheit hatte nur Schwierigkeiten gemacht, seit sie zusammen im gleichen Zimmer wohnten. Mit einem matten Kopfschütteln wandte sich Julia vom Spiegel ab.

Ihre Beschäftigung hatte nicht lange genug gedauert. Sie kam aus dem Ankleidezimmer, während er immer noch in der Kupferwanne saß. Sie sah nicht in seine Richtung und ging an ihm vorüber. Sie hatte sich am Nachmittag einen Roman von Tante Lucinda ausgeliehen. Sie nahm ihn sich und ging in Richtung Wohnzimmer.

»Was hast du vor?« fragte Rud. »Bleib und leiste mir Gesellschaft. Erzähl mir, was du heute gemacht hast.«

Ohne sich umzudrehen, sagte Julia: »Das würde dich nicht interessieren. Wir waren nur bei Putzmacherinnen und Modistinnen.«

»Und bei Schuhmachern, wie ich meine Tante Lucinda kenne. Ihr kleiner Fuß ist eine ihrer wenigen Eitelkeiten, glaube ich. Also siehst du, wieviel Interesse ich aufbringen kann, wenn ich mir Mühe gebe?«

Der spöttische Ton seiner Stimme zeigte Julia deutlich, daß er nicht erwartete, daß sie bleiben würde. Außerdem wollte er sie auf die Probe stellen. Mit plötzlicher Entschlossenheit ging sie zum Sessel hinüber.

»Also gut«, sagte sie. »Was willst du wissen?«

Mit einer gewissen Befriedigung sah sie, wie er zögerte. Sie entdeckte auch die kurze Befriedigung in seiner Miene, bevor er ihre Herausforderung annahm.

»Was es eben zu wissen gibt«, sagte er. »Ich bin bereit, mich für alles zu interessieren, was du tust.«

»Gut ausgedrückt«, erwiderte sie mit leichtem Sarkasmus. »Du solltest dich daran erinnern, wenn du das nächste Mal Publikum hast.«

Er schüttelte den Kopf. »Ich glaube, dazu brauche ich zuerst mehr Übung.«

Es gelang ihr nicht, ihn mit ihrem eisigen Lächeln aus der Fassung zu bringen; er saß nur da und wartete darauf, daß sie anfing. Sie seufzte und gab nach.

Mit dem Gedanken, ihn darauf vorzubereiten, wieviel Geld sie ausgegeben hatte, begann sie, ihm von den Kleidern, Hüten und Schuhen zu erzählen, die sie bestellt hatte. Sie ließ nichts aus, beschrieb jeden Gegenstand bis ins kleinste, einschließlich der Unterwäsche und des Nachthemds, das Tante Lucinda mit so viel Zweifel erfüllt hatte. Wenn Rud dieser Gegenstand nicht paßte, war es wohl das beste, das Thema vor dem Schlafengehen zu erörtern.

Er runzelte die Stirn und warf einen Blick, den sie nur als verzweifelt hätte bezeichnen können, auf das schwarze Unterkleid, das sie trug, aber als er sprach, ging es um etwas ganz anderes. »Angesichts dieser Anstrengung verstehe ich nicht, warum du nicht ins Bett gegangen bist, und dir das Abendessen auf einem Tablett dorthin bringen läßt.«

Sie lächelte kurz. »Der Gedanke hat mich auch schon beschäftigt. Doch deine Tante hat für heute abend Gäste eingeladen, und man erwartet von uns, daß wir auch erscheinen.«

»Das hätte ich wissen müssen«, seufzte er. »Wenn ich mich jetzt nicht hier herausbewege, werden wir zu spät nach unten kommen, und dann setzt sie uns auf ihre schwarze Liste.« Er stand mit einer mühelosen Bewegung auf. »Wirf mir bitte ein Handtuch herüber, ja? Ich glaube, du bist dran mit der Rolle der Zofe.«

Julia tat, worum er sie gebeten hatte. Sie nahm ein Handtuch von einem Stuhl und warf es ihm zu. Obwohl sie sofort die Augen abwandte, wurde ihr sein kurzes dreistes Lächeln bewußt.

Sie hatte vorgehabt, ihm über ihre morgendliche Begegnung mit dem schrecklichen Mann zu erzählen, der ihre Kutsche überholt hatte. Jetzt vergaß sie das Ereignis völlig. Sie wandte sich ab, und ihre Blicke suchten nach etwas, womit sie sich beschäftigen konnte, bis er sich angezogen hatte.

Ihr Blick fiel auf die goldene Biene, die auf dem Tisch neben dem Bett lag und im Licht einer Kerze glänzte. Am Morgen hatte sie sie an ihrem Umhang getragen, heute abend würde sie besser an ihrem gewöhnlichen Band um den Hals aussehen.

»Du hast dieses Schmuckstück sehr gern, nicht wahr?« fragte Rud in lockerem Gesprächston, als sie die Biene in die Hand nahm.

»Ja, das muß ich zugeben. Es – es hat meiner Mutter gehört.«

»Deiner Mutter? Seltsam. Wenn ich hätte raten sollen, hätte ich vermutet, daß sie etwas mit unserer augenblicklichen Unternehmung zu tun hat, Napoleon zu befreien. Die Biene war doch sein Symbol, oder?«

Sie trug die Biene jetzt schon so lange, ohne daß jemand etwas dazu gesagt hätte, daß sie wirklich erschrak, als er ihre Bedeutung so klar erkannte. Sie hatte sich so sehr angewöhnt, nur diskret darüber zu sprechen, daß es ihr schwerfiel, ganz entspannt davon zu erzählen.

»Du hast natürlich recht«, sagte sie.

»Sie sieht aber eigentlich nicht wie ein Erbstück aus«, sagte er kritisch.

Wieviel konnte sie ihm erzählen? Sicherlich hatte er ein Anrecht, zumindest einen Teil der Wahrheit zu erfahren. »Nein, sie war ein Geschenk des Kaisers an meine Mutter.«

»Ein wertvolles Geschenk. Es sieht aus, als bestünde es aus purem Gold.«

Irgend etwas in seinem Ton berührte sie unangenehm. »Du brauchst kein so mißbilligendes Gesicht zu ziehen. Es gab keinen romantischen Hintergrund für das Geschenk, auch wenn es, wie du richtig sagst, von großem Wert ist. Meine Mutter bekam die goldene Biene als Anerkennung für einen Dienst, den sie Napoleons Mutter erwiesen hatte.«

»Das hört sich nach einer interessanten Geschichte an. Gehe ich recht in der Annahme, daß sie sich in Paris ereignet hat?«

Julia nickte. »Wir waren dort zu Besuch, meine Mutter, mein Vater und ich. Ich war vielleicht fünf Jahre alt, und Napoleon war seit etwas mehr als einem Jahr Kaiser gewesen. Wir waren über Land gefahren, hatten einige Zeit bei Verwandten verbracht, die immer noch in der Provinzstadt lebten, aus der die Familie meines Vaters vor vielen Jahren ausgewandert war, und waren bei Hofe eingeführt worden. Es blieb nur noch, daß wir auch die Vergnügungen von Paris kennenlernten. Schwierigkeiten, Aufstände, Verschwörungen gegen die Familie des Kaisers, Gefängnis war das letzte, woran meine Eltern dachten. Und doch wurden sie eines Frühlingsnachmittags in üble Machenschaften verwickelt.«

Rud hatte seine Kniehosen übergestreift und Strümpfe und glänzend polierte Stiefel angezogen. Als sie innehielt, sah er von seiner Beschäftigung mit den Hemdknöpfen auf und nickte.

»Mein Vater ließ uns, meine Mutter, mein Kindermädchen und mich, allein, um einen Besuch bei einem Bekannten zu machen, den er in der Stadt kennengelernt hatte. Es wurde uns langweilig. Wir verließen die Wohnung und wanderten ein Stück an der Straße entlang bis zu einem Süßwarenladen. Wir waren gerade wieder herausgekommen, als wir plötzlich von einer wilden Menge schreiender, kreischender Leute umgeben waren. Wir befanden uns inmitten einer der Unruhen, die in den Jahren nach der Revolution ja sehr häufig vorkamen. Wir erfuhren nicht, was genau los war. Die einen sagten etwas von den hohen Preisen eines Metzgers, die anderen sprachen von den niedrigen Preisen, die der Kohl auf dem Markt erzielte. Es war nicht von Belang. Ebenfalls in der Mitte der Aufrührer eingekeilt war eine Kutsche mit dem Emblem der Bonapartes an der Seite, obwohl es keine Vorreiter, keine Wache gab und die einzige Insassin eine alte Dame war. Nichtsdestotrotz konzentrierte sich der Zorn der Menge auf die Kutsche. Sie griffen sie an, rissen den Kutscher vom Bock und zerrten die alte Dame auf die Straße. Als meine Mutter sie sah, erkannte sie sie als Napoleons Mutter. Sie war eine sehr stolze und mutige Korsin, aber ihre kriegerische Haltung entfachte nur noch mehr den Zorn der Menge. Sie wollten ihr nicht zuhören, stießen sie hierhin und dorthin, spuckten sie an und schlugen sie. Meine Mutter konnte das nicht ertragen. Sie ließ mich bei meinem Kindermädchen, kämpfte sich durch die Menge bis neben die alte Dame, nahm ihren Arm, um sie zu unterstützen, und schrie und stieß um sich, so gut sie konnte, wobei sie versuchte, sich zur Wand des Geschäfts durchzuschlagen, wo wir standen. In diesem Augenblick stürmte eine Abteilung Kavallerie in die Menge und zerstreute sie in alle Richtungen. Diejenigen, die nicht flohen, wurden verhaftet, unter ihnen auch meine Mutter. Man half Napoleons Mutter in ihre Kutsche, und Minuten später war alles wieder ruhig.«

»Ich hoffe, dein Kindermädchen war klug genug, dich von allen Gefahren fernzuhalten«, sagte Rud.

»Ja, sie lief mit mir zurück in unsere Wohnung, sobald sie sah, daß meine Mutter fortgebracht wurde, und schickte meinem Vater in größter Eile eine Nachricht. Er ging sofort zu dem Gefängnis, in dem meine Mutter festgehalten wurde, aber seine Erklärungsversuche wurden nicht angehört. Man wollte sie nicht freilassen. Voller Verzweiflung wandte er sich an den Kaiser. Die Kaiserinmutter, die durch ihr Abenteuer erschüttert, aber nicht ernsthaft verletzt war, bestätigte die Unschuld meiner Mutter und ihren heroischen Einsatzwillen. Mein Vater war immer ein Bewunderer Napoleons gewesen, aber die Schnelligkeit, mit der der Kaiser auf die Bitten meines Vaters reagierte und dafür sorgte, daß meine Mutter freigelassen wurde, war der Grund, daß mein Vater ihm für den Rest seines Lebens die Treue hielt. Die goldene Biene wurde meiner Mutter in einer privaten Zeremonie verliehen, als Zeichen der Anerkennung für ihre Dienste an der Familie Bonaparte. Dazu gehörte das Versprechen sofortiger Hilfe, falls sie jemals gebraucht werden sollte.«

»Jetzt verstehe ich langsam, warum du deine Biene so schätzt«, erklärte Rud mit nachdenklichem Blick.

War das wirklich so? Sie wurde von einer ungewissen Angst ergriffen, der Angst, daß sie ihm vielleicht zuviel enthüllt hatte. Sie hielt den Blick auf den goldenen Schimmer der ausgestreckten Flügel ihrer Biene gesenkt und zwang sich zu lächeln. »Es sind schon viele Jahre vergangen, seit Napoleon meiner Mutter diese Biene überreicht hat. Ich vermute, daß es dumm von mir ist, zu erwarten, daß er sich daran erinnern könnte.«

»Er ist dafür bekannt, daß er ein ausgezeichnetes Gedächtnis hat.« Aus Ruds Lächeln sprach so etwas wie Ermutigung. Er kam auf sie zu, nahm die goldene Biene aus ihrer Hand und befestigte das Band um ihren Hals.

Julia ließ in einem kleinen Seufzer ihren angehaltenen Atem ausströmen, als er sich wieder abwandte. Er würde ihr keine weiteren Fragen stellen. Später dann, wenn sie kurz vor St. Helena waren, würde sie ihm mehr preisgeben müssen, aber jetzt noch nicht, noch nicht so früh.

Automatisch hob sie die Hand zu ihrer Biene, die über ihrer Halsgrube lag, Napoleons goldener Biene, mit deren Hilfe sie sich und ihren Vater bei Napoleon zu erkennen geben sollte und die jetzt nur noch ihr allein diesen Dienst erweisen würde – die Vorsichtsmaßnahme, die, zusammen mit der Ankunft Robeauds, den Beginn der Flucht des Kaisers in die Freiheit und die Rückkehr zur Macht bedeuten würde.

KAPITEL 7

»Piraten, verdammte Piraten sind sie! Ob sie sich nun die algerische Marine nennen oder die Geißel des Mittelmeers, das ist völlig egal! Ich sage Euch, sie sind nichts als Piraten, die man zur Strecke bringen und vernichten sollte wie Würmer.«

Es war eine kleine Abendgesellschaft, genau zwölf Personen saßen am Tisch. Sie hatten schon Suppe, Fisch, Wild und Geflügel gegessen, und es würden noch drei weitere Gänge folgen. Die Kerzen in den Kronleuchtern über ihren Köpfen und in den Haltern auf dem Tisch waren schon zur Hälfte heruntergebrannt. Krümel, Weinflecken und zerknautschte Servietten verunzierten den Tisch, doch der Duft der

Rosen in dem Bukett in der Mitte war immer noch über das würzige Aroma der Speisen hinweg deutlich wahrnehmbar. Es war nur ein Herr von Rang und Adel am Tisch – der Mann, der gerade gesprochen hatte; dennoch war ganz deutlich, daß die anderen Gäste ihm an Reichtum und gesellschaftlicher Stellung in nichts nachstanden. Julia war froh, daß sie sich von Ruds Tante hatte beraten lassen, was die Wahl der Modistin betraf. Sie fühlte sich in keinster Weise deplaziert, obwohl ihr inzwischen langsam klargeworden war, daß Thaddeus Baxter mehr war als nur der Händler, als den Rud ihn bezeichnet hatte. Sie wäre nicht überrascht gewesen, wenn sie erfahren hätte, daß die Baxters sich in den ersten Kreisen der Londoner Gesellschaft bewegten.

Der Mann, der über die algerischen Piraten geschimpft hatte, war ihr als Lord Holland vorgestellt worden. Er war Mitte Vierzig und hatte eine beißende Ausdrucksweise, und er war ein Neffe des großen liberalen Politikers Charles James Fox. Er war auch selbst als Politiker allgemein bekannt und eine eindrucksvolle Gestalt; man sah ihm deutlich an, daß er einst ein gutaussehender junger Mann gewesen sein mußte.

»Algerien ist nicht das reichste Land der Welt«, antwortete sein Gastgeber von seinem Platz am Kopf des Tisches aus. »Die Piraterie gehört zu ihrem Leben. Wenn man ein paar von ihnen tötet, kommen sie nur in dichteren Scharen zurück – und sie sind auch tollkühner als zuvor. Die Ostindische Handelsgesellschaft führt schon seit Jahrzehnten Krieg gegen sie. Dieses Schiff, das in ihre Hände geraten ist, ist erst das dritte dieses Jahr, aber ich kenne eine ganze Anzahl kleinerer Reeder, die von ihren wiederholten Angriffen ruiniert worden sind.«

»Die Amerikaner hatten genau die richtige Idee«, erklärte Lord Holland. »Sie schicken ihre Marine dorthin, beschießen die Städte mit Kanonen und holen die Männer und Frauen heraus, die in die Sklaverei verkauft worden sind.«

»Und fangen wegen einiger weniger einen Krieg an?« fragte Thaddeus Baxter. »Algerien ist abhängig vom türkischen ottomanischen Reich. Wir werden vielleicht plötzlich feststellen, daß der Feind, gegen den wir kämpfen, größer ist, als wir es uns vorgestellt haben.«

»Die Vereinigten Staaten haben keinen Krieg angezettelt, als sie vor einigen Jahren die barbarischen Piraten von Tripolis angegriffen haben. Abgesehen davon, verehrter Herr, sprechen wir hier ja nicht nur von einigen Sklaven. Die Anzahl der Männer europäischer Herkunft, die unter der Peitsche gestorben sind, die Anzahl von weißen Frauen, die in den Harems des Islams eingekerkert sind, ist unvorstellbar groß. Aber ich vergesse, daß auch Damen unter uns sind. Erlaubt mir, Mrs. Baxter, Euch um Vergebung zu bitten.«

»Ich bin mir nicht so sicher, ob ich damit einverstanden bin, überhaupt nicht«, sagte Tante Lucinda mit gespieltem Ernst. »Ist Euch schon einmal aufgefallen, meine Damen, wie gern die Herren immer dann das Thema wechseln, wenn es gerade anfängt, interessant zu werden?«

»Oft«, stimmte ihr Lady Holland zu. »Und sie fragen uns bei all diesen interessanten Themen auch nie nach unserer Meinung. Zum Beispiel zum Thema Sklaverei. Und wie auch immer die Nachrichten heute heißen mögen, warum sollten wir uns gerade auf Algerien konzentrieren? Es gibt auf jedem Kontinent Männer und Frauen, die Sklaven sind. Es mag vielleicht sein, daß sie nicht alle europäisches Blut in den Adern haben, aber deshalb sind sie doch genauso Sklaven.«

Weiter unten am Tisch tauschten ein oder zwei der anderen Gäste Blicke aus. Laut Tante Lucinda war Lady Holland für ihre radikalen Ansichten bekannt. Man hatte sie beobachtet, daß sie die Schornsteinfeger zur Rede stellte, weil sie ihre Kletterjungen zwangen, in heiße Schornsteine zu steigen; sie hatte mit Karrentreibern geschimpft, die ihre Pferde mißhandelten, und Mühlenbesitzern ins Gewissen geredet, die Kinder unter zwölf Jahren an ihren Maschinen arbeiten ließen. Es ging sogar das Gerücht, daß sie Bedlam besucht hatte, das Krankenhaus der heiligen Maria von Bethlehem, in dem die Verrückten Londons eingeschlossen lebten.

»Wir möchten Euren Empfindungen nicht zu nahe treten, Lady Holland«, erklärte Rud und spielte mit seinem Weinglas. »Aber soweit ich unterrichtet bin, hat jedes bewaffnete Eindringen den Tod christlicher

Sklaven bei den Moslems zur Folge. Ihre Besitzer töten sie gewöhnlich lieber, als daß sie sie freilassen. Ihre einzige Hoffnung auf Flucht besteht darin, daß sie den moslemischen Glauben annehmen, denn ein wahrer Gläubiger kann einen anderen nicht zum Sklaven haben. Das Problem ist nur, daß ein Sklave zuerst von seinem Besitzer eine Gelegenheit bekommen muß, zum Moslem zu werden.«

»Ihr seid außergewöhnlich gut unterrichtet, Kapitän Thorpe«, stellte Lady Holland fest.

»Nein, gar nicht. Ich fürchte, Ihr habt soeben mein gesamtes Wissen zu diesem Thema gehört, was ungefähr dem entspricht, was man heute in jedem Mittelmeerhafen hören kann.«

Tante Lucinda schürzte die Lippen. »Trotz alledem stimme ich Lord Holland insofern zu, als es doch grausam ist, sie in ihren Gefängnissen schmachten zu lassen, während wir untätig zusehen.«

»Ebenso wie der Islam kein Monopol auf Sklaven besitzt, können islamische Länder auch bei weitem nicht als die mit den schlimmsten Gefängnissen der Welt bezeichnet werden«, sagte Lady Holland.

»Das stimmt«, bestätigte Rud und warf der schweigenden Julia einen schnellen Blick zu, bevor er der Gattin des Politikers antwortete. »Wenn ich richtig informiert bin, seid Ihr und Euer Gatte der Ansicht, daß der besiegte Kaiser der Franzosen von den Engländern schlecht behandelt wird?«

»Das ist allerdings richtig«, antwortete der Politiker. »Es ist entwürdigend, daß wir als Sieger nicht großzügiger sein konnten.«

Am anderen Ende des Tisches unterbrach ihn einer der Herren, der ebenfalls einer der Direktoren der Ostindischen Handelsgesellschaft war. »Wir waren früher großzügig. Wir gaben Bonaparte sein privates Königreich auf Elba, mit einer kleinen Armee, um es zu verteidigen, und was war der Dank dafür? Die hundert Tage, weiter nichts! Und fünfzigtausend junge Männer verloren ihr Leben. Ich sage, der Mann ist dort, wo er hingehört, wo jeder machtgierige Diktator hingehört, so weit entfernt vom Rest der Menschheit wie möglich. Er sollte sich glücklich schätzen, daß er noch seinen Kopf auf den Schultern hat!«

»Ihr sagt das so, als ob er ein Verbrecher wäre«, sagte Lady Holland. »Als Napoleon abdankte und freiwillig das Schiff nach Elba bestieg, entsprach das der Vereinbarung, daß das Land, das er so groß gemacht hatte, bleiben sollte, wie es war, unbeeinträchtigt. Und doch saßen schon wenige Monate später England, Österreich, Preußen und Rußland, alle seine alten Feinde, zusammen am Verhandlungstisch und teilten es auf, als wären sie Geier. Konnte man erwarten, daß er den Untergang all dessen, was er geschaffen hatte, mit ansehen würde, ohne auch nur eine Hand zu heben?«

»Nun ja«, räumte der Gentleman ein, »da Ihr eine Frau seid, kann man von Euch nicht erwarten, daß Ihr diese Dinge versteht. Ich sage ja nur, daß dieser Mann meiner Meinung nach genau so sicher untergebracht ist, wie er es verdient. Er residiert in vollem Staat, legt untätig die Füße hoch und lebt auf Kosten des englischen Volkes, wobei er die köstlichsten Speisen der Welt bekommt, die ein Edler des Königreiches für ihn beschaffen kann.«

Jetzt kam Lord Holland seiner Frau zu Hilfe. »Wenn Ihr damit auf die Nahrungsmittel anspielt, die gelegentlich in meinem und meiner Gattin Namen zu Napoleon geschickt werden, kann ich dazu nur sagen, daß ich bisher auf seiten der Ostindischen Handelsgesellschaft noch nicht den geringsten Widerstand dagegen erlebt hätte, die Ladung zu transportieren, auch nicht gegen den Gewinn, den es einbringt, sie nach St. Helena zu bringen. Genaugenommen nehme ich sogar an, daß die Gesellschaft einen recht guten Profit daraus schlägt, die Garnison und die staatlichen Beauftragten, die zur Bewachung des Kaisers bestimmt sind, mit Lebensmitteln zu versorgen!«

»Aber, aber. Ich bitte Euch, Gentlemen, wir wollen uns doch nicht auf derart persönliche Weise streiten«, mahnte Thaddeus Baxter, und diesmal gelang es ihm mit mehr Entschlossenheit als Taktgefühl tatsächlich, das Thema zu wechseln.

Trotz des kontroversen Tons hatte das Gespräch ein warmes Gefühl in Julia hinterlassen. Es war gut zu wissen, daß es Engländer in hoher Position gab, die in bezug auf Napoleons Einkerkerung dasselbe empfanden wie sie. In ihrem Hinterkopf nagte die Sorge, was wohl die britische Regierung mit jenen machen würde, die auf St. Helena zurückblieben, wenn Napoleon entkam. Natürlich, wenn man genügend Menschen die Ungerechtigkeit seiner Gefangenschaft zu Bewußtsein bringen könnte, gäbe es auch keine Repressalien gegen diejenigen, die dazu beigetragen hatten, daß er entkam.

Später, als sich die Damen in den Salon zurückzogen und die Männer ihrem Portwein und Bordeaux überließen, gesellte sich Julia zu Lady Holland. Sie saßen zusammen und unterhielten sich äußerst interessiert, bis Julia an Tante Lucindas Seite gerufen wurde.

Die ältere Frau zog sie neben sich auf den Sitz. »Da ist eine Sache, die wir mit Rud besprechen müssen«, begann sie leise. »Ich wollte ihn vorher schon warnen, aber ihr beide seid ein wenig zu spät zum Abendessen heruntergekommen. Hat er mit dir über seine Mutter gesprochen? Du mußt wissen, daß sie seit dem Tod seines Vaters wieder geheiratet hat und jetzt Lady Cathcart ist. Ich habe heute nachmittag eine Nachricht von ihr bekommen. Sie ist in der Stadt und möchte mich besuchen. Ich weiß nicht, ob ihr bekannt ist, daß sich Rud im Augenblick hier aufhält, und ich kann mir nicht vorstellen, daß er ihr ausweichen kann, wenn sie entschlossen ist, ihm zu begegnen.«

»Vielleicht hat sie die Heiratsanzeige gelesen«, mutmaßte Julia.

»Das ist zweifellos der Grund«, stimmte ihr Tante Lucinda zu.

»Also wird sie kommen und mich inspizieren wollen. Das würde ja wohl jede Mutter tun.«

»Jede Mutter außer Georgina. Ich bezweifle sehr, daß ihre Neugierde mütterlichen Gefühlen entspringt.« Tante Lucinda lächelte grimmig. »Ich könnte mir drei andere Gründe vorstellen, aber keiner davon spricht sehr zu ihren Gunsten.«

»Ich fürchte, ich kann dir nicht ganz folgen.«

»In erster Linie folgt sie vielleicht einer Laune, zweitens will sie möglicherweise etwas von ihm und drittens will sie ihm eventuell entweder Schwierigkeiten machen oder ihn beschämen.«

Julia starrte sie an und war schockiert von dem giftigen Ton in der

Stimme dieser sonst so milden Frau. Schließlich sagte sie: »Rud hat mir nie etwas von seiner Mutter erzählt. Das wenige, das ich von ihr weiß, erfuhr ich von dem ersten Offizier der *Najade,* und ich war nicht sicher, wieviel Glauben ich seiner Version von der Geschichte schenken sollte.«

»Ich habe Mr. Free kennengelernt, und in meinen Augen ist er niemand, der gern übertreibt.«

»Nein«, sagte Julia. »Und da das so ist, möchte ich dich fragen, ob es wahr ist, daß Ruds Mutter den Tod von seinem Vater herbeigeführt hat.«

»Ich wünschte, ich könnte dir diese Frage beantworten, meine Liebe, aber in Wahrheit weiß es eben niemand. Wir können Vermutungen anstellen, aber sonst nichts. Wichtiger ist jedoch das, was Rud denkt, und das kann ich dir sagen: Er glaubt es von ganzem Herzen.«

Einige Zeit später gesellten sich die Herren wieder zu ihnen. Als Dank für den herzlichen Empfang, mit dem Tante Lucinda sie aufgenommen hatte, ließ Julia sich überreden, der ganzen Gesellschaft ihr Geschick am Klavier zu demonstrieren. Rud bot sich sofort an, für sie die Seiten der Noten umzublättern.

Das Instrument stand in einer Nische am Ende des Salons, ein ganzes Stück abseits von der Gesellschaft. Im Schutz der Klänge von Mozart sagte Julia über ihre Schulter: »Du hättest dich nicht zu opfern brauchen. Ich hätte selbst umblättern können.«

»Das bezweifle ich nicht«, erwiderte Rud und streckte die Hand aus, um die Kerze neben den Noten zurechtzurücken als Entschuldigung dafür, daß er sich über sie beugte. »Aber wie hätte ich der günstigen Gelegenheit widerstehen können, noch einmal den liebenden Gatten zu spielen?«

»Ohne weiteres, denke ich, wenn wir nicht so viel Publikum hätten.«

»Ich dachte, gerade auf das Publikum käme es dir an. Wenn du allerdings gern hättest, daß ich es auch fortsetze, wenn wir allein sind, bin ich sicher, daß sich das machen läßt.«

»Ich habe nicht gesagt –« Das Leuchten in seinen Augen war genug, um ihr die Worte in der Kehle steckenbleiben zu lassen. Sie holte tief Luft und sagte: »Ich weiß dieses Angebot durchaus zu schätzen, aber ich fürchte, ich muß ablehnen.«

»Warum mußt du das? Der klassische Grund dafür trifft auf dich nicht zu. Wir haben die Erlaubnis sowohl von Staats wegen als auch von seiten der Kirche.«

Sie traf eine falsche Taste und spielte weiter, obwohl die interessierten Blicke, die in ihre Richtung geworfen wurden, nicht gerade angetan waren, ihre Selbstsicherheit zu stärken. Mit einer intensiven Röte auf den Wangen warf sie ihm einen wütenden Blick zu. »Wie kannst du solche Witze machen? Du weißt genau, daß eine wirkliche Ehe zwischen uns unmöglich ist.«

»Vorsichtig«, warnte er sie. »Sonst denken sie, wir hätten unseren ersten Streit.«

»Gut möglich, daß sie recht haben!«

»Das glaube ich nicht«, sagte er und streckte die Hand aus, um auf ihr Zeichen hin die Seite umzublättern. »Ein Meinungsaustausch ist ja kein Streit.«

»Wie kann das ein Meinungsaustausch sein, wenn du mich gar nicht nach meiner Meinung gefragt hast?«

»Ich bitte um Vergebung, Madame Thorpe! Ich bin so daran gewöhnt, deine Ansichten zu hören, daß ich gar nicht daran gedacht habe, zu fragen.« Als sie nicht sofort antwortete, sagte er: »Nun?«

Julia runzelte die Stirn und suchte nach Worten. »Eine Ehe sollte als Grundlage Liebe, Vertrauen und Respekt haben«, erklärte sie. »Drei Dinge, von denen ich glaube, daß sie keiner von uns beiden für den anderen empfindet.«

»So viele Komplikationen«, murmelte er. »Ich dachte, du wolltest nur einen Mann, ohne den du nicht leben könntest.«

Seine letzten Worte kamen ihr bekannt vor. Sie hatte sie zu ihm gesagt an dem Morgen, an dem sie New Orleans verlassen hatten. Vor langer Zeit. Wie seltsam, daß er sich daran noch erinnerte.

»Das auch«, erwiderte sie mit einer Stimme hart wie Stein.

»Dann ist es wirklich ein Jammer, daß du je an Bord meines Schiffes gekommen bist«, sagte er plötzlich und schwieg dann, bis das Stück zu Ende war und er seine Frau zu den anderen begleiten konnte.

Rud war immer noch in finsterer Stimmung, als die letzten Gäste in ihren Kutschen verschwunden waren und er und Julia sich zurückziehen konnten. Er hielt ihr die Tür zum Schlafzimmer auf, und als sie hindurchgegangen war, schlug er sie hinter ihnen zu. Ohne ein Wort zog er seinen Rock aus und begann, sich die Krawatte aufzubinden.

Julia sah ihn nervös an, bevor sie zum Schrank ging. Sie öffnete die Tür, nahm ihr schwarzes Nachthemd vom Brett, schüttelte es aus und legte es aufs Bett.

Rud warf einen schnellen Blick auf das voluminöse Kleidungsstück. Julia bemerkte, daß sich seine Augenbrauen zusammenzogen, aber er sagte nichts.

Verwirrter, als sie zugegeben hätte, löste Julia ihre goldene Biene und legte sie weg, dann zog sie die Haarnadeln heraus. Sie warf die losen Locken zurück und griff nach hinten zu der Reihe kleiner Knöpfe, die ihr Kleid verschlossen. Rud hatte sie zugemacht, bevor sie hinuntergegangen waren, aber sie war nicht in der Stimmung, ihn jetzt um Hilfe zu bitten. Bei dem Gedanken daran, daß ihr die Zofe ja hätte helfen können, wenn Rud das Angebot nicht abgelehnt hätte, knirschte sie verärgert mit den Zähnen. Schweigend kämpfte sie mit den Knöpfen, die Arme mühsam hinter den Rücken gebogen.

Plötzlich kam Rud um das Fußende des Bettes herum. Noch bevor sie eine Bewegung machen konnte, hatten seine Hände ihr Haar gefaßt und über ihre Schulter nach vorn gelegt, damit sie ihm nicht im Weg waren. Seine Finger berührten warm und vibrierend ihre bloße Haut. Ohne zu überlegen, zuckte sie zurück und trat schnell einen Schritt zur Seite.

Seine Hände legten sich auf ihre Schultern und zogen sie zurück. »Halt still«, befahl er grimmig und hielt sie fest, bis ihr Widerstand geschwunden war.

Sie stand mit gebeugtem Kopf da, während seine Hände langsam an der glatten Länge ihres Rückens abwärts wanderten bis zu dem tiefsitzenden oberen Rand ihres Unterkleids. Sie trug nach der französischen Mode nichts mehr unter dem Unterkleid. Sie war dankbar, daß das Unterkleid vorn in der Taille mit Bändern zusammengehalten wurde.

»Danke«, sagte sie mit gepreßter Stimme, als er schließlich fertig war. Sie wandte sich ab und wich ein Stück zur Seite, bevor sie die Ärmel des Kleides herunterzog. Der massige Schrank stand neben ihr. Sie hielt sich an seiner Seite fest, während sie das Kleid noch weiter herunterzog und herausstieg. Ihre Beine zitterten so, daß sie einen Augenblick schwankte und beinahe gefallen wäre. Ihr Haar, das nach vorn rutschte, schützte ihr Gesicht vor seinem Blick, und sie hatte keine Lust, in Ruds Richtung zu schauen.

Das schwarze Nachthemd war wirklich ein häßliches Ding. Es bestand aus mehreren Metern Stoff, hatte enorm weite, gebauschte Ärmel, die um das Handgelenk von einem Band zusammengehalten wurden, und einen breiten weißen Kragen, der über der Schulterpasse lag wie eine schlaffe, mittelalterliche Halskrause.

Im Geschäft von Tante Lucindas Modistin war es Julia erschienen wie eine Art schützende Bedeckung; jetzt kam es ihr nur noch lächerlich vor. Sie zog es über den Kopf und hatte Mühe, die Halsöffnung zu finden. Ihr Kopf ragte schließlich daraus hervor wie der einer Schildkröte, und sie zog unter seinem Schutz das Unterkleid aus und legte es zur Seite. Mit hoch erhobenem Kopf ging sie in Richtung Ankleidezimmer, und die schwarzen Falten bauschten sich um sie her.

Als sie am Ankleidetisch angekommen war, starrte sie sich im Spiegel an und bewegte unbehaglich die Schultern, weil der im Nacken geraffte Stoff sie kratzte. Eine ganze Weile überlegte sie, ob sie es nicht ausziehen, zusammenlegen und der Schneiderin zurückschicken sollte.

Dann sagte Rud von der Tür her: »Was, in Gottes Namen, ist das denn für ein Ding?«

»Das ist die neueste Mode in Nachtkleidung«, behauptete sie, nahm auf beiden Seiten den Stoff zwischen zwei Finger und drehte sich vor ihm einmal um ihre Achse. »Wie gefällt es dir?«

»Gar nicht.«

»Warum denn? Ich glaube, für eine Frau in Trauer ist es hervorragend geeignet.«

»Vielleicht für die fette Witwe eines Bürgers. In ein Brautbett paßt es wohl kaum.«

»Ich kann mir nicht vorstellen, wieso das von Bedeutung sein sollte oder was es dich angehen könnte, was ich trage.«

»Ach ja?« fragte er, und in seiner Stimme lag ein ausdrücklicher Ton von Unbehagen.

Sie hob den Kopf. »So ist es. Auf jeden Fall habe ich es mir gekauft, um darin zu schlafen, und ich werde es zu diesem Zweck tragen!«

»Muß ich dich daran erinnern, daß man von mir verlangen wird, dieses monströse Ding zu bezahlen? Ich warne dich, Julia, ich habe nicht die Absicht, mein Geld auf diese Art zu verschwenden.«

»Ich verstehe dich nicht«, rief sie. »Wenn du entscheiden willst, was ich anziehen kann und was nicht, dann hättest du mit zum Einkaufen kommen sollen.«

»Vielleicht hätte ich das tun sollen«, gab er zurück, und seine Stimme hob sich. »Meine Wahl für dich wäre auf das reinste Nichts gefallen, absolut gar nichts. Und aus diesem Grund wirst du dieses Nachthemd auch ausziehen.«

»Das werde ich nicht tun!« sagte sie, drehte sich um und kreuzte die Arme vor der Brust. Sie warf mit vor Zorn blitzenden Augen ihr Haar nach hinten.

»Ach ja, wirklich?« fragte er leise und kam mit langsamen, beherrschten Schritten näher. »Würdest du es vorziehen, daß ich es für dich ausziehe?«

»Das wirst du nicht wagen!«

»Glaubst du?« sagte Rud gedehnt.

Seine Stimme klang so bedrohlich, daß sie hastig ihre widerspenstige Haltung aufgab. Besorgnis trat in ihre goldgefleckten Augen. »Das – das kannst du nicht machen!« protestierte sie wild. »Außerdem ist es eigentlich sowieso egal.«

»Doch, das kann ich«, widersprach er. »Und es ist deswegen nicht egal, weil ich mich weigere, mein Bett mit einer Frau zu teilen, die aussieht wie eine schwangere Nonne.«

Diese sorgfältig gewählte Beleidigung brachte sie in Bewegung. Mit plötzlicher Geschwindigkeit schoß sie zur Seite und duckte sich unter seinem Arm hindurch, den er ausstreckte, um sie aufzuhalten. Ihre nackten Füße waren schnell. Sie schlug einen Haken, als er sie mit einem Satz zu erwischen versuchte, und verschwand durch die Tür ins Schlafzimmer.

Mitten im Zimmer blieb sie stehen. Sie konnte nicht im Nachthemd auf den Flur laufen. Was war, wenn sie jemand sah? Es war egal. Sie konnte nicht stehenbleiben, wenn Rud sie verfolgte.

Einen Augenblick später war sie schon an der Tür und riß sie auf. Sie hastete durch den Flur in Richtung Marmortreppe, die in den zweiten Stock führte. Dort oben lagen weitere Schlafzimmer, die nicht in Gebrauch waren und in denen sie vielleicht über Nacht bleiben konnte. Als sie sich den breiten Stufen näherte, hob sie die weiten Falten ihres Nachthemds mit der linken Hand und streckte die rechte zum Geländer aus, um sich daran festzuhalten. Ihre Füße klatschten auf die kalten, harten Stufen. Ihr Atem ging rauh, und sie strengte im Dunkeln ihre Augen an, um zu sehen, wo sie hintrat.

Trotz des gehobenen Saums schlug und wickelte sich die Weite des Nachthemds um ihre Füße. Einmal, ein zweites Mal trat sie darauf und fing sich wieder. Und dann stolperte sie, ihre Füße verfingen sich. Man hörte ein Ratschen, als ihr Knie den dünnen Stoff zerriß. Sie zerrte an dem Hemd und versuchte, sich wieder aufzurichten.

Rud war hinter ihr auf der Treppe, nahm drei Stufen auf einmal. Julias Herz machte einen Satz. Ohne sich um weitere Zerstörung zu kümmern, richtete sie sich hastig auf und schaffte noch ein paar Stufen, bevor der weite Stoff sie wieder zu Fall brachte. Sie fiel der Länge nach hin, und ein kleiner Schrei der Verzweiflung und des Schmerzes entrang sich ihren Lippen, als ihre Rippen auf die scharfe Marmorkante trafen.

Rud hatte sie erreicht. Er ergriff ihr Handgelenk, riß sie hoch, legte ihren Arm um seinen Nacken. Wie Stahlbänder schlossen sich seine Arme um ihre Taille und ihre Knie. Sie wurde hochgehoben, als ob sie kein Gewicht hätte.

Sobald ihre Füße vom Stoff frei waren, trat sie nach ihm und stieß sich mit solcher Kraft von seiner Brust ab, daß er einen Schritt zur Seite machen mußte, um das Gleichgewicht nicht zu verlieren. Sein Griff festigte sich mit einem Ruck, preßte sie gegen ihn, begrub ihr Gesicht an seinem Hals.

Die Sinnlosigkeit ihrer Flucht, die Leichtigkeit, mit der er sie eingefangen hatte, verstärkten ihren Zorn. »Laß mich los«, zischte sie und kratzte mit den Fingernägeln über seine Brust und versuchte seine Augen zu erreichen.

Plötzlich lockerte er seinen Griff und ließ sie ein Stück sinken, so daß sich ihre Hand in sein Hemd krallte. Mit hartem Ton in der Stimme sagte er: »Wenn du das noch einmal versuchst, lasse ich dich wirklich fallen, und zwar über das Geländer.«

»Setz mich sofort ab, oder ich –«

»Was wirst du dann tun?« fragte er mit leiser Stimme. »Schreien?«

Wie konnte sie das tun? Das letzte, was sie wollte, war, irgend jemandes Aufmerksamkeit auf ihre Demütigung zu lenken. Und selbst wenn sie es tat, was würde das bringen? Die Bediensteten würden es nicht wagen, dem Vergnügen des Neffen der Hausherren Einhalt zu gebieten. Es gab ohnehin wenige Leute, die Lust hatten, sich in einen Streit zwischen Eheleuten einzumischen. So nett Tante Lucinda auch sein mochte – Julia konnte nicht von ihr erwarten, daß sie Partei gegen Rud ergriff. Zweifellos würde Thaddeus Baxter die ganze Sache sehr komisch finden. »Nein«, antwortete sie schließlich. »Aber ich werde dafür sorgen, daß es dir leid tut, und wenn es für den Rest meines Leben ist.«

Er lachte fast fröhlich. Ohne zu antworten, ging er die Treppe hinunter und in ihr Zimmer. Die Schlafzimmertür stand noch offen. Er ging seitwärts hindurch und stieß die Tür mit einem Fuß zu. Dann ging er zum Bett und ließ Julia auf die weiche Matratze fallen.

Die Bettfedern ächzten, und Julia schnappte nach Luft. Noch bevor sie sich ausreichend erholt hatte, um sich bewegen zu können, stützte er ein Knie auf das Bett und beugte sich über sie. Er schob seine Finger am Hals unter den Rand des Nachthemds und riß es mit einem kräftigem Zug bis zum Rand der Schulterpasse auf. Julia hob die Hände und klammerte sie um seine Handgelenke, aber es war zu spät. Noch ein Ruck, und der Stoff war bis zum Saum zerrissen.

Er schob seine Hand unter ihren Rücken und hob sie hoch, um die Ärmel über ihre Arme zu ziehen. Dann befreite er sie von dem schwarzen Stoff und ließ sie wieder fallen, knüllte das Kleidungsstück zusammen und warf es in eine Ecke.

Zorn pulsierte in einer roten Wolke hinter Julias Augen. Sie stieß sich mit aller Kraft von ihm weg. »Also gut!« rief sie. »Hoffentlich bist du jetzt endlich zufrieden!«

Seine Hand legte sich mit einer schnellen Bewegung um ihre Schulter. »Nein«, knurrte er, und seine Augen wirkten plötzlich dunkel, während er auf sie herabsah. Er erlaubte seinem Blick, über ihre leicht rosig getönte, elfenbeinfarbene Haut zu wandern, auf den rosenfarbenen Spitzen ihrer Brüste zu ruhen, hinabzustreifen über ihre schmale Taille und ihre gerundeten Hüften.

Sie stieß mit einer Hand nach ihm, um ihn abzuwehren, und der Schlag traf ihn am Kinn. Sofort hatte er ihr Handgelenk gepackt und über ihren Kopf nach oben gezogen. Sein Gewicht legte sich über sie, und sie wurde in die Kissen gedrückt.

Julia bäumte sich auf, um sich zu wehren, drehte und wand sich und stieß ihre Fersen in die Matratze. Er schob sich etwas zur Seite, so daß er in ganzer Länge über ihr lag und jede Bewegung unmöglich machte. Die Knöpfe in seinem Hemd bohrten sich in ihre Haut, und einer ihrer Arme war zwischen ihnen eingeklemmt. Dennoch gab sie nicht auf. Mit funkelnden Augen riß und zerrte sie an ihrem Handgelenk, bis es höllisch weh tat; bog den Rücken und den Hals durch, so weit sie konnte, wand sich, versuchte mit jedem bißchen ihrer Kraft, ihn irgendwie von der Stelle zu bewegen.

Die Sinnlosigkeit ihrer Bemühungen ließ sie schließlich fast erschöpft aufgeben. In diesem Augenblick der Schwäche nahm sein Mund den ihren in Besitz. Verwirrt von der großen Anstrengung, begannen ihre Sinne zu wirbeln und rissen sie in einen Strudel der Gefühle. Sein Mund bewegte sich auf dem ihren, fest, fordernd, rücksichtslos ihr Sein erobernd. Ihre Lider schlossen sich langsam, und ihre kribbelnden Lippen öffneten sich so natürlich, daß sie erschauderte vor Überraschung und Ärger.

Es war zu spät, um sich noch in Sicherheit zu bringen. Er kostete ihre Süße und drang tief vor. Der Druck seiner Lippen wurde sanfter, als ihr Widerstand nachließ. Sein Daumen strich zärtlich über die Innenseite ihres Handgelenks. Ihre Finger ballten sich zur Faust und entspannten sich langsam wieder. Sie spürte, daß ein seltsames Gefühl über sie kam und ihren Willen lähmte. Ein ferner Winkel ihres Gehirns erkannte das Aroma von Wein auf seinen Lippen, das stetige Schlagen seines Herzens gegen ihre Brust und die muskulöse Härte seiner Schenkel, die sich gegen sie drückten.

Unendlich langsam bewegte sich seine Hand von ihrem Handgelenk abwärts, erforschte die zarte Rundung ihres Arms, die Mulde an ihrer Schulter und verweilte bei der Spitze ihrer Brust. Sie schauderte, als er mit der offenen Handfläche darüberstrich und zart ihre Fülle umfaßte. Und als dann sein Streicheln abwärts wanderte über die Fläche ihres Bauches, spannten sich ihre Muskeln in einer Mischung aus Furcht und Erwartung an, und ein kleines Ächzen der Verwirrung drang aus ihrer Kehle.

Rud hob plötzlich den Kopf. Er holte tief Luft, und seine Blicke ruhten im von Kerzenlicht erhellten Zimmer auf ihrem Gesicht. Sie öffnete die Augen und starrte ihn verwirrt an, die zarten Linien ihres Mundes feucht und bebend.

In wilder Entschlossenheit rollte er sich von ihr herunter und landete mit den Füßen auf dem Boden. Er sah sie noch einen Augenblick an, und die Erwartung auf seinem Gesicht verblaßte zu einem Ausdruck des Zweifels. Mit einer plötzlichen Geste drehte er sich um und ging zum Fenster, wo er eine Hand an den Rahmen stützte. Er legte seinen Kopf auf den Unterarm, ballte die andere Hand, die er auf die Hüfte gestützt hatte, zur Faust. Das Geräusch seines Atems klang rauh durch die Stille, während er um Beherrschung rang.

Rud, dachte Julia, war von ihrer Begegnung nicht unbetroffen geblieben. Das war ein gewisser Trost. Und den brauchte sie, denn sie mußte sich dem Verrat ihres eigenen Körpers stellen. Sie starrte seine Silhouette vor dem Fenster in entsetzter Faszination an und ließ es zu, daß die Wahrheit ihr Bewußtsein erreichte. Noch bevor er sie verlassen hatte, hatte sie den Willen und sogar den Wunsch verloren, sich ihm zu widersetzen. Irgendwann, nicht heute oder morgen, aber eines Tages, würde vielleicht eine Zeit kommen, in der sie nicht mehr wollen würde, daß er von ihr fortging.

Ihre Bewegungen waren ungeschickt, ihre Beine schwer, als sie vom Bett rutschte und es aufdeckte. Sie legte sich zurück auf die Matratze und rollte sich zu einer Kugel zusammen, wobei sie sich das Leintuch und das dicke Federbett über den Kopf zog. Aber sie konnte sich nicht vor sich selbst verstecken. Es dauerte lange, bis sie einschlief.

Sie erwachte in finsterer Nacht. Die Matratze bewegte sich unter ihr, und als sie still lag, hörte sie das gedämpfte Stapfen von Ruds Stiefeln auf dem Boden und das Rascheln seiner Kleidung, als er sich auszog. Die Decken bewegten sich kaum, als er neben ihr ins Bett glitt. Sie spürte ein Kribbeln, als seine bloße Haut die ihre berührte. Sie drehte den Kopf auf dem Kissen und starrte in seine Richtung, ohne etwas erkennen zu können.

Er legte sich auf die Seite und griff nach ihr. Er kümmerte sich nicht um ihren gemurmelten Protest und drückte ihren Rücken an seine Brust. Julia lag noch lange starr und unnachgiebig da, nachdem seine Brust das stetige Heben und Senken des Schlafs begonnen hatte.

Seine Haut war zwar schnell warm geworden, hatte sich aber kühl angefühlt, als er ins Bett gekommen war. Ob er wohl die ganze Zeit in die Nacht gestarrt hatte in dem Versuch, sein Verlangen zu beherrschen? Er schien es geschafft zu haben, aber sie wagte nicht so recht, daran zu glauben. Sie fühlte sich sehr unbehaglich, und ihre Schulter war steif, weil sie so lange darauf gelegen hatte. Das Gewicht seines Arms behinderte ihre Atmung, und die Haare, die seinen Körper bedeckten, fühlten sich rauh an an ihrer Haut. Und doch wagte sie nicht, ihn zu wecken, indem sie sich bewegte.

Sie fühlte sich ausgenutzt. Sie war nicht Rudyard Thorpes Spielzeug oder sein Bettwärmer. Warum sollte sie liegen, wohin er sie gelegt hatte? Langsam und vorsichtig rückte sie von ihm ab, bis sie sich flach auf den Rücken legen konnte. Doch trotz all ihrer Mühen lag sie wieder in seinem Arm, als sie bei Tageslicht erwachte.

Ihre Augen flogen auf, und sie wandte den Kopf um. Rud sah auf sie herab, den Kopf auf eine Hand gestützt, während er die andere um ihre Brust gelegt hatte.

»Vollendet«, sagte er leise und fast, als spräche er mit sich selbst.

Julia verhedderte sich fast im Bettzeug, als sie seine Hand wegstieß und zur Seite rollte, um aus seiner Reichweite zu gelangen. Er machte eine schnelle Bewegung und hielt dann inne, als sie direkt an der Bettkante liegenblieb.

»Vorsichtig«, sagte er und ließ seine Hand sinken. »Sonst landest du auf dem Boden.«

»Das wäre immer noch besser als manche andere Stellen, die ich mir vorstellen könnte«, erwiderte sie giftig.

Seine Augen verengten sich kurz, und dann legte sich ein schräges Lächeln auf seine Lippe, das deutlich zeigte, wie er sich über sich selbst lustig machte. »Das stimmt, Mrs. Thorpe«, sagte er. »Zeig mir ruhig, wo ich hingehöre. Biete mir nicht das kleinste Stück Ermutigung. Ich begehre dich, wie ich nur wenige Dinge in meinem Leben je begehrt habe. Du bist all das Warme und Schöne, das mir immer gefehlt hat. Dich zu lieben würde sich anfühlen wie am Steuerrad meines Schiffes zu stehen, das an einem herrlichen, klaren Tag vor einem kräftigen Wind dahingleitet; eine wunderbare Erregung, ein endloser Genuß. Ich sehne mich danach, wie ich mich sehne, das Steuer meines Schiffes in den Händen zu spüren, wenn ich nicht bei ihm bin. Dennoch habe ich dir mein Versprechen gegeben. Ich werde dich nicht gegen deinen Willen nehmen. Aber ich warne dich! Ich werde es ausnutzen, sofort und vollständig ausnutzen, wenn du auch nur das kleinste Zeichen von Schwäche erkennen läßt. Also, süße Julia, entschließe dich, mir mit aller Kraft zu widerstehen – oder gibt auf, jetzt.«

Seine Worte hallten bebend in ihr nach und ließen sie seltsam erschüttert zurück. Sie erkannte die schmerzliche Ehrlichkeit in seiner Warnung, war aber nicht in der Lage, sie zu schätzen.

»Laß mich in Ruhe«, versetzte sie, und ihre goldenen Augen wirkten flehend, ohne daß sie es bemerkte. »Laß mich einfach allein.«

Sein Blick hielt den ihren fest. »Niemals«, antwortete er. »Nie im Leben.«

Die Tage vergingen. Der englische Frühling schritt voran und verwandelte die Landschaft in einen Garten voller wilder Blumen. Obwohl die Tage weiterhin kühl und regnerisch blieben und nur manchmal die Sonne herauskam, schien niemand unzufrieden, daß die Zeit bis zum Beginn des Sommers nur langsam verstrich.

Julia mußte immer wieder daran denken, daß es jetzt zu Hause in Louisiana schon heiß sein würde, während der Tage und auch nachts warm genug, daß man die Fenster und Türen öffnen konnte für die schweren Düfte der Rosen und Magnolien, des Geißblatts und des üppigen Grüns der subtropischen Vegetation. Es war die Jahreszeit, in der alle von New Orleans in die gesunde Landluft nach Beau Bocage zogen. Wie ihr Vater es geliebt hatte, durch die Felder zu reiten und die Pflanzungen für die neue Ernte zu überwachen, die schon etwas größeren Kälber, Fohlen und Lämmer zu zählen, auch die neuen Küken, die überall piepsend herumliefen, und sogar die Neugeborenen in den Sklavenquartieren! Welche Freude ihm die Fruchtbarkeit seines Landes und der Jahreszeit gemacht hatte! Abends hatte er immer am Kopfende des Tisches gesessen, der schwer beladen war mit den Erzeugnissen der Plantage. Freunde, Nachbarn, sogar fremde Reisende waren ihm stets willkommen gewesen. Niemand war abgewiesen worden – nicht einmal die methodistischen Missionsreiter, die es wagten, den strengen Katholiken bekehren zu wollen, und Beschränkung predigten, während sie die Fülle seiner Tafel genossen.

Was hatte London schon zu bieten im Vergleich mit dem reichen Boden, den freundlich lächelnden Gesichtern und dem herrlichen Gefühl von Freiheit in Beau Bocage? Julia sehnte sich nach ihrer Heimat, und doch gab ihr der Gedanke daran, ihre Mission fortzusetzen, Mut. Denn wenn sie jetzt aufgab, würde sie höchstwahrscheinlich Beau Bocage nie wiedersehen.

Rud gab sich die größte Mühe, sie zu unterhalten, wenn er nicht geschäftlich mit seinem Onkel unterwegs war. Sie ritten durch den Park und trabten friedlich die Rotten Row entlang. Sie besuchten die verfallenden Wunder der Vauxhall Gardens und mieteten sich eine diskrete Loge im Covent Garden, um sich *The Duchess of Malfi* anzusehen. Wenn Rud nicht verfügbar war, diente ihr Tante Lucinda als Führerin zu einigen historischen Gebäuden in der Stadt, auch wenn sie die Tendenz hatte, sich schnell außer Sicht zu begeben, wenn sie fürchtete, einer ihrer Freunde konnte sie dort sehen. Die ältere Frau fühlte sich so unwohl dabei, etwas so Normales zu tun wie Sehenswürdigkeiten Londons zu betrachten, daß Julia sich gewöhnlich nicht darauf einließ und statt dessen das Angebot annahm, sich die neuesten Ausgaben der *Journales des Modes* anzusehen oder eine kleine Einladung zum Tee zu veranstalten. Insgesamt stellte sie fest, daß sie Ruds Gesellschaft vorzog. Trotz all ihrer kleinen Scharmützel, oder vielleicht auch gerade deshalb, war er ein anregender Gesellschafter, dem es völlig egal war, wer sie vielleicht sehen könnte oder was die Leute womöglich über ihn dachten.

Langsam und im Laufe der Zeit gewöhnte sich Julia auch an seine ständige Anwesenheit in ihrem Schlafzimmer. Es war erstaunlich, wie schnell diese Art zu leben, die sie noch vor so kurzer Zeit für völlig undenkbar gehalten hätte, ihr ganz geläufig geworden war. Die Intimitäten des täglichen Lebens, das gemeinsame An- und Ausziehen, Baden und Schlafen waren ihr nicht mehr peinlich. Gelegentlich ertappte sich

Julia dabei, wie sie Rud beobachtete, wenn er sich rasierte oder seine Kniehosen anzog. Und manchmal drehte sie sich auch plötzlich um, wenn sie ihr langes blondes Haar bürstete, so daß sie entdeckte, wie er ihr zusah. Nachts bestand er darauf, sie zum Schlafen eng an sich zu ziehen, und manchmal erwachte sie zwischen Mitternacht und Morgenröte und spürte, wie seine Hände die Rundungen und Mulden ihres Körpers erforschten. Doch in dem Augenblick, in dem sie beide ganz wach waren, hörte er sofort auf damit. Manchmal drehte sie sich auch auf die Seite und lag den Rest der Nacht unbeweglich da, in anderen Nächten stand er auf, nahm sich eine Decke mit und schlief im Wohnzimmer auf dem harten, seidenbezogenen Sofa. In diesen besonderen Nächten war Julia, die sich eigentlich gern entspannt hätte, um die außergewöhnliche Freude des Alleinseins zu genießen, immer voller Unruhe wegen der ungewohnten Leere neben sich und einem Gefühl des Schuldbewußtseins wegen der Unbequemlichkeit, die Rud erdulden mußte.

Lady Cathcart, Ruds Mutter, kam nicht zu Besuch. Aber dagegen hatte niemand etwas einzuwenden. Als Julia Rud, etwas verspätet, am Morgen nach dem Abendessen mit den Gästen davon erzählt hatte, starrte er sie an. »Wozu?« fragte er. »Was will sie?«

»Ich weiß es nicht und Tante Lucinda ebensowenig.«

»Sie weiß, was ich von ihr denke. Wenn sie hierherkommt, in Tränen aufgelöst, und ihre Unschuld beteuert, bin ich nicht für die Konsequenzen verantwortlich.«

»Aber sie ist deine Mutter«, protestierte Julia.

»Sie ist eine treulose Hexe, die sich um niemandes Freude oder Annehmlichkeiten kümmert außer um ihre eigenen. Sie hat meinen Vater an der Nase herumgeführt, aber ich habe zu viele Jahre lang mit angesehen, wie sie Menschen hereingelegt hat, um mich noch einmal davon täuschen zu lassen. Ich bin erstaunt, daß sie auch nur daran denkt, mich zu treffen.«

Sehr wagemutig fragte Julia: »Bist du sicher, daß du gerecht mit ihr bist? Hast du dir je angehört, was sie zu sagen hatte?«

»Ich vermute, Tante Lucinda konnte nicht widerstehen, dir die traurige Geschichte zu erzählen, obwohl ich mir nicht vorstellen kann, was sie damit beabsichtigt haben könnte. Ich wäre sehr dankbar, wenn sowohl du als auch meine Tante mir erlauben würdet, die Sache mit meiner Mutter auf meine Art zu regeln. Ich versichere dir, daß ich dabei keine Hilfe brauche, wie gut eure Absicht auch sein mag.«

Julia konnte nichts weiter dazu sagen. Ihre Neugierde auf die Frau, die Rud geboren hatte, würde wohl unbefriedigt bleiben. Obwohl es eigentlich nicht ihre Art war, nichts zu unternehmen, wenn sie das Gefühl hatte, daß etwas nicht stimmte, konnte sie Rud doch nicht zwingen, seiner Mutter zu begegnen. Er hatte ihr allerdings nicht verboten, Lady Cathcart zu treffen. Wenn sie die Gelegenheit bekäme, der Dame zu begegnen, würde sie wohl kaum davor zurückschrecken. Aber sie bekam die Gelegenheit nicht, und dann ereignete sich etwas, das alle anderen Gedanken aus ihrem Gehirn verdrängte.

KAPITEL 8

Es war ein grauer Nachmittag. Tante Lucinda war ausgegangen, um Besuche zu machen. Sie hatte Julia eingeladen, sie zu begleiten, aber Julia hatte abgelehnt und Kopfschmerzen vorgetäuscht. Und diese Entschuldigung war nicht aus der Luft gegriffen. Sie hatte in den letzten paar Tagen so viel Zeit mit Lesen und Sticken verbracht, daß sie ihre Augen überanstrengt hatte. Jetzt saß sie mit einer Stickerei auf dem Schoß in dem kleinen Salon, doch ihre Hände lagen untätig darauf. Rud war schon vor dem Mittagessen mit seinem Onkel ausgegangen, und sie war allein. Bald würde es Zeit sein, nach dem Tee zu klingeln. Dann konnte sie in ihr Schlafzimmer gehen und die restliche Zeit bis zum Abendessen mit Anziehen verbringen. Da sie inzwischen jedes der neuen Trauerkleider schon zweimal getragen hatte, versprach diese Beschäftigung allerdings, auch nur wenig unterhaltsam zu werden.

Das Geräusch der sich öffnenden Tür hinter ihr ließ sie den Kopf drehen. »Rud! Ich habe die Kutsche gar nicht vorfahren hören.«

»Du hast wahrscheinlich geträumt«, antwortete er lächelnd, machte die Tür hinter sich zu und ging zu ihr.

Als er sie erreicht hatte, hob Julia so selbstverständlich den Kopf, um sich von ihm zur Begrüßung küssen zu lassen, als hätte sie es schon ihr ganzes Leben lang getan. Es war zum Ritual zwischen ihnen geworden, wenn sie sich trennten und wenn sie sich wieder begegneten, Rud erwartete es einfach so von ihr. Sie hatte die Erfahrung gemacht, daß er sie in aller Öffentlichkeit leidenschaftlich umarmte, wenn sie dem nicht nachkam. Jetzt legte er seinen Finger unter ihr Kinn, und sein warmer Mund lag länger als gewöhnlich auf dem ihren.

»Ich habe gute Neuigkeiten«, sagte er mit belegter Stimme, als er den Kopf wieder hob. »Die *David* läuft gerade in den Hafen ein.«

»O Rud«, sagte sie leise, »endlich!«

»Ja, das Warten ist vorüber. Ein paar Tage im Hafen, noch eine Woche, höchstens zwei, um die Ladung zu löschen und neue Ladung aufzunehmen, und schon werden wir auf dem Weg nach St. Helena sein.« Ein Schatten glitt über sein Gesicht, und er richtete sich auf, ging zum Kamin und stützte seinen Arm auf den Sims aus weißem Marmor.

»Ist – ist vielleicht irgend etwas nicht in Ordnung?«

»Nein«, sagte er. »Was könnte denn nicht in Ordnung sein?«

»Ich weiß es nicht, ich habe es mir wohl nur eingebildet«, entschuldigte sie sich. Aber sie war sicher, daß sie sich nicht getäuscht hatte. Einen Moment lang hatte sie so etwas wie Bedauern auf seinem Gesicht gesehen – und auch ein wenig Besorgnis.

»Wir werden Gourgaud und die anderen informieren müssen. Ich habe schon die Nachricht an alle schicken lassen, daß heute abend eine Versammlung stattfinden soll. Möchtest du mitkommen?«

»Versuche, mich davon abzuhalten!« rief sie energisch. »Aber bist du sicher, daß die *David* die Route London-St. Helena nehmen wird?«

Er nickte. »Nach St. Helena und von da aus weiter nach Rio de Janeiro. Wir haben alles arrangiert, in erster Linie dank der Hilfe von Lord und Lady Holland, die dem Kaiser wieder Nahrungsmittel und Getränke bringen lassen.«

»Gott segne sie! Ich habe Lady Holland wirklich gern, du nicht auch?«

»Und das, obwohl sie eine geschiedene Frau ist?« fragte er.

Natürlich hatte Julia von diesem Skandal auch schon gehört. Lady Holland, die ständig unterwegs war zu Wohltätigkeitsveranstaltungen und anderen edlen Beschäftigungen, hatte die Angewohnheit, Dinge aufzurühren, die die Aristokratie seit Jahren ignorierte. Da der Adel nicht die Absicht hatte, ihren Aufrufen nachzukommen, entschuldigte er sich, und sie natürlich, indem er die Fehler und Schwächen ihrer Vergangenheit betonte. Es interessierte niemanden, daß sie ein warmherziger und liebenswürdiger Mensch war und daß ihr viel Unrecht geschehen war. Also fühlte Julia sich verpflichtet, ihre Verteidigung zu übernehmen. »Einer jungen Frau, die fern von den Einschränkungen der Heimat in der ewigen Stadt Rom lebt, gebunden an einen alten, tatterigen Dummkopf von Ehemann, muß es schwergefallen sein, einem gutaussehenden jungen Mann wie Lord Holland zu widerstehen.«

»Ist das nicht wirklich märchenhaft?« fragte er, und seiner Stimme war das Vergnügen anzuhören.

»Nein, eigentlich nicht«, antwortete sie ernsthaft. »Einfach nur eine menschliche Schwäche.«

»So nennst du das also?« Er hob eine Augenbraue. »In diesem Falle würde ich mir wirklich wünschen, daß du mehr davon besäßest!« Ohne ihr Zeit zum Antworten zu geben, trat er zu der Klingelschnur neben dem Kaminsims. »Ich glaube, diese neueste Nachricht müssen wir feiern. Möchtest du mit mir auf die Ankunft der *David* und den erfolgreichen Abschluß ihrer nächsten Fahrt anstoßen?«

»Sehr gern«, sagte sie und wunderte sich, daß er so finster lächelte.

Es war schon spät, als sie sich auf den Weg zu der Versammlung der Bonapartisten machten. Die Straßen waren ruhig, beinahe verlassen.

Die Londoner Saison war zu Ende gegangen. Die *beau monde* hatte ihre Koffer, Truhen und Schachteln gepackt, hatte die Klopfer von den Türen abmontiert und sich entweder aufs Land, nach Bath oder mit dem Prinzregenten nach Brighton zurückgezogen. Außerdem war der Abend kühl geworden, und Nebel rollte von der Themse herauf. Im Licht der Kutschenlaternen wirbelte er um sie herum wie seidene Geister.

Es war ein Abend, an dem jede Kutsche auffiel – aus dem einfachen Grund, weil nur so wenige unterwegs waren. Als sie um die Kurve in die Straße einbogen, die vom Berkeley Square herunterführte, sah Julia plötzlich den Fahrer einer alten, bedeckten Droschke vor sich. Angesichts des Nebels und der Dunkelheit konnte sie seine Gestalt nur undeutlich erkennen, doch sie hatte das Gefühl, daß er wie gebannt auf ihre Kutsche starrte, als sie an ihm vorüberholperte. Ein paar Minuten später hörte sie das Rasseln einer Kutsche, die ihnen folgte.

Sie wandte den Kopf dem Mann zu, der dicht neben ihr saß. »Rud? Hörst du das –«

Sie kam nicht weiter, denn er riß sie in seine Arme. Seine Lippen trafen auf die ihren in einem innigen Kuß, der sie nach hinten in die bordeauxroten Samtkissen drückte. Er legte durch seine Berührung eine feurige Spur über die Rundung ihrer Wange bis zu ihrem Hals. Er drückte sein Gesicht in die hochaufgetürmten Locken ihres Haars, atmete tief seinen Duft ein und kehrte dann noch einmal zur Honigsüße ihrer Lippen zurück. Seine Finger bewegten sich zu dem Mieder ihres Kleides und lösten die Reihe von grauen Perlmuttknöpfen daran. Ihre Brüste drückten gegen den Stoff, bevor er ihn beiseite zog, um das weiche, tiefe Tal zwischen ihnen freizulegen. Er senkte den Kopf, und als Julia die brennende Hitze seines Mundes spürte, holte sie tief Luft und legte eine Hand vor seinen Kopf. Als er ihr Mieder noch weiter aufzog, um seine Aufmerksamkeit ganz auf eine der beiden warmen Kugeln zu konzentrieren, ließ sie ihre Finger plötzlich in sein Haar greifen und zog kurz daran.

»Was tust du?« fragte sie und atmete schwer.

Er seufzte, und als sie ihn losließ, hob er langsam und widerwillig den Kopf. Er lehnte sich in den Sitz zurück, ließ sie aber nicht los. »Du hast so fern ausgesehen, so jungfräulich und unberührt wie die Novizin im Kloster und schienst dir meiner so wenig bewußt zu sein, daß ich es nicht ertragen konnte.«

»Es gibt doch auch andere Möglichkeiten, meine Aufmerksamkeit zu wecken«, sagte sie leise.

»Kann ich denn etwas anderes tun, wenn ich nun einmal meine Methode vorziehe?«

Sie weigerte sich, auf seinen scherzhaften Ton einzugehen. »Ja, das kannst du, glaube ich.«

»Ich könnte es vielleicht, wenn ich mich wirklich darauf konzentrieren würde«, stimmte er ihr unerwarteterweise zu. »Aber ich bin eben so leicht abzulenken.« Ganz bewußt ließ er seinen Blick zu den weißen Rundungen sinken, die immer noch in ihrem offenstehenden Mieder zu erkennen waren.

Ihre rechte Hand hob sich hastig zu ihrem Kleid. Sie zog ihre Linke mit einem Ruck hinter seinem Rücken hervor und begann mit fiebriger Eile, die Knöpfe zu schließen. »So«, stellte sie fest, als sie fertig war, »jetzt hast du keine Ausrede mehr.«

»Ich glaube«, sagte er mit von Melancholie getönter Stimme, »in ihrer Abwesenheit wird mein Herz noch weicher werden.«

Zwischen den verwirrten Gefühlen dieses Augenblicks und dem seltsam erhebenden Gefühl ihres kleinen Schlagabtauschs vergaß sie die andere Kutsche.

General Baron Gaspard Gourgaud war genau, wie Julia ihn sich vorgestellt hatte. Redegewandt und geschliffen, besaß er eine Ausstrahlung, die ohne Zweifel eine Folge seines schauspielerischen Talents war, und ein unbekümmertes Verhalten, das hervorragend die Kraft seines Charakters verdeckte. Obwohl er den höchstmöglichen Rang in der französischen Armee besaß, war er erst vierunddreißig Jahre alt. Seitdem er das Leben des Kaisers nach dem Rußlandfeldzug 1812 in Brienne gerettet hatte, erfreute er sich bei Napoleon höchsten Vertrauens.

Julia hatte schon einmal einer der unregelmäßig stattfindenden Versammlungen der Bonapartisten in London beigewohnt, war ihm aber nie zuvor begegnet.

»Ich bin entzückt, Mrs. Thorpe«, sagte er und hob mit gallischer Eleganz Julias Hand an seine Lippen, als er ihr vorgestellt wurde. »Man hat schon so viel von Euch, Eurem Mut und Eurer Schönheit gehört. Es ist uns eine große Ehre, daß wir Euch bei dieser großen Unternehmung in unseren Reihen sehen.«

»Die Ehre liegt ganz auf meiner Seite«, erwiderte sie und lächelte, obwohl ihr klar war, daß Rud steif vor Mißfallen neben ihr stand.

Julia hatte das Gefühl, daß M'sieur Robeaud sich nicht wesentlich geändert hatte, obwohl er sich einen Bart und Schnurrbart wachsen ließ, was eine Rolle beim Tausch zwischen ihm und Napoleon spielen sollte. Sie gaben ihm ein erstaunlich wildes Aussehen, das von seinem Verhalten Lügen gestraft wurde. Er begrüßte sie mit ruhiger Freude und trat dann bescheiden zur Seite, damit die anderen, die sich um sie versammelt hatten, sie ebenfalls begrüßen konnten.

Einer der letzten, die vortraten, war Marcel de Gruys. Julias Lächeln erstarrte, als sie ihm gegenüberstand. Sie konnte nichts weiter tun, als ihm die Hand entgegenzustrecken, ein Lächeln brachte sie einfach nicht zustande.

»Wir treffen uns also wieder«, sagte er mit einem unangenehmen Unterton in der Stimme. Als er sich vorbeugte, schien er seine rechte Seite zu schonen.

»Ja.« Sie mußte sich zwingen, auch nur diese einzige Silbe über die Lippen zu bringen.

»Wir müssen unsere Bekanntschaft erneuern. Zwischen uns gibt es einiges, was noch nicht ganz abgeschlossen ist«, erklärte er mit einer billigen Anspielung. »Vielleicht werden wir Zeit dazu auf der Reise nach St. Helena haben.«

Seine Blicke, die ihr das Gefühl gaben, als wäre sie nackt, musterten sie eingehend. Sein Daumennagel bohrte sich in ihre Handfläche, bevor sie ihre Hand seinem feucht-warmen Zugriff entziehen konnte. Sie sah in die Richtung, in der Rud eben noch gestanden hatte, und bemerkte, daß er in ein Gespräch mit Gourgaud vertieft war.

»O ja«, sagte de Gruys mit einem langsamen Nicken. »Ich weiß, daß Ihr mit dem guten Kapitän verheiratet seid. Und ich gebe zu, daß er einen hervorragenden Leibwächter abgibt. Trotzdem kann er nicht die ganze Zeit bei Euch sein.«

Sie hob mit funkelnden Augen den Kopf. »Seid vorsichtig«, zischte sie, und ihr Mund zeigte ein kleines, ironisches Lächeln. »Wenn mein Mann nicht bei mir ist, habe ich gewöhnlich ein Messer bei mir.«

Er erstarrte, und eine ungesunde Röte stieg plötzlich in sein Gesicht. Seine Lippen verzogen sich zu einer gemeinen Erwiderung, die er nicht laut auszusprechen wagte, weil die anderen so nah bei ihnen standen. »Spar dir deine Warnungen für dich selbst auf«, fauchte er. »Selbst falsche Katzen wie dich kann man entwaffnen.« Er drehte sich um und ging fort.

Julia spürte ein Beben am ganzen Körper. So langsam und beiläufig sie konnte, drehte sie sich um. Dann trat sie zu Rud und legte ihm die Hand in die Armbeuge. Er drückte sie an sich und warf ihr einen schnellen Blick zu. Ihr Gesicht war blaß und wirkte starr. Er hob eine Augenbraue, aber sie schüttelte den Kopf und bemühte sich zu lächeln.

Eigentlich hätte es sie nicht stören dürfen, daß er sich daraufhin Gourgaud wieder zuwandte und ihr Gespräch über die Schwierigkeiten der tausend Meilen langen Reise von St. Helena nach Rio wiederaufnahm. Aber irgendwie machte es ihr doch etwas aus.

Nach einer Weile griff Gourgaud in seine Westentasche und zog eine große Taschenuhr heraus. »Meine Herren, Mrs. Thorpe, die Zeit vergeht. Wir wollen uns setzen. Ich glaube, Kapitän Thorpe hat eine wichtige Ankündigung zu machen.«

Ohne weiteres begaben sich alle ins Eßzimmer. Rud stand, die Finger leicht auf die Tischkante gelegt, während er von der *David* berichtete. Er war eine beherrschende Gestalt, wie er so breit und hochgewachsen unter dem Licht des Kronleuchters stand. Das Kerzenlicht schimmerte in den blauschwarzen Wellen seines Haars und verlieh seinen Zügen einen bronzenen Ton. Seine rauhe Attraktivität ließ jeden der anderen anwesenden Männer weich, beinahe weibisch erscheinen.

Julia, die, nachdem sie sich umgesehen hatte, ihren Blick wieder auf ihren Mann richtete, stellte fest, daß er seine Ankündigung beendet hatte. Mit einem deutlichen Schrecken wurde ihr klar, daß nur ein paar Worte von dem, was er gesagt hatte, in ihr Bewußtsein gedrungen war.

Alle anderen hatten zweifellos aufgepaßt. Ein Gemurmel freudiger Überraschung erfüllte das Zimmer. Der Kaiser hatte sein Schiff! Es war, als hätte er über die Meere herübergegriffen, um die Dinge geschehen zu lassen, wie er es bestimmte. Es machte nichts aus, daß andere die Organisation geleitet hatten; Napoleon hatte sie in Bewegung gebracht.

Gourgaud stand auf, als Rud sich setzte. »Ich danke Euch, Kapitän Thorpe. Ich bin sicher, daß ich im Sinne aller Anwesenden spreche, wenn ich Euch erkläre, daß Ihr uns keine angenehmere Nachricht hättet bringen können. Worte können unsere Freude kaum zum Ausdruck bringen und auch nicht unsere Dankbarkeit Euch gegenüber für Eure Bemühungen um jenen Mann, der auf St. Helena wartet.«

Es waren noch ein paar andere Dinge zu entscheiden. Man brachte das Ganze mit einem außerordentlich geringen Maß an Uneinigkeit hinter sich, besonders, weil Napoleons Anordnungen für jede Möglichkeit sehr deutlich waren.

»Bevor wir uns trennen«, sagte Gourgaud schließlich, »ist da noch eine Sache, der unsere Aufmerksamkeit gehören sollte.« Mit einem Strahlen öffnete er ein zusammengerolltes Pergamentpapier. »Messieurs, Madame, ich habe hier eine Nachricht vom Kaiser!«

Der Hauptteil des Briefes befaßte sich mit einer Anzahl von Anordnungen. Gegen Ende hieß es dann:

> *Ich sitze hier auf diesem Felsen und versuche mir alles vorzustellen, was möglicherweise mißlingen kann. Diese Nachricht hat den Zweck, das zu verhindern. Ich vertraue auf die Zukunft. Sie scheint ein klares Versprechen zu bergen. Ich hatte genug Zeit, während ich die Gastfreundschaft der Engländer genoß, meine*

Kräfte zu sammeln und die Stärken und Schwächen meiner Lage zu beurteilen. Die ersteren überwiegen die letzteren. Drei Jahre leidet Frankreich jetzt schon unter dem Unvermögen der Bourbonenherrscher und unter der Geringschätzung der Unterzeichner der Pariser Konvention – Österreich, Rußland, Preußen und England. Das Volk erinnert sich an seinen vergangenen Ruhm und betet um seine Wiederkehr. Er wird zurückkehren! Ich werde alles dafür tun!»

Der Aufschrei der Zustimmung ertönte laut und anhaltend. Ihr Gesicht gerötet durch die Aufregung dieses Augenblicks, klatschte Julia in die Hände und sah sich um. Sie war so stolz, zu jenen zu gehören, die den Kaiser befreien sollten. Es war beunruhigend, als sie Marcel de Gruys sah, der mit einem harten Ausdruck von Zynismus um den Mund das Pergament betrachtete, das von Hand zu Hand weitergegeben wurde. Doch schon einen Augenblick später applaudierte auch er und lächelte ebenso breit wie die anderen.

Danach blieben sie nicht mehr lange zusammen. Einer nach dem anderen gingen die Bonapartisten ebenso ruhig und unverdächtig fort, wie sie gekommen waren. Marcel war, zu Julias Erleichterung, unter den ersten, die gingen. Sie und Rud blieben noch ein paar Minuten länger als die anderen. Rud diskutierte mit Gourgaud noch die beste Möglichkeit, wie man dem Kaiser die Nachricht der kommenden Abfahrt der *David* übermitteln könnte.

Der Nebel war dichter geworden, so dicht sogar, daß sie den Kutscher auf dem Bock kaum noch erkennen konnten, als sie das Gefährt bestiegen. Die Nebelfeuchte berührte Julia wie mit kühlen Fingern, und sie schauderte und wünschte, sie hätte ihre Pelerine mitgenommen.

»Kalt?« fragte Rud und warf sich neben ihr auf den Sitz, während er die Tür hinter sich zuschlug.

Noch bevor sie antworten konnte, öffnete sich plötzlich die Tür an der dem Licht vom Eingang zu Gourgauds Wohnung abgewandten Seite. Eine schwere Pistole wurde ihnen entgegengehalten.

»Halt!« brummte eine heisere Stimme. »Bleibt ruhig sitzen, und keinem wird was geschehen. Und kein Geschrei, ist das klar?«

Das letztere galt Julia, die sich sofort ihrem Angreifer zuwandte. Er war ein kurzer, breiter Mann mit Knopfaugen in einem runden Gesicht, in dem ein wirrer Bart wuchs. Ihre Augen weiteten sich ungläubig, als sie den Mann erkannte, der vor mehr als drei Wochen an ihr und Tante Lucinda vorbeigefahren war, als sie von ihren Einkäufen zurückkamen.

»Was wollt Ihr?« fragte Rud und legte einen Arm über Julia, um sie so gut wie möglich zu schützen. Und das war nicht sehr viel, denn sie saß zwischen ihm und dem Mann mit der Pistole.

»Eure Wertsachen«, antwortete der Mann mit einem obszönen Lachen, »angefangen mit diesem hübschen Stück hier!« Seine Hand schoß vor und ergriff Julias Handgelenk, so daß er sie von ihrem Sitz zerren konnte.

»Nein!« schrie Rud, und seine Finger gruben sich in ihre Rippen, als er sie zurückzog. Einen Augenblick lang wurde sie zwischen beiden hin und her gezerrt, dann stieß Rud mit seinem Stiefel nach vorn und schleuderte dem Dieb die Pistole aus der Hand.

Mit einem Fluch ließ der Mann Julia los und stürzte sich auf die am Boden liegende Pistole. Rud griff im selben Augenblick danach. Die beiden schwankten vor und zurück in der schaukelnden Kutsche. Die Arme des kleinen Mannes waren dick mit Muskeln bepackt, außerdem hatte er den Vorteil, daß er auf festem Boden stand, statt in der schwankenden Kutsche knien zu müssen. Rud war ihm von der Kraft her durchaus gewachsen, doch in den Bemühungen des Mannes, die Pistole auf Ruds Brust zu richten, war etwas absolut Rücksichtsloses, und er schreckte auch vor dem Gebrauch von Zähnen und Fingernägeln nicht zurück, um die Oberhand zu gewinnen.

Julia glaubte eigentlich nicht, daß Rud ihre Hilfe brauchte, trotzdem bezwang sie die Angst, die ihre Kehle zusammenschnürte, und beschloß, sich an der Auseinandersetzung zu beteiligen. Sie biß die Zähne zusammen und trat nach dem bulligen Mann. Sie trat ihn in die Rippen.

Diese Tat blieb nicht unbemerkt. Der Mann zuckte zurück. Rud warf ihr ein angespanntes Grinsen zu. »Julia, meine Pistole, Seitentasche!«

Sie hatte nichts von ihrer Existenz gewußt. In wilder Eile warf sie sich auf die andere Seite des Sitzes und suchte in der gefältelten Seitentasche der Kutsche nach, wo Rud gesessen hatte.

Hinter ihr rief ihr Angreifer plötzlich laut: »He, Meister, helft mir! Ich kann den hier nicht mehr im Griff behalten!«

Mit der Pistole in der Hand sah Julia einen zweiten Mann, der sich mit der Schulter in die offene Kutschentür drängte. Er trug einen schwarzen Umhang und hatte sich den Hut tief ins Gesicht gezogen.

»Elender Idiot«, zischte der Unbekannte und hob seine Pistole, mit der er bis jetzt den Kutscher in Schach gehalten hatte. Dann kam ein Blitz, und gleichzeitig ertönte ein betäubendes Krachen.

Rud wurde nach hinten geworfen, wie von einem schweren Schlag, Blut strömte über sein Gesicht, und die schwere Pistole, die er dem Dieb endlich entrungen hatte, lag in seiner Faust.

Julia ließ sich keine Zeit zum Nachdenken. Sie drückte mit beiden Daumen gegen den schwergängigen Sicherungsmechanismus, legte die Pistole an, zielte und feuerte.

Der Mann in Schwarz wurde von der Kugel in die Seite getroffen, so daß er rückwärts und außer Sicht kippte. Als Julia die jetzt wertlos gewordene Waffe fortwarf und sich hinunterbeugte, um die andere aus Ruds regungslosen Fingern zu nehmen, zog sich der erste Mann plötzlich hastig zurück, drehte sich um und rannte davon. Julia sah noch kurz hinter ihm her, bevor sie sich neben Rud auf die Knie sinken ließ.

Die Tür des Hauses öffnete sich, und Gourgaud erschien. Er eilte auf die Kutsche zu. »Mrs. Thorpe, mir war, als hätte ich Schüsse gehört! Was ist geschehen?«

»Zwei Männer – sie haben uns angegriffen«, rief ihm Julia über die Schulter zu. In dem zusätzlichen Licht aus der geöffneten Tür sah man die beiden Männer, die in eine Droschke mit Verdeck stiegen, die auf der anderen Seite der Straße stand. Die Tür wurde zugeschlagen, und das altersschwache Fahrzeug rumpelte davon.

»Ich werde sie erwischen«, rief Gourgaud wild.

»Nein, nein, dazu ist keine Zeit. Rud ist getroffen worden. Ein Arzt – wir brauchen einen Arzt!«

Gourgaud zog die Tür der Kutsche auf, um sich den Bewußtlosen ansehen zu können. »Das ist nicht nötig.«

»Ihr meint er – er ist tot?« fragte Julia leise, und ihre Finger schlossen sich krampfhaft um den Stoff von Ruds Rock unter ihrer Hand.

»Nein! Vergebt mir, Mrs. Thorpe, ich wollte Euch nicht erschrekken. Ich wollte nur darauf hinweisen, daß ich auf dem Schlachtfeld große Erfahrung mit Wunden dieser Art gewonnen habe – wesentlich mehr, würde ich annehmen, als jeder Londoner Arzt, den Ihr jetzt finden könntet und der sein Geld gewöhnlich mit Geburten und anderen harmlosen Beschwerden verdient. Erlaubt Ihr?«

»Nun gut«, sagte sie entschlossen. Es würde möglicherweise eine Stunde dauern, bevor man einen Arzt gefunden hatte, und es kam auf jeden Augenblick an. »In Ordnung, fangt an, nur tut schnell etwas. Er verblutet sonst noch.«

Blut, so viel Blut. Es drang aus einer langen, tiefen Wunde, die sich über Ruds Schläfe zog.

»Kopfwunden bluten immer stark«, erklärte ihr Gourgaud, aber sie konnte sich kaum vorstellen, daß ein Mensch so viel Blut verlieren und trotzdem weiterleben konnte.

Selbst nachdem die Blutung aufgehört hatte, kam Rud nicht wieder zu Bewußtsein. Er lag bewegungslos auf dem Bett im Schlafzimmer von Gourgauds Wohnung, sein Gesicht war bleich und leblos. Julia saß neben ihm, die Hände fest im Schoß verschränkt. Er sah so verletzlich und angegriffen aus. Sie hatte das Gefühl, als müsse sie ihm irgendwie helfen, aber es war nicht möglich. Sie hatte als Herrin auf der Plantage ihres Vaters oft genug tiefe Schnitte behandelt, um zu wissen, daß der französische General alles menschenmögliche getan hatte, alles, was ein Arzt nur tun konnte.

Ein dutzendmal dachte sie daran, Ruds Tante und Onkel eine Nachricht zu schicken, aber wenn sie das tat, würde zuviel Aufmerksamkeit auf Gourgaud und ihre späte Versammlung in seiner Wohnung gelenkt. Natürlich nahm man an, er hätte mit Napoleon gebrochen und arbeitete auf seine Art mit den Engländern zusammen, aber dennoch durfte man ihm keine Schwierigkeiten zumuten.

Trotzdem hatte sie sich schon fast entschlossen, das Risiko einzugehen und ihren Gastgeber um Papier und Feder zu bitten, um eine Nachricht zum Berkeley Square zu schicken, als Rud ächzte und seinen Kopf bewegte. Einen Augenblick später öffnete er die Augen.

»Julia«, flüsterte er.

»Ja, ich bin hier«, sagte sie und stand auf, damit er sie sehen konnte. Sie nahm seine Hand von der Bettdecke und hielt sie zwischen ihren Händen.

Ruds Blick richtete sich auf ihr Gesicht. Sein Mund verzog sich zu einem kurzen Lächeln. »Sind die Männer entkommen?« fragte er so leise, daß sie sich vorbeugen mußte, um ihn zu verstehen.

Als Antwort darauf erklärte sie ihm, was geschehen war, nachdem sie auf ihn geschossen hatten.

»Also du hast einen von ihnen erwischt? Ich wußte es doch. Und ich bin jetzt immer noch bei Gourgaud?«

Der General hatte sich in seinem Wohnzimmer schlafen gelegt. Jetzt betrat er das Schlafzimmer. »Ja, *mon ami.* Ihr seid immer noch mein Gast und angesichts Eurer Unvorsichtigkeit auch mein Patient.«

Rud lächelte. »Vielen Dank für Eure Bemühungen, aber ich darf Eure Gastfreundschaft nicht noch länger in Anspruch nehmen. Würdet Ihr mir vielleicht in meine Kutsche helfen?«

»Seid Ihr sicher, daß Ihr dazu in der Lage seid?« fragte Gourgaud.

»Ich muß, denn ich darf auf keinen Fall hierbleiben«, sagte Rud, drehte sich auf die Seite und stützte sich auf einen Ellenbogen.

Gourgaud nickte bekümmert. »Es gefällt mir nicht besonders, aber Ihr habt recht, *mon ami.* Ich nehme an, daß Ihr eine Gehirnerschütterung habt, und würde Euch raten, noch einige Zeit das Bett zu hüten, aber ich habe Männer mit schlimmeren Verletzungen mit der Hilfe anderer vom Schlachtfeld gehen sehen.«

»Ich auch«, murmelte Rud. »Allerdings nicht in derselben Armee.«

»Das ist mir bekannt«, sagte Gourgaud, und eine gewisse Reserviertheit wurde auf seinem Gesicht erkennbar. »Seltsam, wie das Kriegsglück so spielt, nicht wahr?«

Das Haus am Berkeley Square war dunkel, allerdings war der Butler noch auf, um ihnen die Tür zu öffnen. Mit seiner Hilfe und der des Kutschers wurde Rud schließlich in sein Bett gelegt. Masters schlug mit einem kleinen Hüsteln vor, man solle es Rud bequemer machen. Julia zögerte nur einen Augenblick und stimmte ihm dann zu. Der arme Mann war voller Neugier, doch Julia erklärte ihm nur, ihre Kutsche sei von Dieben überfallen worden. Wenn Rud wieder zu Kräften gekommen war, konnte er dem Mann und auch seinem Onkel und seiner Tante erklären, was immer er wollte, und der Kutscher konnte natürlich auch berichten, wie es wirklich gewesen war, wenn jemand sich die Mühe machen sollte, ihn zu fragen.

Es war seltsam, Rud in einem Nachthemd zu sehen. Sie konnte nur vermuten, daß Masters es aus der Garderobe von Thaddeus Baxter entliehen und ihm über den Kopf gezogen hatte, während er zu schwach gewesen war, um zu protestieren. Sie war ziemlich sicher, daß es bei der ersten Gelegenheit wie ihr schwarzes Nachthemd in einer Ecke landen würde, um schließlich zuunterst in den Schrank gelegt zu werden.

Aber es kam anders. Bis zum Morgen wurde Rud von einem hohen Fieber ergriffen. Drei Tage lag er so, das Gesicht gerötet und die fieberglänzenden Augen auf sie gerichtet, wenn sie sich durch das Zimmer bewegte. Manchmal sank er in einen tiefen Schlaf, aber meistens drehte er sich unruhig hin und her. Oft hatte er einen seltsam abwesenden Blick, als höre er irgend jemandem zu, und wenn Julia sich ihm in solchen Momenten näherte, dachte sie, daß er es wohl nur durch große Willenskraft schaffte, nicht in ein Delirium zu fallen.

Aber es gelang ihm nicht völlig. Am dritten Abend, als das Fieber zu brechen begann, stand sie neben seinem Bett. Da öffnete er die Augen und starrte zu ihr empor. Er streckte die Hand aus, griff nach ihren Fingern und drückte sie gegen seine Wange.

»So kühle Hände«, flüsterte er schwach. »Gib mir Ruhe und Frieden. Das reine Gesicht einer Nonne mit Haß im Blick. Sieh mich nicht so an. Ich werde dir nicht weh tun.«

Sie holte tief Luft, und Kälte legte sich um ihr Herz. Es mochte eine Zeit gegeben haben, in der sie froh gewesen wäre, ihn so hilflos zu sehen. Aber jetzt war das anders. Sein Anblick schmerzte sie auf eine eigentümliche Art, die sie sich nicht erklären konnte. Schweißtropfen standen unter der Bandage auf seiner Stirn. Seine Lippen waren trocken und rissig. Mit der freien Hand griff sie nach dem feuchten Tuch, mit dem sie ihn abgewaschen hatten, um das Fieber zu senken. Sie tupfte mit langsamen, zärtlichen Bewegungen sein Gesicht ab. »Nein«, sagte sie besänftigend. »Ich weiß, daß du das nicht tun wirst.«

Am Morgen war er wieder klar bei Sinnen und fieberfrei. Als Tante Lucinda darauf bestand, verließ Julia ihn zum ersten Mal, seit er angeschossen worden war. In einem leerstehenden Schlafzimmer genoß sie ein heißes, duftendes Bad und fiel dann ins Bett, um einen ganzen Tag zu schlafen.

Als sie Rud das nächste Mal sah, war das Nachthemd verschwunden, und die Bandage um seinen Kopf war nicht nur schmaler geworden, sondern verlieh ihm jetzt auch ein verwegenes Aussehen. Seine friedliche Phase war vorüber. Doch sein Kopf tat ihm immer noch weh, und er war alles andere als zufrieden mit der dünnen Hühnerbrühe, die man ihm zum Mittagessen gebracht hatte. Außerdem wollte er wissen, wo seine Frau war. Niemand sonst konnte etwas für ihn tun, womit er zufrieden gewesen wäre, sei es sein Bett zu machen oder seinen Tee zu süßen. Alle anderen waren zu grob, zu ungeschickt und zu laut. Nach weiteren achtundvierzig Stunden kam schließlich Tante Lucinda ins Zimmer und nahm Julia mit auf eine nachmittägliche Kutschfahrt.

»Du mußt von den Engeln abstammen, meine Liebe«, sagte Tante Lucinda, als sie schon ein ganzes Stück gefahren waren und mit offenem Verdeck durch die Straßen rumpelten.

Julia bestritt das mit einem Lächeln und einem Kopfschütteln.

»Nun gut, dann nimm es auf die leichte Schulter, wenn du willst, aber mir macht es nichts aus, dir zu sagen, daß mich deine Hingabe wirklich gerührt hat. Hier in England besteht schon seit vielen Jahren die beklagenswerte Tendenz, hauptsächlich des Geldes und der Stellung wegen zu heiraten und bei einem anderen nach Liebe zu suchen. Es ist schön, eine Ehe zu sehen, in der sich beides verbindet. Rud war mir immer wie ein Sohn, wie du vermutlich weißt. Ich bin sehr stolz, weil ich jetzt sehe, daß er in seiner Ehe genauso sein Glück gefunden hat wie sein Onkel und ich in unserer.«

Julia hätte gern diese Schlußfolgerung bestritten, aber wenn sie es tat, würde das bei seiner Tante nur unnötige Betroffenheit bewirken. In Wahrheit plagten sie Schuldgefühle, und deshalb erschien sie so hingebungsvoll. Wenn sie nicht gewesen wäre, hätte niemand die Kutsche angegriffen und Rud wäre nicht verletzt worden. Sie erinnerte sich nur zu gut an diesen schrecklichen Mann, der sie gepackt und versucht hatte, sie aus der Kutsche zu zerren. Es war ein mutiger Plan gewesen, die zweite Kutsche, alt und ohne deutliches Erkennungsmerkmal, warten zu lassen. Zwei Männer, von denen einer den Kutscher in Schach halten konnte, während der andere Rud dazu überredete, sich von seinen »Wertsachen« zu trennen – seinem Geld und Julia. Sie war sicher, daß sie von den beiden Dingen die bevorzugte Beute gewesen war. Sie war überzeugt, daß der Grund für den Angriff – sei die Ursache nun pure Lust oder ein seltsames Bedürfnis nach Vergeltung gewesen – darin bestanden hätte, sie zu entführen. Obwohl sie es bisher noch niemandem gesagt hatte, hatte sie die Stimme des zweiten Mannes erkannt, des Mannes, auf den sie geschossen hatte. Es war Marcel gewesen. Daß es ihr nicht gelungen war, ihn zu töten, bedauerte sie außerordentlich.

Falls Rud ihre Angreifer erkannt und bemerkt hatte, was sie vorhatten, hatte er es sich nicht anmerken lassen. Angesichts dessen, was er ihr und allen anderen gesagt hatte, schloß sie, daß er damit zufrieden war, es bei der Theorie mit dem Raubversuch zu belassen. Manchmal glaubte Julia, daß er nur deshalb so zurückhaltend war, um ihr den Kummer zu ersparen. Ganz sicher hatte sie nicht den Wunsch, ihn zu beunruhigen, indem sie es erwähnte – nicht solange er nicht in der Lage war, Marcel zu verfolgen oder ihn von den Behörden vernehmen zu lassen. Julia wußte, daß sie die Angelegenheit mit ihm besprechen mußte, wenn er sich erholt hatte. Sie mußten dann zusammen entscheiden, was zu tun war.

Tante Lucinda verbrachte den Rest der Fahrt mit der wenig anspruchsvollen Art von Gespräch, das wenig Erwiderungen von Julia voraussetzte. Sie bewegten sich friedlich durch den verlassenen Park, wo sie noch ein paar Wochen zuvor von allen Seiten Bekannte gegrüßt hatten. Es war ein klarer Tag. Die Sonne schien mit spürbarer Wärme. Tante Lucinda zog sich unter den Schutz eines Sonnenschirms zurück, aber Julia hob ihr Gesicht den warmen Strahlen entgegen und genoß die sanfte Berührung.

»Du wirst Sommersprossen bekommen, meine Liebe«, protestierte Tante Lucinda.

Julia schüttelte den Kopf. »Ich bekomme nie Sommersprossen.«

Der leichte Fahrtwind fühlte sich auf ihren geschlossenen Augenlidern weich und angenehm an, und ihr wurde klar, daß Tante Lucinda recht gehabt hatte: Sie war zu lange im Haus eingesperrt gewesen. Wie mußte sich Rud erst fühlen? Ein Leben ohne Bewegung mußte ihm völlig fremd sein. Er war es gewohnt, draußen den Elementen zu trotzen, der Sonne, dem Wind und dem Regen. Sie fragte sich mit plötzlichem Schrecken, ob er wohl je das Gefühl hatte, daß sie ihn gefangenhielt.

Als sie zurückkamen, war klar zu erkennen, daß in ihrer Vermutung ein wahrer Kern lag. Trotz Gourgauds Rat und Julias Bitten war Rud aufgestanden und hatte es mit wilden Drohungen geschafft, daß man ihm ein heißes Bad vorbereitete und sein Bett frisch bezog. Die äußeren Anzeichen seiner Krankheit – die Laudantropfen, die Wasserschüsseln, die zusätzlichen Bandagen und die verschiedenen Pulver, die man verwendet hatte, um einem Wundbrand vorzubeugen – waren aus dem Zimmer gebracht worden. Fenster und Türen waren weit geöffnet worden, um die letzten unangenehmen Reste von Krankengeruch und Muff zu vertreiben. Zudem hatte er die Köchin dazu überredet, ihm ein großes Lendensteak mit Gemüse und einen Krug Bier zu bringen.

Seine Bemühungen hatten immerhin ausgereicht, ihm bewußt zu machen, daß er doch nicht so stark war, wie er gedacht hatte. Vielleicht hatte er auch mit Absicht beschlossen, seine restlichen Kräfte zu schonen. Die Kniehose, die er sich hatte herauslegen lassen, hing immer noch unberührt über einem Stuhl, und der Patient selbst lag wieder im Bett.

»Da bist du ja«, begrüßte er Julia, als sie ins Zimmer kam. »Ich warte schon seit Stunden darauf, daß du kommst und mich rasierst!«

Sie betrachtete ihn mißtrauisch. Er sah ganz sicher nicht aus, als ob ihm die Anstrengung geschadet hätte. Statt der Bandage um seinen Kopf war da nur noch ein großes Pflaster. Seine breiten Schultern lehnten am Kopfende des Bettes, und obwohl er mit über dem flachen Bauch gefalteten Händen unbeweglich dalag, wirkte er wie ein ruhender Panther, der sein Opfer beobachtet.

»Dich rasieren?« fragte sie zweifelnd. Masters hatte das am vergangenen Tag versucht und war trotz seiner Bemühungen beschimpft worden.

»Genau das habe ich gesagt.«

»Ich glaube nicht, daß ich das kann«, sagte sie und trat näher ans Bett. »Ich würde dir wahrscheinlich die Kehle durchschneiden.«

»Besser du als Masters«, antwortete er, ohne sich beirren zu lassen.

»Wie es aussieht, hast du einen ziemlich geschäftigen Nachmittag verbracht. Warum hast du dich nicht selbst rasiert?«

»Ich habe kurz daran gedacht«, erwiderte er und lächelte langsam, »aber dann habe ich beschlossen, daß es mehr Spaß macht, wenn du es für mich tust.«

»Ach ja, wirklich?« entgegnete sie und zog dabei eine Augenbraue hoch. Sein Benehmen ließ sie erschaudern.

»Ja, genau. Die Bediensteten halten schon seit einiger Zeit das Wasser heiß, wenn es nicht schon völlig verkocht ist. Würdest du so nett sein und danach klingeln?«

Es blieb ihr wohl nichts anderes übrig. Julia fügte sich, so würdevoll es ihr möglich war. Als sie schließlich ein Handtuch um seine Schultern gelegt und das Rasiermesser und die Seife geholt hatte, wurde auch das Wasser gebracht.

Sie tauchte ein Tuch in die dampfende Schüssel, wrang es aus und legte dann das feuchte Tuch über sein Gesicht.

»Das ist heiß, Frau!« schimpfte er und riß es hastig herunter.

»Soll es das denn nicht sein?« fragte sie mit Unschuldsmiene.

Er antwortete nicht, aber in seinen Augen lag ein vernichtender Blick, als er sich zurücklegte und sie weitermachen ließ.

Das Rasiermesser mit dem Horngriff war scharf genug, um ein Haar damit zu spalten. Rud hatte sich unter ihren Händen entspannt, während sie Schaum über seinen Bart strich. Jetzt warf er einen besorgten Blick auf die scharfe Klinge in ihrer Hand. Als er jedoch sah, daß sie ihn betrachtete, nahm er schnell wieder den wartenden Gesichtsausdruck an und streckte sein Kinn vor.

Vorsichtig kratzte sie sein Gesicht ab und wischte den Schaum mit den Bartstoppeln in das trockene Handtuch, das um seinen Schultern lag. Sie war so auf ihre Beschäftigung konzentriert, daß sie erst Augenblicke später seine Hand bemerkte, die über ihren Rücken strich. Sie überlegte einen Moment und entschloß sich dann, es nicht zur Kenntnis zu nehmen. Was machte das schon aus? Zweifellos war es ein gutes Zeichen dafür, daß es Rud wieder besserging.

Diesen Entschluß zu fassen war einfacher, als dabei zu bleiben. Die leichte Berührung seiner Finger lenkte sie mehr ab, als sie erwartet hatte. Sie holte tief Luft und beugte sich zu ihm vor, um den Abschnitt seines Bartes neben dem Ohr zu erreichen. Ihre vollen Brüste drückten sich gegen seine Rippen, so daß sie deutlich die muskulöse Härte seiner Brust spürte. Er hob seine andere Hand, um die schmale Kurve ihrer Taille zu prüfen und bewegte sich dann zu den Knöpfen an ihrem Rükken. Sie stand auf und starrte ihn an, aber sein Gesicht war ausdruckslos. Noch einmal wandte sie ihre Aufmerksamkeit der gespannten Haut unter seinem Kinn zu.

»Autsch!« rief er plötzlich.

»Geschieht dir ganz recht«, erklärte sie. Sie hatte ihn nicht kneifen wollen, aber sie war auch ganz sicher, daß er begonnen hatte, heimlich die Knöpfe am Rücken ihres Kleides aufzumachen.

»Hexe«, murmelte er.

»Teufel«, erwiderte sie, und ihre Lippen waren mißtrauisch zusammengepreßt.

Plötzlich mußten sie beide lachen. Rud nahm ihr das Rasiermesser aus der Hand und vollendete ihr Werk mit wenigen entschiedenen Handgriffen. Schließlich legte er das Messer achtlos zur Seite und wischte die restlichen Seifenspuren mit dem Handtuch weg. Julia nahm es ihm ab, ließ es einfach in die Schüssel mit dem warmen Wasser fallen und stellte sie vor die Tür, damit sie jemand wegräumen konnte.

Rud fühlte an sein Kinn und lobte: »Gute Arbeit.«

Julia kam zum Bett zurück und nahm ihm das trockene Handtuch ab. »Vielleicht sollte ich mich bei dir als Bursche bewerben.«

»Du hast schon einen Posten bei mir«, erinnerte er sie und griff nach ihrem Handgelenk. »Als meine Frau.«

Er zog sie neben sich aufs Bett, sein Blick suchte nach dem ihren, seine blauen Tiefen voller Ernst und fragend. Seine Finger hoben sich zu ihrem Haar und nahmen die Haarnadeln heraus. Der dicke Knoten in ihrem Nacken löste sich, und ihr Haar fiel in einer goldenen Kaskade über ihren Rücken, und sein warmer Duft stieg auf. Rud glättete die glänzenden Strähnen, breitete sie aus, zog sie durch die Finger und strich sie schließlich zur Seite, um die wenigen noch geschlossenen Knöpfe ihres Kleides erreichen zu können. Ihre Lider schlossen sich langsam. Seine Lippen suchten die zarten Konturen ihres Mundes und legten sich darüber. Er kostete die Süße ihrer Antwort, die zarte Kapitulation, als ihre Lippen sich öffneten.

Die Enge ihres Mieders gab nach. Gehorsam der Führung seiner Hände folgend, bewegte sie sich so, daß er ihre Schultern entblößen und ihre Arme aus den Falten des Kleides befreien konnte. Seine Berührung an ihrer nackten Brust zeigte ihr, daß er gleichzeitig das Unterkleid gelöst hatte und es jetzt mit dem Kleid bis zu ihren Hüften schob.

Ihre Augen öffneten sich plötzlich, und sie versuchte, sich von ihm wegzudrehen, aber er hielt sie ganz fest. Sein Kuß vertiefte sich, wurde fordernder. Seine Hände bewegten sich über ihre Brüste, neckten die Spitzen, bis sie fest wurden, und glitten über ihren Bauch abwärts. Er kreuzte seine Arme hinter ihr und legte sie auf den Rücken. Nur ein paar schnelle Bewegungen, und er hatte sie von ihren Röcken befreit.

»Rud –« flehte sie leise und legte ihre Hände an seine Brust. Er erstickte den schwachen Protest durch einen Kuß.

Langsam wurde ihr klar, daß sie ihn diesmal nicht abhalten konnte und daß er diesmal nicht die Absicht hatte, sich wieder zurückzuziehen. Angst verhärtete die Muskeln in ihrem Bauch; aber gleichzeitig erhob sich auch etwas anderes in ihr, das sie an freudige Erwartung erinnerte. Er setzte sich über ihren Widerstand hinweg und drückte sie fest an sich. Er sog den süßen Duft ihres Haars, das wilde, schwere Aroma von Vetiver und Jasmin ein, und seine Lippen streiften über ihre glatte, seidige Haut.

Jetzt spürte sie das harte Drängen seines Verlangens an ihrem Schenkel. Seine Hand bewegte sich zu ihrer Brust, und sein Mund folgte. Langsam und vorsichtig erforschten seine Hände ihren Körper, entzündeten eine kribbelnde Erregung in ihrem Innern. Er war ihr Ehemann, flüsterte etwas in ihrem Gehirn. Es war sein Recht. Sie konnte ihn nicht abhalten und war sich nicht mehr sicher, ob sie es wirklich versuchen wollte. Ein bebender Seufzer drang zwischen ihren leicht geöffneten Lippen hervor.

Ruds Arme schlossen sich fester um sie. Seine Zärtlichkeit wurde intimer, drang tiefer vor. Sie legte ihre Hände auf seine Schulter, öffnete und schloß sie, als sie das Aufflackern einer Flamme in sich spürte. Ihre Haut wurde heißer. Ihr Atem schien in der Brust zu stocken.

Dann hob sich Rud über sie, seine Arme bebten vor Anstrengung. Sein Knie glitt zwischen ihre geöffneten Schenkel. Sein Mund nahm den ihren mit heißem, leidenschaftlichen Verlangen in Besitz. Ihre Sinne schienen zu taumeln, als sie seine erste eisenharte Annäherung spürte. Gleich darauf kam ein kurzer, scharfer, reißender Schmerz, so daß sie nach Luft schnappte und ihre Fingernägel in seine Schultern bohrte.

Einen flüchtigen Augenblick hielten sie ganz still, das wilde Schlagen ihrer Herzen erschütterte sie, dann drang er vorsichtig tiefer vor, erfüllte ihr Sein, schickte strahlende Wellen warmer Lust durch ihren Körper. Er bewegte sich auf ihr zuerst ganz sanft mit vielen Küssen und Zärtlichkeiten, dann kräftiger, als seine so lange zurückgehaltene Lust die Bande seiner Beherrschung sprengte. Sie bewegte sich so, daß sie die Erschütterung seiner Stöße auffing, und nahm verwundert wahr, wie plötzlich ihre eigene, brennende Lust wuchs. Sie stieg höher und höher, wie ein weißes Glühen, das ihr Blut verzehrte, genährt von dem einen einzigen, das es löschen konnte. Sie erhoben sich weit hinauf, ihre Körper verbanden sich in mystischer Vereinigung. Die Ekstase ergriff sie und wirbelte sie noch höher. Julia klammerte sich an Rud, war sich in den dunklen Hinterkammern ihrer Gedanken sicher, daß sie es nicht ertragen konnte. Dann begann der vollendete, leichte Abstieg.

Ihre Atmung war in der Stille laut hörbar. Rud vergrub seine Finger in ihrem Haar. Julia spürte, daß er eine Strähne zu seinen Lippen hob.

Neben ihrem Kopf wurde die Matratze heruntergedrückt, als er sich auf einen Ellenbogen stützte. »Ich würde mich ja entschuldigen«, sagte er mit heiserer Stimme, »aber es tut mir nicht leid.«

Julia spürte nichts von dem Haß und dem Widerwillen, die sie erwartet hätte. Es war, als ob das, was gerade zwischen ihnen geschehen war, seit ihrer ersten Begegnung unvermeidlich gewesen wäre. Die Anspannung und die Erschöpfung der vergangenen Tage waren fort, ließen sie schläfrig vor Zufriedenheit und erfüllt von einer eigenartigen Dankbarkeit zurück. Langsam öffnete sie die Augen. In ihren bernsteinfarbenen Tiefen leuchtete ein klares goldenes Licht. »Mir tut es auch nicht leid«, flüsterte sie.

Ein wilder Ausdruck von Glück erstrahlte aus seinem Gesicht. Er drückte seinen Mund auf den ihren und drehte sie herum, so daß sie auf ihm lag.

Sie hob den Kopf und versuchte zu Atem zu kommen. Aus irgendeinem seltsamen Grund spürte sie Tränen in ihrer Kehle. »Du – du bist ungewöhnlich aktiv für einen Verletzten«, jammerte sie.

»Das ist nur ein Experiment mit einer neuen Behandlungsmethode«, sagte er.

»Ach so. Und, war sie wirksam?«

»Wunderbar wirksam. Es geht mir schon viel besser, obwohl ich fürchte, daß diese Wirkung nicht sehr lange anhalten wird. Ich bin sicher, daß die Behandlung öfter wiederholt werden sollte.«

Julia spürte, daß ihr Herz bei diesem Versprechen schneller schlug, wollte ihn das aber nicht wissen lassen. »Ich hoffe nicht, bevor es dunkel wird. Was wäre, wenn jetzt jemand hereinkäme? Es ist mitten am Nachmittag.«

»Es wird niemand hereinkommen, ohne zu klopfen«, erwiderte er sachlich. »Abgesehen davon bin ich ein kranker Mann; man erwartet von mir, daß ich die ganze Zeit im Bett bin.«

»Aber man erwartet nicht, daß ich mit dir darin liege!« ermahnte sie ihn.

»Glaubst du nicht?« Seine Stimme bekam einen besonderen, leisen Klang. Seine Hand auf ihrem Rücken begann sich zu bewegen, sie zu streicheln und zu drücken.

»Nein«, antwortete sie, was aber nicht mehr ganz so sicher klang.

Er schob seine Finger unter ihr Haar und zog ihren Mund auf seinen herab. Ihre Zungen berührten sich, die ihre begegnete der seinen zunächst zur zögernd, dann mit wachsender Sicherheit. Ihre Arme hoben sich und umfingen seinen Kopf, so daß seine Hände die Möglichkeit hatten, die Aufwärtsbewegung ihrer Hüften zu erforschen. Sie spürte das leise Erwachen seiner männlichen Kraft.

An der Tür klopfte es.

Julia hob den Kopf. Rud murmelte einen Fluch, und eine finstere Falte zog seine Augenbrauen zusammen. Er ließ sie aber nicht los. »Wer ist da?« rief er.

»Masters, Sir«, sagte der Butler und hustete respektvoll.

Julia löste sich aus Ruds Griff, rutschte zur Seite, glitt vom Bett. Sie bückte sich, hob ihr Kleid und ihr Unterkleid auf. Lautlos huschte sie ins Ankleidezimmer und zog die Tür zu. Plötzlich bemerkte sie ihre

Schuhe, die neben das Bett gefallen waren und die genau so aussahen, als hätte sie sie einfach abgestreift.

Rud glättete eilig das durcheinandergeratene Bett. Als er ihre hastige Bewegung sah, lehnte er sich über die Bettkante und schob die Schuhe schnell darunter, so daß man sie nicht mehr sehen konnte. Dann lehnte er sich wieder zurück und sagte in einem verwirrten Ton, der nicht gestellt war: »Also kommt herein!«

»Ich bitte um Vergebung, Kapitän Thorpe«, sagte Masters und trat ins Schlafzimmer. »Unten ist Besuch für Euch, Sir.«

»Und wer ist das?«

»Man sagte mir, es seien Lord und Lady Cathcart, Sir.«

»Was? Sagt ihnen, daß ich zur Zeit keinen Besuch empfange.«

Julia, die durch einen Türspalt zuhörte, hielt in der Bewegung inne. Endlich der erwartete Besuch von Ruds Mutter, und er wollte sie nicht empfangen!

Sie zog ihr Kleid an und zupfte es zurecht. Sie horchte eine Minute, bis sie sicher war, daß Masters den Raum verlassen hatte, dann ging sie zurück ins Schlafzimmer.

Mit leicht geröteten Wangen trat sie ans Bett. Rud sah sie mit einem besitzergreifenden Lächeln an, sein Blick ruhte auf ihren Hüften. Sie drehte ihm den Rücken zu und hielt ihm die Knöpfe entgegen.

»Also du willst deine Mutter nicht sehen«, sagte sie über ihre Schulter hinweg.

»Nein.«

»Warum nicht? Um sie zu bestrafen, um es ihr heimzuzahlen, daß sie nicht mit deinem Vater leben und dir ein schönes Zuhause bieten wollte?«

»Du weißt nicht, worum es geht«, sagte er locker, so als wolle er das Thema beenden.

»Glaubst du nicht? Nun ja, vielleicht hast du recht. Ich weiß wirklich nicht, ob deine Mutter für den Tod deines Vaters verantwortlich ist oder nicht, aber ich weiß sicher, daß du kein unparteiischer Richter sein kannst. Als ich ein Kind war, habe ich meine Mutter immer dafür gehaßt, daß sie gestorben ist und mich zurückgelassen hat ohne jemanden, der mich behütete oder fröhliche kleine Feste für meine Freundinnen gab. Ich hatte niemanden, mit dem ich darüber hätte sprechen können, wie es ist, eine Frau zu werden.«

Seine Finger an ihrem Rücken hielten inne. »Diese beiden Fälle sind völlig verschieden.«

»Glaubst du wirklich?« fragte sie ernst. »Meine Motive waren aus meinem Selbstmitleid entstanden. Und worin liegen die deinen begründet?«

Er griff nach ihrem Ellenbogen und drehte sie zu sich herum. »Diese Frau da unten hat dafür gesorgt, daß mein Vater getötet wurde. Was glaubst du, was ich tun sollte? So tun, als wäre nichts geschehen?«

»Du bist nicht Richter über sie, aber selbst wenn du es wärest, glaubst du nicht, du solltest deiner Sache erst einmal sicher sein, bevor du ein Urteil fällst?«

»Meine Mutter war die einzige, die wußte, daß sich mein Vater auf englischem Boden befand.«

»Wie kannst du da so sicher sein? Seine Nachricht an sie wurde vielleicht abgefangen, oder eine Patrouille ist ihm zufällig begegnet. Er war ein Yankee-Freibeuter im Feindesland, bei einer gefährlichen, wenn nicht gar wahnsinnigen Unternehmung. Es ist kein Wunder, daß man ihn erwischt hat, sondern unbegreiflich, daß er glauben konnte, man würde ihn nicht aufspüren.«

Die ärgerliche Falte, die jetzt zwischen Ruds Augenbrauen stand, war ein deutliches Zeichen dafür, wie sehr sie ihn mit diesem Stoß getroffen hatte. »Die Sache geht tiefer, als es an der Oberfläche erscheint.«

»Wenn das so ist, solltest du mir davon erzählen«, sagte Julia und sah ihn direkt an.

»Ich würde es vorziehen, wenn du meinem Wort und meiner Einschätzung vertraust.«

»Auf guten Glauben?« fragte sie mit leicht erhobenem Kinn. »Wie dem Wort Gottes?«

»Bravo! Oh, bravo!«

Dieser Beifallsruf ertönte von der Tür herüber. Eine Frau stand dort. Sie hatten sie nicht eintreten hören. Hinter ihr stand Masters, sein Gesicht und sein Oberkörper waren starr vor Unbehagen und beleidigter Würde.

Die Frau trat ein paar Schritte ins Zimmer. »Wohl gesprochen, meine Liebe«, sagte sie zu Julia, und ihre Augen bewegten sich mit einem etwas schrägen Ausdruck von Amüsement über ihre gelösten goldenen Haarsträhnen, die über ihre Schultern und die immer noch offenstehende Rückseite ihres Kleides fielen. »Es war schon seit einiger Zeit nötig, ihm einmal den Kopf zurechtzurücken. Ihr müßt mein Eindringen vergeben. Ich hatte Masters in Verdacht, daß er nicht ganz die Wahrheit sagte, als er mir erklärte, Rud sei nicht in der Lage, Besuch zu empfangen. Ich sehe jetzt allerdings, daß er wirklich die Wahrheit gesagt hat. Dennoch braucht Ihr Euch meinetwegen nicht zu schämen. Solche Szenen sind mir nicht unbekannt, und so seltsam es mir auch manchmal selbst erscheinen mag, der Mann, der auf so vertraute Weise mit Euch umgeht, ist mein Sohn.«

KAPITEL 9

Lady Georgina Baxter Thorpe Cathcart war erstaunlich klein, nicht annähernd so groß wie Julia, und hatte die schlanke Gestalt und die Züge eines Vollbluts. Ihr Haar war elegant arrangiert, aber hennabraun gefärbt, und ihre blauen Augen hatten weder die Tiefe noch die Intensität von Ruds. Der einzige Zug, den sie ihrem Sohn vererbt hatte, war der feste Schwung ihrer Lippen. Sie trug ein höchst modernes Tageskleid aus cremefarbenem Taft, eingefaßt mit Rohseide, dazu eine modische Haube mit geflochtenen Bändern und gefärbten Federn, und man sah ihr trotz der kleinen Fältchen an ihren Augenwinkeln nicht an, daß sie über fünfzig Jahre alt war. Trotz der dreisten Art, mit der sie eingedrungen war, obwohl sie nicht erwünscht war, und trotz des Geschicks, mit dem sie die Situation gemeistert hatte, glaubte Julia, daß sie nicht so selbstsicher war, wie sie schien. Ihre Augen glänzten zu intensiv, während sie ihren Sohn ansah; ihr Hand hielt etwas krampfhaft den Spitzenfächer und die silberne Schachtel mit den Visitenkarten.

Sie mußte etwas unternehmen. Sie konnte nicht einfach stehenbleiben, ohne etwas zu sagen. Julia erhob sich und nickte Masters zu, der hinausging und die Tür hinter sich zumachte. »Möchtet Ihr Euch nicht setzen, Lady Cathcart?« fragte sie.

Ruds Mutter betrachtete den tiefen Sessel neben dem Kamin. »Nein, danke. Ich ziehe es vor stehenzubleiben. Ich werde sowieso nicht lange bleiben. Cathcart wartet unten auf mich.«

Endlich sagte Rud etwas. »Ach ja, Cathcart, der neue Ehemann. Gestatte, daß ich dir gratuliere.« In seinen Augen lag ein derart kaltes Licht, daß Julia sich wunderte, daß seine Mutter so ruhig blieb.

»Danke«, antwortete seine Mutter mit vollendeter Fassung. »Er ist mein neuer Ehemann, aber ein alter Freund. Das darfst du nicht vergessen.«

»Du kannst ganz sicher sein, daß ich das nicht vergessen habe«, erwiderte Rud.

Seine Mutter sah auf ihre Hände herunter und entspannte den Griff um die Schachtel mit den Visitenkarten.

Julia fühlte sich unbehaglich, hob eine Hand an ihr Haar und schob es auf ihren Rücken. Sie war sich intensiv ihrer nackten Füße und des verknautschten Aussehens ihres Kleides bewußt. Sie wäre viel besser in der Lage gewesen, die Begegnung zu meistern, wenn sie nicht ganz so mitgenommen ausgesehen hätte. »Vielleicht würdet ihr lieber allein bleiben?« schlug sie vor. »Ich kann im Ankleidezimmer warten.«

»Nein«, wehrte Rud ab, streckte den Arm aus und legte eine Hand auf ihren Unterarm.

Seine Mutter schüttelte den Kopf. »Das wird nicht nötig sein. Wie ich schon sagte, werde ich nicht lange bleiben. Ich habe gehört, daß auf Rud geschossen worden ist. Ich wollte mich nur davon überzeugen, daß meinem Sohn nichts Ernstes geschehen ist. Trotz allem habe ich doch immer noch ein paar mütterliche Gefühle.«

»Es geht mir recht gut«, antwortete Rud, als sie nicht weitersprach. Seine Stimme klang mißtrauisch.

»Ich bin auch gekommen, weil ich dich um einen Gefallen bitten wollte. Ich finde es unangenehm, wenn die Leute hinter meinem Rükken sagen, wir beide hätten uns entfremdet, weil du glaubst, daß ich für den Tod deines Vaters verantwortlich bin.«

Rud ließ Julias Arm los und nahm ihre Hand. »Sprich weiter«, forderte er seine Mutter auf, obwohl sich seine Konzentration auf die schlanken Finger richtete, mit denen er spielte.

»Ich dachte, daß du, sobald es dir gut genug geht, um wieder ausgehen zu können, vielleicht nichts dagegen haben könntest, mir, sagen wir, etwas mehr Aufmerksamkeit zu schenken. Es müßte eigentlich noch genug Zeit bleiben, die Gerüchte zu dämpfen, bevor du wieder abfährst.«

»Bevor ich wieder abfahre?« wiederholte Rud, als läge ihm nichts ferner als das.

»Du brauchst mir gegenüber nicht Theater zu spielen«, sagte Georgina Cathcart. »Du wirst dich daran erinnern, daß ich meine Informationen aus dem Außenministerium beziehe, die gewöhnlich sehr präzise sind. Daß ich Lady Cathcart geworden bin, hat daran nichts geändert. In letzter Zeit sind mir noch ein paar interessante Gerüchte über deine Aktivitäten zu Ohren gekommen. Muß ich genauer werden?«

»Nein, ich glaube nicht«, erwiderte Rud langsam.

Seine Mutter sah Julia mit einem seltsamen Lächeln an. »Ich dachte mir eigentlich schon, daß es nicht notwendig sein würde.«

Julia runzelte die Stirn und starrte sie an. Wollte sie andeuten, daß sie von Ruds Beziehung zu den Bonapartisten wußte? Wenn das so war, war ihr wohl nicht klar, daß seine Frau ebenfalls damit zu tun hatte, sonst hätte sie die Angelegenheit vor Julia besprochen.

»Wer außer dir besitzt noch diese Information?« fragte Rud.

»Niemand. Natürlich nahm die Person, die mich informiert hat, an, daß ich mehr als andere interessiert sein könnte, und er war mir schon seit längerer Zeit verpflichtet. Ansonsten ist er absolut diskret.«

Rud ließ Julias Hand los und setzte sich gerade hin. »Bist du sicher?«

In Julias Augen war er wieder zu dem Mann geworden, dem sie auf der *Najade* begegnet war und der höchste Aufmerksamkeit hinter einer gutaussehenden Maske verbarg.

»Ich bin ganz sicher«, antwortete seine Mutter und lächelte ein wenig, obwohl ihre hellblauen Augen wachsam blieben. »Unter den gegebenen Umständen nehme ich an, daß du meine Gefühle verstehen kannst. Es ist wirklich nötig, daß du mir ein wenig Aufmerksamkeit gönnst.«

»Ich glaube ja«, antwortete Rud mit finsterer Stimme. »Was willst du genau von mir?«

»Nur daß man dich ein- oder zweimal in der Öffentlichkeit mit mir sieht und daß du zu einem kleinen Empfang kommst, den ich für dich und deine junge Frau geben werde. Das ist doch nicht zuviel verlangt, oder?«

»Ich hätte nicht geglaubt, daß du je zugibst, die Unterstützung eines anderen zu brauchen.«

Ruds Mutter straffte ihre Schultern. »Das ist nebensächlich. Hast du die Absicht, dich meinen Wünschen zu fügen?«

»Du läßt mir keine andere Wahl«, erwiderte Rud mit einer theatralischen halben Verbeugung im Sitzen.

»Das war meine Absicht«, antwortete seine Mutter. »Also betrachten wir die Sache als erledigt. Ich werde nicht länger bleiben. Ich möchte dir nur noch einmal sagen, wie froh ich bin, dich so wohlbehalten anzutreffen, mein Sohn, und meine Freude darüber ausdrücken, daß ich endlich die charmante junge Dame kennenlernen konnte, die du geheiratet hast. Jetzt überlasse ich dich deiner Ruhe.«

In dem letzten Wort lag ein deutlicher Klang von Ironie. Julia fing den hellblauen Blick auf und hob das Kinn.

Die ältere Frau lächelte kurz und bedachte Julia mit einem seltsam mitleidigen Blick. »Ihr braucht nicht nach Masters zu klingeln, damit er mich hinunterbegleitet. Ich finde den Weg selbst.«

Als sich die Tür hinter ihr schloß, spürte Julia, daß sie die Luft angehalten hatte, und atmete erleichtert aus. Sie war schon vielen Frauen begegnet, aber noch keiner mit diesem Selbstvertrauen, dieser schweigenden Macht. »Was glaubst du, wieviel sie weiß?« fragte sie einen Moment später.

»Das«, sagte Rud und starrte mit zusammengekniffenen Lidern auf die geschlossene Tür, »ist eine gute Frage.«

»Du glaubst doch nicht wirklich, daß sie dich bei den Behörden verraten würde?«

Rud sah zu Julia auf. »Sie hat nur sehr wenig Hemmungen.«

»Aber du bist ihr Sohn!«

»Ja«, antwortete er mit finsterem Ton, »das bin ich.«

Es hatte den Anschein, als ob Rud recht hätte. Jede Frau, die dazu in der Lage war, ihrem Sohn zu drohen, daß sie Aktivitäten bekanntmachen könnte, die mit Gefängnis, vielleicht sogar dem Tod bestraft werden würden, wäre sicher auch in der Lage gewesen, den Tod ihres Mannes herbeizuführen. Wieviel einfacher war es, einen ungeliebten Ehemann zu verraten als einen Sohn? Was für eine furchtbare Frau; sie hatte kein Herz, keine weichen Gefühle, die ein solches Handeln verhindern würden. Und doch hatte sie Julia mitleidig angesehen – warum?

»Sei nicht so nachdenklich«, sagte Rud. »Die *David* wird noch diese Woche losfahren. Nur noch ein paar Tage, und dann ist es vorbei. Es wird uns nichts ausmachen, zu tun, was sie verlangt.«

»Ich glaube kaum«, stimmte ihm Julia zu. »Aber ich hätte gern irgendeine Form von Sicherheit, daß sie sich an das Abkommen hält, wenn wir es auch tun.«

»Seltsamerweise glaube ich, daß man ihr in dieser Beziehung trauen kann. Die politischen Ansichten meiner Mutter sind nicht sehr stark. Sie ist in erster Linie sich selbst treu.«

Seine Stimme war leidenschaftslos, als ob das, was er sagte, schon lange die Kraft verloren hätte, ihn zu verletzen. Trotzdem flüsterte Julia: »Das tut mir leid.«

»Weswegen?« fragte er und strich mit seinem Daumen über die durchschimmernden Adern auf der Unterseite ihres Handgelenks.

»Es tut mir leid, daß deine Mutter so ist, wie sie ist, und es tut mir leid, daß ich bezweifelt habe, was du über sie gesagt hast.«

»Dreh dich um«, forderte er und zog an ihrer Hand, so daß sie ihm wieder den Rücken zuwandte. Sein Arm legte sich wie ein Tau um ihre Taille, und sie setzte sich mit Schwung aufs Bett.

Julia, die glaubte, er wolle ihr Kleid zuknöpfen, hielt gehorsam still. Innerhalb weniger Sekunden entdeckte sie ihren Fehler.

»Was tust du da?« fragte sie und griff nach hinten. Sie spürte ihren bloßen Rücken, wo er die Knöpfe wieder geöffnet hatte. Sie wand sich und versuchte aufzustehen, aber er hielt sie fest.

»Ich dachte, du würdest mir vielleicht im einzelnen zeigen wollen, wie zerknirscht du bist«, flüsterte er und knabberte an ihrer Haut.

Sie erstarrte, als wäre sie gestochen worden. »Ich kann mir nicht vorstellen, wie du auf diese Idee kommen konntest.«

»Nein?« murmelte er, und seine kräftigen Zähne waren durch den Stoff des Kleides deutlich spürbar.

Der Griff seines Arms festigte sich. Julia machte einen Satz nach vorn, um sich an der Kante des Tisches neben dem Bett festzuhalten, aber ihre Finger glitten an der Oberfläche ab, weil Rud sie zurückzog. »Ist das das einzige, woran du denkst?« fragte sie halb lachend und halb atemlos.

»In letzter Zeit ja«, gab er zu.

Der Druck an ihrer Mitte wurde langsam unerträglich. »Es wird schon bald dunkel sein«, sagte sie und schnappte nach Luft.

»Ich weiß«, sagte er vergnügt. »Auf diese Zeit freue ich mich auch.«

Er ließ seine freie Hand unter das Mieder ihres Kleides gleiten, und seine Finger machten sich an den Bändern ihres Unterkleides zu schaffen.

»Rud –«

»Ja, meine Süße?«

Sie atmete tief ein und dann in einem Seufzer wieder aus, als jeder Widerstand sie verließ. Sie lehnte sich an ihn. Er ließ sie los, hob den Kopf und drehte sie in seinen Armen herum. Dann drückte er sie fest an sich, während sein Mund, warm und vielversprechend, nach ihrem suchte. Er streckte die Hand aus und warf die Bettdecke zurück.

Julia, die schon begann, die Arme aus den engen Ärmeln zu ziehen, sah auf das Laken. Dann hielt sie in ihrer Bewegung inne, und ihr Blick richtete sich auf den rotbraunen Fleck, der das verknautschte Laken zierte. Zorn und Widerwillen überkamen sie und wischten ihre lustvollen Gefühle wie ein starker Wind beiseite. Sie stieß sich von Rud ab und sprang auf.

»Du hast mich angelogen«, zischte sie ihn an.

Ihr loses Kleid rutschte über ihre Hüften und blieb zu ihren Füßen liegen. Mit einer wütenden Bewegung stieg sie heraus und stieß es zur Seite. Das tiefausgeschnittene Unterkleid erlaubte einen großzügigen Blick auf ihre Reize. Ihr schneller Atem drohte jederzeit die rosa Spitzen ihrer Brüste zu enthüllen.

Rud schluckte und hob seinen Blick zu ihrem Gesicht. »Wobei?« fragte er mit belegter Stimme.

»Du hast mir erzählt, du – du hättest die Nacht bei mir verbracht und an Bord der *Najade* bei mir geschlafen, bevor wir geheiratet haben.«

»Das habe ich auch getan«, antwortete er, und ein Stirnrunzeln entstand zwischen seinen Brauen.

»Das hast du nicht, das kann nicht sein.«

»Doch, habe ich, und ich konnte es wohl!«

Julia deutete mit einer entschiedenen Bewegung auf das Bett. »Wie erklärst du dann das hier?«

»Ich habe nie behauptet, ich hätte dich geliebt«, antwortete er nach einem kurzen Blick in die Richtung, in die sie zeigte.

»Ach nein?« fragte sie beißend. »Du hast es aber zugelassen, daß ich das geglaubt habe!«

»Wenn ich mich recht erinnere, habe ich gesagt, du hättest mich gebeten, die Nacht in deiner Kajüte zu verbringen, und daß du am folgenden Morgen nichts dagegen hattest, mich zu heiraten.«

»Ich bin ohne Kleider aufgewacht –«

»Das stimmt, aber wenn du zurückdenkst, wirst du dich daran erinnern, daß es eine neblige Nacht war und zu regnen begonnen hatte. Es war unmöglich zu verhindern, daß wir naß wurden. Ich durfte doch nicht zulassen, daß du eine Lungenentzündung bekommst, weil du in feuchten Kleidern schläfst, oder? Du warst durchgefroren, du wolltest nicht allein sein. Hätte ich dich zitternd und ängstlich, wie du warst, einfach im Dunkeln zurücklassen sollen?«

Es klang so plausibel, und doch wußte sie, daß sie sich nicht getäuscht hatte. »Willst du bestreiten, daß du absichtlich versucht hast, mich glauben zu machen, daß ich – daß ich es zugelassen habe – dich sogar gebeten habe, mich zu –«

Sie zögerte unter seinem nachdenklichen Blick und wußte ganz genau, daß er ihr nicht zu Hilfe kommen würde.

»Ja?« fragte er scheinheilig.

»Du weißt genau, was ich meine!« rief sie voller Zorn.

»Ja, das tue ich«, sagte er und lächelte kurz. »Was glaubst du, warum ich so etwas tun sollte?«

»Ich bin nicht sicher, aber ich denke möglicherweise, weil du meine Zustimmung zu unserer hastigen Trauung erreichen wolltest und weil du verhindern wolltest, daß ich dir vor den Bediensteten deines Onkels Schwierigkeiten mache oder gar vor deinem Onkel und deiner Tante.«

»Das ist nicht unrichtig, bis zu diesem Punkt. In meinem Betrug habe ich auch angenommen, du würdest es vorziehen, dir Gedanken über das zu machen, was in der Nacht zwischen uns geschehen war, statt noch einmal an Marcels grobe Werbung im Wirtshaus zurückzudenken.«

Die Röte, die in ihre Wangen stieg, bewies, daß er mit dieser Vermutung recht behalten hatte. Sie kümmerte sich nicht darum, stemmte die Hände in die Hüften und schleuderte ihr Haar nach hinten. »Und jetzt soll ich dir für diesen niederen, verachtungswürdigen Trick auch noch dankbar sein? Soll ich dir danken, weil du es geschafft hast, meine Schwäche und Verzweiflung auszunutzen, um mich zum Narren zu machen?«

Mit einer schnellen Bewegung stand er vom Bett auf. Bevor sie sich zurückziehen konnte, umfaßte er ihre Taille und zog sie an sich. Er schien ihre Hände nicht wahrzunehmen, mit denen sie sich wirkungslos von seinen Schultern abstieß. »Nein, nein, süße Julia. Das letzte, was ich von dir will, ist Dankbarkeit. Am Morgen unserer Trauung sah ich dein schönes verletztes Gesicht und den gehetzten Blick in deinen Augen. Ich spürte, daß du dich von mir zurückgezogen hast und meine Nähe nicht ertragen konntest, noch weniger meine Berührung. In der Nacht zuvor war das anders gewesen. Dein Gehirn hatte einfach ausgesperrt, was geschehen war, und du warst wie ein Kind, vertrauensvoll und von bezauberndem Liebreiz, als du dich mir zuwandtest, um Trost zu finden. Ich hielt dich in meinen Armen und konnte den Gedanken nicht ertragen, daß du vielleicht nie wieder freiwillig darin liegen würdest. Ich konnte und wollte dir Zeit geben, um die häßlichen Erinnerungen an das Begehren eines Mannes verblassen zu lassen. Aber würde das ausreichen? Ich sagte mir: Wenn ich dich auch nur für einen Augenblick denken lassen könnte, du hättest dich mir hingegeben, würde es dir vielleicht nicht so schwerfallen, es noch einmal zu tun.«

Sie blieb starr in seinen Armen und versuchte so weit wie möglich die Berührung und die offene Bitte in seinem Blick zu ignorieren. Ihre Lippen wurden schmal, dann sagte sie: »Also, insgesamt gesehen, hast du alles für dein eigenes, zukünftiges Vergnügen getan?«

»Und für deines«, ergänzte er mit leiser Stimme, beugte den Kopf, um ihre Lippen zu suchen, koste und neckte sie.

Ihre Gedanken wirbelten durcheinander. Sie fühlte sich einerseits benutzt und manipuliert. Aber sie empfand auch das überwältigende Bedürfnis, ihm zu glauben, zufrieden in seinen Armen zu liegen, in der Wärme seines Kusses zu ertrinken, seinem Begehren und ihrem Verlangen nach Liebe zu gehorchen. Als seine Hände über die Rundungen und Kurven ihres Körpers wanderten, spürte sie, wie ihre feindseligen Gefühle dahinschmolzen.

Mit einer plötzlichen Bewegung wand sie sich aus seinen Armen und entfernte sich von ihm. »Du mußt mich ja für eine Närrin halten, die sich leicht herumkriegen läßt«, erklärte sie und wischte sich mit der Hand über die Lippen. »Glaubst du vielleicht, ich könnte es jetzt ertragen, wenn du mich berührst, jetzt, da ich weiß, was du getan hast? Du bist ein skrupelloses Tier. Dich interessiert nichts außer der Befriedigung deiner fleischlichen Instinkte!«

»Da hast du vielleicht recht«, gestand er gedehnt und näherte sich ihr langsam in herrlicher, hoch aufgerichteter Nacktheit wie das Tier, mit dem sie ihn verglichen hatte.

Ihre Augen weiteten sich, und sie zog sich vor ihm zurück. Mit wenigen schnellen Schritten sorgte sie dafür, daß der Sessel mit der hohen Rückenlehne zwischen ihnen stand. Rud schob ihn mühelos mit einem muskulösen Arm zur Seite, so daß er über den glänzend gebohnerten Fußboden rutschte.

Julia warf sich auf die eine Seite und entkam den nach ihr greifenden Fingern nur um Haaresbreite. Mit finsterer Miene eilte sie um das Fußende des Bettes herum und stürmte ins Wohnzimmer. Auf einem kleinen Seitentischchen stand ein Schachspiel mit steinernen Figuren, die Thaddeus Baxter aus dem fernen Osten mitgebracht hatte. Julia stürzte sich darauf, griff mit beiden Händen nach den Figuren und drückte sie an sich. In dem Augenblick, als Rud durch die Tür kam, warf sie eine Königin nach ihm und sank aufs Sofa.

Er wich instinktiv der ersten Schachfigur nach unten und der zweiten zur Seite hin aus, aber ein Läufer prallte von seiner Schulter ab, und ein Bauer traf ihn direkt auf den Wangenknochen. Mit einem Fluch nahm er den Hagel in Kauf, um sich ihr zu nähern. Das Sofa schwankte unter seinem Gewicht, als er sich daraufstürzte.

Mit einem kleinen Schrei versuchte Julia seinem direkten Angriff auszuweichen. Sie wäre sicher an ihm vorbeigeschlüpft, wenn seine Finger nicht ihr seidenes Unterkleid erwischt hätten. Der Stoff hielt dem Zug stand, und einen Augenblick später hatte er auch schon ihr Haar ergriffen. Schnell schlang er sich die langen Strähnen um das Handgelenk, drehte sie zusammen wie ein Seil und zog sie zu sich heran. Als sie nah genug bei ihm war, ließ er die Haare los und schloß seine Arme um sie.

Schnell wie eine Schlange, die zubeißt, hob sie ihre Hand und breitete die Finger wie Klauen aus, um sein Gesicht zu zerkratzen. Kurz bevor sie ihr Ziel erreicht hatten, ergriff er ihr Handgelenk, riß es herunter und drehte es hinter ihren Rücken. Die andere Hand war zwischen ihnen eingeklemmt. Julia schloß die Augen und versuchte, gegen die plötzlich aufsteigenden Tränen des Ärgers und der Unfähigkeit anzukämpfen.

Ruds Arme schlossen sich fester um sie. »Julia«, sagte er mit leiser, eindringlicher Stimme. »Sieh mich an. Bin ich wirklich so schrecklich? Habe ich dich irgendwie verletzt?«

Sie warf ihm einen zornigen Blick zu, antwortete aber nicht.

»Es ist natürlich auch möglich, daß ich dich einfach schlecht erzogen habe, indem ich zu sanft mit dir umgegangen bin und zuviel Respekt vor deinen zarten Gefühlen hatte. Sollen wir es auf die andere Art versuchen und sehen, was dann passiert?«

Er schob seine Finger unter ihr Haar und zwang sie, den Kopf nach hinten zu legen. Sein Mund senkte sich auf den ihren, verzerrend in seiner Hitze. Seine Zunge überwand ihren Widerstand, drang in sie ein, ein kleiner Vorgeschmack des anderen Eindringens, das noch folgen würde. Ihre schwellenden Brüste wurden an die steinharten Muskelflächen seiner Brust gedrückt. Die Hitze seiner Lenden brannte sich in ihre Haut.

Erwartete er etwa, daß sie es sich widerstandslos gefallen lassen würde, wenn er sie vergewaltigte? Daß sie sich jeder beliebigen Strafe unterwerfen würde, die er sich vielleicht ausgedacht hatte? Das würde sie nicht erdulden. Und wenn es sie die letzte Kraft kosten sollte, würde sie sich ihm widersetzen. Also verwöhnt war sie? Dann war er es eben so. Er war sich seiner selbst viel zu sicher, zu sehr daran gewöhnt, daß er unter Kontrolle hatte, was zwischen ihnen geschah. Von diesem Augenblick an würde er sich um sich selbst kümmern müssen. Wenn er keine Spur nachgab, würde sie es auch nicht tun.

Stückchen für Stückchen hörte sie auf, sich gegen ihn zu wehren. Statt dessen erwiderte sie seinen Kuß mit allen Anzeichen von Verlangen. Ihr Körper wurde nachgiebig, und sie schmiegte sich an ihn. Versuchsweise begann sie ihre Hüften zu bewegen, rieb die Seide zwischen ihnen an seiner Haut hin und her. Die Art, wie er plötzlich nach Luft schnappte, war ihre Belohnung.

Er zog sich ein wenig zurück und sah mit einem tiefen Blick in ihre Augen. Und dann trafen sie aufeinander wie Duellanten, auf der Suche nach einer Schwäche oder einem Vorteil. Er lockerte seinen Griff, legte seine Hände auf ihre Hüften und zog sie fest gegen seinen Unterleib. Ihre Hände hoben sich und strichen über seine Schultern zu den Muskelsträngen auf seinem Rücken, schlossen sich schließlich um seinen Kopf. Julia spürte, wie sich ein heftiger Sturm in ihr erhob, ein klingender Wahnsinn im Blut, der sie zu noch mehr Wildheit drängte.

Sie zog ihre scharfen Fingernägel an seinem starken Hals abwärts und drückte die aufgerichteten Spitzen ihrer Brüste gegen ihn. Seine Finger waren nicht ganz so entschieden wie sonst, als Rud die kleinen Puffärmel ihres Unterkleides von ihren Schultern schob, einen nach dem anderen. Als Julia ihre Arme hob und das Unterkleid zu Boden fallen ließ, senkte er den Kopf und zog eine Spur brennender Küsse von ihrer Halsgrube abwärts bis zu dem Hügel ihrer bloßen Brust.

Das Sofa war gleich hinter ihm. Rud hob Julia mit einem schwindelerregenden Schwung auf die Arme. Ein paar Schritte, und sie spürte die kühle Seide des Bezugs auf ihrer Haut. Dann war er neben ihr und liebkoste ihren Körper mit Mund und Händen, als sie in dem ursprünglichen Instinkt, sich an ihm zu halten, nach ihm griff.

Ein kribbelndes Gefühl lief in Wellen über sie hinweg, und ihre Haut schien von einer inneren Hitze zu erglühen. Als er sich über sie hob, versuchte sie, sein Eindringen zu erleichtern, und hieß sein hartes Vorstoßen willkommen. Sie schloß fest die Augen, ihr Atem schien in der

Kehle steckenzubleiben. Rud begann sich zu bewegen, und sie wölbte sich empor. Sie konnte die Lust dieser Begegnung kaum ertragen, die sie wie eine Flutwelle durchströmte. Sie klammerte sich an die straffen Muskeln in seinen Armen, hörte das Echo seiner rauhen Atemzüge in ihren Gedanken, als sie zusammen voranstrebten, Feinde, Kampfkameraden, ergriffen von blutrünstigem Verlangen nach der Schlacht, die ihnen eine wilde Lust bescherte. Julia begann schwer und tief zu atmen und drehte den Kopf von einer Seite zur anderen. Ihr Gehirn war vollkommen ausgeschaltet, als sie den Ansturm der lustvollen Empfindungen spürte. Die Ekstase war so durchdringend, daß ein krampfhaftes Schaudern ihre Nerven ergriff und ein wollüstiges Verlangen hinterließ, diesen Mann völlig in sich aufzunehmen.

Verwirrt und überwältigt von ihren eigenen Gefühlen, spürte Julia kaum, als er sie verließ. Es war nicht genug Platz für sie beide auf dem schmalen Sofa. Er kniete neben ihr und streichelte ihr goldenes Haar, das sich in einer glänzenden Flut auf den Boden ergoß.

»Großer Gott«, sagte er atemlos und beugte sich vor, um ihre bebenden Lider und die verletzlichen Konturen ihrer Lippen zu küssen.

Langsam öffnete sie die Augen. Ihr Blick war ausdruckslos, als sie lange in das unergründliche Blau seiner Augen sah. Dann setzte sie sich mit einem bekümmerten Kopfschütteln auf. Ihrer Nacktheit so wenig bewußt wie eine heidnische Priesterin, stand sie auf und ging fort und ließ ihn auf einem Knie neben dem Sofa zurück.

Ein leichtes Klopfen ertönte an der Wohnzimmertür. Julia sah von dem Buch in ihrem Schoß auf und rief: »Herein!«

Tante Lucinda trat ins Zimmer und schloß die Tür hinter sich. »Bist du fertig, meine Liebe?« fragte sie. »Ja, ich sehe schon, daß du fertig sein mußt, sonst würdest du ja nicht lesen. Wie ruhig du bist trotz der kommenden Unsicherheiten. Ich bin dabei immer sehr aufgeregt.«

»Bin ich auch«, sagte Julia und lud Ruds Tante mit einer Geste ein, sich zu setzen. »Im Augenblick bin ich nur zu müde, um es mir anmerken zu lassen.«

»Das bezweifle ich nicht. Hierhin und dorthin mit Rud zu fahren, dich um seine Mutter zu bemühen, dich um das Packen für dich und für ihn zu kümmern, und das, nachdem du eben erst aufopfernd die Krankenschwester für ihn gewesen bist – da wäre ja wohl jeder erschöpft.«

Das Verständnis der ältern Frau war – wie immer – Balsam für Julias Seele. »Ich werde sehr viel Zeit haben, mich auszuruhen, wenn wir auf See sind. Ich möchte dir noch einmal für die Kiste Bücher danken, die du uns für unterwegs gegeben hast – wie du siehst, konnte ich der Versuchung nicht widerstehen, sofort hineinzusehen.«

Tante Lucinda streckte den Arm aus und tätschelte Julias Hand. »Das freut mich, aber ich stelle fest, daß es mir lieber wäre, wenn ihr nicht schon so bald fahren würdet. Ich habe so viel Freude durch euren Besuch gehabt, besonders um diese Jahreszeit. Thaddeus und ich haben das Gefühl, daß Rud keine bessere Frau als dich hätte finden können, meine Liebe. Wir werden euch beide außerordentlich vermissen.«

Gerührt von dieser Bemerkung, sprach Julia ihre Dankbarkeit für die Gastfreundschaft aus.

»Es gibt noch einen anderen Grund, warum es mir lieber wäre, wenn ihre eure Abfahrt auf einen späteren Zeitpunkt gelegt hättet«, fuhr Tante Lucinda fort. »Ich mache mir Sorgen um Rud. Er scheint nicht er selbst zu sein, absolut nicht. Er war bisher noch nie so gereizt und empfindlich. Und dann diese Prellung an seinem Wangenknochen, als es ihm schon fast wieder gutging. Ich habe nicht verstanden, wie es so plötzlich dazu kommen konnte. Ich wollte mich natürlich nicht einmischen, aber ich habe mich gefragt, ob das daher kam, daß er vielleicht doch zu früh aufgestanden und dabei gestürzt war. Er war so eigentümlich schweigsam zu diesem Punkt.«

Die Präzision, mit der Julia ihn mit der Schachfigur getroffen hatte, hatte sich für ihn als ziemlich unbequem herausgestellt. Die Prellung war wirklich ausgeprägt gewesen und hatte sich bis zu seinem Auge ausgebreitet. »Ich glaube nicht, daß du dir Sorgen zu machen brauchst. Ich verspreche dir, daß er völlig wiederhergestellt ist. Er hat gelegentlich noch Kopfschmerzen, und die Narbe wird ihm bleiben, aber er ist so kräftig wie eh und je.«

Tante Lucinda seufzte. »Es wäre dumm, deinen Worten nicht zu glauben, aber ich kann doch nicht so recht unbeschwert sein. Ich versichere dir, daß er noch nie so schwierig gewesen ist. Er war immer schon ein ernster Charakter, aber er hat sich noch nie so verhalten, als trüge er das Gewicht der ganzen Welt auf den Schultern.«

»Er ist jetzt ein verheirateter Mann«, sagte Julia ruhig.

»O meine Liebe! Ich wollte damit absolut nicht andeuten, daß es da eine Verbindung geben könnte, wirklich nicht. Kein Bräutigam könnte liebevoller und herzlicher mit seiner Frau umgehen als er mit dir. Es erinnert mich wirklich daran, wie es vor vielen Jahren zwischen Thaddeus und mir war. Nein, ich würde viel eher annehmen, daß er irgendeine geheime Sorge hat, über die er mit niemandem sprechen möchte, vielleicht hat es mit der *Najade* zu tun.«

»Das wäre vielleicht möglich«, sagte Julia mit neutralem Tonfall. Obwohl sie wesentlich mehr Grund gehabt hatte, Ruds launische Stimmung zu bemerken, als Tante Lucinda, war das doch keine Sache, die sie mit der anderen Frau hätte besprechen können. Rud hatte viele verschiedene Gründe für sein Verhalten: die Verantwortung dafür, wie das Unternehmen weiterging; die Verwirrung durch den Zwang, den Wünschen seiner Mutter gerecht zu werden, wenn sie nicht riskieren wollten, verraten zu werden; die letzten Vorkehrungen, um sicherzugehen, daß die *Najade* zur richtigen Zeit in Rio de Janeiro die *David* treffen würde; und schließlich auch noch seine Beziehung zu ihr. Wenn man dazu seine Kpfschmerzen rechnete und das Gefühl, wertvolle Zeit verloren zu haben, während er ans Bett gefesselt war, schien es doch wenig erstaunlich, daß Rud nicht so war wie sonst.

»Nun ja, ich werde nichts weiter dazu sagen. Er ist ein erwachsener Mann und kennt seine Grenzen, während ich eine dumme alte Frau bin, die sich eigentlich über andere Dinge Gedanken machen sollte. Aber du wirst gut auf ihn aufpassen, nicht wahr? Ich bin sicher, daß du ihn dazu überreden kannst, auf sich zu achten.«

»Natürlich werde ich das tun«, versprach Julia, und die Wärme in ihrer Stimme galt mehr Tante Lucindas Mutterinstinkten als der Aussicht darauf, Ruds Wächterin zu sein.

»Ach, ich bin wirklich eine dumme alte Frau!« rief Tante Lucinda plötzlich. »Ich hätte dir sagen müssen, daß du dafür sorgen sollst, daß die Koffer auch wirklich fertig sind, weil sie im Laufe der nächsten Stunde abgeholt werden sollen. Außerdem ist Rud gerade bei seinem Onkel, aber er wird abfahrbereit sein, sobald die Koffer zur *David* gebracht wurden.«

Sie hatte diese Worte kaum ausgesprochen, da hörten sie draußen auf dem Flur jemanden kommen. Mit einer schnellen Umarmung und der Versicherung, daß sie Julia noch hinunterbegleiten werde, bevor sie abfuhr, ging Tante Lucinda aus dem Weg. Julia hatte kaum Zeit, um zu nicken, bevor sie von Zimmermädchen, Lakaien und Trägern umgeben war. Sie winkte Masters, der in der Tür stand und deutete auf die Schachteln und Koffer, die weggebracht werden sollten, dann überließ sie es ihm, das Gepäck in den wartenden Wagen transportieren zu lassen. Sie ging durch das Schlafzimmer ins Ankleidezimmer, nahm ihre Haube aus grauem und schwarzem Stroh mit den schwarzen Bändern und setzte sie auf. Sie befestigte die Bänder unter dem Kinn und warf einen prüfenden Blick auf ihr Reisekleid aus französischem Seidentwill. Der schwarzgraue Farbton mochte gut aussehen, paßte aber nicht sehr gut zu blasser Haut. Mit einem kleinen Schulterzucken faßte sie an die goldene Biene an ihrem Hals, um sicher zu sein, daß sie auch fest saß, nahm ihre Handschuhe und ihr Täschchen und wandte sich ab.

Ein letzter Blick über die Suite, die sie bewohnt hatten, bewies, daß sie nichts vergessen hatten. Mit gemessenen Schritten folgte Julia zwei Lakaien, die die letzte Kiste hinuntertrugen.

Im Salon und in dem unteren Wohnzimmer war niemand. Also war Rud immer noch bei seinem Onkel. Sie wollte ihr Gespräch nicht unterbrechen und beschloß, im Salon zu warten.

Die Fenster des langen Zimmers führten zu einem blühenden Rosengarten, Tante Lucindas persönlichem Rückzugsort. In den letzten Wochen hatte sich der Frühling langsam zum Sommer entwickelt. Jetzt öffneten sich die moosgrünen Knospen der Rosen zu einer Fülle roter, rosafarbener und weißer Blütenblätter. Von den warmen Sonnenstrahlen hervorgelockt, wurde ihr Duft durch das offene Fenster in den Salon geweht. Julia atmete tief ein und ging zur Fensternische, um hinauszusehen. Sie fragte sich, ob Tante Lucinda wohl hinausgegangen war. Ja, dort sah sie Ruds Tante neben dem alten Gärtner stehen. Aus ihren Bewegungen war zu schließen, daß sie über die Notwendigkeit des Unkrautzupfens an einem grün bewachsenen Beetrand mit Iris und würzig duftenden Nelken sprach.

Die liebe Tante Lucinda, dachte Julia. Die gute Erziehung der älteren Dame verhinderte, daß sie genau nach der Beziehung zwischen ihrem Neffen und der jungen Frau, die er geheiratet hatte, fragte, aber dennoch war sie empfindsam genug, um zu spüren, daß nicht alles so war, wie es sein sollte. Julia hätte es als Erleichterung empfunden, sich ihr anvertrauen zu können und um ihren Rat zu bitten, wenn es nicht so viele Dinge gegeben hätte – die Sicherheit ihrer Mission, die spezielle Art ihrer Schwierigkeiten und Ruds wahrscheinliche Reaktion auf ihr Bedürfnis –, die das unmöglich machten. Es wäre auch eine Schande gewesen, wenn sie Ruds Tante die Illusionen geraubt hätte. Tante Lucinda konnte nur wenige Erfahrungen haben, mit denen sie die seltsame Beziehung hätte einschätzen können, die Julia und Rud miteinander verband. Julia selbst verstand nicht einmal, worauf sie sich eingelassen hatte. Ihr Ärger über Ruds Verhalten, das sie anfangs als Betrug empfunden hatte, war langsam vergangen. Ohne das wirklich zu wollen, hatte sie seit jener Zeit einen festen Deckel über ihre Gefühle gestülpt. Sie hatte entdeckt, wie mörderisch so etwas sein konnte, und hegte nicht die geringste Absicht, diese Erfahrung zu wiederholen. Sie ließ es nicht zu, daß sie die Gefahr zu genau untersuchte, schützte sich aber davor, so gut sie nur konnte. Als Rud sich ihr beim nächsten Mal genähert hatte, hatte sie sich hinter eine Fassade der kühlen Reserviertheit zurückgezogen und pflichtschuldig auf ihn reagiert, aber ohne jede Begeisterung. Es gelang ihr mit großem Einsatz, diese Haltung zu bewahren.

Das hielt Rud natürlich nicht im geringsten von seinen Absichten ab. Er schien zu erkennen, ohne daß dazu Worte nötig gewesen wären, daß es sich hierbei auch um eine Art der Kriegführung handelte. Er nahm weiterhin seine ehelichen Rechte wahr, zahlte ihr ihre passive Haltung in der wirksamsten Weise heim mit süßen Worten und sanften, eindrücklichen Zärtlichkeiten, so daß sie sich auf die Lippen beißen mußte, um nicht laut aufzuschreien. Danach stützte sich Rud manchmal auf einen Ellenbogen und sah mit einem so leeren Ausdruck auf sie herab, der beinahe ihre Verteidigung untergraben hätte. Sie lernte es, zur Seite zu schauen oder mit geschlossenen Augen liegenzubleiben, bis er sich abwandte. Ein- oder zweimal hatte sie seinen Ärger gespürt, aber aus irgendeinem Grund, den sie nicht verstehen konnte, ließ er sich niemals dazu hinreißen, seinen Gefühlen freien Lauf zu lassen. Er legte sich einfach nur ans andere Ende des Bettes und drehte ihr den Rücken zu. Später dann, in der dunklen Stille der Nacht, wandte er sich ihr im Halbschlaf wieder zu und zog sie mit einer heftigen Bewegung an sich.

Julia war so sehr in Gedanken versunken, daß sie die Tür hinter sich nicht hörte. Erst als sie die Stimme von Ruds Onkel hörte, wußte sie, daß jemand hereingekommen war.

»Es tut mir wirklich leid, mein Junge«, sagte er, »daß sich die Lage zwischen dir und Julia so entwickelt hat. Die Pflicht ist eine eifersüchtige Geliebte; sie erlaubt es denen, die ihr dienen, nur selten, glücklich zu sein.«

Julia sah deutlich die plötzliche Geste, mit der Rud Thaddeus Baxter zum Schweigen zu bringen versuchte, als sie sich umdrehte. Ihre Stimmen hatten leise geklungen, fast so, als verbände sie ein seltsames Einvernehmen. In dem kurzen Augenblick, der ihr zu Reaktion zur Verfügung stand, erschien es ihr das Beste, so zu tun, als hätte sie nicht gehört, was gesagt worden war, und zu hoffen, man würde das Rosa auf ihren Wangen der Aufregung vor der Reise zuschreiben. Sie lächelte kurz, trat vor und sagte: »Endlich! Die Koffer sind gepackt und verladen, und ich habe mir schon überlegt, ob ich euch aus der Bibliothek zerren muß. Wir müssen gehen, sonst wird das Schiff ohne uns segeln.«

»Das ist sehr unwahrscheinlich«, erklärte Onkel Thaddeus mit etwas zu lauter Stimme. »Der Kapitän würde nicht im Traum daran denken, den Anker zu lichten, solange mein Neffe noch nicht an Bord ist. Er weiß, daß er dann sein Schiff im Handumdrehen los wäre. Dennoch wäre es ein Jammer, wenn ihr noch einen Tag warten müßtet, und es wäre auch nicht sinnvoll, von Anfang an den Mann, der während der nächsten zwei Monate oder länger euer Gastgeber sein und mit euch am Tisch sitzen wird, zu brüskieren.«

Noch bevor er zu Ende gesprochen hatte, war Tante Lucinda aus dem Garten heraufgeeilt, um sich zu ihnen zu gesellen. Das allgemeine Abschiednehmen begann. Julia und Ruds Tante umarmten sich und versprachen, sich lange Briefe zu schreiben, während Rud und sein Onkel es zufrieden waren, sich mit einem herzlichen Händedruck voneinander zu verabschieden.

Dann schob Rud Julia aus dem Haus, einen Arm um ihre Schultern gelegt. Der Wagen mit ihrem Gepäck fuhr gerade aus der Ausfahrt. Sie stiegen in die Kutsche, und nach einem letzten Winken fuhren sie in die gleiche Richtung wie der Gepäckwagen.

Die *David* war eine dreimastige, mit quadratischen Segeln bestückte Fregatte, die mit vierundzwanzig Kanonen zum Kampf gerüstet war. Sie war knapp fünfzig Meter lang und konnte neben ihren zweihundert Tonnen Ladung auch vierundzwanzig Passagiere transportieren. Ihre gewöhnliche Route führt um das Kap Horn nach China. Auf der Fahrt dorthin hatte sie eiserne Haushaltwaren, wollene Stoffe, schottischen Whisky, spanischen Wein und eine Vielzahl anderer kleiner Dinge geladen. Sie kehrte zurück, beladen mit Tonnen von Tee, Gewürzen, Opium, Elfenbein, Seide und indischen Stoffen. Sie überquerte die See, trotzte Piraten, dem Wetter und den Göttern der Tiefe. Und noch bevor die Reise vorüber war, dachte Julia, als die Taue losgemacht wurden und sie mit sinkender Flut die Themse hinunterfuhren, würde ihr die wertvollste Ladung anvertraut sein, die sie je transportiert hatte. Sie würden Napoleon Bonaparte an Bord haben.

Unter den Passagieren war Marcel de Gruys nicht auszumachen, er war auch nicht bei Gourgaud und den anderen gewesen, die gekommen waren, um sich von ihnen zu verabschieden. Julia begrüßte diese Erkenntnis mit Erleichterung und der wilden Hoffnung, daß dem Mann die Lust an diesem Abenteuer vergangen war. Er war nicht tot, so viel hatte sie in Erfahrung bringen können. Doch was aus ihm geworden war, blieb ein Geheimnis. Die Nachforschungen ergaben, daß ein Arzt zu ihm gerufen worden war und man ihn später aus seiner Wohnung transportiert hatte. Danach hatte man ihn nicht mehr gesehen. Doch da Rud den genauen Grund für sein Interesse an de Gruys' Verbleib weder Gourgaud noch den Behörden erklären wollte, war ihm nichts anderes übriggeblieben, als die Sache auf sich beruhen zu lassen.

Es ereignete sich nur wenig, was die Eintönigkeit der Seereise unterbrochen hätte. Ein sonniger Tag folgte dem nächsten. Julia schlief, las, saß an Deck und betrachtete das endlose Meer. Sie sah nur wenig von den anderen Reisenden, obwohl dann und wann eine der anderen Damen sie in ein Gespräch zu verwickeln versuchte. Auf irgendeine geheimnisvolle Art, vielleicht durch den Kapitän des Schiffes, war bekannt geworden, daß sie beide jung verheiratet waren, und so ließ man sie in Ruhe. Nur M'sieur Rebeaud leistete ihnen gelegentlich Gesellschaft. Sie spielten manchmal zu dritt Karten oder wanderten über das Deck. Sehr oft blieb M'sieur Robeaud aber auch in seiner Kajüte, da er von einer unnachgiebigen Seekrankheit gequält wurde und sich insgesamt sehr schwach fühlte. Aber sie hielten es sowieso alle drei für sinnvoll, daß dieser Herr sich so wenig wie möglich in der Öffentlichkeit zeigte. Mit seinem Bart und Schnurrbart erinnerte er nicht besonders an den Kaiser, aber es konnte ja sein, daß jemand an Bord war, dem die Ähnlichkeit auffiel, der sich seine kränkliche Erscheinung etwas genauer ansah und dann später erstaunt sein würde, wenn er nach dem Aufenthalt im Hafen von St. Helena gar nicht mehr so bedrückt wirkte.

Eines Nachmittags, als Rud nicht eine Einladung in die Kajüte des Kapitäns bekommen hatte und sich die meisten der anderen Passagiere zum Abendessen umzogen, wanderte Julia mit dem sanften Franzosen über das Deck. Ein leichter Wind hob ihr Haar und ließ ihre Röcke um die Knöchel flattern. Über ihren Köpfen waren die Segel straff gefüllt, die Leinwand sang, und die Seile knarrten zur Begleitung. Ein oder zwei der an Deck arbeitenden Matrosen sahen auf und beobachteten, wie der Wind das Kleid an ihre Gestalt drückte. Julia, die ganz auf M'sieur Robeaud konzentriert war, bemerkte das nicht. Der ruhige Mann schien ihren Spaziergang so sehr zu genießen, daß sie plötzlich ein deutliches Schuldbewußtsein spürte, weil sie zu den Menschen gehörte, die ihn für immer daran hindern würden, die Meeresbrise zu genießen.

»Wenn Ihr auf St. Helena seid, M'sieur«, sagte sie leise, »was werdet Ihr dann tun, um Euch zu unterhalten?«

Ein Lächeln entstand auf den gutmütigen Zügen des Mannes neben ihr. »Eine Weile werde ich einfach den Kaiser spielen«, sagte er. »Es ist ein wunderbares Gefühl, mit dem Respekt behandelt zu werden, jene Verbeugungen und Kratzfüße entgegenzunehmen, die jemandem in so hoher Position dargebracht werden.«

»Ja, das kann ich mir gut vorstellen«, sagte Julia.

»Aber das ist nicht alles«, fuhr Robeaud fort, als hätte er über die Sache sehr viel nachgedacht. »Das Essen und der Wein werden hervorragend sein und die Bequemlichkeit sehr komfortabel, das nehme ich wenigstens an. Man hat auch schon von Ratten, Mäusen, Kakerlaken und Flöhen in Longwood berichten hören, aber diese Kleinigkeiten sind für einen Mann, der als Bauer geboren wurde, nur geringe Unbequemlichkeiten, das versichere ich Euch. Mir genügt das Wissen, daß ich meinem Kaiser und meinem Land gedient habe. Ich werde von kultivierten Männern und Frauen umgeben sein wie Graf und Gräfin Bertrand und Graf und Gräfin de Montholon, deren wesentlichste Aufgabe es ist, mich zu unterhalten. Ich werde die Dienste eines Knappen genießen, jedes beliebigen oder aller sechs zum Haushalt gehörigen, wenn es mir beliebt. Und wenn alles andere schiefgeht, kann ich immer noch einfach ich selbst sein. Vielleicht werde ich mich ein wenig mit französischem Humor auf Kosten der Engländer amüsieren. Oder das Leben eines Bauern führen, indem ich einen Garten bestelle. Das würde doch bestimmt den englischen Kommandanten erstaunen, glaubt Ihr nicht?«

»Ganz sicher«, stimmte ihm Julia zu und lächelte bei dem Gedanken daran, wie der große Napoleon mit seinen weißen Händen in der Erde wühlt. »Also glaubt Ihr nicht, daß Ihr Euch langweilen werdet?«

Er schüttelte den Kopf. »Ich hoffe natürlich, daß Napoleon wieder an der Macht ist, bevor man mich entlarvt. In jedem Fall, auch wenn ich Euch nur ungern daran erinnere, Mrs. Thorpe, werde ich nach Ablauf eines Jahres, zweier im Höchstfalle, tot und begraben sein.«

»Seid Ihr zufrieden?« fragte sie trotzdem weiter.

»Ja, wirklich. Ich lebe nur, um dem Kaiser zu dienen, und ich bin zutiefst dankbar, daß ich ihm noch in meinen letzten Lebenstagen von Nutzen sein kann. Wußtet Ihr, Madame, daß meine Symptome ganz ähnlich wirken wie die von Napoleons Vater, der an Magenkrebs gestorben ist? Das ist nicht meine Krankheit. Dennoch wirkt es wie von der Hand des Schicksals arrangiert, daß ich eine ähnliche Krankheit habe. Wenn ich sterbe, bevor der Kaiser an die Macht kommt, wird es nicht ungewöhnlich erscheinen, daß ich durch eine Ursache gestorben bin, die ohne weiteres auch beim Kaiser selbst plausibel geworden wäre. Natürlich ist mir klar, daß Napoleon alle diese Dinge bedacht hat, bevor er mich auswählte. Dennoch sieht es irgendwie aus wie der Wille des Allmächtigen, findet Ihr nicht?«

Das war eine seltsame Art, die Lage zu betrachten. Julia konnte ihm nur kurz zulächeln, bevor sie wegsehen mußte, um die Tränen in ihren Augen zu verbergen.

Ruds Abwesenheit war eigenartig. Es kam nur selten vor, daß er Julia allein ließ. Tag und Nacht blieb er in ihrer Nähe. Wenn sie auf Deck in einem Sessel saß und las, saß er neben ihr. Wenn sie über das Deck spazierenging, hatte sie die Unterstützung durch seinen Arm. Wenn sie für ein Mittagsschläfchen unter Deck gingen, war das gleichbedeutend mit einer Einladung, sich zu lieben. Der langsame Rhythmus des Schiffes, auf und ab und auf und ab, war wie ein Liebestrank. Sie verbrachten Stunden damit, in ihrer Koje zu liegen, schaukelten endlos über den Ozean, erlaubten es der pulsierenden Bewegung, sie in satte Schläfrigkeit zu wiegen.

Julia hätte sich vielleicht durch Ruds Aufmerksamkeit geschmeichelt gefühlt, wenn sie sich nicht so gut an seine Motive dafür erinnert hätte. Manchmal hatte sie sogar den Verdacht, daß er selbst die Nachricht von ihrer kürzlich stattgefundenen Vermählung verbreitete, um sicherzugehen, daß sie allein gelassen wurden, und um zu verhindern, daß sie Gelegenheit bekam, mit einer anderen Frau bei einem typisch weiblichen Schwätzchen zu viel von ihrem Unternehmen zu verraten.

Ein weiterer Grund für seine Beschäftigung mit ihr war die Tatsache, daß er es nicht gewöhnt war, als Passagier auf einem Schiff zu fahren. Da es ihm nicht möglich war, über das Achterdeck zu wandern und seiner Mannschaft Befehle zuzurufen, fand er andere Wege, seine überschüssige Energie loszuwerden. Wenn sie nicht unter Deck waren, nahm er Julia oft mit zu irgendeiner Stelle auf dem Schiff, um ihr die Fehler zu zeigen, die der Kapitän der Fregatte beim Segeln machte, oder auch die fehlende Akkuratesse beim Ordnunghalten auf dem Schiff. Er dachte sich nichts dabei, Julia im Morgengrauen aus dem Bett zu reißen, um mit ihr hinauszugehen und einen Blick auf Wetter und Himmel zu werfen oder die Sonne über dem Meer aufgehen zu sehen, und es war nicht ungewöhnlich, daß er noch spät abends über das Deck wanderte, bevor er sich schlafen legte.

Auf den Kanarischen Inseln legten sie an, um frisches Wasser und andere verderbliche Lebensmittel an Bord zu nehmen. Man empfahl den Passagieren, an Land zu gehen, um sich die Beine in der tropischen Atmosphäre zu vertreten und den kanarischen Wein zu kosten, aber man warnte sie auch davor, allzu weit vom Hafen wegzugehen. Innerhalb von zwei Tagen waren sie wieder auf hoher See.

Sie waren drei Tage vor den kapverdischen Inseln, als ein Segel gesichtet wurde. Es war nicht das erste und würde auch nicht das letzte sein, das in Sicht kam, aber dennoch bewirkte es Aufregung unter der Mannschaft und ziemliche Unruhe unter den Passagieren.

Das Schiff, das schnell näher kam, wurde von Rud als Feluke türkischer Herkunft identifiziert. Sie hatte auf beiden Seiten Ruderbänke für mehr als zwanzig Mann und rote, dreieckige Lateinersegel, die an Zwillingsmasten vertäut waren. Auf jeder Seite des Rumpfes befand sich ein riesiges, gemaltes Auge, das sie zu begutachten schien, während das Schiff gerade außerhalb der Reichweite ihrer Kanonen vorübersegelte.

»Sie gehören zur Marine des Dei von Algier«, sagte jemand. »Blutrünstige barbarische Piraten«, erklärte ein anderer bitter. »Man kann ziemlich sicher sein, daß diese Ruder von christlichen Sklaven bewegt werden, die Mengen von Peitschenstriemen auf dem Rücken haben.«

»Werden sie uns angreifen?« fragte eine Frau ängstlich.

Die Antwort darauf gab Rud. »Sie wagen es nicht, es mit unseren Kanonen aufzunehmen. Wenn wir kleiner und weniger gut bewaffnet wären, könnte das anders sein.«

Ein Mann in einem kirchlichen Gewand richtete sich auf. »Wir sollten etwas unternehmen, um diese armen, gefangenen Seelen zu befreien, wenn unser Schiff ihnen überlegen ist.«

Ein weiterer Mann schnaubte. »Wir sind doch kein militärisches Schiff. Ihr wollt doch wohl nicht im Ernst vorschlagen, daß wir das Leben unserer Frauen und Kinder gefährden sollen, oder?«

»Es geht mir wirklich gegen den Strich«, sagte der Kirchenmann unglücklich, »nichts tun zu können, um diese schreckliche Angewohnheit zu unterbinden, freie Menschen als Arbeitstiere einzusetzen.«

»Das ist wirklich schlimm für sie, aber wir können nichts dagegen unternehmen«, sagte der andere Mann, wandte sich ab und nahm seine Frau beim Arm.

Rud, der neben Julia stand, sah der Feluke nach, bis sie außer Sicht war.

Sie landeten im Hafen von Jamestown auf St. Helena am 18. August 1818, siebenundsechzig Tage nachdem sie England verlassen hatten.

KAPITEL 10

Es war heiß und feucht. Ein feiner Dunst hing über der Insel wie Dampf. Er umhüllte die *David,* dämpfte die Schreie der Seevögel über ihnen und erzeugte feuchte Tropfen an den Möbeln der Kajüte. Julia stand am offenen Bullauge und spürte die Feuchtigkeit auf ihrem Gesicht. Sie ließ die Konturen der Insel nur undeutlich erkennbar werden, so daß sie weniger kahl zu sein schien, als sie in Wirklichkeit war.

Julia konnte einen großen Teil von St. Helena überblicken. Die vulkanische Felsformation mitten im südlichen Atlantik, die man als Gefängnis für den ehemaligen französischen Kaiser ausgemacht hatte, war nicht sehr groß – nur etwa zehn Meilen lang und sechs Meilen breit. Sie erhob sich rauh und unzugänglich über die Bucht, in der das Schiff vor Anker lag, die Felsen waren mit grauen Flechten bedeckt, dazwischen wuchsen buschige, wilde Birnbäume. Auf den höheren Erhebungen sah man englischen Ginster, Brombeersträucher und das dunkle Grün von Kiefern und Zedern. Zwischen den verstreuten Häusern des Hafens Jamestown, der in einem flachen Tal am oberen Ende der Bucht lag, erkannte man Palmen zwischen leuchtenden Bougainvilleen.

Julia hatte das Gefühl, daß die Hütten und verfallenden Häuser wirklich eine beschönigende Bepflanzung brauchten, obwohl es vermutlich kaum eine Hoffnung gab, je den Gestank der Gossen und faulenden Fische zu überdecken, der aus der Stadt meerwärts trieb. Es würde das Problem verringern, wenn sie das Bullauge schloß, aber angesichts der Hitze des tropischen Nachmittags, die auf das Schiff herunterbrannte, würde es dann in der Kajüte noch heißer und erstickender werden.

Sie hörte das Geräusch der sich öffnenden Kajütentür und drehte den Kopf. Rud kam herein und schloß die Tür hinter sich. Er betrachtete ihren nur halb bekleideten Zustand – sie trug nichts außer einem Frisierumhang aus Batist – mit einer hochgezogenen Augenbraue. »Ziehst du dich gerade an – oder aus?« fragte er.

Er kam von einer Runde über die Insel mit dem Kapitän und einem oder zwei der männlichen Passagiere zurück. Der Ärger, den Julia empfunden hatte, weil sie nicht mitgenommen worden war, ließ ihre Antwort ziemlich kurz ausfallen. »Was hat das schon zu sagen?«

»Ich habe ein gewisses Interesse an dem Ergebnis«, verkündete er und warf seinen hohen Hut auf eine Truhe, bevor er auf sie zuschlenderte. »Ich versäume nur ungern eine der wenigen Gelegenheiten, die sich mir bieten.«

»Wenn du glaubst, ich hätte auf dich gewartet, dann täuschst du dich gewaltig!«

»Du enttäuschst mich«, sagte er und gab ein theatralisches Seufzen von sich, als er die Hand zu den Bändern ihres Frisierumhangs hob, die sie aus Gründen der Kühlung offen gelassen hatte. Der Batist war alt und weich vom vielen Waschen, vergilbt bis zu gleichmäßig cremefarbener Tönung und so dünn, daß er durchsichtig war. Sie trug nichts darunter, weder ein Hemd noch ein Unterkleid.

»Das ist bedauerlich«, antwortete sie und zog die muschelrosa Bänder aus seinen harten, braunen Fingern.

Den nachdenklichen Blick durch den zarten Batist auf ihre wohlgerundete Gestalt gerichtet, sagte er: »Also ich frage mich, wie ich dich in Versuchung führen könnte. Vielleicht würdest du mich wärmer willkommen heißen, wenn ich dir erzählen würde, wie die Angelegenheit der Befreiung deines Kaisers vorangeht?«

»Hast du etwas in Erfahrung gebracht?« fragte sie schnell, und ihre Hand berührte in einer unbewußten Geste seinen Arm.

»Wenn ich es mir ganz genau überlege«, sagte er bedächtig, »könnte vielleicht mehr für mich herausspringen, wenn ich es dir erlauben würde, mich zu überreden, dir alles zu sagen.«

Sie zog sich sofort zurück. »Das würdest du doch nicht tun!«

»Nein? Glaubst du wirklich, daß ich auf die Aussicht verzichte, mehr von dir zu bekommen als nur kraftlose Kapitulation? Ein freiwillig gegebener Kuß wäre vielleicht für den Anfang ganz gut.«

Julia zögerte und versuchte, sich zu entscheiden, ob Rud es ernst meinte oder nur einen Scherz auf ihre Kosten machte. Sie versuchte zu lächeln. »Das kannst du doch nicht ernst meinen. Das ist nicht fair. Wie kannst du – kannst du dir so etwas wünschen, wenn du weißt, daß du mich bestechen müßtest? Du könntest mir ja genausogut Geld anbieten, und dann wäre die Sache erledigt!«

Ein warnendes Glitzern funkelte in seinen Augen. »O nein«, sagte er weich. »Ich würde nicht im Traum daran denken, dich zu beleidigen.«

Er hatte das erste Wort dieser Feststellung besonders betont. Wollte er damit sagen, daß er sich durch ihre Bemerkung beleidigt fühlte? Lächerlich. So empfindlich konnte er gar nicht sein. Sie sah ihn unter den Wimpern hervor an. »Rud –« begann sie.

»Ich warte«, sagte er und schnitt ihr damit das Wort ab.

»Ich werde das nicht tun!« rief sie wütend.

»Nein? Und ich war so sicher, daß du die Rettung deines Idols nicht versäumen wolltest, koste es, was es wolle.«

»Du kannst mich nicht daran hindern, mein Teil dazu beizutragen«, sagte sie, aber ihre Stimme klang nicht sehr überzeugend.

»Ich kann dich nicht daran hindern, es zu versuchen, ich bezweifle jedoch, daß du völlig uninformiert in die Sache einsteigen willst. Du könntest die Pläne des Kaisers gefährden, so daß mehr als ein Jahr der Planung vergeblich würde.«

Er hatte recht. Und darüber hinaus würde er auch bekommen, was er wollte, wie sie beide von Anfang an gewußt hatten. Sie hob ihre bernsteinfarbenen, mit goldenen Zornesflecken gemusterten Augen zu ihm. »Verdammter Kerl«, fauchte sie und machte dann einen Schritt nach vorn, so daß sie ihn berühren konnte.

Sie legte ihre Hände leicht auf seine Brust und ließ sie unter den schweren Aufschlägen seines Rocks aufwärtsgleiten. Dann stellte sie sich auf die Zehenspitzen, verschränkte ihre Finger hinter seinem Kopf und zog ihn zu sich herab. Sein Mund schmeckte nach Wein. Getreu ihrem Teil der Abmachung, hielt Julia nichts zurück. Sie bewegte ihre Lippen lockend über die seinen und erlaubte ihm uneingeschränkten Zugang zu den Rundungen ihres Körpers. Seine Hände glitten unter den Rand ihres Frisierumhangs. Sie wurde ganz eng an ihn gezogen und spürte den Druck seiner Hemdknöpfe und seiner Uhrkette.

Ein Zittern lief durch seine starke Gestalt, und plötzlich wurde sie so fest an ihn gedrückt, daß ihre Rippen schmerzten und ihre nackten Füße den Boden nicht mehr berührten. Ihr wurde schwindlig, weil sie nicht genug Luft bekam, und ihre Lippen brannten unter dem hitzigen Druck der seinen. Dann, ebenso plötzlich, stellte er sie wieder auf den Boden.

»So gern ich dies auch bis zum Ende weitertreiben würde, fürchte ich doch, daß wir keine Zeit dazu haben. Wir speisen heute abend bei Sir Hudson Lowe.«

Dieser Wechsel kam so plötzlich und unerwartet, daß es eine ganze Weile dauerte, bis Julia ihr Gehirn zwingen konnte, seine Worte zu begreifen. Sie konnte nicht glauben, daß er ihr Opfer nicht angenommen hatte, und war überzeugt, daß er es auch von Anfang an gar nicht vorgehabt hatte. »Sir Hudson Lowe, der britische Gouverneur?« fragte sie schießlich.

»Genau.«

»Warum? Was hat das für einen Sinn?« Sie faltete die Hände und versuchte gefaßt zu klingen.

»Er ist der Wächter über Napoleon, und, was man so hört, ein stolzer, herablassender Mann, der schon beinahe manisch gründlich auf seinen Gefangenen achtet. Er erwartet, daß wir ihm einen Besuch abstatten, besonders, da wir in Verbindung mit der Ostindischen Handelsgesellschaft stehen, die, wie du dich erinnern wirst, nominell die Besitzerin dieser Insel ist. Wenn wir ihm den Kaiser vorziehen, könnte er uns die Erlaubnis verweigern, Napoleon zu sehen. Die Bitte um eine Audienz muß durch das Büro des Gouverneurs weitergeleitet werden.«

»Du hast diese Bitte bereits vorgetragen?«

»Ja, in der vorgeschriebenen Form gegenüber dem Sekretär des Gouverneurs.«

»Gehe ich recht in der Annahme, daß du auch einen Grund dafür angegeben hast?«

Rud nickte. »Denselben, den auch alle anderen guten Briten angaben, die in den letzten Jahren auf ihren Reisen hier vorbeigekommen sind – den Wunsch, das korsische Monster sehen zu dürfen, das das gute alte England so viele Jahre lang terrorisiert hat.«

»Ich verstehe«, sagte Julia und runzelte die Stirn. »Das hast du also gemeint mit dem Vorankommen der Befreiung Napoleons?«

»So ist es. Es hat keinen Kontakt mit dem Kaiser gegeben und wird auch keinen geben bis zum Tag der Audienz. Den Rest kennst du. Nichts hat sich geändert. Der Erfolg all dessen, wofür wir die vergangenen Monate gearbeitet haben, hängt vom heutigen Abend ab.«

»Das wird kein sehr angenehmer Abend werden«, meinte Julia mit einem Seufzen.

»Nein. Und ich glaube, daß ich dir wohl nicht zu erklären brauche, daß wir nichts sagen dürfen, was erkennen läßt, daß wir außer Neugierde auch nur das geringste Interesse an dem Mann in Longwood haben.«

Julia warf ihm einen scharfen Blick zu und wandte sich dann ab, so daß er eine wunderbare Aussicht auf die schlanken, sich verengenden Linien ihres Rückens bekam. »Vielleicht wäre es besser, wenn du allein gehen würdest«, schlug sie vor. »Du könntest ja sagen, daß ich Kopfschmerzen habe.«

»Das kommt überhaupt nicht in Frage«, erwiderte er höhnisch. »Ich verlasse mich darauf, daß du den Herrn so bezauberst, daß er seine Verantwortung gegenüber der Krone vergißt. Er sollte dir zu Füßen liegen, noch bevor die Suppe serviert wird.«

»Zu welchem Zweck?« fragte sie vorsichtig.

»Kein spezieller. Es könnte nur vorteilhaft sein, wenn Sir Hudson Lowe sich in positivem Sinne an uns erinnert, falls irgend etwas nicht so abläuft wie geplant.«

Sie drehte sich schnell wieder um und sah ihn an. »Ist irgend etwas fehlgelaufen? Verschweigst du mir etwas?«

»Nein, gar nicht«, antwortete er. »Ich meine nur, daß es besser ist, die Chancen so gut wie möglich auszunützen.«

Trotz seines Widerspruchs konnte Julia sich nicht ganz von dem Gedanken lösen. Die Schwierigkeiten ihres Plans schienen jetzt, da sie endlich auf der Insel angekommen waren, besonders groß und bedrohlich. Daß Longwood so abgelegen war, hoch oben auf einer baumlosen Ebene dreieinhalb Meilen von Jamestown entfernt, dann die Stärke der Garnison, die ihn bewachte – die Gegenwart der staatlichen Beauftragten von Österreich, Preußen und Rußland außer dem britischen Gouverneur –, schienen unüberwindliche Hindernisse darzustellen. Der Plan, bei hellem Tageslicht mit Napoleon durch die einzige Straße der Stadt zum Hafen zu fahren, erschien jetzt wahrhaft selbstmörderisch.

Bei der Abendgesellschaft schienen sich die scharfen, fast wilden Augen des Sir Hudson Lowe beinahe in Julias Schädel einzubrennnen, als versuche er, ihre Gedanken zu lesen. Er starrte sie aufmerksam und ohne zu lächeln an, die rotbraunen Augenbrauen zusammengezogen, wann immer sie etwas sagte. Nichts, was sie versuchte, weder tiefes Durchatmen noch das Bemühen, an etwas Beruhigendes zu denken, beseitigte die Röte auf ihren Wangenknochen. Zu jeder anderen Gelegenheit hätte es ihr Selbstvertrauen gehoben, zu wissen, daß sie in schwarzem Samt hervorragend aussah, aber nicht an diesem Abend. Es stand einfach zuviel auf dem Spiel.

Ein Teil ihres Problems bestand darin, daß sie rechts neben dem Gouverneur saß mit keinem Geringeren als dem russischen Staatsbeauftragten, Graf Alexander Antinowitsch, Ramsey de Balmain, zu ihrer Rechten. Sie wußte, ohne daß man es ihr gesagt hatte, daß der kultivierte, eher schläfrig wirkende Adlige viel gefährlicher war, als Sir Hudson Lowe es je sein konnte. Der Beweis für seine Intelligenz und die verwinkelten Gedankengänge eines Diplomatengehirns leuchteten in seinen dunklen, hypnotisch wirkenden Augen. Ohne jede Schwierigkeit folgte er der Unterhaltung seiner Tischdame, der Frau des Kommandanten des Armeeregiments, das auf der Insel stationiert war, und versäumte dennoch nichts von dem, was um ihn herum geschah.

Ebenfalls am Tisch saßen der Kapitän der *David*, Asbury, mit seiner

Gattin, ein Paar in mittleren Jahren, sowie Lady Lowes junge Stieftochter, Charlotte, die zweifellos zum Ausgleich für den alleinstehenden Grafen de Balmain in die Gesellschaft eingeschlossen worden war.

Als Ehrengast – entsprechend seiner Position als Verwandter einer der einflußreichsten Direktoren der Ostindischen Handelsgesellschaft – saß Rud rechts von der Gastgeberin, und Charlotte, die ruhige und fast unsichtbare Stieftochter, hatte man neben ihm plaziert. Julia sah gelegentlich in diese Richtung und stellte fest, daß die füllige Lady Lowe eine ungewöhnlich lebhafte Frau war. Sie streckte öfter die Hand aus und berührte Ruds Ärmel, und ihr helles Lachen ertönte über den Tisch. Wenn sie gerade nicht sprach, machte sie dem Bediensteten ein Zeichen, damit er ihr Glas wieder füllte. Sir Hudson Lowe gab schließlich selbst das Zeichen, die Tischordnung zu wechseln – eine englische Sitte, bei der nach der Hälfte der Mahlzeit die Konversationspartner von der rechten zur linken Seite gewechselt werden –, und machte gleichzeitig dem Bediensteten ein Zeichen, seiner Frau nichts mehr zu trinken zu geben. Lady Lowe wurde rot und wollte schon protestieren, als Kapitän Asbury ihre Aufmerksamkeit mit einer Bemerkung fesselte.

Julia, die gelegentlich an der sauren, mit Wasser verdünnten Flüssigkeit in ihrem Glas nippte, konnte nicht verstehen, was Lady Lowe daran so köstlich fand. Die Weine, die auf der *David* serviert wurden, waren wesentlich besser. Ihr Vater hatte immer auf dem Standpunkt gestanden, daß es ein Zeichen von Knauserigkeit oder Unkenntnis war, seinen Gästen schlechten Wein anzubieten, vielleicht sogar beides. Julia warf einen kurzen Blick auf das dünne, graue Gesicht des Gouverneurs von St. Helena und fragte sich, welchen Wein er wohl seinem edlen Gefangenen erlaubte, einem Mann, der Kaiser des Landes gewesen war, in dem man Wein als das Blut des Lebens betrachtete.

In diesem Augenblick entstand eine kleine Unruhe. Einer der Sekretäre des Gouverneurs, ein Untergebener in dem Grau und Rot des fünften Regiments, betrat das Zimmer und legte eine Nachricht neben die Hand ihres Gastgebers. Sir Hudson Lowe las sie und nickte dem Mann zu, daß er wieder gehen könne.

Er wandte sich der Gesellschaft mit blitzenden Augen zu und sagte: »Mein Damen und Herren, Ihr werdet mit Freuden hören, daß der Gefangene immer noch in sicherem Gewahrsam ist. General Bonaparte hat ein leichtes Abendessen zu sich genommen und ist früh zu Bett gegangen.«

»Ich bin erstaunt, Exzellenz«, rief die Frau des Kapitäns aus. »Ihr müßt ein äußerst wirksames Überwachungssystem haben.«

»Ja, es ist recht wirksam. Ihr habt wahrscheinlich die Posten mit dem optischen Telegrafensystem bemerkt, die an verschiedenen Stellen der Insel stehen. Diese Posten haben den Zweck, mich ständig über jede Bewegung meines Gefangenen auf dem laufenden zu halten. Diese Nachricht hier zum Beispiel teilt mir mit, daß der General sich nicht zum Abendessen ins Eßzimmer begeben hat, sondern es sich in seinem Arbeitszimmer auf einem Tablett servieren ließ. Kurze Zeit später wurde die Kerze in seinem Schlafzimmer gelöscht.«

Die Gattin des Kapitäns schauderte. »Es würde mir nicht gefallen, wenn man mich so gründlich beobachten würde.«

»Die Gefühle dieses Mannes haben kein Gewicht für mich, Madam. Er ist äußerst gefährlich. Er entkam schon einmal von einer Insel, auf der er gefangen war, und man konnte ihn nur unter großem Einsatz wieder dingfest machen. Es ist meine Verantwortung, mich darum zu kümmern, daß dies nicht noch einmal geschieht, und diese Verantwortung nehme ich außerordentlich ernst.«

»Wie die Mächtigen gefallen sind«, murmelte die Frau betroffen.

»Dafür danke ich Gott«, sagte der Gouverneur mit einem Schnauben. »Was mich betrifft, kann ich nur sagen, daß er froh sein kann, noch am Leben zu sein. Mehr als ein Regent hat in den vergangenen Jahren ein weniger angenehmes Schicksal gehabt.«

Die Frau des Kapitäns schwieg, allerdings mehr, weil es die Etikette so verlangte, als aus Respekt für den Gouverneur. Julia betrachtete den Mann am Kopf des Tisches mit Abscheu. Auf dem Schiff hatte es das Gerücht gegeben, daß die Truppen auf der Insel jedes erdenkliche Mittel zur Bewachung des Kaisers einsetzten, um sicherzugehen, daß er sich wirklich in dem alten Bauernhaus, das Longwood genannt wurde, befand – bis hin zu der Tatsache, daß sie auch durch seine Fenster spionierten. Dieser Vorwurf entsprach offensichtlich der Wahrheit. Es war Julia nicht klar, daß sie es zugelassen hatte, daß man ihre Abneigung gegen derartige Methoden von ihrem Gesicht ablesen konnte, bis sie den Blick des russischen Beauftragten bemerkte. Es gelang ihr ohne allzu große Schwierigkeiten, ein Lächeln zuwege zu bringen, aber sie entdeckte doch das Aufflackern eines gewissen Interesses bei ihm, und sein Blick kehrte im Laufe der Mahlzeit immer wieder zu ihr zurück.

Schließlich erhob sich die Gastgeberin mit allen Anzeichen von Widerwillen, um die Damen aus dem Eßzimmer zu geleiten. »Bleibt nicht zu lange bei Eurem Portwein, Gentlemen«, sagte sie, und ihr bemühtes Lächeln wurde ein wenig zärtlicher, während ihr Blick auf Rudyard Thorpe ruhte.

Julia, die hinter dem Stuhl ihres Mannes vorbeiging, hob als ironischen Beitrag zu ihrer Verständigung eine Augenbraue, als er sie ansah. Als Erwiderung darauf zog er ein finsteres Gesicht.

Die Damen, die sich mit Kaffee statt mit starkem Wein trösteten, gaben sich eine Stunde lang dem Klatsch und der belanglosen Konversation hin. Im Austausch für die neuesten Informationen über kleine Änderungen und Stimmungen in der Londoner Mode erfuhren die Damen aus England von den Inseldamen alles über die neuesten Inselskandale, was notwendigerweise auch einige Kleinigkeiten über den Kaiser einschloß. Lady Lowe berichtete, daß der Mann vermutlich krank sei. Man habe ihn schon seit Wochen nicht mehr außerhalb der Mauern von Longwood gesehen – überhaupt habe ihn eigentlich auch keiner der Wachen genau gesehen. Er war nicht nur am heutigen Abend zum Essen mit seinem Gefolge nicht erschienen, sondern hatte das schon seit einiger Zeit nicht mehr getan. Man hatte Decken an die Fenster seines Schlafzimmers und Arbeitszimmers gehängt, um Licht und Luftzeug nicht hereinzulassen – ein selbstmörderisches Unternehmen in der Hitze des August, obwohl dadurch niemand mehr in sein Zimmer schauen konnte. Napoleon hatte die Dienste der englischen Ärzte Stokoe und Arnott abgelehnt und sie als nutzlos erklärt, da er es vorziehe, seinen Körper von allein heilen zu lassen. Die Gelbsucht ging in Jamestown um, und dann und wann auch ein Fall von Sumpffieber, aber bis jetzt wußte noch niemand, was Bonaparte plagte.

»Was mich betrifft«, vertraute ihnen Lady Lowe an, »bin ich gar nicht sicher, ob der General wirklich ins Bett geht, wenn seine Kerze gelöscht wird. Immerhin ist er erst fünfzig, und ich habe gehört, daß einige seiner besten Manöver zwischen Sonnenunter- und Sonnenaufgang stattgefunden haben – Manöver sowohl militärischer als auch amouröser Natur. Hat man nicht in den vergangenen zehn Jahren die Namen von über einem Dutzend der schönsten Frauen Europas mit ihm in Verbindung gebracht? Man sagt, daß Albine, die Gräfin von Montholon, ihm großzügig ihre Gunst geschenkt hat. Ihre Tochter, die auf der Insel geboren worden ist, wurde Napoleone genannt. Und dann war da eine Zeitlang diese Göre aus der Familie Belcombe – sie hieß Betsy. Er war hingerissen von ihr, obwohl sie noch auf der Schulbank gesessen hatte. Wir können nur raten, in welcher Weise sie auf den großen Krieger angesprochen hat, aber sie hatte die Angewohnheit, sich zwischen den Wachen hindurchzuschmuggeln und ihn zu seltsamen Zeiten zu besuchen. Es war ihr auch erlaubt, seine Pferde zu reiten, und einmal hat sie sogar den berühmten Umhang angehabt, den er in Marengo getragen hatte. Wenn das keine Gunst ist, dann weiß ich es nicht!«

»Balcombe«, sagte die Frau des Kapitäns nachdenklich, »ich glaube, ich kenne die Familie. Es gab einen William Balcombe, der Gerüchten zufolge der natürliche Sohn des verrückten alten Mannes in Windsor Castle war.«

»Das war Betsy Balcombes Vater, meine Liebe«, sagte Lady Lowe. »Es erstaunt mich, daß eine Frau aus einer Familie mit einer solchen Abstammung eine Zuneigung zu einem Mann von so geringer Herkunft entwickeln konnte, aber so ist es nun einmal. Betsy kam und ging in Longwood, ohne auch nur guten Tag und auf Wiedersehen zu sagen, geschweige denn eine Genehmigung zu brauchen. Hudson wurde mißtrauisch und ließ ihren Vater überwachen, der den Franzosen Nahrungsmittel und Getränke lieferte. Man fand heraus, daß er geheime Korrespondenz für den General beförderte, und damit war die Sache erledigt. Man schickte Betsy zurück nach England. Ich nehme an, Eure Schiffe sind sich irgendwo auf dem Meer begegnet. Unter den gegebenen Umständen würde es mich nicht wundern, wenn Napoleon jetzt wieder anknüpfen würde, wo er mit der entgegenkommenden Frau des Grafen von Montholon aufgehört hatte.«

»Ich hatte Betsy gern«, warf Lowes Stieftochter unvermittelt ein. »Sie war immer so fröhlich und voller Ideen. Die Männer aus dem Regiment konnten ihr einfach nicht widerstehen.«

»Oh, ich will ja nicht bestreiten, daß sie eine ausgesprochene Schönheit war, meine liebe Charlotte«, erwiderte Lady Lowe, »aber ich würde doch meinen, daß es besser gewesen wäre, wenn man sie etwas mehr beaufsichtigt hätte. Darüber, daß sie die Geliebte des Generals Bonaparte war, kann es doch wohl kaum Zweifel geben, und dieser Ruf wird ihr nach England folgen. Was für ein Leben wird sie dort unter diesen Voraussetzungen schon führen können?«

Julia glaubte, in der Stimme der Frau des Gouverneurs eine kleine Spur von Neid zu erkennen. Ob es ihr wohl leid tat, daß sie niemals in die Versuchung hatte kommen können, Napoleons *chère amie* zu werden? Mit einem Kopfschütteln trennte sich Julia von diesem Gedanken, weil er ihr doch zu gewagt erschien. Nichtsdestotrotz – Sir Hudson Lowes hochmütige Frau gefiel ihr nicht besonders. Ihre Abneigung wuchs noch, als sie sah, wie die Dame ein Fläschchen aus ihrer kleinen Tasche nahm und heimlich den Inhalt in ihren Kaffee goß.

Die Herren gesellten sich nach nicht allzu langer Zeit wieder zu ihnen. Man sprach über alles mögliche, die Schiffsreise, die politische Lage in England, die irische Frage und die neueste Entwicklung bei der Ausrüstung von Schiffen mit Dampfkraft. Julia tauschte ein paar Worte mit Charlotte aus, blieb ansonsten jedoch im Hintergrund. Sie war sehr darauf bedacht, in der Festung des Kaisers nichts Falsches zu sagen.

»Mrs. Thorpe, willkommen auf St. Helena.«

Es war der russische Beauftragte, der sich jetzt vor ihr verbeugte. Nachdem er die Erlaubnis bekommen hatte, sich auf den Stuhl neben sie zu setzen, sprach er weiter. »Es ist immer ein Genuß, in unserer doch recht beschränkten Gesellschaft ein neues Gesicht zu sehen, besonders wenn es so charmant ist. Habt Ihr die Absicht, längere Zeit hierzubleiben?«

Sein Benehmen war geschliffen, seine Sprache wohl gesetzt. Der Graf de Balmain war auf seine dunkle, slawische und etwas geheimnisvolle Art ein attraktiver Mann. Er war glattrasiert, und sein Rasierwasser duftete schwach nach Bergamotte. Ein weißes Band schmückte das dunkle Blau seines Rockes, und seine Brust glitzerte von Abzeichen.

Julia lächelte. »Ich danke Euch. Ihr seid sehr freundlich, aber mein Mann und ich sind auf dem Weg nach Rio de Janeiro. Unser Besuch hier dauert genauso lange, wie die *David* im Hafen liegt.«

»Ach ja?« sagte er, und ein nachdenklicher Blick erschien in seinem Gesicht. »Es ist möglich, daß auch ich bald wieder in die Zivilisation zurückkehren werde.«

»Nach Rußland?« fragte sie.

»Irgendwann kehrt man immer wieder zu Mütterchen Rußland zurück. Allerdings habe ich große Teile der Welt bisher noch nicht gesehen. Rio de Janeiro kenne ich zum Beispiel noch nicht.«

Es wäre unsinnig anzunehmen, daß der Mann neben ihr andeutete, er könnte eine solche Reise ihretwegen unternehmen. Sie vermutete irgendeine verborgene Bedeutung in seinen Worten, konnte sich aber keinen Grund dafür vorstellen. »Ich – ich habe gehört, daß es eine wunderschöne Stadt sein soll«, sagte sie vorsichtig.

Er nickte langsam, als wäge er ihre Worte genau ab. Ganz beiläufig senkte sich sein Blick auf ihr goldene Biene, die sie heute abend an einer dünnen Goldkette trug, so daß sie zwischen ihren Brüsten lag. »Mir ist durchaus bewußt, Mrs. Thorpe, daß es mir nicht zusteht, etwas zu dem Schmuckstück zu sagen, daß Ihr tragt, aber es ist wirklich einzigartig. Ich kann mich nicht erinnern, je schon einmal so etwas gesehen zu haben.«

»Es gehörte meiner Mutter«, erklärte Julia.

»Ich frage mich, ob es wohl eine besondere Bedeutung haben mag. Ist es zum Beispiel eine Bienenkönigin, oder hat es möglicherweise gar einen Stachel?«

Julia wandte hastig den Kopf um und starrte ihn an. »Was wollt Ihr damit sagen?« fragte sie ihn leise.

Seine dunklen Augen waren undurchdringlich. »Vergebt mir, Mrs. Thorpe. Das war ein kleiner *fauxpas*, nicht wahr? Mein Englisch läßt mich manchmal noch im Stich. Es ist wirklich eine barbarische Sprache. Französisch ist viel zivilisierter, findet Ihr nicht?«

Der Graf de Balmain war mit dem letzten Satz zu der Sprache übergegangen, von der er gerade redete. Julia hatte nicht mehr als einen winzigen Augenblick, um sich zu entscheiden, ob er sie nur beeindrucken wollte oder ob er sie in irgendeiner Form auf die Probe stellte. Sie neigte den Kopf in einer besonders anmutigen Geste. »Man hat sie ja wohl die Sprache der Diplomatie genannt«, sagte sie und folgte dabei seiner Vorgabe.

»Am Hof Zar Alexanders in St. Petersburg spricht man fast ausschließlich Französisch. Der russische Kaiser ist ein großer Bewunderer alles Französischen und auch Napoleons.«

»Ach ja?« fragte Julia, weil ihr nichts Besseres einfiel.

»Ja. Ich hatte selbst so viel von diesem Mann gehört, daß ich ihm unbedingt von Angesicht zu Angesicht begegnen und mit ihm sprechen wollte. Aber leider konnte es nicht sein!«

»Es konnte nicht sein?«

»Ich habe ihn während all der langen Monate meines Aufenthalts nie zu Gesicht bekommen. Wir verständigen uns schriftlich, sonst nichts. Ich versuche, ihn mit meinem Fernrohr zu beobachten, wie wir alle es tun. Und wenn ich das gelegentliche Glitzern an seinen Fenstern richtig deute, beobachtet er uns ebenfalls mit seinem Fernrohr. Aber das ist alles, was wir von ihm sehen, ein Aufblitzen, eine Bewegung, einen Schatten. Manchmal glaube ich, daß der Mann zu einem Phantom geworden ist.«

»Ich verstehe«, antwortete Julia. Ihre Worte fielen in einen See aus Stille. Sie sah sich um und stellte fest, daß sie und der Graf der Mittelpunkt des Interesses für alle Anwesenden waren. Sir Hudson Lowe erschien verblüfft, weil die ihm so verhaßte französische Sprache tatsächlich in seinem Salon gesprochen wurde.

Die Überraschung verlieh Lady Lowe den Charme eines Fisches auf dem Trockenen. Kapitän Asbury war so peinlich berührt, daß er ganz steif dastand, während seine Gattin einen wirklich verzweifelten Gesichtsausdruck bekommen hatte. Rud lächelte, obwohl um seine Augen herum eine seltsame Anspannung erkennbar war. Er brach schließlich das Schweigen.

»Also hast du endlich jemanden gefunden, mit dem du in deiner Muttersprache reden kannst, meine Liebe? Da kannst du ja wirklich froh sein.« Er wandte sich von Julia ab und dem Gouverneur zu. »Ihr müßt verstehen, Eure Exzellenz, daß meine Frau eine amerikanische Kreolin aus der Stadt New Orleans ist. Die Familie ihres Vaters lebt zwar schon seit mehreren Generationen in der Neuen Welt, stammte aber aus Frankreich. Meine Frau ist zweisprachig erzogen worden, sie versteht allerdings auch etwas Spanisch und hat Latein und Griechisch gelernt.«

»Aha«, sagte Sir Hudson Lowe mit einem langsamen Nicken, seine cholerische Färbung ließ jedoch nicht nach.

»Es tut mir leid, wenn ich Euch beleidigt haben sollte«, sagte Julia mit einem reuevollen Lächeln. »Es war wirklich gedankenlos von mir, einfach in einer fremden Sprache daherzuplappern.«

»Nein, nein, das war alles mein Fehler«, widersprach der Graf. »Ich habe damit angefangen, Mrs. Thorpe war nur so höflich, mir in der gleichen Sprache zu antworten.«

»Ich wünschte, ich könnte besser Französisch sprechen«, sagte die Frau des Kapitäns, und in ihrer Stimme war deutlich der Trotz zu hören. »Man hat natürlich als Kind die Grundlagen gelernt, aber es gab so wenige Gelegenheiten, sie auch zu nutzen, da es ja auf dem Kontinent jetzt schon seit mehr als zwanzig Jahren drunter und drüber geht.«

Der Graf beugte sich vor. »Also sieht es wohl so aus, daß der Kaiser, dem es gefallen hätte, aus den Engländern ein französischsprechendes Volk zu machen, letztendlich daran schuld ist, daß Ihr diese Sprache nicht beherrscht!«

Anerkennende Triller weiblichen Lachens hallten durch das Zimmer und milderten die Spannung. Sir Hudson Lowe lächelte aber noch nicht einmal. Angesichts seines schweigenden Mißfallens dauerte es jedoch nicht lange, bis die Versammlung sich aufzulösen begann.

Die Kutsche des Gouverneurs, eine der wenigen auf der Insel, brachte Julia und Rud, zusammen mit dem Kapitän und seiner Frau, zurück zum Schiff. Die Anwesenheit des Kutschers auf dem offenen Kutschbock verhinderte, daß sie sich ungestört unterhalten konnten, bis sie an Bord der *David* waren. Dort erfreuten sich die Damen daran, über den Abend bei einem letzten Glas guten Weins zu klatschen. Schließlich stand Rud auf. Julia folgte seinem Beispiel, obwohl sich ihre Beine anfühlten wie Blei.

In der Kajüte zog Rud sich aus, legte seinen Rock ab und löste seine Krawatte. Julia legte ihr schwarzes Netztäschchen und ihre Handschuhe zur Seite und streckte die Hände nach oben, um die Haube von ihrem Haar zu nehmen. Sie machten schweigend so weiter, wobei sie sich bei Bedarf halfen. Rud öffnete die Knöpfe ihres Kleides, und Julia legte seinen Rock und seine Hemdknöpfe weg, damit er sich nicht an ihr vorüberdrücken mußte, um in der Enge den Koffer oder den Waschtisch zu erreichen.

Er hatte ihr seinen breiten Rücken zugekehrt, als er schließlich sagte: »War der Graf so faszinierend, daß du heute abend den Kopf verloren hast, oder hast du absichtlich versucht, den Gouverneur mißtrauisch zu machen?«

Julia gefiel die Formulierung der Frage ganz und gar nicht, aber sie versuchte sie so ehrlich wie möglich zu beantworten. »Keines von beidem. Als mich der Graf ansprach, hatte ich das Gefühl, als würde er mich herausfordern. Jeder, der sich die Zeit nimmt, mir zuzuhören, kann feststellen, daß Französisch meine Muttersprache ist. Ich hatte das Gefühl, daß es mich genauso zur Verdächtigen machen würde, wenn ich so tat, als wäre es nicht so, anstatt es einfach mit ihm zu sprechen. Ich hatte keine Ahnung, daß der russische Beauftragte die Absicht hatte, ein öffentliches Spektakel daraus zu machen – was allerdings nichts geändert hätte, denn mir war ja auch nicht klar, daß Sir Hudson Lowe so überempfindlich darauf reagieren würde.«

»Er ist nicht nur überempfindlich, er ist von wahnsinnigen Vorurteilen erfüllt. Darüber hinaus hält er nicht sehr viel von dem aristokratischen Grafen de Balmain. Bitte versuche, das beim nächsten Mal zu bedenken, und beschränke dich in deiner Konversation auf die Damen der Gesellschaft.«

Julia atmete tief ein. »Na gut«, sagte sie entschieden. »Ich werde mich bemühen, das zu tun, wenn du einen Rat von mir annimmst. Du würdest besser daran tun, wenn du deine Aufmerksamkeit nur den Herren widmen würdest. Kein Mann, am wenigsten einer, der dem Wahnsinn nahe ist, sieht es gern, wenn ein anderer direkt unter seiner Nase seiner Frau besondere Aufmerksamkeit zukommen läßt. Natürlich mag es sein«, fuhr sie in süßem Ton fort, »daß diese Art von Flirt einen gewissen Wert hat, wenn du versuchst, den Gouverneur von deinem Interesse an Napoleon abzulenken. Ansonsten scheint es mir eher, daß du unnötigerweise die Chancen des Kaisers zur Flucht gefährdest.«

»Das ist lächerlich«, erwiderte er und drehte sich heftig um.

»Auch nicht lächerlicher als das, was du zum Grafen de Balmain zu sagen hattest!«

»Das sind doch zwei völlig verschiedene Angelegenheiten!«

»Ja, meinst du? Das sehe ich nicht so!«

»Das wirst du dann schon feststellen, wenn Sir Hudson Lowe sich weigert, uns die Erlaubnis zu geben, Napoleon zu sehen«, sagte Rud in scharfem Ton. Er zog seine Kniehose aus, warf sie auf den Koffer und kletterte in die Koje.

Wenn Julia sich auf sichererem Grund gefühlt hätte, hätte sie sich revanchiert. Statt dessen zog sie es vor, nur ihr Mißfallen über seine Meinung zum Ausdruck zu bringen. Sie folgte seinem Verhalten in fast jeder Bewegung, warf ihr Unterkleid zu Seite und ging ins Bett.

Die Koje war nicht breit genug, als daß sie beide hätten darinliegen können, ohne sich zu berühren. Also lagen sie in ärgerlichem Unbehagen Seite an Seite. Das Schiff schaukelte sanft in der Dünung. Irgendwo summte eine Fliege durch das Zimmer und stieß ziellos und ungeschickt an die Wände.

»Du hast vergessen, die Kerze auszumachen«, sagte Rud nach einer kleinen Weile.

»Das tust du doch sonst immer«, erwiderte Julia und weigerte sich, den Kerzenständer auf dem Waschtisch auch nur anzusehen.

»Aber nur, weil ich sonst immer als letzter ins Bett gehe.«

»Und das«, erwiderte sie, »kommt daher, daß du außen schläfst.«

Mit bemühter Ruhe sagte er: »Diesmal bin ich auf der Innenseite.«

»Auf meinem Platz«, stimmte ihm Julia geduldig zu.

Rud stützte sich auf einen Ellenbogen. »Wirst du jetzt die Kerze ausmachen oder nicht?«

»Die wird mit der Zeit auch von allein herunterbrennen.«

»Es mag dich ja vielleicht überraschen, aber dieses Schiff besitzt keinen unerschöpflichen Vorrat«, sagte Rud und rückte etwas zur Seite, als sein Unterarm ihre weiche Brust berührte.

Julias Mundwinkel zuckten. »Wenn sie alle weg sind, kannst du ja dann im Dunkeln schlafen – genau wie du es möchtest.«

Das schwankende Kerzenlicht verlieh ihrer Haut einen weichen Schimmer und betonte die Rundungen ihrer nackten Gestalt, während die Vertiefungen in geheimnisvollem Schatten lagen. Ein widerwilliges Lächeln entstand in seinen Augen, als er seinen Blick über sie hinwegstreifen ließ. »Es ist möglich, daß Schlafen nicht das einzige war, was ich im Sinn hatte.«

Ihre Blicke begegneten sich. Irgendwo in ihrem Innern spürte Julia ein beruhigendes Gefühl. »Ich kann mir nichts anderes vorstellen«, antwortete sie, und ihre großen Augen wirkten unschuldig, »das man nicht auch genausogut im Licht einer Kerze tun könnte.«

KAPITEL 11

Es wäre nicht nötig gewesen, sich so viele Gedanken zu machen. Die wichtigen Genehmigungen wurden ihnen erteilt, am Tag bevor die *David* wieder in See stechen sollte. Es kamen drei, eine für Rud, eine für Julia und eine für M'sieur Robeaud. Da Lady Lowe die Kutsche des Gouverneurs bei ihrer nachmittäglichen Besuchsrunde brauchte und keine andere zur Verfügung stand, kamen sie auf den Gedanken, den dreieinhalb Meilen langen Weg nach Longwood in einem Karren zurückzulegen. Der Gouverneur und seine Leute hatten die Ladung von Lebensmitteln gründlich untersucht, die Lord und Lady Holland dem Kaiser schickten, um sicherzugehen, daß keine geheimen Nachrichten darinsteckten. Jetzt konnte alles dem Kaiser ausgeliefert werden. Da schon ein Wagen bereitstand, um alles hinzubringen, hielten sie es für unvernünftig, einen zusätzlichen Wagen in Anspruch zu nehmen, weil sie dadurch nur unnötig viel Aufmerksamkeit auf ihre Fahrt gelenkt hätten.

Julia fühlte sich etwas unbehaglich bei dem Gedanken, Napoleon Bonaparte, einem Mann, der in goldenen Staatskarossen gefahren war, sagen zu müssen, daß er auf dem harten Holzsitz eines Ladewagens die Flucht würde antreten müssen, aber es ging nun einmal nicht anders und war vielleicht sogar ein Vorteil. Solche Fahrzeuge waren ein ganz gewöhnlicher Anblick auf dieser Insel und würden mit größter Wahrscheinlichkeit weit weniger auffallen als eine Kutsche.

In dem Boot, das sie von dem im Hafen ankernden Schiff zum Kai brachte, hielt Julia ihre Hände fest im Schoß gefaltet, ein Taschentuch zwischen ihre feuchten Handflächen gedrückt. Endlich. Endlich war der Tag gekommen, die Stunde, der Augenblick, in dem Napoleon befreit werden würde. Ihre Aufregung war so übermäßig, daß sie sich kaum beherrschen konnte. Ihre Bemühungen dabei ließen sie auf ihrem Sitz unnatürlich steif und gerade wirken. Einmal wechselte sie einen

Blick mit M'sieur Robeaud. Er lächelte und nickte kurz, als wolle er sagen, daß schon alles gutgehen werde. Genaugenommen sah es auch wirklich so aus. Er saß gefaßt auf seinem Sitz, trug die neueste Mode in Herrenkleidung – einen geraden Rock, ein Paar Hosen, das mit einem Steg unter seinen Stiefeln befestigt war, und einen breitrandigen Filzhut. In dieser Kleidung und mit dem Bart hatte er nur sehr wenig Ähnlichkeit mit dem Kaiser, der auf so vielen Bildern mit Dreispitz, tailliertem Uniformrock mit Schößen, Kniehosen und Stiefeln und dazu einem knöchellangen Umhang dargestellt war. Julia hoffte nur, daß es ihnen gelingen würde, dasselbe Wunder zu vollbringen, wenn sie die Rückfahrt zum Schiff antraten!

Die Straße stieg außerhalb von Jamestown an und wand sich um das Gelände des Gouverneurspalastes, an der mit Tamarinden, Eichen und Weiden bewachsenen Grenze eines Grundbesitzes namens »The Briars« entlang, in dem William Balcombe mit seiner Tochter Betsy bis vor kurzem gelebt hatte. Von dort aus erhob sie sich zu dem baumlosen, felsigen Plateau, das von dem renovierten Bauernhaus namens Longwood gekrönt wurde.

Das Gebäude war ausgewählt worden, weil es schwer zugänglich lag und sich ringsherum keine Deckung bot. Man hielt die isolierte Lage des Hauses für außerordentlich nützlich. Es hatte nur ein Geschoß und war in der Form eines T gebaut, in dessen Flügeln jeweils ein Raum lag. Dahinter gab es noch einige Nebengebäude, die man zu Küche, Dienstbotenräumen und Wohnungen für das Gefolge des Kaisers umgebaut hatte. Eine Wache in grauer Uniform, mit goldenen Tressen und roten Revers, stand am Ende der Zufahrt, eine zweite am Eingangstor.

Rud zeigte dem ersten Wächter ihre Genehmigung. Nach einer sorgfältigen Untersuchung und der Erinnerung, daß ihrem Besuch die zeitliche Begrenzung von einer Stunde auferlegt worden war, wurden sie vorbeigelassen. Der zweite Wächter kümmerte sich nicht um sie und ließ sie unangekündigt in das kleine Vorzimmer des Hauses eintreten.

Von innen sah Longwood genausowenig einnehmend aus wie von außen. Die Wände waren mit geteertem Segeltuch bedeckt, und der

Teppich auf dem Boden war schon so oft von so vielen schlammigen Füßen betreten worden, daß das Muster nicht mehr zu erkennen und abgewetzt war. Die Vorhänge an den Fenstern waren von der Sonne ausgeblichen und hatten dicke Stockflecken. Die wenigen Stühle im Zimmer waren roh und offensichtlich auf der Insel hergestellt. Ein Schreibtisch in demselben Stil nahm die Mitte des Raums ein, ein Tintenfaß und ein einziger Kerzenständer aus Zinn standen mitten darauf.

Während sie noch unentschlossen direkt hinter der Tür standen, eilte ein Mann ins Zimmer. »Es tut mir leid, daß ich Euch habe warten lassen«, sagte er. »Ich bin der Großmarschall des Kaisers Napoleon, Graf Henri-Gratien Bertrand. Womit kann ich Euch dienen?«

Der Graf war kein leicht erregbarer Mann. Er betrachtete M'sieur Robeaud, einen Mann, den er in besseren Tagen sehr gut gekannt hatte, ohne auch nur mit der Wimper zu zucken. Als Julia ihre Hand zu der goldenen Biene an ihrem Hals hob, betrachtete er ihre Bewegung genau, gab aber nicht zu erkennen, daß sie für ihn eine Bedeutung hatte. Vor der Tür, die offenstand, um in der Augusthitze ein wenig Luft ins Haus zu lassen, änderte die Wache ihre Stellung mit einem knirschenden Geräusch der Stiefel auf der sandbedeckten Stufe.

Rud begrüßte in aller Form den Grafen und nannte ihm ihre Namen. »Wir nehmen an, daß Sir Hudson Lowes Sekretär uns angekündigt hat. Wir wären sehr erfreut, wenn uns der Kaiser die Ehre einer kurzen Audienz geben würde.«

»Ja, Euer Kommen ist angekündigt worden«, bestätigte Graf Bertrand, und sein Blick wanderte an ihnen vorbei zu dem breiten grauen Rücken des Wächters vor der Tür, der sicher alles genau hören konnte. »Ich muß Euch jedoch mitteilen, daß der Kaiser seit einigen Tagen leicht indisponiert ist. Ich werde fragen, ob er Euch empfangen will, aber ich kann nichts versprechen. Falls er seine Zustimmung geben sollte, solltet Ihr nicht vergessen, seine Indisposition zu bedenken und Euren Besuch beim ersten Anzeichen von Müdigkeit seinerseits sofort beenden, ich bitte Euch darum.«

»Natürlich«, pflichtete Rud ihm bei.

»Sehr gut. Dann möchte ich Euch jetzt bitten, in den Salon zu treten und Euch zu setzen, ich werde mich bemühen, Euch möglichst nicht warten zu lassen.«

Als Julia weiter ins Haus trat, drang ihr der eindeutige Geruch nach Mäusen in die Nase. Unter dem Sofa, auf das sie sich zögernd setzte, lag ein Teil der Füllung des Möbelstückes verstreut. Als die Schritte des Grafen verklangen und das Zimmer in Schweigen versank, konnten sie deutlich ein Nagen in der Decke über sich hören, das nur von einer großen Ratte stammen konnte.

Die Stühle und Tische waren poliert, der Teppich sah so aus, als sei er erst zur Zeit von Napoleons Aufenthalt in diesem Haus hinzugekommen, und die Wände waren tapeziert. Dennoch schien alles hier, einschließlich der Vorhänge, völlig willkürlich ausgewählt worden zu sein, ohne daß man sich auch nur die geringste Mühe gegeben hatte, Farben und Muster aufeinander abzustimmen. Da Napoleon nur wenige Einrichtungsgegenstände mit hatte hierher bringen dürfen, konnte Julia nur annehmen, daß die Engländer verantwortlich für das bunte Gemisch waren. Die Tatsache, daß die Tapete sich an verschiedenen Stellen von den Wänden löste und die Vorhänge genauso stockfleckig waren wie im Vorzimmer, betonte nur noch mehr die widrigen Umstände, unter denen der ehemalige Kaiser der Franzosen hier leben mußte.

Julia dachte mit Erstaunen und Widerwillen an die prächtige Einrichtung des Hauses des Gouverneurs, an die dicken Teppiche, an die herrlichen Vorhänge, die noch mit Troddeln und Fransen und Schnüren verziert waren, an die glitzernden Leuchter und polierten Spiegel und die überall verstreuten exquisiten Nippes. Ihre Gedanken wanderten weiter zu der Pracht von Versailles und Malmaison.

Es bestand allerdings die Möglichkeit, daß Napoleon in den ersten Jahren seiner Gefangenschaft hier auf der Insel dieses Rattenloch bevorzugt hatte, in der Hoffnung, daß Berichte darüber in England auf öffentlichen Widerstand stoßen und die alliierten Regierungsbeauftragten dazu zwingen würden, den Ort seines Exils zu ändern.

Graf Bertrand erlaubte sich ein Lächeln, als er den Salon wieder betrat. Mit einer höflichen Verbeugung sagte er: »Der Kaiser wird Euch in seinem Arbeitszimmer empfangen. Würdet Ihr mir bitte folgen.«

Sie standen hastig auf, wie elektrisiert von einem plötzlichen, atemberaubenden Ansturm der Erwartung. Nach all der Planung, den Ausgaben, den erschöpfenden Monaten sollten sie endlich dem Kaiser selbst begegnen.

Der Großmarschall, Graf Bertrand, richtete sich vor der Tür des Arbeitszimmers zu militärisch gerader Haltung auf. Mit hoch erhobenem Kopf drehte er den Türknauf und trat gemessenen Schrittes ins Zimmer. »Kapitän Rudyard Thorpe, Madame Thorpe geborene Dupré und Eugène François Robeaud!« verkündete er.

Das Licht im Innern des Arbeitszimmers war gedämpft, ein Zustand, der durch die vor den Fenstern aufgehängten Decken hervorgerufen wurde. In dem Zimmer gab es nur wenige Möbel, nämlich einen großen Tisch mit einem relativ bequemen Stuhl dahinter. Ein Leuchter stand auf dem improvisierten Schreibtisch als eine Art ständiger Bedrohung für die Papiere und Bücher, die auf allen Seiten mehr als mannshoch aufgestapelt waren. Zahlreiche Bücher füllten jeden Winkel des Zimmers. Sie standen, da es keine Regale gab, in langen gestuften Reihen an den Wänden entlang. Mathematik, Geometrie, Geschichte, Rechtslehre, Poesie, Romane, lateinische Klassiker, griechische Tragödien – sie alle waren offensichtlich gelesen, manche von ihnen mit Eselsohren, und erinnerten an Veteranen bei militärischen Feldzügen.

Der Kaiser Napoleon stand mit leicht gespreizten Beinen neben dem Schreibtisch und hatte die Hände hinter dem Rücken verschränkt. Er trug einen dunkelgrünen Uniformrock mit Orden daran, dazu weiße Kniehosen, die in schwarze, bis zu den Knien reichende Stiefel gesteckt waren. Er hatte die durchschnittliche Größe eines männlichen Europäers, war vielleicht zehn Zentimeter kleiner als Rud mit seiner eindrucksvollen Größe von einem Meter achtzig und sah gesund und kräftig aus, in keiner Weise wie ein Kranker. Seine Brust war muskulös, wie es bei einem Reiter und Soldaten üblich ist, und er wirkte keineswegs so korpulent, wie es ihm von der englischen Presse immer zugeschrieben wurde. Sein kastanienbraunes Haar wich von seiner hohen Stirn schon etwas zurück und war sorgfältig nach hinten gebürstet, wobei ihm eine einzelne Locke in die Stirn fiel. Seine Züge waren kräftig, er hatte eine klassische römische Nase und einen geschwungenen Mund, der allerdings fast völlig unter einem Bart verborgen war, der zweifellos der Grund für seine enge Klausur der vergangenen Wochen gewesen war. Doch das eigentlich Auffällige in seinem Gesicht waren die Augen, die graublau und durchdringend unter seinen schweren Augenbrauen blitzten. Sie brannten durch die Kraft seines überlegenen Willens und das ungeduldige, verzehrende Feuer seiner Intelligenz.

Die Herren verbeugten sich, und Julia versank in einen tiefen Knicks, dann gab Napoleon seine königliche Pose auf und kam auf sie zu.

»Ich bin sehr erfreut, Madame«, sagte der Kaiser, nahm ihre Hand und hob sie zu seinen Lippen. »Kapitän Thorpe, es ist mir ein Vergnügen! Ach, und mein Freund Robeaud!«

Er wandte sich dem Franzosen zu, öffnete seine Arme und drückte ihn an sich wie einen Bruder. Dann trat er einen Schritt zurück und betrachtete den anderen Mann. Er zog kurz eine Grimasse, als er den lose sitzenden Rock und die lange Hose bemerkte. »Das habt Ihr mir also zum Anziehen mitgebracht? *Ma foi*, in welcher Weise man doch seine Würde opfern muß!«

Nebeneinander betrachtet waren die beiden Männer einander erstaunlich ähnlich und doch auch ganz unterschiedlich. Robeaud, der fast zehn Jahre jünger war als der Kaiser, hatte weniger Falten im Gesicht. Es war sogar möglich, daß er der besser Aussehende von den beiden war, obwohl seine Zähne nicht andeutungsweise so gut, so weiß und so gleichmäßig waren wie die des Kaisers und er die kürzere, fülligere Figur hatte. Aber dennoch unterschieden sie sich am meisten aufgrund ihrer Ausstrahlung. Robeaud machte den ruhigen, abwartenden und willigen Eindruck eines Soldaten, der auf Befehle wartet, während der Mann ihm gegenüber Bestimmtheit und Sicherheit ausstrahlte. Und es gab noch einen anderen Unterschied: Die Augen des Kaisers waren graublau, die Robeauds waren nußbraun.

Mit unsteten Fingern griff Julia an ihren Hals, um die goldene Biene zu lösen. Als die Aufmerksamkeit des Kaisers nicht mehr auf Robeaud konzentriert war, trat sie vor und hielt ihm das kleine Schmuckstück auf ihrer Handfläche entgegen.

Napoleon Bonaparte nahm es in die Hand und sah sie mit einem Lächeln an, dann hielt er die Biene ans Licht, um sie genau betrachten zu können. Dann gab er sie Julia mit einer zeremoniellen Geste zurück. »Ich hatte nicht den geringsten Zweifel an Eurer Identität von dem Augenblick an, als ich meinen guten Robeaud hier gesehen habe. Ich bin wirklich erstaunt, daß er sich in den vier langen Jahren seit unserer letzten Begegnung nur so wenig verändert hat. Nichtsdestotrotz bin ich erfreut, diesen kleinen Gegenstand zu sehen, den Ihr mir mitgebracht habt. Die goldene Biene ist ein Symbol der höchsten Treue, einer Treue, wie ich sie in diesen schweren Zeiten besonders nötig brauche. Wenn ich recht verstanden habe, ist Euer Vater auf der Reise von Amerika hierher gestorben. Laßt mich Euch zu diesem Verlust mein tiefstes Beileid aussprechen. Es ist wirklich bedauerlich. Als ich ihn zu kommen bat, hatte ich große Hoffnungen. Ich hätte einen Mann wie ihn in den Zeiten, die vor mir liegen, gut an meiner Seite gebrauchen können.«

Julia murmelte ein paar Worte der Dankbarkeit, bevor der Kaiser weitersprach und seine Stimme dabei wieder den entschiedenen Klang annahm.

»Da Ihr meiner kleinen Bitte, was die Biene betrifft, nachgekommen seid, kann ich hoffen, daß meine sonstigen Instruktionen mit ebensoviel Genauigkeit ausgeführt worden sind?«

»So ist es«, erwiderte Julia, und ihre Brust füllte sich mit Stolz, daß sie ihm eine solche Bestätigung geben konnte. »Das Schiff der Ostindischen Handelsgesellschaft, die *David*, liegt im Hafen, wie Ihr wohl mit Eurem Fernrohr gesehen haben werdet, und wartet darauf, Euch nach Rio de Janeiro zu bringen. Dort steht das Schiff meines Mannes, die *Najade*, bereit, um Euch nach Malta zu bringen.«

»Aha«, rief der Kaiser aus und wandte sich Rud zu. »Dann seid Ihr also der amerikanische Kapitän, um den ich gebeten habe?«

»Englisch-amerikanisch«, antwortete Rud und neigte den Kopf.

»Englisch?« Napoleon richtete sich auf und wirkte steif vor Unbehagen. »Ich habe ein Schiff verlangt, das in Amerika registriert ist.«

»Die *Najade* ist in Amerika registriert, Euer Majestät«, erwiderte Rud.

Julia, die einen harten Unterton in seiner Stimme bemerkte, warf ihm einen schnellen Blick zu.

»Ist das Schiff bewaffnet?« fragte der Kaiser in forderndem Ton.

»Jawohl, Euer Majestät.«

»Und Ihr persönlich seid ebenso dazu bereit, Euch notfalls einem Angriff durch ein britisches Schiff entgegenzustellen?«

»Falls es sich als nötig erweisen sollte, ja, Euer Majestät.«

»Also gut. Es gefällt mir nicht besonders, aber es geht nun einmal nicht anders. Man muß immer beweglich bleiben.«

In diesem Augenblick wurden sie von einem Lakaien in grün-goldener Livree unterbrochen, der mit zwei Stühlen eintrat. Robeaud wandte dem Mann sofort den Rücken zu und bewegte sich zu einem Stapel Bücher, als habe er ein ausgesprochenes Interesse an einem der daraufliegenden Bände. Das war eine vernünftige Vorsichtsmaßregel für den Mann, für den es so wichtig war, daß sein Austausch gegen den Kaiser unbemerkt blieb. Nur ein paar wenige Eingeweihte konnten davon erfahren. Es durfte nicht sein, daß der ganze Haushalt, der aus insgesamt siebenunddreißig Bediensteten bestand, mit dem großen Geheimnis vertraut war.

»Jetzt können wir es uns bequem machen«, sagte Graf Bertrand, während er dem Lakaien zeigte, wohin die Stühle gestellt werden sollten. »Oder so bequem es eben zwischen so vielen Büchern möglich ist. Ihr müßt das Durcheinander verzeihen. Das Dach der Bibliothek ist vor ein paar Tagen eingestürzt, und wir konnten es nicht zulassen, daß die Bücher vom Regen zerstört werden.«

Das leere Geplapper hörte auf, sobald die Tür sich hinter dem Lakaien geschlossen hatte. Der Großmarschall räusperte sich. »Ich möchte Euch nur ungern zur Eile antreiben, Euer Majestät, aber...«

»Ihr habt recht, mein lieber Bertrand. Kommt, Robeaud, ich kann Euch die nötigen Anweisungen geben, während wir uns umziehen. Es mag sein, daß Ihr sie vielleicht als etwas unzureichend empfindet, aber Ihr braucht Euch keine Sorgen zu machen. Wir haben die Ausrede mit der Krankheit sorgfältig vorbereitet, so daß Ihr eigentlich genug Zeit haben solltet, um Euch mit Eurer Rolle vertraut zu machen. Ihr werdet den Grafen Bertrand zur Seite haben, und auch Graf und Gräfin de Montholon werden Euch unterstützen.«

An der Tür zum nächsten Raum, der vermutlich Napoleons Schlafzimmer war, blieb der Kaiser stehen. »Kapitän, Madame Thorpe, ich hoffe, Ihr verzeiht mir. Wir werden in den nächsten Wochen noch viel Zeit haben, uns besser kennenzulernen. Während meiner Abwesenheit wird Graf Bertrand meine Aufgabe als Gastgeber übernehmen. Ich glaube, er hat eine Erfrischung bestellt.«

Man servierte ihnen Gebäck: mit Früchten gefüllte Pastetchen, frische Brötchen, die mit Zucker oder Schokolade und Mandeln bestreut waren, sowie mit Sahne oder Zitronencreme gefüllten Kuchen. Julia konnte beim besten Willen nichts essen. Sie drehte eine halbe Tasse mit starkem Kaffee in den Händen, und ihre Nerven waren aufs äußerste gespannt in Erwartung der großen Aufgabe, die noch vor ihnen lag. Ihre Gedanken kehrten kurz zu ihrem Vater zurück, zu der Freude und dem Stolz, die er in diesem Augenblick empfunden hätte, wenn er noch am Leben gewesen wäre. Was für ein zerbrechliches Ding war doch dieses Leben, viel zerbrechlicher als die zarte Porzellantasse in ihrer Hand. Es war nur ganz wenig erforderlich, um Hoffnungen, Träumen und Absichten ein Ende zu setzen.

Noch bevor der Kaffee in ihrer Tasse kalt geworden war, wurde die Tür aufgerissen. Eine Frau in den Vierzigern mit blondem Haar und einer rötlichen Hautfarbe, die nur teilweise durch Schminke bedeckt war, trat ins Zimmer. Hinter ihr kam ein Mann, der bei jedem Schritt seine Vorhaltungen vorbrachte.

»Das kannst du nicht tun, meine Liebe«, sagte er gerade, »ich verbiete es dir einfach. Du wirst ihn verärgern.«

»Was interessiert mich sein Ärger, wenn er uns verläßt?« rief die Frau.

Graf Bertrand stand hastig auf und ging zur Tür, um sie hinter den beiden zu schließen. »Meine liebe Albine«, sagte er. »Dein Verhalten ist wirklich unvernünftig. Willst du denn alles zerstören?«

»Ich habe von meinem Fenster aus den Mann gesehen, auf den wir gewartet haben. Ich habe mich umgezogen und darauf gewartet, daß man mich ruft, um die Ehre eines letzten Abschiedswortes zu bekommen. Erzähle mir nichts davon, daß ich die Pläne des großen Mannes zerstöre! Wenn er so wenig daran denkt, was er mir und meinem Mann schuldig ist, warum sollte ich dann irgendwelche Gedanken an sein Wohlergehen verschwenden?«

»Madame!« rief Graf Bertrand aus.

»Ich bitte dich, meine Liebe«, flehte ihr Mann, der Graf von Montholon.

Die Tür zum angrenzenden Schlafzimmer öffnete sich. Der Kaiser, jetzt gekleidet in lange Hosen, Leinenhemd, Krawatte und gerade dabei, seinen tabakfarbenen Rock mit den Zinnknöpfen und Samtaufschlägen anzuziehen, trat heraus. »Was ist das hier für ein Lärm?« fragte er. »Ruhe, aber sofort!«

»Euer Majestät«, klagte die Gräfin de Montholon mitleiderregend.

»Albine, du bist es, das hätte ich mir denken können. Du bist gekommen, um dich zu verabschieden. Also gut. Machen wir es kurz. Machen wir es insgesamt kurz mit dem Abschiednehmen.«

Die Frau hätte sich ihm am liebsten in die Arme geworfen. Er nahm ihre Hand und beugte sich darüber. Dann wandte er sich ihrem Mann zu und umarmte und küßte ihn auf die Wangen, dann tat er dasselbe mit dem Grafen Bertrand. »Meine Freunde, wir haben oft besprochen, was getan werden muß. Es ist nicht nötig, es zu wiederholen. Ihr werdet Euch meinem Freund Robeaud gegenüber genauso verhalten wie mir gegenüber. Er wird Eure Hilfe brauchen und zu schätzen wissen, wie auch ich Eure Gesellschaft und Treue während dieser dunklen Jahre zu schätzen wußte. Ich bedauere, daß ich Euch jetzt zurücklassen muß, aber ich bitte Euch, mir zu vertrauen, daß ich Euch hier nicht einen Augenblick länger als nötig werde bleiben lassen. Auf Wiedersehen –«

Er nahm den Hut, den Robeaud auf seinem Stuhl hatte liegenlassen, und ging zur Tür. In diesem Augenblick trat M'sieur Robeaud aus dem Schlafzimmer, gekleidet in die bei ihm ziemlich enganliegende Uniform des Kaisers. Julia wußte, daß der Knappe des Kaisers, Marchand, den Sitz der Uniform sicher in Ordnung bringen konnte, aber der ruhige Mann, den sie an Bord des Schiffes kennengelernt hatte, sah jetzt so sehr aus wie eine verlorene, kostümierte Gestalt nach einem Maskenball, daß sie plötzlich spürte, wie ihr die Tränen in die Augen stiegen. Sie gab einem Impuls nach, lief zu ihm und legte ihm die Arme um den Hals.

»Ich bitte Euch«, sagte er sanft und tätschelte ihre Schulter, »macht Euch keine Sorgen, *ma chère*, ich bin so zufrieden.«

Julia wußte, daß es so war, und doch tat es ihr weh, zu lächeln, sich umzudrehen und fortzugehen. Das Bild verschwamm ihr vor den Augen, als sie mit Rud und dem Kaiser das Zimmer verließ.

Napoleon ging mit dem Gefühl des Monarchen für sein Recht und sein Privileg vor ihnen zur Tür hinaus und schritt eilig voran. Julia biß sich auf die Unterlippe, weil sie nichts sagen wollte. Man korrigierte nicht einfach einen Kaiser.

»M'sieur Robeaud?« rief sie hinter ihm her, so laut sie es wagte.

Er ließ nicht erkennen, daß er sie gehört hatte. Jetzt traten sie aus dem Salon ins Vorzimmer. In wenigen Augenblicken würde sie für den Wächter sichtbar werden. Man konnte es dem Wachhabenden nicht übelnehmen, wenn er es seltsam fand oder gar verdächtig, daß ein Herr, der nicht von besonderer Wichtigkeit war, vor einer Dame durch die Tür ging.

»M'sieur!« rief sie noch einmal, rannte dann mit einem gehetzten Blick auf Rud ein paar Schritte vor, griff nach dem Arm von Napoleon Bonaparte und hielt ihn auf.

Er wandte sich ihr in erstaunter Verärgerung zu, verstand dann aber plötzlich die Bitte in ihren bernsteinfarbenen Augen und ihr schnelles

Nicken in Richtung auf den Wächter. Der Kaiser lächelte, machte eine höfliche Geste mit dem breitrandigen Hut in seiner Hand und gab ihr ein Zeichen, daß sie jetzt mit langsamerem Schritt zusammen weitergehen würden.

Sie kamen ohne weiteres Vorkommnis an dem ersten Wächter vorüber, und der Kaiser setzte sich in dem Augenblick, in dem er das Haus verließ, den Hut auf den Kopf. Mit gemessenen Schritten wanderten sie den Weg hinunter, entfernten sich weiter und weiter vom Haus. Der zweite Wächter nickte und wünschte ihnen einen guten Tag. Während Napoleon Julia an die Außenseite des Wagens geleitete und ihr half, über das Rad hineinzusteigen, wechselte Rud ein paar Worte mit dem Wachhabenden. Als Julia und der Kaiser sich gesetzt hatten, nahm er die Peitsche aus dem Ständer, berührte damit seine Hutkrempe und stieg auf den Fahrersitz.

Es war keine Zeit gewesen, den Kaiser zu warnen, daß er seine Flucht auf einem Lastkarren würde beginnen müssen. Julia hätte sich vorstellen können, daß er sich weigerte, seine Würde so sehr zu erniedrigen. Aber nein, er saß auf seinem Sitz, als wäre er niemals mit einem anderen Fahrzeug gefahren.

Während ihres Aufenthaltes im Haus hatte man den Wagen entladen. Der bequeme, schützende Stapel aus Kästen und Fässern war fort. Als Rud den Pferden das Zeichen zum Losgehen gab und sie rasselnd den Weg hinunterfuhren, hatte Julia das Gefühl, als bohrten sich die Blicke von Dutzenden von Leuten in ihren Rücken. Das Gefühl ließ nicht nach, bis sie die Straße erreicht und Longwood hinter sich gelassen hatten.

Doch selbst da konnte sie sich noch nicht entspannen, und nach der steifen Art zu schließen, in der die Männer neben ihr auf ihren Plätzen saßen, war es ihnen auch nicht so recht wohl in ihrer Haut. Sir Hudson Lowes Verständigungsposten standen überall auf der Insel wie riesige Wächter, ungeheure zyklopische Monster mit einem roten Auge, das in den Strahlen der untergehenden Sonne glitzerte. Julia starrte sie alle an, während sie an ihnen vorüberrollten. Blinkte eines von ihnen die Nachricht von Napoleons Flucht zum nächsten? Würden plötzlich vor ihnen auf der Straße Soldaten erscheinen? Als Signal, daß Bonaparte entkommen war, sollte von den Wächtern zusätzlich zu den Lichtzeichen noch eine blaue Flagge gehißt werden, so behaupteten die Gerüchte auf der Insel. Keine blaue Fahne flatterte im Passatwind, doch das beruhigte Julia auch nicht wesentlich.

Die Straßen von Jamestown waren heiß und belebt, und doch schien irgendwie niemand etwas anderes zu tun zu haben, als am Straßenrand zu sitzen und zuzuschauen, wie die Wagen vorüberfuhren.

Soldaten standen am Kai, zwei Mann in Regimentsuniformen, den Rücken der Stadt zugewandt, und sahen auf die vor Anker liegende *David*. Als der Wagen anhielt, drehten sie sich um und starrten sie mit ernsten Gesichtern an.

»Verzeiht, Sir, aber seid Ihr vielleicht Kapitän Rudyard Thorpe?«

Rud bejahte die Frage.

»Wir haben die Erlaubnis, Freunde an Bord des Schiffes zu besuchen, mit dem Ihr fahrt. Man sagte uns, das Boot, das hier am Kai festgemacht hat, stehe zu Eurer Verfügung und erwarte Eure Rückkehr. Wir haben uns gefragt – also – wir möchten Euch um die Erlaubnis bitten, mit Euch zum Schiff fahren zu dürfen, wenn es Euch nicht unangenehm wäre, Sir.«

Es war mehr als genug Platz in dem Boot. Rud hatte nur einen ganz kurzen Augenblick Zeit, um sich eine Antwort auszudenken.

»Aber natürlich«, erwiderte er. »Wenn es Euch nichts ausmacht, die vorderen Sitze zu nehmen. Meine Frau hat nicht gern die Gischt im Gesicht, und mein Freund wird auf dem Sitz im Bug leicht seekrank.«

»Wir sind nicht wählerisch«, erwiderte der Soldat mit einem Grinsen und unterdrückte nur knapp einen militärischen Gruß. »Danke, Sir.«

Da sie mit den Gesichtern nach vorn aufs Meer schauten, würden sie keine Gelegenheit bekommen, den Kaiser genauer zu betrachten. Wenn sie etwas Glück hatten, würden die beiden sofort ihre Freunde suchen, sobald sie das Deck der *David* erreicht hatten.

Julia setzte sich auf ihren harten Holzsitz und stieß einen kleinen

Seufzer aus. Rud sah zu ihr herüber, und angesichts der Blässe in ihrem Gesicht verdunkelte sich sein Blick vor Besorgnis. Ohne sich um die anderen zu kümmern, streckte er einfach den Arm aus und zog sie an sich, so daß er die Stöße der Wellen auffing, während das Boot sie zum Schiff übersetzte.

Alles kam im wesentlichen wie erwartet. Als Julia auf dem Deck der *David* stand, waren die beiden jungen Soldaten schon verschwunden. Rud zog sich sofort mit dem Kaiser unter Deck zurück, um ihm die Kajüte von M'sieur Robeaud zu zeigen. Er wollte mindestens eine Stunde mit ihm dort bleiben, ihm alles Notwendige erklären, die neuesten Informationen aus London übermitteln, den Grundriß des Schiffes genau erläutern und die Passagiere beschreiben, die er erkennen sollte. Dann mußte Rud noch einmal ins Haus des Gouverneurs, wo man von ihm erwartete, daß er einen genauen Bericht von alldem gab, was bei dem Besuch geschehen war.

Julia machte sich allein auf den Weg in ihre Kajüte. Ihr Kopf schmerzte, und sie fühlte sich innerlich so schwer, daß sie kaum in der Lage war, einen Fuß vor den anderen zu setzen. Sie hätte begeistert sein müssen, durchdrungen von Glück, weil ihre Mission geglückt war. Statt dessen fühlte sie sich erschöpft. Sie hatte nur noch den Wunsch, allen neugierigen Blicken zu entkommen und zu weinen.

Die *David* stach mit der morgendlichen Flut in See. Da Rud wieder beim Kaiser war, stand Julia allein an der Reling und sah zu, wie die sonnenverbrannte Insel St. Helena in der Ferne immer kleiner wurde. Es dauerte eine Weile, bevor sie den Mann bemerkte, der sich neben sie gestellt hatte. Erst als er sprach, wandte sie sich zu ihm um.

»Ein erbärmlicher Ort«, sagte der Graf de Balmain. »Ich bin sicher, daß Ihr schon nach wenigen Tagen genauso glücklich sein werdet wie ich, ihn hinter Euch gelassen zu haben.«

»Ihr seid an Bord« rief sie erschrocken, wurde sich jedoch sogleich der Tatsache bewußt, wie unhöflich diese Begrüßung gewesen war.

»So ist es. Ich sagte Euch doch, daß ich nach Rio de Janeiro reisen wollte, oder?«

»Ich hätte nicht im Traum daran gedacht, daß Ihr das wirklich ernst gemeint habt«, gestand sie offen.

»Ich muß zugeben, daß es eine ziemlich kurzfristige Entscheidung gewesen ist.« Beim Sprechen hob er das Fernrohr, das er in der Hand hielt, vor ein Auge. Aus dieser Entfernung konnte man Longwood, das einsam hoch oben auf seiner Ebene lag, gerade noch erkennen. Sein suchender Blick wandte sich in diese Richtung. »Ich habe gehört, daß man Euch gestern nachmittag zum Kaiser vorgelassen hat«, sprach er weiter.

»Das ist richtig.«

»Ich beneide Euch sehr darum«, sagte er und senkte das Fernrohr.

»Vielleicht werdet Ihr die Gelegenheit bekommen, wenn Ihr wieder hierher zurückkehrt.« Julia starrte aufs Meer, so daß der Rand ihres grauen Strohhuts ihr Gesicht verbarg.

»Wenn ich wieder zurückkehre? Da bin ich mir nicht so sicher. Ich bin der Ansicht, daß es auf dieser Insel nichts Interessantes mehr gibt.«

Der geheimnisvolle Unterton ließ Julia heftig erschrecken. Sie wandte den Kopf in seine Richtung. »Was?«

Ein Lächeln erleuchtete seine dunklen Augen, als sich ihre Blicke begegneten. »Ich meine natürlich, da Ihr nicht hierbleiben werdet«, sagte er.

Julia war nicht recht überzeugt von seiner schmeichelhaften Erklärung, aber es ging nicht an, daß sie dieser seltsamen Bemerkung zu viel Bedeutung beimaß. »Es ist nicht sehr höflich, so etwas zu einer verheirateten Frau zu sagen. Außerdem hatte ich auch das Gefühl, daß Ihr Lady Lowes Stieftochter mehr als nur interessant gefunden habt.«

»Ihr seid sehr aufmerksam«, sagte er, und seine scharfen Augen verengten sich. »Und auch ausgesprochen intelligent.«

»Aber ziemlich unempfindlich für Schmeicheleien«, antwortete sie lachend. Doch trotz ihres scheinbar lockeren Wortwechsels lag eine gewisse Spannung zwischen ihnen. Es war ein unangenehmes Gefühl, das sie nicht unbedingt verlängern wollte. Sobald sie konnte, ohne zu übereilt zu erscheinen, ließ Julia ihn allein und kehrte in ihre Kajüte zurück.

Entgegen ihrer Erwartung erwies sich Graf Alexander de Balmain nicht als Grund zur Sorge während der eintausendachthundert Meilen langen Reise bis an die Küste Südamerikas. Während der ersten paar Tage war sie in ihrer Freizeit damit beschäftigt, Robeauds Garderobe zu ändern, so daß sie dem Kaiser paßte. Die langen Hosen mußten an der Taille enger gemacht und verlängert werden. Das letztere war nicht besonders schwierig; man hatte die Notwendigkeit dazu vorausgesehen, und der Londoner Schneider, der die Kleidung für Robeaud angefertigt hatte, war angewiesen worden, den Saum nicht abzuschneiden. Dennoch war es eine sehr schwierige Zeit. Der Kaiser war mehr als nur ein wenig empfindlich in bezug auf die Paßform seiner Kleidung, und Rud war nicht übermäßig geschickt mit dem Maßband.

Kaum war diese Aufgabe beendet, kam das Schiff in einen Sturm. Der Regen und der treibende Wind zwangen sie, in der Kajüte zu bleiben, und zum ersten Mal während der ganzen Reise litt Julia an der Seekrankheit. Sie konnte außer Wasser und ein wenig trockenen Toast nichts bei sich behalten und war unwahrscheinlich empfindlich auf jeden Geruch, der über das Schiff zog. Ihre Nerven waren bis zum Zerreißen gespannt, und ihre Laune war mäßig. Schließlich haßte sie die ununterbrochene Bewegung des Schiffes, das immer weiter über den Ozean pflügte. Sie hatte ein Gefühl, als würde ihre Reise niemals enden, und das Wissen, daß sie in Rio de Janeiro umkehren und die lange Fahrt zurück nach Europa antreten mußte, hob ihrer Stimmung auch nicht besonders.

Rud war während dieser Zeit außerordentlich zuvorkommend, schien aber nicht verstehen zu können, daß sie keinen anderen Wunsch hatte, als in Ruhe gelassen zu werden. Sie wollte auch keinen verdünnten Essig zu sich nehmen – sein beliebtestes Heilmittel gegen ihre Beschwerden –, und genausowenig hatte sie Lust auf Rinderbrühe, Kaffee, Tee oder Schokolade.

»Bitte«, sagte sie und schluckte, weil sie schon bei dem Gedanken an solche Dinge würgen mußte, »ich möchte wirklich nichts.«

»Du mußt aber etwas zu dir nehmen, irgendeine Art von Nahrung. Wenn du so weitermachst, wird dein Körper austrocknen und sich selbst verzehren. Ich werde dir eine Brühe und Schiffszwieback bringen und dann neben dir sitzen bleiben, bis du auch das letzte Stückchen verspeist hast.«

»Ich werde es bestimmt wieder ausspucken«, warnte sie ihn, »wenn ich dir nicht die Sachen, die du holst, vorher an den Kopf werfe!«

»Also gut«, sagte er und unterdrückte ein Lachen. »Vielleicht ein Glas Limonade?«

»Das könnte ich nicht trinken«, erwiderte sie schaudernd.

»Doch, das kannst du, wenn du ganz langsam trinkst.«

»Na gut«, gab sie nach und seufzte, »aber wenn es mir schlecht wird, sage nicht, ich hätte dich nicht gewarnt.«

Rud saß auf der Kante der Koje und betrachtete sie. »Julia«, sagte er langsam, »bist du wirklich sicher, daß dein Problem die Seekrankheit ist?«

»Was meinst du damit?« Sie wollte ihn nicht ansehen, schaute mit gesenkten Lidern auf die Decke, die ihre Finger glattstrichen.

»Bist du sicher, daß du nicht auch an morgendlicher Übelkeit leidest?«

»Wie kommst du auf diese Idee?« fragte sie und bemühte sich um einen lockeren Ton.

»Kleinigkeiten, kleine Veränderungen an deinem Körper, die mir aufgefallen sind. Du mußt sie doch auch bemerkt haben.«

»Und wenn es so sein sollte – was ich allerdings nicht zugebe –«, sagte sie schnell, »was würde dich das schon interessieren?«

Er zögerte so lange mit seiner Antwort, daß sie plötzlich zu ihm aufsah, als er nicht damit rechnete. Ein Schatten lag in seinen Augen, während er, ohne etwas zu sehen, auf seine Hände starrte, und um seinen Mund lag eine graue Linie. »Interessieren?« wiederholte er. »Das ist eine seltsame Art, es zu formulieren.«

»Wir führen auch eine seltsame Ehe.«

Das Flackern eines schrägen Lächelns auf seinen Lippen zeigte ihr, daß er ihr zustimmte; dennoch versuchte er nicht, ihre Frage zu beantworten.

Sie wandte sich ab. »Also hatte ich recht. Ein Kind gehört nicht zu deinen Plänen.«

»Das ist nicht wahr. Es wäre außerordentlich dumm, unter den gegebenen Umständen diese Möglichkeit zu übersehen, findest du nicht? Ein Kind ist doch nur die natürliche Folge jener Art von Beschäftigung, mit der wir uns in den vergangenen Wochen hauptsächlich die Zeit vertrieben haben.«

»Aber trotzdem würde es dich nicht glücklich machen, zu erfahren, daß du Vater wirst. Warum?«

»Ich werde versuchen, es dir zu erklären, wenn du mir eine Frage ehrlich beantwortest. Bist – würdest du glücklich sein?«

Sie wollte aufschreien, ihn beschimpfen, weil er glauben konnte, daß sie bei einer solchen Aussicht einen Grund zum Glücklichsein hätte. Sie war eine Frau, die weit von ihrem Zuhause entfernt war, ohne Freunde oder Familie und abhängig von ihrem Ehemann. Und dann auch noch von einem solchen Ehemann – einem Mann, der ihre Schwäche ausgenützt hatte, um sie in eine Ehe ohne Liebe zu zwingen, und der sie dann auch noch hintergangen hatte, um sie in sein Bett zu locken. Ihr elendes Gefühl wurde durch die Bewegung des Schiffes bis zum Unerträglichen verstärkt, und alles, was sie vor sich sah, waren weitere Monate, die keine Veränderung bringen würden. Wo bei alldem konnte es einen Grund geben, um glücklich zu sein?

»Siehst du?« sagte Rud, als sie nicht antwortete. »Es ist schwerer, als es aussieht. Wir beide haben die Angewohnheit, uns sehr reserviert zu verhalten. Genauso wie du dich mir in unseren zärtlicheren Augenblikken nie ganz hingibst, kann ich dir auch nicht meine Seele öffnen. Ich glaube, der Grund bei dir ist Angst. Meine Gründe sind vielleicht anders, aber genauso unüberwindlich. Nicht!« sagte er, als sie die Hände zu den Augen hob. »Quäle dich nicht, indem du grübelst und dir Gedanken machst. Wir haben noch genug Zeit, uns über das Kind und über andere Dinge zu unterhalten, wenn unser Kind geboren ist.«

Er beugte sich über sie und drückte einen Kuß auf ihre Stirn, dann verließ er die Kajüte. Er ließ ihr durch einen Steward die Limonade bringen, und es dauerte bis spät in die Nacht, bevor er zurückkam. Er weckte sie, weil er in der Kajüte herumstolperte und versuchte, sich im Dunkeln auszuziehen. Er schlief, betrunken wie er war, sofort ein, als sein Kopf das Kopfkissen berührte. Sein Atem roch nach Weinbrand.

Die Sonne schien an dem Tag, als die *David* sich schwankend dem blauen, konischen Berg näherte, den die Seeleute Zuckerhut nannten. Das Wetter war angenehm, frisch und warm, denn es begann gerade die Frühlingszeit hier auf der südlichen Halbkugel. Das tiefblaue Wasser des Atlantischen Ozeans verblaßte zu Türkis, als sie in die Guanabara-Bucht segelten. Die Wellen in der Bucht spülten wie flüssiger Aquamarin an die weißen Strände der Stadt, die man Rio de Janeiro nannte, »Januarfluß«. In der Bucht vor der Stadt erkannten sie die scharfen, klaren Konturen des Schnellseglers *Najade*.

Sie konnten nicht lange in der portugiesischen Stadt bleiben. Napoleon war verständlicherweise sehr daran interessiert, möglichst bald von dem in britischem Besitz befindlichen Schiff der Ostindischen Handelsgesellschaft auf die *Najade* umzuziehen. Für ihn überwog die Gefahr, an Land zufällig von irgendeinem Mitglied der französischen Kolonie in der Stadt erkannt zu werden, das mögliche Vergnügen, festen Boden unter den Füßen zu spüren. Viele der ortsansässigen Franzosen waren ehemalige Offiziere und Mitglieder seines Hofes und Kabinetts. So gern er sie auch getroffen hätte, war er doch noch nicht soweit, seine wunderbare Wiederauferstehung öffentlich bekanntzugeben. Obwohl sie jeden Tag das Meer bis zum Horizont abgesucht hatten, hatte es bisher keine Anzeichen für britische Kriegsschiffe gegeben – das befürchtete Zeichen dafür, daß die Maskerade entdeckt worden war. Da ihnen das Glück in dieser Weise hold zu sein schien, war es wohl das beste, es nicht noch weiter herauszufordern.

Julia war sicher, daß Rud ebensosehr daran interessiert war, seinen Platz auf seinem eigenen Achterdeck wieder einzunehmen. Nichtsdestotrotz stand er geduldig neben ihr, als sie sich von den anderen Passagieren einschließlich des leicht höhnisch lächelnden Grafen de Balmain verabschiedete, und begleitete sie dann ohne Widerspruch nach Rio.

In der Stadt mieteten sie sich eine kleine, von einem bändergeschmückten Pferd gezogene Kutsche, um eine Rundfahrt zu machen. Julia, die plötzlich wie ausgehungert zu sein schien, bestand darauf, bei einem Obstgeschäft anzuhalten und einen Vorrat an Früchten zu erstehen, den sie aufs Schiff mitnehmen wollte. Von dort aus gingen sie in ein kleines Café, wo sie sich trotz der erstaunten Blicke der Herren, die Damen an einem solchen Ort nicht gewöhnt waren, ein Festmahl aus den scharfen, würzigen Gerichten servieren ließen, nach denen Julia so sehr verlangte. Es war unvorstellbar köstlich, so ganz anders als das einfache englische Essen, das der Koch an Bord der *David* zubereitet hatte.

Sie besuchten einen Blumenmarkt und eine alte Kirche und wanderten über einen der vielen kleinen Plätze, die hier und da über die Stadt verteilt waren. Als sie schließlich zur Bucht zurückkehrten, hatte der erste Offizier der *Najade*, Jeremy Free, sich darum gekümmert, daß ihr Gepäck herübertransportiert worden war und den Herrn in ihrer Begleitung auf den Schnellsegler gebracht. Er war in der Kajüte untergebracht worden, in der auf der Reise nach England M'sieur Robeaud und Julias Vater gewohnt hatten. Diesmal war es nicht nötig, daß der erste Offizier auszog; Julias Gepäck war in die Kajüte des Kapitäns gebracht worden. Es blieb ihr und dem Kapitän nichts anderes zu tun, als ein Bad in Ruds Kupferbadewanne zu nehmen, das von seinem Steward auf genau die richtige Temperatur erwärmt worden war, und danach zu Bett zu gehen.

Schon nach vierundzwanzig Stunden waren sie weit vom Land entfernt. Mit einem kräftigen Rückenwind schnitten sie, wie ein altes Seemannswort lautete, die Kämme von den Wellen. Zwischen ihnen und England lag nur der Ozean, so daß sie trotz des Einbruchs der Dunkelheit uneingeschränkt weitersegelten. Es war Zeit zum Abendessen, doch wieviel Nahrung man im Eßzimmer würde zu sich nehmen können, war unter den gegebenen Umständen eher eine Frage der Geschicklichkeit als eine des Appetits.

Lachend über ihre Schwierigkeiten, saß Julia beim Essen mit Rud, dem Kaiser, Jeremy Free und dem zweiten Offizier O'Toole, als die

Tür plötzlich aufging. Julia, die nur den Steward mit dem nächsten Gang des Essens erwartete, sah nicht auf, bis Rud, der der Tür gegenübersaß, plötzlich seinen Stuhl nach hinten schob und aufstand.

»De Gruys«, sagte er mit kalter Stimme. »Was tut Ihr denn hier?«

Es war tatsächlich Marcel de Gruys in einem senfgelben Rock mit untertassengroßen Messingknöpfen zu grauweißen langen Hosen. Er schlenderte auf einen freien Stuhl am Tisch zu. »Erst segelt Ihr ohne mich von London ab«, beklagte er sich, »und jetzt vergeßt Ihr, mich zum Essen zu rufen. Was muß ich noch alles ertragen?«

»Ihr werdet jetzt auf der Stelle schweigen«, befahl Rud.

»Wer ist dieser Mann in dem unglaublichen Rock?« fragte Napoleon gereizt. »Wo kommt er her?«

»Euer Majestät! Ich habe Euch gar nicht erkannt«, log de Gruys, während er einen übertriebenen Kratzfuß vor dem Kaiser machte.

»Ihr habt noch nicht auf die Fragen geantwortet«, stellte der Kaiser mit harter Stimme fest.

»Erlaubt mir, mich vorzustellen – da niemand sonst die Absicht zu haben scheint, das zu tun. Ich bin Marcel de Gruys aus New Orleans, ein Mitglied der Expedition, die vor so vielen Monaten aufgebrochen ist, um Eure Flucht aus dem englischen Gefängnis in die Wege zu leiten. Eine Krankheit zwang mich, in London zurückzubleiben, wo ich sehnsüchtig auf Nachricht gewartet hätte, wenn Mr. Free nicht freundlicherweise schließlich meine Überfahrt an Bord dieses Schiffes zu unserem Rendezvous in Rio de Janeiro erlaubt hätte.«

»Tut mir leid, Rud«, sagte Jeremy Free. »Er sagte, wenn ich ihn zurückließe, würde er direkt zu Lord Bathurst gehen. Ich hätte seine Anwesenheit an Bord schon vorher erwähnt, aber ich habe mich schon so an ihn gewöhnt, daß ich es einfach vergessen habe.«

Daß Marcel es wagen konnte, einfach hier zu stehen, grinsend und feixend und so, als wäre er völlig unschuldig, war mehr, als Julia glauben konnte. Dachte er, er wäre nicht erkannt worden, in der Nacht, als er auf Rud geschossen hatte? Glaubte er, daß niemand seine Bosheit kannte, nur weil niemand ihn angezeigt hatte?

»Ich verstehe, Jeremy«, sagte Rud. »Dennoch möchte ich dich bitten, dem Steuermann zu sagen, daß wir nach Rio zurückfahren und einen neuen Kurs ausarbeiten müssen.«

»Wartet«, rief Marcel, als Jeremy aufstand. »Seid Ihr sicher, daß das eine kluge Entscheidung ist? Ich bin, wie ich schon Mr. Free gegenüber angedeutet habe, ziemlich schwatzhaft. Hat der Kaiser wirklich den Wunsch, daß schon so früh bekannt wird, daß er entkommen ist?«

Napoleon Bonaparte erhob sich. »Ihr habt vermutlich einen Preis, M'sieur de Gruys, für den Ihr doch schweigen werdet?«

»Aber natürlich, Euer Majestät! Ich werde schweigen wie ein Grab, solange es mir erlaubt ist, bei Euch zu bleiben.«

Der Kaiser betrachtete de Gruys mit einem scharfen Blick, bevor er sich Rud zuwandte. »Was habt Ihr zu dem Verhalten dieses Mannes zu sagen? Warum seid Ihr so entschlossen, ihn zurückzulassen?«

»Er – das ist eine persönliche Angelegenheit, Euer Majestät«, antwortete Rud schließlich.

»Keine Frage der Treue?«

»Nein, Euer Majestät.«

»Es ist deutlich erkennbar, daß er skrupellos ist. Die Frage, die wir uns stellen müssen, lautet: Bedeutet er eine Bedrohung?«

»Ja, das tut er!« warf Julia ein. Sie glaubte, eine Spur von Mißfallen in den graublauen Augen des Kaisers zu sehen, sprach aber unbeirrt weiter: »Er ist ein dreifacher Verbrecher, schuldig der versuchten Vergewaltigung und bei einer anderen Gelegenheit der versuchten Entführung und des versuchten Mordes!«

Ruds Unterkiefer wurde hart angesichts dieser Aufzählung von Marcels verbrecherischen Absichten, die so offensichtlich gegen seine Frau gerichtet gewesen waren.

Schließlich sagte Napoleon: »Alle diese Verbrechen hat er nur versucht? Also kann er nicht außerordentlich geschickt sein.«

»Er hatte Pech, das ist alles. Und doch beweist er, wie weit er bereit ist zu gehen.«

»Euer Majestät, ich protestiere!« rief de Gruys.

Napoleon ignorierte ihn und betrachtete Julia mit einem nachdenklichen Blick. »Der beste Kompromiß, der auch uns allen am meisten Umstände ersparen würde, wäre, ihn zu hängen.«

»Das ist das Vernünftigste, was ich heute abend gehört habe«, stimmte O'Toole zu.

»Aber Majestät!« flehte de Gruys heiser.

»Das können wir nicht machen«, widersprach Julia, und ihre weit aufgerissenen Augen richteten sich auf das unbewegte Gesicht des Kaisers.

»Warum nicht? Ihr behauptet, dieser Mann sei unzuverlässig. Der Kapitän will ihn nicht an Bord haben. Uns allen widerstrebt es, Zeit zu verlieren.«

»Ihr könnt mich nach Rio bringen, Majestät! Kein Wort wird über meine Lippen kommen. Was ich gesagt habe, war nur eine leere Drohung, damit ich an Bord des Schiffes bleiben konnte!« De Gruys sah von Julia zum Kaiser, und sein Gesicht wirkte im Licht der Laterne über ihren Köpfen grünlich.

Julia drehte sich zu Rud um, und ein Gefühl von Kälte durchströmte sie. Das durfte nicht sein. Es war unmöglich, daß das Leben eines Menschen von den nächsten Worten abhing. Rud schien ihre stumme Bitte nicht zu bemerken. Seine Augenbrauen zogen sich in schweigender Konzentration zusammen, und er starrte Napoleon an, als suche er nach einem Motiv für seinen außergewöhnlichen Vorschlag.

Julia wandte sich dem Kaiser wieder zu. »Es wäre barbarisch, ihn nur unserer Bequemlichkeit wegen zu hängen. Wir können doch nicht einfach das Gesetz in unsere Hände nehmen.«

»Ein interessanter Standpunkt. Als Regent von Frankreich habe ich Gesetze gemacht. Ich habe mich selbst zum Kaiser gekrönt, zur höchsten Autorität über Hunderttausende von Menschen. Meine Worte und meine Ideen wurden zu Gesetzen. Da ich mir diese Macht selbst angeeignet habe, ist es möglich, daß sie mir zusammen mit meinem Thron und meinem Land entrissen wurde? Wäre es nicht vielleicht denkbar, daß ich immer noch, hier und jetzt, das Gesetz bin?«

Julias Blick begegnete dem seinen. »Wenn Ihr das glaubt, bin ich willens, Eure Entscheidung über das Schicksal dieses Mannes anzuerkennen.«

»Julia!« rief Marcel. »Wie könnt Ihr so hart sein? Ich wollte Euch niemals weh tun.« Als er sah, daß sie ihm ihre Aufmerksamkeit nicht zuwenden wollte, sprach er den Kaiser an und ließ sich unterwürfig auf ein Knie fallen. »Euer Majestät – bitte –«

Napoleon sah ihn an und wandte dann den Blick ab. Seine Lippen verzogen sich geringschätzig, und er sagte: »Für so jemanden unterbrechen wir unser Abendessen? Genug. Er soll an Bord bleiben, solange er sich zurückzieht. Da er seine Mahlzeiten seit gestern abend in seiner Kajüte eingenommen hat, um uns aus dem Wege zu gehen, soll er das auch weiterhin tun. Ich sehe keinen Grund, warum Madame Thorpe durch seinen Anblick beleidigt werden sollte.«

Marcel wartete nicht auf eine weitere Aufforderung. Er sprang auf, verbeugte sich ruckartig und verließ das Zimmer. Julia bemerkte seinen zornigen Blick, den er über die Schulter zurückwarf, kurz bevor sich die Tür hinter ihm schloß.

Ein schöner Tag folgte dem nächsten, während das Schiff ungehindert in nordwestlicher Richtung vorankam. Die Winde waren günstig, der Himmel mit Kumuluswolken gesäumt. Das Wasser glitzerte im Sonnenlicht und erstreckte sich bis zum fernen Horizont. Man konnte sich kaum der Vorstellung erwehren, daß das Schiff immer weiter segeln könnte, ohne jemals anzuhalten, hinweg über die glitzernden Meere bis ins Unendliche.

Solche Gedanken hatte Julia in jenen Tagen häufiger. Die Übelkeit, für die sie die Bewegung des Schiffes verantwortlich gemacht hatte, hatte trotz des ruhigen Wetters nicht aufgehört. Als der zweite Monat verging, ohne daß sie wie üblich ihre Periode bekam, sah sie sich gezwungen, der Tatsache ins Auge zu sehen, daß ihr Problem nicht, wie Rud schon angedeutet und sie selbst befürchtet hatte, die Seekrankheit war. Sie war *enceinte*. Sie würde ein Kind bekommen.

Obwohl die Vorstellung, ein Kind zu haben, das sie halten und lieben konnte, eine gewisse Faszination barg, erfüllte sie doch eine ungeheure seelische Mattigkeit. Sie war nie eine ängstliche Person gewesen, aber trotzdem wurde sie jetzt immer öfter zum Opfer einer namenlosen Unruhe und der finstersten Phantasien. Die Spannung an Bord des Schiffes, die durch die bedrohliche Gegenwart von Marcel verursacht wurde, bedrückte sie sehr. Rud war voll damit beschäftigt, den alten Zustand seines Schiffes wiederherzustellen, denn er hatte festgestellt, daß durch seine Abwesenheit ein gewisses Nachlassen an Arbeitseifer bei seiner Mannschaft entstanden war. So blieb Julia sich selbst überlassen. Manchmal, wenn sie auf den Decks spazierenging, hatte sie das Gefühl, daß Marcel überall wäre. Er beobachtete sie mit Blicken, unter denen sie sich nackt fühlte, während er sich trotzig mit dem einzigen Mann an Bord unterhielt, der noch bereit war, mit ihm zu reden, dem Schiffsarzt Dr. Hastings mit den dürren Beinen und der gelben Hautfarbe.

Napoleon Bonaparte erwies sich, wenn er Zeit hatte, als ein mehr als brauchbarer Schutz vor Marcels ständiger Beobachtung. Der Herr gab sich die größte Mühe, dem Kaiser nicht über den Weg zu laufen. Julia wußte nicht genau, ob Napoleon sich über die Lage klar war, in der sie sich befand, aber er lud sie öfter ein, mit ihm an Deck spazierenzugehen. Wenn er neben ihr herging, die Hände hinter dem Rücken verschränkt, sprachen sie über Theologie und die Theorie der Navigation, Philosophie und Damenmode. Er war an allem interessiert und kannte sich mit den meisten Themen aus. Er war ein hervorragender Gesellschafter und hatte einen sehr trockenen Humor, darüber hinaus besaß er einen scheinbar unerschöpflichen Vorrat an Anekdoten über die Größen Europas, mit denen er Julia für Stunden fesseln konnte. Er schien im allgemeinen keine große Meinung von der Intelligenz der Frauen zu haben; dazu stellte er fest, daß die Türken, die ihre Frauen in den Harem verbannten, genau die richtige Einstellung gegenüber diesem Geschlecht hätten. Trotzdem hatte Julia nicht ein einziges Mal das Gefühl, daß er sich herablassend verhielt, was das Thema oder die Ausdrucksweise bei ihren Gesprächen betraf. Bei manchen Gelegenheiten wurde ihr zu erkennen gegeben, daß der Kaiser sie attraktiv fand, aber er war bei seinen Aufmerksamkeiten immer höchst zurückhaltend und korrekt, sei es in Gegenwart anderer oder wenn sie allein waren.

Eines der vielen Dinge, die sie gemeinsam hatten, war die Freude am nachmittäglichen Baderitual. Ruds Steward war ständig damit beschäftigt, die Badewanne von einer Kajüte zur anderen zu transportieren. Julia, die vermeiden wollte, daß in der Kombüse zuviel Durcheinander durch Wassererhitzen entstand, während gleichzeitig die Vorbereitungen für das Abendessen getroffen werden mußten, verlegte ihr Bad auf den Spätnachmittag. Das hatte auch den zusätzlichen Vorteil, daß sie mehr Zeit in dem warmen, duftenden Wasser verbringen konnte.

Eines Nachmittags war Julia gerade mit diesem Zeitvertreib beschäftigt, als Rud die Kajüte betrat.

»So, hier bist du also, das hätte ich mir ja denken können.«

»Das hättest du vielleicht tun können«, bestätigte sie, »wenn du dir in letzter Zeit überhaupt Gedanken darüber gemacht hättest, was ich so mache.«

»Meine liebe Julia, habe ich dich vernachlässigt?« fragte er.

Sein Tonfall machte sie vorsichtig. Sie sah ihn an und entdeckte ein bekanntes Leuchten in seinen meerblauen Augen.

Das Wetter war heiß und drückend geworden. Rud trug keinen Rock und hatte Krawatte und Manschettenknöpfe abgelegt, und sein leinenes Hemd stand bis zur Taille offen. Weil er ständig auf Deck war, hatte sich das Braun seiner Haut noch vertieft, so daß seine Zähne im Gegensatz dazu besonders weiß schimmerten. Durch sein geöffnetes Hemd konnte sie erkennen, daß seine Brust ebenfalls einen dunkleren Farbton angenommen hatte.

»Ich würde eigentlich nicht direkt sagen, daß ich vernachlässigt worden bin«, antwortete sie schließlich vorsichtig.

Das Schlingern des Schiffes verwandelte Julias Badewanne in einen kleinen bewegten Ozean. Das Wasser schwappte hin und her, stieg bis zu ihrem Hals und zog sich dann wieder zurück, wobei ihre Brüste hervorstanden wie Inseln mit hohen Gipfeln. Dieser Anblick schien Rud zu faszinieren. Er betrachtete sie ausgiebig, während er sein Hemd auszog.

»Ich hatte eigentlich das Gefühl, daß der Kaiser dich ganz gut unterhält«, sagte er.

»Ja, einigermaßen«, meinte sie ohne besondere Begeisterung.

»Also ist der Grund deiner Beschwerde nicht ein Mangel an Gesprächen?«

Julia wünschte, sie hätte nichts gesagt, aber sie wollte sich nicht geschlagen geben. »Nein, das ist er nicht.«

»Das hatte ich eigentlich auch angenommen. Mir ist aufgefallen, daß Jeremy ein paarmal mit dir Pikett gespielt hat, wenn er dienstfrei hatte, also vermute ich, daß es auch nicht Gesellschaft ist, nach der es dich verlangt.«

»Offensichtlich nicht«, antwortete sie und drückte Wasser aus ihrem Waschlappen über ihren Arm. Aus dem Augenwinkel sah sie, daß Rud sich auf die Koje setzte und seine Stiefel auszog.

»Was sonst könntest du brauchen?« fragte er nachdenklich. »Vielleicht etwas, das nur ich dir bieten kann? Vielleicht Unterrichtsstunden in der Kunst, ein Schiff zu segeln?«

»Ich glaube nicht.« Sie schüttelte den Kopf, so daß die hoch auf ihrem Kopf aufgetürmten Löckchen schwankten. »Schiffe und Segeln sind mir im Augenblick wirklich zuwider.«

»Das bezweifle ich nicht, meine liebe Julia«, sagte er. »Aber dir – und deinem Magen – waren die meisten Dinge hier doch in letzter Zeit ziemlich zuwider, oder? Wie geht es dir jetzt im Augenblick?«

»Ganz gut«, erwiderte sie. »Schon seit fast einer Woche hat mein Magen nichts mehr abgelehnt. Ich kann jedoch keine Garantie dafür abgeben, wenn es noch einmal gebratenen Fisch gibt.«

Er kam langsam zu ihr und kniete sich neben die Badewanne. Dann streckte er die Hand aus und zog eine Linie mit seiner Fingerspitze abwärts in das tiefe Tal zwischen ihren Brüsten. »War es wirklich so schlimm?« fragte er ruhig.

»Ich habe es überlebt«, antwortete sie und bemühte sich um einen unverfänglichen Tonfall.

»Ja, und du bist mit jedem Tag schöner geworden, begehrenswerter, als ich es ertragen kann, obwohl ich mich bemüht habe, dich zu schonen.«

Das stimmte, das hatte er getan. Seine Rücksicht hatte Julia überrascht, und sie war ihm dankbar dafür, aber sie hatte sich auch gefragt, ob sie vielleicht ihre Anziehungskraft auf ihn verlor. »Ich weiß«, antwortete sie nur und holte tief Atem, als seine Hand unter die Wasseroberfläche über die seidige Glätte ihres Bauches abwärts glitt bis zu ihrer schmalen Taille und dann wieder aufwärts, wo er die schwellende Fülle ihrer Brüste umfing.

»Diese süße, reife Vollendung fordert mehr, als ich an Widerstandskraft aufbringe. Ich brauche dich, wie ich Essen und Trinken brauche. Du bist meine wertvollste Belohnung und meine größte Qual, und ich denke, du wirst auch meine größte und gefürchtetste Strafe sein.«

Er gab ihr keine Gelegenheit, Fragen zu stellen. Er drückte seinen Mund in einem schmerzenden Kuß auf den ihren, während seine Hände sie zärtlich in dem seidenweichen Wasser liebkosten. Sein Kuß wurde tiefer, seine Zunge erforschte sie in zärtlichem Entzücken.

Julia spürte, daß ihr Herz schneller schlug. Tief in ihrem Innern füllte sie ein immer größer werdendes Drängen, sich hinzugeben. Sie hob ihre Arme, legte sie um seinen Hals und zog seinen Kopf an sich, um den Druck seines Mundes zu verstärken, wobei sie ihre Lippen auf den seinen bewegte.

Er rückte etwas zur Seite, schob seine Arme unter sie. Mit einer kräftigen Aufwärtsbewegung zog er sie auf die Beine. Er griff nach einem Handtuch, wickelte es um sie, dann trocknete er langsam und eindringlich jede Rundung, jede Vertiefung, jede Erhebung und Einbuchtung ihres Körpers ab, bevor er sie in die Koje trug. Sie bewegten sich in zitternder Ekstase zueinander, ihr warmer Atem verband sich, während ihre leicht geöffneten Lippen aneinanderhingen. Ihr Körper, weich, kühl und feucht, drängte sich gegen seine harte, sonnenerwärmte

Männlichkeit, die nach Meersalz schmeckte. Sie hatten es nicht eilig. Mit zartem Forschen dehnten sie das Entzücken der Berührung bis fast zum Unerträglichen aus. Als sie am Rande des Wahnsinns waren, hob er sich über sie und drängte sich in sie, bewegte sich mit langsamem Nachdruck immer tiefer. Die Hitze und der pulsierende Druck durchströmten sie mit strahlenden Wellen der Lust. Eine ganze Weile lang blieb Rud völlig bewegungslos. Julia rührte sich, und da begann er mit einer fast unmerklichen Bewegung, die zu einem leichten, lockeren Rhythmus wurde. Die Lust überströmte sie in einer Reihe von kleinen Schüben, so daß sie sich mit in der Kehle brennendem Atem an seine Arme klammerte. Wie verzaubert öffnete sie langsam ihre Lider. Ihr dunkler Bernsteinblick begegnete seinen tiefblauen Augen in einem Austausch voller wunderbarer Lust, der auch einen Hauch eines schmerzlichen Gefühls enthielt, das fest in ihren Herzen verschlossen war und das keiner von beiden zugeben konnte oder wollte.

In einer gemessenen Kadenz, die so alt war wie das Meer, loteten sie die unermeßlichen Tiefen der sinnlichen Verzückung aus. Die Verzükkung der Liebe steigerte sich weiter und weiter, bis sie von einer plötzlichen Flutwelle der Leidenschaft ergriffen wurden, die über sie hinwegströmte und sie schließlich erschöpft und in atemloser Zufriedenheit zurückließ.

Julias Haar hatte sich aus dem Knoten gelöst. Rud strich es aus ihrem Gesicht, glättete die glänzenden weichen Strähnen. »Julia«, flüsterte er und drückte seine Lippen auf die zarte Haut ihrer Augenlider. Er atmete tief ein und zog sie fester an sich, als habe er Angst, sie würde ihm entrissen, wenn er sie losließ.

»Rud? Was ist?« fragte sie und strich mit den Fingerspitzen über seine Schultermuskeln.

»Nichts«, murmelte er rauh.

KAPITEL 12

Das Wetter blieb heiß, und ein strahlender Tag folgte dem nächsten. Die Schiffsmannschaft war auf einen Sturm vorbereitet, der nie kam. Das Deck war von Sonnenaufgang bis Sonnenuntergang mit flimmernder Hitze erfüllt, und in den Ritzen zwischen den Planken warf das Pech Blasen. Die Kajüten waren wie Backöfen. Der einzig erträgliche Ort auf dem ganzen Schiff war der schattige Platz unter einem großen Segeltuch, das Rud für Julia an Deck gespannt hatte.

Nachts sahen sie Wärmegewitter am Horizont flackern, die ihnen quälende Träume von kühlem Regen bescherten. Aber auf ihrer Strecke fiel kein Regen, obwohl sich die dunklen Wolken manchmal hoch über dem Schiff auftürmten und darüber hinwegzogen. In den Stunden der Dunkelheit schäumte das Kielwasser gelbgrün und phosphoreszierend. Das eigentümliche, geisterhafte Licht schimmerte auch gelegentlich auf einem hochspringenden Fisch oder im Schaum eines Wellenkamms. Einmal war das ganze Schiff mit dem grausigen, orangefarbenen Licht des Elmsfeuers umgeben, das um die Masten und Wanten spielte.

Die Matrosen sprachen leise von bedrohlichen Zeichen und Vorboten, von Unglücksfahrten, über die man ihnen in den Tavernen und Bars der Häfen berichtet hatte. Ein ungeheures Unbehagen legte sich über das Schiff. Jeder an Bord begann den Himmel abzusuchen und ein dutzendmal am Tag den ereignislosen Horizont zu betrachten.

Es war ein Morgen wie jeder andere. Julia saß mit Rud beim Frühstück, wobei sie die relative Kühle des frühen Morgens ausnutzten. Dies war die einzige Tageszeit, zu der heißer Kaffee wirklich angenehm war. Julia goß gerade den letzten Rest aus der Kanne in ihre Tasse, als der zweite Offizier O'Toole hereinkam und auf der Schwelle in der Tür stehenblieb, die zur Kühlung offenstand.

»Morgen, Kapitän, Miss Julia. Sir, das Barometer ist noch um zwei Striche gefallen. Und aus dem Südosten rollt ein Unwetter heran.«

Rud nickte. »Ist alles bereit und gesichert?«

»Jawohl, Sir.«

»Gut. Schon gefrühstückt? Ihr wollt doch nicht mit nüchternem Magen in einen Sturm kommen, oder?«

»Ich habe schon etwas gegessen, Sir. Kaffee und einen Schiffszwieback an der Reling. Ich glaube, ich sollte jetzt doch besser an Deck gehen. Wenn ich diese finsteren Wolken nicht beobachte – wer weiß, was die dann machen.«

Julia wandte sich zu Rud. »Bekommen wir Sturm?«

»Sieht ganz danach aus«, antwortete er. »Aber mach dir keine Sorgen. Die *Najade* wird ihn schon überstehen. Wenn wir wirklich in den Sturm geraten, möchte ich, daß du in die Kajüte und in die Koje gehst. Dadurch ist die Wahrscheinlichkeit geringer, daß du verletzt wirst.«

Julia erklärte sich einverstanden, seine Besorgnis tat ihr gut. Sie nahm ihre Tasse, trank einen Schluck von ihrem Kaffee und versuchte sich zu erinnern, ob irgend etwas Wichtiges in der Kajüte war, das sie besser wegräumen sollte. Vielleicht ihre Haarbürsten und die Schachtel mit den Dütten, aber das war alles.

Schritte, unverkennbar die des Kaisers, näherten sich durch den Flur. Sie sah auf, als Napoleon hereinkam. Sein Haar war wirr, als wäre er an Deck gewesen, und seine hohe Stirn war gerunzelt.

»Kapitän«, sagte er, »ich muß mit Euch über etwas Wichtiges sprechen.«

»Soll ich hinausgehen?« fragte Julia. Sie war schon aufgestanden, um sich vor dem Kaiser auf die angemessene Weise zu verbeugen. Jetzt schaute sie von einem Mann zum anderen.

»Das wird nicht nötig sein«, erwiderte Napoleon. »Die Angelegenheit, um die es hier geht, wird man kaum geheimhalten können.«

»In welcher Weise kann ich Euch dienen, Euer Majestät?« fragte Rud höflich.

»Nach meinen Berechnungen hat das Schiff schon vor vierundzwanzig Stunden den Kurs geändert. Wenn es den gegenwärtigen Kurs beibehält, wird es nicht wie vorgesehen die Kanarischen Inseln anlaufen.«

»Nein, Euer Majestät.«

»Ich verstehe den Grund dafür nicht. Ihr braucht frisches Trinkwasser und Lebensmittel.«

Julia wartete ebenso wie der Kaiser auf Ruds Antwort. Sie zweifelte keinen Augenblick daran, daß er einen guten Grund für seine Entscheidung hatte, dennoch wunderte sie sich über den harten Ausdruck, der plötzlich in seine Augen getreten war.

»Soll ich es Euch sagen?«

Die Frage kam von Marcel, der in der offenen Tür lehnte. Ohne auf eine Antwort zu warten, trat er mit über der Brust verschränkten Armen ins Zimmer. Er verbeugte sich auf beleidigend geringschätzige Art vor dem Kaiser, und seine Lippen waren zu einem sarkastischen Lächeln verzogen.

»Ma foi!« rief Napoleon aus. »Was soll das bedeuten, daß Ihr hier herumschleicht und Privatgespräche belauscht und unterbrecht?«

»Im Augenblick habe ich die Absicht, Euch in Kenntnis zu setzen über das, was Ihr wissen wollt und bestimmt schon erraten habt. Ihr werdet nicht nach Malta gebracht. Dieses Schiff nimmt Kurs auf die Westindischen Inseln. Dort, in der angenehmen Umgebung der von den Briten regierten Inselgruppe namens Bahamas, ist ein neues, gesünderes und bequemeres Gefängnis für Euch errichtet worden.«

»Das kann nicht wahr sein!« erklärte der Kaiser.

»Ich versichere Euch, daß es so ist. Die öffentliche Meinung in England, diesem Land des *fair play*, hat eine Richtung genommen, die eine Entscheidung nötig machte, Euch das Exil angenehmer zu gestalten. Dank Eurer vielen Sympathisanten, von denen man wußte, daß sie Eure Flucht planten, hielt man es für unangebracht, Euren Ortswechsel öffentlich bekanntzugeben. Das hätte vielleicht bewirkt, daß Ihr unterwegs während des Transports von St. Helena auf die Bahamas angegriffen worden wäret. Unter diesen Umständen könntet ihr vielleicht ums Leben kommen, und wer würde schon dem Wort der britischen Regierung glauben, daß es kein absichtlicher Mord gewesen wäre? Die britische Admiralität ist sich durchaus der Tatsache bewußt, daß Ihr hofft, die Bedingungen, die Ihr in Longwood erdulden mußtet, als Mittel dafür zu gebrauchen, Euch den Weg zu ebnen. Es war jedoch nicht Teil Eures Plans, Euch auf einer anderen tropischen Insel wieder einsperren zu lassen. Wenn Ihr von dem Umzug erfahren hättet, hättet Ihr vielleicht Widerstand geleistet. Es sollte auf alle Fälle vermieden werden, Gewalt anzuwenden, weil Ihr dabei hättet verletzt werden können. Das war der Stand der Dinge, als Eure Nachricht vor St. Helena abgefangen wurde, in der Euer Fluchtplan so ausgezeichnet dargelegt war.«

Napoleon drehte sich langsam und mit Würde um und sah von Marcel zu Rud. »Bestreitet Ihr diese Behauptungen, Kapitän Thorpe?«

»Nein, das tue ich nicht, Euer Majestät.«

Julia ballte die Hände zu Fäusten und preßte sie gegen ihren Bauch. Aus weit geöffneten, brennenden Augen starrte sie Rud an. Seine Worte belegten seine Schuld, und doch, als sie ihn so ruhig vor sich stehen sah, konnte sie sich nicht durchringen, das alles zu glauben.

»Kapitän Thorpe hatte eine hervorragende Position, um gute Dienste bei der Aktion leisten zu können. Held bei der Schlacht von Waterloo, Kapitän zur See mit amerikanischen Beziehungen, Besitzer eines Schiffes, das angenehmerweise in den Vereinigten Staaten registriert ist – wer konnte besser geeignet sein, diese Aktion durchzuführen? Er brauchte sich nur noch zur rechten Zeit am rechten Ort sehen zu lassen, um eingeladen zu werden, an der Verschwörung teilzunehmen, obwohl er zweifellos auch noch drastischere Schritte ergriffen hätte, wenn sie notwendig geworden wären.«

Draußen erhob sich hörbar der Wind, und die Bewegungen des Schiffes änderten sich. Die Laterne über dem Tisch schwang mit zunehmender Geschwindigkeit hin und her. Sie bemerkten es nicht.

»Es ist unglaublich!« erklärte der Kaiser und schlug mit der flachen Hand auf den Tisch. »Daß man mich so leicht hat betrügen können, erscheint mir infam. Woher wißt Ihr diese Dinge?«

»Ach, Ihr wollt meine Beglaubigungsschreiben sehen? Ich habe mich schon gefragt, wann Ihr wohl endlich neugierig werden würdet, was meine Rolle betrifft. Ich habe die Ehre, ein Agent für das königliche

Haus der Bourbonen und König Ludwig den XVIII. zu sein, der jetzt der französische Herrscher ist. Sein Regime und die englische Regierung, die sozusagen engste Verbündete sind, teilen sich ausführlichst alle Erkenntnisse mit, die Euch betreffen. Die Engländer waren äußerst offen. Natürlich haben der König von Frankreich und seine Minister nicht alle ihre Geheimnisse enthüllt – zum Beispiel meine Identität und meine Funktion.«

»Ein bourbonischer Agent –« murmelte Napoleon, und plötzlich brach es zornig aus ihm hervor: »Ein verräterischer, schnüffelnder kleiner Misthaufen, dieser Bastard von bourbonischem Agenten!«

Marcels Gesicht färbte sich dunkel, und seine Augen brannten feurig vor Haß. Dennoch beherrschte er sich. »Verräter? Also dieser Ausdruck ist doch zu stark. Meine Treue gehört Frankreich, nicht seinem ehemaligen Kaiser. Ich tue nur meine Pflicht für mein Land, ebenso wie Kapitän Thorpe zweifellos die seine getan hat, als er sich mit Mademoiselle Julia Dupré verheiratete – wenn wir beide auch ein wenig Spaß an der Ausübung unserer Pflichten haben.«

Julia holte mit einem undeutlichen Geräusch von Verzweiflung tief Luft. Dieser Aspekt der Angelegenheit war ihr noch nicht in den Sinn gekommen. Jetzt traf es sie plötzlich mit einem solchen Schmerz, der jedes Gefühl und jeden Gedanken auslöschte.

»Eure Pflicht?« rief der Kaiser sarkastisch aus. »Ich sehe nicht, in welcher Weise Ihr irgend etwas vollbracht habt. Ihr scheint Kapitän Thorpe die ganze Arbeit überlassen zu haben.«

»Nicht ganz. Da war die Angelegenheit mit M'sieur Dupré. Ich mußte mich in Havanna selbst um seine Beseitigung kümmern. Unglücklicherweise hatte er dort die Information über die Ankunft eines bourbonischen Agenten in New Orleans erhalten. Die Identität des Mannes war ihm nicht bekannt, aber es hätte bestimmt nicht lange gedauert, bis der alte Mann zwei und zwei zusammengezählt hätte. Und das durfte ich nicht zulassen.«

»Ihr habt meinen Vater getötet«, flüsterte Julia. In jener Nacht hatten sich zwei Männer über seine gestürzte Gestalt gebeugt. Wer hatte Marcel geholfen? Hastings, der Schiffsarzt, war damals auch an Land gewesen, dachte sie.

Noch bevor sie die Anklage laut aussprechen konnte, sprach Marcel weiter, wobei er jedoch kaum einen Blick in ihre Richtung warf. »Es war notwendig im Sinne meiner Mission.«

Beim letzten Wort löste er die verschränkten Arme. Er öffnete mit einer schnellen Bewegung seinen Rock und zog eine Pistole aus seinem Gürtel. Sie hatte vier aneinanderliegende Magazine, die um einen Laut gruppiert waren und von nur einem Hammer gezündet wurden.

Rud machte eine ablehnende Bewegung in seine Richtung, blieb aber sofort stehen, als Marcel die Pistole auf ihn richtete.

»Vorsichtig«, warnte ihn Marcel. »Ihr seid als Navigator wichtig für dieses Schiff, aber Ihr seid keineswegs unersetzbar. Vielleicht sollte ich Euch warnen, daß diese Pistole im Auftrag Ludwig des XVIII. extra für mich von einem preußischen Waffenschmied angefertigt wurde. Man kann aus ihr vier Schüsse abfeuern, ohne sie wieder laden zu müssen, und sie ist mit einem extrem empfindlichen Abzug ausgestattet, der schon auf die leiseste Bewegung reagiert.«

»Ihr habt von einer Mission gesprochen«, sagte Napoleon und lenkte damit Marcels Aufmerksamkeit wieder auf sich. Im Angesicht der Waffe hatte er die stählerne Beherrschung des Soldaten zurückerlangt, der er während des größten Teils seines Lebens gewesen war.

»Ja. Der König und sein Hof haben erfahren, wie unangenehm es ist, an die französische Grenze fliehen zu müssen. Sie möchten nie wieder mit einer solchen Notwendigkeit konfrontiert werden.«

»Bah! Sie sind dumme Aristokraten, die nichts vergessen und nichts dazugelernt haben! Verstehen sie denn immer noch nicht, daß ihre Sicherheit viel eher von der Art und Weise abhängt, wie ihre Regierung auf die Bedürfnisse des Volkes eingeht?«

»Ich glaube nicht«, erwiderte Marcel nervös. »Sie sind fest davon überzeugt, daß ihre Sicherheit davon abhängt, daß Ihr niemals wieder Euren Fuß auf französischen Boden setzt. Das kann nur durch Euren Tod sichergestellt werden. Und genau darin besteht meine Mission!«

Die Explosion, die seinen Worten folgte, ließ den Schall in Wellen durch den Raum hallen. Durch den beißenden blauen Vorhang des Pulverdampfes sah Julia, wie Napoleon schwankte und sich die Hand auf die Brust drückte. Er kippte um, landete krachend auf dem Boden und rührte sich nicht mehr.

»Halt!« rief Marcel, als Julia zu dem gefallenen Mann laufen wollte und Rud um das Ende des Tisches herumstürzte. Gleichzeitig drehte Marcel mit seiner linken Hand das Magazin seiner Pistole, so daß sie wieder zum Schuß bereit war. »Bleibt sofort stehen, Kapitän Thorpe, oder ich werde das vollenden, was ich in einer nebligen Nacht in London begonnen habe. Julia, komm zu mir. Napoleon Bonaparte hat keinen Bedarf mehr für deine Dienste oder die irgendeiner anderen Frau. Ich sagte: Komm her! Oder würdest du es vorziehen, wenn ich dem Leben des guten Kapitäns ein Ende setzte?«

Julia riß ihren Blick von dem großen, blutenden Loch in der Brust des Kaisers los. War es möglich, daß ein Mensch eine solche Wunde erhielt und überlebte? Eine erstickende Welle von Schmerz und Zorn stieg in ihrer Kehle auf, und sie schluckte schwer, während sich ihre Hände verkrampften.

»Julia, jetzt sofort!« stieß Marcel mit noch lauterer Stimme hervor.

Julia sah zu Rud, aber sein Blick war fest auf die Pistole in Marcels Hand gerichtet, während er jeden Nerv anspannte in der Erwartung, vielleicht eine Gelegenheit zu bekommen, ihn zu entwaffnen. Langsam und widerwillig, Zentimeter um Zentimeter, bewegte sich Julia um den langen Tisch herum. Ihr Geist war taub, und sie sah keine andere Möglichkeit, als zu tun, was man von ihr verlangte.

Als sie sich Marcel näherte, streckte er den Arm aus und packte ihr Handgelenk. »Jetzt«, sagte er, »werden wir beide uns in meine Kajüte zurückziehen. Wenn Ihr, Kapitän Thorpe, auch nur den geringsten Wert auf die Sicherheit dieser Frau legt, werdet Ihr Kurs auf die Kanarischen Inseln nehmen. Versucht nicht, sie mir abzunehmen oder mich sonst irgendwie einzuschränken, sonst werde ich trotz des Vergnügens, das ich an ihr haben könnte, eine Kugel zwischen ihre schönen Augen schießen. Wenn Ihr genau das tut, was ich fordere, werde ich sie Euch vielleicht zurückgeben, wenn ich an Bord des Schiffes gehe, das mich in Teneriffa erwartet. Ich kann natürlich für ihren Zustand nicht garantieren.«

Das Schiff schwankte, als wäre es von der Hand eines Riesen gestoßen worden. Selbst hier unter Deck hörten sie das Pfeifen des Winds in der Takelage über ihnen. Blitze zuckten, gefolgt von rollendem Donner. Marcels Arm schloß sich mit grausamer Härte um Julias Rippen, während er versuchte, das Gleichgewicht zu halten.

»Das ist nicht nötig«, sagte Rud mit grimmigem Ton. »Laßt sie los, und ich gebe Euch mein Wort als Ehrenmann, daß ich Euch an jedem beliebigen Hafen absetze und nicht weiter behindere, bis Ihr Euer Ziel erreicht habt.«

Marcel stieß ein rauhes Lachen aus. »Werdet Ihr das wirklich tun? Euer Angebot ist großzügig, aber ich muß es ablehnen. Ihr habt Euch lange genug an der Gesellschaft unserer schönen Julia erfreuen können. Jetzt bin ich dran. Ich habe ihretwegen eine ganze Menge Schmerzen und Demütigungen erlitten, und es ist an der Zeit, daß sie dafür bezahlt. Ich freue mich ehrlich gesagt ziemlich auf die nächsten Tage allein mit ihr. Wenn Ihr etwas von mir wollt, könnt Ihr mir das durch Dr. Hastings mitteilen lassen. Ansonsten ziehe ich es vor, nicht gestört zu werden!«

Schritt für Schritt zwang er sie, zur Tür zu gehen. Julia warf einen kurzen Blick auf die Waffe in seiner Hand. Was würde geschehen, wenn sie dagegenschlug? Was auch immer er mit ihr vorhatte, sie konnte es nicht einfach hinnehmen, daß er sie auf diese Weise bestrafen wollte. Noch bevor sie den Gedanken zu Ende gedacht hatte, noch bevor sie überhaupt angefangen hatte, sich die möglichen Folgen zu überlegen, handelte sie. Mit ihrer ganzen Kraft stieß sie die Faust nach oben unter Marcels Handgelenk.

Die Waffe ging los. Gleichzeitig ertönte ein klirrendes Krachen, und die Lampe an der Decke drehte sich um ihre Kette und verstreute in weitem Bogen Glassplitter. Marcel schlug mit aller Kraft nach Julia und traf sie mit der Faust an der Schläfe. Noch im Fallen sah sie Jeremy Free in der Tür.

»Zurück! Los, zurück!« schrie Marcel. Ein dritter Schuß krachte durch das Eßzimmer.

Rud machte einen Satz, man hörte das Geräusch eines wilden Kampfes, dann stürmten noch mehr Männer durch die Tür. Fluchend und tobend wurde Marcel entwaffnet. Blut strömte aus seiner Nase, und sein Auge schwoll schnell zu, während er abgeführt wurde. Man würde ihn nach England bringen und wegen Mordes vor Gericht stellen. Sie stellten zwar fest, daß Napoleon noch lebte, aber es gab ein anderes Verbrechen, das man Marcel zur Last legen würde – den Tod des ersten Offiziers des in den Vereinigten Staaten registrierten Schnellseglers *Najade*, Mr. Jeremy Free.

Sie hoben den Kaiser auf und trugen ihn in seine Kajüte. Dort wurde er Julias Pflege überlassen. Der Sturm war jetzt über ihnen, und der Kapitän und jeder Mann wurde an Deck gebraucht.

Der Schiffsarzt bot seine Dienste an, aber Julia, die ihren Verdacht noch nicht vergessen hatte und die sein übereifriges Interesse mißtrauisch stimmte, verwehrte es ihm, die Kajüte zu betreten, in der Napoleon Bonaparte lag. Mit der Hilfe des Stewards schnitten sie den Rock und das Hemd des Kaisers auf. Als Julia die Verletzung begutachtete, empfand sie Hoffnungslosigkeit. Dennoch konnte sie nicht einfach aufgeben. Sie faltete Leinen zu dicken Schichten und band sie über der Wunde fest. Nach einer Weile ließ die Blutung nach.

Der Sturm wurde immer wilder. Blitze zuckten in grellen Streifen über einen Himmel, der so dunkel war wie die Nacht. Donner krachten rings um sie her wie tausend abgefeuerte Kanonen, und der Regen peitschte vom Wind getrieben über das Schiff. Die *Najade* hob und senkte sich tapfer, tauchte ihren Bug in die Wellen, die auf sie zurollten, über ihre Decks spülten und in die Speigatten strömten. Dann und wann hörte man ein klingendes Krachen, wenn ein Segel abgerissen wurde, aber während der meisten Zeit hielt das tapfere Schiff den Urgewalten stand.

Julia schickte den Steward fort, damit er sich um die Leiche des ersten Offiziers kümmerte, während sie weiter beim Kaiser blieb. Wenn sie nicht an seiner Koje saß, stand sie am Bullauge und starrte auf den grauen Himmel, auf das graue Wasser und durch den grauen, windgepeitschten Sprühregen. Sie dachte an nichts, das wäre viel zu schmerzlich für sie gewesen. Dennoch konnte sie die Bilder nicht verdrängen, die vor ihrem inneren Auge auftauchten – Bilder von ihr und Rud, wie sie zusammen über das Deck wanderten, sich unterhielten, sich liebten. Sie empfand einen unglaublichen, quälenden Zorn. Sie fühlte sich erniedrigt, als wäre ihr Körper zu Ruds verräterischen Zwecken mißbraucht worden. Wie hatte er sie nur auf diese Art benutzen können? Ihre Ehe war von Anfang an nichts anderes gewesen als eine Farce. Ein schäbiger Trick, sonst nichts. Sie hätte es wissen müssen. Es hatte mehr als ein Anzeichen dafür gegeben, daß nicht alles so war, wie es sein sollte. Die Tatsache, daß er seinen Dienst in der englischen Armee nicht erwähnt hatte, sein Versuch, seinen Reichtum zu verbergen, die Leichtigkeit, mit der er es arrangiert hatte, daß die *David* nach St. Helena fuhr, das Mitleid in den Augen seiner Mutter, selbst die eigenartigen Worte seines Onkels an dem Tag, als sie aufgebrochen waren, das alles hatte auf einen geplanten Betrug hingedeutet. Jetzt schienen ihr die Gründe für das alles absolut klar erkennbar. Sie mußte völlig verrückt gewesen sein, daß sie es nicht bemerkt hatte. Eine Närrin war sie, blind und dumm!

»Madame –«

Das Wort war nur geflüstert, dennoch hörte Julia es. Sie drehte sich um und ging mit schnellen Schritten zu der Koje, in der Napoleon lag. »Ja, Euer Majestät?« sagte sie und beugte sich über ihn.

»Ein wenig Wasser –«

Julia goß Wasser aus einer Karaffe in eine Tasse. Sie hob seinen Kopf und hielt die Tasse an seine Lippen. Er nickte schwach, als er fertig war, und sie stellte die Tasse weg.

»Ich danke Euch.« Er atmete flach, als läge ein großes Gewicht auf seinem Herzen.

»Kann ich noch irgend etwas für Euch tun, Euer Majestät?« fragte Julia leise.

»Nein, Madame. Ich glaube, es kann nichts – mehr getan werden. Seltsam. Ich wollte nie, daß es so endet.«

»Es tut mir leid, daß kein Priester hier ist und niemand ein Gebet für Eure Seele sprechen kann außer mir.«

»Das ist nicht nötig. Ich habe schon zu meinen Lebzeiten keinen Wert auf religiöse Zeremonien gelegt – warum sollte ich sie zum Sterben brauchen?« Seine Lippen zuckten, was man beinah für ein Lächeln hätte halten können. »Man wird sagen – wenn Robeaud stirbt – daß ich – daß ich widerrufen hätte. Es ist zuviel erwartet, daß er meinetwegen ohne Beichte sterben soll. Der arme Mann – sie werden in seiner Leiche stochern und sie zerlegen – auf der Suche nach der Größe. Solche Überraschungen werden sie finden – solche Geheimnisse. Man fragt sich, wie sie sie wohl erklären werden –«

Sein kurzes Lachen verwandelte sich in ein Husten. Als ein rot gefärbter Schaum auf seinen Lippen erschien, griff Julia nach einem feuchten Tuch und wischte seinen Mund ab.

»Merci«, flüsterte der Kaiser.

»Euer Majestät?«

»Sprecht.«

»Verstehe ich Euch richtig, daß Ihr nicht wollt, daß Eure Flucht bekannt wird, selbst wenn –« sie konnte die Frage nicht vollenden. Es war nicht notwendig.

»Der Kaiser Napoleon wird den Tod eines Märtyrers sterben – als Opfer der Briten – auf St. Helena. Einen Mann namens Robeaud wird man auf See bestatten. Ich weigere mich, de Gruys die Genugtuung zu geben, daß er meinen Tod bewirkt hat. Er ist ein Verrückter; man soll ihn als solchen entlarven, wenn er beansprucht, diese Tat begangen zu haben.«

»Es wird so geschehen, wie Ihr es wünscht«, versprach Julia, und ihre Kehle war eng von aufsteigenden Tränen. »Ihr dürft jetzt nicht mehr sprechen. Bewahrt Eure Kraft, bitte, Euer Majestät.«

»Wofür?« fragte er und hustete noch einmal. »Sagt mir, hat man den Verrückten de Gruys – in Gewahrsam genommen?«

»Jawohl, Euer Majestät.« Von weitem konnte Julia hören, daß der Franzose forderte, man solle ihn herauslassen. Er hatte in der vergangenen Stunde immer wieder geschrien, offensichtlich weil er Angst hatte, das Schiff würde sinken, während er in seiner Kajüte eingeschlossen war.

»Ein bourbonischer Agent –« sagte der Kaiser, und seine Worte waren kaum noch zu hören. »Ich wußte es – wir hätten – ihn hängen sollen.«

Er schwieg. Seine Atmung wurde langsamer und begann zu rasseln. Dann wurde sie schwächer und schwächer und hörte schließlich auf. Schon eine Viertelstunde nach seinen letzten Worten konnte Julia kein Zeichen von Leben mehr an ihm feststellen. Mit zitternden Fingern schloß sie seine starren Augen. Eine ganze Weile stand sie da und starrte auf seine starken Gesichtszüge herab. So viele Hoffnungen und Träume waren mit diesem Mann gestorben. Große Träume von einem Imperium und kleine Träume, so wie der ihre von der Rückkehr zu einer Plantage in Louisiana namens Beau Bocage. Sie hatte niemals Gelegenheit gehabt, den Kaiser anzusprechen wegen der Großzügigkeit ihres Vaters als Beitrag zur Sache der Bonapartisten. Zu spät. Es war schon von Anfang an zu spät gewesen. Sie hätte es wissen müssen.

Ohne Tränen trat sie aus der Kajüte. Sie mußte es irgend jemandem sagen. Die Last, die einzige zu sein, die wußte, daß Napoleon Bonaparte gestorben war, war zu groß für sie. Mit unsteten Schritten durch das im schweren Seegang rollende Schiff ging sie auf die Kajütentreppe zu. Sie hielt sich am Geländer fest und stieg stetig hinauf.

Der Wind traf sie wie eine Peitsche, als sie auf das Deck trat. Er riß an ihrem Haar und verstreute ihre Haarnadeln im Nichts. Er drückte ihr Kleid flach gegen ihren Körper und zerrte daran, als wolle er es ihr über den Kopf ziehen. Die Tür hinter ihr flog krachend in den Angeln hin und her, und sie mußte den Türrahmen loslassen und ein paar Schritte weiterstolpern, damit sie ihr nicht die Finger zerquetschte. Als das

Schiff über eine brechende Woge hinuntertauchte, verhinderte nur eine Sicherheitsleine, die über das Deck gespannt war, daß sie den Boden unter den Füßen verlor. Sie bemühte sich, das Gleichgewicht zu behalten, und sah sich nach Rud um. Schließlich entdeckte sie ihn auf dem Achterdeck. Er sah sie im selben Augenblick und deutete mit einer entschlossenen Geste hinter sie auf die Kajütentreppe, wobei er etwas brüllte, was sie nicht verstand, weil der Wind ihm die Worte von den Lippen riß.

Und dann ertönte über ihnen der Schrei des Mannes aus dem Krähennest. »Welle!« schrie er rauh und zeigte nach vorn. »Riesige Welle!«

Julia wandte sich dem Bug zu und sah sie. Eine Wasserwand von dreißig Metern Höhe raste auf sie zu – schneller als eine durchgegangene Kutsche. Dies war nicht nur eine vom Sturm aufgepeitschte Woge; es war ein Monstrum, das sonst nur in den Legenden des Meeres vorkommt. Es gab keine Hoffnung, sie besiegen zu können, keine Chance, daß ein einfacher Mensch sie überleben könnte nur mit Muskelkraft und Wissen. Die Woge war so gigantisch, daß für niemanden mehr Hoffnung bestand. Es gab nur die Möglichkeit, im gebeutelten Bauch des hölzernen Schiffes mit dem Leben davonzukommen.

»Geh hinunter!« brüllte Rud. »Alle Mann unter Deck! Alles unter Deck!«

Plötzlich war ein Mann neben ihr. »Um Gottes willen, Julia, liebes Mädchen, hinunter mit Euch!« rief O'Toole und zerrte sie zur Kajütentreppe. Auf dem Weg über die Stufen wurde sie von ihm halb gestützt und halb getragen. Und kaum hatten sie sie verlassen, polterten schon andere Matrosen die kurze Treppe herunter. Julia warf einen Blick nach hinten über ihre Schulter, aber es war zu dunkel, um Gesichter erkennen zu können. Im Flur sah sie Marcel im Licht der Lampe in der Tür seiner Kajüte stehen. Dr. Hastings stand neben ihm, die Brechstange noch in der Hand, mit der er die Tür aufgebrochen hatte. Die beiden Männer starrten in völligem Unverständnis die plötzlich herunterstürmenden Männer an. Panik wurde auf Marcels Gesicht erkennbar, und er floh in seine Kajüte und schlug die Tür hinter sich zu.

Bei der Kajüte des Kapitäns blieb O'Toole stehen. »Hinein«, befahl er und gab Julia einen kleinen Stoß. »Nehmt Euch ein Kissen, haltet es über Euren Kopf und legt Euch flach auf den Boden.«

Julia blieb stehen, die Hand an den Türrahmen gestützt. »Was ist mit Euch und Rud?« fragte sie.

Er hatte keine Zeit, um zu antworten. Das Schiff kippte nach vorn, Bug voran, und schoß in die Tiefe. Sie hatten das Tal vor der Riesenwelle erreicht. Es ertönte ein brüllendes Geräusch, und Julia verlor den Boden unter den Füßen. Sie spürte, wie sie nach vorn stürzte, rutschte und in der Schwärze versank. Sie krachte gegen die Spanten. Grelles Licht explodierte hinter ihren Augen, und ihre Ohren waren erfüllt von den knirschenden, knarrenden Geräuschen von gedehntem Holz. Ein ungeheures Krachen ertönte über ihr, als das Gewicht vieler Tonnen Wasser auf die *Najade* herunterbrach. Eine Welle von Schmerz, in ihrer Art ebenso ungeheuerlich wie der Berg von Wasser über ihnen, der sie zu ertränken versuchte, überkam sie. Sie schloß die Augen und glitt dankbar in die nasse Dunkelheit.

»Julia! Julia!«

Sie öffnete die Augen und war überrascht, daß sie etwas sehen konnte, auch wenn das Licht nur schwach war. Ein schweres Gewicht lag über ihren Beinen, und das Salzwasser, das sie beinahe bedeckte, spritzte ihr in Augen und Mund und brachte sie zum Husten. Sie konnte jemanden stöhnen hören, ein schwaches Geräusch über dem Jaulen von Wind und Regen, und sie hörte auch den seltsamen gurgelnden Klang von Wasser in einem geschlossenen Raum. Unter ihr schwankte das Schiff immer noch, aber es bewegte sich mit einem schweren, trägen Rollen, das nur eines bedeuten konnte.

»Julia!«

Es war Rud, der sich über sie beugte und eindringlich ihren Namen rief. Sein Gesicht war bleich. Wasser rann darüber und färbte sich rot in einer rohen Platzwunde an seinem Kinn. Eher hastig als sorgfältig zerrte er die Leiche des Matrosen zur Seite, die sie am Boden festhielt, und hob sie in eine sitzende Stellung aus dem Wasser.

»Bist du in Ordnung? Kannst du gehen?«

»Ich glaube schon«, antwortete sie, obwohl ihre Stimme auch für sie selbst sehr schwach klang. Sie biß sich auf die Unterlippe, als sie den reißenden Schmerz in ihrem Bauch spürte.

Rud hob sie in seine Arme und wandte sich der zerfetzten Öffnung über der Kajütentreppe zu.

Die Zerstörung auf den Decks war unglaublich. Der Fockmast war aus den Planken gerissen wie ein umgefallener Baum, der Hauptmast war in der Mitte zerbrochen und umgestürzt, wobei er seine Segel und Takelage zur Seite hinübergezogen hatte, während der Besanmast von jeder Takelage entblößt war. Wo der Bug gewesen war, befand sich ein klaffendes Loch, so groß, daß es keine Hoffnung auf Reparatur geben konnte. Das Wasser drang so schnell in den Schiffsrumpf ein, daß die Reling schon bis auf zwei Fuß über der Wasserlinie gesunken war.

Gleich nach der großen Welle hatte sich der Sturm gelegt, doch ein scharfer Wind zerrte immer noch an dem verkrüppelten Schiff, und der Regen klatschte auf das träge rollende Deck.

Rud trug Julia über das mit zerbrochenen Schiffsteilen bestreute Deck, um auf die Backbordseite zu gelangen. Dort wartete O'Toole im Rettungsboot mit zwei anderen Männern, die beide verletzt zu sein schienen und auf dem Boden des Bootes ausgestreckt lagen.

Als er Rud und Julia erblickte, erhellte ein erleichtertes Grinsen O'Tooles Gesicht. »Das ist die Fahrkarte, Sir! Bringt sie an Bord«, rief er und nahm eine Hand von dem Seil, mit dem er das Rettungsboot dicht neben der *Najade* hielt, um Rud beim Einsteigen in das Boot zu helfen.

Rud legte Julia ins Heck, zog hastig ein Stück Segeltuch über sie, um sie vor dem Wind und dem Regen zu schützen, und wandte sich dann ab, sprang wieder auf das Deck des Schiffes.

»Kapitän! Wo geht Ihr hin?« rief O'Toole.

»Vielleicht sind noch andere unten!«

»Sir, das Wasser steigt so schnell, daß jeder, der noch unter Deck ist, inzwischen ertrunken sein muß. Ihr habt alles menschenmögliche getan, indem Ihr Mrs. Julia und diese beiden hier gerettet habt. Laßt es jetzt bleiben!«

In diesem Augenblick senkte sich der Bug noch ein Stück, so daß die Decks überspült wurden. Man hörte ein Knirschen, als gäben unten die Sparren nach, und Wasser spritzte aus der gähnenden Öffnung an der Kajütentreppe.

»Los, kommt, Sir! Wir müssen von hier verschwinden, sonst zieht uns der Sog in die Tiefe!« O'Tooles Stimme wurde lauter. »Ich weiß, daß Ihr es haßt, sie zu verlassen, Sir, aber Ihr müßt jetzt an Eure Frau denken, und Ihr seid auch der einzige von uns, der etwas von Navigation versteht.«

Rud nickte und stieg in das Rettungsboot. O'Toole stieß es ab und nahm das eine Ruder, während Rud das andere ergriff. Sie ruderten kräftig, um sich von dem sinkenden Schiff zu entfernen. In sicherem Abstand zogen sie die Ruder ein und ließen das Boot im Wind treiben, während sie zusahen, wie der Besanmast unter den Wogen verschwand.

»Seht dort!« rief einer der beiden Matrosen, der sich am Dollbord festklammerte und nach links zeigte. »Ist das ein Mann?«

O'Toole blinzelte gegen den treibenden Regen. »Es ist eine Ladeluke, das kann ich erkennen.«

»Ich dachte, ich hätte gesehen, daß sich etwas darauf bewegt«, sagte der Matrose.

»Das können wir feststellen«, meinte Rud und legte sich in die Riemen. Aber obwohl sie mit aller Kraft versuchten, die Ladeluke zu erreichen, gelang es ihnen nicht. In den wirbelnden Wellen, dem Wind und dem Regen entkam ihnen das Stück Treibgut. Jedesmal, wenn sie es sichteten, schien es noch weiter entfernt zu sein als vorher. Schließlich verloren sie es ganz aus den Augen und kamen zu dem Schluß, daß es in dem schweren Seegang zerbrochen war.

Für Julia folgte ein Alptraum aus Schmerz und Blut. Sie lag am Boden des Rettungsbootes, der Regen strömte in ihr Gesicht, auf beiden Seiten lag ein Verwundeter, und ihr schmerzender, gepeinigter Körper gab das Kind auf, das sie trug. Geschwächt von der Anstrengung, bekam sie in der Nacht Fieber, und nachdem am nächsten Morgen an einem klaren Himmel die Sonne aufgegangen war, konkurrierte die innere Hitze ihrer Haut mit der der tropischen Sonne, die auf sie herunterbrannte.

Irgendwann während der ersten Nacht erlag der erste Matrose seinen Verletzungen und wurde über Bord geschoben und dem Meer übergeben. Am dritten Morgen starb der zweite. Julia, Rud und O'Toole blieben allein in dem Rettungsboot, ohne Proviant und nur mit einer halben Dose Regenwasser für sie alle. Bei Sonnenaufgang am fünften Morgen hatten sie das Süßwasser aufgebraucht. Der Tag wurde heiß. Julia, die die meiste Zeit bewußtlos war, wurde von der Segeltuchabdeckung vor den schlimmsten Sonnenstrahlen geschützt. Ihr Gesicht war gespannt, ließ die feinen Konturen ihrer Schädelknochen erkennen, denn sie war schon völlig ausgezehrt. Sie war zwar kurz bei Bewußtsein, aber so abwesend, daß sie nicht verstand, als O'Toole sich an seinem Ruder aufrichtete und durch gesprungene Lippen flüsterte: »Segel. Segel vorn.«

Rud drehte den Kopf. Er starrte das Schiff an, und seine Augen verengten sich zu Schlitzen, bevor er schließlich langsam nickte. »Ja, es ist ein Schiff.«

»Dann sind wir gerettet, Sir. Julia, liebes Mädchen, wir sind gerettet!« krächzte O'Toole.

»Ja, wenigstens unser Leben«, antwortete Rud in einem so hohlen und leblosen Ton, daß Julia ihren Blick in seine Richtung wandte. Seine breiten Schultern waren zusammengesunken, und seine Augen wirkten matt.

O'Toole drehte den Kopf und sah noch einmal über das Wasser zu dem Schiff hinüber. Julia stützte sich mühsam auf einen Ellenbogen und klammerte sich an das Dollbord.

Das Schiff, das in Richtung ihres kleinen Kahns segelte, hatte einen hohen Bug, der mit riesigen Augen auf beiden Seiten bemalt war. Es besaß eine doppelte Reihe von Ruderbänken und ein Paar roter Lateinersegel. An seinem Heck flatterte eine Flagge mit dem Halbmond des Islam. Es war eine türkische Feluke.

Teil II

KAPITEL 13

Mehr als hundert Mann befanden sich dicht gedrängt an Bord der Feluke. Sie waren eine wild dreinblickende, wüste Mannschaft mit Pistolen und Messern in den Gürteln, und alle trugen lange, krumme Säbel an der Seite. Die schwarzbärtigen und dunkelhäutigen Männer beobachteten mit hartem Grinsen, wie Julia, Rud und O'Toole an Bord gebracht wurden.

Aus ihrer Mitte trat ein Mann hervor, der noch grausiger aussah als die anderen. Seine Kleidung, seine Haltung und die ihm gezollte Achtung zeigte, daß er der Kapitän des Schiffes war. Er stellte ihnen eine Frage in einer Sprache, die zweifellos Türkisch war.

»Es tut mir leid«, sagte Rud. »Ich kann Euch nicht verstehen.«

Der Kapitän ging über zu einem ungehobelten Spanisch. Julia starrte ihn an. Sie verstand, daß er wissen wollte, wie sie hießen und was ihnen zugestoßen war, fand sich aber doch nicht in der Lage, zu antworten. Das Äußerste, was sie tun konnte, war, auf den Beinen zu bleiben. Rud schüttelte den Kopf.

Mit einem Fluch stellte der Kapitän seine Frage auf französisch.

»Ich bin Bayezid Reis, Kapitän dieses Schiffes. Ich erkläre Euch im Namen meines erhabenen Herrn, des Dei von Algier, zu meinen Gefangenen nach dem Seerecht. Wenn Euch Euer Leben lieb ist, werdet Ihr nicht versuchen, zu entfliehen. Ihr werdet mir sagen, wer Ihr seid, und mir erklären, wie es dazu kam, daß Ihr in diesem kleinen Boot unterwegs wart.«

Rud gehorchte, indem er ihm die geforderten Antworten gab. Daraufhin nickte Bayezid Reis zufrieden. »Etwas Ähnliches hatte ich angenommen. Man hat mir schon mehr als einmal von Eurem Schiff berichtet. Es tut mir leid, daß ich eine solche Beute verliere, aber das ist der Wille Allahs. Sagt mir, diese Frau hier bei Euch«, sprach er weiter, ohne auch nur einen Blick in ihre Richtung zu verschwenden, »ist sie womöglich mit einem von Euch verheiratet und sein Besitz?«

Rud zögerte kaum mehr als einen winzig kleinen Augenblick. »Ich wünschte, daß es so wäre«, sagte er mit bedauerndem Klang in der Stimme. »Aber sie ist unverheiratet.«

»Ah«, sagte der Kapitän und strich sich über den Bart. »Sie ist älter als die meisten anderen Jungfern, aber selbst in ihrem gegenwärtigen Zustand erstaunlich schön. Vielleicht habe ich hier eine Beute gemacht, die einer näheren Inspektion würdig ist.«

Julia warf Rud einen Blick zu. Sein Gesicht war unbeweglich wie ein Stein, doch seine Augen schienen mit dem blauen Feuer von Saphiren zu brennen.

»Es mag sein, Kapitän«, antwortete Rud, »denn die Frau ist eine große Dame in ihrem Land. Ihr Herr, der jetzt tot ist, war der Besitzer großer Ländereien und nannte Hunderte von Pferden, Rindern und Sklaven sein eigen. Er war ein Freund des großen Herrschers Napoleon, dessen Ruhm sicher auch Algerien erreicht hat. Sie trägt an ihrem Hals das Symbol seiner Herrschaft.«

Bayezid Reis nickte weise. »Wenn das so ist, muß der Preis für sie noch größer sein, als ich mir zunächst erträumt hätte. Und was ist mit Euch?«

Julias Mann schien, was seine eigene Bedeutung betraf, ebensowenig zu Bescheidenheit geneigt. »Ich war der Kapitän des tapferen Schiffes, das die große Welle getroffen und auf den Grund des Meeres geschickt hat. Dieser Mann hier neben mir war mein zweiter Offizier.«

»Ist das wahr? Wenn das so ist, wird mein Herr, der Dei, sicher Verwendung für Euch haben. Seine Marine ist sein Stolz, sein starker rechter Arm, der ihm Ruhm und Tribut bringt und den er immer zu kräftigen sucht. Aber wenn Ihr lügt –«

Die Drohung hing in der Luft – schwer von dem Gedanken an einen schnellen, aber unangenehmen Tod. Bayezid Reis machte eine Geste mit einer Hand und gab einen Befehl auf türkisch. Die Männer, die Julia stützten, richteten sich auf und führten sie weg.

Hinter ihr machte Rud eine heftige Bewegung, als wolle er verhindern, daß man sie so rauh behandelte, doch dann blieb er stehen. »Seid vorsichtig mit ihr. Sie ist krank gewesen.«

Da ertönte das klatschende Geräusch eines kräftigen Hiebs, den der Kapitän in Ruds Gesicht schlug. »Sei still, Christenhund! Ich brauche keinen, der mir sagt, wie ich meine Sklaven behandeln soll. Bringt sie nach unten. Wir haben genug Zeit mit diesen lächerlich geringen Waren verschwendet. Ob es dir gefällt oder nicht, die Frau wird bis morgen früh Haifischfutter sein.«

Bei dem Geräusch einer heftigen Bewegung sah Julia zurück. Rud war dem Kapitän an die Gurgel gegangen, während seine Wachen noch wie Affen an seinen Armen hingen. O'Toole stand in der Mitte eines zweiten Handgemenges. Man zerrte sie unter Deck, und sie hörte hinter sich das Geräusch von dumpfen Schlägen und die rauhe Stimme von Bayezid Reis, die brüllte: »Vierzig Schläge mit dem Kurbash für die beiden! Sie brauchen eine Lektion, wie man sich als Sklave verhält. Das werden sie schon noch lernen!«

Julia wurde in ein kleines, stickiges Kämmerchen gebracht, in dem es keinerlei Möbel gab bis auf einen Stapel Lumpen in einer Ecke. Die Matrosen versetzten ihr einen Stoß in Richtung Bett. Mit einer Bemerkung, die ebenso obszön wie beißend klang, drehten sich die beiden Männer um und verließen sie. Sie hörte den Schlüssel im Schloß knirschen.

Langsam ließ sie sich auf die Lumpen sinken, setzte sich mit dem Rücken gegen die Spanten, so daß ihr Kopf am Holz lehnte. Sie schloß die Augen. Das Schiff segelte weiter. Die Zeit kroch dahin. Beim Geräusch näher kommender Schritte wurde sie wieder wachsam, und ihre Nerven waren angespannt vor Furcht.

Die Tür öffnete sich, und Bayezid Reis trat ein. Hinter ihm stand ein

Mann in den langen fließenden Gewändern der Araber. Er hatte einen Turban um den Kopf gewickelt. Seine kupferfarbene Haut spannte sich über seinen Wangenknochen und bildete Tausende von Fältchen um seine Augen. Sein Bart war mit Grau durchsetzt. In seinen Augen erkannte sie nur eine unpersönliche Neugierde.

»Aufstehen«, befahl der Piratenkapitän.

Julia verstand, was er sagte. Sie war sich auch darüber im klaren, daß es zweckmäßig war zu gehorchen, und doch schien ein großer Abstand zu sein zwischen ihrem Geist und ihrem Willen. Sie starrte ihn aus fiebrigen Augen an, die in ihrem schmalen Gesicht riesig wirkten.

Bayezid Reis packte sie an den Armen und riß sie hoch. Er wandte dem Araber den Rücken zu, der mit geschickten Fingern die Knöpfe ihres Kleides zu öffnen begann.

Julia versuchte schwach, sich zu wehren, und ihr Herz begann wild zu schlagen. Sie wußte ohne jeden Zweifel, daß sie so früh nach der Fehlgeburt noch nicht ertragen konnte, genommen zu werden. Sie würde sicher verbluten.

»Friede sei mit Euch, unglückliche Dame«, sagte der Araber mit tröstender Stimme in reinstem, kastilischem Spanisch. »Wir wollen Euch nicht weh tun. Was jetzt auf Euch zukommt, ist notwendig, um Euren Wert genau bestimmen zu können.«

Ihre Sinne schwanden, und ihr Blick trübte sich. Sie spürte noch, wie ihre Knie nachgaben. Sie fühlte die Berührungen des Arabers, der die Prellung auf ihrer rechten Seite abtastete, dann über die Rippen und weiter in einer geschickten Untersuchung über ihren ganzen Körper strich. Sie verstand, daß er nach Wasser rief, um die Blutflecken von ihren Schenkeln zu waschen, spürte seine sanfte Begutachtung. Man schob eine weiche, dunkle Kugel aus einem unbekannten Stoff in ihren Mund und hielt einen Becher mit würzigem Saft an ihre Lippen.

»Trinkt dies, meine Dame«, sagte der Araber. »Dies ist ein wertvoller Moschustrank, der die Lebenskraft in Euch stärken und Euch ins Leben zurückholen wird.«

Er hatte die Wahrheit gesagt. Nach kurzer Zeit schon spürte sie, wie ihre Kräfte langsam wieder zurückkehrten. Als sie die Augen öffnete, war sie allein in der Kajüte mit dem arabischen Arzt. Der Kapitän war fort. Der Mann, der neben ihr auf dem Boden kniete, sah in ihre Augen und versuchte, ganz tief darin zu lesen. Schließlich nickte er langsam.

»Es ist gut«, sagte er. »Verlaßt Euch auf mich. Ihr seid keine Jungfrau mehr.«

Julia schüttelte den Kopf, wie gebannt durch die dunklen, brennenden Augen über ihr.

»Das senkt Euren Wert. Dennoch habt Ihr Haar, das, wenn es gereinigt und gesalbt ist, glänzen wird wie das morgendliche Sonnenlicht. Ihr habt die Augen einer Zauberin, die die Seele eines Mannes zerstören können. Euer Körper hat die Grazie einer Gazelle, er ist ein Gedicht voll zarter Symmetrie. Wenn man Euch mit guten Speisen ernährt, badet und von Sklaven versorgen läßt, wird Eure Haut schimmern wie Perlen, und Eure Brüste werden sein wie Hügel von warmem Schnee. Das sehe ich genau. Im ganzen islamischen Bereich gibt es keine fünfzig Jungfern, die solche Farben haben, und von denen keine fünf, die es mit Euch an Schönheit aufnehmen könnten. Bei einem so seltenen Schatz wird ein großer Mann einen kleinen Fehler billigen. Falls das nicht so ist, werden andere gut für die Ehre bezahlen, eine so seltene Frau zu besitzen.«

Julia wußte nicht, was sie auf eine solche Lobrede antworten sollte. Sie sagte nichts und wartete auf eine Erklärung für das Verhalten des Arabers. Und es dauerte nicht lange, bis er weitersprach.

»Da ist noch eine andere Sache, die ich Euch erklären möchte, o Tochter des Mondes. Als Arzt weiß ich, daß Euer Körper empfangen, die Frucht dann aber wieder abgestoßen hat. Denkt gut darüber nach, bevor Ihr beantwortet, was ich Euch fragen muß, denn es wird Euer Schicksal entscheiden. Kein Moslem darf eine Frau zu sich nehmen, die verheiratet war, aus Angst, die große Sünde des Ehebruchs zu begehen, womit er seine unsterbliche Seele gefährden und seine Hoffnung auf das Paradies aufs Spiel setzen würde. Wenn Ihr früher schon einen Ehemann hattet, dann muß man Euch als einfache Bedienstete verkaufen, oder Ihr würdet dem Besitzer eines Bordells übergeben werden, das mit untreuen Frauen handelt. In jedem Falle würde Bayezid Reis nur eine sehr kleine Entschädigung bekommen. Er würde es vielleicht kaum für zweckmäßig erachten, Eure Gesundheit wiederherzustellen.«

Es war klar, was er damit sagen wollte. Wenn sie nicht erklären konnte, daß keinerlei Ehebande sie hielten, würde der türkische Kapitän sich vielleicht entschließen, sie zu beseitigen, weil sie den Aufwand nicht lohnte, der in ihre Pflege investiert werden müßte. War das der Grund, warum Rud sie verleugnet hatte? Hatte er mit seinem geringen Wissen um die islamischen Sitten, das er sich in den Häfen des Mittelmeers angeeignet hatte, diese Komplikation vorausgesehen? Julia wußte nicht, ob sie ihm nicht vielleicht dankbar sein sollte. Wenn sie wahrheitsgemäß antwortete, wie sie es ohne den Rat des Arabers getan hätte, würde sie nicht länger mit all dem Leid, dem schmerzlichen Zorn und der Demütigung leben müssen. Doch die Kraft der Medizin, die in ihrem Körper kreiste, war durchdringend. Sie wollte leben. Wo auch immer sie lebte und unter welchen Umständen, sie mußte die Flamme ihres Lebens schützen, bis die Zeit gekommen war, wo sie wieder hoch aufflackern konnte. Sie wollte sie mit Träumen der Vergeltung nähren und mit Visionen von der Freiheit, die sie endlich erlangen würde. Reue und Selbstmitleid waren zwecklose Empfindungen. Was sie jetzt brauchte, war Kraft.

»Nein«, sagte sie langsam. »Ich bin noch nie eine Ehefrau gewesen. Ich hatte einen Geliebten, aber er starb, als unser Schiff sank, und ist für immer verloren.«

Sie legten im Schutz der Nacht an einem Ufer an. Julia, die das Gefühl hatte, als wäre sie seit Wochen in jenem seltsam betäubten Zustand, halb schlafend, halb wachend, gewesen, wußte nicht einmal, in welchem Land sie sich befand. Aus dem Geruch nach Staub, Mist, Holzkohlenrauch und Gewürzen, der mit dem Nachtwind zu ihnen herüberwehte, konnte sie nur vermuten, daß sie irgendwo auf dem afrikanischen Kontinent waren.

Eingewickelt in einen wollenen Berkan, einen Schleier über dem

Kopf und Ledersandalen an den Füßen, wurde Julia vom Schiff geführt und in eine mit Vorhängen verschlossene Sänfte gestoßen. Ein Befehl wurde gerufen, die Sänfte wurde aufgehoben und schnell fortgetragen. Julia spähte durch einen Schlitz in den gestreiften Baumwollvorhängen und sah bewaffnete Wächter, die auf beiden Seiten neben der Sänfte herschritten. Aus dem Schiff, das sie gerade verlassen hatte, kam eine lange Reihe von Männern – zweifellos gefangene Seeleute. Die Ketten an ihren Handgelenken und Knöcheln klirrten in der Stille. Wenn Rud und O'Toole unter ihnen waren, konnte sie es nicht erkennen, obwohl sie die Männer beobachtete, bis sie nicht mehr zu sehen waren.

Dann und wann hörte sie das Klingen von Glöckchen oder den jammernden Klang von Musik. Männer in weiten Umhängen oder bedeckt von den schweren Falten eines Burnus drängten sich an der Sänfte vorbei. Sie schienen keine Gefühle zu haben, ihre Züge waren durch Wind und Wetter und ein hartes Leben geprägt und wirkten grausam. Julia zog nach einer Weile die Vorhänge zu und drückte sich in die Kissen.

Sie kamen durch ein Tor und durchquerten einen Innenhof, bevor sie das dunkle Labyrinth eines Tunnels erreichten. Hier mußten sie warten, bevor sie einen zweiten Hof betreten konnten. Schließlich wurden die Vorhänge der Sänfte geöffnet. Der arabische Arzt namens Ismael half Julia beim Aussteigen. Sie wurde in eine kleine, dunkle Kammer geleitet, wo ein ungeheuer fetter Türke mit bartlosem Kinn wartete. Sie hatte früher schon von Eunuchen gehört, doch dies war der erste, den sie zu Gesicht bekam. Er sagte etwas zu ihr, was sie nicht verstand, und sie sah instinktiv den Arzt an.

»Dieser Mann ist Abdullah. Ihr werdet Eure Hände an Eure Stirn legen, wie ich es Euch gezeigt habe, und Euch als Zeichen Eures Respekts vor ihm verbeugen. Es könnte von Vorteil für Euch sein, wenn Ihr ihn anlächelt, denn er ist der Leiter des Harems des Dei von Algier und hat viel Einfluß, und den werdet Ihr brauchen, wenn man Euch auswählt.«

»Wenn man mich auswählt? Ihr meint, wenn ich in den Harem des Dei aufgenommen werde?«

»Es ist unhöflich von Euch, das zu fragen. Wenn Euer Schicksal entschieden ist, wird man es Euch mitteilen. Geht jetzt mit Abdullah Effendi und tut, wie man Euch geheißen hat, ohne einen anderen Willen zu haben als den Eures Herrn und Allahs. Tut, was ich Euch gesagt habe, und alles wird gutgehen.«

Die Stimme des Arabers war ernst, aber darunter erkannte Julia auch noch eine Spur von Mitleid und Besorgnis. Sie hatte auf dem algerischen Schiff niemanden außer diesem Mann getroffen. Er hatte ihr die Medizin gegeben, die ihr geholfen hatte, an Geist und Körper gesund zu werden. Obwohl Julia wußte, daß seine Absicht nur wenig mit ihr persönlich zu tun hatte, dachte sie, daß es ihm doch nicht so egal war, was aus ihr wurde. Dafür und für seine Hilfe war sie ihm dankbar. Sie wollte es auf die einzig mögliche Art zum Ausdruck bringen.

»Ich werde tun, was Ihr sagt, o Heiler verwundeter Seelen. Und möge der Friede mit Euch sein.«

Julia folgte Abdullah dem Eunuchen durch endlose, sich verzweigende Gänge. Schließlich blieben sie vor einer Tür stehen, die der riesige Mann mit einem großen, verzierten goldenen Schlüssel öffnete, der zusammen mit verschiedenen anderen an seinem Gürtel hing. Sie gingen hindurch, und Abdullah schloß hinter ihnen ab.

Sofort nahm ihre Nase den Duft von Parfüm wahr. Er hing in der Luft wie eine Wolke, eine Mischung aller Düfte der Welt, so schien es ihr: Rose, Orangenblüte, Veilchen, Moschus, Patchouli, Bergamotte, Weihrauch und Jasmin. Sie standen in einem Flur, der in regelmäßigen Abständen von Öllampen mit dicken Bäuchen und einem doppelten Docht erhellt wurde. An seinem Ende war ein Durchgang mit einem hohen Bogen, der in einen Garten führte. Aus dieser Richtung ertönte das Geräusch eines Springbrunnens, der in einem Teich plätscherte, und das schläfrige Gurren von Tauben, die sie aufgeschreckt hatten.

Abdullah wandte sich Julia zu und deutete auf eine Tür rechts von ihr. Sie folgte dem Eunuchen durch einen Vorhang, der den Türrahmen ausfüllte, und befand sich in einer riesigen Badekammer. Zwei numidische Sklavenmädchen kamen herbei und verbeugten sich tief vor Abdullah. Er gab knappe Anweisungen und ging dann fort, als empfinde er die Aufgabe, die er eben erfüllt hatte, als unter seiner Würde. Mit Kichern und erschreckten Ausrufen angesichts ihrer sich schon gelblich verfärbenden Prellungen entkleideten die Sklavenmädchen Julia und zogen die weiten Hosen und kurzen Tuniken aus, die sie selbst trugen. Lächelnd drängten sie sie in das dampfende Wasser, das eine kleine, geflieste Vertiefung in der Mitte des Raums füllte. Nach einigem Hin und Her entschieden sich die beiden für eine weiche, mit Damaszenerrosen parfümierte Seife und bestiegen nach Julia das Becken.

Julia empfand eine plötzliche Panik. Sie traute dem schalkhaften Ausdruck in den Augen der Mädchen nicht. Dann hob sie den Kopf. Es gab eigentlich nur wenig, was sie hätte tun können, um sich zu schützen. Das Wasser war herrlich weich und wie Seide. Ihre durch die Wolle des Umhangs, den sie getragen hatte, etwas angegriffene Haut, auf der sich der Schmutz der letzten Wochen angesammelt hatte, juckte entsetzlich. Also sollten sie tun, was sie vorhatten. Es würde es wert sein, wenn sie danach wieder sauber war.

Sie seiften ihr Haar immer und immer wieder ein. Ihre schnellen, schlanken Hände massierten, rieben und kneteten sie in einer Weise, die anzudeuten schien, daß sie sie für unrein hielten und glaubten, sie bedürfe einer ganz besonderen Reinigung. Als sie schließlich mit ihr zufrieden waren, wickelten sie sie in ein riesiges Badetuch und führten sie in ein Zimmer, in dem ein Becken mit klarem, lauwarmem Wasser auf sie wartete. Sie wuschen die letzten Seifenreste von ihr ab. Von dort aus brachten sie Julia in einen anderen Raum, in dem lange Marmortische standen. Als sie der Länge nach auf einem der Tische lag, kämmte eines der Mädchen ihr Haar aus, rieb es trocken, drückte es zu weichen Wellen und wickelte die Spitzen um ihre Finger. Die andere rieb kostbares Öl in Julias Haut. Dem folgte eine sanfte Massage. Sie nahmen einen Bimsstein und entfernten die rauhe Haut von ihren Füßen, Ellenbogen und Knien. Während sie ein Konfekt aus Mandeln und Honig genoß und dazu den erfrischenden Saft von Granatäpfeln trank, wurden ihre Fingernägel und Fußnägel in Form gebracht und dann glänzend poliert. Sie verstrichen auch ein wenig Öl auf ihren Lippen.

Als nächstes wurde ein Berkan aus transparenter, rosenfarbener Seide aus Samarkand gebracht und um sie gelegt. Ein Schleier von etwas dunklerer Farbe wurde über ihrem Gesicht angebracht. Julia sah an sich herunter und spürte Entsetzen. Ihr Körper war durch die Seide deutlich sichtbar. Die numidischen Mädchen waren anständiger gekleidet gewesen. Man konnte jedoch nicht leugnen, daß die Sklavenmädchen eine gute Wahl getroffen hatten. Die rosenfarbene Seide war die vollendete Ergänzung zu ihrer Hautfarbe. Durch die zarten Falten schimmerte ihre Haut wie lebendiger Marmor, und die rosigen Spitzen ihrer Brüste waren dunkel wie Rubine, während die blauen Flecken kaum noch erkennbar zu sein schienen. Sie wußte nicht sicher, was mit ihr geschehen würde, aber sie hatte das unbehagliche Gefühl, daß man sie vorbereitete, um sie zur Schau zu stellen. Sie hatte das noch nicht so bald erwartet, trotz der Worte von Ismael, dem Arzt: *Wenn man Euch auswählt –*

Der Araber hatte ihr erklärt, daß sie von einem Vertreter des Dei begutachtet werden würde, der entscheiden mußte, ob sie für den königlichen Harem geeignet war. Es war eine große Ehre, dazu erwählt zu werden, aber sie durfte vermutlich kaum damit rechnen. Man hatte den Harem schon seit einiger Zeit nicht mehr vergrößert; der Dei war ein alternder Regent, der sich in den vergangenen Jahren den Freuden des Geistes zugewandt hatte. Dennoch gab es das Gerücht, daß eine Weisung vom Palast an alle Sklavenhändler ausgegeben worden war, auf Frauen zu achten, die ungewöhnlich oder außerordentlich anziehend waren. Wenn man sie nicht auswählte, würde sie zu einem Sklavenhändler gebracht werden, der eine diskrete Begutachtung durch eine größere Interessentenzahl möglich machen würde. Es gab über fünfhundert Häuser nur in Algier, die wohlhabenden Männern die Gelegenheit boten, ihrem Bedürfnis nach Abwechslung bei Bettgefährtinnen nachzukommen – fünfhundert Gefängnisse, die Julia verschlucken konnten. Die Ironie war, daß jeder ihren Körper anstarren konnte, aber niemand ihr Gesicht sehen würde außer den Sklavenhändlern und dem Mann, der sie kaufte. Wie oft würde sie zur Schau gestellt werden, bis sie schließlich jemand kaufte?

Die Sklavenmädchen arrangierten den Berkan um sie, drapierten die Falten kunstvoll. Als sie fertig waren, traten sie zurück und verbeugten sich tief, bevor sie sich zurückzogen und an die Wand stellten. Die höflichen Gesten galten jedoch nicht Julia, sondern waren auf einen Wanddurchbruch gerichtet. Julia hörte ein leises Geräusch hinter dem durchbrochenen Wandstück. Plötzlich stieg in einer Welle von Hitze die Schamesröte zu ihrer Stirn. Man beobachtete sie. Auf der anderen Seite der Wand war ein Mann, der sie mit abschätzenden Blicken anstarrte. Sie hatte gewußt, daß so etwas geschehen würde, aber jetzt wäre sie am liebsten fortgelaufen und hätte sich versteckt. Sie unterdrückte diesen Impuls, indem sie die Zähne zusammenbiß, nach vorn starrte und die Arme steif an ihren Seiten hielt.

Als sie eine tiefe Stimme vernahm und die Antwort ertönte, wurde ihr klar, daß dort nicht nur eine Person verborgen war. Sie diskutierten über sie wie über eine Stute, die versteigert werden sollte, dachte sie, und eine zweite Welle der Schamesröte überströmte sie. Der eine Mann war der arabische Arzt, da war sie fast sicher, der andere ein Fremder, der es gewöhnt war, Befehle zu erteilen.

»Dreh dich um.«

Julia gehorchte dem Befehl wie im Traum und drehte sich steif und ohne Grazie oder den Versuch zu gefallen um ihre Achse.

»Hast du irgendwelche besonderen Fähigkeiten?«

Julia zögerte verwirrt. »Welcher Art, Effendi?« fragte sie schließlich. »Ich kann viele Dinge tun.«

»Kannst du singen oder ein Instrument spielen?«

»Meine Stimme ist recht gut, und ich habe gelernt, Klavier zu spielen.«

»Diese anderen Fähigkeiten, was ist darunter, was einen Mann von seinen Sorgen ablenken könnte?« fragte die körperlose Stimme.

»Ich kann reiten und schießen –«

»Nutzlos und außerdem sinnlose Angeberei, wofür du es verdienen würdest, daß man dich bestraft.«

Julia durchsuchte ihr Gehirn. Sie fuhr mit der Zunge über die Lippen und sagte: »Ich bin recht geschickt in Glücksspielen und habe vor seinem Tod gewöhnlich mit meinem Vater Schach gespielt.«

»Kannst du tanzen?«

»Ja, schon«, begann Julia, doch dann wurde ihr klar, daß der Mann auf der anderen Seite des Wandschirms unmöglich die Art von Tanz meinen konnte, die westliche Frauen auf der Tanzfläche eines Ballsaals ausübten.

»Das spricht immerhin für dich.«

Hinter dem Wandschirm murmelte der zweite Mann etwas, dann sprach wieder der erste. »Es heißt, du seiest bekannt mit dem berühmten Napoleon Bonaparte und daß du sein Zeichen bei dir trägst. Stammst du vielleicht aus seiner Familie?«

»Nein, Effendi. Mein Vater war sein Gefolgsmann.«

»Aber du hast mit ihm von Angesicht zu Angesicht gesprochen, unverschleiert, wie es bei den Europäern Sitte ist?«

»Jawohl, Effendi.«

»Ich wünsche sein Zeichen zu sehen.«

Julia hob ihre Hand an ihren Hals, wo die goldene Biene viele Tage lang gewesen war. Sie war nicht da. »Ich habe es nicht. Es wurde mit meinen anderen Kleidungsstücken entfernt.«

Ein scharfer Befehl ertönte, und eines der Sklavenmädchen verbeugte sich und eilte fort. Sie kam zurück mit der goldenen Biene auf ihrer Handfläche. Sie verbeugte sich noch einmal und reichte sie dem Mann durch den Wandschirm.

Julia tröstete sich über den Verlust der Biene. Sie hatte so viele andere Dinge verloren, so vieles, an das sie nicht denken wollte. Was bedeutete das schon, wenn sie auch noch ein kleines Schmuckstück verlor?

»Seltsam«, sagte der Mann hinter dem Wandschirm. »Äußerst seltsam. Ich frage mich, warum ist es eine Biene? Adler, Falken, Löwen, Drachen; das kann ich verstehen. Aber warum eine Biene?«

Julia befeuchtete ihre Lippen. »In alten Zeiten glaubte man, daß der oberste Herrscher eines Bienenstamms ein Kaiser war, der dem Wohl seiner Bienen diente, während sie ihm dafür in der natürlichen Ordnung der Dinge ihren Tribut zollten. Ich hörte meinen Vater sagen, daß dies der Grund dafür ist, Effendi, aber ganz sicher bin ich nicht.« Es ertönte keine Antwort. Nach einem Augenblick sprach Julia weiter: »Die Biene ist mir sehr lieb, Effendi. Darf – würdet Ihr mir erlauben, sie zu behalten?«

Die Zustimmung kam beiläufig, als hätte der Sprechende wichtigere Dinge zu bedenken. Die Tränen drückten ihr die Kehle zusammen, als Julia ihre Brosche aus der Hand des Sklavenmädchens entgegennahm. Sie schloß ihre Finger so fest darum, daß die Flügel in ihre Handfläche schnitten.

Das Rascheln von Kleidung war zu hören, als hätten sich die Männer auf der anderen Seite des Wandschirms erhoben. Furcht erfüllte Julia, obwohl sie nicht hätte sagen können, ob die Ursache dafür die Angst war, daß man sie ablehnen würde, oder die Sorge, daß die Entscheidung zu ihren Gunsten ausfallen könnte.

»Führt sie in eine Kammer im Harem«, lautete die Anweisung. »Kümmert euch darum, daß es ihr an nichts fehlt.«

Julia hatte geglaubt, sie wäre schon im Harem. Sie stellte fest, daß sie sich getäuscht hatte, als sie unter Abdullahs Aufsicht zahlreiche lange Gänge durchquerte, bis sie schließlich zu einer großen, mit Elfenbein verzierten Tür aus Zedernholz kamen, die von zwei äthiopischen Eunuchen bewacht wurde.

Noch einmal gebrauchte Abdullah einen der Schlüssel an seinem Gürtel. Sie betraten einen großen Raum mit einer gewölbten Decke. Die Fenster waren mit Fensterläden verschlossen, und Messinglaternen erleuchteten den Raum schwach. Flache Diwans mit hochaufgestapelten Seidenkissen standen hier und da, davor waren kleine Tische aus Ebenholz und Elfenbein mit Früchten und Gebäck darauf plaziert. In dem schwachen Licht erkannte man undeutlich bunte Mosaike an den Wänden. Teppiche, weich und in leuchtenden Farben, bedeckten den glänzenden Marmorboden. In einer Ecke war ein kleines Wäldchen aus in Kübeln gepflanzten Orangenbäumen, und an ihre Zweige waren mit dünnen Goldkettchen eine Anzahl von bunten Vögeln gebunden.

Von diesem Gemeinschaftsraum zweigten mehrere Flure ab, und in jedem davon befand sich eine Reihe von mit Vorhängen verschlossenen Türen. Abdullah führte sie den Flur hinab, der am weitesten vom Eingang entfernt war. Er wählte eine Tür nach der Hälfte der Flurlänge, schlug den Vorhang zurück, der mit Metallperlen beschwert war, die bei jeder Bewegung klimperten, und deutete mit einer ruckartigen Bewegung seiner Hand an, daß sie eintreten solle. Julia erinnerte sich an die Ermahnung des arabischen Arztes, neigte ihren Kopf in einer förmlichen Verbeugung und gehorchte.

Die Kammer war nicht groß, doch sie besaß eine Fensteröffnung, in die ein verziertes Eisengitter eingepaßt war, durch das eine kühle Nachtbrise hereindrang. An einer Wand befand sich ein Diwan als Bett und an der anderen eine wohlriechende, geschnitzte Zedernholztruhe. Diese Dinge betrachtete Julia, nachdem Abdullahs Schritte durch den Flur verklungen waren. Es hing zwar eine Lampe an einer Kette von der Decke herab, aber man hatte sie nicht angezündet. Die einzige Beleuchtung kam von dem Sternenschein, der den Garten außerhalb ihres Fensters erfüllte, und dem schwachen Schimmer der Laterne am Eingang zum Flur.

Sie ließ den Vorhang mit lautem Rasseln zufallen. Es schien ihr nichts anderes übrigzubleiben, als ihr Bett aufzusuchen. Sie schlüpfte aus dem Berkan und legte das seidene, zarte Kleidungsstück über die Truhe.

Julia war sicher, daß sie in einer so seltsamen Umgebung schlaflos bleiben würde. Es war so vieles geschehen, das sie in ihren Gedanken noch ordnen mußte. Sie müßte Pläne schmieden und entscheiden, was sie tun sollte, um eine Flucht möglich zu machen. Doch ihr Verstand machte sich über diese Gedanken lustig. Flucht? Wie? Sie war eingeschlossen hinter dicken Türen, die Tag und Nacht mit Wachen versehen waren. Außerhalb des Harems lagen die unbekannten Gänge des Palastes, in denen sie sich ohne Führer schnell verirren würde, selbst wenn sie nicht von den bewaffneten Männern aufgehalten würde, die an jedem Tor und jeder Tür standen. Und außerhalb des Palastes lagen die Tore der Stadt, in der eine Frau der Gnade von Männern ausgeliefert war. Wenn sie je so weit kommen würde, wie könnte sie ein Schiff finden, das sie nach England oder Amerika brachte? Wer würde es wagen, eine Sklavin aus dem Harem des Dei von Algier an Bord zu nehmen, selbst wenn sie Geld gehabt hätte, um für ihre Überfahrt zu bezahlen?

Nein, sie durfte nicht an solche Dinge denken, noch nicht. Später vielleicht, wenn sie besser vorbereitet sein würde. Im Augenblick war sie nur eine Sklavin. Sie durfte keinen anderen Willen haben außer dem ihres Herrn, wenn sie überleben wollte. Man würde ihr die Planung ihrer Zukunft abnehmen. Man würde ihr sagen, was sie tun mußte.

Inzwischen wehte eine leichte Brise durch ihr Zimmer, bewegte sich sacht über ihre nackten Arme und ließ die Perlen am Vorhang leise klimpern. Sie hörte das trockene Rascheln von Palmblättern, ein Geräusch, das fast ebenso beruhigend war wie langsamer, beständiger Regen. Der Diwan unter ihr war viel weicher als der Lumpenhaufen auf dem Schiff.

KAPITEL 14

Julia wurde wach, als jemand den Perlenvorhang zur Seite riß. Helles Licht strömte ins Zimmer. Es war deutlich wärmer als in der vergangenen Nacht. Aus dem Garten außerhalb des Fensters ertönten lebhafter Vogelgesang und noch etwas anderes: das Geplapper weiblicher Stimmen.

Die Erinnerung kehrte ganz plötzlich in Julias Bewußtsein zurück. Sie richtete sich auf und wandte sich der Türöffnung zu. Dort stand eine Frau, die Hände in die Hüften gestemmt und das Gesicht vor Zorn verzerrt. Sie war offenbar Tscherkessin. Julia hatte von diesem Volk schon viel gehört, es stammte aus dem Kaukasusgebirge. Ihr Haar war silberblond, und ihre blauen Augen saßen etwas schräg in ihrem Gesicht. Sie hatte hohe Wangenknochen, und ihr Mund war in scharfen, wie gemeißelt wirkenden Linien geschnitten, die ihr ein grausames Aussehen verliehen. Sie mochte zwei oder drei Jahre älter sein als Julia und war nicht ganz so groß. Sie hatte eine schmale, muskulöse Gestalt, nur an den Schenkeln und Fußknöcheln war eine geringe unschöne Verstärkung zu bemerken.

Ihre Augen begutachteten Julias Gestalt unter der Satindecke. Dann strömte ein wilder Schwall wütender türkischer Worte über ihre Lippen.

»Es tut mir leid, ich verstehe Euch nicht«, sagte Julia zuerst auf französisch, dann auf spanisch.

»Pff!« zischte die Frau und wirbelte aus dem Zimmer.

Julia setzte sich auf. Noch bevor ihre Füße den Boden berührten, betrat eine Bedienstete das Zimmer. Sie trug einen kleinen runden Tisch, auf dem eine Morgenmahlzeit aus gebratenem Lamm, Weizengebäck, frischen Feigen und kandierten Aprikosen angerichtet war – dazu gab es heißen Pfefferminztee. Eine Schüssel mit heißem Wasser und ein kleines Leinenhandtuch lagen bereit. Während Julia ihre Hände und ihr Gesicht wusch und sich dann den Speisen zuwandte, ging die Frau zu der Zedernholztruhe. Aus ihren Tiefen zog sie ein paar weite, wasserblaue Baumwollhosen und eine bestickte Bluse aus türkisfarbener Seide, die unter dem Busen zusammgebunden wurde. Diese Kleidungsstücke legte sie für Julia zurecht, dazu ein Paar Samthausschuhe, deren nach oben gebogene Spitzen ebenfalls bestickt waren. Die Dienerin faltete den rosenfarbenen Berkan zusammen und legte ihn in die Truhe.

Als Julia gegessen und die Kleider angezogen hatte, deutete die Frau auf den Gemeinschaftsraum. Obwohl Julia nur ungern die Sicherheit ihres Zimmers verließ, folgte sie dem Vorschlag.

An diesem Morgen war der Hauptraum hell und luftig. Die stabilen Fensterläden waren geöffnet worden, so daß man durch die bis zum Boden reichenden Fenstertüren freien Zugang zu dem sonnenbeschienenen Garten hatte. Überall waren Frauen. Sie lehnten auf den Diwans, saßen auf Kissen auf dem Boden, gingen herum, kamen aus dem Garten oder gingen hinaus und blieben stehen, um die lebendigen Vögel auf den Zweigen der Orangenbäume zu füttern und mit leiser Stimme mit ihnen zu sprechen. Der Duft von Speisen hing in der Luft. Dienerinnen eilten hierhin und dorthin mit kleinen Tischchen, die mit allen Arten von Speisen und Getränken beladen waren. Hoch oben unter der gewölbten Decke hing eine Rauchwolke, die aus den verschiedenen Räucherpfannen aufstieg, die an unterschiedlichen Stellen des Zimmers aufgestellt waren.

Es gab kohlschwarze äthiopische Frauen mit einer Haut, die wie Ebenholz schimmerte, ägyptische Frauen mit schwarzumrandeten Augen und schmalen Lippen, Syrerinnen mit vollen Lippen und langen Nasen, dunkelhäutige türkische und indische Frauen mit Haar, das bis zu ihren Knien reichte. Kleine, bleichhäutige Schönheiten mit geschlitzten Augen aus dem Fernen Osten standen neben wild aussehenden Frauen aus den mongolischen Steppen. Es gab eine feurige italienische Schönheit, eine mazedonische griechische Göttin und eine Spanierin mit dunkelrot schimmerndem Haar. Obwohl sie alle ein ähnliches Gewand trugen wie Julia, gab es nicht ein einziges, das genau die gleiche Farbe hatte wie ein anderes. Manche trugen kleine Turbane, andere weiche Samtkappen mit langen Seidentroddeln oder geflochtene Netze, die ihr Haar zurückhielten. Glitzernd in goldener und silberner Stickerei, seidenen Flechten und metallischen Fransen und schimmernd von goldenem und silbernem Schmuck, waren sie selbst wie prächtig gefiederte Vögel. Die Geräusche, die sie machten, während sie sich unterhielten und lachten, erinnerten an eine Herde auf der Futtersuche. Es waren beinahe zweihundert Frauen, und sie alle hörten auf zu sprechen und drehten sich um, als Julia den Raum betrat.

In der Mitte des Raums stand die tscherkessische Frau, die Julia vorher schon einen Besuch abgestattet hatte. Sie winkte mit herrischer Geste die Spanierin zu sich, und die beiden näherten sich Julia mit schnellen Schritten. Sie blieben auf Armeslänge vor ihr stehen, und die Tscherkessin begann zu sprechen. Die Spanierin, die offensichtlich die Rolle einer Dolmetscherin übernommen hatte, übersetzte hastig.

»Mariyah, benannt nach der schönen Geliebten Mohammeds, will wissen, wer du bist, durch wessen Willen du zu uns gekommen bist.«

»Was meinen Namen betrifft: Ich heiße Julia. Ich bin zu Euch gekommen, weil der Dei mich ausgewählt hat, und ich nehme an, daß der Grund derselbe war wie bei euch allen.«

Die beiden Frauen besprachen sich kurz untereinander, dann sagte die Spanierin: »Du lügst. Obwohl mehrere Frauen als Geschenke in den Harem des Dei gekommen sind, hat sich der mächtige und erhabene Herrscher von Algier nicht mehr die Mühe gemacht, sich eine Frau zu suchen, seit er vor mehr als zehn Jahren Mariyah für sich gewählt hat. Mariyah war die letzte der Frauen, die als Gefäß für seinen Samen bestimmt wurde, und das geschah vor mehr als drei Jahren. Sind die Lenden des Dei plötzlich wieder voller jugendlicher Kraft angesichts deiner mageren Gestalt? So etwas ist nicht möglich. Es ist lächerlich, daß du sein Begehren geweckt haben sollst, so alt wie du schon bist, wenn nicht einmal eine unterwürfige und zarte Jungfrau in der Lage gewesen ist, seine Lust zu erwecken.«

»Das mag sein«, sagte Julia und errötete. »Ich weiß nur, daß ich von Bayezid Reis gefangengenommen und hierhergebracht worden bin.«

»Du bist eine Spionin, die Abdullah hereingeschmuggelt hat. Er möchte herausfinden, welche von uns sich in Opiumträume flüchtet und welche den Lastern der Sappho frönen.«

»Das ist nicht wahr!« erklärte Julia.

»Wir sagen, daß es so ist! Was soll es sonst für eine Erklärung geben?«

Mariyah wandte sich den anderen Frauen zu und begann, sie aufzuwiegeln. Sie beschimpfte Julia als Verräterin und redete sich dabei in ungeheure Rage, schrie, schüttelte die geballte Faust und warf mit einer vehementen Bewegung ihr Haar nach hinten. Von den Frauen in ihrer Umgebung war dumpfes Gemurmel zu hören. Sie kamen langsam näher und warfen giftige Blicke in Julias Richtung. Behindert, da sie sich nicht mit ihnen verständigen konnte, blieb Julia nichts anderes übrig, als sich an die Spanierin zu wenden, um eine Erklärung abzugeben.

Eine häßliche Stimmung herrschte im Raum. Aus der Menge der Frauen ertönten Rufe, die Julia als Drohungen auffaßte oder als Vorschläge, wie man gewaltsam gegen sie vorgehen solle. Julia war überzeugt, daß sie nicht gegen sie handgreiflich werden würde, wenn sie glaubten, sie sei Abdullahs Informantin. Sicher hatten sie Angst, ihn zu verärgern. Sie drängten sich immer dichter und dichter um Mariyah und Julia. Der Duft ihrer Körper, erhitzt von ihren bewegten Gefühlen, erzeugte eine erstickende Wolke. Eine Hand wurde ausgestreckt und zog an ihrem Haar. Eine zweite zwickte sie kräftig in den Unterarm. Julia taumelte nach vorn, als sie jemand von hinten stieß. Sie wirbelte herum und nahm sich vor, sich gegen ihre Angreiferinnen zu verteidigen, aber sie wußte nicht, welche von den Frauen es gewesen waren.

Jetzt wurde sie von allen Seiten hin und her gestoßen. Jemand zog kräftiger an ihrem Haar. Ihre Bluse wurde von ihrer Schulter gerissen und eine Brust entblößt. Sie schlug um sich, traf hier einen Arm und dort ein wutverzerrtes Gesicht, aber es waren zu viele Angreiferinnen. Kneifend, zerrend, kratzend fielen sie mit gemeinen, grinsenden Gesichtern über sie her.

Plötzlich ertönte ein schriller Schrei aus der Menge. Ein zweiter erscholl, gefolgt von den hohen Rufen der Eunuchen und dem Zischen der Peitsche aus Nilpferdhaut, die man Kurbash nannte. Wie durch Magie teilte sich die Menge der Frauen. Julia stand zerrauft, mit zerrissenen Kleidern und blutenden Wunden mitten im Raum.

Ihr gegenüber an der anderen Seite des Zimmers stand Abdullah, die Nilpferdpeitsche in der Hand. Mit langsamer, kalter Feindseligkeit ließ er seinen Blick über die Frauen wandern. Sicher, daß sie sich vor seiner Herrschaft ducken würden, schickte er die beiden Wächter auf ihre Posten. Mit langsamen Schritten ging er durch den Raum auf Julia zu.

»Was soll dieses Durcheinander?« fragte er mit einer dünnen hohen Stimme, die nicht zu seiner ungeheuren Masse paßte.

Julia fuhr mit der Zunge über ihre Lippen und suchte in ihren Gedanken nach spanischen Sätzen. Noch bevor sie Zeit hatte, etwas zu sagen, begann Mariyah, ihm hastig etwas zu erklären. Abdullah nickte langsam und machte eine kurze Bewegung mit seiner Hand, die ihren Wortschwall anhielten, als wäre er mit einem Messer abgeschnitten worden. Als er sich Julia wieder zuwandte, glitzerte das Licht in dem orangefarbenen Hyazinth an seinem Turban und glitt über den Säbel, den er in einer Scheide an der Seite trug. Julia wußte nicht, welche Lügen ihm die Frauen erzählt hatten, aber Lügen mußten es gewesen sein, um einen so bestialischen Blick der Wut in Abdullahs engstehenden, schwarzen Augen hervorzubringen. Sie spürte ein kaltes, elendes Gefühl in der Magengrube, als er auf seinen in gelbe Stoffschuhe gekleideten kleinen Füßen auf sie zustolperte. Sie sah ihn in gelähmtem Unglauben an, als sein Arm sich bewegte, ausholte und den Kurbash zu seiner ganzen Länge durch die Luft zog.

»Genug!«

Der Ruf ertönte aus dem ersten Flur, der von dem Gemeinschaftsraum abzweigte. Er war weder sehr laut noch besonders hart, aber er trug eine endgültige, unzweifelhafte Autorität.

Abdullah fiel beinahe nach vorn, so groß war die Anstrengung, die er aufbringen mußte, um den Schwung des Kurbash zu bremsen. Er drehte sich um und starrte die ältere Frau an, die mit stetigem Schritt auf sie zukam. Er verbeugte sich so tief vor ihr, daß sein Kopf fast den Boden berührte. Da die Frau Spanisch gesprochen hatte, antwortete er in derselben Sprache, obwohl er sich am vergangenen Abend nicht herabgelassen hatte, mit Julia so zu sprechen. »O geliebte und oberste Herrin«, sagte der Eunuch. »Was wünschst du?«

»Ich bin Zeugin, daß diese neueste Bewohnerin des Harem keine Schuld hat. Sie ist von Mariyah aus Eifersucht und Trotz gemein beschuldigt worden. Sie hat dich nicht mit der tödlichsten aller Beleidigungen fettes, geschlechtsloses Schwein genannt, und sie hat auch sonst in keiner Weise den Angriff provoziert. Das war ebenfalls Mariyahs Werk. Nachdem ich dir jetzt diese Tatsachen mitgeteilt habe, überlasse ich es dir, Schritte zu ergreifen, die du für nötig hältst, um die Ordnung wiederherzustellen und der Gerechtigkeit zum Sieg zu verhelfen.«

»Du bist allsehend und allwissend, meine Herrin Fatima! Was würdest du zu zehn Schlägen mit dem Kurbash für jene sagen, die Unruhe im Harem zu stiften versucht?«

Die Herrin Fatima neigte zustimmend den Kopf. Abdullah klatschte in die Hände, und die Wächter erschienen noch einmal. Ein Befehl wurde erteilt, und sie näherten sich Mariyah.

Weiß bis zu den Lippen begann die Frau zu protestieren und wandte sich Abdullah mit scheinbar flehenden Worten zu. Er gab nicht nach. Julia starrte entsetzt auf das Geschehen, als die Wachen Mariyah entkleideten und sie über ein großes, dickes Kissen warfen. Sie ergriffen ihre Handgelenke und Knöchel und hielten sie fest. Abdullah trat vor, und ließ den Kurbash ein-, zweimal durch die Luft zischen. Dann ließ er ihn mit großer Kraft auf die Schultern der Frau heruntersausen.

Es war möglich, mit einem Kurbash das Fleisch von den Knochen zu lösen; es war auch möglich, nur Striemen auf der Haut zu erzeugen. Abdullah hatte sich für das letztere entschieden. Mariyah schrie nicht beim ersten Schlag, obwohl er einen roten Streifen auf ihrer Schulter hinterließ. Sie nahm den zweiten hin, den dritten, jeden gleichmäßig ein Stückchen weiter unten auf ihrem Rücken plaziert. Als die Peitsche sie an der Taille traf, ächzte sie. Mit dem nächsten Schlag drang ein Kreischen aus ihrer Kehle. Sie begann sich zu winden, Arme und Beine ruckartig zu bewegen, ein Schrei gurgelte in ihrer Kehle. Gnadenlos ließ Abdullah den Kurbash über ihr Hinterteil, die Schenkel, die Kniekehlen herniedersausen. Als der zehnte Schlag erfolgt war und er innehielt, standen Schweißtropfen auf seinem Gesicht. Er trat zurück und betrachtete sein Werk. Mariyahs Fleisch war nicht gerissen, aber ihr Körper war mit zehn feurigen, schmerzenden Striemen bedeckt, und ihr Kopf lag kraftlos auf dem Kissen, in das sie schluchzte.

Abdullah nickte. Die Eunuchen ließen die Frau los und gingen wieder auf ihren Posten. Abdullah drehte sich um, verbeugte sich vor der Herrin Fatima und sagte: »Es ist vollbracht.«

»Es ist gut«, erwiderte die Herrin Fatima und entließ ihn mit einer kurzen Handbewegung.

In dem Augenblick, als Abdullah außer Sicht war, versammelten sich die anderen Frauen des Harems um Mariyah. Sie wurde aufgehoben und in den zweiten Flur auf der rechten Seite getragen.

Julia sah zu, wie sie die Frau wegtrugen, und fühlte sich sehr betroffen. An Bord der algerischen Feluke hatte Bayezid Reis vierzig Schläge mit dem Kurbash für Rud und O'Toole befohlen. Hatten sie sie ertragen müssen? Sie wußte es nicht. Sie haßte Rudyard Thorpe und verachtete ihn für seinen Verrat, und doch schmerzte sie der Gedanke, daß er eine solche Strafe hatte erdulden müssen. Vierzig Schläge, und niemanden würde es kümmern, wenn die Haut von Narben verunstaltet werden würde. Wie hatten er und O'Toole das überstanden? Hatten sie es überhaupt überstanden?

Hinter ihr sagte die Herrin Fatima: »Die anderen werden sich um Mariyah kümmern. Wenn es dir gefällt, würde ich mich sehr geehrt fühlen, wenn du mich in meine bescheidenen Zimmer begleitest.«

Obwohl die Einladung als Frage formuliert war, machte Julia nicht den Fehler, sie abzulehnen. »Die Ehre ist ganz auf meiner Seite«, erwiderte sie und folgte der Frau und ihrer Zofe.

Die Herrin Fatima bewohnte drei herrliche Räume, die zu einem privaten Garten führten. Im Gegensatz zu der relativen Leere der anderen Kammern des Harems waren diese mit einer Vielzahl von Dingen gefüllt, die im Laufe eines ganzen Lebens zusammengekommen waren. Es gab die üblichen Diwans mit Kissen und geflieste Wände. Aber dazu standen geschnitzte hölzerne Wandschirme herum, die Fenster- und Türöffnungen waren verziert und mit wertvollen, golddurchwirkten Stoffen und silbernen Spitzen geschmückt. Vergoldete Messinglampen hingen von der Decke und standen auf kunstvoll geschmiedeten Ständern, und überall sah man goldene und silberne Gefäße, in denen sich Wasser, Saft, Öl und Salben befanden. Es gab geschnitzte Kästen aus Sandelholz und Elfenbein in allen Größen. Riesige Wandteppiche, mit Gold- und Silberfäden bestickt, aber auch mit vielfarbigen Seidenfäden, elfenbeinerne Elefanten mit goldenen Spitzen an den Stoßzähnen, alabasterne Trinkgefäße und Parfümkrüge, emaillierte Tabletts und Schüsseln mit goldenen und silbernen Rändern und fließenden Bemalungen in Form von Vögeln, Kamelen und stilisierten Blumen, bronzene Pfauen und Statuetten in grüner und rosenfarbener Jade schmückten die Räume. In den Zimmerecken standen Ballen von Seidenstoffen und Brokat und Bündel von Teppichen. Verstreut auf einem kleinen Tischchen, so als wäre die Herrin beim Zählen gestört worden, lagen herrliche Edelsteine – Smaragde, Diamanten, Opale, taubenblutrote Rubine, Hyazinthe, Amethyste, Aquamarine und glatte, schimmernde Perlen.

Die Dienerin begann ohne Hast, die Edelsteine wegzuräumen. Ihre Herrin setzte sich auf einen Diwan und deutete auf ein danebenliegendes Kissen für Julia. Die ältere Frau gab einen Befehl, vermutlich daß Erfrischungen gebracht werden sollten, und wandte sich Julia zu.

»Du bist verwirrt«, sagte sie. »Du bist ohne erkennbaren Grund das Opfer der Bosheit geworden. Man hat dich beleidigt, angegriffen, verletzt, in einen Wirbel der Ereignisse gezogen, die du nicht verstehst.«

»So ist es«, antwortete Julia, als die Frau erwartungsvoll schwieg.

»Deswegen werde ich dir jetzt erklären, warum du das Opfer einer solchen Feindschaft geworden bist. Ich, die erste Frau des großen und erhabenen Dei von Algier, werde dir die Gründe dafür erklären. Vor zehn Jahren, im Alter von vierzehn, wurde Mariyah ausgewählt, um das Bett des Dei zu wärmen. Damals war sie zart und jung, und eine Zeitlang konnte sie die verlöschende Glut seiner Manneskraft wieder anfachen. Dann entstanden immer größere Abstände zwischen den einzelnen Gelegenheiten, zu denen sie in sein Bett gerufen wurde. Der Dei von Algier ist kein junger Mann mehr. Er nähert sich seinem vierundsiebzigsten Jahr. Er hat vor drei Jahren das letzte Mal nach Mariyah geschickt. Dennoch hat er in der Zwischenzeit nach keiner anderen Frau verlangt, und da Mariyah die letzte gewesen ist, die die Stöße seines Begehrens gespürt hat, galt sie seitdem als Favoritin. Und jetzt glaubt sie, daß sie ein Recht auf diese Position hat. Sie hat vergessen, daß sie nur durch die Gnade und den Willen des Dei so hoch aufgestiegen ist. Deine Ankunft war ein schlimmer Schock für sie. Sie fürchtete, du würdest ihren Platz einnehmen. Sie entschloß sich, dich zu beseitigen, bevor du eine ernsthafte Bedrohung werden kannst, oder dir ihre Macht wenigstens so deutlich zu Bewußtsein zu bringen, daß du es nicht wagen würdest, ihre Position unter den anderen Frauen zu gefährden, egal welchen Status du sonst bekommen würdest.«

Julia zeigte, daß sie verstanden hatte, und sagte: »Ich habe Euch noch nicht meine Dankbarkeit für Euer Einschreiten zum Ausdruck gebracht, o Herrin.«

»Du brauchst mir nicht zu danken, mein Kind. Ich bin auch nicht immun gegen die Seelenqual der Eifersucht. Du hast mir eine Gelegenheit gegeben, etwas zu sehen, was ich mir schon lange für sie gewünscht hatte – die roten Streifen auf dem Rücken dieser Hündin Mariyah. Obwohl man mir meine Stellung als erste Gattin des Dei nicht nehmen kann, habe ich schon oft sehen müssen, wie ich durch andere ersetzt wurde. Der Dei heiratete die drei anderen Frauen, die ihm zu heiraten erlaubt sind, von denen eine im Kindbett starb, die zweite geköpft wurde, weil sie Briefe an einen ehemaligen Geliebten schickte. Die dritte wurde verrückt in der Enge des Harems, woraufhin sie zu ihrem Vater in ihr Heimatland zurückgeschickt wurde. Es hat zahlreiche Konkubinen gegeben, Frauen, die eine Nacht oder eine Woche seine Zuneigung genossen, manche auch einen Monat oder ganz selten einmal ein Jahr. Und doch war keine von ihnen so demütigend für mich, hat keine so sehr mit Absicht dafür gesorgt, daß ich mich alt und häßlich fühle wie Mariyah. Und das wäre nicht nötig gewesen. In einem Harem gibt es immer Neid, Gier und Eifersucht. Und doch finden sich auch Gemeinschaft, Zusammenarbeit und viel Trost und Hilfe zwischen den Frauen. Das ist auch nötig, weil alle wissen, daß das Glück und die Fortsetzung ihres Lebens in der gewohnten Weise nur von einem einzigen Mann abhängen. Aber ich rede zuviel. Diese Dinge wirst du in den kommenden Wochen selbst herausfinden.«

Die Dienerin erschien mit winzigen Tassen des starken, süßen türkischen Kaffees, einem Teller Feigen, einer Platte mit Mandelgebäck und einer neuen Bluse für Julia als Ersatz für die, die von den Frauen zerrissen worden war. Bis auf den Kaffeesatz, der noch am Boden der Tasse war, unterschied sich der Kaffee nicht sehr von dem, den Julia seit ihrer Kindheit in New Orleans gekannt hatte. Sie trank ihn mit Genuß, während sich die Dienerin um ihre Kratzer bemühte, sie reinigte und eine lindernde Salbe auftrug, bevor sie ihr schließlich in die Bluse aus wasserblauer Seide half.

»Iß, mein Kind«, sagte die Herrin Fatima. »Du bist viel zu dünn, um einen Moslem zu verführen. Sie schätzen volle Rundungen an ihren Frauen und weiche Schenkel.« Ihr Gesichtsausdruck wurde nachdenklich. »Obwohl ein älterer Mann es oft abstoßend findet, auf einen Berg aus Fleisch zu klettern.«

Ein vierundsiebzigjähriger alter Mann – zweifellos ohne Zähne und zittrig. Julia schluckte schwer, weil es ihr schon bei dem Gedanken beinahe übel wurde.

»Mach dir keine Sorgen«, sagte die Herrin Fatima, ihren Widerwillen bemerkend. »Der Dei ist kein gesunder Mann. Wenn er auch nur in der Lage sein sollte, sein Pferd zu besteigen, haben meine Spione mich falsch informiert, und man sollte ihnen die Zunge herausschneiden. Er mag die Gesellschaft von Frauen und schätzt ihre Zartheit und Empfindsamkeit ebenso, wie er sich an ihrer Schönheit erfreut. Aber er kann einfache Gemeinheit oder Dummheit nicht ertragen – daher kommt es, daß Mariyah nicht mehr interessant war, sobald er sie nicht mehr besitzen konnte. Gelegentlich schickt er nach mir, weil er sich unterhalten will. Und obwohl er schätzt, was er meine Klugheit nennt, haben wir schon seit langem die Tiefen unserer Gedanken ausgelotet und können uns nicht mehr auf den Reiz einer neuen Entdeckung freuen.«

Julia sagte nichts, ihre Gedanken waren beschäftigt mit dem, was die Herrin Fatima gesagt hatte, und sie suchte darin nach der verborgenen Doppelbedeutung, von der sie sicher war, daß es sie gab. Wollte die andere Frau ihr mitteilen, daß sie nichts zu befürchten hatte oder wollte sie sagen, daß man von ihr Gedankenkunststücke erwartete, um den Dei zu unterhalten?

Die Herrin Fatima schwieg, nahm eine Feige und schälte sie sorgfältig. Sie schob sich ein Stück von der Frucht in den Mund, tauchte ihre

Finger in eine Schüssel mit Wasser und trocknete sie mit einem Leinentuch ab. Plötzlich sagte sie: »Nicht der Dei hat dich ausgewählt.«

Julia sah schnell von ihrer Kaffeetasse auf die beiden Männer hinter einem Wandschirm, die über sie sprachen, als wäre sie nicht vorhanden. Der eine war Ismael, der Arzt, gewesen; der andere hatte sich nicht alt angehört, ganz im Gegenteil. »Ich verstehe«, antwortete sie und hob das Kinn. »Wer hat mich dann hierhergeschickt?«

»Bevor ich dir das beantworten kann, mußt du die Situation verstehen, die hier herrscht. Algerien ist Vasallenstaat des türkischen Weltreiches. Der Dei bekommt seine hohe Position durch die Offiziere des türkischen Militärs, die Janissaren, und er muß seinen Gehorsam zwischen ihnen und dem Sultan in Konstantinopel aufteilen. Der Thron gehört ihm auf Lebenszeit. Wenn er jedoch dumm ist und sich mit einer der beiden Parteien nicht versteht, kann es sein, daß sein Leben nicht sehr lange dauert. Daran magst du vielleicht die Weisheit und das diplomatische Geschick des gegenwärtigen Dei abschätzen, der sein Amt seit mehr als einem Vierteljahrhundert innehat. Mehemet Dei ist geliebt und von vielen respektiert worden, aber er hat einen großen Fehler gemacht, als er einen Mann zu seinem Nachfolger bestimmte. Wie alle Männer, die große Macht gewinnen, wünscht er sein Erbe einem Mann seines eigenen Blutes zu geben – in diesem Falle Kemal, seinem Enkelsohn. Im Augenblick richtet er seine ganze Energie auf dieses Ziel. Er nimmt nicht zur Kenntnis, daß der junge Mann dieser Ehre nicht wert ist, daß er keine Prinzipien hat, schwach und ständig den Schwankungen seiner Gefühle unterworfen ist. Man kann dem Dei nicht verständlich machen, daß es in seiner Nähe auch fähigere Männer gibt. Sein eigener Neffe zum Beispiel, Ali Pascha.«

»Vergebt mir«, sagte Julia, als die andere Frau schwieg. »Gehe ich recht in der Annahme, daß der Enkelsohn Kemal auch Euer Enkelsohn ist?«

»Nein, das ist er nicht. Kemal ist der Enkel der zweiten Frau des Dei, jener Frau, die bei der Geburt eines Kindes starb. Ihr Sohn, der damals geboren wurde, lebte weiter und zeugte selbst wieder einen Sohn, der ebenso fett und gierig ist wie er und seine Mutter. Wenn die Frau sich nicht vollgestopft hätte, bis sie so rund wie ein Faß war, wäre sie vielleicht nicht gestorben. Der Sohn des Dei war ebenso voller Gier. Nach einem Ramadanfest hat er einmal fast ein ganzes Schaf allein gegessen. Seine Gedärme sind geplatzt, und er starb, doch nicht ohne vorher mit einem armen dummen Sklavenmädchen einen Sohn gezeugt zu haben. Nein, niemand soll je sagen, jemand so Wertloses stamme von mir ab. Meine Kinder, ein herrlicher Sohn und eine Tochter schöner als der Mond, starben zusammen mit vielen anderen im Harem bei einer Choleraepidemie. Ali Pascha ist auch nicht von meinem Blut. Er ist der älteste Sohn des einzigen Bruders des Dei, eines Mannes, der durch die Hand eines Mörders starb. Ich bevorzuge ihn, weil ich gern Intrigen spinne und meine geringe Macht nutzen möchte und vor allem weil er gezeigt hat, daß er die Qualitäten eines Herrschers besitzt – Charakterstärke, eine Fähigkeit, Menschen zu führen und zu begeistern, und ein gutes Gefühl für Gerechtigkeit. Wenn du ihn hättest kennenlernen können, was jetzt, da du in den Harem gekommen bist, unmöglich ist, glaube ich, daß du ihn auch bewundert hättest.«

»Vielleicht würde ich das tun«, stimmte Julia zu. »Und doch – wenn er alles das ist, was Ihr von ihm behauptet, wird es ihm sicher gelingen, die Aufmerksamkeit der Janissaren zu erringen.«

»Natürlich, aber ob das reichen wird? Der Wille des Dei ist nicht nur stark, weil er ein verehrter Herrscher ist, sondern auch weil sein Volk und seine Armee ihn lieben. Wenn er tot ist, werden sie den Wunsch haben, ihre Liebe und ihren Respekt zu beweisen, und wie könnten sie das besser tun, als seinem Willen zu folgen und Kemal zum neuen Dei zu ernennen?«

»Was kann man unternehmen, um das zu verhindern?«

»Verschiedene Dinge. Man könnte Kemal als den gierigen Narren enthüllen, der er ist, während die Menschen, die dem Dei am nächsten stehen, ein Loblied auf Ali Pascha singen könnten. Aus diesem letzteren Grund hat man dich erwählt.«

»Ihr erstaunt mich«, murmelte Julia. »Ich sehe keinen Grund, warum

Mehemet Dei sich für mich interessieren sollte, oder warum er mich so sehr schätzen sollte, daß er meinem Rat folgen würde.«

»Ich glaube, du unterschätzt dich. Ismael der Arzt hat gute Dinge über dich berichtet.«

»Ich verstehe«, sagte Julia, weil ihr gerade nichts Besseres einfiel.

»Ja, wirklich? Das würde ich gern glauben, denn damit wäre schon weitgehend bewiesen, daß Ismael recht gehabt hat. Du mußt verstehen, daß der arabische Arzt ein Freund von Ali Pascha ist und daß ihn Treue an ihn bindet. Er hatte die Gelegenheit, zu den Kanarischen Inseln zu reisen und dort einen Kollegen zu treffen, der ihm wichtige Dinge über die vielen Arten des Fiebers mitteilen konnte, die die Nordküste Afrikas heimsuchen. Deshalb hielt er sich auf dem Schiff von Bayezid Reis auf, das dich und deine beiden männlichen Begleiter an Bord genommen hat. Trotz deiner Krankheit und der schweren Lage, die du überstehen mußtest, war er beeindruckt von deiner Schönheit und deiner Intelligenz. Er wußte, daß Ali Pascha schon einmal mit dem Gedanken gespielt hatte, eine neue Favoritin in den Harem seines Onkels zu bringen, daß er sogar im Namen seines Onkels den Auftrag erteilt hatte, nach einer solchen Frau zu suchen, aber sicher war, daß es nichts bringen würde, nur eine Frau zu finden, die ausschließlich körperliche Reize besaß. Ismael faszinierte der Gedanke, daß du den französischen Kaiser Napoleon gekannt und mit ihm gesprochen hast, denn er wußte, daß dieser Mann Mehemet Dei ausgesprochen beeindruckt hat. Aus diesem Grund tat er sein Äußerstes, um dich zu heilen und dafür zu sorgen, daß man dir eine Audienz gewähren würde. So kam es, daß man dich bei deinem Bad beobachtet hat und daß Ali Pascha dich sah, während du angekleidet und verschleiert wurdest. Er fand keinen anderen Fehler an dir als ein Übermaß an Sittsamkeit und Stolz.«

»Und deshalb wurde ich in den Harem gebracht?«

Die Herrin Fatima neigte den Kopf. »Wenn die Zeit gekommen ist und du vorbereitet bist, wird man dich dem Dei präsentieren, und es wird dir eine Pflicht und eine Freude sein, seine Gesellschafterin zu werden – und alles andere, das er vielleicht von dir verlangen könnte.«

Julia, die sich daran erinnerte, wie Mariyah sich unter den Schlägen des Kurbash gewunden hatte, war sich darüber im klaren, daß es nur eine Antwort darauf geben konnte. »Ich werde mein Bestes tun, mich Eures Vertrauens und Eurer Güte würdig zu erweisen.«

Die Vorbereitung, von der die Herrin Fatima gesprochen hatte, schloß auch das Erlernen zweier neuer Sprachen ein, des Maurischen und des Türkischen. Maurisch war die Umgangssprache in Algier, die auf dem Markt und im Gespräch mit den Dienern des Palastes gebraucht wurde. Doch Konstantinopel war immer noch das Herz des Islam, und alle Mauren, die auch nur im geringsten Wert auf Abstammung und Bildung legten, sprachen fließend Türkisch. Darüber hinaus war Türkisch die Gerichtssprache und vor allem die Sprache, die der Dei bevorzugte. Um sicherzugehen, daß Julia die beiden ähnlichen Sprachen so schnell wie möglich lernte, wurde eine Frau aus dem Harem, eine türkische Frau Mitte Dreißig mit fülligen Formen und umgänglicher Art, beauftragt, Julias Gesellschafterin zu werden und ihr Zimmer zu teilen. Ihr Name war Jawharah, und sie war eine unermüdliche Rednerin. Darüber hinaus war sie eine unerschöpfliche Informationsquelle, was den Harem, den Palast, die Stadt und alle Menschen betraf, die sie bewohnten. Da sie die Neuigkeiten nur in den beiden Hauptsprachen der nordafrikanischen Küste mitzuteilen vermochte, war Julia, die eine außerordentliche Begabung für Sprachen hatte, bald mit den Grundlagen vertraut. Sie konnte sich verständlich machen und begriff allmählich, was um sie herum vorging.

Mariyah war immer noch wütend auf Julia und betrachtete ihre bevorzugte Stellung als Beweis, daß ihr Verdacht, Julia sei Abdullahs Spionin, doch richtig gewesen war. Unter ihren Anhängerinnen befanden sich die Frauen aus dem Harem, die am unzufriedensten waren und die sich am meisten langweilten. Obwohl sie es nicht wagten, Julia je wieder offen anzugreifen, machten sie sie zum Opfer Dutzender gemeiner Ränke. Skorpione fanden den Weg in ihre Schuhe. Ein zahmer Affe war stundenlang in ihrer Truhe eingeschlossen, wo er ihre Kleider verschmutzte und durcheinanderbrachte. Als sie im Garten spazierenging, wurde sie in den Fischteich gestoßen und tauchte mit schleimig grünen Haaren wieder daraus hervor. Einmal wurde es ihr schlecht, nachdem sie einen Salat aus Palmenherzen gegessen hatte, woraufhin nur noch die Frau, die auch die Gattin des Dei bediente, Julia servieren durfte.

Doch Julia war nicht ohne eigene Anhängerinnen. Zuerst hatte das Vertrauen der Herrin Fatima dafür gesorgt, daß Julia Freundschaften schließen konnte. Aber bald hatte sie die Herzen der Hälfte aller Frauen aus dem Harem gewonnen. Obwohl der Dei Julia noch nicht gesehen hatte, bezeichnete man sie schon als Favoritin. Ihren Namen hatte man zu Jullanar geändert, nach einer der Königinnen in einem ihrer liebsten und am häufigsten gelesenen Büchern, den *Geschichten aus 1001 Nacht*. Obwohl sie nicht wußten, wie und warum es dazu gekommen war, wußte jede Frau im Harem, daß Julia darauf vorbereitet wurde, den Dei zu erfreuen, und jede beneidete oder bedauerte Julia deswegen – je nach ihrem Charakter.

Der Winter kam. Die Fensterläden des Harems wurden geschlossen, um die Kälte und den vom Wind getriebenen Regen auszusperren. Holzkohlebecken glühten rot in der Mitte eines jeden Raums. Die Unterrichtsstunden für Julia gingen weiter. Man lehrte sie, wie sie sich vor dem Dei zu verbeugen hatte, wann sie seine Hand oder den Saum seines Gewandes küssen und wie sie ihn um Erlaubnis bitten mußte, wenn sie sprechen oder fortgehen wollte, wann und wo sie in seiner Gegenwart sitzen sollte und daß sie immer darum bemüht sein mußte, daß ihr Kopf nicht höher war als der seine. Es gab sogar, falls es sich als nötig erweisen sollte, Anweisungen dafür, wie sie in sein Bett steigen sollte. Man kroch ans Fußende, näherte sich dann langsam dem Kopfende, und das auch nur, wenn man dazu aufgefordert wurde.

Jawharah, eine in vielen Dingen erfahrene Frau, erklärte Julia sehr viele verschiedene Dinge. Als ihre Freundschaft sich vertiefte und sie sich über mehr Dinge unterhalten konnten, erzählte sie Julia, daß sie im Alter von dreizehn Jahren von ihrem Vater an einen Sklavenhändler verkauft worden war, der in ihr Heimatdorf gekommen war. Die Karawane, die in Richtung Konstantinopel unterwegs gewesen war, war von Banditen angegriffen worden. Die Banditen hatten die Frauen in die öde Landschaft verschleppt, sie dort vergewaltigt und verlassen. Der Sklavenhändler hatte seine Waren zwar wiedergefunden, doch als er feststellte, daß sie schon zerstört waren, hatte er für den Rest der Reise die Mädchen den Kameltreibern gegeben. In Konstantinopel hatte er die Dienste eines speziell geschulten Arztes in Anspruch genommen, der mit einfachen chirurgischen Mitteln ihre Jungfernschaft wiederhergestellt hatte. Ach, und dann waren sie wieder Jungfrauen gewesen.

Jawharah war an einen reichen, älteren Händler verkauft worden. Sie war seine bevorzugte Konkubine gewesen, denn von den Kameltreibern hatte sie ein paar Tricks gelernt, die sie in die Lage versetzt hatten, seinen schon etwas ermüdeten Appetit wieder zu wecken. Und dann war ihr eines Tages auf dem Weg ins Badehaus ein junger Soldat begegnet, von dem sie kaum ihre Blicke hatte wenden können. Von da an hatte sie bei sich ein erstaunliches Geschick zum Betrug festgestellt. Nachrichten wurden ausgetauscht, und eines Tages hatte sie bei einem Besuch auf dem Basar ihre Dienerin und ihren Wächter aus den Augen verloren. Sie hatte so viel Freude mit dem Soldaten, daß sie ein anderes Mal einen Angestellten des Badehauses bestochen hatte, ihre Dienerin in ein Gespräch zu verwickeln, während sie aus einem Seitenausgang verschwand. Doch diese Tricks funktionierten nur einmal. Beim zweiten Mal erwischte man sie, und ihr Herr erfuhr von ihrem Verhalten. Der Händler schwang selbst den Kurbash, danach hatte er sie an den Eigentümer eines Bordells verkauft.

»Ich denke, ich kann mich glücklich schätzen, daß er mich nicht erdrosseln ließ, denn meinen Soldaten fand man am nächsten Morgen tot. In dem Bordell wurde ich für besondere Kunden eingesetzt, Männer, die aus ihrer Jugendfrische schon heraus waren und deren Interesse nicht mehr sehr groß war. Mein Erfolg auf diesem Gebiet und der Genuß, mit dem ich meine Arbeit verrichtete, wurden allgemein bekannt. Der Dei von Algier war immer schon eher bereit gewesen, die Schönheit einer Frau zu bewundern, als sie zu genießen. Wenn du einen Beweis für meine Worte brauchst, sieh dich nur um. Dies ist ein kinderloser Harem. Natürlich, der Dei ist kein junger Mann mehr. Dennoch gibt es viele Männer in seinem Alter, die noch Vater werden. Von ihm gab es noch nie eine bemerkenswerte Zahl von Kindern, nicht einmal zu Zeiten, als ich vor beinahe zwanzig Jahren hierherkam. Mehemet Dei zeugte seine Kinder, bevor er den Thron bestieg. Sechs Kinder! Eine schwache Zahl, verglichen mit der Fähigkeit des Sultans von Konstantinopel, der mit den Frauen seines Harems über dreihundert Kinder gezeugt hat. Von den sechs Kindern des Dei hat nur eines das Mannesalter erreicht, und dann ein solches! Der Sohn des Dei war nur in der Lage, ein einziges Kind zu zeugen, diesen Kemal. Man hat mir gesagt, der fette Enkelsohn des Dei sei überhaupt nicht an Frauen interessiert, er ziehe hübsche junge Knaben vor. Aber ich war gerade dabei, dir zu erzählen, wie ich in den Palast kam, nicht wahr? Als Mehemet Dei an die Macht kam, gab es eine kurze Phase, in der er glaubte, er müsse nach der Choleraepidemie seine Linie fortsetzen. Den Sklavenhändlern wurde dieses Problem mitgeteilt, und so kamen sie schließlich auf mich. Damals war ich erst siebzehn. Ich wurde noch einmal zur Jungfrau gemacht, ein merkwürdiger Entschluß, denn gerade wegen meiner Fähigkeiten hatte man mich ja ausgewählt. Wie auch immer. Ich erfreute mich einer kurzen Beliebtheit beim Dei, dann hatte er irgendwann keine Lust mehr auf die künstliche Art des Vorgehens, vielleicht verlangte ich auch zuviel von der Kraft des Erhabenen.« Jawharah seufzte tief. »Ich fiel der Vergessenheit anheim – und der Enthaltsamkeit. Und das letztere ist, wie du auch noch entdecken wirst, meine Liebe, am schwersten zu ertragen.«

Obwohl der eigentliche Sinn von Jawharahs Ausführungen gewesen war, Julia von ihrem Leben zu erzählen, wurde bald offensichtlich, daß noch ein ganz anderer Grund dahintersteckte. Je redseliger die Frau wurde, desto mehr hegte Julia den Verdacht, daß man der Frau aufgetragen hatte, der neuen Favoritin die Geheimnisse ihrer Fähigkeiten zu vermitteln. Der Verdacht bestätigte sich, als sie eines Nachmittags mit Jawharah und einer oder zwei anderen Frauen zu einer kleinen Kammer außerhalb des Harems geleitet wurden. Das einzige darin befindliche Möbelstück war ein Diwan. Der Raum besaß kein Fenster, nur eine durchbrochene Holztür ins nächste Zimmer. Als man die Tür hinter ihnen geschlossen hatte, war es dunkel. Das einzige bißchen Licht drang durch die durchbrochene Tür von der Lampe aus dem angrenzenden Zimmer herein. Da sie auf dem Diwan saßen, konnten sie bequem durch die Tür ins andere Zimmer sehen.

Zuerst war nichts zu sehen außer einer Dienerin, die Gebäck und Pfefferminztee brachte und vor ein recht gewöhnliches, mit Damast bezogenes Sofa stellte. Dann ging das Mädchen weg, und alles war ruhig.

Ein Mann in der Kleidung eines Soldaten trat ein. Er zog seine Kleider aus und legte sich auf das Sofa. Obwohl er wußte, daß die Frauen hinter der Tür saßen, ließ er sich nichts anmerken. Und ganz sicher machten die Frauen aus dem Harem nicht das kleinste Geräusch, während sie ihn mit glänzenden Augen verschlangen. Die Tür in das andere Zimmer öffnete sich, und eine Frau trat ein. Während sie lächelnd auf den Mann auf dem Sofa zuging, bemerkte Jawharah Julias weit aufgerissene Augen und lächelte ihr im Dunkeln zu.

Die Frau begann, sich auszuziehen. Sie war keine Dienerin, so viel war zu erkennen. Sie war maurisch, dachte Julia, und wahrscheinlich war sie eine Kurtisane aus einem der Häuser am Hafen. Als sie ihre Kleidung ausgezogen hatte, kamen Brüste zum Vorschein, die sorgfältig mit Rouge behandelt waren, um ihre Farbe und Form zu verändern. Ihr schwarzes Haar war lang und wurde von einer Perlenkette nach hinten gehalten, die sich auf ihrer Stirn verjüngte und in der Mitte eine tränenförmige Perle hatte. Ihr Körper war glatt rasiert, ohne ein einziges Haar, das den Schimmer ihrer Haut beeinträchtigt hätte. Sie lächelte den Soldaten an, wie eine Katze eine Schüssel mit Sahne betrachtet und ergriff die Initiative. Zweifellos war sie eine Expertin in ihrer Kunst.

Julia wurde es warm vor Scham. Sie wäre gern aufgesprungen und hätte das Zimmer verlassen, aber vor der Tür stand ein Wächter. Man hätte es ihr nicht erlaubt, allein durch den Palast zum Harem zu gehen. Sie mußte auf die anderen warten.

Jawharah lehnte sich ganz dicht zu ihr herüber und flüsterte in ihr Ohr: »Sieh zu und lerne daraus, Jullanar.«

Julia warf ihr ein kleines Lächeln zu. Sie dachte gerade an die Klosterschule, in der sie als Mädchen gewesen war. Ihr Leben jetzt, nur umgeben von Frauen, war ganz ähnlich wie damals. Und doch anders, oh, so völlig anders! Was hätten wohl die Nonnen gesagt, wenn sie sie jetzt gesehen hätten?

Sie schlief in jener Nacht nicht sehr gut. Stundenlang warf sie sich unruhig auf ihrem Diwan herum. Als sie schließlich doch eingeschlafen war, träumte sie von Rud. Sie lag in seinen Armen. Seine Lippen liebkosten ihren Mund und ihren Hals. Er flüsterte zärtliche Worte in ihr Ohr, als sie zueinanderkamen und ihre Körper sich vereinten. Und dann war sie wieder allein und hörte, wie seine Schritte sich entfernten. Sie erwachte, und Tränen strömten aus ihren Augen.

Sie starrte in die dunkle Mitternacht und mußte zugeben, daß Jawharah zumindest in einem Punkt recht hatte. Das Leben in Enthaltsamkeit war nicht leicht.

Als sie in den Harem gekommen war, hatte es sie erstaunt, daß irgendeine Frau die Todesstrafe riskieren konnte, um ein Verhältnis mit einem Geliebten zu haben. Nach Monaten eines solchen Lebens war sie nicht mehr ganz so leicht bereit, sie als Verrückte zu bezeichnen. Was war schon das Leben hinter dem Vorhang anderes als ein langsamer Tod? Kein Wunder, daß die Frauen fett und unglücklich waren. Sie hatten nichts anderes zu tun, als zu essen, sich um ihr Aussehen zu kümmern und Ränke zu schmieden, um die betäubende Langeweile zu bekämpfen. Ein Ausflug wie der, den sie am vergangenen Abend gemacht hatten, konnte nur ihr Gefühl verstärken, vom Leben völlig abgeschnitten zu sein. Natürlich konnten sie anderen Interessen nachgehen. Manche der Frauen machten Handarbeiten, fertigten Wandteppiche, malten Portraits und Szenen aus den Zeiten, bevor sie hinter den Mauern eingeschlossen gewesen waren. Dennoch war es eine solche Verschwendung von Leben, von Gefühlen und Klugheit. Nein, es war kein Wunder, wenn sie sich gern mit Gefahren umgaben. Die damit verbundene

Aufregung bewies ihnen, daß sie noch am Leben waren. Sich an kurze Augenblicke des Glücks zu klammern mußte besser sein, als langsam dahinzuschwinden und eines Tages festzustellen, daß das Leben vorüber war.

Die helle Morgensonne heiterte Julias Stimmung etwas auf. Der Winter machte langsam dem Frühling Platz. Man konnte die Fensterläden wieder öffnen und sich am Garten erfreuen. Jawharah, die vielleicht durch Julias Unruhe gestört worden war, stand früher auf als gewöhnlich. Sie ließ sich das Frühstück in einen warmen Winkel des Gartens bringen, wo blühende Pfirsichbäume an einer Mauer wuchsen.

»Du bist heute so nachdenklich«, sagte die Frau, als sie und Julia sich gesetzt hatten. »Denkst du vielleicht an deinen Geliebten?«

Es war unmöglich gewesen, der türkischen Frau zu verheimlichen, daß sie keine Jungfrau mehr war, obwohl Julia sich standhaft geweigert hatte, ihr den Namen des Mannes preiszugeben. Julia lächelte jetzt und schüttelte als Antwort den Kopf.

»Das wäre ja nicht ungewöhnlich. Was wir gestern abend gesehen haben, hat in mir auch viele Erinnerungen geweckt.« Jawharah seufzte und sprach dann weiter. »Hast du vielleicht Heimweh, sehnst du dich danach, von den Menschen zu hören, die du einmal gekannt hast? Wenn das so ist, wird es dich vielleicht freuen, zu erfahren, daß einer der Männer, die mit dir gefangengenommen worden sind, recht erfolgreich geworden ist.«

Julia nahm ein Stück Weizengebäck von dem Teller. Sie zerbröckelte es und warf die Krümel den grauen Tauben und den bunt schimmernden Pfauen hin. War es Zufall gewesen, daß Jawharah ihren Geliebten und einen der Männer, mit denen sie gefangengenommen worden war, sozusagen in einem Atemzug genannt hatte?

»Ach ja?«

»Er war der Kapitän auf deinem Schiff, das gesunken ist. Er ist Offizier bei Bayezid Reis geworden und hat sich sehr viel Respekt erworben. Mit seinen Kenntnissen vom Schiffbau hat er die Segel und Takelage der algerischen Feluke verbessert, so daß sie jetzt über das Meer fliegen kann wie der Wind. Als Anerkennung seiner Leistung hat Bayezid Reis ihm erlaubt, das Schiff während eines Kampfes zu kommandieren. Gemeinsam haben sie große Beute gemacht. Sie haben so viele Franzosen als Sklaven für den Dei hierhergebracht, daß der französische Konsul protestiert hat und wissen wollte, ob der Dei einen inoffiziellen Krieg gegen sein Land führe. Mehemet Dei war so angetan von den Bemühungen dieses Sklavenkapitäns, daß er den Mann zu sich geholt und bestimmt hat, daß er in seine persönlichen Dienste aufgenommen wird. Bayezid Reis blieb trotz seines Widerwillens natürlich nichts anderes übrig, als zuzustimmen. Seitdem hat sich der Mann damit beschäftigt, auch die anderen Schiffe der Flotte zu verbessern. Er hat vorgeschlagen, ein neues Schiff zur Vermehrung des Ruhms unseres erhabenen Herrschers zu bauen. Der Dei hat zugestimmt, und jetzt hat der Sklave keine andere Arbeit mehr, als sich darum zu kümmern, daß das neue Schiff fertiggestellt wird. Schon jetzt sagt man, das Schiff sei von *baraka* berührt worden, der Magie der Djinnen, so daß es über das Meer gleiten wird wie das fliegende Pferd, das Scheherezade berühmt gemacht hat.«

»Ach wirklich?« fragte Julia. »Dann muß es ein wundersames Schiff sein.«

»So ist es auch, und sein Kapitän wird kein einfacher Mann sein, sondern Ali Pascha, der Neffe des Dei persönlich. Man sagt, der ungläubige Sklave, der dem Schiff seine magische Kraft verliehen hat, sei Ali Paschas Freund geworden und man sähe sie überall zusammen. Sie reiten, jagen, und man hat sogar erfahren, daß Ali Pascha den Ungläubigen eingeladen hat, mit ihm in seinem privaten *Gulphor*, seinem Besuchszimmer, zu speisen, in dem sonst nur wichtige Gäste empfangen werden. Vielleicht wird dein Landsmann schon bald eingeladen, Moslem zu werden und nicht länger Sklave zu bleiben.«

»Das ist schön«, sagte Julia, und ihre vorsichtig gesetzten Worte in der ihr noch zu wenig vertrauten Sprache verrieten nichts von ihren Gefühlen, die in ihrem Innern tobten. Sie hatte die Gedanken an Rud und O'Toole verdrängt. Einmal, als sie mit der Herrin Fatima durch die

Gänge des Palastes auf dem Weg in die Bibliothek des Dei gewesen war, hatte sie aus einem Fenster geschaut und eine lange Reihe von Sklaven gesehen, die einen riesigen Marmorblock zu einem Schiff im Hafen zogen. Die Sklaven waren magere männliche Gestalten mit langen Haaren und Bärten gewesen. Rostige Eisenreifen hatten um ihren Taillen gelegen, an Ketten befestigt, die zu Eisenbändern um ihre Knöchel führten. Ihre Rücken waren von Narben bedeckt gewesen, gemischt mit frischen Striemen von dem Kurbash in der Hand des Aufsehers neben ihnen. Der Marmorsteinbruch, den man »Grab der trockenen Knochen« nannte, war das Schicksal einer großen Anzahl von Christen, die in die Sklaverei verkauft worden waren. Man fürchtete ihn mehr als die Galeeren, denn wie der Name schon sagte, kamen von dort nur wenige zurück.

»Hast du weiter nichts zu sagen? Ich dachte, du würdest dich freuen.«

»Natürlich tue ich das«, sagte Julia und lächelte ein wenig. »Aber was ist aus dem anderen Mann mit dem Namen O'Toole geworden? Hast du auch von ihm gehört?«

»Mein Informant glaubt, daß man ihn an eines der Ruder auf Bayezid Reis' Schiff gesetzt hat. Es mag jedoch auch sein, daß sein Schicksal zusammen mit dem seines Freundes eine gute Richtung eingeschlagen hat. So etwas ist durchaus möglich, wenn ein Mann einen gewissen Einfluß bekommt.«

»Dennoch sind sie alle beide weiterhin Sklaven?«

Jawharah nickte. »Das ist ihr Los, so wie es unseres ist, uns hier im Luxus zu langweilen.«

Julia dankte der Frau, daß sie sich die Zeit genommen hatte, nach ihren unglücklichen Mitgefangenen zu fragen. Sie hatte versucht, sich mit dem orientalischen Prinzip des Fatalismus anzufreunden. Gelegentlich schien es ihr zu gelingen. Doch zu anderen Zeiten wehrte sich ihre Seele mit aller Kraft gegen das, was die Männer im Islam mit Frauen und Sklaven vorhatten.

KAPITEL 15

»Komm, Jullanar, leg deinen Schleier und deinen Berkan an. Mehemet Dei hält Gericht, und wir sind eingeladen. Beeil dich, denn du weißt ja, wie ungeduldig die Herrin Fatima ist.«

Jawharah hob den Deckel der Truhe und warf Julia einen Berkan aus cremefarbener Seide mit goldbesticktem Rand und einen ebenfalls cremefarbenen Schleier zu. Für sich selbst holte sie purpurrote Kleidung heraus. In Julias Augen sah die Frau damit aus wie ein Faß voll Wein, doch da Moslems ihre Lippen nicht mit einem so üblen Getränk beschmutzten, hatte Jawharah wahrscheinlich keine derartigen Assoziationen. Julia legte das Buch zur Seite, in dem sie gerade las, nahm den Berkan und ordnete die halbtransparenten Falten um sich. Den Schleier legte sie sich über das Gesicht und befestigte ihn mit der goldenen Biene an dem Goldband, das ihr Haar hielt. So lag die Biene auf ihrer Schläfe und bildete dort ein ungewöhnliches Schmuckstück, das die anderen Frauen schon oft bewundert hatten.

Es war nicht die erste Audienz, bei der sie das Privileg hatte, dabeizusein. Die Herrin Fatima hatte sie schon einmal mitgenommen, um der Gerichtsverhandlung beizuwohnen, doch damals hatte der Großwesir dem Gericht vorgesessen, und es war nur wenig Interessantes geschehen. Die vor dem Gericht vorgetragenen Dinge waren einfache Fälle von Diebstahl und andere Eigentumsdelikte gewesen. Aus dem Klang von Jawharahs Stimme zu urteilen, würde das heute anders werden.

Die Damen trugen, als sie den Harem verließen, in ihren Händen mit Ornamenten bemalte Fächer als Fliegenwedel. Der Audienzsaal, der sich im fünften Stockwerk befand, würde alles andere als kühl sein. Von Wachen flankiert eilten sie durch endlose Gänge und über Wendeltreppen von einem Stockwerk zum nächsten. Sie durchschritten ein Wirrwarr reichmöblierter Zimmer und betraten schließlich einen kleinen, von einem durchbrochenen Holzwandschirm umgebenen Balkon, der sich über dem Audienzsaal befand und gewisse Ähnlichkeiten mit einer Loge im Theater hatte.

Der Raum darunter war nur schwach beleuchtet, denn es gab nur eine Reihe kleiner Fenster hoch oben in den Wänden, die mit eisernen Gittern in dem gleichen Muster wie das Holz vor ihrem Balkon versehen waren. Räucherbecken ließen einen leichten, duftenden Nebel aufsteigen, der ihnen zusätzlich den Blick erschwerte. Zuerst sahen sie das Glitzern von Juwelen und das Schimmern edler Stoffe, erst dann erkannten sie die Gesichter der prächtigen Mauren und Türken. Das blonde Haar und die reiche Kleidung von Mameluken hoben sich deutlich von der glänzenden, ebenholzfarbenen Haut äthiopischer Sklaven ab.

Dieser Menge gegenüber saß mit untergeschlagenen Beinen der Dei von Algier. Er saß sehr aufrecht, den Rücken ganz gerade und die Hände auf die Knie gelegt. Er trug eine orangefarbene Pumphose und eine bunte Brokatjacke, die vorn offenstand und ein Teil des darunter befindlichen aprikosenfarbenen Gewandes erkennen ließ. Der Turban auf seinem Kopf war aus blauem Musselin. In seinem ernsten Gesicht lagen dunkle Augen, die alles zu sehen schienen. Sein Bart war lang und weiß und wallte bis auf seine Brust herunter. An seiner Seite sah man den Griff eines goldenen Säbels, dessen Scheide mit Juwelen besetzt war, die farbige Lichtreflexe durch das Halbdunkel auf die Seiden- und Satingewänder der Höflinge warfen.

Sie hatten sich gerade auf die bereitstehenden Diwans gesetzt, als der rauhe Klang eines Schreis aus der Kehle eines Mannes ertönte. Julia fuhr zusammen und drehte sich schnell zu Jawharah herum.

»Kein Grund zur Sorge«, sagte die Frau. »Wahrscheinlich hat man einen Mann wegen Diebstahls dazu verurteilt, daß ihm die Hand abgeschlagen wird. Da ein guter Moslem seine linke Hand für alle Körperfunktionen gebraucht, so daß seine rechte, mit der er ißt, rein und sauber bleibt, ist das eine furchtbare Strafe, die jedoch nicht ungewöhnlich ist.«

Julia konnte ein Schaudern nicht unterdrücken. Sie starrte das ungerührte Gesicht des alten Mannes an, der auf dem Podest in dem Raum unter ihr saß, und bei dieser ersten Begegnung mit ihrem Herrn keimte Furcht in ihr auf.

Als der sich wehrende Verbrecher hinausgeführt worden war, trat ein anderer Mann vor. Er verbeugte sich und küßte die Hand des Dei. »Der französische Konsul«, flüsterte Jawharah.

Julia nickte, ihren Blick auf das Dunkelblau seines Rockes geheftet, den er zu geraden langen Hosen und polierten Halbstiefeln trug. Sie konnte das meiste verstehen, das zwischen dem Vertreter der französischen Regierung und dem Dei von Algier gesprochen wurde. Der Franzose war, wie Jawharah gesagt hatte, verärgert über die Angriffe der algerischen Marine auf die Schiffe aus seinem Land. Der Dei äußerte sein Mitgefühl und stritt ab, irgend etwas von den Ereignissen zu wissen, wobei er den barbarischen Piraten die Schuld gab, von denen er behauptete, sie entzögen sich seiner Kontrolle. Der Konsul, der ihn nicht direkt einen Lügner nennen konnte, ohne die Fortsetzung der diplomatischen Beziehungen zwischen den beiden Ländern zu gefährden, sprach verdeckte Kriegsandrohungen aus. Der Dei reagierte auf diese unangenehme Möglichkeit nur mit Freundschaftsbeteuerungen und höflichen Gesten.

Julia, die das Interesse an den blumigen Phrasen verlor, denen so schwer zu folgen war, schenkte ihre Aufmerksamkeit den im Saal versammelten Männern. Plötzlich schnappte sie erschreckt nach Luft und setzte sich auf ihrem Sitz ganz weit nach vorn.

»Was ist los, Jullanar?« fragte die Herrin Fatima scharf.

Es dauerte einen Augenblick, bevor Julia sprechen konnte. »Dieser Mann dort neben dem Mameluken in bronzefarbener Seide.«

»Es heißt, Bayezid Reis habe ihn im Meer treibend gefunden, wo er sich an ein paar Teile eines Schiffswracks klammerte. Er trug Papiere bei sich, die ihn als wichtigen Mann bezeichneten, der irgendeine Beziehung zum König von Frankreich hatte. Darum wurde dem französischen Konsul die Nachricht von seiner Gefangennahme überbracht, der daraufhin ein beträchtliches Lösegeld für seine Befreiung zahlte.

Allen Berichten zufolge handelte es sich um eine gewinnbringende Aktion sowohl für Bayezid Reis als auch für die Schatzkammer des Dei. Dieser Mann soll Bayezid Reis – als Gegenleistung für Bewegungsfreiheit auf dem Schiff und andere Privilegien – davon unterrichtet haben, daß im Meer noch ein Boot mit drei weiteren Christen treibe. Eine von ihnen sei eine Frau, die eine hervorragende Sklavin für einen Harem abgeben könnte.«

Während Julia auf die ausdruckslose Stimme der älteren Frau hörte, starrte sie mit verächtlich geschürzten Lippen das bekannte Gesicht des Mannes unter sich an. »Marcel de Gruys«, murmelte sie, ohne zu bemerken, daß sie seinen Namen laut ausgesprochen hatte.

»Ja, ich glaube, das ist sein Name«, antwortete die Herrin Fatima sachlich.

»Ich frage mich, warum er Algier nicht verlassen hat.«

»Wer weiß? Im Augenblick ist er beim Konsulat angestellt. Vielleicht sehen sie die Möglichkeit, seinen Einfluß beim französischen König zu nutzen, um ihn vor den Gefahren für die französischen Schiffe in diesen Gewässern zu warnen? Möglicherweise sieht er auch, da er offenbar ein ausgesprochener Opportunist ist, noch andere Möglichkeiten, aus seinem Aufenthalt Profit zu ziehen. In letzter Zeit hat man ihn öfter in der Gesellschaft von Kemal gesehen. Man fragt sich, ob der Enkel des Dei des Wartens auf das Freiwerden des Throns langsam müde wird und beginnt, sich mit jenen zu arrangieren, die möglicherweise Gründe haben könnten, den gegenwärtigen Herrscher von Algier abzulehnen.«

Jawharah nickte. Sie beugte sich zu Julia vor und sagte: »Es wäre auch interessant zu erfahren, ob Ali Pascha sich dieser möglichen Verbindung zwischen dem französischen Konsul und Kemal bewußt ist.« Sie hielt inne, verzog dann das Gesicht und deutete mit dem Kopf auf einen Mann, der gerade den Raum betrat. »Kaum spricht man von einem Ifrit, schon hört man seine Flügel schlagen!«

»Genau so ist es«, erwiderte Jawharah.

Er war ein stämmiger, unangenehmer Mann, sogar noch fetter als Abdullah, obwohl seine Fettleibigkeit an die Konsistenz von geronnenem Schmalz erinnerte. Sein moslemischer Turban wurde von einem riesigen Rubin geziert, der drei Reiherfedern hielt, die bei jeder seiner Bewegungen nickten. Sein Bart, der fast bis zu seinen kleinen, grausamen Augen hinaufreichte, war buschig gekräuselt, und die Enden seines Schnurrbarts ringelten sich zu Löckchen. Er trug eine Tunika aus lila Seide, die vorn mit goldgeflochtenen Schnürbesätzen geschlossen war und ein goldfarbenes Untergewand durchschimmern ließ. Seine weiten Hosen bestanden aus vielen Metern gebauschten rosenfarbenen Satins. Ringe bedeckten seine gedrungenen Finger, und eine ganze Reihe von Perlen- und Rubinbroschen waren an seine Brust gesteckt. An seinen beiden Seiten schritt je ein schöner Knabe von vielleicht vierzehn oder fünfzehn Jahren, die genau gleich gekleidet waren bis auf den Turban. Da sie Christen waren, durften sie diesen moslemischen Kopfschmuck nicht tragen. Sie hatten statt dessen seidene Tücher um ihren Kopf geschlungen, die von Kordeln gehalten wurden.

Auf eine Geste des Dei hin wurde ein Kissen gebracht und auf eine etwas tiefere Ebene gelegt. Kemal erwies der Hand seines Großvaters die Ehrenbezeugung und ließ sich dann unter größeren Schwierigkeiten auf den Boden nieder. Der eine seiner Knaben setzte sich zu seinen Füßen, während der andere ihm mit einem Fächer aus Straußenfedern Luft zufächelte. Mehemet Dei beugte sich vor, um mit seinem Enkelsohn zu sprechen, und brüskierte damit den französischen Konsul.

»Warum mag er wohl hierhergekommen sein?« fragte Jawharah.

»Nur um sein Interesse an den Regierungsgeschäften zu zeigen und die Anwesenden daran zu erinnern, daß er eine Stufe höher hinaufsteigt, wenn es der Wille Allahs sein sollte, Mehemet Dei ins Paradies abzuberufen.«

Julia verfolgte die Unterhaltung kaum. Mit einem Gefühl von Kälte in der Magengrube sah sie ungläubig zu, wie sich Kemal und Marcel de Gruys über die Distanz des Audienzsaals hinweg begrüßten.

Als die Gerichtsverhandlung abgeschlossen war, verließen die drei Frauen den Balkon und stiegen eine Reihe von Stufen hinab, so daß sie sich auf derselben Ebene befanden wie der Audienzsaal. Mit ihren

Wächtern hinter sich durchquerten sie eine Reihe von Räumen und wanderten schließlich einen langen Flur entlang, der zur nächsten Treppe führte. Als sie eine Gruppe von Männern vor sich sahen, senkten sie die Blicke, rückten ihre Schleier zurecht und richteten sich darauf ein, an ihnen vorüberzugehen. Als sie auf gleicher Höhe mit ihnen waren, blieben die Wachen stehen. Eine Stimme sprach:

»Gut getroffen, meine Gattin Fatima.«

Sie sahen auf und erkannten den Dei. Die Herrin Fatima verbeugte sich tief, und Julia und Jawharah taten es ihr gleich. »Ja, wahrlich gut getroffen, o Prinz der Getreuen und Vertreter der Gerechtigkeit«, erklärte seine Frau. »Ich küsse den Boden vor Euren Füßen. Mein Herz ist erfreut, Euch so wohlbehalten anzutreffen.«

Ein Lächeln erhellte das asketische Gesicht des Dei. »Deine Schönheit verringert sich nicht, und auch nicht deine Würde, o Fatima, Tochter der Wüste. Es ist mir immer eine Freude, dich zu begrüßen, wenn ich dich längere Zeit nicht gesehen habe. Du hast die seltene Fähigkeit, mich glauben zu lassen, daß du deine süßen Worte wirklich ernst meinst.«

»Möge meine Zunge verdorren, wenn ich Euren Ohren je etwas anderes als die Wahrheit zukommen lasse, mein Herr.«

Der Dei nahm die Erklärung mit leichtem Neigen des Kopfes an. »Es heißt, du hättest einen Schützling bei dir aufgenommen, eine junge Frau, der du hast alles beibringen lassen, was du von den Eigenheiten der Männer und der Welt weißt«, sagte er, ohne auch nur einen einzigen Blick in Julias Richtung zu werfen. »Es geht das Gerücht, sie sei eine gute Schülerin, was ein besonderes Zeichen von Ehre für ihre Mentorin bedeutet.«

»Beim Willen Allahs, dies ist wahr, o Beherrscher der Zeit.«

»Und ist es ebenfalls wahr, daß diese Unvergleichliche, die die geistigen Fähigkeiten eines Mannes ebenso zu beleben vermag wie seine Sinne, zu den Füßen des Beherrschers des Westens gesessen hat, der als Napoleon bekannt ist?«

»Genau so ist es, o Herr meines Herzens.«

»Ich glaube beinahe, ich würde mir gern eine solche besondere Frau einmal ansehen«, sagte der Dei und richtete seinen Blick ausschließlich auf seine Frau. »Ich bitte dich, daß du alle Vorkehrungen triffst, sie bereit zu machen, damit sie heute abend meiner Einladung folgen kann.«

»So wird es geschehen wie bei jedem auch deiner kleinsten Wünsche, mein Herr.«

Er deutete mit einem Handzeichen an, daß sie sich entfernen durften. Als sie im Harem waren, rief Jawharah höchst erfreut aus: »Es ist wie bei den *Geschichten aus 1001 Nacht*. Er hat sie schon geliebt, als er nur die Beschreibung ihrer Vorzüge hörte, denn manchmal liebt das Ohr schon vor dem Auge!«

»Ja, er ist interessiert«, stimmte ihr die Herrin Fatima weniger enthusiastisch zu. »Wie könnte es anders sein, wo ich ihm doch ihre Vorzüge andauernd habe preisen lassen? Aber es wird Jullanars Aufgabe sein, zu erreichen, daß er sie liebt. Wenn es ihr gelingt, kann sie sich äußerst glücklich schätzen unter den Frauen.« Die erste Frau des Dei drehte sich um und verließ sie, ohne noch einmal zurückzuschauen.

Die Vorbereitungen für den schon lange erwarteten Augenblick begannen am späten Nachmittag. Noch einmal wurde Julia dem Ritual des Bades unterzogen. Jawharah begleitete sie, und während Julia von den Sklavenmädchen bereitgemacht wurde, gab ihr die ältere Frau eine nicht enden wollende Reihe von Ratschlägen und Ermahnungen. Noch einmal füllte der Duft der Damaszenerrosen, mit der die Seife aromatisiert war, die Luft. Julia dachte, daß sie noch nie in ihrem Leben von Kopf bis Fuß so sauber gewesen war, ihre Haut noch nie eine solch vollendete Glätte besessen hatte, ihre Augenbrauen noch nie so herrlich geschwungen gewesen waren, ihr Haar nie so voll, wie ein goldener Vorhang, der bis auf ihre Taille herabfiel, oder daß ihre mandelförmigen Fingernägel nie so rosig und makellos gewesen waren. Selbst ihre Zähne hatte man gereinigt und ihren Atem mit gestoßener Minze erfrischt.

Ihr Gewand, das die Herrin Fatima ausgesucht hatte, bestand aus einer kurzen Bluse und weiten Hosen aus smaragdfarbener Seide, bedeckt von einem Berkan aus zartestem, minzgrünem Tüll mit goldbesticktem Saum. Dazu passend trug sie eine kleine, enganliegende Kappe aus goldbesticktem, smaragdgrünem Samt und einen Schleier aus bernsteinfarbener Seide, der genau zu ihren Augen paßte.

Als sie in den Gemeinschaftsraum des Harems zurückgekehrt war, mußte sie trotzige Kommentare und böse Blicke über sich ergehen lassen. »Du hast dich umsonst vorbereitet«, rief Mariyah mit vor Haß und Neid schriller Stimme. »Er wird dich vergessen, sobald du ihm wieder aus den Augen bist!«

Als es Nacht wurde und die Sterne zu erscheinen begannen, sah es eine Weile lang so aus, als könnte Mariyah recht gehabt haben. Niemand ließ sie rufen, obwohl die Zeit der Abendmahlzeit kam und wieder verging. Da man annahm, daß der Dei den Wunsch haben könnte, Julia an seinem Abendessen teilnehmen zu lassen, wagte sie nicht, etwas zu essen. Sie wurde so schwach vor Hunger, daß sie eine leichte Übelkeit spürte, zumindest erklärte sie sich so den Grund für das elende Gefühl in ihrer Kehle. Sie wollte sich nicht eingestehen, daß es die Angst war, die sie so beunruhigte. Trotz der vielen Monate, die sie im Harem verbracht hatte, konnte sie die komplizierten Vorgänge im Gehirn der Orientalen noch nicht verstehen. Sie konnte sich einfach nicht an Menschen gewöhnen, die es akzeptierten, wenn ihr Leben und ihr Glück vollständig von außen beherrscht wurden, als wäre es ein von Gott gegebenes Recht. Es war demoralisierend, sich vorzustellen, daß sie von einer großen Zahl von Menschen umgeben war, die sie jetzt anlächelten und schon im nächsten Augenblick befahlen, daß sie gepeitscht, gefoltert oder getötet wurde, und das alles ohne ein sichtbares Zeichen von Beunruhigung. Sie konnte sich nicht dazu durchringen, ihnen zu trauen, und doch hatte sie keine andere Wahl. Sie war ihnen ausgeliefert.

Eine Dienerin kam durch den klappernden Perlenvorhang in ihre Kammer. Julia wandte sich vom Fenster ab. Die Frau verbeugte sich tief. »Abdullah wartet«, sagte sie.

Der Augenblick war gekommen. Eine Röte stieg in ihr Gesicht, die sowohl auf ihren Schreck als auch auf ein gewisses Triumphgefühl zurückzuführen war. Sie folgte der Frau mit festen Schritten und hoch erhobenem Kopf in den Gemeinschaftsraum. Als Zeichen für ihren plötzlich veränderten Status verbeugte sich Abdullah, als sie in Sicht kam. Jawharah, die mit den anderen gegessen hatte, um Julia nicht zu sehr in Versuchung zu führen, trat mit einem glücklichen Lächeln vor, um Julias Schleier zurechtzurücken und die Falten ihres Berkans zu richten. »Allah sei mit dir«, flüsterte die Frau. »Und tu mir den Gefallen und lächele!« Obwohl Julia sich nach der Herrin Fatima umsah, konnte sie sie nirgendwo entdecken. Sie bemühte sich, Jawharahs Rat zu beherzigen, und ging neben Abdullah aus dem Zimmer.

Wieder durchwanderten sie die endlosen Gänge des Palastes. Sie überquerten Innenhöfe, die vom Mondlicht beschienen waren. Es gab in diesem Palast mehr als eintausend Zimmer, und von dieser Anzahl öffneten sich immerhin die Hälfte auf einen Innenhof oder Garten, um die Zirkulation der kühlen Luft zu gewährleisten. Julia glaubte, daß vor mehreren hundert dieser Zimmer Wachen standen – enorm große, mit Turbanen geschmückte Gestalten, die wie bemalte Statuen in den Gängen standen.

Schließlich näherten sie sich einer massiven Tür aus geschnitztem Zedernholz. Davor standen Wächter, die beim Geräusch ihrer Schritte die Waffen zogen. Als sie Abdullah erkannten, entspannten sie sich, und ihre Blicke gingen über Julia hinweg, als ob sie unsichtbar wäre.

Hinter der riesigen Doppeltür lag eine hohe, gewölbte Halle mit glitzerndem Fußboden. Eine breite Marmortreppe mit einem goldenen Geländer beherrschte den Raum. An verschiedenen Stellen im Treppenhaus hingen Leuchter aus zu Spiralen gebogenem Silber, in denen schlanke Kerzen brannten. Vom oberen Rand der Treppe aus sah man die gleiche Art von Leuchtern in einem langen, marmornen Flur stehen.

Die bewachten Türen der Privatgemächer des Dei wurden von einem Zwerg geöffnet, der kaum die Klinke erreichen konnte. Im Palast waren mehrere derart kleine Menschen, denn die Türken glaubten, sie besäßen *baraka* oder gute Zauberkräfte. Der Name dieses kleinen Mannes war Basim, und es hieß, er habe großen Einfluß auf den Dei. Er war Maure und trug moslemische Kleidung, sein Bart war im ägyptischen Stil geschnitten, und er besaß die traurigsten Augen, die Julia je in einem menschlichen Gesicht gesehen hatte.

Basim entließ Abdullah mit einer ironischen Verbeugung, dann schloß er die Tür hinter dem Eunuchen. »Bitte folgt mir hier entlang«, sagte er zu Julia und ging mit schnellen Schritten voran, wobei er sich nicht einmal umsah, ob sie ihm auch folgte.

Der Dei saß direkt unter dem Licht einer warm leuchtenden, zweiflammigen Öllampe. Ein dickes Buch lag geöffnet auf seinen Knien. Er sah auf, als Julia hinter Basim eintrat. Sie verbeugte sich. Er schloß das Buch und streckte die Hand aus, damit sie sie küssen konnte.

»Du kannst uns servieren, Basim«, sagte der Dei und berührte ein Samtkissen neben seinem Diwan, um anzudeuten, daß er wünsche, Julia möge sich setzen.

Der Zwerg brachte einen Tisch und deckte ihn mit allen Arten von prächtigen Gefäßen. Als die Deckel entfernt wurden, erhob sich ein appetitlicher Duft, der Julia das Wasser im Mund zusammenlaufen ließ. Sie schluckte, sah zur Seite und versuchte, unbetroffen zu wirken.

»Du kannst gehen«, sagte der Dei zu Basim, als er fertig war. Als die Tür sich hinter dem Zwerg geschlossen hatte, entstand ein kurzes Schweigen. Julia sah den Dei an und stellte fest, daß er sie freundlich und mit einer Andeutung von Verständnis anlächelte.

»Wirst du den Schleier abnehmen, oder mußt du mich wie einen Fremden behandeln, der nicht das Recht hat, dein Gesicht zu sehen?«

Julia erfüllte seinen Wunsch, wobei sie sich bemühte, der Bewegung die lächelnde Grazie zu verleihen, die man sie gelehrt hatte.

»Wie ist dein Name?« fragte Mehemet Dei.

»Man hat mir den Namen Jullanar gegeben, Effendi«, antwortete sie.

»Du bist sehr schön, Jullanar, und könntest die Rivalin von Kobah, dem Abendstern, werden. Da du am Abend meines Lebens zu mir gekommen bist, werde ich dir diesen höchst geschätzten Namen geben.«

»Es soll sein, wie Ihr wünscht, o großer Herrscher.« Der bewundernde Ausdruck des Respekts fiel Julia nicht leicht.

Ein etwas zynischer Ausdruck trat auf sein Gesicht, aber er sagte nichts dazu. »Wirst du auch dein äußeres Gewand ablegen, oder ist es dir zu kalt?«

Trotz der Meeresbrise, die die dünnen Vorhänge an den Fenstern bewegte, war die Nacht alles andere als kühl. Julia erkannte den Vorschlag als das, was er war: eine ausgesprochene Höflichkeit. Er sollte ihr einen Vorwand liefern, ihren Berkan anzubehalten, wenn es ihr peinlich war, ihn auszuziehen, sollte aber auch ein milder Hinweis darauf sein, daß er nicht die Absicht hatte, sie auf der Stelle zu vergewaltigen. Doch einen solchen Vorwand anzunehmen, wäre feige gewesen. Sie ließ den Berkan von den Schultern gleiten und legte ihn zur Seite.

Nachdem sie die Erlaubnis dazu bekommen hatte, schenkte Julia Pfefferminztee ein und reichte ihn dem Dei. Er nahm ihn mit einer graziösen Geste an, dann machte er ihr mit einem Glitzern in den Augen ein Zeichen, sie möge sich selbst ebenfalls bedienen und sich lieber mit ihm an der Mahlzeit beteiligen, als darauf zu warten, bis er fertig war. Sie gehorchte und warf ihm einen interessierten Blick zu. Er war überhaupt nicht der steinharte Monarch, den sie nach seiner Gerichtssitzung am Nachmittag erwartet hatte. Er hatte Sinn für Humor und eine schnelle, intuitive Auffassungsgabe. Darüber hinaus lag in seinen dunklen Augen eine Empfindsamkeit, die ganz anders war als alles, was sie von ihm gehört oder erwartet hatte.

»Du bittest mich nicht um die Erlaubnis zu sprechen«, sagte er und ertrug ihre Betrachtung wohlwollend. »Kennst du kein Thema, mit dem du mich unterhalten könntest?«

Er sprach, ohne sie anzusehen, doch Julia machte nicht den Fehler zu denken, er hätte ihr überraschtes Zusammenzucken nicht bemerkt.

»Aber natürlich, Effendi«, sagte sie und wählte sorgfältig ihre Worte in dem eleganten Türkisch des Hofes. »Ich dachte nur, Ihr würdet vielleicht vorziehen, Euer Mahl ungestört einzunehmen.«

»Ich hatte den Eindruck, daß die Ungläubigen bestimmter Klassen annehmen, Konversation sei eine gute Unterstützung der Verdauung.«

»So ist es, Effendi. Interessieren Euch die Sitten der Ungläubigen?«

»Ich würde sagen, daß ich eine gewisse Neugierde besitze. Es mag sogar möglich sein, daß mir solche Kenntnisse von Nutzen sein könnten, wenn sich unsere Beziehungen zum Westen vertiefen.« Er nickte. »Du kannst mir etwas von deinem Volk erzählen.«

»In erster Linie gehören die Menschen, die Ihr Frankistani nennt, zu vielen verschiedenen Nationen, die sich so deutlich unterscheiden wie ein Araber von einem Tataren. Mein eigenes Heimatland ist noch vergleichsweise jung, aber es ist groß und wird in den kommenden Jahren noch größer werden. Es heißt Amerika.«

»Ach ja, richtig. Wir haben hier an unserer Küste schon einige Erfahrungen mit den Amerikanern gemacht.«

Damit bezog er sich natürlich auf den Konflikt zwischen den Vereinigten Staaten und dem nordafrikanischen Staat Tripolis. Am Anfang des Jahrhunderts hatten die nordafrikanischen Piraten die U. S. S. *Philadelphia* mit allen Offizieren und dreihundert Mann Besatzung gekapert. Die Marine der Vereinigten Staaten waren bei ihren Bemühungen, die Männer zu befreien und das Schiff zurückzubekommen, in der Hauptstadt von Tripolis gelandet. Ein großer Teil der Stadt war zerstört und das Schiff verbrannt worden. Ein paar der Männer waren gerettet worden, aber die meisten hatten bis zum Ende des Krieges im Jahre 1805 weiter als Sklaven leben müssen. Julia zögerte und fragte sich, ob der Dei über sie besser informiert war, als sie zuerst angenommen hatte. Seine nächsten Worte bestätigten das.

»Aber diese Art von Wissen kann ich auch von anderen Menschen bekommen. Erzähle mir, wo du gelebt hast und wie. Wenn ich richtig verstanden habe, war dein Vater ein wohlhabender Mann, der viele Sklaven besaß?«

Diese Bitte war nicht schwer zu erfüllen. Während sie erzählte, sah Julia ihn öfter als einmal lächeln und mehrere Male ungläubig den Kopf schütteln. Er schien die Sitten der Werbung und Heirat ausgesprochen verwirrend zu finden.

»Die junge Frau darf mit dem Mann sprechen, den sie heiraten soll, und selbst entscheiden, ob sie heiraten will oder nicht?«

»Solange ihre Eltern den Bräutigam für annehmbar halten, ja. Es mag auch einige Fälle geben, in denen auf das Mädchen Druck ausgeübt wird, wenn es um eine besonders vorteilhafte Verbindung geht, aber gewöhnlich wünschen die Eltern dem Paar Glück und beugen sich der Wahl ihrer Kinder.«

»Und du bist ganz sicher, daß dies die einzige Ehe ist, die ein junger Mann für sein ganzes Leben eingehen darf?«

»Bei den Menschen meines Glaubens ist es so, Effendi. Nur der Tod kann die Ehe auflösen. Es gibt jedoch noch eine andere Religion, die es erlaubt, daß eine Ehe im Falle eines Ehebruchs oder großer Unehrenhaftigkeit geschieden wird, aber das geschieht sehr selten.«

»Was ist, wenn der Mann und die Frau feststellen, daß sie sich nicht leiden können? Was ist, wenn es keinen Erben gibt?«

»Das läßt sich dann nicht ändern, Effendi.«

»Was ist, wenn es wegen der Verluste im Krieg in Eurem Land eine große Überzahl an Frauen gibt?«

»Dann müssen die Frauen unverheiratet bleiben, Effendi.«

»Das ist nicht sehr vernünftig. Bei uns im Islam ist das besser arrangiert. Ein Moslem darf vier Frauen haben. Auf diese Art bekommen alle Frauen den Schutz eines Mannes. Darüber hinaus kann es doch noch einen Erben geben, wenn eine der Frauen unfruchtbar ist.«

»Das ist nur dann der Fall, wenn es an der Frau liegt, daß kein Kind empfangen wird. Wenn der Mann dafür verantwortlich ist, hat er in seinem Harem vier oder noch mehr unfruchtbare Frauen, deren Leben vergeudet ist, anstatt nur einer«, erwiderte Julia.

»Das ist unwichtig.«

»Natürlich ist es das: für einen moslemischen Ehemann!«

Er starrte sie an, und seine Augen wirkten dunkel in einer Mischung aus Ärger und Erstaunen, als hätte er die Hand ausgestreckt, um ein Kätzchen zu streicheln, das ihn daraufhin gekratzt hatte.

Als Julia klar wurde, was sie getan hatte, wurde sie rot. »Ich bitte Euch um Vergebung, o Beherrscher der Zeit. Ich wollte nicht respektlos sein.« Sie wagte es kaum, ihn anzusehen, und erwartete, daß er Basim rufen würde, um sie an Abdullah zu übergeben, damit er sie bestrafte.

Er tat es nicht. »Die Frauen sind versorgt, man hält ihnen jedes Leid fern, sie werden bedient, ernährt und mit Luxus verwöhnt«, sagte er schließlich. »Sie sind sicher vor Armut oder Leid. Was könnten sie sonst noch wünschen?«

Julia preßte die Lippen zusammen, weil sie ihm ungern noch weiter widersprechen wollte.

»Nun?«

»Freiheit. Sie könnten sich Freiheit wünschen. Das Recht, zu kommen und zu gehen, wie es ihnen gefällt, ohne wie Gefangene einem Wächter verantwortlich zu sein, Effendi.«

»Der Wächter ist zu ihrem Schutz da.«

»Warum hat er dann das Recht, sie zu bestrafen, o erhabener Dei?«

»Die Ordnung muß doch aufrechterhalten werden.«

»Das ist zweifellos richtig, besonders wenn man die unausgeglichenen Launen und überstrapazierten Nerven der Frauen bedenkt, die durch ihr Dasein als Gefangene entstehen, Effendi.«

»Eine große Empfindlichkeit der Gefühle ist bei Frauen normal«, erklärte er.

»Wie könnt Ihr glauben, das beurteilen zu können, da ihr noch nie Frauen außerhalb des *Purdah* gesehen habt, o Prinz der Gläubigen?«

»Sind sie denn in Eurem Land so ganz anders?«

Julia konnte diese Frage nicht uneingeschränkt bejahen. »Manche sind es«, antwortete sie dann. »Doch andere sind es nicht, in erster Linie weil sie durch ihren Mann, ihre Kinder und ihre Pflichten ebenso eingeschränkt sind wie die Frauen in Eurem Harem.«

Er nickte langsam. »Das ist das Schicksal der Frauen. Warum sollte es sie traurig machen? Warum können sie es nicht einfach so annehmen und ruhig und glücklich damit werden?«

»Es mag vielleicht ihr Schicksal sein, viele Kinder zu gebären, aber es gehört nicht zum Wesen eines Menschen oder eines Tiers, ruhig und zufrieden die Gefangenschaft anzunehmen. Es ist nicht von Bedeutung, ob sie in Form von verzierten eisernen Gittern oder durch die Fangarme der Gesetze eingeschränkt sind, die die Männer gemacht haben.«

»Ist das also der Grund, warum du nie geheiratet hast? Weil du fürchtetest, deine Freiheit zu verlieren?«

Das Thema war ein gefährliches Pflaster. Julia antwortete sehr vorsichtig. »Nicht ganz, denn es ist mir durchaus klar, daß eine Frau sich auch ihre eigene Freiheit schaffen kann, selbst innerhalb der Beschränkungen einer Ehe. Ich war glücklich mit meinem Vater, habe sein Haus geführt, für unsere Leute gesorgt, und ich hatte noch keinen Mann gefunden, mit dem ich leben oder dessen Kinder ich zur Welt bringen wollte.«

»Und als dein Vater starb, hat sich da denn nichts geändert?«

Es fiel Julia schwer, wenn sie an das Kind dachte, das sie verloren hatte, ihre Argumentation weiterzudenken. »Es änderte sich nicht sofort«, gestand sie dann und versuchte sorgfältig, ihre Erinnerungen an Rud zu verdrängen. »Ich habe die Reise fortgesetzt, die mein Vater und ich begonnen hatten und sprach, wie es sein Wunsch gewesen war, auf St. Helena mit Napoleon. Natürlich hätte sich viel geändert, wenn ich nach New Orleans zurückgekehrt wäre. Ich nehme an, ich hätte bei Verwandten gelebt oder Zuflucht in einer Ehe gesucht, wenn ich einen Mann gefunden hätte, der eine Frau ohne Mitgift genommen hätte.«

»Ach ja, richtig, der Kaiser Napoleon«, sagte der Dei und verlor sein Interesse an ihren Hintergründen, wie sie es gehofft hatte. »Ich habe die Entwicklung dieses Herrschers mit sehr viel Interesse verfolgt. Ich glaube, du hast Gelegenheit gehabt, mit ihm zu sprechen, oder?«

»Ja, ich hatte das Glück, o Beherrscher des Zeitalters«, antwortete sie und dachte wieder daran, ihn mit einem blumigen Titel anzusprechen. Es schien nicht klug zu sein, den Dei in dieser Beziehung zu enttäuschen. Sie hoffte, daß der Dei annähme, ihre Gespräche mit Napoleon hätten auf der Insel St. Helena stattgefunden. Wieviel Interesse und Aufmerksamkeit hätte er wohl aufgebracht, wenn sie ihm die wahren Ereignisse aus den letzten Tagen Napoleons hätte erzählen können? Doch das durfte sie nicht tun, auch nicht um ihre Position als Favoritin zu sichern. Die Geschichte, so hatte der Kaiser immer gern gesagt, ist eine Lüge, auf die sich alle geeinigt haben. Es war sein Wille gewesen, daß er als Märtyrer auf der Insel St. Helena im Gedächtnis der Menschen blieb. Das würde sein letzter Sieg über die verhaßten Engländer sein, und sie konnte und durfte ihn nicht gefährden.

»Große Männer gibt es nur sehr selten. Sie sind eine Rarität, es mögen vielleicht einer oder zwei in jedem Jahrhundert sein.«

»So ist es, Effendi«, bestätigte Julia.

»Ich würde es als eine Ehre empfinden, mit diesem Mann sprechen zu können, der große Armeen befehligte und sie mit größerem Geschick einsetzte als jeder andere Mann seit Alexander dem Großen – mit einem Mann, der von anderen Königen forderte, daß sie ihn verehrten, und der doch in der Lage war, klug und gewitzt zu regieren wie der weise Salomo, der Sohn Davids. Da ich aber leider nicht mit ihm sprechen kann, möchte ich, daß du mir von ihm erzählst, was immer du weißt.«

Sie führten ein langes und ernstes Gespräch. Julia berief sich auf die Meinungen und Gedanken, die sie in den Tagen erfahren hatte, als sie mit Napoleon Bonaparte über das Deck spaziert war, und auf jene Gelegenheit, bei denen sie auf die Bitte des Kaisers seine Ansichten niedergeschrieben hatte, während er vor ihr auf und ab ging. Es gelang ihr, die meisten Fragen des Dei befriedigend zu beantworten. Sie war sich selbst nicht darüber im klaren gewesen, wie viele Themen sie mit Napoleon besprochen hatte. Geschichte war für ihn fast eine Manie gewesen. Die großen Militärkampagnen des Altertums waren ihm ebenso vertraut wie seine eigenen. Er kannte das Leben, die Zeit und die Gedanken der griechischen und römischen Philosophen. Die Rechtsprechung war ein weiteres Lieblingsthema von ihm gewesen. Er hatte angenommen, daß sein *Code Napoleon* in Frankreich als dauerhafteste Erinnerung an seine Regierungszeit erhalten bleiben würde. Darin hatte er für alle Zeiten die Sitte abgeschafft, daß große Güter nur an einen einzigen, nämlich den erstgeborenen Erben weitergegeben wurden, und er hatte es auch unmöglich gemacht, daß eine Witwe oder ihre Kinder enterbt wurden, so daß für eine gerechte und gleichberechtigte Weitergabe von Besitz gesorgt war. Doch der Wissenschaft hatte seine größte Liebe gegolten, und er hatte oft gesagt, daß er sein Leben gern der Forschung gewidmet hätte, wenn er die militärische Laufbahn nicht eingeschlagen hätte.

Der Dei schüttelte den Kopf, als Julia schließlich zum Ende kam. »Daß es ihm gelungen ist, in so kurzer Zeit so viel zu vollenden! Er muß ein unermüdlicher Arbeiter gewesen sein.«

»Das war er tatsächlich, Effendi. Er schlief selten in einer Nacht länger als vier oder fünf Stunden. Er stand in der Dämmerung auf und arbeitete bis spät in die Nacht. Manchmal stand er schon um drei Uhr morgens auf, rief seinen Sekretär und diktierte ihm.«

»Ach, solcher Eifer ermüdet mich schon, wenn ich nur daran denke. Ich werde jetzt meinen Diwan aufsuchen, Kobah, die du mir so viel Genuß bringst. Du hast mir so viel Freude gemacht, daß ich das Gespräch gern an einem anderen Tag fortsetzen würde. Richte dich darauf ein, daß ich dich morgen wieder rufen lasse.«

»Es wird so sein, wie du es wünschst, o erhabener Dei«, erwiderte sie.

Er läutete Basim, und kurze Zeit später befand sich Julia wieder in ihrem Zimmer im Harem. Als sie sich allein auf ihren Diwan legte, seufzte sie zitternd vor Erschöpfung und aus Dankbarkeit, daß sie die schwere Aufgabe für heute hinter sich hatte. Sie wollte nicht an morgen denken, und auch nicht an all die Tage, die noch folgen würden.

KAPITEL 16

Die heißen Sommerwinde fegten um den Palast, erzeugten in der erstickenden Hitze lästige Wirbel, ließen die Gerüche von heißem Stein, Zerfall und Kameldung aufsteigen. Das Wasser in den Springbrunnen der

Gärten verdunstete, die Rosen, Lilien und Tuberosen verwelkten, in den Palmen ertönte ein dauerndes, trockenes Rascheln, und die Fliegen schwärmten. Plötzliche Regenschauer verbreiteten eine dampfende Hitze.

Außer wenn sich der Dei zur Jagd begeben hatte, aß Julia mit ihm zu Abend und verbrachte jeden Tag mehrere Stunden an seiner Seite. Die meiste Zeit redete sie, und der Dei fand ihre Meinungen und Vorstellungen sehr unterhaltsam. Julia hatte manchmal das Gefühl, daß es ein wenig so war, als hätte ein Affe, der als Haustier gehalten wurde, sprechen gelernt. Oft strich der alte Mann über ihr Haar, wenn er ihr zuhörte, ließ die seidigen Strähnen durch seine trockenen Finger gleiten, oder er spielte mit ihren Händen und erfreute sich ihrer Gegenwart, ohne richtig zuzuhören. Manchmal spielten sie Schach, eine nervenaufreibende Beschäftigung für Julia, denn man hatte sie gewarnt, daß sie den Dei nie besiegen dürfe, aber gut genug spielen mußte, damit dem Dei das Spiel nicht langweilig wurde. Eines Tages verrückte sie aus Versehen einen Läufer nicht, so daß der König des Dei in Schach geriet. Sie sah den Fehler in dem Augenblick, als sie ihn gemacht hatte, konnte ihn jedoch nicht korrigieren, ohne darauf aufmerksam zu machen. Mit weit geöffneten Augen starrte sie den Dei an und hoffte, er würde es nicht bemerken. Aber die Hoffnung war vergeblich.

»Ah!« rief er und klatschte in die Hände, und seine strahlenden schwarzen Augen suchten das Schachbrett nach einem Fluchtweg ab. Die Stille zwischen ihnen wurde länger. »Kobah!« rief er, streckte die Hände über den Tisch nach ihr aus, legte sie ihr auf die Schultern und zog sie zu sich heran. Seine Lippen berührten die ihren in einem leichten, trockenen Kuß. »Du Stern großer Schönheit, ich nehme dankbar das Geschenk deines Vertrauens an, denn jetzt habe ich die Befriedigung zu wissen, daß du mich nicht fürchtest!«

Das stimmte. Obwohl sie ihn nur ungern verärgerte, hatte Julia nicht mehr die Sorge, daß er irgendeine furchtbare Rache ersinnen könnte, wenn sie nicht seiner Meinung war. Sie hatte das Gefühl, daß er ihre Auseinandersetzungen genoß, obwohl er sein erstauntes Aussehen nie ganz verlor, wenn sie seinen Bemerkungen nicht zustimmte. Sie war oft dabei, wenn er im Gerichtssaal ein hartes Urteil verhängte, er befahl ihr sogar, dabeizusein, damit sie später über die Fälle diskutieren konnten. Dennoch war sie zu der Überzeugung gekommen, daß er kein grausamer Mann war. Wie der Kaiser Napoleon war er der Meinung, daß schnelle und ernsthafte Bestrafungen dazu dienten, weitere Verbrechen zu verhindern. Er glaubte daran, daß das Beispiel eines Verurteilten eine Warnung für seine Spießgesellen war. Wenn gelegentlich in den Maschen des Gesetzes ein Unschuldiger hängenblieb, war daran leider nichts zu ändern. Ein einzelner Mensch zählte nicht. Das Ziel war der größte Nutzen für die Gemeinschaft.

Der Dei wollte Julia aus dem Harem holen und sie mit einer eigenen Dienerschaft ihre eigene Zimmer bewohnen lassen. Dem Rat der Herrin Fatima folgend, bat Julia darum, bei den anderen Frauen bleiben zu dürfen. Sie selbst war es auch ganz zufrieden, nicht so geehrt zu werden. Sie konnte schließlich nicht wissen, wie lange das Interesse des Dei anhalten würde. Vielleicht war er ihrer schon in der kommenden Woche oder im nächsten Monat überdrüssig. So weit entfernt vom Harem könnte sie auch die Gesellschaft Jawharahs nicht so oft genießen, wie sie es gern wollte. Während der Tagesstunden, wenn der Dei mit Regierungsangelegenheiten beschäftigt war, wäre sie ihrer eigenen Beschäftigung überlassen. Man konnte immer nur eine gewisse Zeit mit Essen, Baden und Anziehen verbringen. Was sollte sie dann noch tun, um sich zu unterhalten und ihre Dienerschaft zu beschäftigen?

Widerwillig hatte der Dei ihren Wünschen nachgegeben. Da es ihm nicht möglich war, auf diese Art seine Anerkennung und sein Wohlwollen zu zeigen, wählte er einen anderen Weg. Er überschüttete sie mit Geschenken. Ihre Kammer war auf dem besten Wege, so mit Geschenken und Schätzen gefüllt zu werden wie die Höhle des Ali Baba. Sie bekam so viele Juwelen und solche Mengen prachtvollen Stoffs, daß sie den Verdacht hegte, daß es Mehemet Dei nicht unangenehm wäre, wenn in der Stadt bekannt würde, daß er mit der neuen weißen Haremsklavin mehr als nur seelischen Genüssen frönte.

Langsam bemerkte Julia, daß sie mit immer mehr Respekt behandelt wurde. Die Frauen des Harems, besonders diejenigen, die sie vorher geschnitten hatten, lobten ihre Erscheinung und baten sie bei jedem beliebigen Thema um ihre Meinung – vom Wetter bis hin zur neuen Frisur. Selbst Mariyah hörte auf, ihr gegenüber offene Feindschaft zu zeigen, und zog sich zurück.

Die Dienerschaft in allen Teilen des Palastes lächelte ihr zu und beeilte sich, ihren Wünschen zu folgen. Basim, der Zwerg, unterhielt sich mit ihr, erklärte ihr die Vorlieben und Abneigungen ihres Herrn und versicherte sich ihrer Hilfe bei dem Versuch, den Dei dazu zu überreden, daß er sich mehr um seine Gesundheit kümmerte. In den Gängen des Palastes gingen die Höflinge ihr immer aus dem Weg und sahen ihr mit verstohlenen, tragenden Blicken nach. Auf diese Art bemerkte sie, daß sie nicht nur dem Namen nach, sondern auch tatsächlich zur Favoritin des Dei geworden war.

Doch Jawharah bestätigte erst endgültig ihre Vermutung. Die türkische Frau behauptete, der Rang der Dame mit der goldenen Biene sei nicht nur im Palast, sondern auch in der Stadt allgemein anerkannt. Dort waren auch andere Fakten bekannt: ihre Schönheit, ihr guter Einfluß auf Mehemet Dei, daß sie sich nicht immer seinem Willen unterwarf, seine große Nachsicht ihr gegenüber. In Anerkennung dessen, was sie für seine Verliebtheit hielten, war sie in den Straßen von Algier als Jullanar, die Bewahrerin des Honigs, bekannt geworden.

Die einzige Person, die sich weigerte, Julias verbesserten Status anzuerkennen war die Herrin Fatima. Die Frau des Dei zog sich hinter kalten Hochmut zurück, so daß Julia der unangenehme Verdacht kam, daß sie sogar eifersüchtig auf die Frau war, die sie selbst gefördert hatte.

Trotz der Haltung der Gattin des Dei dachte Julia immer an die Verpflichtung, die sie ihr und Ali Pascha gegenüber hatte, und auch an ihr Versprechen, die Sache des Neffen des Dei zu unterstützen. Sie unternahm in dieser Richtung, was sie konnte. Sie machte dabei nicht den Fehler, Kemal zu kritisieren; sie lobte ihn, aber mit einem zweifelnden, fast kritischen Blick. Sehr wagemutig deutete sie bei einer Gelegenheit darauf hin, daß der französische Kaiser Männern mit geschlechtlichen Vorlieben wie Kemal mißtraut hatte. Sie rühmte Ali Pascha nicht ausdrücklich, obwohl sie, nachdem sie ihn zum ersten Mal im Gerichtssaal gesehen hatte, widerwillig zugeben mußte, daß sie eine gewisse Ähnlichkeit zwischen ihm und Mehemet Dei, ihrem Herrn, festgestellt hatte.

Solche kleinen Beiträge für die Sache des Ali Pascha bereiteten ihr nicht die geringsten Schwierigkeiten. Je mehr sie von ihm sah, desto eher war sie davon überzeugt, daß er der Anwärter auf den Thron von Algier sein müßte. Und ebenso wurde ihr, je mehr sie von Kemal und seinen hübschen Anhängern sah, immer klarer, daß sie ihn nur sehr ungern auf dem Thron seines Großvaters sehen würde.

Vergeblich suchte sie an den Gerichtstagen im Audienzsaal nach Rud, vor allem neben dem Mann, von dem es hieß, er sei sein Freund. Er kam nie. Ganz selten einmal hörte sie – wie ein schwaches, fernes Echo einer längst vergangenen Zeit – Neuigkeiten über das Kommen und Gehen des Schiffes, das unter seiner Aufsicht gebaut worden und vom Stapel gelaufen war. Ob er es steuerte oder schon längst am Grund des Meeres lag – sie wußte es nicht. Sie redete sich ein, daß es ihr egal war und daß ihr Interesse reine Neugierde oder aus dem Bedürfnis entstanden war, ihn machtlos zu sehen. Wenn sie sich nach ihm sehnte, dann nur, weil sie ihn in seiner gedemütigten Stellung sehen wollte. Wenn sie ihm begegnete, würde das vielleicht die Qual lindern, mit der sie immer noch daran dachte, wie er sie benutzt hatte. In den kühlen Herbstnächten, wenn sie gelegentlich an die Wochen und Monate dachte, die sie in dem Haus am Berkeley Square und an Bord der *David* und der *Najade* verbracht hatten, verkrampften sich ihre Bauchmuskeln, und sie lag mit geballten Fäusten da und starrte in die Dunkelheit.

Julia erlebte den zweiten Winter in Algier. Nach einem Ausflug zum Hafen mit Kemal, bei dem sie beide von einem plötzlichen, kalten Regenguß überrascht wurden, bekam Mehemet Dei eine Lungenentzündung. Obwohl er die Krankheit besiegte, nahm sie ihm viel von seiner wertvollen Kraft. Auf Julias Vorschlag hin trat er während seiner Genesungszeit einen Teil seiner Pflichten an Kemal und einen anderen Teil an Ali Pascha ab. Diese Aufteilung machte seinen Enkelsohn so wütend, daß er mit wehenden Bändern und von einer Wolke von Parfüm umgeben in Mehemet Deis Schlafzimmer stürmte und ihm dort eine derartig heftige Szene machte, daß der Dei sichtlich abgestoßen war. Er schickte Kemal mit so strengen Zornesworten weg, daß dieser es einen Monat lang nicht wagte, sich ihm zu nähern.

Beleidigt und konzentriert auf die Pflege seiner gekränkten Würde, versäumte Kemal die ihm übertragenen Pflichten. Die Art, in der Ali Pascha seine Aufgaben erfüllte, war bemerkenswert. Der Neffe des Dei traf schnelle, kluge Entscheidungen und berichtete seinem Onkel von jeder seiner Handlungen, um sie von ihm billigen zu lassen. Seine Haltung war respektvoll, ohne unterwürfig zu sein, ein Ausdruck der Wertschätzung, die er dem alten Herrscher entgegenbrachte.

Eines Nachts, als Julia von einem Abend bei Mehemet Dei in den Harem kam, dachte sie darüber nach, wieviel ihr schon geglückt war. Wenn sie noch etwas mehr Zeit hatte, war es sehr wahrscheinlich, daß Mehemet Dei doch Ali Pascha als seinen Nachfolger unterstützen würde. Sie konnte sich jedoch nicht allein verantwortlich für diese Veränderung fühlen. Kemal hatte mit seiner kriecherischen Speichelleckerei und seinen kindischen Launen nur wenig dafür getan, seine Aussichten zu verbessern.

Sie wünschte Abdullah an der Tür eine gute Nacht und trat in den Gemeinschaftsraum des Harems. Wie in der Nacht, in der sie angekommen war, war es dunkel; die Fensterläden waren geschlossen, und der Raum wurde nur durch die Lampen in den Fluren erleuchtet. Selbst die Kohle in dem Becken war verloschen, obwohl sie immer noch eine schwache Wärme abstrahlte. Julia ging durchs Zimmer. In dieser Nacht lag etwas Seltsames in der Luft, ein eigentümliches unbestimmtes Gefühl.

Plötzlich blieb sie stehen. Ein Schatten bewegte sich an der Wand in der Nähe des Eingangs zu dem Flur, in dem auch ihr Zimmer lag. Eine ganze Weile stand sie still und betrachtete aufmerksam den düsteren Raum, in dem sie stand.

Der Schatten bewegte sich noch einmal, fließend zwischen hell und dunkel. Er wand sich stetig hin und her, wie ein schwerer Vorhang im Luftzug. Plötzlich wurde ihr klar, woher der Schatten kam. Einer der hohen Läden an den Gartentüren war nicht ganz geschlossen. Der Nachtwind, der durch die Öffnung drang, bewirkte, daß die Lampen flackerten.

Julia ließ mit einem langen Seufzer ihren angehaltenen Atem wieder aus den Lungen strömen und ging auf die Öffnung zu. Als sie die Hand nach dem Griff an der Tür ausstreckte, öffnete sich der Laden noch etwas weiter. Eine in einen Burnus gehüllte Frau trat vorsichtig durch die Öffnung herein.

Julia wich einen Schritt zurück, und ihr Gesicht wurde ausdruckslos vor Unglauben. Wenn man nach Einbruch der Dunkelheit dabei erwischt wurde, daß man den Harem verließ, wurde man schwer bestraft. Wenn nicht der Kurbash, dann traf einen zumindest die Bastinade mit der langen dicken Rute, mit der man auf die nackten Fußsohlen geschlagen wurde. Diese Methode der Bestrafung konnte den Bestraften zum lebenslänglichen Krüppel machen. Wenn eine Untersuchung erwies, daß der Grund für den nächtlichen Ausflug die fleischliche Begierde gewesen war, wurde der Tod durch Strangulieren als Bestrafung vorgezogen. Es war eine Sache, zu verstehen, warum eine Frau so etwas tun konnte, sie wirklich dabei zu erwischen, daß sie es tat, war etwas ganz anderes.

Die Frau war Mariyah. Mit bleichem Gesicht und vor Schreck geweiteten Augen starrte sie Julia an. Dann hob sie ihr spitzes Kinn.

»Du kommst ziemlich spät aus dem Bett des Dei«, sagte sie giftig. »Du siehst gar nicht müde aus.«

Julia war völlig klar, was Mariyah zu erreichen versuchte – sie wollte sie in die Defensive treiben. Sie wußte, daß sie sofort die Stimme heben und Abdullah rufen müßte. Sie konnte es nicht tun. Sie hatte nicht den Wunsch, zu veranlassen, daß irgend jemand hart bestraft wurde, noch viel weniger eine Frau. »Seltsam«, sagte Julia. »Ich bin so müde und erschöpft, daß ich kaum aus den Augen schauen kann. Da du schon aus dem Bett aufgestanden bist, um diese Tür zu schließen, werde ich dich diese Aufgabe vollenden lassen. Wir müssen morgen Abdullah sagen, daß der Verschluß nicht in Ordnung ist.«

Julia drehte sich um und ging weiter. An der Tür sah sie sich noch einmal um. Mariyah stand da und starrte hinter ihr her, einen vorwurfsvollen Blick in ihren katzengleichen schmalen Augen.

»Du hättest schreien müssen, die Wachen rufen!« sagte die Herrin Fatima am nächsten Morgen, als Julia ihr von dem Vorfall berichtete.

»Ich konnte nicht zum zweiten Mal der Grund sein, daß Mariyah gepeitscht oder noch schlimmer bestraft wird.«

»Verrücktes Mädchen! Glaubst du, sie hätte dich verschont? Niemals!«

»Das macht nichts«, erwiderte Julia, und ein eigensinniger Blick ließ ihr Gesicht verschlossen wirken.

»Natürlich macht es etwas. Hast du etwa die romantische Vorstellung, daß sie im Garten bei Mondlicht einen Geliebten getroffen hat? Mariyah nicht. Ganz abgesehen davon, daß sie die Umarmungen ihrer Sklavin vorzieht, wäre sie nicht wegen eines kurzen Genusses so dumm. Ich fürchte einen viel gefährlicheren Grund.«

»Gefährlich? In welcher Beziehung?«

»Sie hat einen Bruder, der Mameluke und Mitglied der Palastwache ist. Wenn der Dei diese Erde verläßt – möge Allah diesen unvermeidlichen Augenblick noch hinausschieben –, dann könnte die Treue dieser Wachen – oder ihr Mangel an Treue – möglicherweise bestimmen, wer als nächster auf dem königlichen Thron von Algier sitzen wird. Ein Mann, der in seinem Bett ermordet worden ist, kann dabei unmöglich Erfolg haben. Verstehst du?«

Julia unterdrückte ein Schaudern und gab zu verstehen, daß sie wußte, was gemeint war. Selbst wenn sie ihr ganzes Leben im Palast verbringen würde, würde sie sich doch nie an die beiläufige Art gewöhnen, mit der hier über Verbrechen und Tod gesprochen wurde. »Und wenn man Mariyah vielleicht dazu befragen würde?«

Die Herrin Fatima schüttelte mit finsterer Miene den Kopf. »Es ist zu spät. Sie würde nur leugnen, daß sie überhaupt ihr Bett verlassen hat, und eine Zeugin finden, die ihre Aussage bestätigt. Am Schluß würde es aussehen, als wärest du rachsüchtig und machtgierig, und der Dei könnte dich mit Unwillen betrachten. Nein, das dürfen wir nicht riskieren. Wir müssen froh sein, daß wir gewarnt worden sind. Ali Pascha muß informiert werden. Schritte müssen unternommen werden, um der Bedrohung zu begegnen, die diese dumme kleine Hündin für unsere Pläne darstellt.«

»Es tut mir leid«, murmelte Julia leise. »Ich war mir über den Ernst der Lage nicht im klaren.«

»Ich bezweifle sehr, daß du es jetzt eher bist. Erkläre mir, Jullanar, bevorzugte Gespielin des Dei: Was, glaubst du, wird mit dir und den anderen Frauen des Harems geschehen, wenn der Dei stirbt?«

»Was wird geschehen?« wiederholte Julia und ignorierte, so gut es ging, den beißenden Sarkasmus in der Stimme der anderen Frau.

»Was wirst du tun, wenn euer Herr fort ist und der neue Dei eure Plätze im Harem für seine Frauen braucht? Wo werdet ihr hingehen? Hast du geglaubt, ihr könntet bleiben? Ich kann dir sagen, daß das nach dem Gesetz des *Purdah* nicht möglich ist. Als Frau des Mehemet Dei wird man mir erlauben, mein Eigentum zu nehmen und fortzugehen. Wenn ich noch eine Familie hätte, würde ich als reiche Witwe zu ihr zurückkehren. Wenn ich noch einen Sohn hätte, könnte ich im Palast bleiben als geehrtes und respektiertes Mitglied des Hofes. Aber so, wie die Dinge stehen, kann ich mir ein Haus und ein paar Sklaven kaufen, die sich um mein Wohlergehen kümmern, nachdem ich meine Geschenke veräußert habe. Das ist das Schicksal einer Ehefrau. Aber was wird wohl aus einer Konkubine?«

»Ich weiß es nicht«, gestand Julia möglichst gefaßt.

»Euer Schicksal liegt in den Händen des neuen Dei. Wenn er zu jener Art von Männern gehört, die für Frauen wenig Verwendung haben, kann er euch ohne große Schwierigkeiten allen die Kehle durchschneiden und eure Leichen in die Wüste bringen lassen. Er kann euch in

Säcke stecken und ins Meer werfen – ein Mittel, Frauen loszuwerden, das einer der ehemaligen Sultane von Konstantinopel gewählt hat. Er könnte euch auch den Sklavenhändlern übergeben, doch wenn so viele auf einmal auf den Markt kommen, von denen einige auch alles andere als jung sind, würde er nur wenig Profit dabei machen. Höchstwahrscheinlich würden die meisten als niedere Dienerinnen oder als gemeine Huren in den Bordellen am Hafen enden. Es ist auch möglich, daß er glaubt, es könnte vom wirtschaftlichen Standpunkt aus das beste sein, euch auf die Straße zu setzen, damit ihr Betteln geht oder die zweifelhafte Hilfe der Männer in der Stadt sucht. Doch die größte Wahrscheinlichkeit besteht darin, daß er es angemessen findet, die Janissaren oder seine Armee zu belohnen. Das würde Macht festigen. Welches bessere Geschenk könnte er seinen Soldaten schon geben als den freien Gebrauch der Frauen des alten Dei?«

»Das könnt Ihr doch nicht wirklich ernst meinen!«

»Doch, das kann ich, und das tue ich. Trotz deiner neuen Stellung und der hohen Position, die du erreicht hast, bist du nur ein Stück Eigentum, ein Ding. Du gehörst dir nicht, auch nicht die Kleider, die du trägst oder die Geschenke, die du in deiner Kammer aufbewahrst. Das alles gehört dem Dei, wer immer er auch sein mag.«

Julia senkte den Blick auf die Spitze vom Schuh der Herrin Fatima, der in gleichmäßigen Schlägen auf den Boden klopfte. Unbestreitbar machten diese Eröffnungen der Frau Freude. Und es gab auch wenig Zweifel daran, daß sie die Wahrheit sagte. »Kann man dagegen nichts unternehmen?«

»Deine einzige Möglichkeit, das Schicksal zu vermeiden, das dem restlichen Harem bestimmt ist, wird es sein, die Dankbarkeit des Ali Pascha zu gewinnen, indem du seinen Anspruch auf den Thron förderst. Er schätzt dich schon jetzt hoch ein. Er hat mich gebeten, dir mitzuteilen, daß er durchaus anerkennt, wie sehr du dich für ihn eingesetzt hast. Und doch warne ich dich, denn ich habe in dieser Beziehung schon einige Erfahrung. Man kann sich nicht auf die Dankbarkeit von Prinzen verlassen. Wenn du Ali Pascha nicht einen großen, bedeutenden Dienst erweist, wird er dich bei dem Kampf um den Thron und der darauffolgenden Freude über den Sieg vergessen.«

»Ich werde mir Mühe geben, daran zu denken, o verehrte Gattin des Dei.«

Die Herrin Fatima lächelte zufrieden über die offensichtliche Demut Julias. »Da ist noch eines, bevor du gehst. Mir gefällt es nicht, daß mein Mann an seinen Diwan gefesselt ist, seit er krank war. Ich finde es äußerst verdächtig, daß er so langsam seine Kräfte zurückgewinnt. Ist dir der Gedanke nicht auch schon gekommen?«

»Er ist nicht mehr jung, und seine Krankheit war nicht unbedeutend –« begann Julia, wurde aber sofort wieder unterbrochen.

»Selbst wenn es so ist, entspricht es nicht seiner Art, so wenig Kraftreserven zu haben oder so wenig Interesse an dem zu zeigen, was um ihn herum vorgeht. Ich befürchte, daß seine Krankheit, wie soll ich sagen, künstlich verlängert wird.«

»Vielleicht sammelt er nur seine Kräfte für den Frühling?«

»Sei doch nicht so begriffsstutzig!« rief die Herrin Fatima verärgert aus. »Ich verdächtige Mehemet Dei nicht der Faulenzerei. Muß ich deine naiven Vorstellungen noch einmal zerstören? Ich habe den Verdacht, daß ihm ein langsam wirkendes Gift in kleinen Dosen verabreicht wird, Mengen, die den Sklaven nicht sofort beeinträchtigen würden, dessen Pflicht es ist, seine Nahrung vorzukosten, Mengen, die einem gesunden Mann nicht schaden würden. Es wäre nicht das erste Mal, daß so etwas geschieht, und sicher ist es auch nicht das letzte Mal.«

»Ich nehme an, daß das möglich ist«, gab Julia zu.

»Bei allen Djinnen!« fluchte die Herrin Fatima. »Natürlich ist es möglich, sogar wahrscheinlich. Es ist doch gut, daß Mehemet Dei mehr als eine Frau hat, die sich um seine Bedürfnisse kümmert!«

Julia senkte den Kopf. »Ich werde Basim beauftragen, besonders wachsam zu sein.«

»Zweifellos ist sich der Zwerg der Gefahr bewußt. Dennoch wird es nicht schaden, ihm klarzumachen, daß auch andere davon wissen, und ihn an seine Pflicht zu erinnern.«

Die Herrin Fatima hatte recht gehabt, das stellte Julia fest, als sie das Thema mit Basim besprach. Er verbeugte sich besonders tief. »O schönste Dame«, sagte er. »Es ist mir eine große Ehre, daß Ihr mir Eure Ängste um Euren Herrn anvertraut. Ich habe mir auch schon um die Schwäche des Effendi Sorgen gemacht. Heute morgen habe ich im Namen des Herrschers von Algier einen Befehl an die Küche ausgegeben, daß jede Person, die eine Speise zubereitet, selbst davon essen muß, bevor sie vor den Dei gebracht werden kann. Schon jetzt windet sich der Handlanger, der immer das Sorbet bereitet, auf seinem Lager. Die Wirkung auf ihn war so groß, verglichen mit unserem Herrn oder dem Vorkoster, daß man davon ausgehen muß, daß Mehemet Dei schon seit längerer Zeit langsam steigende Dosen des Gifts bekommen hat.«

»Hat der Mann preisgegeben, wer ihm den Auftrag gegeben hat, das Gift einzusetzen?«

»Nein, schöne Herrin. Sein Zustand ist ernst, und er spricht, wenn überhaupt, nur sehr undeutlich. Es hat ganz den Anschein, daß er den Abend nicht mehr erlebt. In jedem Fall ist es zweifelhaft, daß er je jemand anderen als einen Vermittler gesehen hat, möglicherweise einen Sklaven oder Wächter im Sold jenes Mannes, der am meisten von einer solchen Tat profitieren würde.«

Basim wich sorgfältig ihrem Blick aus. Dennoch kannten sie beide den Namen des Mannes, von dem sie sprachen. »Gibt es denn nichts, was man tun könnte, um die Schuld dieses Mannes zu beweisen und dieser Verschwörung ein Ende zu bereiten?«

»Noch nicht«, antwortete Basim grimmig. »Die Zeit ist noch nicht reif.«

Der Gesundheitszustand des Dei verbesserte sich allmählich. Julia befürchtete, daß sein Geist in Mitleidenschaft gezogen worden war, denn oft saß er da und starrte ins Leere, und wenn sie ihn darauf aufmerksam machte, konnte sie ihm nicht begreiflich machen, daß eine lange Zeit vergangen war, seit er zum letzten Mal gesprochen hatte. Er wurde bei allen möglichen Entscheidungen immer abhängiger von seinen Beratern, seinem Großwesir, seinem Enkel und dem Anführer der

Janissaren. Mehr als einmal erlaubte er Julia, hinter einem Vorhang verborgen zuzuhören, wenn er in seinem privaten *Gulphor* Gäste empfing. Später fragte er sie nach ihrer Meinung zu dem Gespräch, das sie gehört hatte. Was sie besonders beunruhigte, war die Häufigkeit, mit der er ihren Schlüssen zustimmte und auch entsprechend handelte.

Eines Nachmittags im Sommer bereitete Julia die Wasserpfeife vor, zündete sie an und gab Mehemet Dei das Mundstück. Dann nahm sie ihren Fächer, lehnte sich zurück, schlug nach einer herumsummenden Fliege und fächelte sich Luft zu.

Der Dei, der auf seinem Diwan saß, schien die erstickende Wärme nicht zu spüren. Er saß da und hielt das Mundstück der Wasserpfeife in der Hand, als wüßte er nicht, was er damit tun sollte. Plötzlich fragte er: »Glaubte der große Kaiser des Westens Napoleon an das Kismet?«

»Ich bin mir nicht sicher, o Beherrscher des Zeitalters. Ich denke, daß er wie alle Menschen, die den Willen Allahs nicht kennen, es manchmal getan hat und manchmal nicht. Er sprach oft vom Schicksal, und doch hat er bei einer anderen Gelegenheit einmal gesagt, daß er, je höher er gekommen sei, um so weniger freien Willen gehabt habe. Er hatte sein ganzes Leben das Gefühl, daß er für ein großes Ziel bestimmt gewesen ist und daß er unverletzlich und unangreifbar war, bis er es erreicht haben würde. Dennoch befürchtete er, daß ihn – wenn sein Schicksal schließlich erfüllt wäre – alles, selbst eine Fliege, vernichten könnte.«

»Ach«, sagte Mehemet Dei und nickte langsam, »mir geht es auch so, mir auch. Und als er schließlich auf der Insel St. Helena war, hat er da geglaubt, daß sein Schicksal schon abgeschlossen wäre?«

Es dauerte einen Augenblick, bis Julia darauf antworten konnte. »Ich glaube nicht, daß er eine derartige Tatsache vor sich selbst hätte eingestehen können, Mehemet Effendi. Aber ich denke, daß es so war.«

Er neigte in einem langsamen, verständnisvollen Nicken den Kopf und seufzte tief. »Kobah, Stern der Freude, hole das Hackbrett und spiele für mich, bis ich eingeschlafen bin. Vielleicht kann ich, während ich deiner süßen Musik zuhöre, den Schmerz darüber vergessen, daß sich mein Schicksal ebenfalls erfüllt hat.«

Julia hatte im Laufe der Monate gelernt, auf dem Hackbrett zu spielen. Sie tat, worum sie gebeten worden war, und entlockte den Saiten eine flüchtige Melodie mit einem Anflug von Traurigkeit. Ohne daß sie den Grund dafür kannte, mußte sie dann und wann innehalten, um sich die Tränen von den Wangen zu wischen, die immer wieder über ihr Gesicht rollten.

Im Laufe der Zeit gewann Mehemet Dei seine alten Kräfte wieder, und seine düstere Stimmung schwand. Als die sommerliche Hitze nachzulassen begann, raffte er sich auf, eine Jagd zu planen. Julia, die jetzt nur noch selten von seiner Seite wich, sollte mitkommen. Die Aussicht darauf, den Palast und die heißen, staubigen, stinkenden Straßen der Stadt zu verlassen, war so aufregend, daß sie es kaum erwarten konnte. Fast zwei Jahre war sie jetzt schon eingesperrt wie eine Gefangene. Mit Ausnahme von einem oder zwei kleinen Ausflügen zu den Basaren mit dem Dei hatte sie die Türme und gewundenen Gänge des Palastes nicht verlassen. Sie sehnte sich nach tiefen Atemzügen in frischer Luft ohne die allgegenwärtigen Räuchergefäße oder den Gestank der faulenden Abwässer aus dem Palast und den offenen Abflußrinnen der Stadt. Sie wollte die Sonne auf dem Gesicht und den Wind in ihrem Haar spüren. Sie wollte etwas Neues sehen und erleben. Und vor allem sehnte sie sich nach der Illusion von Freiheit, so kurz sie auch sein mochte.

Das Jagdgebiet, das der Dei aufsuchen wollte, lag am Fuß des Atlasgebirges ungefähr zweihundertfünfzig Kilometer von Algier entfernt. Die Karawane sollte in bequemen Tagesreisen ihr Ziel erreichen. Zweihundert Kamele verließen die Stadttore vor Tagesanbruch. Die Edlen des Hofes einschließlich Kemal und Ali Pascha bildeten die Jagdgesellschaft. Sie ritten auf edlen Umaniyan-Kamelen, während weniger wertvolle Tiere die bunten Zelte, Teppiche, Kissen und Möbel, die für die Bequemlichkeit so wichtig waren, und Nahrungsmittel und Gerätschaften zum Kochen trugen. Sklaven begleiteten den Zug. Selbst voll beladen, konnten die Kamele fast hundert Kilometer am Tag zurücklegen.

Sie verbrachten die erste Nacht in einer juwelengrünen Oase. Julia war müde von der ungewohnten Anstrengung, von der Überwindung, die es sie gekostet hatte, in dem mit einem Vorhang verhängten Palankin, einer sänftenähnlichen Trage, auf ihrem Kamel zu bleiben. Sie zog sich schon früh auf ihren Diwan zurück und schlief traumlos. Am Morgen ließ sie sich in das lange, schwarze Gewand mit Kapuze und einem schmalen Schlitz für die Augen kleiden, das man für eine Frau unter vielen Männern als passend erachtete, und trat aus dem Zelt.

Ringsherum herrschte große Geschäftigkeit. Die Treiber riefen ihren Kamelen Befehle zu und fluchten, und die Tiere brüllten. Die Luft war kühl und nur vom Rauch der Frühstücksfeuer aromatisiert. Die Dattelpalmen hoben ihre vollen Kronen in einen sanften Wind. Das Licht war so klar, daß das blaue Zelt des Dei sich scharf vom Himmel abzeichnete, während die Fahne, die darüber wehte, einen Schimmer von Silber zu haben schien.

Zwei Männer verließen ein entferntes Zelt am Rand der Oase und machten sich auf den Weg zum Zelt des Dei. Sie trugen beide Tuniken, weite Hosen, lange Umhänge und weiche, nachgiebige Stiefel, wie sie die algerischen Moslems tragen. Der eine hatte einen Schal um seinen Turban gewunden; der Kopf des anderen war von einem Tuch bedeckt, das von einer Kordel gehalten wurde. Beide waren bärtig, beide groß, obwohl der eine den anderen um mindestens fünf Zentimeter überragte. In den Händen der Männer lagen lange Gewehre. Als sie sich näherten, erkannte Julia den kleineren der beiden Männer, der den Turban eines Edelmannes trug. Es war Ali Pascha. Den anderen konnte sie nicht sofort einordnen, obwohl sie ihm mit den Blicken folgte.

Die beiden Männer erreichten sie in lockerem Schritt. Julia wußte, daß sie sich demütig in das Zelt zurückziehen müßte, aber sie tat nichts dergleichen. Sie blieb stehen, und als die Männer direkt neben ihr waren, sah sie das Aufflackern des Erkennens in den schwarzen Augen des Neffen des Dei. Sie erkannte den harten Schimmer seines Interesses, bevor er seinen Blick abwandte.

Sie sah noch einmal den anderen Mann an und erstarrte. In seinem

Bart war ein Anflug von Rot. Sein Gesicht war vom Wetter gezeichnet, seine sonnengebräunte Haut straff über den Knochen gespannt. Unter dichten Augenbrauen glitzerten seine Augen wie blaues Glas. Er lächelte nicht. Sein Blick glitt über sie hinweg, als wäre sie nicht da.

Als die beiden Männer den Rand des Lagers erreichten, berührten die ersten orangefarbenen Sonnenstrahlen die Zelte. Die Gebetsteppiche wurden ausgelegt. Trotz seiner edlen Abstammung kniete Ali Pascha bei den anderen auf seinem Gebetsteppich, direkt neben einem einfachen Kameltreiber. Nur die Sklaven standen in schweigendem Warten, bis das Ritual vorüber war. Unter ihnen befand sich auch der hochgewachsene dunkle Mann, der den Neffen des Dei begleitet hatte. Jetzt stand er unbeweglich, den harten blauen Blick auf den graublauen Schimmer der Vorgebirge in der Ferne gerichtet. Unter der Kopfbedekkung und der maurischen Kleidung, unter dem Bart und dem stählernen Gesichtsausdruck, der von der aufgehenden Sonne einen Kupferton bekam, befand sich ein weißer, christlicher Sklave. Sein Name war Rudyard Thorpe.

KAPITEL 17

Am Morgen des dritten Tages sichteten die Fährtensucher ein Rudel Wüstenlöwen. Da sie sich nicht allzuweit von der Karawane entfernt befanden, bat Julia den Dei darum, mit ihm reiten zu dürfen. Ihre Motive waren sogar ihr selbst nicht ganz klar. Sie haßte den Gedanken, im Lager zurückbleiben zu müssen und sich die Zeit innerhalb der engen Wände ihres Zelts zu vertreiben. Sie wollte dort sein, wo Bewegung war. Auch die Tatsache, daß der Mann, den sie als Rud erkannt hatte, mit bei der Jagdgesellschaft sein könnte, war ein wichtiger Grund. Mehemet Dei, der ihre Bitte als Kompliment auffaßte, war hocherfreut. In der Gesellschaft, die schließlich aus dem Lager ritt, befanden sich zwölf Personen. Dabei waren Julia und der Dei, Basim, zwei andere Herren des Hofes, drei Fährtensucher, Kemal mit einem seiner jungen Gefährten und Ali Pascha mit dem christlichen Sklaven, der sein Freund geworden war.

Das Gelände war rauh und felsig, bedeckt mit Dornbüschen und fleischigen, spitzblättrigen Agaven. Gepanzerte Eidechsen sonnten sich auf jedem hervorstehenden Felsstück, und in den kühlen Schattenflekken lagen Skorpione mit eingerollten Schwänzen.

Die Löwen lagerten in einer schmalen, steilen, gewundenen Senke, die aufgrund des Dorngestrüpps unpassierbar war. Als sie sich näherten, sah man ein großes Tier mit schwarzer Mähne auf einem Vorsprung am Rand der Schlucht. In all seiner Pracht beobachtete er sie eine Weile und verschwand mit einem Sprung aus ihrer Sicht.

»Der König lehnt eine Audienz ab«, sagte der Dei ironisch. »Ich frage mich, ob er wohl irgendwann hervorstürmen und sein Revier gegen die Eindringlinge verteidigen wird.«

Die drei Fährtensucher und die edlen Herren bahnten sich einen Weg am Rande der Schlucht. Staub wirbelte auf, und der Lärm fallender Steine hallte durch das Vorgebirge, doch das Rudel wurde nicht aufgescheucht.

Der Wind legte sich. Die Sonne brannte herunter und verwandelte die Felsen am Eingang der Schlucht in einen glühenden Kessel. Ali Pascha und Rud diskutierten über die Möglichkeit, vielleicht noch eine andere Beute zu finden, und kurze Zeit später trieb der habichtgesichtige Neffe des Dei sein Kamel an und war bald außer Sicht. Basim zog die Kamele von Julia und Mehemet Dei zur Seite in den schmalen Schatten der von Dornbüschen bedeckten Anhöhe. Kemal saß ab und verlangte verdrießlich, man solle ihm ein Lager auf dem Boden bereiten, damit er sich setzen könne.

Der fette Enkel des Dei hatte seinen Platz eingenommen und saß am Boden im Schatten seines Begleiters, als ein krachender Lärm aus der Schlucht ertönte. Einen Augenblick später brach eine prächtige Löwin aus dem Dorngebüsch. Mit gefletschten Zähnen und einem Grollen in der Kehle stürzte sie sich auf Kemal.

Sie bewegte sich ungeheuer schnell. Kemal versuchte, sich zu erheben, seinen Säbel zu ziehen, und ein schriller Schrei ertönte aus seiner Kehle. Der Knabe hinter ihm warf die Fliegenklatsche in seiner Hand weg und flüchtete. Der Dei griff nach einem Augenblick der Erstarrung nach dem Gewehr, das er über seine Knie gelegt hatte. Doch selbst wenn es ihm gelungen wäre, das Tier mit dem einen Schuß aus seiner alten Muskete niederzustrecken, war Julia klar, daß er sie nie mehr rechtzeitig an die Schulter würde heben können. Noch bevor sie halb erhoben war, würde das wilde Tier schon an Kemals Kehle hängen. Doch selbst in diesem Augenblick des Schreckens spürte sie eine kurz aufflakkernde Freude. Mit einem einzigen Satz würde die goldene Löwin das tun, was ihr und Basim bisher nicht gelungen war. Sie würde die Sicherheit des Dei wiederherstellen und sie besser schlafen lassen.

Da ertönte das Krachen eines Schusses. Die Löwin überschlug sich, zuckte noch einmal und lag dann still. Voller Unglauben wandte sich Julia in die Richtung, aus der der Schuß gekommen war. Rud stand in der blauschwarzen Pulverdampfwolke aus seinem Gewehr, das immer noch an seiner Wange lag. Einen Moment sah er ihr mit einem Blick voll bitterer Ironie in die Augen, dann senkte er das Gewehr und ging zu dem toten Tier.

»Es gibt keinen Gott außer Allah«, sagte der Dei erstaunt.

»Dummkopf! Du hättest mich mit deinem Schuß töten können«, kreischte Kemal Rud an, während er unbeholfen aufstand, und sein schreckensblasses Gesicht wurde von einem Augenblick zum andern zornrot. Offenbar schämte er sich, daß ein Sklave sein Leben gerettet hatte.

»Ist es angemessen, daß du deine Rückkehr ins Leben mit so wenig Dankbarkeit aufnimmst?« fragte der Dei und wandte sich seinem Enkel zu. »Wäre es dir lieber gewesen, von den Fängen und Klauen der Löwin zerrissen zu werden? Du hast den heißen Atem des Todes gespürt. Sei dankbar, daß deine Zeit noch nicht gekommen ist!«

Während Mehemet Dei sprach, hatte Kemal die Fassung wiedererlangt. Er überwand sich mit ungeheurer Mühe, streckte einen bestickten Stiefel aus und stieß den toten Körper der Löwin mit einem Zeh an. Als der Kadaver zuckte, machte er mit einem Fluch und einem finsteren Stirnrunzeln einen Satz rückwärts. In diesem Augenblick kam Ali Pascha in Sicht. Die kleinen Augen Kemals verengten sich in plötzlichem Mißtrauen. »Ihr seid sehr weise, mein Großvater«, sagte er mit gedämpfter Stimme, »und ich gebe meinen Fehler zu. Doch sagt mir, warum diese Bestie, die bei unserem Näherkommen eigentlich hätte flüchten müssen, sich entschlossen hat, mich anzugreifen. Ist es möglich, daß sie mit mörderischer Absicht aus jener Schlucht dort getrieben wurde?«

Der alte Mann schwieg, bis Ali Pascha sie erreicht hatte und sein Kamel halten ließ, während er mit schnellem Verständnis die Sachlage überschaute. »Was sagst du dazu, Ali Pascha?« fragte der Dei von Algier. »Hast du zufällig oder absichtlich die Löwin auf Kemal zugetrieben, wie er vermutet?«

»Er tut mir zuviel der Ehre an, mächtiger Herrscher des Zeitalters«, antwortete Ali Pascha leichthin. »Ich fürchte, daß es nicht in meiner Macht steht, die Wesen der Wüste so zu lenken, daß sie einen Mann und nicht einen anderen angreifen. Und selbst wenn es mir möglich gewesen wäre, hätte ich doch sicher auch die Voraussicht besessen, meinen Freund Rudyard zu bitten, nicht so schnell mit seinem Gewehr zu sein, damit er meine bösen Pläne nicht zunichte macht.«

»Ich bin nicht das einzige mögliche Opfer hier«, sagte Kemal mit einem bedeutsamen Blick auf seinen Großvater. »Erkläre, wenn du kannst, warum uns die Löwin angegriffen hat.«

»Das wird mir ein leichtes sein. Sie hat Junge und wollte sie beschützen und ihnen gleichzeitig das wahre Gesicht des Mutes zu zeigen.«

»Ich vermute, du kannst auch diese Jungen vorweisen?« fragte Kemal.

»Natürlich, wenn du auf dein Kamel steigst und mit mir in die Schlucht kommst.«

Kemal wurde blaß. »Das – wird nicht nötig sein«, murmelte er schließlich.

»Also ist die Sache erledigt«, entschied der Dei, während sein ernster Blick auf seinem Enkel ruhte. »Wir müssen Ali Pascha danken, daß er uns an eine große Wahrheit erinnert hat. Und danach sollten wir uns der Frage zuwenden, wie wir am besten dem Mann danken können, der den schrecklichen Angriff der Löwenmutter gebremst hat.«

Kemal verzog das Gesicht und schwieg. Ali Pascha wartete höflich, um seinem Onkel einen Gefallen zu tun. Rud, der sein Gewehr an seine Seite gestellt hatte, trat einen Schritt zurück. Ein paar Sekunden war seine Haltung angespannt und aufmerksam gewesen, als Ali Pascha angeklagt wurde; jetzt verhielt er sich möglichst unauffällig.

Mit einem schwachen Lächeln wandte der Dei sich Julia zu, die hinter geöffneten Vorhängen in ihrem Palakin saß. »Jullanar, o Mond meiner beständigen Freude, da du über diesen kleinen Streitigkeiten und dem übertriebenen Stolz der Männlichkeit stehst, was denkst du? Was wäre eine gerechtfertigte Belohnung für einen Sklaven, der das Leben meines Enkels gerettet hat?«

Julia betrachtete die tote Löwin. Der braungoldene Pelz schimmerte in der Sonne, obwohl sich schon die stechenden blauen Fliegen zu sammeln begannen. Ihr war, als wäre eine Komplizin in einer gefährlichen, aber notwendigen Mission niedergestreckt worden. Die Löwin war tot. Napoleon, Jeremy Free, ihr Vater, sie alle waren dahingegangen, während so wertlose Männer wie Marcel und Kemal weiterlebten und dem Tod immer um Haaresbreite entkamen. Was hatte Rudyard Thorpe getan? Er hatte mit Lügen und Tricks die Bonapartistenbewegung infiltriert. Er hatte sie betrogen, benutzt, um seine niederträchtigen Ziele zu verfolgen, und aus ihr ein bequem zugängliches Gefäß für seine Lust gemacht. Seinetwegen hatte sie ihren Vater, ihr Kind, ihr väterliches Erbe verloren. Sie war zur Sklavin geworden, gezwungen, mit der täglichen Angst vor Demütigungen und dem Wissen zu leben, daß ihr Körper nicht ihr selbst gehörte, sondern dem Willen jenes Mannes unterworfen war, den sie ihren Herrn nennen mußte. Welche Ironie war es, daß man sie bat, eine Belohnung für jenen Mann vorzuschlagen, der die Ursache für ihr Unglück war.

Die Kamele wurden unruhig und knurrten schlechtgelaunt, weil sie so lange stehen mußten. Über der Wüste erhob sich ein Staubteufel, wirbelte wie verrückt herum und legte sich wieder.

Die Dinge, mit denen sie Rud bedenken konnte, waren zahllos. Juwelen, Reichtümer, schöne Pferde und Reitkamele, ein eigener Sklave, der für ihn niedere Aufgaben erfüllte, Waffen, Aufstieg in höhere Dienste des Dei und selbst das größte aller Geschenke, seine Freiheit; alles war möglich. Sie brauchte nur die Worte auszusprechen, und es würde ihm gehören.

»Jullanar, du hast die Erlaubnis zu sprechen«, sagte der Dei sanft.

»Vergebt mir, o ruhmreicher Herrscher«, sagte sie. »Das ist eine Sache, die sehr ausführlicher Überlegung bedarf.«

Bewegte sich Rud etwas unruhig in Erwartung ihrer Entscheidung? Suchten seine Augen ihr Gesicht in der Bitte, großzügig zu sein? Nein, er stand mit ungerührtem Gesicht an der Seite. War ihm klar, daß sie die Macht hatte, ihm seine Freiheit zu schenken? Es mußte so sein. Er hatte zuviel von der Art der maurischen Gesellschaft angenommen, ihre Kleidung, ihre Sprache, um ihre Sitten und Privilegien nicht auch zu kennen.

Sie atmete tief ein. »Daß es dem christlichen Sklaven möglich war, die Löwin zu töten, war sicher der Wille Allahs. Er war es, der seine Hand und sein Auge lenkte. Auch vollbrachte er die Tat unter nur geringer Gefahr für sich selbst. Also müßte eine Belohnung ausgehen von der Fähigkeit des Mannes, mit Waffen umzugehen, nicht von dem außerordentlichen Wert seiner Tat. Ich denke, daß ein Juwel von Euch persönlich, Mehemet Effendi, wohl ausreichen sollte.«

»Du bist ebenso klug wie schön, Jullanar. Es wird so geschehen, wie du gesagt hast.«

Kemal machte den Eindruck, als wollte er etwas sagen, überlegte es sich aber anders. Als Julia ihn ansah, bemerkte sie die Zornesröte, die sein rundes Gesicht überzog. Erst in diesem Augenblick wurde ihr klar, daß sie, indem sie den Dienst, den Rud ihm erwiesen hatte, so gering einstufte, den Wert von Kemals Leben auf die gleiche Stufe gestellt hatte. Eine solche Beleidigung würde er ihr nicht so schnell vergeben.

Doch noch während sie ihn ansah, trat ein Lächeln auf sein öliges Gesicht. »Und ich werde diesem Juwel als Anerkennung an den christlichen Sklaven ein Juwel besonderer Art hinzufügen, eine blonde tscherkessische Frau, die ich kürzlich gekauft habe. Sie gehörte zu einem Paar Zwillingen, bestehend aus einem Knaben und einem Mädchen, die der Händler nicht einzeln verkaufen wollte. Das Mädchen ist nicht übermäßig intelligent, aber sie ist jung, erst fünfzehn Jahre alt, und ihre Erscheinung ist vollendet. Schließlich ist es das, worauf es wirklich ankommt.«

Julia fiel es nicht schwer, die Bedeutung seiner Worte zu verstehen. Sie waren ein absichtlicher Seitenhieb, zunächst auf ihr Alter und dann auf ihre Attraktivität, mit einem kleinen Hinweis darauf, daß sie körperliche Reize durch geistige Qualitäten ersetzte. Dennoch konnte sie nicht vergessen, daß Marcel de Gruys, der nur zu gut die Beziehung zwischen ihr und dem Gefährten Ali Paschas kannte, in letzter Zeit öfter in Kemals Gesellschaft gesehen worden war.

Wenn der Dei diese Untertöne in dem Wortwechsel zwischen Julia und seinem Enkel wahrgenommen hatte, ließ er sich nichts anmerken. Er rief Rud zu sich und beschenkte ihn mit einem herrlichen Smaragdring und vielen höflichen Worten der Dankbarkeit. Ebenso höflich nahm Rud das Juwel entgegen. Er erlaubte es seinem Blick nicht, auch nur die Kleider der Favoritin des Dei zu berühren.

Die Jagd dauerte über eine Woche. Julia verließ nicht noch einmal das Zelt, um mit dem Dei zu reiten. Sie gab vor, daß ihr die Hitze und der Staub zu schaffen machten, und lag auf ihrem Diwan. Schwarze und beengende Traurigkeit ergriff sie. Manchmal war sie froh, daß es ihr möglich gewesen war, Rud doch noch zu vergelten, was er ihr angetan hatte. Sie dachte triumphierend daran, daß sie ihm die Hoffnung auf die Freiheit genommen hatte, ebenso wie er ihr Glück zerstört hatte. Bei anderen Gelegenheiten wurde sie von seinem maskenhaften Gesichtsausdruck verfolgt. Es beunruhigte sie, daß ein Mann, der so beherrschend gewesen war, sich jetzt dem Willen anderer beugen mußte. Ihre Gedanken beschäftigten sich mehr, als ihr lieb war, mit diesem Problem. Es weckte Erinnerungen an ihre gemeinsame Zeit und an Ereignisse, die sie miteinander erlebt hatten, Erinnerungen, die sie aus Rücksicht auf ihren klaren Verstand ganz tief in den dunklen Winkeln ihres Gehirns verborgen gehabt hatte. Jetzt drängten sie nach vorn, füllten sich mit Leben, Geräuschen, Farben, Düften, als wären sie erst gestern gewesen und nicht schon vor Jahren.

Mit angespannten Nerven erhob sie sich von ihrem Diwan und herrschte die Dienerinnen an. Es gelang ihr gerade noch, dem Dei abends den nötigen Respekt zu erweisen. Gleichzeitig beobachtete sie ihn sorgfältig, gequält von dem nagenden Gedanken, was wohl aus ihr werden würde, wenn er starb und der neue Dei den Thron bestieg.

Bei ihrer Rückkehr in den Harem stellte Julia fest, daß ihr Schlafzimmer durchsucht, ihre Kleider mit einem Messer aufgeschlitzt und alles Wertvolle, was sie geschenkt bekommen hatte, gestohlen worden war. Abdullah war voller Entschuldigungen. Man hatte die Kammern der anderen Frauen durchsucht, doch dabei war absolut nichts gefunden worden. Die Wachen, die in jener Nacht Dienst gehabt hatten, waren geschlagen worden – ohne Erfolg. Es war, als wäre ein Djin wie Rauch in das Zimmer eingedrungen, hätte Unheil gestiftet und dann mit Zauberkräften alle Gegenstände aus dem Harem entfernt.

Für Julia war offensichtlich, daß Mariyah für die Verwüstung verantwortlich zu machen war. Zweifellos hatte sie die Wertsachen zu dem Mann geschmuggelt, den sie schon nachts getroffen hatte. Aber warum? War er ein Liebhaber, der bezahlt werden wollte? Das schien nicht sehr wahrscheinlich. Mariyah machte vielleicht gemeinsame Sache mit Kemal, wie die Herrin Fatima angedeutet hatte, doch selbst wenn es so war, würden die Wertsachen, die sie mitgenommen hatte, nicht ausreichen, um eine Rebellion zu finanzieren, würden nicht einmal ein Tausendstel dessen ausmachen, was schon zu Kemals Verfügung stand. Es war natürlich möglich, daß Mariyah die Hinfälligkeit des Mehemet Dei ebenso gesehen hatte wie jeder andere und daß sie versuchte, sich einen angemessenen Betrag für die Zukunft zu sichern. Mit etwas Wohlstand und der Hilfe Kemals würde sie vielleicht das Kismet überreden können, gut zu ihr zu sein.

Aber auch wenn Julia Mariyah in Verdacht hatte, gab es doch keine Möglichkeit, ihre Schuld zu beweisen. Julia war zu stolz, das Ereignis dem Dei mitzuteilen, er würde vielleicht denken, sie wolle ihn dazu bringen, die gestohlenen Dinge zu ersetzen. Und das wollte sie auf jeden Fall vermeiden.

Doch diese Zurückhaltung nützte ihr nichts.

»Jullanar, Taube meines Herzens, mein Kobah«, sprach er sie an, als sie schon beinahe eine Woche wieder im Palast waren. »Du warst nie eine Klatschbase, aber dennoch warst du seit unserer Rückkehr noch stiller als sonst. Ist es möglich, daß du den Verlust der Dinge betrauerst, die ich dir geschenkt habe, und daß du dich danach sehnst, sie wiederzubekommen? Ich möchte nicht, daß du unglücklich bist. Wärest du zufrieden, wenn ich dir Kopien der verlorenen Dinge schenken würde?«

Julia schüttelte den Kopf und versuchte zu lächeln. »Ihr seid voller Güte und Gnade, Effendi. Dennoch sind manche Dinge unersetzbar.«

»Da muß ich dir zustimmen, o Licht meines Lebens, mein Kobah, denn niemand könnte deinen Platz einnehmen. Du hast mir mehr Freude gebracht, als ich verdiene. Ich küsse deine Lippen und bin wieder jung wie ein Knabe mit seinem ersten Mädchen. Mein Geist springt an die Stelle, zu der mein Körper ihm nicht folgen kann. Das macht meine Seele sehr traurig, doch es erfreut auch mein Herz, denn so kann ich dich lieben, wie ich meine eigene Tochter lieben würde, mit Stolz und Mitgefühl und dem großen Wunsch, daß ich für dein Glück sorgen könnte. Wenn du als Kind zu mir gekommen wärest, hätte ich dich adoptieren können, wie es bei den Wüstenstämmen der Brauch ist, und dann hätte ich für dich eine große Ehe arrangiert, die dir viele gute Söhne und ein langes Leben voller Ehre und Bequemlichkeit gesichert hätte. Aber es durfte nicht sein. Doch da das so ist, habe ich alles so gut wie möglich für dich und deine Sicherheit arrangiert. Hör mir gut zu, du Stern neben meinem abnehmenden Mond. Falls mich der Tod ereilt, mußt du dich Basim anvertrauen. Er hat den Auftrag, für dich zu sorgen in dem Tumult, der darauf folgen wird. Mit Allahs Wille und seinem großen *baraka*, wird er dich vor jedem Leid beschützen.«

Seine Stimme wurde leiser und schwankte. Julia streckte ungebeten ihre Hand aus und berührte seinen Arm. Er zitterte unter ihren Fingern, und obwohl es ein schöner, gar nicht heißer Tag war, stand ein leichter Schweißfilm auf dem pergamentfarbenen Gesicht des Dei von Algier. Es ging ihm nicht mehr gut, seit sie von der Jagd zurückgekehrt waren – ein weiterer Grund dafür, daß Julia ihn nicht mit ihren Problemen hatte belasten wollen. Sie dachte, die Hitze, der Staub, die Anstrengung und die Aufregung seien wohl zuviel für ihn gewesen.

»Geht es Euch gut, Mehemet Effendi? Soll ich Euch etwas holen? Wasser oder Granatapfelsaft?«

»Nein, nein«, flüsterte er. »Bleib nur einfach bei mir und denk an das, was ich dir gesagt habe.«

»In diesem wie in allen anderen Dingen bin ich Eure Sklavin«, erwiderte Julia und spürte nur die Wahrheit der Worte, nicht die damit verbundene Scham.

Jetzt, da Julia Rud einmal begegnet war, schien er plötzlich überall zu sein, wo sie hinsah. Er erschien bei zahlreichen Gelegenheiten neben Ali Pascha im Audienzsaal, öfter als einmal in der gleichen Ecke wie Marcel de Gruys. Die beiden Männer ignorierten sich. Aus der Art zu urteilen, in der sie miteinander umgingen, hätten sie sich völlig fremd sein können. Eines Morgens sah sie den Mann, der ihr Ehemann war, vor den Fenstern der Gemächer des Dei, als er gerade auf dem Weg zum Hafen war. Später am selben Tag ging er vor ihr über einen Hof, als sie durch einen schmalen Gang zum Harem unterwegs war, und auf einmal kam ihr der Gedanke, daß er vielleicht im Palast wohnte. Vielleicht war er Gast von Ali Pascha in einem der abgelegeneren Teile des Palastes, wo die entfernten Verwandten und die Offiziere der Janissaren untergebracht waren? Wenn das der Fall war, teilte zweifellos auch das tscherkessische Mädchen, das Kemal ihm geschenkt hatte, seine Zimmer. Ein fünfzehnjähriges Mädchen. Frauen in diesem zarten Alter waren noch formbar, er konnte sie lehren, sich in jeder Beziehung seinen Wünschen unterzuordnen, sie konnte lernen, wie sie am besten gefallen würde, und vor allem den Gedanken in sich aufnehmen, daß der einzige Zweck ihres Lebens war, seine Bedürfnisse zu erfüllen. Julia wünschte ihm viel Freude mit ihr! Sie hoffte, das Mädchen würde auch in der Lage sein, zu singen und zu tanzen und das Hackbrett zu spielen oder – oder einen Kopfstand zu machen. Wenn sie es nicht konnte, würde ein junges Mädchen mit wenig Klugheit ihn schon vor Ablauf eines Monats zu Tode langweilen. Und das geschah ihm recht!

Sie war so in Gedanken versunken, daß sie nicht merkte, wie Abdullah, der sie begleitete, hinter ihr zurückblieb, um vor einer der Türen mit einem Wächter zu sprechen. Sie war allein, als sie in den Hof hinaustrat. Sie blieb stehen und wartete, bis sich ihre Augen nach dem dunklen Gang an das helle Licht gewöhnt hatten. Eine Brise wehte durch den kahlen Hof, und automatisch hob sie die Hand, um ihren Gesichtsschleier festzuhalten, und berührte die goldene Biene an ihrer Schläfe, um sicherzugehen, daß sie sie auch richtig befestigt hatte.

Das Scharren eines gestiefelten Fußes auf dem Steinboden ließ sie nach rechts sehen. Rud stand unter einem Säulengang keine drei Schritte von ihr entfernt. Sein Gesicht wirkte angespannt, als traue er seinen Augen nicht. Langsam ging er auf sie zu.

Angst ergriff Julia. Es war Wahnsinn, wenn er sich ihr näherte. Wenn man ihn sah, würde das seinen sicheren Tod bedeuten.

Falls Rud sich über die Folgen im klaren war, hatte er die Absicht, sie nicht zur Kenntnis zu nehmen. Sein Ausdruck war hart und entschlossen. Der Blick in seinen Augen machte Julia plötzlich bewußt, wie transparent der Berkan war.

»Dafür, daß du die Geliebte eines alten Mannes bist, siehst du sehr gut aus.«

Die englischen Worte trafen sie wie ein Peitschenhieb. Noch bevor sie sich erholen konnte, fingen ihre Ohren ein Geräusch aus dem Gang hinter sich auf, das ihr die Haare im Nacken zu Berge stehen ließ. Es war das Zischen eines Säbels, der aus seiner Scheide gezogen wurde.

Abdullah erschien wie ein riesiger, dunkler Schatten neben ihr. »Was hat der Ungläubige zu Euch gesagt?« wollte er wissen.

Julia bemühte sich, ihre Stimme fest klingen zu lassen. »Er sah mich allein und unbewacht und dachte, ich könnte vielleicht in Schwierigkeiten sein. Er fragte, ob er mir irgendwie dienlich sein könnte.«

Indem sie das sagte, schob sie einen Teil der Verantwortung für diese Begegnung ihrem Wächter zu. Diese Doppeldeutigkeit entging dem Eunuchen nicht. »Schwört Ihr das beim heiligsten Namen?« fragte er, und seine hohe Stimme klang mißtrauisch. Und doch deutete schon die Tatsache, daß er sie das fragte, darauf hin, daß er willens war, ihre Antwort zu akzeptieren.

»Ich schwöre es«, sagte Julia.

Einen winzigen Augenblick hob sie ihren klaren Blick zu Ruds Augen und erkannte in ihren blauen Tiefen, daß er wußte, wie leicht sie sein Leben qualvoll hätte enden lassen können.

Abdullah grunzte. »Also geh weiter, christlicher Hund, und laß nicht noch einmal deinen ungläubigen Blick auch nur auf den Schatten des größten Schatzes des Dei von Algier fallen!«

»Jullanar! Jullanar! Erwache, meine Taube, du mußt aufwachen!«

Julia öffnete die Augen. Das graue Licht der Morgendämmerung sikkerte ins Zimmer, war jedoch noch nicht stark genug, um die Dinge in ihrer Umgebung erkennbar sein zu lassen. Jawharah beugte sich über sie, ihr mattbraunes Haar hing ihr über die Schultern, und ihr Gesicht war noch vom Schlaf verquollen.

»Was ist los?«

»Eine Nachricht. Du mußt zum Dei kommen«, sagte Jawharah, ihre Stimme klang vorsichtig und enthielt eine seltsame Aufregung, die schon beinahe an Furcht zu grenzen schien.

»Er ist doch nicht – tot?«

»Noch nicht. Er verlangt nach dir. Du mußt dich beeilen.«

»Ja«, krächzte Julia erschrocken.

Das Schlafzimmer des Dei war voller Menschen. Julia erkannte Ismael den Arzt und verschiedene andere Männer seines Berufsstandes. Kemal war da mit zwei seiner Gefährten. Der Großwesir, der Kapitän der Janissaren und eine ganze Reihe von Höflingen unterhielten sich flüsternd. Ali Pascha war nicht zu sehen.

Basim führte sie gleich zum Kopfende des Diwans, auf dem Mehemet Dei lag. Er schob die mit Troddeln besetzten Bettvorhänge zur Seite, um Platz für sie zu machen. Als sie sich auf die Knie sinken ließ, blieb er weiter neben ihr stehen.

»Mehemet Dei, Beherrscher des Zeitalters«, sagte er, »deine Sklavin Jullanar, die du Kobah nennst, erwartet deinen Gruß.«

Langsam öffneten sich die Augen des Dei. Sein Blick war undeutlich, die Farbe verblaßte schon. Er machte eine kleine Bewegung mit seiner rechten Hand, und Julia streckte den Arm aus, um seine heiße, trockene Hand in ihre sanften Finger zu nehmen. Die Atmung des alten Mannes klang laut und mühsam. Sein Griff festigte sich einen Moment, als er sich zu einer letzten Anstrengung aufraffte. Seine Zunge befeuchtete langsam seine Lippen.

»Kobah, du meine Lichtbringerin«, flüsterte er. »Ich habe auf dich gewartet. Schließe mir die Augen mit deinen kühlen Händen, küß mich und erleichtere mir so den Weg ins Paradies.«

In dem Augenblick, als sein Herz aufhörte zu schlagen und die dünne Brust unbeweglich blieb, brach um das Bett herum Lärm aus. Kemal zerriß seine Kleider, schlug sich ins Gesicht, zog sich selbst am Bart und begann zu weinen, wobei er Allah zum Zeugen seines Kummers anrief. Der Anführer der Janissaren verließ mit hastigen Schritten das Zimmer. Sklaven, die bis jetzt in den Schatten verborgen gewesen waren, traten mit tränenüberströmten Gesichtern hervor, um das ruhige, leblose Gesicht ihres Herrn zu sehen.

Basim berührte Julias Schultern. Leise sagte er: »Es wird wohl am besten sein, wenn Ihr jetzt in den Harem zurückkehrt. Hier gibt es viel für mich zu tun. Wenn die Zeit gekommen ist, werde ich Euch abholen.«

Julia nickte und stand auf. Als sie das Zimmer verließ, hörte sie Kemal Befehle erteilen, während der Großwesir ihn schon mit dem Titel ansprach, der vor so kurzer Zeit noch dem toten Mann gebührt hatte.

Abdullah hatte sie in die königlichen Gemächer gebracht. Er war nicht auf seinem Posten vor der Tür stehengeblieben, sondern hatte die Aufgabe an seinen nächsten Untergebenen weitergegeben, einen freundlichen, offenen Mann, dessen Seele nicht von der Verstümmelung berührt worden war, die ihn zum Eunuchen gemacht hatte. Er hatte Julia schon oft zu den Gemächern des Dei und wieder zurück begleitet, und er war sich nicht zu gut, unterwegs ein paar freundliche Worte mit ihr zu wechseln. Als Julia jetzt neben ihm ging, hob sie die Hand, um die Biene zu lösen, die ihren Schleier hielt. Als sie außer Hörweite der Wachen vor der großen Zedertür waren, blieb sie stehen, starrte direkt vor sich auf den Boden und sagte: »Mein Freund, würdet Ihr mir einen Dienst erweisen, vielleicht auch Euch selbst?«

»Ich war immer ein Sklave der Schönheit, o Bewahrerin des Honigs.«

»Gebt diese Biene Ali Pascha und übermittelt ihm die Nachricht, daß der Dei tot ist. Es ist möglich, daß Ihr eine Belohnung bekommen werdet, die das Risiko wert ist.«

Er stand so lange schweigend neben ihr, daß Julia schon fürchtete, er würde vielleicht ablehnen. Wenn er es tat, könnten die Folgen für sie undenkbar sein, denn sicherlich würde Kemal, der dann genug Zeit hatte, seine Truppen aufzustellen und seine Bestechungsgelder zu verteilen, nicht nur dem Namen nach, sondern auch wirklich der neue Regent werden. Er hatte jetzt schon eine Abneigung gegen ihren Einfluß und vermutete, daß sie Ali Pascha treu ergeben war. Wenn er beweisen konnte, daß sie gegen seine Interessen gehandelt hatte, würde er auf schnelle und grausame Art Rache üben.

Der Eunuch streckte seine Hand aus. »Ich werde es tun«, sagte er und nahm die Biene entgegen. »Ich höre und gehorche – nicht wegen der Belohnung, sondern weil Ihr mich darum gebeten habt, die Ihr mir nie mit Verachtung begegnet seid, sondern immer ein Lächeln für mich übrig hattet. Und weil ich nicht immer so war, wie ich jetzt bin.«

In dem Augenblick, als sie den Gemeinschaftsraum des Harems betrat, kam eine Dienerin zu ihr. »Die Herrin Fatima wünscht, Euch zu sprechen«, flüsterte sie mit bleichem Gesicht. Dann drehte sie sich um und hastete zu den Gemächern der Herrin.

Der Grund für die Aufregung des Mädchens war nicht schwer herauszufinden. Die erste Frau des verstorbenen Dei von Algier war in einer fürchterlichen Wut. Sie wirbelte herum, als Julia eintrat und sich vor ihr verbeugte.

»Ich habe das Gerücht gehört, daß der Dei krank ist, vielleicht sogar sehr krank, und daß er nach dir geschickt hat.«

»So ist es, o ehrwürdige Witwe von Mehemet Dei, des größten Regenten seiner Zeit.«

Langsam hob die Frau eine Hand an ihren Hals. »Witwe? Du meinst doch wohl nicht –«

»Mehemet Dei verbringt seine zukünftigen Tage im Paradies.«

»Du warst bei ihm, als er starb? Sie haben dich holen lassen, nicht mich?«

»So ist es, es war der Wille Eures Gatten und meines Herrn.«

»Warum? Warum hat man mir nichts davon mitgeteilt? Ich war seine Frau. Ich hatte das Recht, in seinen letzten Augenblicken bei ihm zu sein, ihm Lebewohl zu sagen. Warum wurde ich von ihm ferngehalten? Warum?« Das Gesicht der Herrin Fatima verzerrte sich in Schmerz und Zorn, und sie begann im Zimmer herumzuwandern. Sie raufte ihr Haar und zog es sich über das Gesicht. Sie zerriß ihre Kleider und zerkratzte ihre Arme. Tränen strömten aus ihren Augen, doch ihr Gesicht war in einer so beunruhigenden Mischung von Gefühlen verzerrt, daß Julia unmöglich sagen konnte, wodurch sie hervorgerufen wurden.

»Es tut mir leid, meine Herrin Fatima. Ich habe nicht daran gedacht. Ich habe nur dem Befehl gehorcht, den man mir überbrachte.«

»Du lügst!« kreischte die Frau und wurde immer wütender. »Du hast die Überbringer der Nachricht von mir ferngehalten. Du wolltest ihn für dich haben, wolltest, daß seine letzten Gedanken dir gelten. Er hätte mir das nicht angetan. Obwohl schon viele Jahre vergangen sind, seit wir zum letzten Mal Mann und Frau waren, hätte er mir diese Beleidigung nicht angetan. Ich weiß, er hätte das nie getan!«

Es wäre zu grausam gewesen, darauf zu bestehen, daß es keine Nachricht an sie gegeben hatte und daß der sterbende Dei nicht an seine Frau gedacht hatte. »Ich schwöre, daß ich nichts unternommen habe, um eine Nachricht an Euch zu behindern. Ich weiß natürlich nicht, was andere getan haben. Doch es bleibt die Tatsache, daß alles vorüber ist. Wir müssen jetzt entscheiden, was wir tun sollen.«

»Wir? Wir? Du erwartest von mir, daß ich mich darum kümmern soll, was aus dir wird, daß ich dich in meine Pläne einschließen soll, nachdem du mir einen solchen tödlichen Schlag versetzt hast? Geh mir aus den Augen! Jetzt sofort, bevor ich die Wache rufe und dir die Haut von den Knochen peitschen lasse. Verschwinde, sag' ich! Verschwinde!«

In ihrem augenblicklichen Zustand war die Frau nicht ansprechbar. Julia konnte nichts anderes tun als gehorchen. Dennoch bewies die Drohung der Herrin Fatima eindeutig, daß sie nicht glaubte, Julia sei wirklich schuldig – sonst hätte sie ihr nicht gedroht, sondern gleich ihre Bestrafung befohlen. Die Tatsache, daß ihr Mann nicht nach ihr geschickt hatte, war der Grund ihrer rasenden Wut.

Während sich die furchtbare Neuigkeit im Harem verbreitete, hörte man Schreien und Weinen. Viele Gewänder wurden zerrissen und viele Geschichten erzählt von den Augenblicken, in denen die Frauen die Sonne des Lächelns des Dei genossen hatten. In den Ecken flüsterten die Frauen miteinander und überlegten, welches Schicksal ihnen bevorstand. Sie umarmten und streichelten sich zum Trost, standen in kleinen Gruppen beieinander. In jedem Paar großer, starr blickender Augen stand die Frage: Was wird jetzt aus uns werden? Nur Mariyah schien immun gegen die vorherrschende Verzweiflung zu sein. Sie sagte es nicht laut, aber der vorwurfsvolle Blick, mit dem sie die anderen bedachte, machte es offensichtlich, daß sie nicht befürchtete, ihr Schicksal teilen zu müssen.

Von den anderen isoliert durch die Vorliebe, die der Dei für sie gehabt hatte, betrachtete Julia die anderen Frauen mit Mitleid. Warum mußte es so kommen? fragte sie sich verzweifelt. Warum machte der Tod eines einzigen Mannes diese Frauen, die gehätschelt und gehegt worden waren, plötzlich nutzlos? Es war, als hätten sie keinen persönlichen Wert, als hinge ihr Wert nur von ihrer Beziehung zu dem einen Mann ab. Sicherlich gab es Aufgaben, die sie erfüllen konnten, Dienste irgendwelcher Art, die sie im Palast tun konnten, um sich ihr Brot zu verdienen. Nachdem sie jahrelang in sinnlosem Luxus eingesperrt worden waren, wirkte es bestialisch, sie einfach hinauszuwerfen. Und wofür? Für Kemals schöne junge Männer? Oder würde Ali Pascha seine Gattinnen und andere Frauen hier ansiedeln, nur damit sich dieselbe Tragödie in einigen Jahren wiederholte?

Gegen Abend des ersten Tages hörte man von Kämpfen in der Stadt. Draußen im Garten roch man den beißenden Gestank von Rauch, und Asche fiel auf ihre nach oben gewandten Gesichter. Aus der Ferne hörten sie ein Geräusch wie das Surren von Heuschreckenschwärmen, begleitet von dem Knallen von Gewehrfeuer. Für ihre angespannten Ohren klang es, als kämen die Geräusche immer näher.

Niemand schlief. Einander widersprechende Berichte, die durch die von den Dienern aufrechterhaltene Flüsterpropaganda zu ihnen durchdrangen, hielt die Frauen in ständigem Aufruhr. Die Stadt brannte, als nächstes würde der Palast gestürmt, und sie alle würden in ihren Betten verbrennen. Kemal hatte den Thron mit dem Segen der Janissaren eingenommen. Die Armee hatte Ali Pascha und seine Anhänger in einer Sackgasse in der Stadt eingekeilt und massakrierte sie. Nein, es war Ali Pascha gewesen, den die Janissaren gewählt hatten. Er hatte die Hilfe eines Marineschiffes im Hafen, das, wenn er es wollte, den Palast in einen Trümmerhaufen verwandeln konnte, wenn Kemal sich nicht ergab. Das französische Konsulat war schon beschossen worden wegen eines französischen Ratgebers von Kemal, der ihm die Unterstützung Frankreichs versprochen hatte. Mit dem Großwesir und einer Gruppe von Höflingen führte Kemal die getreuen Palastwachen in eine regelrechte Schlacht. Falsch. Kemal hatte sich in seinen privaten Gemächern versteckt und schmiedete mit seinen jungen Männern Pläne für eine Flucht, falls sie womöglich doch geschlagen wurden. Inzwischen hatte er die Palastwache behalten, damit sie ihn verteidigte, während er gnädig den Höflingen und Söldnern erlaubte, gegen Ali Pascha zu kämpfen. Nein, er saß auf dem Podest und erteilte Befehle, als hätte er nicht die geringsten Zweifel am Ergebnis der Kämpfe. Einer dieser Befehle, so hieß es, verlange die Festnahme von Basim dem Zwerg. Die Anklage gegen ihn? Er habe dem Dei, seinem Herrn, in einer Handvoll getrockneter Datteln ein geschmackloses Gift verabreicht. Stimmte das Gerücht? Es mußte wohl so sein, denn obwohl schon ein Tag und eine Nacht vergangen war, seit Mehemet Dei seine Augen für immer geschlossen hatte, war Basim noch nicht gekommen, um Julia zu holen.

Am Vormittag des zweiten Tages hatte die Herrin Fatima ihren Besitz zusammengepackt und den Harem verlassen. Sie verabschiedete sich nicht von den Frauen, die sie seit mehr als dreißig Jahren kannte. Doch Julia, die die brutal aussehenden Soldaten gesehen hatte, die gekommen waren, um Fatima zu begleiten, und auch die Blicke, die sie hinter ihrem Rücken wechselten, fragte sich, wie es ihr wohl ohne den Schutz ihres illustren Gatten ergehen würde.

Der Harem wurde von einer zweiten Soldateneskorte besucht. Ein paar Männer, die die Insignien von Offizieren der Janissaren trugen, standen kurz nach dem Weggehen der Herrin Fatima an der geschnitzten Tür und sorgten für die Sicherheit der Frauen.

Julia, die allein in ihrem Zimmer lag, sah sie nicht. Jawharah kam hereingehastet, um ihr davon zu berichten. Die Soldaten hatten nach der blonden Frankistani-Frau gefragt. Mariyah, die einzige blonde Frau, die im Gemeinschaftsraum gewesen war, war vorgetreten. Sie war keine Frankistani; dennoch wurde ihr nach einem Gespräch mit Abdullah erlaubt, mit den Janissaren fortzugehen.

Um das ganze Geschehen war eine solche Eile und Geheimnistuerei gewesen, daß niemand Zeit gehabt hatte, nachzudenken oder zu protestieren. Nur wenige hatten das Zeichen gesehen, das einer der Janissaren Abdullah gezeigt hatte.

»Ich habe es gesehen«, sagte Jawharah. »Mit meinen eigenen Augen sah und erkannte ich, was der Mann in der Hand hielt, und ich bin sofort gekommen, um es dir zu sagen, Jullanar. Ich schwöre beim heiligen Namen, daß das Schmuckstück in der Hand des Soldaten eine Brosche aus Gold in der Form einer Biene war, deine Biene, meine Taube.«

»Und du bist sicher, daß sie Janissaren waren?« fragte Julia.

»Ja, wirklich«, sagte Jawharah mit einer Spur eines koketten Lächelns. »Einstmals kannte ich solche Rangabzeichen sehr genau.«

»Vielleicht ist es doch wahr, daß die Janissaren Ali Pascha gewählt haben.«

»Es kann sein«, stimmte Jawharah nachdenklich zu.

Wenn das wahr war, hatte Ali Pascha, in Anerkennung ihrer Warnung, die Janissaren geschickt, um sie in Sicherheit zu bringen. Vielleicht war es Mariyah leid, darauf zu warten, daß Kemal sein Versprechen erfüllte. Es war sogar möglich, daß sie sich anfangs als die blonde Frankistani zu erkennen gegeben hatte, weil sie tatsächlich annahm, die Eskorte käme ihretwegen. Als sie dann ihren Fehler bemerkte, hatte sie Abdullah überredet, sie Julias Platz einnehmen zu lassen. Wie? War Abdullah bei Mariyahs geheimen Begegnungen im Garten ihr Komplize gewesen? Das würde natürlich schon erklären, warum es ihr so leicht gelungen war, sie auszuführen. Oder war es noch einfacher? Hatte der türkische Eunuch mehr Informationen darüber, wie die Kämpfe wirklich verliefen? Hatte er bemerkt, daß Kemal sein neuer Herr war und seine Segel der neuen Windrichtung angepaßt?

Die Sache konnte unmöglich schon erledigt sein, sonst wäre es Ali Pascha nicht möglich gewesen, seine Männer zu schicken.

KAPITEL 18

Die Türen zum Harem flogen krachend auf. Abdullah trat ein, gefolgt von seiner ganzen Truppe von Eunuchenwächtern. Die Frauen kreischten, als die Männer in den Gemeinschaftsraum eindrangen, dann herrschte Stille. Absolute Stille.

Abdullah schob seine Daumen unter seinen Gürtel. Breitbeinig stand er da und sagte: »Jede von euch wird ausschließlich ihre persönlichen Besitztümer mitnehmen, die sie mit in den Harem des Mehemet Dei gebracht hat, und alles hierlassen, was der Erhabene ihr geschenkt hat. Jede von euch kann ein paar Kleider zum Wechseln mitnehmen. Wenn ihr eure Bündel gepackt habt, werdet ihr sofort wieder hierher in den Gemeinschaftsraum zurückkehren und euch in einer Reihe aufstellen. Beeilt euch! Diejenigen, die nicht fertig sind, wenn ich den Befehl zum Aufbruch gebe, können nur das mitnehmen, was sie gerade in der Hand haben.«

Während er sprach, verteilten sich die Eunuchen im Zimmer. Jeder hatte einen Säbel und einen juwelenbesetzten Dolch im Gürtel und einen Kurbash in der Hand. Es gab keine Möglichkeit, aus dem Raum zu kommen, weder in den Garten noch in die Flure mit den Kammern, ohne an diesen Reihen vorüberzugehen.

Jawharah, die neben Julia auf einem Diwan saß, drückte ihr die Hand. »Die Zeit ist gekommen«, sagte sie. »Unser Schicksal hat uns ereilt.« Die Frauen protestierten und wollten Genaueres über diesen Erlaß wissen.

»Ruhe!« brüllte Abdullah und ließ seinen Kurbash durch die Luft zischen. »Ruhe! Und hört mir gut zu. Wir werden von hier ordentlich und schnell fortgehen. Jede, die trödelt oder diese Warnung nicht ernst nimmt, wird das sicher bereuen.«

Sofort waren die Frauen wieder still, obwohl sie unbeweglich und wie erstarrt dasaßen. Langsam erhob sich Julia. Sie legte ihre Hände aneinander und machte eine zeremonielle Verbeugung. »Wir hören und gehorchen, Effendi«, sagte sie. »Doch da Ihr auf die Gnade Allahs, dessen Name gepriesen sei, in Eurem späteren Leben hofft, solltet Ihr uns die Gnade zuteil werden lassen, uns zu sagen, was mit uns geschieht. Dann können wir unseren Geist festigen und unserem Schicksal mit Würde entgegentreten.«

»Jullanar, Bewahrerin des Honigs«, sagte er breit grinsend, »du kommst in einen Bienenstock, in dem viele Raubbienen warten, bereit, deine Wabe zu öffnen und die Süße zu stehlen, die so lange geschützt gewesen ist. Es ist der Wunsch von Kemal Dei, daß du und all die anderen fetten und faulen Schnecken, die sich Frauen nennen, zu den Baracken gebracht werden, um dort den Männern Vergnügen zu bereiten, die so mutig und wirksam den Dei gegen den anmaßenden Ali Pascha verteidigt haben.«

Das bedeutete eine Verurteilung im besten Falle zu rohem, mehrmaligem Mißbrauch und im schlimmsten Falle zum Tode durch wiederholte Vergewaltigung. Wie immer, wenn Frauen in wirklich verzweifelte Situationen geraten, weinten und jammerten sie nicht, sondern nahmen diese Ankündigung stumm entgegen. Als wären sie von einem Ifrit besessen, holten sie ihre Sachen und kehrten mit ihren mitleiderregenden Bündeln in den Gemeinschaftsraum zurück.

Flankiert von der Doppelreihe von Eunuchen marschierten sie aus dem Harem. Manche von ihnen verließen das erste Mal seit vielen Jahren seine Mauern. Sie wanderten ängstlich und gedrückt durch zahlreiche Gänge des Palastes, erschraken über jeden Schatten, jedes Geräusch, drängten sich eng zusammen und versuchten, sich durch ihre gegenseitige Nähe ein wenig Sicherheit zu vermitteln.

Julia horchte, während sie dahinschritt. Von weitem hörte sie das Geräusch von schnellem Gewehrfeuer und gelegentlich eine Explosion wie von einer Kanonenkugel aus großer Ferne. Wenn Abdullah nicht so ruhig und unbeirrt gewirkt hätte, hätte sie geschworen, daß zumindest ein Teil des Lärms aus dem Palast drang. Wenn sie recht hatte, war Kemals Platz auf dem Thron noch nicht allzu sicher. Doch für die Frauen des Harems hatte das nur wenig zu bedeuten. Kemal, dieser Mann, der die Frauen verachtete und nur Knaben liebte, hatte schon lange genug regiert, um ihren Untergang zu besiegeln.

Die Baracken waren leer. Julia hatte das Vergnügen, Abdullahs Verwirrung zu beobachten. Die Frauen lächelten sich in unverhohlener Erleichterung zu. Sie sahen sich mit großen Augen um, betrachteten die Anzeichen hastigen Aufbruchs, die offenstehenden Truhen, die leeren Waffenschränke, die verstreut auf dem Boden liegenden Schlafmatten. Julia spürte, daß Hoffnung aufkeimte. Es sah aus, als hätte ein unerwarteter Ruf zu den Waffen stattgefunden, vielleicht ein Überraschungsangriff gegen Kemals Verteidigungslinien. Wollte Gott oder Allah, der auch nur Gott mit einem anderen Namen war, daß es so sein mochte. Möge Ali Pascha triumphieren!

Abdullah eilte davon und ließ sie unter Bewachung zurück. Die Frauen sahen sich in dem großen, offenen Raum um, betrachteten die kahlen, hohen Säulen, die die Decke stützten, und die Fenster, die die Wände durchbrachen, um Luft hereinzulassen. Eine nach der anderen ließen sie sich auf die Schlafmatten sinken, lehnten die Rücken an die Wände unter den Fenstern. Jawharah entschied sich für eine mit einem Gebetsteppich bedeckte Matte in der Nähe einer der mittleren Säulen, nahm Julias Arm und zog sie in diese Richtung. »Wir können es uns genausogut bequem machen«, sagte sie.

»Was ist wohl geschehen?« fragte Julia leise, als sie sich gesetzt hatten.

Jawharah zuckte mit den Schultern. »Wer weiß? Wir können auf jeden Fall nichts daran ändern. Im Augenblick müssen wir uns um uns selbst kümmern und Allah für seine Gnade danken.«

»Das meinst du doch nicht im Ernst, oder?«

»Glaubst du nicht? Dann hast du wohl noch nicht richtig nachgedacht. Wenn dieses Schwein Kemal nicht sehr beschäftigt gewesen wäre, wenn er nicht die Notwendigkeit gesehen hätte, sich der Treue der Palastwache zu versichern, hätte er sich vielleicht eine noch dramatischere Art ausgedacht, sich unserer zu entledigen. Du weißt, daß es eine sehr beliebte Methode ist, Männer zu beseitigen, indem man sie an der Brust durchbohrt und an eine Mauer hängt. Es ist auch möglich, auf eine ähnliche Art Frauen zu durchbohren, meine Taube, allerdings nicht durch die Brust. Manche dekadenten Regenten haben herausgefunden, daß die Haut von Frauen ein feines Leder ergibt, besonders geeignet, um Bücher darin einzubinden und herrliche Geld- und Tabaksbeutel daraus zu machen. Auch sie ertränken ist eine endgültige Art, Frauen loszuwerden. In den Bordellen am Hafen werden die Frauen in ihren Kämmerchen angekettet. Wenn die schlechte Behandlung nicht ihr Leben abkürzt, werden es Krankheiten tun, wobei sie ihren Kunden bis zum letzten Atemzug weiter dienen müssen. Du solltest nicht bezweifeln, daß ein Ungeheuer wie Kemal versuchen würde, sich etwas Bemerkenswertes auszudenken, und er würde sich sicher nicht die Gelegenheit entgehen lassen, seine sadistischen Bedürfnisse zu befriedigen.«

»Und inwiefern ist das hier etwas anderes?« fragte Julia mit einer bitteren Geste auf ihre Umgebung.

»Ob das deine Bestimmung ist, weiß ich nicht sicher. Wie der Honig, nach dem sie dich benannt haben, bist du zu begehrenswert; du wirst viele Männer anziehen. Wenn du Glück hast, wird einer stärker sein als die anderen oder einen höheren Rang haben, so daß er dir die anderen fernhalten kann. Ich selbst erwarte keine derartige Bevorzugung. Ich werde mich möglichst unauffällig verhalten, bis ich einen Mann sehe, der alt und häßlich genug ist, um zu zögern, sich mit den anderen, lustvolleren Männern vorzudrängen. Ein solcher Mann weiß möglicherweise eher das zu schätzen, was freiwillig gegeben wird, als das, was er sich mit Gewalt nehmen muß. Er wird vielleicht weise genug sein, Bequemlichkeit und Geschick auf seiner Schlafmatte vorzuziehen.«

»Ich wußte immer, daß du auf deine Art sehr weise bist«, sagte Julia leise. »Jetzt hast du es wirklich bewiesen.«

»Wir werden sehen. Es kann nicht schaden, es zu versuchen. Wenn mein Plan gelingt, kann ich mich vielleicht glücklicher schätzen als die Frauen, die den Harem in Zukunft bewohnen werden – arme Kreaturen, die einen Erben von Kemal empfangen werden, ohne daß er ihnen viel dabei hilft. Vielleicht werde ich mich auch glücklicher schätzen, als ich seit längerer Zeit gewesen bin. Ich war nie für ein enthaltsames Leben geschaffen.«

Als Abdullah in die Baracken zurückkehrte, war sein Gesicht mit Schweiß bedeckt, und seine Satintunika war zerrissen und schmutzig. Er hielt sich nicht lange auf und gab hastig einen Befehl, so daß die Eunuchen nach ihren Waffen griffen und in einem schnellen Trab aus den Baracken verschwanden. Nur eine Handvoll Männer blieben, um die zweihundert Frauen zu bewachen. Da sie bewaffnet waren und die Frauen nicht, reichte das völlig aus.

Die Zeit verging. In tönernen Kühlgefäßen, die an der Decke hingen, gab es Wasser, aber zu essen fand man nichts. Sie hatten seit dem Morgen nichts mehr zu sich genommen, und als die Schatten länger wurden, plagte sie der Hunger. Die Angst ließ langsam nach, ersetzt durch andere, inzwischen dringend gewordene Bedürfnisse des Körpers. Angesichts der geringeren Anzahl ihrer Bewacher wagten es manche sogar, sich zu beklagen und in quengelndem Ton danach zu fragen, wann man ihnen etwas zu essen geben würde.

Die Abendbrise trug ein schwaches Geräusch wie Jubel herüber. Julia trat ans Fenster und lauschte, um festzustellen, wessen Name im Hof und den Straßen der Stadt gerufen wurde. Sie konnte es nicht verstehen. Nur eines war klar: Wie in allen Kämpfen war eine Armee siegreich gewesen und die andere besiegt worden. Aber wie auch immer das Ergebnis sein mochte – Männer mußten sich ausruhen, einen Platz suchen, um ihre Wunden zu lecken und zu schlafen. Bald würden sich die Sieger den Baracken zuwenden. Ob sie die Männer Kemals oder Ali Paschas waren, würde für die Frauen, die sie hier erwarteten, keine Rolle spielen.

Die Schatten verdichteten sich, doch niemand kam, um die Lampen anzuzünden. Und dann, während Julia noch dastand und sich bemühte, etwas zu hören, ertönten Stimmen. Laut und prahlerisch kamen sie näher.

Die Türen der Baracken wurden aufgestoßen und krachten gegen die Wand. Ein Kapitän der Janissaren trat ins Zimmer und blieb mit in die Hüften gestemmten Armen stehen. Hinter ihm drängte sich ein zweiter Mann herein, dann ein dritter. Noch mehr Männer strömten in den Raum.

»Ich hörte es, glaubte es aber nicht. Der Dei ist wirklich ein großzügiger Mann, der Wert auf das Wohlergehen seiner Anhänger legt!«

»Die hat der alte Dei hinterlassen«, brummte ein Mann hinter ihm.

»Aber sie sind schon lange nicht mehr gebraucht worden, wie man hört«, meinte ein anderer grinsend. »Sie sollten eigentlich bereit sein.«

»Nicht so bereit wie ich!« ertönte noch eine andere Stimme von weiter hinten aus der Menge.

Bärtige Gesichter grinsten. Langsam kamen die Männer näher, geschoben von den Soldaten hinter ihnen, während immer mehr sich bemühten, die Belohnung zu betrachten, die sie erwartete. Sie verteilten sich im Zimmer und umkreisten die Frauen wie Wölfe die Schafe. Ein ekliger Gestank nach Blut und Schweiß und wachsender Erregung erfüllte den Raum. Lust und ein grausames Vergnügen an der Hilflosigkeit der Frauen aus dem Harem glitzerte in ihren Augen.

Die Frauen standen auf, klammerten sich aneinander und drängten sich in einem instinktiven Bedürfnis nach Schutz zusammen. Manche begannen zu weinen und zu jammern. Andere starrten ungläubig die näher kommenden Männer an. Jawharah nahm Julias Arm und zog sie in die dicht gedrängte Mitte der Gruppe.

Plötzlich brach der Kreis auf, und die Männer kamen heran. Frauen schrien, während sie auf die Schlafmatten heruntergezogen wurden. Sie kratzten, bissen, kreischten und kämpften. Es half ihnen nichts. Es waren zu viele harte Hände und Arme und muskelbepackte Beine. Die Berkans wurden in Fetzen gerissen, ihre schützenden Schleier heruntergezogen und zur Seite geworfen. Eifrige Finger griffen nach ihnen, zerrten an ihren Hosen, entblößten das weiße, bebende Fleisch. Arme und Beine wurden auf den Boden gedrückt, während kurze Streitigkeiten ausbrachen darüber, wer der erste, zweite, dritte oder vierte sein würde. Schreie, Ächzen und das Klatschen von Fleisch auf Fleisch erfüllten den Raum, während immer mehr Frauen aus der noch verbleibenden kleinen Gruppe gezerrt wurden.

Die plumpe, übergewichtige Jawharah schützte Julia von vorn, während ihr Rücken durch eine der mittleren Säulen gedeckt war. Doch selbst ihr breiter Rücken konnte Julia nicht sehr lange vor Unheil bewahren. Auf eine seltsame Art tat es Julia nicht leid. Obwohl sie die Besorgnis zu schätzen wußte, die Jawharah dazu brachte, sie zu beschützen, fühlte sie sich eigentlich nur wie ein Feigling, weil sie sich hinter ihr versteckte, während rings um sie herum die Frauen den Vergewaltigern zum Opfer fielen.

»Die Bewahrerin des Honigs!«

Der Schrei ertönte, als ein Mann Julias goldenes Haar entdeckte. Soldaten drehten sich um und schauten mit durchdringenden Blicken nach der Frau, die durch ihre legendäre Schönheit und Klugheit zur Favoritin des alten Dei geworden war. Jawharah wurde zur Seite gestoßen. Feuchte, fleischige Hände wurden ausgestreckt und zerrten an Julia, so daß sie auf die Knie fiel. Sofort wurde sie auf den Rücken geworfen. Ihr Schleier wurde zur Seite gerissen. Mit fest zusammengebissenen Zähnen, um nicht laut zu schreien, wand sich Julia und trat um sich. Sie versuchte, mit den Fingernägeln zu kratzen, bis starke Männerhände ihre Arme auf den Boden drückten. Ihre Knie wurden auseinandergezwungen. Sie wurde hierhin und dorthin gezerrt, während ihr jemand den Berkan herunterriß. Ihr Magen verkrampfte sich, als sie die grobe Berührung, das Kneten und Kneifen überall an ihrem Körper spürte. Sie knieten sich auf ihr glänzendes Haar, das über den Boden ausgebreitet war, so daß ihr vor Schmerz die Tränen in die Augen stiegen, und fummelten an ihr herum, um ihre milchweiße Haut bloßzulegen.

Zu ihren Füßen erklang die Stimme eines Mannes. »Die Beste von allen«, sagte er mit beißender Stimme. »Ich befehle, zuerst hineingelassen zu werden.«

Ohne auf eine Antwort zu warten, begann er an der Schärpe zu ziehen, die die Scheide seines Säbels hielt.

»Und dann ich«, sagte der Mann, der Julia erkannt hatte. Andere Männerstimmen ertönten, eine nach der anderen. Sie wurden erst nach einigen Augenblicken durch das Geräusch eines Gewehrschusses zum Schweigen gebracht, der durch den Raum hallte.

Sofort herrschte Stille, und die Männer griffen nach den Waffen, noch bevor sie aufsahen, um die Gefahr auszumachen. Der Kapitän der Janissaren wirbelte herum und stand der kleinen Gruppe von Männern gegenüber, die mit rauchenden Gewehren in der Tür standen. Er trat vor und rief voller Verärgerung: »Was soll das bedeuten?«

»Die Frauen aus dem Harem des Dei wurden auf Befehl des anmaßenden Kemal hierhergeschickt, den ihr so wirksam bekämpft habt. Es ist nicht der Wunsch des neuen Dei von Algier, dessen erhabener Name Ali Pascha ist, daß diese Frauen mißbraucht werden!«

Diese Stimme! Sie gehörte Rud. Julia richtete sich auf, zog ihr zerrissenes Oberteil über ihren Brüsten zusammen und griff so automatisch wie jede türkische oder maurische Frau nach ihrem Schleier. Hoffnung keimte in ihr auf, aber sie wagte nicht zu triumphieren, besonders, da der Kapitän der Janissaren über ihr stand und ihr die Sicht nahm.

»Er kann sie uns nicht wegnehmen, nicht jetzt, da die Männer schon von den Speisen gekostet haben, die man ihnen vorgesetzt hat. Sie verdienen eine Belohnung. Nichts könnte ihnen besser gefallen als dies.«

»Wenn irgendeine der Frauen nach der rauhen Behandlung bleiben will, dann kann sie das tun«, sagte Rud scharf. »Die anderen kommen mit mir.«

Die Anzahl der Soldaten war groß und die Truppe in der Tür nur klein. Nur die Macht, die vom Dei ausging, hinderte die Janissaren mit den rotgeränderten Augen daran, sofort mit dem Morden zu beginnen. Niemand bewegte sich. Das Geräusch von schweren Atemzügen und leisem, verzweifeltem Stöhnen erfüllte die angespannte Stille. Langsam zog Julia ihre zitternden Beine unter sich und stand auf. Sie stolperte zu Jawharah, ergriff ihren Arm und half ihr beim Aufstehen. Niemand sagte ein Wort, niemand streckte eine Hand aus, um ihnen zu helfen oder sie aufzuhalten, als sie durch die Männer gingen. Eine andere Frau stolperte hinter ihnen her und noch eine weitere, und jede zog Teile ihrer Kleidung hinter sich her.

Als Julia neben Rud stehenblieb, streckte er einen Arm aus, ergriff ihr Handgelenk und zog sie an sich. Die Männer machten Platz und ermöglichten den Frauen, die Baracke zu verlassen. Als die letzte Frau im Freien war, nickte Rud kurz. Ein Mann aus der Truppe trat vor und gab dem Kapitän der Janissaren eine dick gefüllte Börse. »Nehmt dies mit den besten Wünschen von Ali Dei zusammen mit der Versicherung, daß die Frauen der Bordelle von Algier euch bessere Dienste erweisen werden als diese verängstigten Wesen, die wir euch entzogen haben.«

»Das mag sein«, sagte der Kapitän, und sein heißer Blick wirkte furchtbar, als er brennend auf der Frau an Ruds Seite lag, »doch ihr Geschmack kann nicht so süß sein.«

Ruds Stimme klang hart wie Stahl, als er antwortete: »Zweifellos – dennoch kann man sie sich nehmen, ohne Angst vor möglichen Stichen haben zu müssen.«

Als sie die Türen des Harems erreicht hatten, zog Rud Julia zur Seite, während die anderen Frauen hineingingen. Seine Finger gruben sich in die Haut ihres Oberarms, als wollte er sie nie mehr gehen lassen. Die Lampen in den Fluren waren seit einiger Zeit nicht mehr gefüllt worden, darum flackerten sie jetzt nur schwach. Dennoch hatte Julia sogar bei so geringem Licht das Gefühl, als sähe sie einen Schatten von Besorgnis in seinen Augen, und noch etwas anderes, ein wildes Glück, das ihr Blut wärmer durch die Adern strömen ließ.

»Ich werde dem Arzt Ismael sagen, daß er sich vorbereiten soll, falls irgend jemand ihn braucht«, sagte er mit knappen Worten.

»Es wird vermutlich einige geben, die seinen Dienst in Anspruch nehmen müssen«, sagte Julia, und ihre Augen mit goldenen Flecken darin suchten sein dunkles, bärtiges Gesicht nach Anzeichen für irgendwelche Verletzungen ab. Sie wollte herausfinden, ob jetzt oder früher der Schmerz Veränderungen bewirkt hatte. »Ich persönlich bin nicht verletzt worden. Das verdanke ich deinem rechtzeitigen Eingreifen. Wieso konntest du im rechten Augenblick kommen?«

»Eine blonde Frau wurde in die Gemächer des Ali Pascha gebracht und dort zurückgelassen, während die Schlacht um den Thron von Algier vor den Toren des Palastes geschlagen wurde. Die eigentlichen Kämpfe waren kurz, aber blutig. In den vergangenen zwei Tagen habe ich viel Zeit an der Seite Ali Paschas verbracht und war auch bei dem letzten, entscheidenden Kampf bei ihm. Ich ging mit ihm zurück in seine Gemächer, wo er sich auf seinen ersten öffentlichen Auftritt als Dei vorbereiten wollte, bei dem er den Treueschwur der Edlen entgegennehmen sollte. Als er erfuhr, daß die Frau immer noch dort war, ließ er sie vor sich bringen, damit er sich bei ihr bedanken konnte für die Rolle, die sie in seinem großen Sieg gespielt hatte. Vielleicht hatte diese Frau angenommen, daß niemand das unverschleierte Gesicht der Bewahrerin des Honigs gesehen hatte und sie sich also ohne Schwierigkeiten selbst dafür würde ausgeben können. Sie hatte sich getäuscht. Als man sie schließlich dazu überredete, entschloß sie sich zu gestehen, was sie getan hatte und wo man dich finden würde. Ich glaube kaum, daß sie noch einmal etwas Ähnliches versuchen wird.«

Julia unterdrückte ein Schaudern. Um ihren eigenen Seelenfrieden zu bewahren, fragte sie nicht genauer nach, was man mit Mariyah gemacht hatte. »Ich bin dankbar sowohl für deine Schnelligkeit als auch für die Gnade des Ali Pascha, weil er das Leben der Frau verschont hat. Meine – meine Dankbarkeit wäre grenzenlos, wenn ich wüßte, was jetzt mit uns geschehen wird.«

Rud zögerte und sah zur Seite, als wolle er den Blick verbergen, der in seinen meerblauen Augen brannte. »Diese Frage wirst du dem Dei selbst stellen müssen. Er hat darum gebeten, daß ich dich so schnell wie möglich zu ihm bringe, damit er sich bei dir bedanken kann. Wenn du sicher bist, daß du nicht verletzt wurdest, werde ich hier warten, bis du fertig bist.«

Mit Jawharahs Hilfe streifte sie die zerrissene Kleidung ab und wusch sich. Dann zog sie ein Oberteil und weite Hosen aus Goldstoff mit einem Berkan aus blaßgelber, goldgestreifter Seide an. Vor ihr Gesicht legte sie einen gelben Schleier. Jawharah wollte auch noch Perlen in ihr

Haar flechten, aber dafür war keine Zeit mehr. Sie ordnete mit ein paar schnellen Strichen mit der Bürste ihr goldenes Haar, das ihr wie ein Mantel über den Schultern lag. Dann lief Julia zurück zu Rud.

Umgeben von dem rauchenden Schimmer einiger Öllampen, saß Ali Dei mit verschränkten Beinen auf dem Diwan des Dei von Algier. Seinen seidenumwundenen Turban zierte ein riesiger Rubin. Seine Hände lagen entspannt auf seinen Knien. Sein habichtartiges Gesicht zeigte ein leichtes Lächeln, doch in seinen Augen lag harte und besorgte Wachsamkeit.

Rud trat vor, küßte die ausgestreckte Hand und sprach leise ein paar Worte. Erst dann schenkte der neue Dei Julia, die allein und unbegrüßt mitten im Zimmer stand, seine Aufmerksamkeit.

»Tritt vor, Jullanar, o Bewahrerin des Honigs«, sagte er mit bewunderndem Blick.

Mit hoch erhobenem Kopf gehorchte Julia. Sie wappnete sich innerlich gegen die neugierigen und bösartigen Blicke und das Geflüster der Männer, die das Zimmer hinter ihr füllten. Ihre Lippen berührten den Saum von Ali Deis Gewand, dann trat sie mit gesenktem Blick zurück und stand steif und gerade da.

»Du hast mir gute Dienste geleistet, Jullanar. Ich ehre dich für alles, was du getan hast, um meine Sache zu unterstützen. Als kleines Zeichen meiner Dankbarkeit überreiche ich dir dieses kleine Geschenk mit der Hoffnung, daß es dir ebensoviel Freude und Glück bringen möge wie das andere Schmuckstück, das dein Symbol geworden ist und das ich dir hiermit zurückgeben möchte, deine goldene Biene.«

Das Geschenk des neuen Dei von Algier war ein herrlicher gelber Diamant in der Größe eines Eidotters. Als Anhänger gefaßt, war er an einer feinen Goldkette befestigt. Mit unsicheren Fingern nahm Julia den Edelstein aus den Händen des Mannes, der als neuer Großwesir diente, und zog sich die Kette über den Kopf. Der glitzernde Stein lag zwischen ihren Brüsten und zog alle Blicke auf sich. Die goldene Biene befestigte sie an ihrem Platz zwischen Schläfe und Wangenknochen, wo sie als vertrautes, ihr lieb gewordenes Gewicht ihren Schleier zierte.

»Eure Großzügigkeit wird nur noch von Eurer Freundlichkeit übertroffen, o erhabener Beherrscher der Zeit«, murmelte sie und verbeugte sich noch einmal. »Dafür, daß Ihr an diesem Abend die rauhe Herrschaft von Kemal, dem falschen Dei, beendet habt, werden die Frauen Euren Namen immer preisen. Es kommt nicht oft vor, daß Kraft und Fähigkeit so passend gepaart sind mit Ehre und Gnade wie in Eurer erhabenen Person.«

Ali Dei warf Rud einen spöttischen Blick zu. Julia kam vorübergehend der Gedanke, daß ihr Mann womöglich seine Autoritäten überschritten hatte, was die Rettung des Harems aus den Klauen der Soldaten betraf. Doch sie wich nicht von ihrer Richtung ab. Jetzt, da die Tat bekanntgeworden war, konnte der Dei sie nicht mehr rückgängig machen, ohne den Eindruck zu erwecken, daß er unentschlossen war.

»Es bleibt nur«, fuhr Julia fort, »daß Ihr uns, den Frauen des Harems des alten Dei, bekanntgebt, welches Schicksal Ihr uns zugedacht habt.«

»Diese Angelegenheit hat mir schon ernsthaftes Kopfzerbrechen bereitet«, antwortete Ali Dei trocken. »Es wäre unmöglich, die Frauen meines Onkels, die für mich wie Tanten sind, im Harem zu behalten. Darüber hinaus könnte es Auseinandersetzungen mit meinen eigenen Frauen geben. Andererseits sind diese Frauen nicht in der Lage, sich selbst zu versorgen. Ich muß wohl dafür sorgen, daß sie entweder Ehemänner oder Herren bekommen.«

»Ihr seid so weise wie Salomo, der Sohn des David«, meinte Julia.

Er hob eine Augenbraue als Zeichen dafür, daß er ihr Lob nur unter Einschränkungen annehmen konnte. Dabei wanderten seine Blicke über ihren Körper und lagen während der Dauer eines Herzschlags dort, wo ihr Gürtel saß. Rud wurde unruhig und legte seine Hand auf den Knauf seines Säbels. Ali Dei sah den Engländer an und lächelte, dabei hob er die Hand mit einem Ausdruck von Bedauern in den Augen zu seinem Bart. »Hast du einen Vorschlag zu machen, o Bewahrerin des Honigs?«

Ein Rascheln wurde im Zimmer hörbar. Noch nie war eine Frau öffentlich um Rat gefragt worden. Julia spürte, wie sie errötete, obwohl sie die Fassung behielt. »Es gibt eine Möglichkeit, Effendi, obwohl ich fürchte, es wird Euch einen kleinen Teil dessen kosten, was traditionellerweise die Beute des neuen Regenten ist.«

»Das überrascht mich nicht. Aber sprich dennoch.«

»Wenn es jeder Frau erlaubt wäre, die Geschenke zu behalten, die sie während ihres Aufenthalts im Harem bekommen hat, hätten sie eine akzeptable Mitgift zur Verfügung. Würden sich nicht für viele von ihnen Ehemänner finden, wenn sie einen solchen Vorteil hätten?«

»Das ist schon möglich«, stimmte ihr der Dei zu und nickte.

»Und man könnte für jene, die niemanden finden, der sie heiraten will, diesen Besitz verkaufen. Mit dem Erlös haben sie vielleicht die Gelegenheit, in Freiheit zu leben.«

»Dein Vorschlag verdient, überdacht zu werden«, sagte Ali Dei. Er zögerte, als empfände er einen gewissen Widerwillen fortzufahren, wobei er Rud unter den Augenbrauen hervor einen nachdenklichen Blick zuwarf. Dann gab er sich einen Stoß. »Ich stelle jedoch fest, daß ich in deinem Fall keine derartige Anordnung treffen kann. Ich habe mich schon festgelegt, was deine weitere Zukunft betrifft.«

Julia fror plötzlich. Einen Augenblick lang versagte ihre Stimme, dann flüsterte sie: »Darf – darf ich wissen, welchen Platz ich bekommen werde?«

»Der Engländer neben dir hat mir große Dienste erwiesen. Seine Kenntnis von Schiffen und Waffen hat sich für mich als unschätzbar erwiesen. Heute nachmittag vor den Toren des Palastes hat er nicht weniger als ein halbes dutzendmal Verwundung und Tod von mir ferngehalten. Wie kann ich ihm meine Dankbarkeit erweisen? Ich bot ihm Reichtümer, Juwelen, eine Stellung, die große Gnade, ein Moslem zu werden, an. Das letztere nahm er an, zusammen mit der Freiheit, die notwendigerweise eine solche Ehre begleitet, doch alles andere wies er zurück und bat mich statt dessen nur noch um eines. Er erbat die weiße christliche Sklavin des alten Dei, die als Jullanar, die Bewahrerin des Honigs, bekannt ist. Ich habe ihm die Bitte nicht abgeschlagen.«

Julia drehte sich zur Seite und starrte Rud an. Sie war sprachlos, und doch fraß ein untergründiger Ärger an ihrem Herzen. Durch diese Bitte hatte er ihr die Aussicht auf Freiheit ebenso unmöglich gemacht wie sie ihm damals am Tag der Löwenjagd. Darüber hinaus hatte er noch dafür gesorgt, daß sie ihm als Sklavin gegeben wurde. Die leidenschaftliche Dankbarkeit, die sie empfunden hatte bei seinem Eingreifen in den Baracken, die Wärme, die sie angesichts seiner Besorgnis gespürt hatte, verpufften, als hätte es sie nie gegeben. Sie würde nicht zulassen, daß er sie wieder für seine Zwecke benutzte. Nie wieder.

»Ich werde nicht mit ihm gehen!« erklärte sie und vergaß die Unterordnung, die sich an einem solchen Ort schickte, und daß man nie einem so mächtigen Mann wie dem Dei widersprechen durfte. »Ich werde nicht seine Sklavin sein! So etwas könnte ich niemals ertragen! Nie –«

Das Wort »wieder« sprach sie nicht aus. Schon bei ihren ersten Worten verneigte sich Rud vor dem Dei, und als er entlassen wurde, drehte er sich um und riß Julia in seine Arme. Seine Lippen senkten sich warm auf den dünnen Seidenschleier und erstickten jedes weitere Wort. Die harte, strafende Art seines Kusses brachte sie zur Vernunft. Der Schreck des Wiedererkennens, der fernen Vertrautheit, die plötzlich in die Gegenwart übertragen war, raubte ihr den Atem. Sie protestierte nicht, sondern lag steif und unnachgiebig an seiner Brust, als er sie unter dem Gelächter und den Gratulationen der Männer aus dem Audienzsaal trug.

»Du kannst mich jetzt absetzen«, sagte Julia, als sie weit genug entfernt waren.

»Nur wenn ich dein Versprechen habe, daß du nichts sagen oder tun wirst, was uns das Leben kosten könnte.«

»Ich hoffe, daß ich klug genug bin, um so etwas nicht zu tun«, antwortete sie und hob dabei stolz das Kinn.

»Das hoffe ich auch!«

»Du lebst doch noch, oder?« erwiderte sie steif. »Wenn ich irgendwann in den vergangenen zwei Jahren je von unserer Ehe gesprochen hätte, wärst du ein toter Mann gewesen.«

»Ich habe mich schon oft gefragt, warum du niemandem davon erzählt hast. Ich habe natürlich nie angenommen, daß der Dei die körperliche Sünde des Ehebruchs mit dir begehen könnte.«

»Der Gedanke war in seinem Herzen, wenn schon nicht in seinen Lenden, also kommt es so ziemlich auf dasselbe heraus.«

»Aber auf die Lenden kommt es doch an, oder nicht? Ich frage mich, was du wohl getan hättest, wenn er dir angeboten hätte, dich zu heiraten.«

»Ich hätte zweifellos das Angebot angenommen und um Allahs Verständnis gebetet, da ich als Sklavin keine andere Wahl gehabt hätte. Ich hätte mit meinem Gewissen eher die Sünde der Bigamie vereinbaren können als den Mord an meinem Ehemann«, antwortete sie mit kalter Stimme.

Plötzlich blieb er stehen und stellte sie auf den Boden. »Und dein Gewissen war dabei vermutlich deine einzige Sorge, oder?« fragte er.

Sie warf ihm einen schnellen Blick zu. Wie in ihren Träumen zogen sich die dunklen Brauen über seinen blauen Augen zusammen. Sie ließ ihren Blick zur Seite wandern, so daß sie über seine Schulter sah. »Was könnte da sonst noch sein?«

Er ächzte unter diesem halb erwarteten Schlag. »Ja, wirklich, was könnte da schon sonst noch sein? Komm, hier können wir nicht reden. Wir wollen in meine Gemächer gehen.«

An der Tür zu den Räumen, die sicher nur vergleichbar waren mit denen, die die persönliche Wache des Dei bekam, begegneten sie einem Soldaten, der Wache hielt. »Verzeiht, Effendi«, sagte der Mann und verbeugte sich tief. »Eure Besitztümer wurden in die Gemächer gebracht, die bisher von unserem erhabenen Herrscher Ali Dei bewohnt worden sind. Es hat eine Menge Durcheinander gegeben, aber jetzt müßte alles wieder in Ordnung sein.«

»Davon weiß ich nichts«, sagte Rud.

»Es war der Befehl von Ali Dei, unserem neuen Herrn, möge seine Familie gedeihen und seine Regentschaft und sein Leben lange dauern!«

Als Rud seine Zustimmung zu solchen Gefühlen andeutete, dachte

Julia an Kemal, dessen Regentschaft abgekürzt worden war. Was war aus dem Enkel von Mehemet Dei geworden? Als sie zu dem erhabeneren Teil des Palastes zurückgingen, fragte sie Rud danach.

»Niemand kann es wirklich sicher sagen«, antwortete er. »In diesem Augenblick suchen immer noch Männer die dunklen Ecken dieses Haufens aus Stein und Marmor nach ihm ab. Man hat ihn bei den Kämpfen nicht ein einziges Mal gesehen. Es heißt, er sei während des letzten Angriffs entkommen, zusammen mit einer kleinen Anzahl seiner Anhänger, und habe sich irgendwo in der Stadt versteckt. Das spielt aber keine Rolle. Man wird ihn ausfindig machen und behandeln, wie er es verdient.«

»Und wie ist das?«

»So ernst es eben nötig ist, um dafür zu sorgen, daß er keine alten Männer mehr vergiftet und keine Frauen zu Huren macht.«

Die Härte in seiner Stimme war neu, etwas, das er in diesem grausamen Land erst erworben hatte. Mit einem Schaudern riß Julia ihre Gedanken von diesem Thema los und richtete sie mit Mühe auf eher häusliche Dinge. Sie fragte sich, was die Frauen des Ali Dei wohl denken würden, wenn sie feststellten, daß der Harem des alten Dei noch da war. Würden sie die Frauengemächer miteinander teilen, oder würde man einige Frauen vorübergehend in anderen Räumen des Palastes unterbringen? *Purdah*, der Schutz des Vorhanges, war jetzt, da ihr Herr und Besitzer tot war, nicht mehr wichtig. Es konnte ihn nicht mehr beschämen, wenn andere Männer ihre Gesichter sahen. Aber warum beschäftigte sie sich mit solchen Problemen? Das alles betraf sie nicht. Über ihre Zukunft war schon entschieden worden.

Es standen keine Wachen an den Türen, die in die ehemaligen Gemächer des neuen Dei führten. Rud stieß die Tür auf und trat zur Seite, damit Julia eintreten konnte, dann schloß er die schweren Türflügel hinter ihnen. Ein durchdringender lauter Schrei zerriß die Luft. Aus der Richtung des *Gulphor* stürmte plötzlich ein rundliches, blondes Mädchen hervor. Lächelnd lief sie auf Rud zu.

Sie war offensichtlich die tscherkessische Sklavin, die Rud von Kemal für die Rettung seines Lebens als Geschenk bekommen hatte. Obwohl sie zum gleichen Volk gehörte wie Mariyah, hätte es kaum einen größeren Unterschied zwischen den beiden geben können. Ihr Haar hatte das Braungold des Wüstensandes. Ihr Gesicht war rund und breit. In ihren elfenbeinfarbenen Wangen lagen Lachfältchen, und an ihren Ellenbogen hatte sie Grübchen. Alles in allem war sie für den Geschmack eines durchschnittlichen Türken oder Mauren ausgesprochen schön, doch für einen Europäer etwas zu rundlich. Aus der hundeähnlichen Unterwerfungshaltung, mit der sie sich näherte, um Rud zu begrüßen, war klar zu erkennen, daß sie nichts gegen ihren Herrn einzuwenden hatte.

Als sie Julia sah, blieb sie stehen. Ihr Gesicht zerfloß zu einer Maske des Kummers. Sie verbeugte sich mit einer deutlichen Frage in den Augen vor Rud.

Rud nahm Julias Hand. »Julia, ich stelle dir mein Sklavenmädchen Isabel vor. Sie hatte einen anderen Namen, aber er war beinahe unaussprechbar. Isabel, dies ist Julia – Jullanar. Du wirst ihr mit genausoviel Freude und Willigkeit dienen wie mir.«

»Ja, Effendi«, sagte das Mädchen und verbeugte sich nochmals tief vor Rud, während sie Julia wesentlich weniger respektvoll begrüßte. »Ein Mahl ist bereitet, mein Herr. Und bald wird das Bad die richtige Temperatur haben.« Isabel lächelte, und ein wenig von ihrem Enthusiasmus kehrte in ihr Gesicht zurück. »Diese Gemächer haben einen eigenen Baderaum, Effendi, der sehr groß und bequem ist.«

»Gut«, antwortete Rud. »Ich werde dich rufen, wenn wir zum Essen bereit sind.«

Julia fragte sich, ob das Mädchen bis jetzt die Mahlzeiten mit ihrem Herrn eingenommen und was sie wohl sonst noch mit ihm geteilt hatte.

»Wir sollten einiges besprechen«, erinnerte er sie mit finsterer Stimme.

Sobald sie allein waren, fragte Julia leise: »Was ist mit deinem Sklavenmädchen?«

»Du kannst sagen, was du willst, selbst wenn sie uns hören könnte oder wenn sie lauschen würde, sie spricht kein Englisch.«

»Wenn sie lauschen würde?« fragte Julia grob. »Natürlich tut sie das. Das tut doch jeder an diesem elenden Ort, die meisten auch noch ohne Scham.«

»Also es gefällt dir hier nicht? Ich hatte schon angenommen, dir ginge es eigentlich ganz gut.« Er trat zu einem Tisch neben dem mit einem Vorhang versehenen Diwan und goß aus einer goldenen Karaffe Wasser in einen Becher.

»Was meinst du damit?« wollte Julia wissen, und in ihren Augen lag ebensoviel Erstaunen wie Zorn.

»Schließlich warst du die Favoritin des Dei, Königin des Harems, der jeder Wunsch erfüllt wurde, jede Laune zugestanden, gehegt und –«

» – versklavt, beständig abrufbereit für die Launen eines alten Mannes«, unterbrach ihn Julia. »Ich war mit endlosen Schachpartien beschäftigt und bemüht, möglichst nicht zu gewinnen. Ich durfte kaum wagen, den Mund aufzumachen, weil ich sonst vielleicht Mißfallen erregt hätte –«

»Du wurdest mit Lobreden und Komplimenten überschüttet, um deine Meinung gefragt, die ernst genommen wurde.«

»O ja«, rief sie aus und zog heftig ihren Schleier zur Seite. »Aber ich habe mich auf einem schmalen Grat bewegt. Ich hatte mich verpflichtet, Ali Pascha zu unterstützen, während mir völlig klar war, daß das den natürlichen Interessen eines Mannes widersprechen mußte, den meinen Herrn zu nennen ich gezwungen war. Ich hatte ständig Angst, ich könnte eines Tages zu weit gehen und der Abtrünnigkeit beschuldigt werden.«

»Du hattest die Macht, das Leben von Menschen zu ändern –«

»Während ich die ganze Zeit wußte, daß ich mein eigenes Leben nicht ändern konnte! Und dann, als endlich die Zeit gekommen war, daß ich die Freiheit hätte erringen können, und als ich eine kleine Menge an Wertsachen besaß, mit denen ich den Weg in mein altes Leben hätte finden können, was geschah? Wieder bin ich die Sklavin eines Mannes, den ich von Herzen verachte!«

»Wärest du lieber die Odaliske von Ali Dei geworden? Ja, wirklich? Ich versichere dir, daß genau das geschehen wäre.«

»Das glaube ich nicht«, widersprach sie heftig. »Er hat versprochen, den Frauen ihre Wertsachen zu lassen.«

»Er hat nur versprochen, die Idee zu überdenken. Es ist möglich, daß er einige der älteren Frauen, die nur wenig Wert haben, freilassen wird. Obwohl ich ihn als Soldaten und Anführer bewundere, ist er dennoch ein Mann aus dem Osten. Für ihn ist eine Frau ein Stück Besitz, das er genausowenig freilassen würde wie ein gutes Pferd oder ein schönes Kamel. Hier gibt es so etwas wie Freiheit für eine Frau nicht, genausowenig wie es keine schöne Stute ohne Besitzer gibt.«

»Ich bin keine Stute!« stellte Julia fest.

»Nein«, stimmte er ihr zu, »aber bestreite, wenn du kannst, daß Ali Dei nichts lieber getan hätte, als dich zu reiten.«

»Aber er hat es nicht getan. Er hat mich dir gegeben!«

»Ja, verdammt noch mal! Soll ich mich vielleicht entschuldigen, weil ich dich wollte? Ich dachte, du würdest es vorziehen, mit einem Mann zu leben, mit dem du zufällig verheiratet bist.« Er stellte den goldenen Trinkbecher so heftig ab, daß das Metall schepperte.

»Sicherlich, warum nicht?« rief Julia aus und warf die Hände in die Luft. »Warum sollte ich nicht höchst erfreut sein, mich wieder in der Macht eines Mannes zu befinden, der des Verrats, Betrugs und Mordes schuldig ist? Wie könnte ich wohl dagegen sein, einem solchen Mann als Sklavin übergeben zu werden?«

Er wurde blaß. »Ich habe niemanden ermordet und auch nie die Absicht dazu gehabt. Was den Verrat betrifft: Beweise mir, worin er besteht. Ich war Engländer mit einem Befehl von meiner Regierung, um die Verschwörung zur Befreiung Napoleon Bonapartes zu unterwandern und seinen Fluchtplan zu nutzen, um ihn in ein sicheres und bequemes Gefängnis zu bringen. Es gehörte nicht zu meinen Befehlen oder zu dem von meiner Regierung vorgesehenen Plan, seinen Tod zu bewirken. Es tut mir leid, daß es geschehen ist, aber die Verantwortung trage nicht ich. Ich schwöre, daß ich die Wahrheit gesagt habe. Ich habe meinem Land gegenüber meine Pflicht getan, sonst nichts.«

»Pflicht? Ha! Das ist doch eine schwache Entschuldigung dafür, daß du Dinge getan hast, die dir dein Herz als falsch hätte aufzeigen müssen.«

»Dein Herz mag dir vielleicht so etwas sagen, das meine nicht. Napoleon hat seine Regentschaft vielleicht mit den besten Absichten angetreten, und ich gebe zu, daß er viel geleistet hat. Er beendete den Terror, machte Ordnung aus dem Chaos und vereinigte Frankreich. Aber zu welchem Preis? Wie alle Männer, die unbegrenzte Macht anstreben, konnte er sich nicht mit kleinen Erfolgen zufriedengeben. Er war ein großer Mann, aber hätten Rußland und England einfach seine Vasallen werden sollen, nur weil er ein großer Mann war? Nein. Ich bedauere es nicht, mein Bestes getan zu haben, um den Kaiser auf dem Schlachtfeld in Waterloo zu bekämpfen, und mir tut auch die kleine Rolle nicht leid, die ich dabei gespielt habe, zu verhindern, daß er noch einmal eine ahnungslose Welt unterjocht.«

»Also bist du, und genauso dein Land, froh, daß er tot ist?«

»Es wird vielleicht Menschen in England geben, denen es nicht leid tun wird zu erfahren, daß sie ihn nie wieder zu fürchten brauchen, aber ich gehöre nicht zu ihnen. Außerdem möchte ich dich hiermit daran erinnern, daß ihn ein Franzose getötet hat.«

»Nun gut«, sagte Julia, »du willst nicht zugeben, daß du ein Mörder und ein Verräter bist, aber ich fordere dich dazu heraus, zu bestreiten, daß du dich mit Hilfe von Betrug in die Gruppe der Bonapartisten eingeschlichen hast, und auch in mein Bett!«

Ein seltsamer Ausdruck trat in seine Augen, als er ihr gerötetes Gesicht sah. Fast wie zufällig kam er näher, streckte die Hand aus und griff nach dem gelben Diamanten, der ihr von dem neuen Dei geschenkt worden war, wobei er seine harten Finger in dem weichen Tal zwischen ihren Brüsten liegen ließ. »Im ersten Anklagepunkt muß ich mich schuldig bekennen, aber meine Gründe, dich zu heiraten, waren komplizierter. Trotz der Abmachung, die mit deinem Vater und den anderen Bonapartisten getroffen wurde, hatte ich immer die Absicht, nach St. Helena zu fahren, um mich wegen der Übergabe seines Gefangenen mit Sir Hudson Lowe zu verständigen. Daß ich dich zur Frau genommen habe, kam mir als Entschuldigung dafür sehr gelegen. Aber ich hätte auch problemlos vorgeben können, ich müßte Geschäfte für die Ostindische Handelsgesellschaft abwickeln. Mein Onkel und die Gesellschaft kooperierten mit der britischen Regierung. Die Wahrheit ist, daß ich dich anziehend fand. Ich bewunderte deine Schönheit und deinen charmanten Mut – selbst deine fanatische Treue zu deinem Kaiser. Und ich fühlte mich für dich verantwortlich. Meine Handlungen hätten dich jeder Hoffnung beraubt, dein Erbe je zurückzubekommen. Da dein Vater tot war, hättest du keinen Ort gehabt, an dem du bleiben konntest, keine Möglichkeit zum Leben. Was konnte ich anderes tun, als dir den Schutz meines Namens zu geben?«

Julia schwieg einen Augenblick, dann sagte sie: »Sehr edelmütig, aber du hättest mich nicht zu zwingen brauchen, diese mildtätige Ehe auch zu vollziehen.«

»Zwingen, Julia?« fragte er und hob den Kopf. »Ich habe keine Gewalt gebraucht, obwohl es mich hart angekommen ist. Ich hätte dich beinahe ein dutzendmal ohne dein Zustimmen genommen, aber ich habe es mir versagt. Bestreite das, wenn du kannst.«

»Du hast mich hereingelegt!«

»Aus einem Grund, den ich dir schon erklärt habe und den ich nicht zu wiederholen gedenke. Ich habe dich schließlich gegen meine allerehrenhaftesten Absichten genommen – aus demselben Grund, aus dem ich dich zu meiner Sklavin haben wollte. Weil ich dir nicht widerstehen kann, weil ich dich damals wie heute mit jeder Faser meines Wesens begehre. Und zwischen jener Zeit und heute gibt es noch andere Ähnlichkeiten«, fuhr er fort, ließ den Edelstein los und umfaßte die volle Rundung ihrer Brust. »Damals mußte ich dich aus einer Situation befreien, in der du mit der brutalen Seite der männlichen Natur konfrontiert warst. Diesmal jedoch glaube ich nicht, daß es dir sehr viel ausgemacht hat.«

Julia wich zurück. »Nein«, antwortete sie, »ich habe mich daran gewöhnt, überleben zu müssen.«

»Das habe ich auch«, erwiderte er und streckte noch einmal die Hand nach ihr aus. »Aber ich habe mich nie daran gewöhnt, ohne dich zu sein. Ich frage mich, ob du immer noch so unwillig bist wie früher.«

Julia legte ihre Hände auf seine Brust. »Mehr als je zuvor.«

»Das glaubst du wenigstens. Ich ziehe es vor, das auszuprobieren. Besonders, da ich mich heute nicht mehr um deine zarten Gemütsbewegungen zu kümmern brauche.«

Mit einer plötzlichen Bewegung legte er seinen Arm um ihre Taille und zog sie an die harte Fläche seiner Brust. Als sie nach Luft schnappte und den Kopf nach hinten warf, schob er seine Finger in ihr Haar. Sein Mund legte sich mit brennendem Druck auf den ihren. Sie spürte die festen Haare seines Bartes wie eine zarte Liebkosung auf der empfindlichen Haut um ihre Lippen. Dann zerfloß jeder Gedanke und jedes Gefühl zu einer ungeheuren Woge von Wut. Sie biß, trat und kratzte, drehte und wand sich. Obwohl ihr die Tränen in den Augen standen, kümmerte sie sich nicht darum, ob er ihr Haar ausriß oder ob ihre Knochen zerdrückt wurden. Sie wollte nur frei sein. In einer verzweifelten Anstrengung, das zu erreichen, wehrte sie sich mit aller Kraft gegen ihn. Einmal, zweimal durchbrach sie seinen Griff um eine Hand oder ein Handgelenk; dennoch konnte sie nicht beide Hände losreißen und dem stählernen Griff seiner Arme entkommen. In dem Augenblick, als sie spürte, daß ihre Kraft nachließ, bückte er sich, legte seinen Arm unter ihre Knie und hob sie auf den Diwan.

Sofort legte er sich auf sie und verhinderte jede Bewegung. Die Prellungen, die ihr die Soldaten an Armen und Knöcheln zugefügt hatten, schmerzten. Sie atmete schwer und rauh, während ihr die Tränen aus den Augenwinkeln und über ihre Schläfen ins Haar rannen.

»Julia, Julia«, sagte Rud, und seine Augen waren dunkel vor Schmerz, als er auf sie herabsah. »Warum machst du es uns so schwer? Wenn ich es nur gekonnt hätte, hätte ich darum gebeten, meine Frau zurückzubekommen. Vergib mir, wenn ich dir Schmerzen bereitet habe. Ich werde alles wiedergutmachen, wenn du es zuläßt. Und dann, o Mond meines endlosen Sehnens, wird vielleicht auch mein Schmerz vergehen.«

Die englische Sprache eignete sich nicht für solche Sätze. Das Maurisch floß weich und zärtlich von seiner Zunge und brachte in seinem weichen Klang ebensoviel zum Ausdruck wie in den Worten. Fast gegen ihren Willen spürte Julia, wie der harte Knoten in der Nähe ihres Herzens sich zu lösen begann.

»Ich habe mich nach dir gesehnt, du reinste aller Freuden, wie die Moslems nach dem Mond des Ramadan, der einen Monat des Fastens mit einem Fest beendet. Mein Fasten hat länger gedauert als zwei Jahre. Muß mein Hunger für immer ungestillt bleiben?«

Ein Schaudern überströmte Julia. Gegen ihren Willen erkannte sie die Wahrheit dessen, was er sagte. »Wie kann ich Trost empfangen von jemandem, der mir so viel Schmerz bereitet hat?« flüsterte sie.

»Ich habe dir keinen Schmerz bereitet, Julia. Du hast ihn selbst herbeigeführt, indem du deinen sicheren Platz in New Orleans verlassen hast. Aber wenn du gewußt hättest, was dich erwartete, wärest du dann dort geblieben?«

Hätte sie die Aufregung von Bonapartes Befreiung, die Wunder der Seefahrt, die Begegnung mit Napoleon oder jenem weisen alten Mann Mehemet Dei versäumen wollen? Durch ihren Sinn strömte ungebeten die freudige Erinnerung daran, wie sie Rud geliebt hatte, vor einer endlos langen Zeit. Langsam schüttelte sie den Kopf.

»Was hat es dann für einen Sinn, dich zu beklagen? Dieser Augenblick gehört uns. Es wird uns kein anderer versprochen.« Seine Augen brannten im blauen Feuer seines Verlangens, als er den Kopf senkte, um ihre Lippen zu nehmen.

Warm und forschend bot sein Kuß ihr nicht mehr und nicht weniger als den Trost, den er versprochen hatte. Und doch war da noch ein schwaches Beben in seinen Armen, als halte er sich nur durch die größte Willensanstrengung zurück. Er berührte ihre Lider mit seinem Mund, folgte der salzigen Spur ihrer Tränen, der Rundung ihrer Wange und ihres Kinns zurück zu ihren feuchten, leicht geöffneten Lippen.

Er hob sein Gewicht von ihr. Als sie keine Anstalten machte, ihn zurückzustoßen oder seinen Zärtlichkeiten auszuweichen, ließ er seine

Handfläche über ihren Hals zu ihrer Schulter gleiten. Er strich über die Rundungen ihres Körpers und senkte den Kopf, um seine Lippen durch den zarten Stoff auf die volle Halbkugel ihrer Brust zu drücken.

Julia legte ihre Hand auf das gewundene wollene Tuch um seinen Kopf. Ihre Haut glühte, wo seine Lippen sie berührt hatten. Der Ärger, der sie so beschwert hatte, wich von ihr, und sie spürte, daß ihr Herz schneller schlug.

»Vergib mir und sei gnädig mit mir, Julia, wie an jenem Tag, als du gelogen hast, um mein Leben zu retten. Zwinge mich nicht, dich gegen deinen Willen zu nehmen; denn ich muß dich haben, auch wenn ich es für den Rest meiner Tage bereuen müßte.«

Vergeben? Hatte sie das nicht getan, ihm ihren guten Willen gezeigt an jenem Tag, von dem er sprach? Warum sollte sie es jetzt anders machen? *Wenn ich es nur gekonnt hätte, hätte ich darum gebeten, meine Frau zurückzubekommen* – Seltsamerweise glaubte sie ihm.

Sie holte ganz tief Luft und seufzte. Mit entschiedenen Bewegungen löste sie das Tuch und schob ihre Finger durch die festen Wellen seines Haars. »Also liebe mich«, flüsterte sie. »Ich bin zu lange allein gewesen.«

Mit geduldigen Händen und vielen kleinen Zärtlichkeiten löste er ihren Berkan und das Mieder und öffnete ihren Gürtel. Während er sich auszog, schleuderte sie ihre Schuhe von den Füßen und schlüpfte aus ihren weiten Hosen. Seine Brust war wie geschnitztes Mahagoni. Sein langes Haar und der lockige Bart gaben ihm ein eigentümliches Aussehen, gleichzeitig fremd und vertraut, heidnisch und christlich, ein Eindruck, der sich auch nicht änderte, als sie zusammen auf dem Diwan lagen und er mit zärtlichen Worten um sie warb.

»Dein Haar hat den strahlenden Glanz der Sonne eingefangen und die süßesten Düfte Arabiens gestohlen«, sagte er, als er sein Gesicht in der seidigen Fülle vergrub. »Deine Haut schimmert wie Perlen aus der Tiefe des Ozeans, und doch ist sie weich und anschmiegsam. Deine Brüste gleichen süßen, sonnengewärmten Melonen, und ich bin verzaubert von den weichen Flächen, den sanften Rundungen und den vergoldeten Schatten deines Bauchs und deiner Schenkel.« Seine Hände erkundeten ihren Körper. »Werde ich deinen Stachel spüren, o Bewahrerin des Honigs«, flüsterte er, »wenn ich deinen süßen Nektar koste?«

Auf dem Gipfel der lustvollen Zärtlichkeit drang er in sie ein. Mit einem wilden, ungemessenen Rhythmus bewegten sie sich miteinander, erhoben sich in die dröhnenden Höhen der Lust, die zu unerträglichem Entzücken explodierte.

KAPITEL 19

»Baraka«, flüsterte Rud, als sie immer noch schwer atmend nebeneinanderlagen. Er zog das Haar von ihrem Gesicht und drückte einen Kuß auf ihre Stirn. Sie schwiegen, bis ihre Herzen sich schließlich beruhigt hatten.

»Hungrig?« fragte Rud nach einer Weile.

War sie hungrig? Sie hatte seit ihrem leichten Frühstück vor vierzehn Stunden nur ein paar Datteln und eine Handvoll Mandeln zu sich genommen. »Ich könnte etwas essen«, erwiderte sie in seltsamem Tonfall.

Rud drehte sich zur Seite und stand auf. Dann zog er sich die weite Hose an und rief nach Isabel. Als sie kam, gab er ihr den Befehl, das Essen zu servieren. Das Mädchen schien Julia auf dem Diwan, die nur von Ruds Wollumhang bedeckt war, nicht zur Kenntnis zu nehmen. Ohne sichtbaren Widerstand nahm sie den Befehl entgegen und ging fort, um ihn auszuführen.

Plötzlich lag eine deutlich spürbare Spannung in der Luft. Julia konnte nicht mehr die Augen von dem Verschluß des Umhangs wenden, der über ihr lag. Sie glättete die Wolle unter ihren Fingern. »Was – was wird jetzt geschehen?« fragte sie schließlich.

»Wir werden essen, baden und schlafen und lassen morgen morgen sein. Wenn du von dem neuen Regime sprichst: Wir wollen hoffen, daß Kemal gefangengenommen wird, so daß Ali Dei in Frieden regieren kann. Er ist ein junger und energischer Anführer, der sein Land aus dem Mittelalter ins neunzehnte Jahrhundert lenken kann.«

»Und wenn Kemal nicht gefangengenommen wird?«

»Dann wird es noch mehr Kämpfe geben, ein geteiltes Land, eine unsichere Regierung und gestörten Schlaf für Ali Dei.«

»Und du, was wirst du tun?«

»Was ich schon die ganze Zeit über getan habe. Ich werde als militärischer Berater tätig sein und als unparteiischer Beobachter für Ali Dei, bis er meine Dienste nicht mehr braucht und mir erlaubt, nach England zurückzukehren.«

»Es heißt, du hättest die Schiffe der algerischen Marine verbessert und ein Schiff gebaut, das mich, als ich es vom Palastfenster aus gesehen habe, an einen Schnellsegler erinnert hat. Hast du nicht die Sorge, daß diese Neuerungen gegen England und seine Verbündeten eingesetzt werden könnten?«

»Doch, die habe ich«, gab er zu und ging zum Fenster, das den Blick auf einen Garten freigab. In der Dunkelheit war draußen nichts zu sehen, aber er atmete die Nachtluft tief ein. »Die habe ich, obwohl die algerischen Schiffe trotz meiner Verbesserungen immer noch beträchtlich langsamer sind als die britischen Schiffe. Und was den Schnellsegler betrifft, hat ihn bisher noch niemand außer mir gelenkt, und aus mehr oder weniger offensichtlichen Gründen habe ich mich auf Englands alten Feind von der anderen Seite des Kanals beschränkt. Was Frankreich schwächt, muß England stärken. Darüber hinaus habe ich erfahren, daß der französische Konsul versucht, die französische Stellung in Afrika zu stärken, indem er leicht manipulierbare Regenten wie Kemal einsetzt. Tripolis und Marokko sind ebensolche Ziele wie Algier.«

»Ich habe Marcel seit einiger Zeit nicht mehr gesehen«, sagte Julia und erinnerte sich daran, daß Jawharah behauptet hatte, er sei möglicherweise an einer Verschwörung beteiligt.

»Es sieht so aus, als hätte er eine Reise nach Frankreich gemacht, um neue Anweisungen einzuholen, was den Fortgang der Operationen in diesem Teil der Welt betrifft. Ich bin sicher, daß er nicht erwartet hat, der alte Dei könnte in seiner Abwesenheit sterben. Es heißt, daß er mit Geld für den Kauf von Truppen zurückkehren soll. Wenn er in den letzten Tagen hiergewesen wäre, um Kemal zu Hilfe zu kommen, wäre der Kampf heute morgen vielleicht anders ausgegangen. Kemal war ein Narr, weil er in seiner Abwesenheit überhaupt etwas unternommen hat.«

Julia setzte sich auf. Der wollene Umhang rutschte herunter, aber sie bemerkte es nicht. »Das ist nur einer von mehreren Hinweisen, die darauf hindeuten, daß Mehemet Deis Reise ins Paradies durch Gift beschleunigt wurde. Glaubst du, daß das wahr ist?«

»Das wäre nicht überraschend. Im Osten ist es eine übliche Vorgehensweise, die Thronfolge zu regeln.«

»Es geht das Gerücht, daß Basim, der Zwerg, der den alten Dei bediente, festgenommen worden ist, weil man ihm vorwirft, seinem Herrn vergiftete Datteln vorgesetzt zu haben. Das kann ich nicht glauben. Seine Treue dem Dei gegenüber war unzweifelhaft, er empfand bestimmt keine Zuneigung zu Kemal. Glaubst du nicht, daß Kemal ihn als Sündenbock hat einsperren lassen?«

»Die Möglichkeit besteht immer«, erwiderte Rud und sah sie fragend an.

»Basim war sehr nett zu mir und hat sich mehr um meine Gefühle gekümmert, als seine Pflicht gewesen wäre. Ich bin sicher, er könnte nie jemandem etwas zuleide tun, noch viel weniger dem Mann, den er bediente und liebte. Er genoß seine Stellung und das Ansehen und die Macht, die dazugehörten, und er war stolz darauf, daß Mehemet Dei ihn nicht nur als die Quelle von viel guter Magie betrachtete, sondern auch als zuverlässigen Freund und Vertrauten. Es ist lächerlich, anzunehmen, daß er all dies für Geld aufs Spiel setzen konnte. Kannst du nicht irgend etwas tun, um ihm zu helfen?«

»Es ist möglich, daß ich mit Ali darüber spreche, wenn es dir so viel bedeutet. Ist dir klar, daß es vielleicht schon zu spät ist?«

»Ja, ich weiß«, flüsterte sie.

Erst später, als ein dampfender Teller mit Reis und Lammfleisch vor sie gestellt worden war, erinnerte sie sich daran, daß Basim den Schlüssel zu ihrer Flucht besessen hatte. Ob das immer noch der Fall war? War das noch von Bedeutung?

Während sie aßen, unterhielten sie sich über ihre Erlebnisse in den letzten Jahren.

Rud tauchte seine Hand in die Schüssel mit dem parfümierten Wasser zwischen ihnen und trocknete seine Finger an einem Leinentuch ab. Dann zog er die Füße unter seinen Stuhl und erhob sich von dem mit Speiseresten bedeckten Tisch. Er streckte sich ausgiebig und sah lächelnd auf Julia herab. »Jetzt ins Bad mit einer Dienerin, die mir aufwartet«, sagte er. »Ich wähle dich, o Jullanar mit dem goldenen Haar.«

»Dienerin?« fragte sie mit einer hochgezogenen Augenbraue.

»Ich lade dich ein, mein Bad zu teilen«, erklärte er geduldig. »Wenn du natürlich lieber warten möchtest, bis ich fertig bin und frisches Wasser erwärmt worden ist –«

Die Aussicht auf ein Bad klang himmlisch. »Du wünschst also, daß ich dich einseife?«

»Ein wunderbarer Gedanke, denn das bin ich absolut nicht gewöhnt.«

»Nicht einmal von deiner schönen Isabel?«

»Dieses Vergnügen mußte ich ihr vorenthalten, denn ich ziehe es vor, daß sich in meiner Badewanne eher mehr Wasser und weniger Dienerin befindet.«

»Die meisten Männer sind da nicht so wählerisch.«

»Die meisten Männer sind auch nicht mit einer gefährlichen Frau verheiratet, die schon einmal einen aufdringlichen Verehrer mit einem Messer abgewehrt hat.«

»Findest du sie wirklich nicht anziehend?« fragte Julia noch einmal.

»Ich verführe doch keine fünfzehnjährigen Mädchen, die jung genug sind, um meine eigene Tochter zu sein. Warum fragst du – oder bist du eifersüchtig?«

»Eifersüchtig? Ich?« Sie stand hastig auf. Mit bemühter Beiläufigkeit sah sie sich nach ihren Kleidern um und zog sie an, wobei sie den Gürtel mit unnötig festem Ruck zusammenzog.

»Logischerweise hast du natürlich keinen Grund dazu, aber ich stelle fest, daß bei dir die Logik nicht immer zählt. Warum tust du das? Du wirst dich ja doch gleich wieder ausziehen.«

»Ja? Ach so, ja natürlich«, murmelte sie und löste sofort den Gürtel. »Hast du wirklich keine Frau gehabt seit unserer letzten Nacht auf der *Najade*?«

»Einem Sklaven bieten sich dazu nur sehr wenige Möglichkeiten, besonders wenn er die meiste Zeit auf dem Meer verbringt.«

»Aber da war schließlich Isabel«, beharrte Julia.

»Ich finde sie nicht sehr aufregend. Einerseits erinnern mich ihre Haar- und Hautfarbe ein wenig an dich, und andererseits ist sie auch eine dauernde Erinnerung daran, wie unbedeutend alle anderen Frauen neben deiner Schönheit sind.«

Während sie sich seinen Umhang um die Schultern legte, drehte sich Julia um und starrte ihn an. »Rud«, begann sie unsicher.

Er streckte die Hände aus und zog die Kanten des Umhangs unter ihrem Kinn zusammen. »Nun komm, eine solche Schmeichelei muß wenigstens mit einem Rückenschrubben belohnt werden«, neckte er sie und lächelte, als er sah, wie der Zweifel in ihrem Gesicht durch Enttäuschung ersetzt wurde.

Das heiße, duftende Wasser war herrlich beruhigend und entspannend. In der großen Wanne war mehr als genug Platz für Julia und Rud gemeinsam. Sie wusch ihm den Rücken mit einem Schwamm und sehr viel Schwung. Er seifte den ihren mit zärtlicher Vorsicht ein. Das Ergebnis eines solchen Spiels war unvermeidlich.

In dieser Nacht schlief Julia – nackt in Ruds Armen unter einer mit Seide bezogenen Decke – so gut, wie sie schon seit einer Ewigkeit nicht mehr geschlafen hatte. Gegen Morgen wurde sie von der Leidenschaft geweckt, wobei sie direkt aus dem Schlaf in den schnellen, immer wilder werdenden Rhythmus verzehrender Lust verfiel. Während der zufriedenen Zeit danach schlief sie noch einmal ein und erwachte nicht mehr, bis die Sonne im Zenit stand.

Sie öffnete die Augen. Das Zimmer hatte ockerfarbene Wände, die um die Türöffnung und die Fenster mit Fliesen verziert waren. Die glänzenden Marmorböden waren mit Teppichen und Fellen bedeckt. Im Garten unter dem Fenster sangen die Vögel, und Julia hörte Tauben gurren. Es war kühl im Zimmer, aber nicht unangenehm. Nur eines störte sie. Der Platz neben ihr war schon lange abgekühlt. Rud war schon seit einiger Zeit fort.

Julia stand auf und zog die Kleider an, die sie am vergangenen Abend getragen hatte, denn etwas anderes hatte sie nicht. Sie kämmte ihr Haar mit den Fingern, so gut es ging, und verließ dann das Schlafzimmer auf der Suche nach Isabel.

Sie fand das Mädchen in einem kleinen Hinterzimmer. Sie hatte sich über ein Holzkohlenfeuer gebeugt, das in einer kaminähnlichen Öffnung in der Wand brannte. Sie war umgeben von einer ganzen Sammlung verschiedener Töpfe und Schüsseln, aus denen ein Dutzend unterschiedlicher aromatischer Düfte aufstieg.

Als sie Julia sah, sprang Isabel auf. »Meine Herrin Jullanar! Ihr hättet mich rufen sollen.«

Ihr rundes Gesicht war geschwollen, als hätte sie geweint, und doch konnte man ihrem von Tränen gezeichneten Gesicht nicht ansehen, ob sie Julia böse war oder nicht. Die respektvolle Anrede, mit der sie Julia bedacht hatte, war ihr leicht und selbstverständlich von den Lippen gekommen. Julia fragte sich, ob das mit den Jahren zu tun haben mochte, die sie älter war als das Mädchen, oder ob Rud sie entsprechend instruiert hatte.

»Vielleicht werde ich das beim nächsten Mal tun, wenn es dir nichts ausmacht«, antwortete Julia. »Jetzt hätte ich nur gern etwas Gebäck und Früchte als Frühstück.«

»Ihr müßt mehr als nur das essen, Herrin. Wenn Ihr in den *Gulphor* des Herrn zurückkehrt, werde ich Euch Speisen bringen, die Euren Appetit wecken werden.«

»Du bist sehr nett«, antwortete Julia.

Isabel warf einen kurzen Blick auf das Gewand, das Julia trug. »Eure Truhe aus dem Harem des alten Dei ist angekommen. Wenn Ihr sie Euch ansehen wollt, sie steht im *Gulphor*. Später, wenn Ihr gegessen habt, werde ich noch eine andere Dienerin rufen, damit wir die Truhe dorthin stellen können, wo Ihr sie haben möchtet.«

»Danke sehr.« Bis jetzt hatte Isabel Ruds Haushalt als ihren Bereich angesehen. Dies war nicht der richtige Zeitpunkt, das in Frage zu stellen. Julia tat, was Isabel ihr vorgeschlagen hatte.

Der Nachmittag verging nur sehr langsam. Als Julia Isabel fragte, wann Rud zu Hause erwartet werde, schüttelte das Mädchen nur erstaunt den Kopf. Wie konnte man nur erwarten, daß Rud seine Pläne einem einfachen Sklavenmädchen mitteilen könnte? Isabel beschäftigte sich wie immer damit, alles für die Heimkehr ihres Herrn vorzubereiten.

Julia hatte keine derartige Möglichkeit, ihre Energie einzusetzen. Nachdem sie das goldene Gewand durch ein türkisfarbenes ersetzt hatte, gab es für sie nichts mehr zu tun, außer ihre Prellungen zu behandeln und über den Tag und die Nacht nachzudenken, die hinter ihr lagen.

Während der Dämmerung sammelten sich Wolken am Himmel. Ein nordwestlicher Wind begann zu blasen und trug die Salzluft des Meeres und den beißenden Geruch der verloschenen Feuer von den gestern ausgebrannten Häusern herüber. Mit in den Nacken gelegtem Kopf stand sie da und starrte den Himmel an. Hoch oben kreisten Geier in der Windströmung auf der Suche nach Aas. Sie schienen über dem Palast zu schweben.

Die Lampen waren wegen der plötzlich hereingebrochenen Dunkelheit angezündet worden, die der Regen mit sich gebracht hatte. Julia versuchte zu lesen, als es an der Eingangstür klopfte. Isabel befestigte hastig ihren Schleier und murmelte leise etwas darüber, daß man einen männlichen Diener brauchen würde, dann lief sie an die Tür und öffnete.

Als das Mädchen den Besucher in den *Gulphor* führte, sprang Julia auf. »Basim!« rief sie, und ihre Stimme war voller Freude.

»Meine Herrin Jullanar«, sagte er und verbeugte sich tief. »Ich hoffe, es geht Euch gut.«

»Ja«, antwortete sie, ohne zu zögern. »Und dir?«

Sein Gesicht verzog sich zu einer Grimasse, und er warf einen verzweifelten Blick auf seine Füße. Erst da bemerkte Julia, daß unter seinen weiten Pumphosen, die fast den Boden berührten, seine Füße verbunden waren. »Ich kann noch nicht allzu gut gehen«, sagte Basim, »aber ich werde es überleben.«

»Die Bastinade?« flüsterte sie.

»Man hielt es für angebracht, mir ein Geständnis abzuringen, auf welche Art auch immer. Es gelang ihnen nur deswegen nicht, weil sie keine Zeit mehr hatten. Ich bin jedoch nicht hierhergekommen, um durch meine Klagen Eure Sympathie zu gewinnen. Ich kam, um mich Euch als Euer untertänigster Diener zu präsentieren, solange Ihr und Allah es wünscht.«

»Das ist nicht nötig, Basim. Ich habe nicht darum gebeten, daß man dich aus dem Gefängnis befreit, nur damit du mein Diener wirst.«

»Es ist durchaus nötig, schöne Herrin. Mich um Eure Sicherheit und Euer Glück zu kümmern, ist mir von meinem Herrn Mehemet Dei als Aufgabe auferlegt worden. Ich könnte meine Pflicht selbst dann nicht versäumen, wenn ich es wollte, aber das ist ohnehin nicht der Fall. Für die Befreiung meiner geringen Person aus dem Gefängnis schulde ich Euch den äußersten Dank, und ich habe sowohl mir selbst als auch Ruben Effendi geschworen, Euch zu beschützen.«

»Es sei, wie du es wünschst, Basim. Vielleicht werde ich deinen Schutz brauchen. Aber wer ist dieser Ruben, von dem du sprichst?«

»Ruben ist der neue moslemische Name des Mannes, der als Rudyard bekannt war. Die Riten, die aus ihm einen Gläubigen gemacht haben, sind vorüber. Ihr seid nicht länger die Sklavin eines Sklaven, sondern der Besitz eines freien Mannes.«

Rud war Moslem. Sie konnte es ihm nicht übelnehmen, daß er zum

Glauben seiner ehemaligen Eigentümer übergegangen war. Sie hatte lange genug in diesem islamischen Land gelebt, um zu wissen, daß Konversion die einzige Möglichkeit war, die Freiheit zurückzubekommen. Schließlich war der Unterschied doch eigentlich nicht allzu groß. Der Allah der Moslems und der Gott der Christen waren gleich, nur die Propheten waren andere gewesen.

»Ich verstehe«, sagte Julia langsam. »Warum ist er nicht hierher zurückgekommen? Warum hat er dich geschickt und ist nicht selbst gekommen?«

»Er darf jetzt viele Wochen lang nicht bei einer Frau liegen. Um der Versuchung aus dem Wege zu gehen und seinem Freunde und Herren Ali Dei einen Dienst zu erweisen, ist er zu einer sehr wichtigen Reise in See gestochen.«

»In See gestochen? Er ist schon fort?«

»Genau so ist es, meine Herrin.«

»Er hätte auch kommen können, um mir das selbst zu sagen und sich zu verabschieden«, sagte sie, und in ihrer Stimme wurde ein Gefühl hörbar, das sie schnell als Enttäuschung erkannte.

»Es war ihm nicht erlaubt. Ruben Effendi ernannte mich zu seinem Sprecher und vertraute mir eine Börse mit Dinaren an zum Einkauf von Speisen und anderen Dingen, und dazu einen Brief und ein Päckchen für Euch.«

»Einen Brief? Warum hast du das nicht gleich gesagt?« Sie griff danach, riß ihn schon beinahe aus seiner kleinen Hand. Doch ihn zu lesen war ihr kein Trost. Es stand nur wenig mehr darin, als Basim ihr hatte sagen können. Rud trug ihr auf, sich um Isabel zu kümmern, Basim den Einkauf von Speisen und Getränken bei den Händlern, die täglich an die Hintertore des Palastes kamen, anzuvertrauen und immer gut auf sich aufzupassen. Er hatte nicht geschrieben, wann er zurückkehren würde.

Während Julia und Basim miteinander sprachen, war Isabel näher gekommen. Julia wußte, daß sie es ihr hätte verbieten, sie mit wenigen rauhen Worten hätte vertreiben können. Als sie jedoch sah, wie ihre runden braunen Augen sich mit Schmerz füllten, hatte sie nicht das Herz dazu. Statt dessen las sie den Brief laut vor, wobei sie die englischen Worte übersetzte. Mit einem kleinen Schluchzen drehte sich Isabel um und stolperte aus dem Zimmer. Julia sah hinter ihr her und schüttelte den Kopf, bevor sie ihre Aufmerksamkeit dem Päckchen zuwandte, das zu der Notiz gehörte. Ihre Finger zitterten ein wenig, als sie das Papier ausbreitete und ein wunderschön gearbeitetes Messer aus Damaszener Stahl zum Vorschein kam. Der Griff bestand aus Gold und war mit Edelsteinen verziert. Die Scheide, in der es steckte, war nicht ganz so prachtvoll wie das Messer selbst, aber Julia mußte bei ihrem Anblick lachen. Sie bestand aus dunklem Leder aus Córdoba, verziert mit einem Muster von Blüten, Blättern und Mustern, die zu einem offenen Oval zusammengestellt waren. In der Mitte des Ovals befand sich die Abbildung einer Honigbiene, die gerade zum Stich ansetzt.

Sie stand da und starrte das Messer lange an, bis Basim ihre Aufmerksamkeit wieder für sich beanspruchte. »Es ist gut, daß wir allein sind, denn es gibt noch eine ernste Angelegenheit, die ich Euch erklären möchte, o schönste Herrin.«

»Sprich ruhig, Basim«, sagte sie und strich mit dem Daumen über die Rubine, Diamanten und Saphire, die den Messergriff schmückten.

»Ihr wißt, daß mein Herr, Mehemet Dei, möge seine Seele sich des Paradieses erfreuen, nicht die Absicht hatte, Euch als Sklavin zu sehen. Es ist gut, wenn Euch Euer neuer Herr gefällt – dennoch kann ich nicht mehr tun, als zu versuchen, den letzten Befehl meines Herrn auszuführen. Ich besitze die Mittel, Eure Flucht von hier zu betreiben. Sicher versteckt an einem Ort, den nur ich finden kann, befinden sich genügend Kostbarkeiten, um Euch ungefährdet bis in das Land zu bringen, aus dem Ihr kommt, oder Euch das Leben einer Prinzessin zu ermöglichen mit vielen Dienern. Doch bevor ich handeln kann, müßt Ihr mir sagen, was Euer Wunsch ist.«

Julia starrte ihn an. Basim ließ seinen Vorschlag auf eine eigentümliche Weise sicher klingen, und doch war sie nicht so dumm, zu glauben, daß man sie so einfach von hier fortlassen würde. Wie großzügig der neue Dei auch sein mochte, er würde sich den Besitz seines Vorgängers nicht so ohne weiteres nehmen lassen. Wenn man sie auf der Flucht erwischte, würde man sie hart bestrafen. Konnte sie es zulassen, daß Basim ihretwegen so viel riskierte?

Und es gab noch eine zweite wichtige Überlegung. Rud war kein Sklave mehr, aber er war auch nicht völlig frei. Konnte sie, nach allem, was zwischen ihnen geschehen war, einfach fortgehen und ihn zurücklassen?

»Ich weiß es nicht, Basim. Ich muß darüber nachdenken«, sagte sie nach einer Weile.

Diese Antwort ließ der Zwerg ohne jedes Anzeichen von Mißfallen gelten. »Das kann nicht schaden«, lautete seine förmliche Antwort. Dann verbeugte er sich tief und verließ sie.

Ali Dei schickte eine ganze Truppe von Bediensteten in Ruds Gemächer. Eine Köchin und zwei Dienstmädchen, alle mittleren Alters, machten sich sofort an die Arbeit. Zwei Eunuchen standen als ständige Wache vor der Tür. Julia, die sich überlegte, ob Rud das vielleicht vorgeschlagen hatte, überlegte sich, ob sie sie fortschicken sollte. Doch diesen Gedanken ließ sie schließlich widerwillig fallen. Es wäre nicht gut, den neuen Dei zu beleidigen.

Julia gab sich sehr viel Mühe, sich nicht so zu verhalten, als wolle sie Isabel ersetzen, aber allmählich setzte sie sich durch. Ihr erster Akt war eine Reinigungskampagne. Sie kritisierte nicht die Fähigkeit des tscherkessischen Mädchens, einen Haushalt zu führen, auch nicht die der vorherigen Bewohner, um zu erreichen, daß der in Ewigkeiten angesammelte Schmutz entfernt wurde. Sie deutete nur an, daß die Männer der Frankistani Schmutz und unangenehme Gerüche verabscheuten. Isabel, die sich schämte, daß sie von dieser Tatsache nichts gewußt hatte, faßte sich ein Herz, mit der Arbeit anzufangen, und riß dadurch die anderen Bediensteten mit sich. Basim, der den Eunuchen androhte, er werde sie mit Hilfe seiner Magie verfluchen, gelang es, sie zur Mithilfe zu überreden.

Graue Spinnennetze wurden von der gewölbten Decke gewischt,

und festgebackener Schmutz aus den Zimmerecken gekratzt. Die unerläßlichen Nachtgeschirre wurden gespült und gescheuert, anstatt nur geleert. Als sie den Staub und den Ruß von den Wänden gescheuert hatten, kamen an verschiedenen Stellen Mosaikbilder in herrlichen Farben zum Vorschein, die nicht nur wunderschön, sondern auch mit frivolen Bildmotiven versehen waren. Eine ganze Anzahl davon fanden sich noch im Baderaum. Auch hier rückten sie mit Wasser und Seife dem Dreck zu Leibe und scheuerten die gefliesten Oberflächen mit Sand, um sich schließlich mit Löschkalk und Zitronensaft auf den Schimmel zu stürzen. Eine Katze reduzierte in entscheidender Weise das Leben der Nagetiere und Insekten dort. Weiterhin forderte Julia alle unter der Androhung harter Strafe im Falle einer Mißachtung dazu auf, sich die Hände zu waschen, bevor sie Speisen anfaßten, und jedes Gefäß nach dem Gebrauch zu spülen.

Truhen, Tische, Sofas, Teppiche wurden gesäubert und neu arrangiert. Julia stellte fest, daß neue Bettvorhänge nötig waren und einer der Diwans im *Gulphor* einen neuen Bezug vertragen könnte. Im Augenblick jedoch war sie ganz zufrieden mit der Inneneinrichtung der Zimmer. Als nächstes würden sie den Garten herrichten. Die durch die körperliche Arbeit hervorgerufene Müdigkeit half Julia, abends schnell einzuschlafen.

Im Laufe dieser Renovierungsarbeiten kam Julia den Frauen aus dem Haushalt viel näher. Sie freundete sich mit der Dienerin und der Köchin an, erfuhr in den Pausen, die sie machten, um sich zu erholen, woher jede der Frauen stammte und wie es dazu gekommen war, daß sie Sklavinnen im Palast geworden waren. Allmählich verloren sie die allzu große Ehrfurcht vor ihrer Gegenwart und begannen sich genauso natürlich und selbstverständlich mit ihr zu unterhalten wie die Köchinnen und Hausmädchen, Wäscherinnen und Kindermädchen, die Julia vor so vielen Jahren auf der Plantage ihres Vaters gekannt hatte. Die gemeinsame Arbeit und die Gespräche hatten auch noch einen anderen Vorteil – alle, besonders Basim, wandten sich an Julia, wenn es um Anordnungen ging. Mit der Zeit betrachtete man sie als Herrin.

Die Ankunft der Köchin befreite Isabel von ihrer Hauptaufgabe. Da sie jetzt nur noch wenig zu tun hatte, gesellte sie sich immer öfter zu Julia und vergaß, daß sie in gewissem Sinne einmal Rivalinnen gewesen waren. Während die Tage vergingen, erfuhr Julia immer mehr über Herkunft und Familie des Mädchens. Mit ihrem Zwillingsbruder war sie von Sklavenhändlern geraubt und nach einer langen, anstrengenden Reise nach Algier gebracht worden. Schon wenige Stunden nach ihrer Ankunft hatte Kemal sie gekauft. Man hatte Isabel sofort von ihrem Bruder getrennt. Danach war sie nur ganz kurze Zeit in seinem Zimmer gewesen, bevor sie in Ruds Gemächer gebracht worden war. Sie hatte nicht viel vom Palast gesehen und stellte viele Fragen.

»Ist der Harem größer als diese Gemächer, die man Ruben Effendi gegeben hat?« fragte sie mit leuchtenden Augen.

»Viel größer«, antwortete Julia und drückte die Lippen aufeinander, um sich ein Lachen zu verbeißen.

»Ist der Garten ausgedehnter?«

Julia beschrieb ganz genau die üppige grüne Promenade, die den Frauen des Dei zugänglich war.

»Ein Becken, das groß genug ist, daß in der Sommerhitze einhundert Frauen darin baden können. Das muß herrlich sein! Gab es Pfauen?«

Ja, es gab Pfauen. Und Turteltauben. Und alle Arten von Singvögeln.

»Es heißt, daß die Juwelen der Frau des alten Dei ein halbes Dutzend Truhen gefüllt hätten. Kann das denn möglich sein?«

»Sie hatte ganz sicher viele Juwelen. Aber wie viele, weiß ich nicht.«

»Man spricht von einem einzelnen Rubin, der fast so groß wie der berühmte Edelstein in dem Turban des großen tatarischen Chan gewesen sein soll –«

»Alles ist möglich«, meinte Julia mit einem Lächeln und griff nach einer Dattel.

»Es muß doch eine wunderbare Sache sein, die Frau des Dei zu sein. Man bräuchte sich dann nie wieder Sorgen zu machen. Tut es Euch leid, daß Mehemet Dei Euch nie gebeten hat, ihn zu heiraten?«

»Nein«, sagte Julia. Sie war froh, daß sie nie hatte wählen müssen, entweder die Wahrheit zu sagen oder sich der Bigamie schuldig zu machen. Trotz der Worte, die sie zu Rud gesagt hatte, hätte sie bestimmt ihr Seelenheil riskiert, bevor sie ihn zum Tode verurteilt hätte.

»Ich hätte mir wahrscheinlich das Leben nehmen wollen, wenn er gestorben wäre, ohne die Worte zu sprechen, die mich zu seiner Frau gemacht hätten«, sagte Isabel mit jugendlichem Eifer. »Ich wäre ganz sicher vor lauter Angst gestorben, wenn man mich dann zu den Baracken gebracht hätte. Hattet Ihr Angst, Jullanar?«

»Ja, ich hatte Angst«, gab Julia zu.

»Vergebt mir! Ich hätte mir lieber mit rotglühenden Zangen die Zunge ausreißen als Euch daran erinnern sollen. Jetzt ist alles wieder gut. Ruben Effendi hat Euch gerettet und hierhergebracht, wo Ihr in Sicherheit seid.« Als ob das Nachspiel dieser Rettung noch in ihrer Erinnerung sehr lebendig wäre, sprach sie weiter: »Man sagt, Ihr hättet niemals das Bett des Mehemet Dei geteilt. Glaubt Ihr, daß das der Grund ist, warum er Euch nicht geheiratet hat?«

»Ich kann das wirklich nicht beantworten. Er war kein junger Mann mehr und auch nicht mehr völlig gesund.«

»Tut es Euch leid, daß er impotent war? Wäre es Euch nicht viel besser ergangen, wenn er so jung und männlich gewesen wäre wie Ali Dei?«

»Wer weiß? Ali Dei kann vielleicht blonde Frauen nicht leiden.«

»Oh, sagt doch nicht so etwas!« rief Isabel und hob die Hände, um sie in ihre sandfarbenen Locken zu legen. »So etwas dürft Ihr niemals sagen!«

Die Sorgen des jungen Mädchens vertrieben Julias trübe Gedanken. Sie warf ihr einen schnellen, belustigten Blick zu. »Wenn ich es richtig verstanden habe, hat Ali Dei schon vier Ehefrauen.«

»Eine davon ist kränklich, ein armes mageres Geschöpf ohne jeden Verstand«, behauptete das tscherkessische Mädchen sofort. »Sie ist Thrakerin mit matter Haut und schmutzigbraunem Haar. Sie stirbt vielleicht. Oder der Dei entschließt sich möglicherweise, sich von ihr zu trennen, weil sie kinderlos ist.«

»Aber du gehörst einem anderen«, sagte Julia mitleidig.

»Ja«, sagte Isabel und seufzte ganz tief, doch dann hellte sich ihr Blick auf. »Aber ich besitze immer noch meine Jungfräulichkeit.«

Julia hätte sich beinahe an dem Dattelkern verschluckt. »Das ist – wirklich ein Glück«, sagte sie, als sie wieder sprechen konnte.

Das Mädchen stimmte ihr nachdrücklich zu. »Anfangs dachte ich daran, mir die Kehle durchzuschneiden, weil Kemal mich beschämte und mich einem Sklaven gab und weil mich dann dieser Sklave, Ruben Effendi, auch nicht begehrte. Jetzt sehe ich ein, daß unser Herr Euch im Auge hatte, so daß er meine Schönheit nicht mehr wahrnehmen konnte. Ich vermute, daß es mein Schicksal ist, eine reine Jungfrau zu bleiben, bis ich von einem großen Mann genommen werde.«

Wenn das die Phantasie war, mit der das Mädchen sich tröstete, wollte Julia nichts tun, um sie zu zerstören. »Ich verstehe«, sagte sie mit ernstem Nicken. »Zweifellos wird es so sein.«

Bei einer anderen Gelegenheit brachte Isabel ein Kissen mit, setzte sich zu Julias Füßen auf den Boden und fragte: »Hat es dir Freude gemacht, den Diwan mit Ruben Effendi zu teilen?«

»Warum fragst du?« wich Julia aus. Sie war immer wieder überrascht wegen der ungehemmten Art der Frauen aus dem Osten. Kein Thema war ihnen heilig, keine Frage zu persönlich.

»Anfangs, als ich wußte, daß er Euch mit unter seine Decke genommen hatte, um seine Lust zu stillen, fühlte ich mich gekränkt und war sogar neidisch. Gleichzeitig war ich aber auch froh.«

»Weil es dir erlaubte, Jungfrau zu bleiben?« fragte Julia mit einer leisen Spur von Ironie.

Isabel lächelte. »Nicht ganz. Ich war froh, daß ich mir keine Sorgen mehr darüber zu machen brauchte, daß mir etwas so Furchterregendes zustoßen würde.«

»Ich verstehe.«

»Nein, nein! Es ist nicht so, daß die Angst vor dem Zusammensein mit einem Mann meine Knie zittern und meine Kehle eng werden läßt. Es liegt an Ruben Effendi!«

»Was meinst du damit?« Julia runzelte die Stirn, als sie das runde Gesicht des Mädchens fragend betrachtete.

»Er ist nicht wie andere Männer, meine Herrin Jullanar. Wenigstens nicht wie die Männer, die ich kennengelernt habe, als ich noch zu Hause in meinem Dorf war. Er ist ein Frankistani, sein Körper ist breiter und größer als die der Mauren oder Türken oder sogar als die der Männer meines Volkes. Sicher besitzt er mehr Kraft in seinen Lenden, als ein Mädchen meines Alters ertragen kann. Außerdem hat er mich niemals geschlagen oder zornig seine Stimme erhoben, wenn er sich über mich geärgert hat. Seine Haut ist bleich unter seiner Kleidung und unangenehm anzuschauen. Und die eigentümlich meerblaue Farbe seiner Augen hat er sicher von einem Ifrit gestohlen.«

Julia schürzte die Lippen. »Findest du nicht, daß er gut aussieht?«

»Doch, so wie eine Statue gut aussieht oder ein Gott – und doch so über alle Maßen seltsam.«

»Er ist nur ein Mann«, erwiderte Julia, »mit dem Bedürfnis eines Mannes nach Liebe und Trost und der Nähe einer Frau.« Sie sprach, ohne darüber nachzudenken, und doch breitete sich die Wahrheit ihrer Worte in ihr aus wie eine lindernde Salbe. Hatte sie nicht auf ihre Art genauso empfunden wie Isabel? Zu lange hatte sie Rud als ein Ungeheuer betrachtet.

»Dann liebt er also genau wie andere Männer?« fragte Isabel noch einmal nachdrücklich.

»Es sieht so aus.«

»Und es hat dir Freude bereitet?«

»Ja«, antwortete Julia leise.

Es war ein trüber, regnerischer Winter. Es gab nur wenig, was die Düsterkeit belebt hätte. Julia, die den Audienzen des Dei nicht mehr beiwohnen konnte, weil sie nicht dazu eingeladen wurde, und keine Lust mehr zum Lesen und Handarbeiten hatte, wurde reizbar. Sie fuhr jeden an. Isabels endloses Geplapper ging ihr ebenso auf die Nerven wie Basims Unterwürfigkeit und seine Art, geduldig auf ihre immer noch nicht getroffene Entscheidung zu warten. Jetzt nach Abschluß der anstrengenden Reinigungsarbeiten waren ihre Nächte unruhig.

Immer wieder lag der Geruch von Rauch in der Nachtluft, während hier und da in der Stadt Kämpfe ausbrachen. Die Suche nach Kemal ging erfolglos weiter. Dutzende von Männern wurden festgenommen und verschwanden in den Folterkammern des Palastes, dennoch konnte niemand den Enkel des Mehemet Dei finden.

Der Mangel an Sicherheit bewirkte einen ständigen Unruhezustand bei Hofe und in der Stadt, Ali Dei war gezwungen, härter und unnachgiebiger durchzugreifen, als ihm lieb war. Die älteren Männer, die sich bemühten, den unerfahrenen Regenten zu beraten, wurden angefahren und beleidigt. Andere wie zum Beispiel der Anführer der Janissaren und eine ganze Reihe von Höflingen und Edelleuten wurden geschnitten oder ignoriert. Bald zog der Geruch der Unzufriedenheit durch die Gänge des Palastes.

In einer solchen Situation konnte schon eine kleine Änderung der Routine Erleichterung verschaffen und ein großes Ereignis Euphorie hervorrufen. Die Nachricht von Jawharah war ein großes Ereignis.

Was sie zu etwas so Besonderem machte, waren weniger die Neuigkeiten, obwohl Julia sich ausgesprochen darüber freute, daß ihre Freundin aus dem Harem einen Teppichhändler geheiratet hatte und sehr zufrieden mit ihrer Situation war. Es war das im letzten Satz enthaltene Versprechen, das eine solche Aufregung hervorrief. »Ich würde mich freuen«, hatte Jawharah geschrieben, »wenn du mich einmal besuchst.« Bis ihr Blick auf diesen letzten Satz gefallen war, war Julia noch nicht auf den Gedanken gekommen, daß der *Purdah,* unter dem sie als Ruds Frau stand, nicht so streng war wie der, der den Harem des Dei davon abgehalten hatte, die Welt zu sehen und von der Welt gesehen zu werden. Mit der Erlaubnis ihres Herrn war es sogar möglich, daß sie in die Stadt gehen konnte. Und da Rud nicht da war, um nein zu sagen, würde sie gehen. Als Entschuldigung konnte sie die Bettvorhänge und den neuen Bezug für den Diwan vorschieben. Sie wollte sich in den *souks* und Basaren umsehen, Freundinnen besuchen, eine Welt voller neuer Eindrücke erkunden, um ihre Langeweile zu lindern. Sie würde sofort gehen!

Der Tag war strahlend und voller Frühlingsahnung. Der milde Tag hatte einen großen Strom von Kunden auf den Basar gelockt. Hochgewachsene Mauren drängten sich an böse aussehenden türkischen Seeleuten und gemein dreinblickenden Rattengesichtern aus dem Hafen vorbei. Überall standen arabische Sänftenträger, die hinter jedem herriefen, der so aussah, als wäre er wohlhabend genug. Einmal bekam Julia die bemerkenswerte Gelegenheit, einen majestätischen Tuareg zu sehen. Er saß auf einem milchweißen Kamel, das gutaussehende, hellhäutige Gesicht von einer Maske bedeckt. Die stolzen Tuaregs waren als die maskierten Männer bekannt; im Harem hatte man sich erzählt, Männer dieser Abstammung würden sich zwar Moslems nennen, aßen aber, was sie wollten, tranken, was sie wollten – einschließlich Alkohol –, und beteten, wenn sie sich danach fühlten. Ihre Frauen wurden mit Ehrerbietung und Respekt behandelt, bewegten sich hauptsächlich unverschleiert, durften vor anderen Männern tanzen und singen und sich unterhalten und bei Themen, die sie betrafen, mitentscheiden. Aber das verwunderlichste war, daß bei ihrem Stamm die Erbfolge in der weiblichen Linie lag, was sicher eine außerordentlich realistische Verfahrensweise war.

Die Unannehmlichkeiten durch jammernde Bettler und aufdringliche Träger wehrte Basim ab. Er trug einen bedrohlich aussehenden Kurbash vor Julias Sänfte, während die beiden Eunuchen an ihrer Seite blieben. Sie konnte den Anblick und die herrlichen Gerüche des Marktes genießen, ohne sich Sorgen machen zu müssen, daß ihre Einkäufe oder ihre kleine Tasche mit Dinaren geraubt wurden.

Isabel, die unter Bauchkrämpfen litt, war zu Hause geblieben. Julia nahm sich vor, sie bei einer anderen Gelegenheit mitzunehmen und mit ihr in das öffentliche Bad zu gehen. Dort würden sie vielleicht andere Frauen ihrer Art treffen, Frauen, die das Vertrauen der großen Händler der Stadt genossen und ihre Konkubinen waren.

Jawharah lebte in einem weder besonders armen noch besonders reichen Teil der Stadt. Das Haus ihres Mannes, in dem sich die Wohngemächer über dem Laden befanden, war bequem, ohne besonders protzig zu sein. Jawharah, deren breites Gesicht vor Freude strahlte, als sie Julia sah, gab den Befehl, daß man ihren Begleitern in der Küche Erfrischungen reichen sollte. Dann ging sie voraus auf die Veranda. Sie saßen auf Kissen, von denen sie das Kommen und Gehen auf der Straße unter sich beobachten konnten, hielten Gläser mit heißem süßen Pfefferminztee in der Hand und erzählten sich, was alles seit ihrer letzten Begegnung geschehen war.

»Bist du glücklich?« fragte Julia, nachdem sie gehört hatte, daß der Teppichhändler in den Palast gekommen war, auf Jawharah gezeigt und ihr dann befohlen hatte, mit ihr zu kommen.

»Mehr, als ich es mir je erhofft hatte. Mein Mann ist freundlich, vorsichtig und lustvoll. Was kann ich mehr verlangen? Ach ja, er könnte natürlich noch jung und reich sein«, beantwortete sie ihre eigene Frage mit einem Schulterzucken, »aber man kann eben nicht alles haben.«

»Nein«, stimmte ihr Julia ernst zu.

»Was ist das für ein gefährlich aussehendes Schmuckstück, das du an deiner Taille trägst, meine Taube? Hast du es dir angewöhnt, bewaffnet wie ein Eunuchenwächter herumzugehen?«

»Was? Mein Messer? Das war ein Geschenk.«

»Darf ich es mir ansehen?« Jawharah betrachtete den kleinen Dolch in ihrer Hand, als Julia ihn ihr hinüberreichte. Sie wog ihn in der Hand und warf ihn plötzlich. Er flog geradewegs in einen Granatapfel auf dem Tisch zwischen ihnen und landete bebend in seiner Schale.

»Hervorragend«, rief Julia aus und nahm den Dolch wieder heraus.

»Es ist beruhigend, wenn man einen solchen Trick beherrscht«, stimmte ihr Jawharah zu. »Ich habe ihn vor längerer Zeit von einem Kameltreiber gelernt. Soll ich dir zeigen, wie das geht?«

»Wenn du kannst.«

»Natürlich, aber zuerst sollst du mir erzählen, wie du zu einem so hübschen Geschenk gekommen bist und was dir widerfahren ist, seit wir uns getrennt haben.«

Julias Geschichte dauerte nicht sehr lange. Jawharah schüttelte langsam den Kopf. »Aha. Dein Herr ist ein Moslem geworden. In seinem Alter war das eine mutige Entscheidung. Hat es ihm sehr weh getan?«

»Weh getan?« Ein Ausdruck des Erstaunens trat in Julias Augen.

»Weißt du das denn nicht? Ist er denn nicht zurückgekehrt, damit du dich um ihn kümmerst? Ich weiß, daß du gesagt hast, er wäre danach gleich in See gestochen, aber ich dachte, er hätte sicherlich –«

»Was meinst du damit?« fragte Julia, und ihre Augenbrauen zogen sich besorgt zusammen.

»Jullanar!« rief die andere Frau aus. »Wußtest du denn nicht, daß Moslems, anders als christliche Männer, beschnitten sind?«

Beschnitten. Trotz der Tatsache, daß im Harem viel über die Unterschiede zwischen beschnittenen und unbeschnittenen Männern gesprochen worden war, hatte sie nicht daran gedacht. »Also deshalb ist er gleich fortgegangen!« rief sie aus.

»Das ist wohl nur einer der Gründe«, stellte Jawharah fest. »Wenn Basim gesagt hat, der Dei hätte ihn fortgeschickt, dann muß es auch so sein.«

»Warum hat er mir nichts davon gesagt?«

»Wer weiß? Die Frage mußt du ihm stellen, wenn du ihn wiedersiehst.«

»Wird es irgend etwas – ausmachen – ihn irgendwie verändern?«

»Das sollte es eigentlich nicht tun«, sagte Jawharah lächelnd, »aber um das herauszufinden, mußt du auch warten, bis er zurückkehrt.«

Julia nickte. Als sie Jawharah in die Augen sah, biß sie sich auf die Lippen, um nicht laut zu lachen.

KAPITEL 20

An dem Tag, als Ruds Schiff in den Hafen einlief, war Julia mit Isabel und Basim auf den Basar gegangen. Die Gerüchte des Palastes hatten sie diesmal nicht erreicht. Als sie aufgebrochen war, hatte sie nichts davon gewußt, daß er zurückerwartet wurde oder daß sich sein Schiff dem Hafen näherte. Die Sonne war in den vergangenen Wochen immer heißer geworden, so daß die engen, wie Hohlwege wirkenden Straßen von den verschiedensten Gerüchen erfüllt waren. Der Duft von vielerlei Gewürzen und Parfüms, das appetitliche Aroma von gebratenem Fleisch, gebackenen Brotfladen und heißem Bratfett lag in heldenhaftem Kampf mit den Gerüchen nach Mist und faulenden Abfällen aus den von Fliegen heimgesuchten Metzgereiständen.

Überwältigt von den vielen Eindrücken, entschlossen sich die Frauen, nach Hause zu fahren, ohne die öffentlichen Bäder zu besuchen. Erst als sie durch die Straßen in der Nähe des Hafens kamen, sah Julia die Masten des großen Schiffs über die Dächer hinausragen. Sie erzählte Basim aufgeregt, was sie entdeckt hatte, und er trieb die Träger zur Eile an.

Rud war nicht zu sehen, als sie den *Gulphor* betraten. Isabel wurde unnatürlich ruhig. Mit langsamen Schritten wandte sie sich ihrer Kammer zu, während Julia, indem sie sich den schwarzen Umhang über den Kopf zog, den sie in der Öffentlichkeit trug, in das große Schlafzimmer trat.

Als sie sich von den erdrückenden Falten befreit und ihr Haar ausgeschüttelt hatte, hörte sie ein leises Geräusch, als würde jemand tief einatmen. Sie hielt inne und wandte sich dem Geräusch zu. Rud stand am offenen Fenster. Das helle Licht auf seinem Gesicht ließ ihn bleich und krank erscheinen.

»Rud«, rief Julia freudig aus und ging auf ihn zu.

Die Röte einer plötzlichen Wut überströmte sein Gesicht. Er streckte die Hände aus, griff nach ihren Armen und schüttelte sie. »Wo warst du?« fragte er fordernd. »Ich dachte, du wärest fortgegangen.«

Einen Augenblick später preßte er sie an sich und drückte seinen Mund fest auf den ihren. Sein Atem ging rauh, er wandte sich dem Diwan zu und zog sie darauf. Er riß ihr mit rauher, wenig gefühlvoller Hast die Kleider vom Leib und warf sie mit den seinen in eine Ecke des Zimmers. Sein Begehren war mächtig, aber das ihre ebenfalls. Sie drängten schnell und leidenschaftlich zueinander und verschmolzen voller verzweifelter Lust, bis sie von einer Woge des Entzückens davongetragen wurden. Lange lagen sie unbeweglich da, während ihre Herzen sich wieder beruhigten, dann begannen sie langsamer von neuem, kosteten die Nähe aus und genossen ihre Berührungen, bis sie noch einmal den Höhepunkt der Lust erreichten.

Später, den Kopf auf Ruds Arm gelegt, die Augen geschlossen, hoben sich Julias Mundwinkel zu einem Lächeln. Nichts hatte sich geändert; alles war so wie früher.

»Warum lächelst du?« fragte Rud, und seine Stimme klang matt vor Befriedigung.

»Nur so«, behauptete sie, dann öffneten sich plötzlich ihre Augen. »Bist – bist du in Ordnung?«

Er starrte sie einen Augenblick an, bevor er begriff. Er hob eine Augenbraue. »Warum? Irgendwelche Klagen?«

»Nein, aber bist du wirklich sicher?« fragte sie noch einmal.

»Es geht mir hervorragend – jetzt.«

»Ich meine es ernst«, sagte sie, weil sie seinem schrägen Lächeln mißtraute.

»Ich auch«, antwortete er und rückte näher, um an ihrer nach Rosen und Jasmin duftenden Wange zu knabbern.

Endlich zufrieden wandte sie sich einer weiteren Frage zu: »Hast du wirklich geglaubt, ich wäre fortgegangen?«

»Was hätte ich sonst denken sollen?« fragte er, und der neckende Ton verschwand aus seiner Stimme. »Ich kam zurück, die Zimmer waren leer und völlig verändert, und in der Küche war ein Trio der häßlichsten

Frauen, die ich je gesehen hatte. Sie ergriffen kreischend die Flucht. Als ob je jemand anderes als ein Blinder im Dunkeln sich aufraffen könnte, ihnen etwas anzutun.«

»Hätte es dir etwas ausgemacht, wenn ich weg gewesen wäre?« fragte sie atemlos.

»Etwas ausgemacht? Nach den Schwierigkeiten, die ich hatte, bis ich dich wiederhatte? Wenn du mich gezwungen hättest, dich noch einmal zu suchen, hätte ich dir bei der nächsten Gelegenheit den Hals umgedreht.«

Das war eigentlich nicht die Antwort, auf die sie gehofft hatte.

»Statt dessen hast du mich dann einfach ins Bett gezerrt.«

»Eine wesentlich befriedigendere Art der Annäherung, wenn ich es mir genau überlege«, sagte er.

Julia warf ihm einen giftigen Blick zu. »Ich glaube, wir sollten jetzt besser aufstehen, bevor Isabel hereinkommt.«

»Hat sie auch ihren Herrn und Meister vermißt?«

»Auch?« fragte Julia. »Was bringt dich auf den Gedanken, ich könnte dich vermißt haben?«

»Ich weiß es nicht. Vielleicht die leidenschaftliche Art, in der du mich willkommen geheißen hast?«

»Irrtum!« erklärte sie. »Du konntest nur deine Leidenschaft nicht von der meinen unterscheiden.«

»Meinst du wirklich?«

»Ja. Ich verstehe jetzt, woher Isabel ihre seltsamen Vorstellungen hat.«

»Welche Art von Vorstellungen?« fragte er amüsiert.

»Daß du so wie ein Gott bist. Zweifellos hast du ihr selbst diesen Gedanken eingegeben.«

»Charmantes Mädchen«, murmelte er.

»Freut mich, daß du so denkst. Du brauchst jedoch nicht stolz darauf zu sein. Sie denkt nämlich auch, daß du Augen wie ein Ifrit hast. Sie wäre vor Angst außer sich gewesen, wenn du sie in dein Bett gerufen hättest.«

Rud stützte sich auf einen Ellenbogen. »Aha. Na ja, da braucht sie sich keine Sorgen zu machen.«

»Oh, ich glaube nicht, daß sie sich Sorgen macht«, sagte Julia, und ein Lachen begann in ihren goldenen Augen zu funkeln. »Sie ist glücklich mit ihrer Jungfräulichkeit und wartet nur auf den Tag, an dem sie aufgefordert wird, sie dem großen Mann zu opfern, der ihr Kismet sein wird.«

»Aha, ein großer Mann also?«

Julia nickte entschieden. »Am liebsten ein Maure oder Türke.«

»Hat sie jemanden bestimmten im Sinn?«

Das Interesse in seiner Stimme bewirkte, daß Julia sich etwas unbehaglich fühlte. »Das würde dir doch nichts ausmachen, oder?«

»Nein, nicht wenn ich glauben würde, daß es sie glücklich machen könnte«, antwortete er. »Ich kann ja wohl nur schwer ein Sklavenmädchen nach England mitnehmen, falls ich je die winzige Chance bekommen sollte, von hier fortzugehen. Nichtsdestotrotz bin ich für sie verantwortlich und muß für sie sorgen.«

Er hatte von sich aus die Rückkehr nach England erwähnt; er hatte wohl doch nicht daran gedacht, für den Rest seines Lebens ein Moslem zu bleiben, sich eine zweite Frau zu nehmen oder eine dritte und vierte, wie es das großzügige islamische Recht erlaubte. Wieder etwas sicherer geworden, sagte Julia langsam: »Ich glaube nicht, daß Isabel etwas dagegen hätte, in den Harem von Ali Dei einzutreten.«

»Du würdest es zulassen, daß sie dorthin geht, nach deiner Erfahrung im Harem eines anderen Dei?« fragte er nachdenklich.

»Ali Dei ist ein junger Mann, und wie Isabel mir gesagt hat, ist eine seiner Frauen kränklich. Das ist eine traurige, aber günstige Tatsache. In jedem Falle gibt es dort ebensoviel Sicherheit für eine Frau wie an irgendeinem anderen Platz in diesem Land. Das hast du mir doch schon selbst einmal erklärt.«

Er schwieg und ließ seine Fingerspitze durch das Tal zwischen ihren Brüsten wandern. Es umkreiste einen der Hügel wie ein Bergsteiger auf der Suche nach dem Gipfel des Berges. Er holte kurz Luft, und Julia dachte, er würde ihr eine wichtige Frage stellen wollen. Statt dessen senkte er seinen Kopf auf ihre Brust.

»Isabel wartet bestimmt schon und Basim auch«, erinnerte sie ihn mit unsicherer Stimme.

Er hob den Kopf nicht. »Sollen sie warten.«

Rud war in einer diplomatischen Mission in Marokko und Tripolis. Der Sinn dieser Fahrt war gewesen, sie vor der französischen Bedrohung an der Nordküste Afrikas zu warnen und sie zu einer Koalition zu drängen. Die Reaktion war höfliches Interesse gewesen, aber nicht mehr. In Anerkennung des neuen Regenten hatte man Rud großzügige Geschenke mitgegeben, und Rud hatte sie pflichtgemäß Ali Dei überreicht. Er konnte ihm jedoch nicht die Versicherung überbringen, daß Algeriens Nachbarn mit ihnen der Macht Frankreichs widerstehen würden.

Trotz dieses Mißerfolges bekam mit Ruds Rückkehr die Regentschaft des neuen Dei einen gemäßigteren Stil. Die unangemessenen Festnahmen hörten auf, und die Edlen und anderen Höflinge wurden beschwichtigt und gewannen ihren früheren Einfluß zurück. Das bedeutete, daß sie jetzt ihre Aufmerksamkeit wieder ihren eigenen Streitigkeiten widmen und darum ringen konnten, wer der Thronberater werden würde. Es half ihnen nur wenig. Dieser Platz gebührte Rud aufgrund eines magischen Bandes zwischen den beiden Männern. Oft kam Ali Dei noch spät am Abend in Ruds Gemächer, und dann saßen sie auf einem Diwan im *Gulphor* und diskutierten über die Ereignisse des Tages. Zu solchen Zeiten verzichteten sie immer auf die Formalität der Titel und des Gehorsams und sprachen wie Freunde miteinander.

Gewöhnlich wurde Julia aufgefordert, den beiden Männern irgendeine Form von Erfrischung zu servieren oder Wasserpfeifen für sie bereitzumachen. Anfangs blieb sie manchmal schweigend im Hintergrund sitzen und hörte den Gesprächen zu. Gelegentlich wanderte der dunkle, nachdenkliche Blick des Dei zu Julia hinüber, deren Gesicht und Gestalt unter einem Berkan und einem Schleier verborgen war.

Eine Falte entstand oft zwischen seinen Augenbrauen, und sein Blick verengte sich, als wolle er die schwachen Barrieren durchdringen, die seine Augen daran hinderten, ihre Schönheit ausgiebig zu genießen. Die finsteren Blicke, die er Rud bei solchen Gelegenheiten zuwarf, erschreckten Julia, und bald ging sie dazu über, die Männer von einer der Dienerinnen betreuen zu lassen.

Eines Abends begegnete sie Isabel in der Küche, als sie den Auftrag gab, Gebäck und Pfefferminztee anzurichten. Sehr wagemutig schlug sie dem Mädchen vor, Schleier und Berkan anzulegen und selbst den Dei von Algier zu bedienen. Die Röte, die das Gesicht des Mädchens überzog, bewies Julia ausreichend, daß Isabel auf einen solchen Befehl gehofft hatte.

Isabel kam bleich und vor Erregung zitternd zurück, auf ihren Armen war sogar eine Gänsehaut. Der Erhabene hatte sie tatsächlich mit seinen schwarzen, blitzenden Augen angesehen und versucht, ihren Berkan mit ihnen zu durchdringen, um die großzügigen Rundungen zu erkennen, die er bedeckte. Sie hatte sogar gehört, wie er Ruben Effendi nach den Einzelheiten seines Besitzes einer solchen Schönheit gefragt hatte. Die Komplimente, die er seinem Gastgeber gemacht hatte, deuteten auf ausgesprochenes Interesse an ihr hin.

Ihre Freude war so deutlich spürbar, ihre Hoffnungen so groß, daß Julia ein kurzes Gefühl der Besorgnis verspürte. Doch Ruds Reaktion war ganz anders.

Er kam schwungvoll ins Schlafzimmer und ging mit heftigen Schritten auf Julia zu, die auf dem Diwan lag. »Was, zum Teufel, denkst du dir dabei, Isabel in Alis Arme zu treiben? Versuchst du vielleicht, sie loszuwerden? Willst du das etwa?«

»Nein, eigentlich nicht«, antwortete Julia und setzte sich auf. »Du hast doch selbst gesagt, daß man einen guten Platz für sie finden müßte.«

»Sie ist erst fünfzehn. Es hat keine Eile. Bist du so eifersüchtig, daß du keine Rücksicht darauf nimmst, was es sie kostet, wenn du sie aus deiner Umgebung vertreibst?«

»Wie kannst du nur etwas so Schreckliches sagen!« rief Julia und sprang auf.

»Was ist denn so schrecklich an der Wahrheit? Seit ich zurückgekommen bin, liegst du mir in den Ohren, ich soll etwas mit ihr unternehmen. Ich hätte wissen müssen, daß es nicht gutgehen kann, wenn zwei Frauen unter einem Dach wohnen!«

»Sei doch nicht albern! Ich habe nur versucht, Isabel zu helfen. Vielleicht ist sie erst fünfzehn, aber in diesem Land gilt sie schon als erwachsene Frau. Es wird ihr wesentlich bessergehen an einem Ort, an dem man sie auch als solche ansieht, statt hier wie ein Spielzeug, das zu deinem Vergnügen bereitsteht, behandelt zu werden.«

»Du bist eifersüchtig«, sagte er und starrte sie an.

Julia hätte ihn am liebsten geohrfeigt oder so laut geschrien, wie sie nur konnte. »Ich bin nicht eifersüchtig. Isabel und ich haben nie auch nur die kleinste Auseinandersetzung gehabt.«

»Weil sie Angst vor dir hat. Sie hat solchen Respekt vor dir, daß sie es kaum wagt, mit dir zu sprechen.«

»Bist du völlig verrückt geworden? Sie schweigt niemals, außer wenn du dabei bist, und dann ist sie auch nur still, weil man ihr beigebracht hat, daß überlegene Männer Wert darauf legen.«

»Ich habe da aber etwas anderes gehört.«

Julia kam ein leiser Verdacht, aber sie wagte kaum, ihn ernst zu nehmen. »Du hast etwas gehört? Von wem denn?«

»Von Isabel selbst.«

Julias Stirn glättete sich. »Ich glaube, jetzt verstehe ich langsam«, sagte sie zögernd. Sie ging um den Diwan herum, trat ans Fenster und ließ die weiche Nachtbrise über ihre Stirn streichen.

»Wovon sprichst du?«

»Nimm einmal an, Rud, du wärest ein Maure und hättest keine Vorstellung von den zarten Empfindungen junger englischer Mädchen. Nimm an, du hättest zwei Sklavinnen, von denen dir die eine gefällt, während die andere, die auf ihre Art zwar auch attraktiv ist, dir nicht zusagt. Und dann nimm weiter an, es bestünde Zwietracht zwischen den beiden Frauen, kleinere Auseinandersetzungen, die deinen Haushalt stören und bei deiner Favoritin schlechte Laune bewirken. Was würdest du dann wohl tun, wenn du ein Mann des Ostens wärest, zum Beispiel ein Tscherkesse?«

»Wenn du versuchst, mich dazu zu bringen, daß ich sage, ich würde versuchen, den Grund der Unruhe loszuwerden, muß ich dich daran erinnern, daß ich kein Maure bin.«

»Nein, das ist mir klar. Aber Isabel ist es wohl nicht klar.«

Rud machte ein finsteres Gesicht, antwortete aber nicht sofort. Nach einer Weile ging er zu ihr. »Du willst mir erklären, daß Isabel vielleicht etwas Derartiges erfindet, um mich zu ermutigen, etwas mit ihr zu unternehmen?«

»Ich halte es für ziemlich wahrscheinlich. Sie möchte dich nicht beleidigen und dich darum bitten, sie gehen zu lassen. Denn dann würdest du das verlieren, was die arabischen Frauen im Harem *izzat* nannten, dein Gesicht, und es würde außerdem so aussehen, als hätte sie kein Gefühl für dich. Sie respektiert dich und ist dir dankbar für deine ritterliche Haltung ihr gegenüber, auch wenn sie sie nicht ganz versteht. Aber sie wünscht sich mehr.«

»Frauen!« rief er – ein einziges Wort, das gleichzeitig Fluch und Gebet war. Ein schräges Lächeln lag auf seinen Lippen, als er sich ihr zuwandte. »Julia, meine Liebste, wenn du recht hast, muß ich sehen, was ich tun kann. Aber wenn du nicht recht hast, werde ich herausfinden, warum du dir solche Mühe gibst, nur um zu leugnen, daß du eifersüchtig bist.«

Was Rud mit Isabel besprach, erfuhr Julia nicht. Das Mädchen machte mehrere Tage einen niedergeschlagenen Eindruck und wagte nicht, Julia in die Augen zu sehen. Diese Stimmung wich bald einer ausgesprochenen Unruhe, und Isabel, die vergaß, daß sie Julia unrecht getan hatte, quälte sie wieder mit Fragen.

Genau eine Woche nach dem Besuch von Ali Dei stand an der Tür ein Bote mit einer Nachricht für Julia. Sie kam von Rud, der den ganzen Morgen über im Audienzsaal seine Pflicht getan hatte. Sie wurde aufgefordert, Isabel für den Umzug in den Harem des erhabenen Herrschers von Algier bereit zu machen.

Schon nach einer Stunde wartete der Aufseher des Harems vor der Tür. Dieser Posten wurde nicht mehr von Abdullah bekleidet. Bei Kemals Niederlage hatte man den türkischen Eunuchen seiner Ämter enthoben und ins Gefängnis geworfen. Sein damaliger Vertreter, der vor vielen Monaten Julias Nachricht zu Ali Pascha gebracht hatte, war jetzt Aufseher. Sie tauschten ein Lächeln und ein paar Worte aus, dennoch wurde Julia von einer plötzlichen Anspannung ergriffen.

Als Isabel zum Gehen bereit war, legte Julia ihre Arme um das junge Mädchen. »Bist du sicher, daß du das wirklich willst?« fragte sie, und ihre Stimme war vor Besorgnis angespannt. »Es ist noch nicht zu spät, deine Meinung zu ändern.«

Der erstaunte Blick, mit dem Isabel sie ansah, zeigte ihr deutlich, wie unmöglich sie diesen Vorschlag fand. Die dunklen Augen des Mädchens schimmerten vor Erwartung, und ihre wenigen kleinen Besitztümer waren seit fast vier Tagen fest in ein Bündel geschnürt.

»Weint nicht um mich, Jullanar«, sagte sie und wirkte plötzlich viel älter. »Alles wird gut werden. Ausgerüstet mit all den Dingen, die ihr mir erklärt habt, werde ich den Dei um meinen Finger wickeln. Er wird mein Sklave sein, nicht ich der seine. Ich werde herrliche Juwelen besitzen und Stoffe, in die ich mich hüllen werde. Ich werde wachsen und fett werden und meinem Gatten Söhne schenken, Söhne, die in meinem Alter für mich sorgen werden. Ich wünschte, ich wüßte, daß Eure Zukunft so glücklich sein wird wie die meine, denn ich schulde Euch meine tiefste Dankbarkeit. Ohne Euch hätte ich meinen tiefsten Herzenswunsch nie erfüllen können.«

Julia bereitete sich mit einigem Unbehagen auf Ruds Heimkehr vor. Sie erwartete, er würde in finsterer Stimmung sein, und gab die Anweisung, daß Basim und die Dienerinnen ihr Abendessen bereiten und sich dann in ihre Kammern zurückziehen sollten. Ohne Publikum würde sie eher in der Lage sein, mit seinen Zweifeln und Vorwürfen zurechtzukommen.

Sie hätte sich nicht die Mühe zu machen brauchen, eine derartig private Stimmung zu erzeugen. Rud erwähnte Isabel nicht, bis sie ihre Mahlzeit fast beendet hatten, und dann auch eher beiläufig.

»War Isabel froh, uns heute verlassen zu können?« fragte er und betrachtete den goldenen Obstteller, um sich eine Frucht auszusuchen.

»Überglücklich«, antwortete Julia.

»Ali war begierig, sie in seinem Harem aufnehmen zu können. Er hat jetzt die Mittel, mehr Frauen zu unterhalten. Als ich ihn verließ, war er aufgeregt wie ein Bräutigam.«

Julia sah auf. »So bald schon?«

»Er wollte – noch – nicht, daß man sie unterrichtet. Es ist doch wirklich interessant, was die Moslems die Frauen lehren, findest du nicht?«

»Ja, sehr«, antwortete Julia mit gesenkten Lidern.

»Wenn ich der Dei wäre oder der Sultan von Konstantinopel, was glaubst du, wie ich es anstellen müßte, um mein Sklavenmädchen dazu zu überreden, daß sie mir zeigt, was sie alles kann?«

Julia gab vor, darüber nachzudenken. »Ich vermute, du würdest einfach einen Befehl aussprechen.«

»Sehr gut. Also, zeige es mir!« befahl er.

»Alles?« fragte sie und warf ihm einen bernsteinschimmernden Blick zu.

»Alles!«

»Ich höre und gehorche«, antwortete sie betont unterwürfig. »Habe ich Eure Erlaubnis, zuerst das Zimmer zu verlassen?«

Mit einer königlichen Geste gab er ihr seine Zustimmung.

Julia zog sich in ihr Schlafzimmer zurück und öffnete die Kleidertruhe. Aus ihren Tiefen zog sie einen Berkan, den sie sich auf dem Basar gekauft hatte. Er bestand aus einer eigentümlich changierenden transparenten Seide, halb grau, halb gold, und war an den Armlöchern und am Saum mit goldenen und silbernen Perlen bestickt. Sie lachte leise, zog ihr Miederoberteil und ihre weite Hose aus und löste ihr Haar aus dem Netz. Dann hob sie den Berkan und streifte ihn über. Er legte sich weich über die Spitzen ihrer Brüste und umfloß ihre Knöchel. Wenn sie sich bewegte, schimmerte die Seide in goldenen und grauen Schatten, ein faszinierendes Gemisch aus Hell und Dunkel. Durch den leicht glänzenden Stoff leuchteten ihre Rundungen noch einladender, als wenn sie ganz nackt gewesen wäre.

Dann verließ sie das Schlafzimmer und nahm ein Hackbrett zur Hand, das sie ebenfalls auf dem Basar erstanden hatte. Sie trug es wie einen Schild vor sich her, als sie den *Gulphor* betrat.

Rud sah auf. Seine Augen weiteten sich ein wenig, und er folgte ihr mit einem durchdringenden Blick.

Sie setzte sich mit übereinandergelegten Beinen ihm gegenüber auf den Diwan, legte sich das Hackbrett auf den Schoß und begann zu spielen, wobei sie sich für eine klagende Melodie entschied. Monoton und scheinbar endlos war sie dazu gedacht, während des Essens gespielt zu werden. Eine Viertelstunde verging. Julia merkte, daß Rud unruhig wurde, sah aber nicht auf. Ihr Haar fiel über ihre Schultern und bedeckte teilweise ihr liebliches, auf die Musik konzentriertes Gesicht. Ihre Brüste hoben und senkten sich mit ihrer stetigen, gleichmäßigen Atmung, während goldene und graue Schatten darauf spielten.

»Genug«, grummelte Rud schließlich. »Ich bin davon überzeugt, daß du dieses verdammte Instrument gut spielen kannst, aber ist das alles, was man dich gelehrt hat?«

Julia erhob ihren unschuldigen, goldgepunkteten Blick. »Ich könnte für dich tanzen, aber es gibt keine Musik.«

»Um so besser!«

Sie legte das Hackbrett zur Seite und legte die Hände auf die Knie. »Hattest du etwas anderes im Sinn? Ich will einmal nachdenken. Ah, ich weiß.«

Sie erhob sich und kam auf ihn zu. Ihre Bewegungen waren fließend. Mit einigen Schwierigkeiten hob Rud seinen Blick zu ihrem Gesicht. Was er dort sah, ließ einen besorgten Ausdruck in seine Augen treten. Er hatte sich schon auf einen Ellenbogen gestützt auf die Seite gelegt, richtete sich jetzt aber wieder zum Sitzen auf.

Julias Hände legten sich auf seine Schultern. Sie hielt seinen Blick und ließ ihre Finger zu dem Verschluß seines Gewandes gleiten. Mit wenigen geschickten Bewegungen zog sie es ihm aus. Die Schärpe, in der er seinen Säbel trug, folgte, dann seine weite Hose. Sie zog ihre Fingernägel über seine Brust und senkte den Kopf, so daß ihr Haar seidig in seinen Schoß fiel und ihre Lippen nur eine winzige Spur von seinem Mund entfernt waren. Und dann flüsterte sie: »Man hat mich dir vielleicht als Sklavin gegeben, aber ich handle nicht auf Befehl!«

Dann drückte sie ihre Arme durch und stieß sie gegen seine Brust, so daß er rückwärts auf den Diwan fiel. Sie drehte sich um. Aber sie kam nur ein paar Schritte weit. Sie wurde ergriffen und umgedreht. Eine ganze Weile lang starrte Rud in ihr gerötetes, widerspenstiges Gesicht und bemerkte, wie verletzt ihr Blick wirkte.

Plötzlich nickte er. »Ich habe mich geirrt«, sagte er. »Es tut mir leid, o du innigster meiner Träume.«

Sein unerwartetes Verständnis ließ langsam die Tränen in ihre Augen steigen. Mit einer schnellen Bewegung warf sich Julia in seine Arme und klammerte sich an ihn, während sie ihr Gesicht an seinem Hals verbarg. »Es tut mir auch leid«, murmelte sie.

Rud seufzte, küßte ihr Haar, strich sanft mit beiden Händen über den langen, seidenen Vorhang. Dann bückte er sich, hob sie auf und trug sie ins Schlafzimmer. Viel später ertönte in der warmen Frühlingsnacht voller Blumendüfte und Insektensurren eine schläfrige Stimme: »Leg dich schlafen, Mrs. Thorpe. Wenn du schon nicht auf meinen Befehl hin deine Künste zeigen willst, wirst du dann wenigstens nach einiger Zeit damit aufhören?«

Ein weiches Lachen war die Antwort darauf. Nach einem winzigen Augenblick fiel sein eigenes tiefes Lachen mit ein.

Die Morgenröte stahl sich ins Zimmer. Langsam und vorsichtig glitt Julia vom Diwan und ging zum Fenster. Sie stützte die Unterarme auf den Sims und schauderte ein wenig, weil der Stein am frühen Morgen noch so kühl war. Der Garten war in opalisierendes Licht getaucht, Blumenköpfe und Gras schimmerten von Tau. In der Stille hörte sie das beruhigende Plätschern des Springbrunnens, den Basim repariert hatte. Es war ein friedlicher Anblick, und doch war dieser Frieden irgendwie dumpf und erstickend.

Die nächste Morgendämmerung, der nächste Tag in Algier. Und doch war alles anders. Sie liebte Rud. Sie hatte sich in ihren eigenen Mann verliebt. Es war ein Witz, daß es so gekommen war. Eines schönen Tages war ihr Abenteuer vorüber, und man würde ihnen erlauben, nach Hause zurückzukehren. Ihre Anziehungskraft auf ihn würde verblassen, und er würde sie nicht mehr begehren. Sie glaubte nicht, daß er sie ohne einen Pfennig verstoßen würde – vermutlich bot er ihr eine Abfindung an.

Würde er sich von ihr scheiden lassen? Das könnte einen Skandal bewirken, einen speziellen Dispens von der Kirche erforderlich machen.

Das Rascheln des Bettzeugs hinter ihr zeigte, daß Rud nicht mehr schlief. Seine Stimme drang zu ihr, die Worte fielen wie Steine in die dichte, ernste Stille. »Ich habe gestern abend vergessen, es dir zu sagen, Julia. Der Mann auf St. Helena ist tot.«

KAPITEL 21

Jawharah griff nach einem Pfirsich von einem Silberteller. Es war bereits der vierte, den sie in der halben Stunde genommen hatte, die Julia jetzt schon bei ihr saß.

»Wirklich, ich weiß, daß ich das nicht tun sollte«, sagte die Frau und verzog reuevoll das Gesicht, als sie Julias Blick bemerkte. »Aber ich bin jetzt so hungrig, daß ich für zwei esse. Ach Julia, stell dir vor, in meinem Alter noch ein Kind. Es ist ein Wunder! Ich bin gesegnet. Manchmal ist meine Freude so groß, daß ich es nicht ertragen kann und weinen muß, um die bösen Djinnen zu verwirren, die das Glück hassen.«

Diese erfreuliche Nachricht war der Grund dafür gewesen, daß sie Julia zu einem Besuch zu sich eingeladen hatte. Da Julia bereits alles zu einem solchen Anlaß Nötige gesagt hatte, fragte sie jetzt: »Und dein Mann, was denkt der dazu?«

»Sein Stolz ist sehr groß, obwohl er nur wenig sagt. Er geht aufrechter und lächelt oft. Seine erste Frau, die schon lange tot ist, hat ihm einen Sohn geboren, der jetzt erwachsen ist, verheiratet und selbst Kinder hat. Mein erstes Kind. Wer hätte vor einem Jahr gewagt, so etwas vorauszusehen? Es ist doch seltsam, wie das Leben mit uns verfährt, findest du nicht?«

Julia konnte ihr nur zustimmen und teilte die Verwunderung der Frau mit einem Lächeln.

»Ich denke oft an die anderen Frauen aus dem Harem und frage mich, wie es ihnen wohl ergangen ist«, meinte Jawharah.

»Gelegentlich höre ich von ihnen«, erwiderte Julia. »Wenn ich richtig informiert bin, sind einige wenige verheiratet wie du. Ungefähr ein Dutzend sind Dienerinnen im Palast geworden, vor allem in der Kinderstube bei den Kindern von Ali Dei.«

»Und Mariyah, was ist mit ihr?«

»Wenn man den Gerüchten glauben darf – und du kannst dir selbst überlegen, wie richtig diese Information sein kann –, wurde sie an einen Sklavenhändler verkauft, der sie nach Beirut brachte. Dort wurde sie von einem arabischen Edlen erworben und verschwand hinter dem *Purdah.*«

Sie sprachen noch über andere. Ali Dei hatte – seinem Wort treu bleibend – erlaubt, daß die Frauen die Geschenke behielten, die ihnen der alte Dei gemacht hatte. Obwohl er sie nicht genau in der Weise freigelassen hatte, wie Julia es sich vorgestellt hatte, war seine Art, die Frauen loszuwerden, in den Augen des Islam human und hatte viel dazu beigetragen, Ali Deis Ruf zu bessern.

Jawharah schüttelte den Kopf. »Von ihnen allen, fürchte ich, sind du und ich am besten daran. Wir sind beide von Männern genommen worden, die wir in der Tiefe unseres Herzens sogar lieben.«

Julia wandte ihren Blick den weisen Augen ihrer Freundin zu. »Ist das so offensichtlich?« fragte sie nach einem Augenblick.

»Es ist überhaupt nicht offensichtlich. Du siehst nicht so glücklich aus, wie dich ein solches Wissen machen sollte. Gleichzeitig scheinst du aber auch nicht mehr gefühllos zu sein. Ich sehe eine neue Anmut in dir, allerdings nicht die Harmonie der Zufriedenheit. Täusche ich mich?«

»Nein, du täuschst dich nicht. Ich liebe den Mann, den sie Ruben nennen. Die einzige Schwierigkeit besteht darin, daß er meine Liebe nicht erwidert. Sprich zu mir in all deiner Weisheit, meine Freundin, und sage mir, wie ich es erreiche, daß ein Mann mich liebt.«

Jawharah seufzte und warf ihren Pfirsichkern über das Geländer der Veranda. Sie leckte den Saft von ihren Fingern und sagte: »Dies ist ein ganz altes Problem. Manche würden sagen, du mußt dich bereithalten, um deinem Herrn jederzeit dienlich sein zu können, dich darum kümmern, daß er saubere Kleidung zur Verfügung hat und daß gutes Essen seinen Magen füllt. Natürlich muß ein Mann solche Annehmlichkeiten genießen, doch seine Mutter hat sie ihm auf dieselbe Weise geboten, und du möchtest ja nicht mit derselben Art von Zuneigung bedacht werden. Manche behaupten, daß es das Wichtigste ist, seine körperlichen Lüste zu stillen. Doch kann das nicht auch jede Frau tun? Andere wiederum meinen, es sei besonders wichtig, sich dem Geist eines Mannes zu widmen, seine Intelligenz anzusprechen, doch Liebe ist nicht nur eine Sache des Gehirns, des Magens oder der Lenden. Muß sich eine Frau also bemühen, jedes dieser Bedürfnisse zu befriedigen? Nein, ich glaube nicht. Ein Mann liebt eine Frau nicht für das, was sie tut, nicht einmal für das, was sie ist, sondern für das, wie sie in seinen Augen erscheint. Also kann man einen Mann nicht dazu bringen, eine Frau zu lieben. Er tut es entweder, oder er tut es nicht.«

Eine ganze Weile schwieg Julia. Schließlich fragte sie: »Wäre es nicht möglich, daß er unter ungewöhnlichen Umständen lieben könnte, ohne es zu bemerken, ohne es sogar sich selbst einzugestehen? Ich bin sicher, daß es so ist, denn ich selbst habe auch erst vor kurzer Zeit erkannt, was ich für Ruben empfand.«

»Alles ist möglich«, sagte Jawharah, »wenn es der Wille Allahs ist, dessen Name gepriesen sei.«

Julia interpretierte das so, daß Jawharah dies nicht wirklich glaubte, aber ihrer Freundin nicht den tröstlichen Gedanken nehmen wollte. Sie lächelte und wechselte das Thema.

Sie fächelten sich Luft zu und schlugen nach Fliegen, die von der Schüssel mit den klebrigen Pfirsichen angezogen wurden. Sie sprachen noch von vielen Dingen – dem Wetter, den Vorgängen bei einer Geburt, Isabel der Tscherkessin und der Leichtigkeit, mit der sie sich im Harem von Ali Dei zurechtgefunden hatte.

Irgendwann sagte schließlich Jawharah: »Ich habe gehört, daß auf einer Insel im Meer der große Herrscher gestorben ist, der deiner Mutter die goldene Biene zum Geschenk gemacht hat. Hast du auch schon davon gehört?«

»Ja, das habe ich.«

»Bist du vielleicht traurig wegen des Todes dieses Mannes?«

»Sehr traurig«, erwiderte Julia und dachte an Eugène Robeaud und seinen sanftmütigen Mut. Sie betete, daß er nicht hatte leiden müssen und daß er nicht irgendwann bedauert hatte, dieses Opfer gebracht zu haben. Hatten M'sieur Robeaud und die anderen je erfahren, was mit Napoleon Bonaparte geschehen war? Wie lange hatte es gedauert, bis ihnen klargeworden war, daß es keine Rückkehr an die Macht geben würde, keine Erneuerung der ruhmvollen Herrschaft des Kaisers?

»Sei nicht so trübsinnig, meine Taube«, rief Jawharah. »Der Kummer vergeht ebenso sicher, wie die Nacht dem Tag weicht. Die Freude wird zurückkehren.«

Plötzlich streckte Julia den Arm aus und berührte die Hand der anderen Frau. »Du warst mir eine wirkliche Freundin, Jawharah«, sagte sie. »Ohne dich wäre ich verloren gewesen.«

»Und ich wäre verloren gewesen ohne deinen Mut, vor Ali Dei für die Frauen des Harems zu sprechen. Wie du das je wagen konntest, kann ich mir eigentlich nicht vorstellen.«

»Er ist kein so furchtbarer Mann.«

»Vielleicht nicht gegenüber einer schönen jungen Frau«, erwiderte Jawharah.

»Das, worauf du anspielst, hat nichts damit zu tun, daß er meiner Bitte zugestimmt hat.«

Jawharah sah Julia an, ihr glänzendes, von der Sonne etwas heller gewordenes Haar und die geheimnisvollen Tiefen ihrer Augen. »Wirklich nicht? Ich stelle fest, daß du dich immer noch nicht an Männer gewöhnt hast, die jede Frau in ihrem Einflußbereich als mögliche Bettgefährtinnen betrachten. Zweifellos saß Ali Dei zu jener Zeit noch nicht sicher genug auf seinem Thron, um seine Gedanken allzuweit in diese Richtung schweifen zu lassen, aber ich würde mich vorsehen.«

»Du hörst dich nicht so an, als ob du Ali Dei als Herrscher billigen würdest«, bemerkte Julia.

»Habe ich das gesagt?« fragte die andere Frau mit weit aufgerissenen Augen. Sie sah sich um, als erwarte sie, irgendwelche Zuhörer zu entdecken, die dem Dei berichten könnten, was sie gesagt hatte. Es war niemand in der Nähe, und Jawharah fuhr mit Nachdruck fort: »Ich wollte ganz sicher keinen Zweifel an den Fähigkeiten des Ali Dei aufkommen lassen. Er ist ein starker Mann, wie es für eine solche Position nötig ist. Ich habe nichts an ihm auszusetzen, absolut nichts.«

»Ich auch nicht«, sagte Julia, einerseits aus Überzeugung und andererseits auch angeregt durch Jawharahs intensive Gesten. Sie war sich ebenso gut der Tatsache bewußt wie die andere Frau, daß es überall Spione geben konnte.

»Ali Dei ist ein viel besserer Herrscher für uns, als es Kemal, der ehemalige fette Mann, gewesen wäre. Bist du da nicht meiner Meinung?«

»Zweifellos«, stimmte Julia zu und war verwirrt über die seltsame Bezeichnung, die Jawharah Kemal zugeordnet hatte.

»Es wäre eine sehr gute Sache, wenn man sicher sein könnte, daß Kemal die ehrenvolle Position seines Großvaters oder seines Vetters Ali Dei nie bekommt.«

»Das ist richtig«, antwortete Julia und wartete.

»Wenn man Ali Dei den Aufenthaltsort Kemals mitteilen könnte, würde er sicher die Hoffnungen seines Vetters zerstreuen können, ihn bald zu ersetzen.«

»Aus genau diesem Grund sucht er ihn seit den vielen Wochen seiner Herrschaft«, erwiderte Julia.

»Ja – obwohl sich der Kerl direkt unter seiner Nase versteckt hält«, flüsterte Jawharah, als sei sie vor Besorgnis fast sprachlos.

Warum konnte sie nicht einfach direkt sagen, was sie meinte? Würde es ihr dann weniger Vergnügen bereiten? Oder wäre es dadurch nur für Lauscher zu leicht, alles zu verstehen? Julia hatte diese geistigen Umwege so außerordentlich satt. »Du meinst, du weißt, wo Kemal ist?«

»Nicht so laut«, zischte Jawharah, »ich habe nicht die Absicht, mich noch einmal einzumischen in die Dinge der Mächtigen. Mein einfaches Leben mit meinem Mann und die Aussicht auf ein Kind, das meine Tage belebt, sind mir vollauf genug. Ich entschließe mich nur, meine friedliche Lebensweise zu gefährden, weil es mir dadurch vielleicht möglich ist, meine Dankbarkeit dir und Ali Dei gegenüber zu erweisen und mein gegenwärtiges Leben noch sicherer zu machen. Kemal hat einen gemeinen Charakter und ein langes Gedächtnis. Zweifellos weiß er oder hat den Verdacht, daß du wesentlich zu seinem Sturz beigetragen hast, und in den letzten Monaten war er in der Lage festzustellen, daß wir – du und ich – immer noch Freundinnen sind. Eine so enge Beziehung zu seiner Feindin würde sicher nicht unbeachtet bleiben, wenn er auf den Thron zurückkehrte.«

»Du fürchtest seine Vergeltung, weil du Kontakt zu mir hast?«

»Ich fürchte das nicht nur für mich, sondern auch für meinen Mann und mein Kind.«

»Es tut mir leid, wenn das der Fall ist«, sagte Julia, »aber du mußt mir sagen, was du mit deinen Andeutungen meinst. Hast du den einstmals fetten Nachkommen des Mannes gesehen, der im Paradies ruhen möge? Und ist dieser Mann in seinem Versteck irgendwo in der Nähe, so daß er die Besuche sehen könnte, die ich deinem Haus abgestattet habe?«

»Du hast die Wahrheit erkannt. Bei den Gelegenheiten, als ich mit dir und der Herrin Fatima hinter dem Wandschirm oberhalb des Audienzsaales gesessen habe, habe ich mir die Züge von Kemal sehr genau betrachtet. Ich sah auch den Frankistani mit den scharfen Augen und den vollen Lippen, der der Untergebene des französischen Konsuls ist. Möglicherweise hätte ich Kemal gar nicht erkannt, wenn ich nicht auch den anderen gesehen hätte.«

»Wo?« fragte Julia nachdrücklich. »Wann?«

»Einmal sah ich sie zusammen in das Kaffeehaus in der Gasse gehen, die etwas weiter unten von dieser Straße abzweigt. Es ist ein schäbiger Ort. Dicke Rauchschwaden des Opiumnebels quellen aus der Tür. Möglicherweise hat Kemal ein Zimmer darüber. Ich sah ihn auch einmal allein aus der Gasse kommen, ohne den Frankistani. Wenn du ihn sehen würdest, würde dir nicht auffallen, daß er es ist. Selbst ich hätte ihn beinahe für einen arabischen Straßenbettler gehalten. Er ist viel dünner, als wir ihn beim letzten Mal gesehen haben. Sein Gesicht ist sonnenverbrannt, seine Kleidung schmutzig, und seine Fingernägel sind abgebrochen und haben schwarze Ränder.«

»Und du bist sicher, daß er es war?«

»Ich bin sicher. Ich habe ihn hier vom Dach aus während des ganzen Weges vom Ende der Straße bis zu dieser Gasse beobachtet.«

Julia atmete tief ein. »Wenn das so ist und Ruben diese Information zu Ali Dei bringen kann, wird der Dei vielleicht in seiner Dankbarkeit Ruben und mir erlauben, in unsere Heimat zurückzukehren.«

»Falls es dazu kommen sollte, Jullanar, dann wird mein Herz voller Glück für dich schlagen, selbst wenn Tränen meine Augen füllen.«

»Und ich werde dich vermissen und mich, wo immer ich auch sein werde, nach deinem Rat sehnen«, erwiderte Julia. »Dennoch wirst du es sicher verstehen, wenn ich dich jetzt schnell verlasse?«

»Natürlich«, sagte Jawharah und umarmte sie. Dann trat sie einen Schritt zurück und klatschte in die Hände, um Basim anzudeuten, daß seine Herrin bereit zum Aufbruch war.

Als sie das Haus verlassen hatten, trat Basim dicht an die Vorhänge der Sänfte. »Meine Herrin Jullanar, habe ich deine Erlaubnis zu sprechen?« fragte er leise.

»Sicherlich, Basim.«

»Es handelt sich um die wichtige Angelegenheit, von der Ihr und die Herrin Jawharah gesprochen habt. Glaubt Ihr nicht, man sollte noch etwas mehr Erkundigungen einziehen, bevor man die Sache Ruben Effendi unterbreitet?«

Resigniert fand sich Julia mit der Tatsache ab, daß Basim ihrem Gespräch gelauscht hatte. Und sein Vorschlag hatte etwas für sich. »Woran denkst du denn dabei?«

»Ein Kind, das in der Nähe des Kaffeehauses spielt, von dem die Frau des Teppichhändlers gesprochen hat, könnte vielleicht vieles sehen. Und wenn es dem unschuldigen Knaben gelingen könnte, einen Weg hineinzufinden, würde er vielleicht noch mehr hören.«

Es wäre eine große Erleichterung, wenn jemand die Identität Kemals bestätigen könnte, der ihn viel öfter gesehen hatte als Jawharah. Dennoch war es ein gefährliches Unternehmen. Wenn Basim Kemal in seiner Verkleidung erkennen konnte, war das Umgekehrte womöglich ebenfalls denkbar. »Ist es das Risiko wert?« fragte sie.

»Als Akt meiner Rache, ja, einhundertmal ist es das wert. Und als Zeichen meiner Ergebenheit zu Euch, ja, schöne Herrin, da ist es das eintausendmal wert.«

Der Zwerg hatte nicht viel von seiner Gefangennahme durch Kemals Männer erzählt. Seine Füße waren geheilt, und offiziell war alles vergessen. Doch manchmal verhärtete sich sein Blick, und er griff nach seinem kleinen Säbel, als hätte er das Bedürfnis, seinem Zorn Luft zu machen.

»Du bist ein Mann, Basim. Du mußt tun, was du wünschst«, sagte Julia schließlich.

Die so schnell getroffene Entscheidung quälte Julia, obwohl sie sie nicht rückgängig gemacht hätte, wenn sie gekonnt hätte. Basim war nicht ihr Sklave, auch nicht Ruds. Er war ein freier Moslem. Seine Treue hatte Mehemet Dei gehört; er diente ihr nur wegen der Verpflichtung, die ihm der alte Dei auf dem Totenbett auferlegt hatte. Dennoch wurde sie bleich vor Sorge, als der Abend kam und der Zwerg noch nicht wieder erschienen war. Er konnte so leicht von jemandem entwaffnet werden, der größer und kräftiger war als er. Ihn zu töten wäre nicht schwieriger, als das Leben eines Kindes auszulöschen. Wenn ihm etwas zustieße, würde sie sich den Rest ihres Lebens schuldig fühlen.

Der Mond ging auf und ergoß sein goldenes Licht in das Schlafzimmer. Julia lag wach neben Rud und horchte, ob nicht irgendein Geräusch Basims Rückkehr anzeigen würde. Es gab keines. Sie quälte sich mit der Frage, ob sie ihren Mann wecken und ihm erklären sollte, was geschehen war, womit sie ihm das schwere Problem überließe, ob Ali Dei von Jawharahs Verdacht zu informieren war oder nicht. Aber was war, wenn Rud es Ali sagte und sich nichts daraus ergab? Würde der Dei nicht schlecht von Rud denken, weil er Frauenklatsch ernst nahm? Und wenn er ihm den falschen Bericht übelnehmen und ihm Vorwürfe machen würde? Nein, sie konnte sich nicht entschließen, das zu riskieren. Noch nicht.

Beim Frühstück fragte Rud: »Wo ist Basim? Er hat uns gestern abend beim Abendessen nicht bedient, und jetzt ist er auch noch nicht erschienen.«

»Ich weiß es nicht«, antwortete Julia. »Vielleicht hatte er irgendwelche Geschäfte zu erledigen, die ihn vom Palast ferngehalten haben.«

»Das hat er bis jetzt noch nie gehabt«, stellte Rud fest.

Das Bedürfnis, Rud von dem in Kenntnis zu setzen, was geschehen war, und ihn um Rat zu fragen, stritt in ihr mit der Vorsicht. Das Ergebnis führte dazu, daß ihre Antwort schärfer ausfiel, als eigentlich nötig gewesen wäre. »Basim ist kein Sklave. Er ist uns keine Rechenschaft darüber schuldig, was er tut und läßt, und ich bin auch nicht für ihn verantwortlich.«

Rud sah sie mit gerunzelter Stirn an. »Was ist los mit dir? Deine Unruhe im Bett hat mich die halbe Nacht wach gehalten, und heute morgen siehst du aus wie der lebende Tod.«

»Es ist absolut gar nichts mit mir los«, erwiderte Julia verärgert. Keinem anderen Mann wäre ihr strapaziertes Aussehen aufgefallen, und wenn, hätte er es vermutlich weiblichen Umständen oder anderen Ursachen zugeschrieben.

Rud starrte sie mit kühlem Blick an und stand dann auf. Er nahm seinen Säbel und band ihn sich um die Taille. Mit geschickten, sicheren Bewegungen wickelte er sich den Turban der Moslems, den er jetzt tragen durfte, um den Kopf und steckte das Ende fest.

Mit dem Gedanken daran, ihn heute vielleicht schnell erreichen zu müssen, fragte Julia: »Wo gehst du heute hin?«

»Ich werde beim Dei sein – wie gewöhnlich«, antwortete er. Dann kam er auf sie zu und gab ihr einen harten Kuß, ohne zu lächeln. Als er sich umdrehte, eilte die Dienerin zu ihm, um die Tür zu öffnen und dann leise hinter ihm zu schließen. Wenn die Frau ihm nicht geholfen hätte, dachte Julia, hätte er wahrscheinlich die Tür hinter sich zugeschlagen.

Warten. Es war das einzige, was sie scheinbar tun konnte – das war offenbar das Schicksal aller Frauen, die auf Männer angewiesen waren.

Der Garten lag im Schatten, und die Hitze des Tages wich dem abendlichen Tau, als Basim endlich erschien. Er war weiß um den Mund, und seine Verbeugung wirkte etwas steif, als er sich bei Julia meldete, doch ansonsten schien er unverletzt.

»Basim!« rief sie, stand auf und gab ihm ihre Hand, damit er sie küssen konnte. »Ich war schon ganz krank vor Sorge. Geht es dir gut?«

»Mir geht es, wie Ihr seht, gut, meine Herrin Jullanar«, antwortete er. »Ich wäre schon viel früher hierhergekommen, wenn meine Dummheit und mein Pech nicht gewesen wären.«

»Aber jetzt bist du ja hier«, sagte Julia. »Setz dich und erzähl mir, was geschehen ist.«

Als sie zu ihrer Bank in den Garten zurückgekehrt war, setzte Basim sich mit übereinandergeschlagenen Beinen zu ihren Füßen auf ein Kissen. »Meine Herrin, es geschah folgendes: Ich verkleidete mich und ging zu dem Kaffeehaus, das die Herrin Jawharah genannt hat. Dort fand ich Kemal, genau wie sie gesagt hatte. Er war verändert, aber noch erkennbar. Gerade hatte ich dies festgestellt, als der Frankistani, der sein Vertrauter ist, ebenfalls erschien. Zusammen gingen sie die Treppen zu einem oben liegenden Zimmer hinauf. Nach kurzer Zeit folgte ich ihnen. Sie waren äußerst vorsichtig. Es war nicht leicht, auf Hörweite an sie heranzukommen. Und doch gelang es mir, mit Geduld und Geschick über die Balkone zu klettern. Mit eigenen Ohren hörte ich, wie Kemal und der Frankistani mit einer dritten Person ein Komplott schmiedeten, ich glaube mit dem Knaben, den Kemal im Augenblick bevorzugt. Sie haben den Plan, in der nächsten Nacht in den Palast einzudringen und den Dei mit den langen Kordeln seines Bettvorhangs zu erdrosseln, während er schläft.«

Julia holte tief Luft. »Wäre so etwas möglich? Könnten sie in den Palast gelangen, ohne die Wachen zu alarmieren?«

»Geld ist ein Schlüssel, der viele Türen öffnet. Jene Wachen, die nicht in die andere Richtung sehen wollen, wird man überwältigen. Wenn die Tat vollbracht ist, werden die Kemal treuen Gefolgsleute den Palast angreifen und in die Bresche schlagen, die die anderen hinterlassen haben. Da die Überraschung perfekt sein wird, hoffen sie auf einen schnellen Sieg. Sie erwarten, daß die Janissaren ihnen auch ihren Segen geben, wenn sie feststellen, daß Kemal den Palast erobert und die Unterstützung der französischen Regierung hat.«

»Ich verstehe«, sagte Julia nachdenklich.

»Und an diesem Punkt meines Abenteuers hat mich dann mein berühmtes magisches Glück verlassen. Mit dem Wissen, das ich erlangt hatte, wollte ich durch ein Schlafzimmer und die Treppen hinunter in den Hauptraum des Kaffeehauses entkommen, als ich jemanden hörte, der das Zimmer betreten wollte. Schnell hob ich den Deckel einer Kleidertruhe und schlüpfte hinein, verbarg mich unter wollenen Burnussen, die nach Kampfer rochen, und einer Vielzahl schmutziger Hosen. Kemal und sein Favorit traten ein und legten sich auf den Diwan. Sie standen bis zum Mittag nicht mehr auf. Ich hätte vielleicht in der Nacht entkommen können, wenn ich nicht selbst eingeschlafen wäre. Doch mein Glück ließ mich weiterhin im Stich. Kemal wählte ausgerechnet dieses Zimmer, um dort eine Versammlung der Anführer seiner Gefolgsleute stattfinden zu lassen. Die Einzelheiten ihres Angriffs waren interessant, aber es war äußerst unbequem, das versichere ich Euch, meine Herrin. Erst vor einer Stunde ist es mir gelungen, meinem erstikkenden Gefängnis zu entkommen. Ich fürchte, die Kleider in der Truhe werden nie wieder von einem anspruchsvollen Mann getragen werden, obwohl ich Kemal sowieso nicht für einen solchen halte. Auf jeden Fall wird er seine Wintergarderobe sowieso nicht mehr brauchen, wenn ich meine Botschaft abgeliefert habe.«

Basim hatte den Angriffsplan am vergangenen Abend gehört, und in der heutigen Nacht war Ali Dei in großer Gefahr. »Worauf wartest du?« rief Julia. »Du mußt sofort gehen und den Dei warnen!«

»Glaubt Ihr, er würde mir trauen, nachdem man mich beschuldigt hat, seinen Onkel vergiftet zu haben? Ich halte es für viel wahrscheinlicher, daß er mich zuerst einer peinlichen Befragung unterziehen würde, nur um sicherzugehen, daß ich auch die Wahrheit sage.«

»Glaubst du das wirklich?«

»Dieses Risiko möchte ich nicht eingehen.«

»Was schlägst du also vor?« fragte Julia.

»Wenn Ihr mit Eurer für eine Frau außerordentlichen Klugheit einen Brief schreiben würdet, könnte ich ihn Ruben Effendi bringen. Ali Dei hat schon einmal eine Warnung von Euch ernst genommen und davon profitiert. Vielleicht wird er es noch einmal tun, besonders wenn Euer Herr sie überbringt.«

»Also gut«, sagte sie, klatschte in die Hände und rief nach Papier und Feder.

Basim kam nicht zurück. Der einzige Hinweis darauf, daß er Rud mit ihrer Nachricht erreicht hatte, bestand darin, daß Rud ebenfalls nicht in seine Gemächer zurückkehrte. Julia hatte das Gefühl, daß eine unbehagliche Stille über dem Palast lag. Nach dem Abendessen zog sich ihre Dienerin zurück und ließ sie allein im *Gulphor*. Julia nahm ein Buch mit persischen Liebesgedichten zur Hand und legte es bald wieder weg, weil sie sich nicht darauf konzentrieren konnte. Ihre Finger waren steif vor Nervosität, deswegen gelang ihr auch ihre Handarbeit nicht. Weil sie die Enge in den Räumen nicht mehr ertragen konnte, trat sie in den Garten und atmete tief die laue Nachtluft ein.

Dort hörte sie die ersten Rufe über die vielen ineinander verschachtelten Innenhöfe schallen. »Der Dei ist überfallen worden! Jemand hat versucht, den Dei zu töten!«

Wie ein Bienenstock, der angegriffen worden ist, brachen im Palast plötzlich überall Lärm und Unruhe aus. Das Geräusch hastiger Schritte ertönte von allen Seiten, denn gleich nach dem ersten Alarm fand ein Angriff auf eines der Haupttore zum Palast statt. Das Lärmen und Krachen von Musketen zerriß die Luft. Die Tritte marschierender Männer erklangen vor dem Eingang zu Julias Gemächern, dann wurde ein Befehl gerufen. Als Julia hinaussah, entdeckte sie, daß die Eunuchen, die so viele Tage wie lebende Statuen vor ihrer Tür Wache gehalten hatten, in schnellem Tempo abgeführt wurden.

Der Drang, ihnen zu folgen, war fast überwältigend. Sie wollte unbedingt wissen, was geschah. War es Basim und Rud gelungen, den Dei rechtzeitig zu warnen? Hatte man die versuchten Attentäter gefangengenommen? War jemand bei dem Versuch verletzt worden? Es war genausogut möglich, daß Rud und Basim und Ali Dei tot in einer Ecke lagen und der Palast sich langsam mit Kemals Männern füllte. Nein, das war nicht möglich, redete sie sich gut zu, denn sonst hätte der Ruf, der erschollen war, nicht gelautet, daß jemand versucht hatte, den Dei zu töten, sondern daß der Dei tot war. Zweifellos kämpften alle verfügbaren Leute gegen die drohende Übernahme durch Kemals Anhänger. Sie durfte ihnen nicht in den Weg kommen.

Sie ging auf und ab, schlug ihre Handflächen gegeneinander. Die Geräusche der Kämpfe erstarben langsam, und dennoch kam niemand. Noch einmal trat sie in den Garten und versuchte, so gut sie konnte, etwas zu hören. Sie schnupperte, ob der Wind Rauchgeruch herübertrug, aber es war nichts festzustellen. Über ihr erhoben sich die vielen mehrstöckigen Türme des Palastes in den ruhigen Nachthimmel. Hier und da schimmerten Lichter hinter Fenstern. Manchmal verdunkelten sich die Lichter vorübergehend, als wäre jemand zwischen Fenster und

Lampe getreten, aber keine feurigen Flammenzungen schlugen an den Mauern hoch. Alles war still.

Trotz dieses Eindrucks verspürte Julia immer noch Nervosität.

Ein leises Geräusch, ein Rascheln von Kleidung war die einzige Vorwarnung. Noch bevor sie darauf reagieren konnte, ergriff sie von hinten ein muskulöser Arm und schloß sich um ihre Taille. Das Messer, das sie an der Seite trug, wurde aus der Scheide gerissen und durch das Zimmer geschleudert, wo es klappernd an der Wand liegenblieb. Im selben Augenblick bekam sie einen kräftigen Stoß, so daß sie auf den Diwan taumelte.

Julia wandte sich zur Seite und schleuderte ihr Haar aus dem Gesicht, damit sie etwas sehen konnte. Ein Mann stand zwischen ihr und der Gartentür, und ein gemeines Grinsen zog seine vollen Lippen über seine Zähne zurück. Während sie ihn anstarrte, griff er hinter sich und nahm einen Kurbash auf, der an der Wand lehnte.

»Ja, Julia, *ma chère*«, sagte Marcel de Gruys schleppend. »Ich bin es wirklich. Endlich ist die Zeit gekommen, auf die ich so lange gewartet habe. Wir sind allein, und ich halte in meinen Händen das Mittel, das unsere alten Uneinigkeiten beilegen wird.« Er ließ die Peitsche aus Nilpferdhaut durch die Luft sausen. »Hast du Angst, meine süße, unberührbare Julia? Zuckst du vor Furcht zurück? Nun, das ist auch angebracht, denn ich habe die Absicht, mich an deiner herrlichen weißen Haut schadlos zu halten. Dieses Mal hast du keine Waffe, mit der du meine Pläne vereiteln kannst, dafür habe ich gesorgt. Jetzt werde ich dir den Messerstich und die Schußwunde vergelten und Rache dafür nehmen, daß du mich um den Ruhm gebracht hast, als der Mann bekannt zu werden, der die Welt vor Napoleon Bonaparte rettete. Du hast außerdem verhindert, daß ich hier in Algier einen Strohmann auf den Thron setzen kann. O ja, ich weiß, wem ich die Vernichtung meiner Pläne zu verdanken habe. Ich habe diesen Narren Kemal gewarnt. Es war ein zu großes Risiko, daß er sich so nah an einem Haus verbarg, in dem du kamst und gingst und in dem eine Frau aus dem Palast wohnte. Er lachte mich aus und war sicher, seine Verkleidung könne nicht durchschaut werden. Bist du nicht ein halbes dutzendmal in den Straßen an uns vorübergegangen, ohne auch nur einen leisen Hinweis darauf zu geben, daß du uns erkannt hattest? Jedesmal hätte ich dich am liebsten mit Gewalt genommen und auf meine Art ausgeschaltet. Doch dieses Vergnügen wurde mir versagt. Du seiest nicht so wichtig, meinte er, doch wichtig genug, um eine gründliche Untersuchung des Stadtteils zu bewirken, wenn du verschwinden würdest. Er versprach mir, dich mir später zu übergeben. Dummkopf! Es ist meine eigene Schuld, daß ich ihm gehorcht habe. Dennoch, man wird mich nicht um meinen Lohn bringen, auch wenn ein maurischer Prinz in Ketten liegt und die islamischen Hunde mir auf den Fersen sind! Ich werde hören, daß du um Gnade bettelst, und sehen, wie du dich zu meinen Füßen windest, und wenn es das letzte ist, was ich auf dieser Erde erlebe! Wenn ich fertig bin und der Anblick meine Gelüste ausreichend angeheizt hat, werde ich dich nehmen, während du wimmerst und weinst.«

Mit blitzenden Augen hob er wieder seinen Arm. Als er den Schlag ausführte, spannte Julia sämtliche Muskeln an und rollte sich über den Diwan, der keine Rückenlehne hatte. Die Peitsche zischte auf die Decke und durchschnitt sie wie die scharfe Kante eines Messers. Julia sprang auf, und als Marcel einen Satz über den Diwan machte, um sie zu erwischen, stürzte sie sich in die Richtung, in der die Klinge ihres Messers am Boden funkelte.

Marcel sah, was sie vorhatte. Er sprang in die gleiche Richtung, und als sie die Hand nach dem Messer ausstreckte, zischte der Kurbash auf ihre Finger.

Ihre Hand wurde taub, dann wurde sie von einer Welle von Schmerz überrollt, von der ihr beinahe übel wurde. Bevor sie sich erholen konnte, sauste der Kurbash wieder durch die Luft und klatschte auf die bloße Haut über ihrer Taille. Der dritte Schlag durchdrang den dünnen Musselin ihrer weiten Hose, und die Lederschnüre schnitten in ihre Hüften. Ein roter Nebel von Schmerz erhob sich vor ihren Augen. Instinktiv drehte sie sich um und versuchte, ihren weichen Unterbauch und die empfindlichen Rundungen ihrer Brüste zu schützen. Ein Schlag traf sie auf die Schulterblätter, und ihr ganzer Körper schien plötzlich von krampfhaftem, unerträglichem Schmerz überrollt. Blind vor Qualen streckte sie die Hand aus und hielt sich an der Wand fest, um nicht niederzusinken.

Plötzlich hörten die Schläge auf. Sie hörte, wie sich Marcels langsame, sichere Schritte näherten, spürte das warme Blut, wo die Peitsche ihre Haut zerrissen hatte. Mit einem ungeheuren Willensaufwand hob sie den Kopf und stieß sich von der Wand ab, drehte sich dann wie ein in die Enge getriebenes Tier zu ihm um und stand Marcel gegenüber.

Er lächelte, seine schwarzen Augen hielten ihren Blick, als er die Peitsche unter den Arm klemmte und ein Messer aus der Scheide an seiner Seite zog. »Sosehr ich diese Tätigkeit auch genieße, glaube ich doch, daß mein Vergnügen noch größer sein könnte, wenn du unbekleidet wärst.«

Grinsend schob er vorsichtig die Spitze des Messers unter den Verschluß ihres Mieders zwischen ihren Brüsten. Mit einer schnellen Bewegung durchtrennte er den Verschluß. Die scharfe Klinge erfaßte auch die goldene Kette, die sie trug und zerschnitt das weiche reine Gold mühelos. Der gelbe Diamant und auch die goldene Biene, die sie an der Kette trug, wenn sie keinen Gesichtsschleier brauchte, fielen auf den Boden. Marcel bemerkte es kaum, während er die Spitze des Messers dazu gebrauchte, die beiden Seiten des Mieders zu öffnen und den festen, warmen Schatz darunter bloßzulegen. Julia holte Luft und zog den Bauch ein, als seine Aufmerksamkeit sich nach unten wandte. Sie konnte nichts unternehmen, während das Messer sich gegen ihren Bauch drückte. Goldene und silberne Knöpfe regneten auf den Boden und hüpften in alle Richtungen, als ihr Gürtel sich öffnete und ihre Hose auf ihre Füße fiel.

Marcel streckte die Hand aus und zerrte sie vorwärts, weg von ihrer Kleidung auf dem Boden. Als er das Mieder über ihre Arme nach unten gezogen und zur Seite geworfen hatte, stand sie so nackt vor ihm wie am Tag ihrer Geburt. Er strich sich mit der Zunge über die Lippen und verschlang sie mit den Augen. »Bald«, sagte er, »bald schon wirst du mich anflehen aufzuhören, mir alles versprechen, nur damit ich dir den Schmerz erspare. Vielleicht werde ich mich erweichen lassen, wenn du mich nett genug bittest und dich mir mit der angemessenen Unterwerfung anbietest.«

Aus welcher Kraftreserve sie ihre Energie bezog, war ihr nicht klar, aber im folgenden Augenblick sprühten ihre Augen schon vor Verachtung. »Niemals! Niemals, und wenn ich deswegen sterbe!« Sie hob im selben Augenblick ihre unverletzte Hand und traf ihn mit einem schwungvollen Schlag ins Gesicht, der seinen Kopf rückwärts schnellen ließ.

»Noch eine Tat, für die du bezahlen wirst«, grunzte Marcel, drehte ihr den Arm nach hinten und fuhr mit seinen heißen Lippen über ihr Gesicht, während er versuchte, sie auf die ihren zu pressen.

Julia wandte sich heftig ab, obwohl ihre Schulter und ihr Ellenbogen vor Schmerz zu brennen schienen. Sie stieß ihn von sich. Ihr einziger Gedanke war, ihn irgendwie zu treten. Ihr rechtes Knie schnellte in die Höhe, und sie versuchte, ihn am rechten Knöchel zu treffen. Ihr Knie rammte sie zwischen seine Beine, und die Wirkung war sofort erkennbar. Marcel schrie auf und stieß sie gewaltsam von sich. Sie fiel gegen die Wand und kippte schwer auf die Seite. Noch bevor sie sich aufrichten konnte, knallte der nächste Peitschenschlag zischend auf ihre Schulter.

In diesem Augenblick hörte man ein leises Geräusch hinter ihnen aus der Richtung der Küche. Eine der Dienerinnen stand an der Tür zum *Gulphor.* Ihre Augen weiteten sich vor Grauen, als sie Julia erkannte, und als Marcel sich jetzt mit einem Fluch umdrehte, verschwand sie hastig.

So klein die Ablenkung gewesen war, sie reichte aus. Keinen Augenblick hatte Julia vergessen, wo ihr Messer lag. Jetzt hob sie sich auf Hände und Knie und stürzte sich darauf. Als sie spürte, wie ihre Finger sich um das kühle, juwelenverzierte Metall legten, fühlte sie plötzlich eine neue Kraft in sich.

Ihre plötzliche Bewegung brachte Marcel dazu, sich umzudrehen. Er erschrak, entspannte sich aber sofort wieder. »Also jetzt hast du dein

Messer«, spottete er. »Es wird dir bestimmt viel nützen. Diesmal bin ich doppelt gewappnet gegen dich; ich habe eine Waffe, und ich kenne deine Art zu handeln. Um mir mit diesem Spielzeug Schaden zuzufügen, müßtest du erst einmal näher an mich herankommen, und ich glaube, du wirst feststellen, daß meine Reichweite wesentlich größer ist als die deine.«

Um seine Behauptung zu beweisen, hob er noch einmal den Arm, um den Kurbash auf sie niedersausen zu lassen. Das war ein Fehler, denn damit bot er ihr ein ungehindertes Ziel. Ohne zu zögern drehte sie das Messer, so daß die Klinge zwischen ihren Fingern lag, und dann ließ sie es, wie Jawharah ihr es gezeigt hatte, blitzend auf seine Brust zufliegen.

Vielleicht war ihre Kraft doch nicht so groß gewesen, wie sie gedacht hatte. Vielleicht konnte sie wegen des Zitterns in ihrem Arm nicht richtig zielen. Wie auch immer, der Griff des Messers traf mit einem dumpfen Geräusch zuerst auf seiner Brust auf. Die nutzlose Klinge fiel klirrend zu Boden.

Marcels triumphierendes Grinsen, das sich nach einem Moment der reinsten Furcht auf seinem Gesicht zeigte, war ein grauenvoller Anblick. Er war regungslos stehengeblieben, als sie ihn getroffen hatte, jetzt hob er wieder den Arm, um sie zu peitschen.

Der Schlag traf nicht mehr. Wie Furien brachen die beiden Dienerinnen und die Köchin aus der Küche hervor. Sie waren bewaffnet mit einem Besen und einem Tranchiermesser, einer Pfanne und einem Schürhaken, einer Kasserolle und einem Fleischklopfer. Schrecken breitete sich über Marcels Gesicht aus. Er versuchte die Stellung zu halten und ließ den Kurbash durch die Luft zischen. Doch der Besen diente als gutes Verteidigungswerkzeug dagegen, und Marcel wurde langsam gegen die Tür gedrängt, während die Frauen kreischten, schrien und ihm mit größter Lautstärke Beleidigungen ins Gesicht brüllten. Es war ein Fehler, als er sich umdrehte, um nach der Türklinke zu tasten. Ein scharfer Schlag mit der Pfanne seitlich gegen seinen Kopf ließ ihn in die Knie gehen, und unter einem Hagel von Schlägen sank er zu Boden.

Julia versuchte etwas zu sagen, den Frauen klarzumachen, daß sie ihn nicht töten sollten, aber sie hatte ihre Stimme nicht in der Gewalt. Statt dessen begann sie zu lachen, während gleichzeitig Tränen aus ihren Augen strömten. Sie hob ihre bebenden Hände zu ihrem Gesicht und senkte den Kopf. Als sie nach einiger Zeit aufsah, legte eine der Frauen gerade eine Decke über sie, während ein Eunuch neben ihr stand. Sie hatte gar nicht bemerkt, daß sie das Bewußtsein verloren hatte, und doch mußte es so gewesen sein, denn Marcel war nirgendwo zu sehen.

Als sie bedeckt war, hob sie der Eunuch hoch und trug sie fort. Sie wußte nicht, wohin er sie bringen würde. Sie wollte protestieren und die auf ihrer rohen Haut brennende Decke loswerden. Die Bewegung verursachte höllische Schmerzen. Sie mußte erklären, daß sie Ruds Gemächer nicht verlassen wollte. Doch es gelang ihr nicht, die Worte auf der Zunge zu bilden. Ein seltsamer grauer Nebel sammelte sich immer dichter um sie. Durch ihn hindurch sah sie, wie sie immer näher an die großen geschnitzten Zedernholztüren des Harems des Dei getragen wurde. Sie öffneten sich weit, verschluckten sie und wurden mit einem lauten Schlag hinter ihr geschlossen.

KAPITEL 22

Schritte, Flüstern, der überwältigende Geruch von Räucherkerzen, das schläfrige Zirpen der zahmen Vögel, die in ihrer Ruhe aufgescheucht worden waren – diese vertrauten Eindrücke bestürmten Julias Sinne, als sie durch den großen Gemeinschaftsraum getragen wurde. Der Wächter bog ab in einen Korridor, der nach Öllampen roch. Noch ein paar Schritte, und sie durchschritten einen schweren Perlenvorhang. Julia sah die beengenden Wände eines Kämmerchens. Sie wurde auf einem weichen Diwan abgelegt. Der Wächter verbeugte sich, und sie war allein.

Doch ihre Einsamkeit endete bald. Ismael, der arabische Arzt, kam herein. Er legte die schwarze Augenbinde ab, die er auf seiner Führung durch den Harem getragen hatte, und gab sie einer Dienerin, die draußen wartete. Dann wandte er sich Julia zu. Mit sanften Händen reinigte er ihre Wunden und linderte ihre Schmerzen mit Heilsalbe. Er sprach nur wenig, während er sie hierhin und dorthin drehte, obwohl sein Mund zu einer finsteren Miene verzogen war und er gelegentlich Laute von Mitgefühl und Zorn von sich gab, die er nicht unterdrücken konnte. Er mischte einen Trank, dessen Geruch Julia eindeutig als den der Mohnfrüchte erkannte, und gab ihn ihr in die Hand.

»Kein Moschus diesmal?« fragte Julia, und Phantome ihrer Erinnerung tanzten in ihren Augen durch das flackernde Licht der Lampe.

»Kein Moschus«, erwiderte er, als er zusah, wie sie trank. Dann zog er ein Leinentuch über sie und saß neben ihr, bis sie schlief.

Julia erwachte durch ein ruhiges, aber stetiges Klopfen. Sie hob ihre eigentümlich schweren Augenlider und sah eine Frau über sich stehen. Sie war blond, rundlich und wirkte aufgebracht. Ihre Lippen waren schmal, ihre Augen hart, und ihr Fuß klopfte mit monotoner Regelmäßigkeit auf den Boden. Es war Isabel.

In den Wochen, seit Julia sie zum letzten Mal gesehen hatte, hatte sie ihr naives Aussehen verloren.

»Also seid Ihr zu Eurem alten Platz zurückgekehrt«, sagte das Mädchen, als es sah, daß Julias Blick klarer wurde.

Julia befeuchtete ihre Lippen. »Es scheint ganz so.«

»Warum? Ihr wart doch früher wirklich nicht glücklich hier. Ich weiß es, weil Ihr es mir einmal selbst gesagt habt. Warum habt Ihr Euch dem Dei noch einmal in den Weg gestellt?«

Es war doch bestimmt nicht Eifersucht, die Isabels Stimme so hart klingen ließ. »Ich habe mich nicht in den Weg des Dei gestellt. Genaugenommen weiß ich überhaupt nicht, warum ich hier bin.«

»Ihr lügt. Der Befehl, Euch hierherzubringen, wurde dem Wächter vom obersten der Eunuchen gegeben. Gerade Ihr müßtet doch wissen, daß er nur auf den Befehl seines – und meines – Herrn hört.«

»Ich schwöre, daß ich keinerlei Kontakt zu Ali Dei hatte. Und ich bin deswegen hier«, sagte Julia matt und warf das Leinentuch zurück, so daß ihre roten Striemen sichtbar wurden.

Isabel hielt die Luft an. »Ihr – Ihr müßt Ruben Effendi sehr mißfallen haben.«

»Der Effendi hat dies nicht getan«, erklärte Julia scharf. »Es war ein anderer, der in der letzten Nacht kam, als die Wachen abberufen waren. Der Frankistani mit dem Namen de Gruys, der auch an dem versuchten Attentat auf das Leben des Dei beteiligt war, hat mich gepeitscht.«

»Aha, das ist der, der festgenommen worden ist.« Das junge Mädchen sah nachdenklich aus. »Dann wollte der Dei Euch vielleicht beschützen, während Ruben Effendi mit anderen Dingen beschäftigt war. Es besteht sehr viel Respekt zwischen dem erhabenen Herrscher von Algier und dem Frankistani, der einst mein Herr gewesen ist.«

Julia nickte, ohne zu antworten. Sie hatte keine Kraft, um zu streiten. Ihre Wunden schmerzten erstaunlich wenig – vielleicht hatte die Salbe von Ismael tatsächlich Linderung gebracht.

»Dennoch gibt es keinen Grund, Euch hierherzubringen«, sprach Isabel weiter. »Man hätte Euch genausogut in den Gemächern des Ruben Effendi bewachen können. Ihr wärt sicher genug gewesen, wenn man Euch Eure Wachen zurückgegeben hätte.«

»Was meinst du, warum ich hier bin?«

»Ich nehme an, Ali Dei hat eine Möglichkeit gesehen, wie er Euch dem Ruben Effendi wegnehmen kann. Ihr habt schon vor langer Zeit sein Interesse geweckt. Er schenkte Euch doch den gelben Diamanten, oder? Ich habe gesehen, wie er Euch betrachtete, wenn er glaubte, niemand bemerke es. Er beneidete seinen Freund, weil Ihr wie ein seltenes Juwel seid, das alle Männer zu besitzen wünschen.«

»Es ist nett von dir, daß du das sagst«, erwiderte Julia in trockenem Ton, »aber ich bin sicher, daß du dich täuschst. Ali Dei war viel zu beschäftigt mit dem Mordversuch und der Revolte im Palast, um sich um eine Frau Gedanken zu machen. Ich bin nur eine Patientin, die zum Arzt gebracht worden ist.«

»Nein«, beharrte Isabel stur. »Sagt mir: Als Ihr im Harem wart, habt Ihr da je davon gehört, daß eine Frau des Dei in ihrer Kammer untersucht wurde?«

Julia erkannte sofort die Richtung, in die Isabels Frage zielte. Nur widerwillig antwortete sie: »Nein, sie wurden immer in einen gesonderten Raum mit einem Vorhang gebracht.«

»Und die Untersuchung wurde auch durch den Vorhang durchgeführt«, fügte Isabel noch hinzu.

»Das ist wahr.«

»Also warum wurden dann Ismael nur die Augen verbunden, bevor er in Eure Kammer gebracht wurde, und warum wurde ihm erlaubt, Eure Nacktheit zu sehen?«

»Das wäre nicht das erste Mal«, sagte Julia und erklärte es ihr.

Isabel schüttelte entschieden den Kopf. »Das wäre ganz egal. Ein Sklavenhändler sieht eine Frau, die vom Dei gekauft wird, vor dem Verkauf, und doch würde man ihn, wenn er sie danach ohne Wissen und Erlaubnis ihres Herrn erblicken würde, entweder blenden oder sogar töten. Und dies ist, glaube ich, die Antwort. Der Dei gab seine Erlaubnis, weil er die große Befürchtung hatte, daß Ihr Narben zurückbehalten könntet und weil er wußte, daß es unmöglich sein würde, solche Verletzungen zu behandeln, ohne sie zu sehen.«

»Isabel, bitte«, sagte Julia und schloß die Augen. »Ich weiß nicht, warum ich hier bin, und auch nicht, warum man mich anders behandelt hat. Ich weiß nur, daß ich nicht die Absicht habe, mit dir um die Zuneigung von Ali Dei zu konkurrieren.«

»Ihr meint wirklich, was Ihr sagt. Ich weiß, daß Ihr Euch vielleicht nicht selbst werdet helfen können.«

Das war unbestreitbar richtig. Julia schluckte schwer und versuchte, das beklemmende Gefühl in der Brust zu vertreiben. Sie hörte, wie Isabel sich umdrehte und an das vergitterte Fenster ging. Nach einer Weile öffnete sie die Augen. Sie mußte sich sehr überwinden und fragte: »Hast du irgend etwas von Ruben Effendi oder vielleicht von Basim dem Zwerg gehört?«

»Ich habe nichts davon gehört, daß einer von ihnen ums Leben gekommen ist, falls Ihr das meint«, sagte Isabel über ihre Schulter.

Das war nicht genau das, was sie gemeint hatte, aber sie hörte es gern. War Rud wieder in ihre Gemächer zurückgekehrt? Wußte er, was geschehen war und wohin man sie gebracht hatte? Sie hatten sich nach einer Meinungsverschiedenheit in ziemlich kühler Stimmung getrennt. Worum war es noch gegangen? Ach ja, den Aufenthaltsort von Basim. Rud hatte gespürt, daß etwas nicht stimmte. Es war ein Fehler gewesen, ihm nichts von der Angelegenheit zu sagen. Sie hätte wissen müssen, daß er nichts tun würde, um seine Positon im Palast zu gefährden. Mit einer schon vorher ausgesprochenen Warnung hätte man die Bemühungen, den Anschlag zu verhindern, viel besser planen können. Marcel wäre vielleicht niemals dem Netz entkommen, in dem er hätte gefangen werden sollen.

Plötzlich drehte sich Isabel wieder um. »Kemal und seine Komplizen werden heute morgen vor Ali Dei in den Audienzsaal gebracht werden. Man hat den Frauen des Dei die Erlaubnis gegeben, dabeizusein, und mir ebenfalls. Ich glaube, niemand wird etwas dagegen haben, wenn Ihr auch mitkommt.«

»Sie werden vor den Dei gebracht – damit er sie verurteilen kann?«

»Genau das. Es gibt keine Frage über ihre Schuld, denn man hat sie bei dem Versuch ertappt, den Sklaven zu erdrosseln, der im Bett von Ali Dei lag. In dem Kampf, der folgte, ist der Frankistani entkommen, aber Kemal wurde festgenommen, zusammen mit dem – dem jungen Mann, der sein Favorit gewesen ist. Der Enkel des alten Dei hat Ali Dei frech verflucht und lauthals darüber gejammert, daß ihm sein Versuch, ihn zu töten, mißlungen war.«

Julia richtete sich auf. »Dieser junge Mann, der mit Kemal gefangen wurde, Isabel. War er – kann es sein, daß es dein Zwillingsbruder ist, den Kemal kaufte und dann von dir trennte?«

»Euer Gedächtnis ist sehr gut, Jullanar. Er ist es wirklich.«

»Dann ist er kaum mehr als ein Kind, ein fünfzehnjähriger Junge! Was wird mit ihm geschehen?«

Isabels Gesicht war finster, und sie wirkte plötzlich älter. »Ich habe das Versprechen des Ali Dei, daß er nicht getötet wird. Es wird eine Bestrafung geben, aber nichts, was ihn umbringt oder verkrüppelt. Wenn es vorüber ist, wird man meinen Bruder freilassen. Ich fürchte, daß meine Bemühungen in dieser Angelegenheit den Dei vielleicht verärgert haben, aber ich konnte nicht schweigen, ich konnte es einfach nicht! Das – das ist der Grund, warum ich befürchte, daß der Erhabene vielleicht nach einer neuen Frau sucht, die meinen Platz einnehmen soll. Das wäre nicht fair, denn ich habe ihn erst seit so kurzer Zeit und bin meinem Ziel schon so nahe gekommen, das ich mir so sehr ersehnte – seine Frau zu werden.«

»Das tut mir leid«, erwiderte Julia, »obwohl ich mir nicht vorstellen kann, daß ich in deiner Lage etwas anderes getan hätte.«

»Jetzt muß ich in den Audienzsaal gehen und nachsehen, ob Ali Dei sein Wort hält. Und Ihr, Jullanar, wollt Ihr mitkommen?«

Rud würde sicher dort sein – und Basim. Sie würde aus erster Hand erfahren, was geschehen war und was man mit jenen vorhatte, die sich an diesem grausigen Komplott beteiligt hatten. »Ja, das würde ich sehr gern tun. Vielen Dank, Isabel.«

»Gut. Wir werden es arrangieren.«

Der Audienzsaal war düster, die Luft schwer von Rauch aus den Räuchergefäßen. Juwelen, Gold und Silber, Seide und Satin schimmerten in dem Halbdunkel, in dem sich ungeduldige Männer leise hin und her bewegten. Der junge Dei saß gerade und voller männlicher Pracht auf seinem königlichen Diwan, seine beherrschende Gegenwart wirkte finster und furchterregend, und der Säbel an seiner Seite glitzerte bei jeder Bewegung.

Julia suchte die Menge ab und entdeckte Rud. Seine herrlichen Gewänder – ein Turban, gehalten von einem großen Saphir, seine mitternachtsblaue Brokattunika, die vorn offenstand, um die pfirsichfarbene Seide darunter erkennen zu lassen, seine cremefarbenen weiten Hosen, die in weichen, goldbestickten Lederstiefeln steckten – gaben ihm das

Aussehen eines türkischen Paschas. Seine Haltung war beherrscht, und er hatte einen grimmigen Ausdruck um den Mund. Als Julia ihn ansah, hob er seine Augen zu dem durchbrochenen Wandschirm, und sie hatte das seltsame Gefühl, daß er wußte, daß sie dahinter verborgen war.

Neben Rud stand eine kleine Gestalt in prächtigen Goldstoff gekleidet. Als sie Basim sah, lächelte Julia und blinzelte, weil Tränen in ihre Augen stiegen. Er hatte überlebt.

Die Frauen hatten sich kaum gesetzt, da wurde schon Kemal hereingeführt. Sein Zorn und Mut waren verschwunden. Er war so verängstigt, daß er auf beiden Seiten von seinen Wachen gestützt werden mußte. Seine Kleidung war zerrissen und staubig, und sein Bart und sein Haar waren ungekämmt. Hinter ihm kam ein blonder Jüngling. Isabel holte tief Luft, als sie ihn sah. Er war nur wenig besser gekleidet als sein Herr. Nach diesen beiden wurde Marcel de Gruys hereingeführt. Er hatte den Kopf nach hinten geworfen und blickte zornig um sich. Sein Gesicht war geschwollen.

Die drei Männer wurden in einer Reihe vor dem Podest aufgestellt. Sie verbeugten sich, jeder entsprechend seinem Charakter. Marcels Verbeugung war knapp, fast europäisch. Der blonde Junge verbeugte sich sehr tief, Kemal sank auf den Boden und berührte mit dem Kopf die Fliesen, und man mußte ihn wieder auf die Füße ziehen.

Hatte man Kemal gefoltert? Julia erkannte keine Anzeichen dafür. Sie schluckte und versuchte sich klarzumachen, daß das nur eine Kleinigkeit war verglichen mit dem, was er den Frauen des Harems und beinahe Ali Dei angetan hatte.

Der Großwesir verlas eine lange Erklärung, in der die Verbrechen aufgezählt waren, deren die Männer heute angeklagt wurden, und die Gefangennahme geschildert wurde. Gegen Marcel war außer dem Mordversuch der Vorwurf der vorsätzlichen Zerstörung am Eigentum eines andern erhoben worden, damit war sein Angriff auf Julia gemeint.

Als der Großwesir an seinen Platz zurückgetreten war, sah Ali Dei auf die drei Männer hinunter. »Habt ihr irgend etwas zu eurer Verteidigung zu sagen?« fragte er streng.

Marcel trat vor. »Ich bin ein freier Christ und gehöre zum französischen Konsulat. Es ist Euch nicht erlaubt, mich festzuhalten, und Ihr besitzt auch nicht das Recht, meine Handlungen zu verurteilen. Ich verlange die mir zustehende diplomatische Immunität, wie sie im internationalen Recht festgelegt ist.«

»Besitzt Ihr Papiere, die Euren Anspruch bestätigen können?«

»Sie befinden sich in meiner Wohnung in der Stadt«, sagte Marcel ungeduldig.

Ali Dei wandte sich dem Großwesir zu. »Hat man diese Papiere gefunden?«

»Nein, o erhabener Dei, wir haben sie nicht gefunden. Und wir haben alles sehr gründlich durchsucht. Es waren sicher keine derartigen Dokumente vorhanden«, erklärte der Beamte.

»Dann hat man sie gestohlen oder vernichtet«, rief Marcel anklagend. »Aber das ist nicht von Belang. Der Beweis für meine Behauptung läßt sich ganz leicht erbringen, indem man eine Nachricht an den französischen Konsul schickt.«

»Das soll geschehen«, erklärte der Dei.

Der Großwesir sagte: »Da ich Eure große Liebe zur Gerechtigkeit kenne, o Beherrscher des Zeitalters, habe ich diesen Befehl vorausgesehen. Wir haben schon dem französischen Konsul geschrieben. Seine Antwort an uns lautet wie folgt: Obwohl ein Mann mit dem Namen Marcel de Gruys in den Räumen des Konsulats beschäftigt gewesen ist, hat er keine offizielle Verbindung mit dem Konsulat. Sie übernehmen keine Verantwortung für sein Benehmen und wünschen auch nicht, mit seiner Verteidigung beschäftigt zu werden.«

Als Marcel die Bedeutung der Worte des Großwesirs klar wurde, wich das Blut aus seinem Gesicht. Sein Land, für das er so viel riskiert hatte, hatte ihn verleugnet. Wenn er erfolgreich gewesen wäre, hätten sie seine Tätigkeit hoch gelobt und ihn mit Ehren überhäuft. Unter den gegebenen Umständen wollten sie die Verantwortung an seinem Versagen nicht mittragen. Ob wohl Angestellte des französischen Konsulats in seiner Wohnung gewesen waren und seine Papiere entfernt hatten, um ihre Verbindung leugnen zu können, oder war das auf Befehl des Dei geschehen? Die Antwort würde vielleicht nie bekannt werden.

»Habt Ihr noch irgend etwas anderes zu sagen?« fragte Ali Dei ruhig.

Marcel de Gruys schüttelte den Kopf. Kemal nahm sich ein Herz und trat einen Schritt vor. »Habt Gnade«, blökte er.

Ali Dei starrte seinen Vetter an. »Du mußt dich an Allah wenden, wenn du Gnade willst. Ich habe keine für dich.«

Irgendwo aus den Tiefen des Raums erklang ein Gong. Ruhe legte sich über die versammelten Männer. Als nicht einmal mehr das Summen einer Fliege zu hören war, sprach der Dei von Algier: »Es ist mein Entschluß, daß der Sklave des Kemal, aufgrund seiner Jugend und seiner Position, die es ihm nicht erlaubte, die kriminellen Befehle seines Herrn abzulehnen, der Bastonade übergeben wird. Später werde ich ihn in meinen Dienst übernehmen. Die anderen beiden Angeklagten verurteile ich zum Tod durch Erdrosseln, jenem Schicksal, das sie für mich geplant hatten.«

Kemal ächzte und sank zwischen seinen Wachen in die Knie. Marcel protestierte. »Das könnt Ihr nicht machen, nicht mit mir«, rief er aus. »Ich bin französischer Staatsbürger. Ihr habt nicht das Recht dazu. Ich werde mich Eurem Urteil nicht beugen.«

Ali Dei machte eine verärgerte Geste. Kemals Sklavenjunge, dem die Tränen über das Gesicht liefen, wurde fortgebracht. Die anderen beiden Männer blieben, wo sie waren. Stimmengemurmel erklang im Audienzsaal, dann war alles wieder still. In der Stille hörte man das Geräusch marschierender Füße. Vier muskelbepackte Männer, die nackten Arme vor der Brust verschränkt, betraten den Raum. Als die Menge sich vor ihnen teilte, traten sie zum Thron vor.

Sie verbeugten sich vor dem Herrscher und stellten sich auf, jeweils zwei auf beiden Seiten eines der Verurteilten. Als sie ihre Arme ausstreckten, sah man schmale, kräftige Hanfschnüre, die sie in den Händen hielten. Ein tiefes Seufzen ertönte im Raum. Hinter dem Wandschirm wurde eine der Frauen des Dei so nervös, daß sie kicherte, doch dann hielt sie die Luft an.

Marcel, der unbeweglich stand und schwieg, sah sich schließlich mit wildem Blick im Raum um. Dann betrachtete er ungläubig die vor ihm hängende Hanfschnur. Kemal, der nicht mehr in der Lage war, sich zu beherrschen, begann zu schluchzen.

Noch einmal bewegte Ali Dei seine Hand. Die Schnüre wurden über die Köpfe der Männer gelegt. Es ertönte ein Gurgeln, ein Kreischen und Stille.

Julia drückte sich die Hand vor den Mund und beugte sich nach vorn. Sie konnte nicht zusehen, konnte nicht dieselbe gemeine Befriedigung empfinden, die sie bei den Frauen neben sich spürte. Wenn sie sich hätte träumen lassen, daß sie ein so grausames Schauspiel zu sehen bekommen würde, wäre sie nie hergekommen. Trotz all dem, was Marcel ihr angetan hatte, hätte sie ihm dieses Schicksal nicht gewünscht. Sie sah nicht wieder auf, bis sie Schritte und das Schleifen schwerer Gewichte über den Boden hörte.

»Meine nächste Pflicht ist bedeutend angenehmerer Art«, sagte Ali Dei, als die großen Türen hinter den Wachen und den Henkern geschlossen worden waren und es wieder still war im Saal. »Ich muß meinen guten Freund Ruben belohnen für die außerordentlichen Dienste, die er dem Thron geleistet hat. Als Symbol meiner übergroßen Dankbarkeit überreiche ich ihm diese Geschenke.«

Der Dei klatschte in die Hände, und durch den Hintereingang kam eine Prozession von Sklaven herein, von denen jeder eines der Geschenke trug. Es waren verschiedene Truhen, eine gefüllt mit Juwelen, eine zweite mit Gold, eine dritte mit Silber. Dazu kam ein Paar reinweißer arabischer Pferde, ein Hengst und eine Stute mit sanften Augen und von vollendeter Gestalt. Aber es waren auch Kunstwerke dabei und Bündel von Teppichen und Decken, und als allerletztes ein kleines Modell eines Schiffs in der windschnittigen Form eines Schnellseglers. Ruds Blick lag am längsten auf diesem letzten der reichen Geschenke, denn es war nur ein Symbol für das Schiff, das im Hafen vor Anker lag und jetzt zu seinem Besitz geworden war. Er sah jedoch alles andere als froh aus.

Rud verbeugte sich. »Ihr ehrt mich sehr, o erhabener Beherrscher des Zeitalters. Die Großzügigkeit Eures Geschenks überwältigt mich. Ich finde keine Worte, um meine Dankbarkeit zum Ausdruck zu bringen.«

»Seid nicht so voreilig«, erwiderte Ali Dei. »Ich bin noch nicht fertig mit den Geschenken. Ich habe das eine für den Schluß aufbewahrt, von dem ich sicher bin, daß du es für das wertvollste halten wirst.«

Ruds Blick ruhte kurz auf dem durchbrochenen Wandschirm und kehrte dann wieder zum Gesicht des Herrschers zurück. »Eure Großzügigkeit wird noch in tausend Jahren berühmt sein, o mächtiger Herrscher«, sagte er schließlich.

»Vielleicht«, erwiderte Ali Dei geschmeichelt, »vielleicht wird man aber auch sagen, ich sei ein Narr gewesen, der sich selbst seine rechte Hand abgeschnitten hat. Das Geschenk, von dem ich spreche, o Ruben mit dem starken Arm und dem mutigen Herzen, ist eines, nach dem du dich gesehnt hast, das weiß ich, nämlich die Freiheit, in deine Heimat zurückzukehren.«

Julia sah, wie sich Ruds Augen verengten, als sei er sicher, daß in einer so zuvorkommenden Haltung auch eine Falle verborgen sein müsse. Seine Erwiderung hörte sich jedoch glatt an, und er erklärte in höflichen Worten seinen Widerwillen, Ali Dei jetzt schon zu verlassen. In der gleichen, klangvollen Art sicherte sein königlicher Freund, daß Rud jederzeit willkommen sei und mit Musik und Tanz empfangen werden würde, falls er sich je einmal entschließen sollte, nach Algier zurückzukehren.

Als der Dei zu Ende gesprochen hatte, hob Rud den Kopf und richtete sich gerade auf. »Da ist noch eine weitere Vergünstigung, um die ich Euch bitten möchte, wenn ich noch einmal Eure Großzügigkeit beanspruchen darf, o Erhabener. Ich wünsche mir Eure Erlaubnis, wenn ich gehe, das Frankistani-Sklavenmädchen Jullanar mit mir nehmen zu dürfen.«

Ein finsterer Ausdruck trat auf das Gesicht des Dei. Wieder senkte sich Stille über den Raum. Julia selbst saß absolut still, sie atmete nicht einmal.

Schließlich sagte Ali Dei: »Du weißt, daß die Frau in meinen Schutz gebracht wurde, als sie allein und unbewacht zurückgeblieben ist. Was hätte ich anderes daraus schließen sollen, als daß du sie nicht geschätzt hast, wie du es eigentlich tun solltest? Sie hat aufgrund deiner Vernachlässigung sehr gelitten.«

»Es war nicht mein Wunsch, und ich habe auch nicht befohlen, daß sie unbewacht zurückblieb«, erklärte Rud. »Ich bedauere, daß meine Pflichterfüllung für den Thron mich daran gehindert hat, von der drohenden Gefahr zu hören, doch ich spüre ihren Schmerz wie den meinen und möchte ihn mit meiner Liebe lindern. Sie ist für mich so notwendig wie das Leben selbst, und ich werde für alle Zeiten leiden, wenn meine Augen die Schönheit ihres Gesichts nicht wiedersehen dürften.«

»Wohl gesprochen, mein Freund, aber empfindet sie ebenso? Würde sie sich entscheiden, mit dir in ihre Heimat zurückzukehren, oder würde sie es vielleicht vorziehen, die Frau des Dei von Algier zu werden? Diese Frage, denke ich, kann wohl nur die schöne Jullanar selbst beantworten. Wir werden ihr eine Nachricht in den Harem senden. Wenn sie sich entscheidet, mit dir zu gehen, werde ich mich persönlich darum kümmern, daß sie sicher und bequem zu deinem Schiff in den Hafen transportiert wird. Wenn sie nicht kommt, wirst du wissen, daß sie sich entschieden hat zu bleiben, und dann mußt du ohne sie segeln.«

Die Zuhörer starrten den Herrscher ungläubig an. Daß der allmächtige Dei von Algier sich entschied, ein Sklavenmädchen selbst über sein Schicksal bestimmen zu lassen, widersprach jeder Tradition. Noch dazu könnte die Entscheidung der Sklavin gleichbedeutend sein mit der Zurückweisung der königlichen Gunst. Rud mußte das ebenfalls bewußt sein, dennoch konnte er nichts anderes tun, als sich noch einmal anerkennend zu verbeugen.

»Ihr seid überaus weise«, antwortete Rud. »Wie immer die Entscheidung fällt, werde ich wissen, daß es der Wille Allahs ist und werde in See stechen, wenn die Sonne untergeht.«

»So möge es sein«, sagte Ali Dei.

Auf ein kleines Zeichen hin verließ Rud den Audienzsaal.

Rud liebte sie. Er hatte es öffentlich erklärt, vor dem Dei und den hochmütigen Edlen des Hofes. Er hatte alles riskiert, in der Hoffnung, daß sie vielleicht freikommen würde. Und selbst wenn sie ihn nie wiedersehen dürfte, würde ihr diese Erinnerung unvergeßlich bleiben.

Als die Stunden nach der Rückkehr der Frauen in den Harem ereignislos vergingen, wurde Julia klar, daß der Dei leere Versprechungen gemacht hatte. Keine Nachricht erreichte sie. Niemand fragte sie nach ihrer Entscheidung. Sie blieb allein in ihrem Kämmerchen und wartete, während sie die Wände betrachtete und in Erinnerungen schwelgte. Ihre Enttäuschung war nicht sehr groß, denn sie hatte sich von Anfang an keine wesentliche Hoffnung erlaubt. Das redete sie sich zumindest ein. Und doch, als die Sonne wie ein kupfernes Gewicht abwärts sank, spürte sie den Druck auf ihr Herz tief in der Brust. Die purpurne Stille des Zwielichts kroch vom Garten herein und brachte die Stille mit ins Zimmer. Julia lag auf ihrem Diwan, eine Hand zur Faust geballt und vor die Lippen gedrückt, während ihre Augen in Tränen schwammen.

Als es ganz dunkel war, kam eine Dienerin, um die Lampe anzuzünden. Isabel folgte ihr und stand an der Seite, bis die Frau wieder hinausgegangen war. Ihr Verhalten war so merkwürdig, daß Julia ihr den Kopf zuwandte.

»Was ist?« fragte sie, und ihre Stimme klang belegt von Tränen.

»Das Schiff des Ruben Effendi ist jetzt nicht mehr im Hafen.«

Julia starrte sie an. Vor ihrem inneren Auge konnte sie sehen, wie das Schiff langsam westwärts segelte. Hätte Rud wohl auf dem Achterdeck gestanden und in Richtung Algier geschaut? Ahnte er, daß sie gegen ihren Willen festgehalten worden war, oder glaubte er, sie hätte das genußsüchtige Leben des Harems gewählt?

»Er ist fort«, flüsterte sie. Was hatte sie auch anderes erwartet? Wollte sie, daß er sein Leben gefährdete, indem er einen wagemutigen Angriff auf den Palast wagte, um sie zu befreien? Nein, das wäre Wahnsinn. Es war unmöglich, von dem Regenten zu fordern, er solle seine Sklavin freilassen, wenn Ali Dei erklärte, sie sei aus eigenem, freiem Willen bei ihm geblieben. Was konnte er sonst tun, als davonzusegeln?

Er hätte bleiben können, flüsterte ihr Herz. Er hätte bleiben, ihr Exil teilen und dabei auf die nächste Gelegenheit warten können, sie mit sich zu nehmen.

»Verzweifelt nicht«, sagte Isabel und ließ sich neben dem Diwan auf die Knie nieder, wobei sie so leise sprach, daß man es höchstens einen halben Meter weit hören konnte. »Wenn Ihr Euren Mut wirklich zusammennehmt, gibt es immer noch eine Chance, dem sicheren Zugriff unseres Herrn zu entkommen.«

»Was meinst du damit?« fragte Julia so leise, daß es fast nur ein Hauch war.

»Eine der Dienerinnen hat eine Nachricht für Euch gebracht. Der Absender war Basim, der Zwerg, der bei allen beliebte Glücksbringer. Er bittet Euch, Euch bereitzumachen. Er wird zu Euch kommen im Laufe der Nacht und dabei dem Willen seines alten Herrn, Mehemet Dei, gehorchen, der im Paradiese ruht in den Armen der Houris.«

Als das Mädchen nicht weitersprach, sagte Julia: »Ist das alles? Er hat nicht gesagt, wie er kommen wird oder wann ich ihn erwarten soll?«

»Das hat er nicht, doch wenn er kommt, muß er durch den Garten kommen. Ihr müßt Euch bereitmachen.«

»Warum ist die Nachricht durch dich überbracht worden?« Julia kam der Gedanke, wie froh Isabel sein würde, wenn sie fort wäre. Für die Zwecke des Mädchens wäre es belanglos, ob sie wirklich entkommen war oder bei dem Versuch zu fliehen aufgegriffen würde. Die Auswirkung wäre dieselbe, denn wenn man sie aufgriff, würde der Dei wohl kaum eine andere Möglichkeit haben, als sie zu töten. Isabel würde dann die Aufmerksamkeit des Dei für sich haben, bis ihm das nächste attraktive Sklavenmädchen vor Augen kam.

»Ich nehme Euch Euer Mißtrauen nicht übel«, sagte Isabel. »An Eurer Stelle würde ich ebenso empfinden. Die Nachricht kam zu mir, weil mich die Dienerin kennt, die eine Schwester der Frauen ist, die der Dei Ruben Effendi gegeben hat. Da die Frau nicht in Eure Kammer kommen konnte, ohne aufzufallen, hat sie mir die Botschaft mitgeteilt. Man nimmt an, daß ich Eurer Sache gewogen bin – sowohl weil ich Euch diese Position hier verdanke, als auch weil ich ein Interesse daran haben sollte, Euch als Rivalin aus dem Feld zu räumen. Ich kann Euch absolut nicht beweisen, daß ich Euch nicht verraten werde, ich kann nur im Namen des erhabensten Gottes schwören, daß ich es nicht vorhabe, und hoffen, daß Ihr mir glaubt.«

Julia entschloß sich, Isabel zu trauen. Ihre geflüsterte Unterhaltung dauerte noch ein paar Augenblicke, dann verschwand das Mädchen.

Julia verweigerte das Abendessen. Der Gedanke daran, etwas essen zu müssen, bereitete ihr Übelkeit, und sie hatte nicht den Wunsch, im Gemeinschaftsraum den anderen Frauen entgegentreten zu müssen. Sie glaubte zwar nicht, Ali Dei würde sich ihr im gegenwärtigen Zustand aufdrängen wollen, dennoch schien es ihr das Sinnvollste, eine Geschichte vorzubereiten, daß sie krank sei – zu krank, um einem Ruf des Dei folgen zu können.

Sie hatte nichts zu tun, nichts einzupacken. Sie besaß nur die Kleidung, die sie am Körper trug, und die gehörte ihr eigentlich auch nicht wirklich. Aber im Grunde genommen machte ihr das nichts aus. Das einzige, was sie vermissen würde, war ihre goldene Biene, und zweifellos wäre der Diamant ihr in den kommenden Monaten auch von Nutzen gewesen. Sie fragte sich, was wohl daraus geworden war, wer sie vom Boden aufgehoben hatte. Hatte man sie Rud gegeben, oder lagen sie jetzt in der Tasche irgendeines Dieners?

Was würde sie tun, wenn sie den Palast verlassen hatte? Sie mußte sich Basim anvertrauen und hoffen, daß er einen bestimmten Plan hatte, vielleicht einen Plan, den Mehemet Dei schon vor Monaten vorgeschlagen hatte. Ursprünglich hatte sie sich vorgestellt, sie würde über Land reisen, bis sie weit genug entfernt war, und sich in einem der Seehäfen an der Nordküste Afrikas ein Schiff nach Malta oder Gibraltar nehmen. Das wäre vielleicht nach wie vor möglich. Es würde viele Schwierigkeiten geben für eine alleinreisende Frau. Trotzdem empfand sie keine Angst oder Unsicherheit. Eines Tages, in vielen Monaten, würde sie schließlich doch noch ihren Fuß auf englischen Boden setzen und sich auf den Weg zum Haus von Thaddeus und Lucinda Baxter machen.

Ein leises Geräusch erschreckte sie. Die Öllampe über ihrem Kopf hatte schon lange vorher begonnen zu flackern und war schließlich ausgegangen, doch im Flur draußen brannten die Lampen noch. Isabel erschien. Julia zog ihre Schuhe an und schlich zur Tür und wand sich vorsichtig durch den Vorhang. Das Mädchen legte seinen Zeigefinger über die Lippen, streckte dann den Arm aus und nahm Julias Hand. In ihre Handfläche drückte sie etwas Kleines, Hartes. Julia brauchte nicht hinzusehen, um die Form der goldenen Biene zu erkennen. Hatte Basim sie ihr vielleicht geschickt als Zeichen dafür, daß er es war, der wartete? Die Vorsichtsmaßnahme war unnötig gewesen, doch sie war glücklich, daß sie die kleine Brosche wiederhatte. Sie hatten schon so vieles zusammen erlebt.

Isabel drehte sich um und ging lautlos vor Julia durch den schwach beleuchteten Flur auf den Gemeinschaftsraum zu.

Die stabilen Fensterläden, die nachts den Gemeinschaftsraum verschlossen, standen an einer Stelle ein wenig offen, genau wie es an jenem Abend gewesen war, als Julia Mariyah bei ihrer Rückkehr von einer ihrer mitternächtlichen Unternehmungen überrascht hatte. Jetzt trat Isabel zur Seite und ließ Julia in den Garten vorausgehen. Leise zog sie die Tür hinter ihnen zu.

Der Mond war noch nicht aufgegangen, dennoch war die Nacht von sich leise regenden Schatten erfüllt, die Julias Herz schneller schlagen ließen. Die Luft war wie Samt und schien alle Geräusche zu verschlukken. Basim trat hinter einer Steinbank hervor, als sie sich näherten. Er verbeugte sich stumm zum Gruß und drehte sich sofort der Wand hinter ihm zu.

Vor der Mauer, die noch warm war von der Sonne, standen die als Spalier gezogenen Pfirsichbäume. Ihre knorrigen, weit ausgebreiteten Äste, die man an der Mauer befestigt hatte, waren von dunkelgrünen Blättern bedeckt, die raschelten, als der Zwerg seinen Fuß auf einen Ast setzte und auf die Mauer kletterte. Oben machte er Julia ein Zeichen, ihm zu folgen.

Julia wandte sich Isabel zu. »Deine Schuld ist bezahlt. So wie ich dir half, den Wunsch deines Herzens zu erfüllen, hast du mich auf den Weg zu dem meinen gebracht. Hier müssen wir uns trennen. Ich hoffe, du findest großes Glück, Isabel, und wirst die Mutter vieler Kinder, die alle deine offene und großzügige Seele haben.«

»Paßt gut auf Euch auf, Jullanar«, erwiderte das Mädchen. »Es gibt viele Überraschungen auf dieser Welt, manche angenehm, manche auch nicht. Ich möchte Euch gern wünschen, daß Eure Überraschungen nur angenehmer Art sein werden.«

Julia hatte eine seltsame Vorahnung nach den eigenartigen Worten des Mädchens. Doch es blieb keine Zeit zum Nachdenken. Nach einer schnellen Umarmung wandte sie sich der Pfirsichbaumleiter zu. Die Zweige gaben beunruhigend unter ihren Füßen nach – sie war nicht so leicht wie Basim. Die Blätter waren feucht von Tau und glatt. Einen Augenblick balancierte sie auf dem mit eisernen Spitzen versehenen Rand der hohen Mauer. Sie sah über die Schulter zurück und entdeckte den Schatten Isabels neben der Tür, die in den Harem zurückführte. Das Mädchen schaute nicht zurück.

Auf der anderen Seite der Mauer befand sich ein weiterer Garten. Es gab keine zweckmäßigen Pfirsichbäume, nur ein Seil mit mehreren über die ganze Länge verteilten Knoten, das mit einer über eine der Eisenspitzen geworfenen Schlinge befestigt war. Basim stand schon auf dem Boden unter ihr und hielt geduldig das Seil stramm. Julia zögerte nicht und griff nach dem Seil. Dann hielt sie es ganz fest und schwang sich abwärts. Das Seil verbrannte ihre Handflächen. Sie fiel, fing sich wieder, rutschte ab und bewegte sich so schnell abwärts.

Basim nahm das Seil aus ihrem festen Griff. Er trat einen Schritt zurück und bewegte es mit einem kräftigen Ruck, so daß die Schlinge von der Eisenspitze gehoben und das Seil heruntergeschleudert wurde. Er rollte es sich um den Arm und machte sich auf den Weg zu dem dunklen, massiven Gebilde hinter dem Garten, das ein anderer Flügel des Palastes war.

»Hier entlang, schöne Herrin«, flüsterte er leise.

Unter ihren Füßen stieg jetzt der Geruch von zerdrückten Kräutern auf. Julia atmete den Duft tief ein. Sie gingen an Birnen- und Pflaumenbäumen entlang und streiften die milchigen, einen intensiven Geruch verbreitenden Blätter von Feigenbäumen. Nachdem sie vorsichtig durch ein Melonenbeet gestiegen waren, kamen sie schließlich zu einem Teil des Gartens, der unkultiviert war. Hier standen die Kräuter und Dorntriebe wild bis zu einer schief in den Angeln hängenden, selten gebrauchten Tür.

Sie stand ein paar Zentimeter offen und erlaubte den Zugang in einen Lagerraum, der bis hoch hinauf gefüllt war mit gesprungenen Ölkrügen, zerbrochenen Körben und undicht gewordenen Fässern, bei denen schon die Bretter nach innen kippten. Vorsichtig stiegen sie durch den Unrat und blieben an der nächsten Tür stehen, die auf einen weiteren engen Gang führte. Basim spähte vorsichtig um die Ecke, und als er den Weg frei sah, winkte er ihr, ihm zu folgen. Sie gingen durch den Gang bis zu einem engen Flur, der sich immer wieder verzweigte und sich für sie unüberschaubar durch diese unteren Regionen des riesigen Gebäudes wand. Sie gingen an zahllosen dunklen Kammern vorbei, die kaum groß genug waren für eine Schlafmatte. Dies waren die Schlafräume der Küchensklaven.

Schließlich erreichten sie ein Tor, an dem jeden Morgen die Lebensmittellieferanten ihre Waren ablieferten. Jetzt war es hier still und leer bis auf einen einsamen Wächter, einen alten Mann, der sie kaum ansah, bevor er die Börse annahm, die Basim ihm hinwarf.

Noch waren sie nicht in Sicherheit. Sie mußten erst die bewachten Ställe für die Pferde des Dei und die Reittiere der Offiziere hinter sich bringen. Jenseits davon kam ein Bereich offener Abflußrohre aus dem Palast, die mit Abwässern gefüllt waren. Dieser Ort war unangenehm und entsprechend verlassen. Julia ertrug ihn, ohne sich zu beklagen.

Plötzlich begann hinter ihnen im Stallbereich ein Hund zu bellen. Basim griff nach ihrer Hand. Dann gaben sie jeden Versuch, leise zu sein, auf und fingen an zu rennen. Sie bogen in eine dunkle Gasse, die voller Abfälle war. Ihre hastigen Schritte dröhnten zwischen den Mauern auf beiden Seiten, bis sie schließlich vor sich ein schwaches Licht am

Ende der Gasse sahen. Dort stand eine Sänfte, deren Träger auf beiden Seiten standen, dazu ein Junge mit einer Fackel, der ihnen den Weg leuchten sollte.

Basim stieß einen befriedigten Ruf aus. Er blieb neben der Sänfte stehen, hielt den Vorhang zur Seite, und Julia stieg ein. In dem Augenblick, als sie sich gesetzt hatte, wurden die Tragestangen aufgehoben, und die Träger begannen einen hastigen Lauf. Je weiter sie sich vom Palast entfernten, desto unwahrscheinlicher war es, daß irgendein Wächter die Unruhe des Hundes mit ihrer Sänfte verbinden würde. Wenn sich die Träger jedoch so sehr beeilten, würden sie vielleicht doch die Aufmerksamkeit auf sich ziehen.

Julia sah hinaus, um sich bei Basim zu beschweren, der neben der Sänfte hertrabte, dann überlegte sie es sich anders. Ihr war klar, daß er sich diese Mühe auf seinen kurzen Beinen nicht machen würde, wenn er es nicht wirklich für nötig hielt.

Weit entfernt vom Palast wurde die Sänfte langsamer. Die Straßen hinter ihnen waren still, es gab keine Anzeichen einer Verfolgung. Auf schmalen, gewundenen Hintergassen durchquerten sie die Stadt.

Schließlich erreichten sie die breiteren Straßen des Außenbezirks. Die Sänfte wurde an der Mauer eines beeindruckenden Anwesens entlanggetragen, das das Heim eines reichen Händlers hätte sein können. Schließlich passierte sie ein offenes Tor. Dort ging es weiter bis auf die Rückseite des Gebäudekomplexes. Alles war still. Keine Laternen leuchteten in dem Haus, nicht einmal im Wachhäuschen am Tor, in dem keine Wache stand, oder in den Bedienstetenflügeln. Das Haus war allem Anschein nach verlassen. Hier wurde die Sänfte schließlich abgesetzt. Noch bevor Julia ausstieg, erkannte sie den vertrauten Geruch von Pferden. Sie standen gesattelt da und warteten. Auf dem Sattel des einen lag ein Umhang, den Basim am Saum faßte und herunterzog, so daß er ihn Julia geben konnte.

Die Bedeckung war ihr sehr willkommen. Ihr seidenes Oberteil und die weite Hose, die für den Harem durchaus geeignet waren, schienen ihr doch wenig für die Nachtluft gemacht. Außerdem war ihr das Interesse der Sänftenträger durchaus bewußt geworden, die ihre spärliche Kleidung und ihren unverschleierten Zustand neugierig betrachteten. Während sie den Umhang anzog, bezahlte Basim die Träger und den Jungen mit der Lampe. Die Geräusche, die sie machten, deuteten darauf hin, daß sie mit dem Umfang ihrer Bezahlung einverstanden waren. Das Geld verschwand in ihren Taschen. Falls ihre Neugierde nicht ganz befriedigt gewesen sein sollte, ließen sie es sich nicht anmerken, denn sie hoben die Sänfte auf und verschwanden so schnell, wie sie gekommen waren.

Als Basim sah, daß Julia ihnen nachblickte, sagte er: »Fürchtet Euch nicht, Herrin Jullanar. Einem christlichen Sklaven zur Flucht zu verhelfen ist ein Verbrechen, das schwer bestraft wird. Sie werden sich nicht daran erinnern, Euch gesehen zu haben, sobald sie außer Reichweite sind.«

Julia nickte. Sie machte eine Geste zu dem Haus hin. »Dieses Haus hier steht leer?«

»Nein, schöne Herrin.«

»Wem gehört es denn, daß sie dir erlaubt haben, die Pferde hier warten zu lassen?«

»Es wurde vor vielen Jahren als Zufluchtsort für Mehemet Dei gebaut, meine Herrin Jullanar. Ich habe den Schlüssel seit mehreren Monaten gehütet bis zu dem Augenblick, in dem Ihr ihn brauchen würdet. Ganz korrekt betrachtet gehört das Haus jetzt Ali Dei, doch er hatte noch nicht das Bedürfnis nach Einsamkeit und wird es vielleicht auch nie haben. Stille Betrachtung entspricht nicht seinem Charakter.«

Sie mußte daran denken, ein Gebet für die Seelenruhe des Mehemet Dei zu sprechen, sagte sich Julia und wandte sich ab.

Mit wenigen Ausnahmen konnten die Frauen des Ostens nicht reiten, und wenn sie schon reisen mußten, taten sie das hinter der von Vorhängen umschlossenen Abgeschiedenheit und im Schutz einer Kamelsänfte.

Doch Julia zögerte nicht. Sie stieg auf, indem sie Basims gebeugten Rücken als Leiter annahm. Als sie aufgesessen war, griff der Zwerg geschickt nach seinem Steigbügel und kletterte auf das Pferd wie ein Matrose in die Takelage eines Schiffes. Aus der Art und Weise, wie er im Sattel saß, war deutlich zu erkennen, daß er mit Pferden vertraut war.

»Wohin reiten wir, o kleiner Mann mit dem großen Herzen?« fragte Julia und nahm die Zügel auf.

Basim betrachtete ihren Sitz im Sattel ebenso aufmerksam wie sie den seinen und schien zufrieden mit ihr zu sein. Seine Zähne blitzten weiß im ersten Licht des aufgehenden Mondes, und er lächelte. »Zuerst verlassen wir Algier, und dann reiten wir in die Freiheit!«

Das war keine erschöpfende Antwort, doch sie war ihr ausführlich genug. Als er seine Fersen in die Flanken des Pferdes stieß, tat Julia es ihm nach. Ganz tief in ihrem Innern spürte sie, wie die Begeisterung sie packte, wie das Leben nach dem langen Winter wieder in ihre Seele zurückkehrte. Sie würde erreichen, was sie wollte, egal wer sie zu bremsen versuchte. Sie wollte sich nie geschlagen geben.

Ihre Phantasien hielten Schritt mit dem Klappern der Pferdehufe. Der Refrain klang in ihren Adern wieder und trommelte so laut in ihren Gedanken, daß es eine Weile dauerte, bis sie bemerkte, daß ein Teil des Geräusches hinter ihnen ertönte. Als sie sich umsah, entdeckte sie zwei Reiter. Wie lange waren sie schon hinter ihnen? Sie versuchten nicht, sie einzuholen, sondern hielten einen gleichmäßigen Abstand von etwas weniger als hundert Metern. Das brachte jedoch Julias Gemüt auch keine Erleichterung. Irgend etwas, vielleicht die bewußte Art, in der sie genau mit Basim und ihr Schritt hielten, ließ eine verzweifelte Gänsehaut über ihren Rücken laufen.

»Basim, da sind zwei Männer, Reiter –«

»Ich sehe sie, schöne Herrin.«

»Gib den Pferden die Sporen, damit wir sie hinter uns lassen.«

»Habt keine Angst. Wenn man sie uns nachgeschickt hat, werden sie uns nur verfolgen; wenn nicht, würden wir überflüssigerweise unsere Pferde ermüden. Die Nacht ist kurz und die Reise lang.«

»Müssen wir darauf warten, daß sie den ersten Schritt tun?« fragte sie hitzig.

»Wenn ich recht habe, wird es gar nicht nötig, überhaupt irgendwelche Schritte zu unternehmen.«

Diese Feststellung befriedigte Julia nicht. Nichtsdestotrotz akzeptierte sie Basims Entscheidung und Einschätzung.

Sie ließen die letzten Lehmhütten von Algier hinter sich. Die Stadt kam außer Sicht, und immer noch waren die Reiter gleich weit von ihnen entfernt. Der Staub erhob sich hinter ihnen und wurde vom Nachtwind davongetragen. Sie atmeten tief durch und füllten ihre Lungen mit frischer, sauberer Luft, während sie versuchten, den Gestank von Algier und den Palast zu vergessen. Der Wind trug etwas Salzluft vom Meer herüber. Während das Mondlicht immer heller wurde und die Meilen unter den Hufen ihrer Pferde nur so dahinflogen, blieben ihnen die unermüdlichen Verfolger auf den Fersen. Langsam und fast unspürbar beschleunigte Julia immer weiter den Schritt ihres Pferdes, und Basims Stute hielt Schritt.

Wenn Ali Dei sie schon haben wollte, so sagte sich Julia, dann mußte er sich auch anstrengen, um sie zu bekommen. Man konnte sie nicht zu ängstlicher Kapitulation drängen. Wie sehr sie sich wünschte, das Messer noch zu besitzen, das Rud ihr geschenkt hatte! Sie hätte dem Dei damit eine kleine Überraschung bereiten können.

Jetzt wurde das Geräusch der Hufe lauter. Ein schneller Blick über die Schulter bewies, daß die beiden Reiter ihre Pferde zu einem wilden Galopp angetrieben hatten. Der Sand, der durch die Hufe aufgewirbelt wurde, schimmerte wie Goldstaub im Mondlicht. Sie kamen näher.

Julia beugte sich über den Hals ihres Pferdes und sprach eindringlich in das Ohr der Stute. Ihre Schmerzen waren vergessen, und sie stürzte sich in das Rennen. Neben ihr ritt Basim, und seine Stirn runzelte sich, als er zurückschaute. Er richtete sich auf, starrte nach vorn und sah sich dann noch einmal um.

Julia folgte seinem Blick und sah das Glitzern des nächtlich dunklen Meeres vor sich; dort vorn führte die Straße am Meer entlang und über eine flache Klippe von Felsen und Sand, die mit Seegras bewachsen war. Plötzlich deutete Basim auf eine Unterbrechung im Wegesrand. Es war eine Art Hohlweg, der von Wind und Regen gebildet war und der einen Zugang zum Strand hinunter darstellte. Basim wandte sein Pferd in diese Richtung. Julia stürmte hinter ihm her.

Und dann sah Julia ein Schiff, das vor dem Ufer vor Anker lag. Ein Ruderboot lag auf dem Strand. Aus dieser Entfernung sah das Schiff aus wie ein Phantom, wie eine von einem Traum heraufbeschworene Vision in der Gestalt eines Schnellseglers. Die Takelung und die Form der Segel, die Gestalt des Bugs und der Galeonsfigur, selbst die Bemalung waren die der längst versunkenen *Najade.* Es konnte nicht sein, und doch war es so. Ruds Schiff, das Ali Dei ihm geschenkt hatte. Er war damit fortgesegelt, und er war zurückgekehrt – ihretwegen.

Jetzt trieben sie und Basim mit allen Kräften ihre Pferde voran, und sie flogen wie der Seewind auf den sicheren Ort vor ihnen zu. Der feuchte Sand wurde von den Hufen der Pferde bis zu ihren Köpfen hochgeschleudert, und sie preschten durch die Zungen der Wellen, die den Strand hinaufleckten, wobei gelegentlich das Wasser hoch aufspritzte. Ihre Verfolger jagten ihnen nach – jetzt da sie sahen, daß ihre Beute zu entkommen drohte. Langsam holten sie auf.

Julia überholte Basim. Als sie zurückschaute, hätte sie schwören können, daß er sein Pferd zügelte. Lahmte es? Hatte sein orientalisches Gemüt akzeptiert, daß es sein Schicksal war, vom Dei von Algier eingeholt zu werden? Sie preßte die Lippen aufeinander. Sie würde nicht so leicht aufgeben.

Der führende der beiden Reiter ließ den anderen hinter sich, sein Araberhengst schimmerte weiß wie geschmolzenes Silber im Mondschein. Mit flatterndem Umhang überholte er Basim und näherte sich Julias fliegender Stute. Sein Pferd war dem ihren überlegen. Es konnte keinen Zweifel über seine Absichten geben. Bis jetzt hatte er ein nervenaufreibendes Spiel mit ihr gespielt. Er hätte sie jederzeit einholen können.

Sie wandte die Augen nach vorn, konzentrierte ihren bernsteinfarbenen Blick auf das Schiff wie auf einen Talisman, wünschte sich, Rud möge ihre Qual spüren. Sie wunderte sich plötzlich, daß keine Männer da waren, die das Boot bewachten und ihr zu Hilfe hätten kommen können.

Das Donnern von Hufen dröhnte in ihren Ohren, ein Geräusch, das sich mit ihrem wilden Herzschlag verband. Sie spürte den Luftzug, als der silberweiße Hengst schließlich aufschloß und an ihrer Seite war. Wie von einer magischen Kraft angezogen konnte sie nicht widerstehen und wandte den Kopf zur Seite.

Rud. Rud jagte neben ihr her, seine blauen Augen funkelten vor Freude. Ihr Herz machte einen Sprung, und als er sein Pferd zügelte, damit es Schritt mit dem ihren hielt, warf sie ihm ein strahlendes Lächeln zu. Zusammen stürmten sie dem Ruderboot entgegen, und ihre Umhänge hoben sich wie Flügel hinter ihnen in die Luft.

Sie zügelten die Pferde neben dem Boot, so daß der Sand in alle Richtungen spritzte. Rud sprang von seinem Hengst, und Julia glitt in seine wartenden Arme. Er drückte sie fest an sich. Seine Augen suchten nach dem schimmernden Oval ihres Gesichts und fanden dort eine strahlende Schönheit, die prachtvoller war als der Mond hoch über ihnen.

»Julia!« sagte er mit tiefer Stimme. »Du bist gekommen!«

»Hast du gedacht, ich wollte nicht?«

»Ich war mir nicht sicher. Und jetzt sprich, denn die Zeit der Rätsel und des Ausweichens ist endgültig vorüber, und die Zeit für Erklärungen ist gekommen. Ich liebe dich mehr, als ein vernünftiger Mann denken und eine Frau sich erträumen könnte. Mein Verlangen nach dir brennt in mir wie eine Flamme. Doch das ist nicht genug. Ich muß wissen, bevor wir unseren Weg noch weiter zusammen gehen – liebst du mich, Julia?«

Die Erinnerung an seine Liebeserklärung vor Ali Dei erlaubte ihr, voller Überzeugung zu antworten: »Ja, ich liebe dich, Rudyard Thorpe.«

»Wirst du dieses gottverlassene Land mit mir verlassen und mit mir in meinem Land leben, der Zeit, den Neugierigen und der Frau, die sich meine Mutter nennt, widerstehen und für den Rest meines Lebens in meinem Herzen bleiben, ohne daß wir uns je wieder trennen?«

»Mehr will ich nicht.«

»Und ich nicht weniger. So lange habe ich darauf gewartet, dich fortzubringen, habe zahllose Gelegenheiten vorübergehen lassen, mich allein davonzustehlen. Jetzt ist der Augenblick gekommen, und ich weiß, daß ich nicht ertragen könnte, dich von hier fortzubringen, nur um dich wieder zu verlieren. Lieber kehre ich zurück nach Algier und trotze dem Zorn des Dei, um dich als Sklavin behalten zu können, als daß ich gezwungen sein möchte, dich gehen zu lassen, wenn wir England erreichen.«

»Ich hätte ebenfalls allein fortgehen können, wie Mehemet Dei es vor seinem Tode für mich geplant hat. Ich wollte es nicht tun, denn ich hätte dich zurücklassen müssen. Heute dachte ich, du wärest fort, und ich hatte die Absicht, dir zu folgen, wenn nötig bis ans Ende der Welt. Und wenn ich gefangen sein soll in deinem Herzen, dann wirst du es auch in meinem sein!«

Die Anspannung in seinem Gesicht ließ nicht nach. »Ich habe an dir gezweifelt – sogar Basim war sicherer als ich, daß du kommen würdest. Zusammen mit O'Toole – dem einzigen Mitglied meiner Mannschaft, dem ich trauen konnte – erklärte ich mich einverstanden, hier zu warten. Ich wurde ungeduldig, und – ich gebe es zu – ängstlich. Ich entschloß mich, in die Stadt zu reiten, damit ich auf dich aufpassen konnte. Als du mich hinter dir sahst, versuchtest du zu fliehen. Wie immer machst du eine Bewegung auf mich zu und ziehst dich dann wieder zurück. Sag mir, warum?«

»Weil ich dich liebe. Was für einen anderen Grund konnte es dafür geben? Wenn ich mich sicher fühle in deiner Zuneigung, bewege ich mich vorwärts; wenn ich zweifle, ziehe ich mich zurück. Und was heute abend betrifft –«, fügte sie hinzu, und ihre Augen waren dunkel vor Erinnerung an die Angst, »ich wußte nicht, daß du Basim zu mir geschickt hattest. Ich dachte, du wärest Ali Dei, der versucht, mich zurückzuholen.«

»Julia, Geliebte«, sagte er fast tonlos vor Glück und zog sie noch einmal in die Sicherheit seiner Arme. Der Mond wirkte blaß neben dem

Versprechen in seinen Augen und der süßen und furchterregenden Verzauberung in seinem Kuß.

O'Toole und Basim waren jetzt auch herangekommen und abgesessen. Sie wandten ihre Augen ab von dem Mann und der Frau und zogen das Ruderboot ins Meer. Basim trat schließlich vor, als alles bereit war, und zupfte an Ruds Ellenbogen.

»Mein Herr Ruben, möchtet Ihr von den Männern des Dei gefangen werden im schönsten Augenblick des Lebens? Das Boot wartet und alles andere, was vor Euch liegt, vor Euch und der Herrin Jullanar, der Bewahrerin des Honigs.«

Rud drehte sich um und warf einen reuevollen Blick auf Julia wegen dieses Augenblicks des Vergessens. »Und du, Basim? Was liegt vor dir?« fragte er. »Willst du mit uns kommen und unsere Zukunft mit uns teilen?«

»Mein Herz ist bei Euch und Eurer Herrin, Effendi, doch ich muß hier bleiben, wo ich alles kenne, mir alles vertraut ist und wo meine Ohren den Ruf des Muezzin hören und mein Körper ihm antworten kann.«

»Wenn du sicher bist, o teurer Freund, dann empfange von mir, wenn du es wünschst, das Geschenk des arabischen Hengstes, damit er dich dorthin trage, wo es Sicherheit gibt für dich. Und ich bitte dich, auch die Stute zu nehmen und für die beiden zu sorgen, denn es ist nicht genug Zeit, sie an Bord des Schiffes zu bringen. Mit den anderen Pferden verfahre, wie du willst.«

»Ihr seid grenzenlos großzügig, Effendi«, sagte der Zwerg mit strahlenden Augen, als er sich tief verbeugte. »Ich werde sie nehmen und die größte Freude an ihrem Besitz haben. Doch ihr müßt mir auch sagen, was ich mit all dem Vermögen tun soll, das mir Mehemet Dei für die Versorgung seiner geliebten Sklavin Jullanar anvertraut hat.«

Der Zwerg zog eine Börse hervor, öffnete sie und schüttete einen glitzernden Strom von Juwelen in seine Handfläche.

Rud sah Julia an und überließ durch sein Schweigen ihr die Entscheidung, was mit dem Geschenk Mehemet Deis geschehen sollte.

Julia sah von ihrem Mann zu dem Zwerg und dann auf das glänzende Meer. Schließlich sagte sie: »Gib mir ein paar Steine, nicht mehr als ein Viertel davon, damit ich sie in ein Schmuckstück fassen lassen kann, das mich an das Geschenk der Freiheit erinnern und auch verhindern wird, daß ich je wieder ganz von einem Mann abhängig sein muß, selbst von dem, den ich liebe. Und den Rest nimmst du selbst, damit auch du, Basim, nie wieder einen anderen zum Herrn haben mußt.«

Basim fiel auf die Knie. Er nahm den Saum ihres Umhangs und führte ihn an die Lippen. »Schöne Herrin«, rief er. »Es gibt keine Worte, um meine Dankbarkeit zum Ausdruck zu bringen. Ich kann nur versprechen, Euch für alle meine Tage in Ehren zu halten und mein *baraka,* falls ich es wirklich besitze, so zu lenken, daß Euer Leben überströmen wird vor Glück!«

Julia nahm die Juwelen, die ihr der Zwerg gab, wickelte sie in ein Stück Stoff und steckte sie in ihr Mieder.

Basim stieg auf den Rücken des Hengstes und nahm die Zügel der anderen Pferde. Er hob seine Hand zu einem letzten Gruß und ritt davon.

Rud und Julia wandten sich O'Toole zu, der mit einer kräftigen Hand das Boot hielt und grinste. Er beugte den Kopf bei dieser ersten Gelegenheit, Julia zu begrüßen, und sie lächelte ihm als Erwiderung strahlend zu.

»Gehen wir?« fragte Rud, als hätten sie beliebig viel Zeit.

»Das wäre vielleicht sinnvoll«, stimmte Julia zu.

»Gelobt sei's«, rief O'Toole leidenschaftlich.

Rud half Julia ins Boot, und sie setzte sich auf eine Bank in den Bug. O'Toole stieß ab, als Rud eingestiegen war, und kletterte dann an Bord. Die beiden Männer setzten sich an die Ruder und lenkten das Boot zu dem im Mondlicht silbern schimmernden Schiff.

Julia lächelte und betrachtete ihren Mann. Wie beiläufig streckte sie die Hand aus, um ihm den Turban vom Kopf zu nehmen, und ließ ihn über den Rand des Bootes ins Wasser fallen. Der Edelstein, der seine Falten zusammenhielt, glänzte, bevor der vom Wasser vollgesogene Musselin unterging. Der Nachtwind brachte die festen, schwarzen

Wellen von Ruds Haar durcheinander, so daß er wieder so aussah, wie der Mann, den sie geheiratet hatte.

»Du schuldest mir einen Saphir«, sagte er, und sein Mund verzog sich zu einem Grinsen.

»Den kannst du dir holen – später«, antwortete sie, und ihre Augen leuchteten in einem schweigenden Versprechen.

NACHWORT

Die Möglichkeit einer Verschwörung, um Napoleon aus seinem Inselgefängnis auf St. Helena zu befreien, ist keine freie Erfindung. Von Beginn seiner Gefangenschaft an bis zu seinem Tode im Mai 1821 haben seine Anhänger zahlreiche derartige Pläne geschmiedet. Einer der beeindruckendsten bestand darin, in Amerika eine bonapartistische Bewegung ins Leben zu rufen, die Schiffe kaufen und ausstatten sollte, um eine militärische Offensive zu starten, durch die der Kaiser seinen Wächtern gewaltsam entrissen werden konnte. Nach seiner Befreiung sollte die revolutionäre Partei Mexikos Napoleon die Herrschaft über ihr Land anbieten. Hinter diesem Plan standen drei Männer: General Brayer, Colonel Latapie und ein ehemaliger britischer Offizier, Lord Cochrane. Doch eine so große Operation, in die so viele Menschen einbezogen waren, ließ sich kaum geheimhalten. Die Festnahme Latapies enthüllte die Verschwörung. Entsprechend der durch ihn erhaltenen Informationen handelte die mexikanische Regierung und schickte eine bewaffnete Truppe nach Texas, um das französische Lager mit dem Namen Champ d'Asile niederzumachen, und so wurde nichts aus dem Plan.

Napoleons Bruder Joseph, der ehemalige König von Spanien, der sich nach der Niederlage von Waterloo in New Jersey niedergelassen hatte, war in verschiedene Verschwörungen zur Befreiung Napoleons verwickelt, wie auch Madame de Ranchope (geborene Pauline Foures), eine der ehemaligen Geliebten des Kaisers. Und dann gibt es noch die gut dokumentierte Verschwörung von in New Orleans ansässigen bonapartistischen Händlern, angeführt von Major Nicholas Girod. Diese Gruppe finanzierte den Bau eines Schoners, der *Seraphine*, und errichtete ein Haus, das dem großen Mann angemessen gewesen wäre. Im Vieux Carré oder French Quarter genannten alten Teil der Stadt, an der Ecke der St. Louis- und der Chartres-Street, steht immer noch das beeindruckende Gebäude. Der unerwartete Tod des Kaisers setzte diesem Unternehmen ein Ende.

Was der Annahme, daß der Kaiser tatsächlich von St. Helena entkommen sein könnte, am meisten entgegensteht, ist, daß er nie mehr auf dem europäischen Kontinent oder an einem anderen Ort der Welt aufgetaucht ist. Verschiedene Legenden versuchen diese Tatsache zu widerlegen. Die eine lautet, daß er sich aufgrund seiner Kriegsmüdigkeit und der Undankbarkeit der Welt irgendwo unerkannt in die Vereinigten Staaten zurückgezogen hat, vielleicht zu seinem Bruder Joseph. Eine andere behauptet, er habe seine Energien und seinen angesammelten Reichtum anderweitig genutzt und eine Karriere als Diamantenhändler in Belgien begonnen. Und dann gibt es eine unbewiesene Behauptung, nach der er getötet worden sein soll, als er versuchte, seinen Sohn und Erben, den Herzog von Reichstadt, im geheimen zu treffen. Der Herzog wurde von seinem Großvater mütterlicherseits, Kaiser Franz I. von Österreich, sozusagen gefangengehalten. Die in diesem Roman vorgeschlagene Lösung basiert auf nichts anderem als meiner Lektüre von Berichten der damaligen Ereignisse und den in der Situation gegebenen Möglichkeiten.

Jeder, der sich noch weiter in diese Geheimnisse vertiefen möchte, wird gern das Buch von Thomas G. Wheeler *Who Lies Here?* lesen. Dieser faszinierende und mit wissenschaftlicher Korrektheit geschriebene Bericht über Napoleons letzte Jahre war mir eine unersetzliche Hilfe. Ohne dieses Buch hätte ich das meine nicht schreiben können.

Neben dem Kaiser sind noch verschiedene andere historische Figuren in dieser Geschichte erwähnt oder dargestellt. Der bedeutendste von ihnen ist Sir Hudson Lowe, Napoleons oberster Wächter. Er erhielt nicht nur in keinster Weise die Ehren, die er für seine Dienste für die Krone als angemessen empfunden hätte, sondern wurde auch für die harte Behandlung, die die englische Regierung dem Gefangenen auf St. Helena angedeihen ließ, verantwortlich gemacht. Er starb als verbitterter Mann. Lady Lowe teilte seine Verarmung und Entehrung. Ihre Stieftochter Charlotte heiratete den russischen staatlichen Beauftragten, den Grafen Alexander de Balmain, im Jahre 1820 und ließ St. Helena für immer hinter sich. Die englischen Ärzte Stokoe und Arnott, William Balcombe und seine Tochter Betsy und Lord und Lady Holland haben jeder die ihnen zugewiesenen Rollen auch im Leben gespielt, ebenso der Baron de Gourgaud, Las Cases, Graf Bertrand, der Graf von Montholon und seine Frau Albine, zusammen mit ihrer Tochter Napoleone und dem Knappen des Kaisers, Marchand. Alle anderen Figuren sind frei erfunden – mit der Ausnahme von Eugène Robeaud, der sich irgendwo zwischen dem Fiktionalen und dem Faktischen bewegt.

Nach der Überlieferung soll Robeaud ein Soldat gewesen sein, der tatsächlich ähnliche Aufgaben erfüllte, wie sie hier beschrieben sind, weil er seinem Oberkommandierenden so ähnlich sah. Doch obwohl sein Name, sein Rang, sein Regiment und sein Geburtsort bekannt sind, weist Wheeler darauf hin, daß in der kleinen Stadt, in der er in Frankreich geboren worden sein soll, keine Aufzeichnungen über ihn bestehen. Die standesamtlichen Unterlagen für sein Geburtsjahr sind verschwunden, beinahe so, als hätte es jemand vorgezogen, seine Existenz zu verschleiern.

Hatte Napoleon tatsächlich die für einen europäischen Mann jener Zeit durchschnittliche Größe – etwa ein Meter fünfundsiebzig, wie ich angedeutet habe –, oder war er nur ein Meter fünfundfünfzig groß – fünf Fuß »und vier Strich«, wie es so undeutlich in den Berichten seiner Autopsie steht? Zeitgenössische Berichte stützen die erste Annahme, während der Volksglaube daran festhält, daß er ein kleiner Mann gewesen sei. Wer kann nach so langer Zeit noch sagen, was richtig ist? Und doch enthalten die Autopsieberichte genügend Widersprüche – besonders in bezug auf die Narben am Körper des Kaisers und den geringen geschlechtlichen Entwicklungszüstand bei einem Mann, der als einer der größten Frauenhelden seines Jahrhunderts bekannt war –, um auch den entschlossensten Skeptiker durcheinanderzubringen.

In der zweiten Hälfte dieses Romans sind die Männer, denen ich den Titel des Dei von Algier gegeben habe, frei erfunden, obwohl es das

Amt selbst, zusammen mit den unterschiedlichen Privilegien und Verpflichtungen, wirklich gegeben hat. Die türkische Herrschaft über Algerien endete kurz nach der in dieser Geschichte beschriebenen Zeit, als Frankreich, das es für politisch erforderlich hielt, einen Schlag mit der Fliegenklatsche ins Gesicht des französischen Konsuls durch den regierenden Dei mit Krieg zu quittieren. Hundertvierundzwanzig Jahre stand Algerien unter französischer Herrschaft.

Jennifer Blake

Nacht über Louisiana
9647

Träume des Südens
9467

Mitternachtswalzer
9675

Der Kreole
9684

Bitteres Paradies
9812

Strom der Sehnsucht
9814

GOLDMANN

GROSSE FRAUENROMANE

Sandra Paretti
Laura Lumati
9565

Judith Krantz
Ich will Manhattan
9300

Danielle Steel
Das Haus hinter dem Wind
9412

Susanne Scheibler
Und wasche meine Hände in Unschuld 9639

Erica Jong
Serenissima
9180

Sally Beauman
Diamanten der Nacht
9591

GOLDMANN